詩經精譯

下

詩經精譯 下

ⓒ 최영은, 2015

초판 1쇄 발행 2015년 6월 22일

옮긴이   최영은
펴낸이   이기봉
편집   맹인호, 박정진
펴낸곳   도서출판 좋은땅
출판등록   제2011-000082호
주소   경기도 고양시 덕양구 동산동 376 삼송테크노밸리 B동 442호
전화   02)374-8616~7
팩스   02)374-8614
이메일   so20s@naver.com
홈페이지   www.g-world.co.kr

ISBN   979-11-5766-748-2 (04820)
ISBN   979-11-5766-744-4 (세트)

「이 도서의 국립중앙도서관 출판예정도서목록(CIP)은 서지정보유통지원시스템 홈페이지(http://seoji.nl.go.kr)와 국가자료공동목록시스템
(http://www.nl.go.kr/kolisnet)에서 이용하실 수 있습니다.(CIP제어번호: CIP2015016243)」

詩經精譯

시 경 정 역

下

崔榮殷 譯註

좋은땅

目次
목차

下

雅 ǀ 아

小雅 ǀ 소아

大雅 | 대아

頌 | 송

周頌 | 주송

雅
아

小雅 · 大雅
소아 · 대아

(181) 鴻 鴈
홍 안

鴻鴈于飛 肅肅其羽 之子于征 劬勞于野 爰及矜人 哀此鰥寡
홍 안 우 비　숙 숙 기 우　지 자 우 정　구 로 우 야　원 급 긍 인　애 차 환 과

鴻鴈于飛 集于中澤 之子于垣 百堵皆作 雖則劬勞 其究安宅
홍 안 우 비　집 우 중 택　지 자 우 원　백 도 개 작　수 즉 구 로　기 구 안 택

鴻鴈于飛 哀鳴嗸嗸 維此哲人 謂我劬勞 維彼愚人 謂我宣驕
홍 안 우 비　애 명 오 오　유 차 철 인　위 아 구 로　유 피 우 인　위 아 선 교

큰 기러기와 작은 기러기[1]

큰 기러기와 작은 기러기가 날아가며
너울너울 날갯짓하네.
그대 [멀리] 가서
들에서 힘들게 애쓰네.
이에 [슬픔이] 불쌍한 사람에게 미치고
이 홀아비와 홀어미는 [더] 애처롭네.[2]

---

1) 〈鴻鴈(홍안)〉은 유민(流民)이 타지(他地)에서 자신(自身)들의 비애(悲哀)를 서술(敍述)한 내용(內容)이다.

2) 鴻(홍)은 큰 기러기. 鴈(안)은 雁(안)의 가차자(假借字). 기러기. 여기서는 작은 기러기로 풀이하였다. 于(우)는 어조(語調)를 고르는 어조사(語助詞). 飛(비)는 날다. 肅肅(숙숙)은 새가 날 때 날개를 치는 소리. 여기서는 '너울너울'로 풀이하였다. 其(기)는 어조(語調)를 고르는 어조사(語助詞). 羽(우)는 날갯짓하다. 이 두 구(句)는 기러기가 날아가는 것으로 유민(流民)이 멀리 돌아다니는 힘든 상황(狀況)을 암시(暗示)한다. 之子(지자)는 그대. 之(지)는 그, 이. 子(자)는 사람. 여기서는 유민(流民)을 가리킨다. 于(우)는 어조(語調)를 고르는 어조사(語助詞). 征(정)은 [멀리] 가다. 劬(구)는 애쓰다, 힘쓰다. 勞(로)는 애쓰다. 于(우)는 ~에서. 野(야)는 들. 爰(원)은 발어사(發語詞). 이에. 及(급)은 미치다. 矜(긍)은 불쌍히 여기다. 人(인)은 사람. 矜人(긍인)은 유민(流民)을 가리킨다. 哀(애)는 애처롭다. 此(차)는 이. 鰥(환)은 홀아비. 寡(과)는 홀어미.

큰 기러기와 작은 기러기가 날다가
늪 가운데에 모이네.
그대가 담장(牆)을 쌓으려고
많은 [작은] 담이 모두 만들어졌네.
비록 [지금(只今)은] 곧 힘들게 애써도
끝내는 [새] 집에서 편안(便安)하겠지.3)

큰 기러기와 작은 기러기가 날면서
기럭기럭 슬피 우네.
오직 이 명철(明哲)한 사람은
내게 힘들고 애쓴다고 말하고
오직 저 우매(愚昧)한 사람은
내게 방정맞고 교만(驕慢)하다고 말하네.4)

---

3) 集(집)은 모이다. 中澤(중택)은 澤中(택중)과 같다. 늪 가운데. 이 두 구(句)는 기러기
가 머물 곳으로 돌아왔음을 뜻하며 유민(流民)도 새롭게 살 곳을 만들어야 함을 나타내
고 있다. 于垣(우원)은 담을 쌓다. 于(우)는 하다. 여기서는 쌓다. 垣(원)은 담. 百(백)
은 여러. 堵(도)는 [작은] 담. 皆(개)는 모두. 作(작)은 만들다. 雖(수)는 비록. 則(즉)은
곧. 其(기)는 어조(語調)를 고르는 어조사(語助詞). 究(구)는 끝내, 마침내. 終(종)과 같
다. 安(안)은 편안(便安)하다. 宅(택)은 [새] 집. *安(안)을 '어디', 宅(택)을 '살다'로 풀
이하는 곳도 있다. '비록 곧 힘들게 애쓰지만 끝내 어디서 살 것인가?'
4) 哀鳴(애명)은 슬피 울다. 嗸嗸(오오)는 슬피 우는 소리. 여기서는 '기럭기럭'으로 풀이
하였다. 維(유)는 오직. 惟(유)와 같다. 哲(철)은 [사리(事理)에] 밝다, 명철(明哲)하다.
謂(위)는 이르다, 말하다. 彼(피)는 저. 愚(우)는 어리석다, 우매(愚昧)하다. 宣(선)은
떨치다. 여기서는 '방정맞다'로 풀이하였다. 驕(교)는 교만(驕慢)하다. 이 장(章)은 유민
(流民)이 기러기가 슬피 우는 것을 듣고 이 시(詩)를 지으니 명철(明哲)한 사람과 우매
(愚昧)한 사람의 반응(反應)이 서로 다름을 나타내고 있다.

(182) 庭 燎
정 료

夜如何其 夜未央 庭燎之光 君子至止 鸞聲將將
야 여 하 기　야 미 앙　정 료 지 광　군 자 지 지　난 성 장 장

夜如何其 夜未艾 庭燎晣晣 君子至止 鸞聲噦噦
야 여 하 기　야 미 애　정 료 절 절　군 자 지 지　난 성 홰 홰

夜如何其 夜鄉晨 庭燎有煇 君子至止 言觀其旂
야 여 하 기　야 향 신　정 료 유 휘　군 자 지 지　언 관 기 기

뜰의 횃불1)

밤은 어떤 [때]인가?
밤은 [아직] 다하지 않았고
[궁궐(宮闕)] 뜰의 횃불은 번쩍이네.
군자(君子)들이 이르니
깃대 방울소리가 '짤랑짤랑'하네. 2)

---

1) 〈庭燎(정료)〉는 궁정(宮廷)의 관원(官員)인 작자(作者)가 대신(大臣)들이 새벽에 천자 (天子)께 조회(朝會)하러 오는 모습을 묘사(描寫)하였다.
2) 夜(야)는 밤. 如何(여하)는 어떤가? 여기서는 '어느 때인가?'를 뜻한다. 其(기)는 어조 (語調)를 고르는 어조사(語助詞). 未(미)는 아직 ~아니하다. 央(앙)은 다하다. 盡(진) 과 같다. 庭(정)은 [궁정(宮廷)의] 뜰. 燎(료)는 화톳불. 실제(實際)로는 횃불을 가리킨 다. 之(지)는 ~는(은). 光(광)은 빛나다, 번쩍이다. 君子(군자)는 조회(朝會)하러 온 대신(大臣)을 가리킨다. 至(지)는 이르다. 止(지)는 문말(文末)에 놓는 뜻 없는 어조사 (語助詞). 鸞(란)은 [깃대 위에 다는] 방울. 鑾(란)과 같다. 聲(성)은 소리. 將將(장장) 은 방울소리. 여기서는 '짤랑짤랑'으로 풀이하였다.

밤은 어떤 [때]인가?
밤이 [아직] 끝나지 않았고
[궁궐(宮闕)] 뜰의 횃불은 환하네.
군자(君子)들이 이르니
깃대 방울소리가 '딸랑딸랑'하네.3)

밤은 어떤 [때]인가?
밤이 새벽으로 향(向)하고
[궁궐(宮闕)] 뜰의 횃불은 빛나네.
군자(君子)들이 이르니
그 깃발이 보이네.4)

---

3) 艾(애)는 다하다, 끝나다. 盡(진)과 같다. 晰晰(절절)은 밝은 모습. 여기서는 '환하다'
로 풀이하였다. 噦噦(홰홰)는 방울소리. 여기서는 '딸랑딸랑'으로 풀이하였다.
4) 鄉(향)은 向(향)의 가차자(假借字). 향(向)하다. 晨(신)은 새벽. 有輝(유휘)는 輝輝(휘
휘)와 같다. 빛나는 모습. 여기서는 '빛나다'로 풀이하였다. 言(언)은 어조(語調)를 고
르는 어조사(語助詞). 觀(관)은 보다. 其旂(기기)는 그 깃발. 旂(기)는 날아오르는 용
(龍)과 내려오는 용(龍)을 그린 붉은 기(旗)로 제후(諸侯)가 세우던 기(旗)이다.

【雅-小雅-23】

(183) 沔水
면　수

沔彼流水　朝宗于海　鴥彼飛隼　載飛載止
면피류수　조종우해　율피비준　재비재지

差我兄弟　邦人諸友　莫肯念亂　誰無父母
차아형제　방인제우　막긍념난　수무부모

沔彼流水　其流湯湯　鴥彼飛隼　載飛載揚
면피류수　기류상상　율피비준　재비재양

念彼不蹟　載起載行　心之憂矣　不可弭忘
염피부적　재기재행　심지우의　불가미망

鴥彼飛隼　率彼中陵　民之訛言　寧莫之懲
율피비준　솔피중릉　민지와언　영막지징

我友敬矣　讒言其興
아우경의　참언기흥

그윽이 흐르는 물[1]

그윽이 흐르는 물은
바다로 들어가고
휘익 나는 새매는
곧 날다가도 곧 [나뭇가지에] 머무네.
아! 내 형제(兄弟)와
나라사람과 여러 벗들은 [물과 새매만 못하네.]
[집정자(執政者)는] 기꺼이 혼란(昏亂)함을 생각지도 않으니
누군들 [혼란(昏亂) 속에서 돌볼] 부모(父母)가 없겠는가?[2]
[그래서 더욱 걱정스럽네.]

---

1) 〈沔水(면수)〉는 나라의 혼란(昏亂)을 걱정하고 참소(讒訴)를 두려워하면서 친구(親舊)
에게 경계(警戒)할 것을 말하는 내용(內容)이다.
2) 沔彼(면피)는 沔沔(면면)과 같다. 물이 그윽이 흐르는 모습. 流水(유수)는 흐르는 물.
朝宗(조종)은 본래(本來)의 뜻은 제후(諸侯)가 천자(天子)를 뵙는 것을 말한다. 봄에
뵙는 것을 朝(조)라고 하며 여름에 뵙는 것을 宗(종)이라 한다. 여기서는 모든 내가
바다로 들어가는 것을 뜻한다. 于(우)는 ~로. 海(해)는 바다. 鴥彼(율피)는 鴥鴥(율율)
과 같다. 빨리 나는 모습. 여기서는 '휘익'으로 풀이하였다. 飛(비)는 날다. 隼(준)은
새매. 載(재)는 어조사(語助詞). 이에, 곧. 止(지)는 머무르다. 이 네 구(句)는 물과
새매는 돌아갈 곳이 있지만 작자(作者)의 처지(處地)는 그렇지 못함을 나타내고 있다.
嗟(차)는 감탄사(感歎詞). 아! 我(아)는 나. 兄弟(형제)는 형(兄)과 아우. 邦人(방인)은
나라사람. 諸友(제우)는 여러 벗. 莫肯(막긍)은 기꺼이 ~ 아니하다. 念(념)은 생각하
다. 亂(난)은 [나라의] 어지러움. 이 구(句)의 주체(主體)는 집정자(執政者)이다. 誰
(수)는 누구. 無(무)는 없다. 父母(부모)는 [돌보아야 할] 부모(父母)를 가리킨다.

그윽이 흐르는 물은
그 흐름이 넘실거리고
휘익 나는 새매는
곧 날아서 곧 [하늘] 높이 날아가네.
저 [법도(法度)를] 따르지 않는 이들을 생각하니
곧 일어나 곧 서성이네.
마음의 걱정을
가(可)히 그쳐 잊지 못하네.3)

휘익 나는 새매가
언덕 가운데를 따라 [날고 있네.]
백성(百姓)들의 거짓말을
[집정자(執政者)가] 곧 그것을 그치게 하지 못하네.
내 벗들은 경계(警戒)하여라.
참언(讒言)이 장차(將次) 일어난다네.4)

---

3) 其流(기류)는 그 흐름. 湯湯(상상)은 물 흐름이 왕성(旺盛)한 모습. 여기서는 '넘실거
리다'로 풀이하였다. 揚(양)은 높이 나는 모습. 이 네 구(句)는 넘실거리는 물과 하늘
높이 날아간 새매를 통(通)해 불안(不安)한 심정(心情)을 나타내고 있다. 彼(피)는 저.
不蹟(부적)은 [법도(法度)를] 따르지 않는 사람을 가리킨다. 蹟(적)은 따르다. 起(기)는
일어나다. 行(행)은 다니다, 서성이다. 이 구(句)는 불안(不安)함을 뜻한다. 心(심)은
마음. 之(지)는 ~의. 憂(우)는 걱정. 矣(의)는 구(句)의 끝에서 다음 말을 일으키는
말. 不可(불가)는 가(可)히 ~ 못하다. 弭(미)는 그치다. 忘(망)은 잊다.
4) 率彼(솔피)는 率率(솔솔)과 같다. 따르는 모습. 中陵(중릉)은 陵中(능중)과 같다. 언덕
가운데. 이 두 구(句)는 작자(作者)의 신세(身世)가 자유(自由)롭게 나는 새매만 같지
못함을 나타내고 있다. 民(민)은 백성(百姓). 訛言(와언)은 거짓말. 寧(녕)은 곧. 莫
(막)은 못하다. 之(지)는 그것. 訛言(와언)을 가리킨다. 懲(징)은 그치다. 敬(경)은 경
계(警戒)하다. 警(경)과 같다. 讒言(참언)은 거짓으로 꾸며서 다른 사람을 헐뜯어 일러
바치는 말. 其(기)는 장차(將次). 興(흥)은 일어나다.

(184) 鶴 鳴
학 명

鶴鳴于九皐 聲聞于野
학 명 우 구 고 성 문 우 야

魚潛在淵 或在于渚
어 잠 재 연 혹 재 우 저

樂彼之園 爰有樹檀 其下維蘀
낙 피 지 원 원 유 수 단 기 하 유 탁

它山之石 可以爲錯
타 산 지 석 가 이 위 착

鶴鳴于九皐 聲聞于天
학 명 우 구 고 성 문 우 천

魚在于渚 或潛在淵
어 재 우 저 혹 잠 재 연

樂彼之園 爰有樹檀 其下維穀
낙 피 지 원 원 유 수 단 기 하 유 곡

它山之石 可以攻玉
타 산 지 석 가 이 공 옥

학(鶴)이 우네1)

학(鶴)이 아홉 굽이진 늪에서 우니
소리가 들녘에까지 들리네.
물고기는 깊은 연못에 잠겨 있다가도
혹(或)은 물가에도 있네.
즐거운 저곳의 동산에는
이에 박달나무가 있고
그 아래에는 이 고욤나무도 [있다네.]
다른 산(山)의 돌이라도
숫돌 삼을 수 있다네.2)

---

1) 〈鶴鳴(학명)〉은 숨은 인재(人材)를 초빙(招聘)해야 한다는 내용(內容)이다.
2) 鶴(학)은 학(鶴). 숨어 있는 현인(賢人)을 비유(比喩)한다. 鳴(명)은 울다. 于(우)는 ～
에(서, 까지). 九(구)는 아홉 굽이진 것을 뜻한다. 실제(實際)로는 많이 굽이짐을 말한
다. 皐(고)는 皐(고)의 속자(俗字). 늪. 澤(택)과 같다. 聲(성)은 소리. 聞(문)은 들리
다. 野(야)는 들녘. 이 두 구(句)는 숨어 있는 현인(賢人)의 품덕(品德)과 학문(學問)의
명성(名聲)이 사람들은 알고 있다는 뜻이다. 魚(어)는 물고기. 숨어 있는 현인(賢人)을
비유(比喩)한다. 潛在(잠재)는 잠겨 있다. 淵(연)은 깊은 연못. 或(혹)은 혹(或). 渚
(저)는 물가. 이 두 구(句)는 물고기처럼 숨어 있는 현인(賢人)도 은거(隱居)할 수도
있고 출사(出仕)할 수도 있음을 말하고 있다. 樂(락)은 즐겁다. 彼(피)는 저, 저곳. 之
(지)는 ～의. 園(원)은 동산. 국가(國家)를 상징(象徵)한다. 爰(원)은 발어사(發語詞).
이에. 有(유)는 있다. 樹檀(수단)은 檀樹(단수)와 같다. 박달나무. 목질(木質)이 좋아
수레를 만들 수 있다. 현인(賢人)을 비유(比喩)한다. 其下(기하)는 그 아래. 維(유)는
발어사(發語詞). 이. 蘀(탁)은 檡(석)의 가차자(假借字). 고욤나무. 소인(小人)을 비유
(比喩)한다. 它山(타산)은 他山(타산)과 같다. 다른 산(山). 之(지)는 ～의. 石(석)은
돌. 它山之石(타산지석)은 다른 나라의 현인(賢人)을 가리킨다. 可以(가이)는 [가(可)
히] ～할 수 있다. 爲(위)는 삼다. 錯(착)은 숫돌.

학(鶴)이 아홉 굽이진 늪에서 우니
소리가 하늘에까지 들리네.
물고기가 물가에 있다가도
혹(或)은 깊은 연못에 잠기네.
즐거운 저곳의 동산에는
이에 박달나무가 있고
그 아래에는 이 닥나무도 [있다네.]
다른 산(山)의 돌이라도
옥(玉)을 다듬을 수 있다네.3)

---

3) 天(천)은 하늘. 穀[禾⇌木](곡)은 닥나무. 소인(小人)을 비유(比喩)한다. 攻(공)은 다듬
다. 玉(옥)은 옥(玉)돌.

(185) 祈父
기 보

祈父 予王之爪牙 胡轉予于恤 靡所止居
기 보 여 왕 지 조 아 호 전 여 우 휼 미 소 지 거

祈父 予王之爪士 胡轉予于恤 靡所厎止
기 보 여 왕 지 조 사 호 전 여 우 휼 미 소 지 지

祈父 亶不聰 　　胡轉予于恤 有母之尸饔
기 보 단 불 총 　　호 전 여 우 휼 유 모 지 시 옹

기보(祈父)[1]

기보(祈父)여!
나는 왕(王)의 [짐승] 발톱과 송곳니 같은 [호위병(護衛兵)인데]
어찌 근심스러운 곳으로 나를 옮겼는가?
[그곳은 안전(安全)하게] 머물러 있을 곳이 없네.[2]

---

1) 〈祈父(기보)〉는 왕도(王都)를 호위(護衛)하는 병사(兵士)가 자신(自身)을 변경(邊境)으로 보낸 책임자(責任者)인 祈父(기보)를 나무라는 내용(內容)이다.

2) 祈父(기보)는 관명(官名)으로 司馬(사마)라고도 한다. 변경(邊境)을 지키는 부대(部隊)를 관장(管掌)한다. 予(여)는 나. 王(왕)은 周(주)나라 王(왕)을 말한다. 之(지)는 ~의. 爪牙(조아)는 짐승의 발톱과 송곳니. 여기서는 왕(王)을 지키는 호위병(護衛兵)을 가리킨다. 胡(호)는 어찌. 轉(전)은 옮기다, 전출(轉出)시키다. 于(우)는 ~로. 恤(휼)은 근심하다. 여기서는 근심스러운 곳인 변경(邊境)을 뜻한다. 靡(미)는 없다. 所(소)는 곳. 止(지)는 머무르다. 居(거)는 있다.

기보(祈父)여!
나는 왕(王)의 [짐승] 발톱 같은 [호위(護衛)] 병사(兵士)인데
어찌 근심스러운 곳으로 나를 옮겼는가?
[그곳은 안전(安全)하게] 이르러 머물 곳이 없네. 3)

기보(祈父)여!
참으로 [병사(兵士)의 고충(苦衷)을] 듣지 못하네.
어찌 나를 근심스러운 곳으로 옮겼는가?
[떠날 때] 어머니가 계셨지만 [돌아오면] 곧 제삿밥 차리겠네. 4)

---

3) 爪士(조사)는 짐승 발톱 같은 용맹(勇猛)한 병사(兵士)를 말한다. 虎士(호사)라고도 한
   다. 厎(지)는 이르다, 다다르다.
4) 亶(단)은 참으로, 진실(眞實)로. 不(불)은 아니하다. 聰(총)은 듣다. 聞(문)과 같다.
   有母(유모)는 [변경(邊境)으로 떠날 때] 어머니가 계셨다. 之(지)는 곧. 則(즉)과 같다.
   尸(시)는 늘어세우다, 차리다. 饔(옹)은 익힌 음식(飮食). 여기서는 제삿밥을 가리킨
   다. 이 구(句)는 변경(邊境)에서 돌아왔을 때 어머니는 돌아가셨음을 뜻한다.

【雅-小雅-26】

(186) 白駒
백구

皎皎白駒 食我場苗 縶之維之 以永今朝 所謂伊人 於焉逍遙
교교백구 식아장묘 집지유지 이영금조 소위이인 어언소요

皎皎白駒 食我場藿 縶之維之 以永今夕 所謂伊人 於焉嘉客
교교백구 식아장곽 집지유지 이영금석 소위이인 어언가객

皎皎白駒 賁然來思 爾公爾侯 逸豫無期 愼爾優游 勉爾遁思
교교백구 분연래사 이공이후 일예무기 신이우유 면이둔사

皎皎白駒 在彼空谷 生芻一束 其人如玉 毋金玉爾音 而有遐心
교교백구 재피공곡 생추일속 기인여옥 무금옥이음 이유하심

흰 망아지1)

깔끔한 흰 망아지가
내 밭에서 [콩] 싹을 먹고 있네.
고놈 [발을] 잡아매고 고놈을 [고삐로 나무에] 묶어 두어
오늘 아침나절을 다 보내게 하리라.
이른바 저 사람을
이곳에서 노닐며 걸어 다니게 하리라.2)

---

1) 〈白駒(백구)〉는 존귀(尊貴)한 손님을 더 머물도록 만류(挽留)하고 헤어짐을 아쉬워하는 내용(內容)이다.

2) 皎皎(교교)는 결백(潔白)한 모습. 여기서는 '깔끔하다'로 풀이하였다. 白駒(백구)는 흰 망아지로 손님이 타고 온 말이다. 食(식)은 먹다. 我(아)는 나. 주인(主人)을 가리킨다. 場(장)은 밭. 圃(포)와 같다. 苗(묘)는 싹. 콩의 싹을 말한다. 縶(집)은 [발을 줄로] 잡아매다. 之(지)는 白駒(백구)를 가리킨다. 여기서는 '고놈'으로 풀이하였다. 維(유)는 [고삐로] 묶다. 以(이)는 목적(目的)이나 결과(結果)를 나타내는 접속사(接續詞)로 쓰였다. 그래서, 여기서는 풀이를 생략(省略)하였다. 永(영)은 길게 하다. 여기서는 '다하다'의 뜻이다. 盡(진)과 같다. 今朝(금조)는 오늘 아침. 所謂(소위)는 이른바. 伊(이)는 지시대명사(指示代名詞). 이, 저. 人(인)은 사람. 여기서는 손님을 가리킨다. 於(어)는 ~에서. 焉(언)은 여기, 이곳. 주인(主人)의 집을 가리킨다. 逍(소)는 노닐다. 遙(요)는 거닐다.

깔끔한 흰 망아지가
내 밭에서 콩잎을 먹고 있네.
고놈 [발을] 잡아매고 고놈을 [고삐로 나무에] 묶어 두어
오늘 저녁나절을 다 보내게 하리라.
이른바 저 사람을
이곳에서 반가운 손님이 되게 하리라.3)

깔끔한 흰 망아지가
[이곳으로] 달려 왔네.
그대를 공(公)으로 여기고 그대를 후(侯)로 여기며
놀며 즐김에 기한(期限)이 없도록 하네.
조심스레 그대는 한가(閑暇)롭게 지내기만 하시고
그대는 [이곳에서] 달아나려는 것에서 벗어나세요.4)

---

3) 藿(곽)은 콩잎. 今夕(금석)은 오늘 저녁. 嘉(가)는 반갑다, 좋아하다. 客(객)은 손님.
4) 賁(분)은 달리다. 然(연)은 형용(形容)하는 말로 쓰인다. 賁然(분연)은 말이 빨리 달리는 모습. 來(래)는 오다. 思(사)는 구말(句末)에 놓여 어세(語勢)를 고르는 어조사(語助詞). 爾(이)는 너, 그대. 公(공)은 공(公)으로 여기다. 侯(후)는 후(侯)로 여기다. 公(공)과 侯(후)는 고대(古代) 작위(爵位) 이름. 逸(일)은 멋대로 하게 하다, 놀다. 豫(예)는 즐기다. 無(무)는 없다. 期(기)는 기한(期限). 愼(신)은 조심하다. 優游(우유)는 한가(閑暇)롭게 지내는 모습. 優(우)는 넉넉하다. 游(유)는 놀다. 勉(면)은 免(면)의 가차자(假借字). 벗어나다, 피(避)하다. 遁(둔)은 달아나다.

깔끔한 흰 망아지가
저 큰 골짜기에 있네.
[이곳에] 싱싱한 풀 한 묶음 있으니 [고놈이 다시 오기 바라네.]
[다시 만나고 싶은] 그 사람은 [품덕(品德)이] 옥(玉) 같다네.
그대 소식(消息)을 금옥(金玉)처럼 여기니
[내] 마음을 멀리하심이 있게 하지 마세요.5)

---

5) 在(재)는 있다. 彼(피)는 저. 空(공)은 크다. 谷(곡)은 골짜기. 이 구(句)는 손님이 이
미 떠나 먼 곳으로 갔음을 뜻한다. 生(생)은 싱싱하다. 芻(추)는 꼴, 풀. 一束(일속)은
한 묶음. 이 구(句)는 손님이 다시 오기를 기다리고 있다는 뜻이다. 其人(기인)은 그
사람. 손님을 뜻한다. 如玉 (여옥)은 옥(玉)과 같다. 이 구(句)는 손님의 품덕(品德)이
옥(玉)처럼 순결(純潔)하고 미려(美麗)하다는 뜻이다. 毋(무)는 ~하지 말라. 金玉(금
옥)은 금옥(金玉)처럼 여기다. 音(음)은 음신(音信), 소식(消息). 而(이)는 접속(接續)
을 나타내는 어조사(語助詞). 그래서. 여기서는 풀이를 생략(省略)하였다. 有(유)는 있
다. 遐(하)는 멀리하다. 心(심)은 [주인(主人)의] 마음.

(187) 黃　鳥
　　　　황　조

黃鳥黃鳥　無集于穀　無啄我粟
황조황조　무집우곡　무탁아속
此邦之人　不我肯穀　言旋言歸　復我邦族
차방지인　불아긍곡　언선언귀　복아방족

黃鳥黃鳥　無集于桑　無啄我粱
황조황조　무집우상　무탁아량
此邦之人　不可與明　言旋言歸　復我諸兄
차방지인　불가여명　언선언귀　복아제형

黃鳥黃鳥　無集于栩　無啄我黍
황조황조　무집우후　무탁아서
此邦之人　不可與處　言旋言歸　復我諸父
차방지인　불가여처　언선언귀　복아제부

참새[1]

참새야, 참새야!
닥나무에 모이지 말고
내 곡식(穀食)도 쪼지 마라.
이 나라 사람들은
나를 기꺼이 길러 주지 않네.
돌아가자, 돌아가자.
내 나라 [내] 겨레에게 돌아가리라.[2]

---

1) 〈黃鳥(황조)〉는 다른 나라에서 유랑(流浪)하는 사람이 고향(故鄕)으로 돌아갈 것을 생각하는 내용(內容)이다.

2) 黃鳥(황조)는 참새. 黃雀(황작)이라고도 한다. 곡식(穀食)의 낱알 먹기를 좋아한다. 여기서는 남의 것을 빼앗는 사람을 가리킨다. 無(무)는 ~말라. 集(집)은 모이다. 于(우)는 ~에. 穀[禾一木](곡)은 닥나무. 楮(저)와 같다. 이 구(句)는 닥나무 열매를 쪼아 먹지 말라는 뜻이다. 啄(탁)은 [먹이를] 쪼다. 我(아)는 나. 여기서는 유랑민(流浪民)을 가리킨다. 粟(속)은 곡식(穀食). 此(차)는 이. 邦(방)은 나라. 之(지)는 ~의. 人(인)은 사람. 不(불)은 아니하다. 肯(긍)은 기꺼이, 탐탁히. 穀(곡)은 기르다. 言(언)은 어세(語勢)를 고르는 어조사(語助詞). 旋(선)과 歸(귀)는 돌아가다. 復(복)은 돌아가다. 族(족)은 겨레.

참새야, 참새야!
뽕나무에 모이지 말고
내 고량(高粱)도 쪼지 마라.
이 나라 사람들은
가(可)히 함께 맹세(盟誓)하지 못하겠네.
돌아가자, 돌아가자.
내 여러 형(兄)들에게로 돌아가리라.3)

참새야, 참새야!
상수리나무에 모이지 말고
내 기장도 쪼지 마라.
이 나라의 사람들은
가(可)히 더불어 살지 못하겠네.
돌아가자, 돌아가자.
내 여러 삼촌(三寸)에게로 돌아가리라.4)

---

3) 桑(상)은 뽕나무. 이 구(句)는 뽕나무 열매를 쪼아 먹지 말라는 뜻이다. 粱(량)은 고
  량(高粱), 수수. 不可(불가)는 가(可)히 ~ 못하다. 與(여)는 더불어, 함께. 明(명)은
  맹세(盟誓)하다. 諸(제)는 모든, 여러. 兄(형)은 형(兄).
4) 栩(후)는 상수리나무. 이 구(句)는 상수리나무 열매를 쪼아 먹지 말라는 뜻이다. 黍
  (서)는 기장. 處(처)는 살다. 父(부)는 백부(伯父), 숙부(叔父). 실제(實際)로는 어른들
  을 가리킨다. 여기서는 삼촌(三寸)으로 풀이하였다.

(188) 我行其野
아 행 기 야

我行其野 蔽芾其樗 婚姻之故 言就爾居 爾不我畜 復我邦家
아 행 기 야　폐 불 기 저　혼 인 지 고　언 취 이 거　이 불 아 휵　복 아 방 가

我行其野 言采其蓫 婚姻之故 言就爾宿 爾不我畜 言歸斯復
아 행 기 야　언 채 기 축　혼 인 지 고　언 취 이 숙　이 불 아 휵　언 귀 사 복

我行其野 言采其葍 不思舊姻 求爾新特 成不以富 亦祇以異
아 행 기 야　언 채 기 복　불 사 구 인　구 이 신 특　성 불 이 부　역 지 이 이

내가 들판을 가네[1]

내가 들판을 가다가
[잎과 가지가] 우거진 가죽나무를 [만났네요.]
혼인(婚姻)한 까닭으로
당신(當身)을 따라 살게 되었지만
당신(當身)은 나를 돌보지 않아
내 나라 [고향(故鄕)] 집으로 돌아가야겠어요. [2]

---

1) 〈我行其野(아행기야)〉는 다른 나라로 시집 간 여인(女人)이 새 여인(女人)을 맞이한
남편(男便)에게 버림받은 것을 묘사(描寫)하였다.

2) 我(아)는 나. 남편(男便)에게 버림받은 작자(作者)를 가리킨다. 行(행)은 가다. 其(기)
는 어조(語調)를 고르는 어조사(語助詞). 野(야)는 들판. 蔽芾(폐불)은 가지와 잎이 우
거진 모습. 蔽(폐)는 덮다. 芾(불)은 우거지다. 樗(저)는 가죽나무. 악목(惡木)으로 여
기서는 나쁜 사람을 비유(比喩)한다. 다음 장(章)의 蓫(축)과 葍(복)도 마찬가지이다.
昏姻(혼인)은 혼인(婚姻)과 같다. 之(지)는 ~한. 故(고)는 까닭. 言(언)은 발어사(發語
詞)로 뜻이 없다. 就(취)는 따르다. 爾(이)는 그대, 당신(當身). 남편(男便)을 기리킨
다. 居(거)는 살다. 不(불)은 아니하다. 畜(휵)은 기르다, 돌보다. 復(복)은 돌아가다.
邦(방)은 나라. 家(가)는 [고향(故鄕)] 집.

내가 들판으로 가서
참소리쟁이를 뜯어요.
혼인(婚姻)한 까닭으로
당신(當身)을 따라 머물게 되었지만
당신(當身)은 나를 돌보지 않아
[내 나라로] 돌아가 [고향(故鄕) 집으로] 돌아가야겠어요.3)

내가 들판으로 가서
메를 따네요.
옛 혼인(婚姻)을 생각하지 않고
당신(當身)은 새 짝을 찾았네요.
참으로 [그녀가] 부유(富裕)하기 때문이 아니하고 하지만
또한 다만 [나와] 다르기 때문이었네요.4)

---

3) 采(채)는 뜯다. 蓫(축)은 참소리쟁이. 악채(惡菜)이다. 宿(숙)은 머물다. 歸(귀)는 [나라로] 돌아가다. 斯(사)는 어조사(語助詞). 復(복)은 [집으로] 돌아가다.
4) 葍(복)은 메. 덩굴풀의 일종(一種)이며 역겨운 냄새가 난다고 한다. 不思(불사)는 생각하지 않다. 舊婚(구혼)은 옛날에 혼인(婚姻)한 사람. 작자(作者)를 가리킨다. 求(구)는 찾다. 新(신)은 새로운. 特(특)은 짝. 新特(신특)은 新婦(신부)와 같다. 成(성)은 참으로. 誠(성)과 같다. 不以(불이)는 ~때문이 아니다. 富(부)는 부유(富裕). 亦(역)은 또한. 祇(지)는 다만. 只(지)와 같다. 異(이)는 다르다. 여기서는 가난한 작자(作者)와 다르다는 뜻이다. *異(이)를 '다른 마음이 있다'로 풀이하는 곳도 있다.

(189) 斯干
사간

秩秩斯干　幽幽南山　如竹苞矣　如松茂矣
질질사간　유유남산　여죽포의　여송무의

兄及弟矣　式相好矣　無相猶矣
형급제의　식상호의　무상유의

似續妣祖　築室百堵　西南其戶　爰居爰處　爰笑爰語
사속비조　축실백도　서남기호　원거원처　원소원어

約之閣閣　椓之橐橐　風雨攸除　鳥鼠攸去　君子攸芋
약지각각　탁지탁탁　풍우유제　조서유거　군자유우

如跂斯翼　如矢斯棘　如鳥斯革　如翬斯飛　君子攸躋
여기사익　여시사극　여조사혁　여휘사비　군자유제

殖殖其庭　有覺其楹　噲噲其正　噦噦其冥　君子攸寧
식식기정　유각기영　쾌쾌기정　홰홰기명　군자유녕

下莞上簟　乃安斯寢　乃寢乃興　乃占我夢
하완상점　내안사침　내침내흥　내점아몽

吉夢維何　維熊維羆　維虺維蛇
길몽유하　유웅유비　유훼유사

大人占之　維熊維羆　男子之祥　維虺維蛇　女子之祥
대인점지　유웅유비　남자지상　유훼유사　여자지상

乃生男子　載寢之牀　載衣之裳　載弄之璋
내생남자　재침지상　재의지상　재농지장

其泣喤喤　朱芾斯皇　室家君王
기읍황황　주불사황　실가군왕

乃生女子　載寢之地　載衣之裼　載弄之瓦
내생여자　재침지지　재의지체　재농지와

無非無儀　唯酒食是議　無父母詒罹
무비무의　유주식시의　무부모이리

산(山)골 물1)

[궁실(宮室) 앞뒤로] 졸졸 흐르는 산(山)골 물과
그윽한 <u>남산(南山)</u>이 [있네.]
[궁실(宮室) 둘레에는] 우거진 대숲이 있고
무성(茂盛)한 솔숲도 있네.
[궁실(宮室) 안의] 형(兄)과 아우는
아! 서로 우애(友愛)롭고
서로 꾀부림이 없어야 하네.2)

---

1) 〈斯干(사간)〉은 周(주)나라 王宮(왕궁)의 낙성(落成)을 노래하였다.
2) 秩秩(질질)은 물이 흐르는 모양. 여기서는 '졸졸'로 풀이하였다. 斯(사)는 구(句)의 중간(中間)에 놓여 어조(語調)를 고르는 어조사(語助詞). ~는(이). 之(지)와 쓰임이 같다. 干(간)은 澗(간)의 가차자(假借字). 산(山)골 물. 幽幽(유유)는 그윽한 모습. 南山(남산)은 終南山(종남산)을 가리킨다. 如(여)는 있다. 有(유)의 뜻을 가진다. 竹(죽)은 대나무. 여기서는 대숲을 뜻한다. 苞(포)는 우거지다. 矣(의)는 어조사(語助詞)로 단정(斷定)의 뜻을 나타내거나, 구(句)의 끝에서 다음 말을 일으키는 말로 쓰인다. 松(송)은 소나무. 여기서는 솔숲을 가리킨다. 茂(무)는 무성(茂盛)하다, 우거지다. 兄(형)은 형(兄). 及(급)은 ~와(과). 弟(제)는 아우. 式(식)은 아! 감동(感動)의 뜻을 나타내는 발어사(發語詞). 相(상)은 서로. 好(호)는 우애(友愛)롭다. 無(무)는 없다. 猶(유)는 꾀부리다, 속이다. 猷(유)와 같다.

선비(先妣)와 선조(先祖)를 잇고 이어
집과 많은 담을 짓고
서(西)쪽과 남(南)쪽으로 문(門)을 내었네.
여기에서 살고 여기에서 지내며
여기에서 웃고 여기에서 말하네.3)

축판(築板)을 꽉꽉 묶고
[담틀 사이의] 진흙을 탁탁 치네.
비바람이 이에 없어지고
새와 쥐가 이에 물러나
군자(君子)가 이에 살게 되었네.4)

---

3) 似(사)는 잇다. 嗣(사)와 같다. 續(속)은 잇다. 妣(비)는 죽은 어미. 여기서는 선조(先
祖)의 비(妣), 선비(先妣)를 말한다. 祖(조)는 선조(先祖)를 말한다. 築(축)은 쌓다, 짓
다. 室(실)은 집. 百(백)은 여러, 많은. 堵(도)는 담. 西(서)는 서(西)쪽. 南(남)은 남
(南)쪽. 其(기)는 어조(語調)를 고르는 어조사(語助詞). 戶(호)는 문(門). 여기서는 문
(門)을 내다. 爰(원)은 여기에서. 居(거)는 살다. 處(처)는 머물다, 지내다. 笑(소)는
웃다. 語(어)는 말하다.
4) 約(약)은 묶다. 之(지)는 그것. 축판(築板)을 가리킨다. 閣閣(각각)은 세게 묶는 소리.
'꽉꽉'으로 풀이하였다. 椓(탁)은 치다. 之(지)는 담틀 사이에 넣는 진흙을 가리킨다.
橐橐(탁탁)은 달구질하는 소리. '탁탁'으로 풀이하였다. 風雨(풍우)는 비바람. 攸(유)
는 어조(語調)를 고르는 어조사(語助詞), 이에. 於是(어시)의 뜻이 함유(含有)되어있
다. 除(제)는 제거(除去)하다, 없애다. 鳥鼠(조서)는 새와 쥐. 去(거)는 물러나다, 내
쫓다. 君子(군자)는 周(주)나라 왕실(王室)의 사람을 가리킨다. 芋(우)는 宇(우)의 가차
자(假借字)로 비호(庇護)하다, 살다.

[집은] 발돋움한 것처럼 단정(端正)하고
[처마 끝은] 화살처럼 뾰족하며
[지붕은] 새처럼 날개를 폈고
[처마는] 꿩처럼 나는 듯한데
군자(君子)가 이에 [집 안으로] 오르네.5)

반듯반듯한 뜰이요
높고 곧은 둥근 기둥이네.
낮에는 환하고
밤에는 침침(沈沈)하여
군자(君子)가 이에 편안(便安)해 하네.6)

---

5) 如(여)는 ~같이, ~처럼. 跂(기)는 발돋움하다. 翼(익)은 바른 모습, 단정(端正)한 모
습. 여기서는 집 전체(全體)의 모습을 말한 것이다. 矢(시)는 화살. 棘(극)은 가시. 처
마 끝이 가시처럼 뾰족함을 말한 것이다. 革(혁)은 날개. 지붕이 새가 날개를 편 것
같다는 것을 뜻한다. 翬(휘)는 꿩. 飛(비)는 날다. 처마가 꿩처럼 나는 듯함을 말한
것이다. 躋(제)는 오르다.

6) 殖殖(식식)은 평평(平平)하고 바른 모습. 殖(식)은 곧다. 庭(정)은 뜰. 有覺(유각)은
覺覺(각각)과 같다. 높고 곧은 모습. 覺(각)은 곧다. 楹(영)은 둥근 기둥. 噲噲(쾌쾌)
는 밝은 모습, 환한 모습. 正(정)은 낮. 噦噦(홰홰)는 어둑어둑한 모습. '침침(沈沈)
하다'로 풀이하였다. 噦(홰)는 침침(沈沈)하다. 寧(녕)은 편안(便安)하다.

[방(房)바닥 대자리] 아래는 왕골자리, [그] 위는 대자리 [펴니]
바로 편안(便安)한 잠자리가 되었네.
바로 잠자고 바로 일어나
바로 내 꿈을 점(占)쳤네.
좋은 꿈은 무엇인가?
곰과 큰곰 [꿈이었고]
독사(毒蛇)와 뱀 [꿈이었네.]7)

대인(大人)이 꿈을 점(占)쳐보니
곰과 큰곰은
아들의 좋은 조짐이고
독사(毒蛇)와 뱀은
딸의 좋은 조짐이네.8)

---

7) 下(하)는 [대자리] 아래. 莞(완)은 왕골로 만든 자리. 上(상)은 [왕골자리] 위. 簟(점)
   은 대자리. 乃(내)는 바로, 곧장. 安(안)은 편안(便安)하다. 寢(침)은 잠자리, 잠자다.
   興(흥)은 일어나다. 占(점)은 점(占)치다. 我(아)는 나. 夢(몽)은 꿈. 吉(길)은 좋다.
   維(유)는 발어사(發語詞), 이. 여기서는 풀이를 생략(省略)하였다. 何(하)는 무엇인가?
   熊(웅)은 곰. 羆(비)는 큰곰. 虺(훼)는 독사(毒蛇). 蛇(사)는 뱀.
8) 大人(대인)은 점복(占卜)을 맡은 관리(官吏)의 경칭(敬稱). 之(지)는 그것. 꿈을 가리
   킨다. 男子(남자)는 아들을 뜻한다. 之(지)는 ~의. 祥(상)은 좋은 조짐, 길조(吉兆).
   女子(여자)는 딸.

바로 아들이 태어나니
곧 침상(寢牀)에 그를 눕히고
곧 치마로 그를 입히고
곧 반쪽 홀(笏)로 그가 가지고 놀게 하네.
그 울음소리가 우렁차고
붉은 폐슬(蔽膝)은 빛나니
왕실(王室) 집안의 군왕(君王)답네.9)

바로 딸이 태어나니
곧 땅에 그를 눕히고
곧 포대기로 그를 입히고
곧 실패로 그가 가지고 놀게 하네.
[집안사람들에게] 잘못하지 말고 [함부로 일을] 꾀하지도 말며
오직 술과 음식(飮食) 이것만을 의논(議論)하고
부모(父母)님께 근심 끼치지 말아야 하네.10)

---

9) 生(생)은 태어나다. 載(재)는 곧. 則(즉)과 같다. 寢(침)은 눕다. 之(지)는 그. 아들을
가리킨다. 牀(상)은 침상(寢牀). 衣(의)는 입다, 감싸다. 裳(상)은 치마. 고대(古代)에
는 어른의 치마로 아이를 감쌌다고 한다. 弄(롱)은 가지고 놀다. 璋(장)은 반쪽 홀(笏).
其(기)는 그. 泣(읍)은 울음소리. 喤喤(황황)은 어린아이의 울음소리. 여기서는 '우렁차
다'로 풀이하였다. 朱(주)는 붉다. 芾(불)은 폐슬(蔽膝). 朱芾(주불)은 천자(天子)나 제
후(諸侯)의 예복(禮服)이다. 斯皇(사황)은 煌煌(황황)과 같다. 빛나는 모양. 室家(실가)
는 왕실(王室) 집안. 君王(군왕)은 제후(諸侯)와 천자(天子)를 말한다.
10) 地(지)는 땅바닥. 裼(체)는 포대기. 褓(보)와 같다. 瓦(와)는 실패. 無(무)는 말라.
非(비)는 [집안사람들에게] 잘못하다, [명령(命令)을] 어기다. 儀(의)는 헤아리다, 꾀하
다. 議(의)와 같다. 여기서는 함부로 일을 꾀함을 뜻한다. 唯(유)는 오직. 酒食(주식)
은 술과 음식(飮食). 議(의)는 의논(議論)하다. 父母(부모)는 부모(父母)님. 詒(이)는
끼치다. 罹(리)는 근심.

(190) 無羊
　　　무　양

誰謂爾無羊 三百維羣 誰謂爾無牛 九十其犉
수위이무양 삼백유군 수위이무우 구십기순

爾羊來思 其角濈濈 爾牛來思 其耳濕濕
이양래사 기각즙즙 이우래사 기이습습

或降于阿 或飲于池 或寢或訛 爾牧來思
혹강우아 혹음우지 혹침혹와 이목래사

何蓑何笠 或負其餱 三十維物 爾牲則具
하사하립 혹부기후 삼십유물 이생즉구

爾牧來思 以薪以蒸 以雌以雄
이목래사 이신이증 이자이웅

爾羊來思 矜矜兢兢 不騫不崩 麾之以肱 畢來旣升
이양래사 긍긍긍긍 불건불붕 휘지이굉 필래기승

牧人乃夢 衆維魚矣 旐維旟矣
목인내몽 중유어의 조유여의

大人占之 衆維魚矣 實維豐年 旐維旟矣 室家溱溱
대인점지 중유어의 실유풍년 조유여의 실가진진

양(羊)이 없네[1]

누가 네게 양(羊)이 없다고 말하나?
삼백(三百) 마리가 무리 짓고 있는데.
누가 네게 소가 없다고 말하나?
구십(九十) 마리가 누렇고 입술 검은 소인데.
네 양(羊)이 오는데
그 뿔이 까닥까닥하고
네 소가 오는데
그 귀가 곰질곰질하네.[2]

---

1) 〈無羊(무양)〉은 목축(牧畜)을 묘사(描寫)한 내용(內容)이다.
2) 誰(수)는 누구. 謂(위)는 말하다. 爾(이)는 너. 無羊(무양)은 양(羊)이 없다. 三百(삼백)은 삼백(三百) 마리. 실제(實際)로는 수백(數百) 마리를 가리킨다. 維(유)는 ~이다. 羣(군)은 무리 짓다. 牛(우)는 소. 九十(구십)은 구십(九十)마리. 실제(實際)로는 많음을 뜻한다. 其(기)는 어조(語調)를 고르는 어조사(語助詞). 犉(순)은 누르고 입술 검은 소. 來(래)는 오다. 思(사)는 어기사(語氣詞)로 어기(語氣)를 고른다. 其(기)는 그. 角(각)은 뿔. 濈濈(즙즙)은 많이 모여 있는 모습. 여기서는 뿔이 '까닥까닥하다'로 풀이하였다. 耳(이)는 귀. 濕濕(습습)은 소가 반추(反芻)할 때 귀가 움직이는 모양. 여기서는 '곰질곰질하다'로 풀이하였다.

어떤 놈은 언덕에서 내려오고
어떤 놈은 연못에서 물마시고
어떤 놈은 누워있고 어떤 놈은 움직이네.
네 목부(牧夫)들이 오는데
도롱이 걸치고 삿갓 쓰고
어떤 이는 건량(乾糧)을 짊어졌네.
[소와 양(羊)은] 서른 가지나 되는 이런 털색(色)이니
네 희생(犧牲)이 곧 갖추어졌네.3)

---

3) 或(혹)은 어떤 놈. 降(강)은 내려오다. 于(우)는 ~에서. 阿(아)는 언덕. 飮(음)은 마시
다. 池(지)는 연못. 寢(침)은 눕다. 訛(와)는 움직이다. 吪(와)와 같다. 爾(이)는 너.
우양(牛羊)의 주인(主人)을 가리킨다. 牧(목)은 목부(牧夫). 何(하)는 荷(하)와 같다.
짊어지다. 여기서는 걸치다, 쓰다. 蓑(사)는 도롱이. 笠(립)은 삿갓. 或(혹)은 어떤
이. 負(부)는 짊어지다. 其(기)는 어조(語調)를 고르는 어조사(語助詞). 餱(후)는 건량
(乾糧). 三十(삼십)은 서른 가지. 실제(實際)로는 많음을 뜻한다. 維(유)는 발어사(發
語詞). 이, 이런. 物(물)은 물건(物件). 여기서는 털색(色)을 가리킨다. 牲(생)은 희생
(犧牲). 則(즉)은 곧. 具(구)는 갖추다. 제사(祭祀)의 종류(種類)에 따라 희생(犧牲)의
털빛도 달랐다.

네 목부(牧夫)들이 오면서
거친 땔나무를 가져오고 가느다란 땔나무도 가져오며
[사냥한] 암놈을 가져오고 수놈도 가져오네.
네 양(羊)들이 오는데
조심조심(操心操心)하며
[무리에서] 빠져나가지도 않고 흩어지지도 않네.
팔뚝으로 양(羊)떼를 부르니
죄다 와서 이윽고 [우리에] 들어가네.4)

---

4) 以(이)는 거느리다. 여기서는 가지다. 取(취)와 같다. 薪(신)은 [거친] 땔나무. 蒸(증)
은 섶, [가는] 땔나무. 雌(자)는 암컷. 여기서는 사냥한 것을 말한다. 雄(웅)은 수컷.
矜矜(긍긍)과 兢兢(긍긍)은 조심(操心)하는 모습. 不(불)은 아니하다. 騫(건)은 이지러
지다. 여기서는 무리에서 빠져나가는 것을 뜻한다. 崩(붕)은 무너지다. 여기서는 흩어
짐을 뜻한다. 麾(휘)는 부르다. 之(지)는 羊(양)떼를 가리킨다. 以(이)는 ~로써. 肱
(굉)은 팔뚝. 畢(필)은 죄다, 모두. 旣(기)는 이윽고. 升(승)은 오르다. 여기서는 우리
에 들어감을 말한다.

목인(牧人)이 바로 꿈꾸니
메뚜기 떼와 물고기 떼며
거북과 뱀 그린 검은 기(旗)와 송골매 그린 붉은 기(旗)였네.
대인(大人)이 그것을 점(占)치니
메뚜기 떼와 물고기 떼는
이것은 풍년(豐年)이고
거북과 뱀 그린 검은 기(旗)와 송골매 그린 붉은 기(旗)는
집안에 [자손(子孫)이] 많아질 것이라네.5)

---

5) 牧人(목인)은 목부(牧夫)와 같다. 乃(내)는 곧, 바로. 夢(몽)은 꿈꾸다. 衆(중)은 螽
(종)의 가차자(假借字). 메뚜기. 維(유)는 ~와. 與(여)와 같다. 魚(어)는 물고기. 矣
(의)는 구(句)의 끝에서 다음 말을 일으키거나 단정(斷定)의 뜻을 나타내는 어조사(語
助詞). 旐(조)는 거북과 뱀을 그려 넣은 검은 빛깔의 기(旗). 旟(여)는 붉은 비단에 송
골매를 그려 넣은 기(旗). 大人(대인)은 점복(占卜)을 맡은 관리(官吏)의 경칭(敬稱).
占(점)은 점(占)치다. 之(지)는 그것. 꿈을 가리킨다. 實(실)은 이것. 是(시)와 같다.
維(유)는 ~이다. 爲(위)와 같다. 豐年(풍년)은 풍년(豐年). 室家(실가)는 집안. 溱溱
(진진)은 많은 모습. 여기서는 자손(子孫)이 많아짐을 뜻한다. 溱(진)은 많다.

(191) 節南山
절 남 산

節彼南山　維石巖巖　赫赫師尹　民具爾瞻
절 피 남 산　유 석 암 암　혁 혁 사 윤　민 구 이 첨
憂心如惔　不敢戲談　國既卒斬　何用不監
우 심 여 담　불 감 희 담　국 기 졸 참　하 용 불 감

節彼南山　有實其猗　赫赫師尹　不平謂何
절 피 남 산　유 실 기 의　혁 혁 사 윤　불 평 위 하
天方薦瘥　喪亂弘多　民言無嘉　憯莫懲嗟
천 방 천 차　상 란 홍 다　민 언 무 가　참 막 징 차

尹氏大師　維周之氐　秉國之均　四方是維
윤 씨 대 사　유 주 지 저　병 국 지 균　사 방 시 유
天子是毗　俾民不迷　不弔昊天　不宜空我師
천 자 시 비　비 민 불 미　부 조 호 천　불 의 공 아 사

弗躬弗親　庶民弗信　弗問弗仕　勿罔君子
불 궁 불 친　서 민 불 신　불 문 불 사　물 망 군 자
式夷式已　無小人殆　瑣瑣姻亞　則無膴仕
식 이 식 이　무 소 인 태　쇄 쇄 인 아　즉 무 무 사

昊天不傭　降此鞠訩　昊天不惠　降此大戾
호 천 불 용　강 차 국 흉　호 천 불 혜　강 차 대 려
君子如屆　俾民心闋　君子如夷　惡怒是違
군 자 여 계　비 민 심 결　군 자 여 이　오 노 시 위

不弔昊天　亂靡有定　式月斯生　俾民不寧
부 조 호 천　난 미 유 정　식 월 사 생　비 민 불 녕
憂心如酲　誰秉國成　不自爲政　卒勞百姓
우 심 여 정　수 병 국 성　부 자 위 정　졸 로 백 성

駕彼四牡　四牡項領　我瞻四方　蹙蹙靡所騁
가 피 사 모　사 모 항 령　아 첨 사 방　척 척 미 소 빙

方茂爾惡　相爾矛矣　既夷既懌　如相酬矣
방 무 이 오　상 이 모 의　기 이 기 역　여 상 수 의

昊天不平　我王不寧　不懲其心　覆怨其正
호 천 불 평　아 왕 불 녕　부 징 기 심　복 원 기 정

家父作誦　以究王訩　式訛爾心　以畜萬邦
가 보 작 송　이 구 왕 흉　식 와 이 심　이 혹 만 방

높고 험(險)한 남산(南山)[1]

높고 험(險)한 남산(南山)은
바위가 [겹겹이] 쌓여있네.
혁혁(赫赫)한 태사(太師) 윤씨(尹氏),
백성(百姓)들은 모두 그대를 쳐다보네.
[나라를] 근심하는 마음으로 [속이] 타는 것 같고
[그대의 위세(威勢)에] 감(敢)히 [서로] 놀리는 말조차 못 하네.
국운(國運)이 이윽고 죄다 끊어지려는데
[그대는] 어찌하여 [국정(國政)을] 살피지 않는가?[2]

---

1) 〈節南山(절남산)〉은 周(주)나라 대부(大夫)인 家父(가보)가 집정자(執政者)인 尹氏(윤
씨)를 나무라는 내용(內容)이다.
2) 節彼(절피)는 節節(절절)과 같다. 높고 험(險)한 모습. 南山(남산)은 終南山(종남산)을
말한다. 維(유)는 어조(語調)를 고르는 어조사(語助詞). 石(석)은 바위. 巖巖(암암)은
바위가 쌓여있는 모습. 이 두 구(句)는 太師(태사)인 尹氏(윤씨)의 지위(地位)가 높음
을 나타낸다. 혁혁(赫赫)은 위명(威名)을 떨치는 모습. 師(사)는 周(주)나라 삼공(三
公)[태사(太師), 태부(太傅), 태보(太保)]의 하나인 태사(太師)를 말한다. 尹(윤)은 윤
씨(尹氏). 民(민)은 백성(百姓). 具(구)는 모두. 爾(이)는 그대, 너. 瞻(첨)은 쳐다보
다. 憂心(우심)은 [나라를] 근심하는 마음. 如(여)는 ~같다. 惔(담)은 [속이] 타다. 不
敢(불감)은 감(敢)히 ~ 못 하다. 戱(희)는 놀리다. 談(담)은 말하다. 國(국)은 국운(國
運)을 말한다. 旣(기)는 벌써, 이윽고. 卒(졸)은 죄다, 모두. 斬(참)은 끊어지다. 何用
(하용)은 何以(하이)와 같다. 어찌하여. 不監(불감)은 [국정(國政)을] 살피지 않다. 이
장(章)은 尹氏(윤씨)가 백성(百姓)의 신망(信望)을 잃었음을 말하고 있다.

높고 험(險)한 남산(南山)은
널따란 산(山)비탈이 있네.
혁혁(赫赫)한 태사(太師) 윤씨(尹氏)는
어찌하여 [국정(國政)을] 고르게 하지 못할까?
하늘이 바야흐로 거듭 [나라를] 병(病)들게 하시니
죽음과 난리(亂離)가 크고도 많네.
[그대에 대(對)한] 백성(百姓)의 말은 좋은 것이 없고
[그대는] 일찍이 [스스로를] 경계(警戒)함이 없네.3)

---

3) 有實(유실)은 實實(실실)과 같다. 광대(廣大)한 모습. 여기서는 '널따랗다'로 풀이하였다.
其(기)는 어조(語調)를 고르는 어조사(語助詞). 猗(의)는 阿(아)를 뜻한다. 산비탈. 이 구
(句)는 산(山) 위에 비탈진 곳이 있다는 것으로서 太師(태사)인 尹氏(윤씨)가 국정(國政)을
고르게 펴지 못함을 말하고 있다. 不(불)은 아니다. 平(평)은 고르다, 공평(公平)하다.
謂何(위하)는 爲何(위하)와 같다. 어찌하여. 謂(위)는 ~이다. 何(하)는 어찌. 天(천)은 하
늘. 方(방)은 바야흐로. 薦(천)은 거듭. 瘥(차)는 병(病)들다, 역질(疫疾). 喪亂(상란)은 죽
음과 난리(亂離). 弘(홍)은 크다. 多(다)는 많다. 民言(민언)은 [尹氏(윤씨)에 대(對)한] 백
성(百姓)의 말. 無(무)는 없다. 嘉(가)는 좋다. 憯(참)은 일찍이. 朁(참)과 같다. 莫(막)은
없다. 懲(징)은 경계(警戒)하다. 嗟(차)는 구(句)의 끝에서 어조(語調)를 고르는 어조사(語
助詞).

태사(太師) 윤씨(尹氏)는
주(周)나라의 근본(根本)이네.
국정(國政)의 균형(均衡)을 잡고
사방(四方)을 유지(維持)하고
천자(天子)를 돕고
백성(百姓)으로 하여금 헤매지 않게 해야 하네.
좋다고만 못 할 하늘은
마땅히 우리 많은 사람들을 궁곤(窮困)하게 하지 마소서.4)

---

4) 大師(대사)는 太師(태사)와 같다. 維(유)는 ~이다. 周(주)는 주(周)나라. 之(지)는 ~
의. 氏(저)는 근본(根本). 秉(병)은 잡다. 國(국)은 나라. 均(균)은 고르다, 균형(均
衡). 四方(사방)은 온 나라. 是(시)는 이. 四方(사방)을 가리킨다. 풀이를 생략(省略)
하였다. 維(유)는 매다, 유지(維持)하다. 天子(천자)는 周(주)나라 왕(王). 毗(비)는 돕
다. 俾(비)는 하여금. 使(사)와 같다. 迷(미)는 헤매다. 不弔(부조)는 不善(불선)과 같
다. 좋다고만 못 하다. 弔(조)는 좋다고 하다. 여기서는 하소연하는 표현(表現)이다.
昊(호)는 天(천)과 같다. 하늘. 不(불)은 勿(물)과 같다. 말라. 宜(의)는 마땅히. 空
(공)은 비우다. 궁곤(窮困)을 뜻한다. 師(사)는 많은 사람.

[정사(政事)를] 몸소 하지 않고 친(親)히 하지 않으면
여러 백성(百姓)들은 믿지 않는다네.
[정사(政事)를] 묻지도 않고 살피지도 않으면서
군자(君子)를 속이려하지 말라.
[불합리(不合理)함을] 없애고 [부조리(不條理)를] 그치게 하고
소인(小人)들이 [국정(國政)을] 위태(危殆)롭게 함이 없게 하라.
자질구레하게 바깥사돈(查頓)과 동서(同壻)에까지
곧 두터운 [봉록(俸祿)]과 [높은] 벼슬이 없게 하라.5)

---

5) 弗(불)은 아니다. 不(불)과 같다. 躬(궁)은 몸소 하다. 親(친)은 친(親)히 하다. 庶(서)
는 여러. 信(신)은 믿다. 間(문)은 묻다. 仕(사)는 살피다. 勿(물)은 말라. 罔(망)은 속
이다. 君子(군자)는 현명(賢明)한 벼슬아치를 말한다. 式(식)은 어조(語調)를 고르는
어조사(語助詞). 夷(이)는 없애다. 已(이)는 그치다. 無(무)는 없다. 小人(소인)은 어질
지 못한 신하(臣下)를 가리킨다. 殆(위)는 위태(危殆)하다. 瑣瑣(쇄쇄)는 자질구레한
모습. 姻(인)은 사위의 아버지, 바깥사돈(查頓). 亞(아)는 동서(同壻). 則(즉)은 곧. 膴
(무)는 두텁다. 두터운 녹봉(祿俸)을 뜻한다. 仕(사)는 벼슬하다. 높은 벼슬을 뜻한다.

하늘은 공평(公平)하지 않아
이 지극(至極)한 재앙(災殃)을 내렸네.
하늘이 은혜(恩惠)롭지 않아
이 큰 불행(不幸)을 내렸네.
군자(君子)가 만약(萬若) [폭정(暴政)을] 그치면
백성(百姓)들의 [성낸] 마음으로 하여금 끝나게 할 텐데.
군자(君子)가 만약(萬若) [정치(政治)를] 공평(公平)하게 하면
[백성(百姓)의] 증오(憎惡)와 분노(憤怒) 이것이 떠나갈 텐데.6)

---

6) 傭(종)은 고르다, 공평(公平)하다. 降(강)은 내리다. 此(차)는 이. 鞠(국)은 궁(窮), 極
(극)을 뜻한다. 訩(흉)은 재앙(災殃). 惠(혜)는 은혜(恩惠). 大(대)는 크다. 戾(려)는 어
그러지다. 여기서는 불행(不幸)으로 풀이하였다. 君子(군자)는 태사(太師) 尹氏(윤씨)
를 가리킨다. 如(여)는 만약(萬若). 屆(계)는 다하다. 여기서는 그치다. 心(심)은 [분
노(憤怒)한] 마음. 夷(이)는 평평(平平)하게 하다. 여기서는 정치(政治)를 공평(公平)하
게 함을 뜻한다. 惡(오)는 증오(憎惡). 怒(노)는 분노(憤怒). 是(시)는 이. 惡怒(오노)
를 가리킨다. 違(위)는 떠나다.

좋다고만 못 할 하늘이여!
난리(亂離)가 그침이 있지 않네.
달마다 이것이 발생(發生)하여
백성(百姓)들로 하여금 편안(便安)하게 하지 못하네.
[나라를] 걱정하는 마음으로 숙취(宿醉)한 것 같은데
[도대체] 누가 나라의 안녕(安寧)을 잡고 있는가?
[윤씨(尹氏)] 자신(自身)이 [몸소] 정치(政治)를 하지 않아
백성(百姓)들을 병(病)들게 하고 힘들게 하네.7)

---

7) 靡(미)는 없다, 않다. 有(유)는 있다. 定(정)은 그치다, 멈추다. 月(월)은 달마다. 斯
(사)는 이것. 난리(亂離)를 가리킨다. 生(생)은 나다, 발생(發生)하다. 寧(녕)은 편안
(便安)하다. 醒(정)은 숙취(宿醉). 誰(수)는 누구. 國成(국성)은 나라의 안녕(安寧). 成
(성)은 平(평)과 같다. 평치(平治), 안녕(安寧)을 뜻한다. *成(성)을 권형(權衡)으로 보
는 곳도 있다. 自(자)는 [윤씨(尹氏)] 자신(自身). 爲政(위정)은 정치(政治)를 하다. 卒
(졸)은 瘁(췌)의 가차자(假借字). 병(病)들다, 고달프다. *卒(졸)을 '마침내'로 풀이하
는 곳도 있다.

저 네 마리 수말에 멍에를 메우니
네 마리 수말의 목은 [병(病)들어] 커졌네.
내가 사방(四方)을 둘러보아도
[심신(心身)이] 위축(萎縮)되어 달릴 곳이 없네.8)

바야흐로 그대를 증오(憎惡)함이 강렬(强烈)해져
서로가 그대를 [사람 찌르는] 창(槍)으로 여기네.
[그러나 그대는] 이미 개의(介意)치 않고 벌써 즐거워하여
[주빈(主賓)이] 서로 술잔을 돌리는 것 같네.9)

---

8) 駕(가)는 [수레에 말을] 메우다. 彼(피)는 저. 四(사)는 네 [마리]. 牡(모)는 수컷. 여
기서는 수말을 뜻한다. 項(항)은 크다. 領(령)은 목. 項領 (항령)은 말이 오랫동안 멍
에를 메우지 않아 말의 목이 비대(肥大)해진 병(病)에 걸렸음을 말한다. 我(아)는 나.
작자(作者)를 가리킨다. 瞻(첨)은 쳐다보다. 蹙蹙(축축)은 오그라들어 퍼지지 않는 모
양. 위축(萎縮)되다. 所(소)는 곳. 騁(빙)은 달리다.

9) 茂(무)는 왕성(旺盛)하다, 강렬(强烈)하다. 爾(이)는 너. 尹氏(윤씨)를 가리킨다. 惡(오)
는 증오(憎惡). 相(상)은 서로. 矛(모)는 자루가 긴 창(槍). 矣(의)는 단정(斷定)의 뜻을
나타내는 어조사(語助詞). 旣(기)는 이미, 벌써. 夷(이)는 마음이 편안(便安)하다. 여기
서는 '개의(介意)치 않다'로 풀이하였다. 懌(역)은 기뻐하다. 酬(수)는 다시 술잔을 돌리
다. 원문(原文)의 酬(수)는 酬[州=壽](수)이다.

하늘은 공평(公平)하지 못하여
우리 왕(王)이 안녕(安寧)하지 못하네.
[윤씨(尹氏)가] 자신(自身)의 마음을 징계(懲戒)하지 못하고
도리어 그 바른 [말하는] 이를 원망(怨望)하네.10)

가보(家父)가 송(誦)을 지어
왕조(王朝)의 재앙(災殃)을 [깊이] 연구(研究)했네.
아! [국왕(國王)] 당신(當身)의 마음을 변화(變化)시켜
모든 나라를 기르소서.11)

---

10) 王(왕)은 천자(天子)를 뜻한다. 其(기)는 그. 尹氏(윤씨) 자신(自身)를 가리킨다. 覆
(복)은 도리어. 怨(원)은 원망(怨望)하다. 正(정)은 바로잡다, 정간(正諫)하다.
11) 家父(가보)는 작자(作者). 家(가)는 채지(采地)이며 이를 성씨(姓氏)를 삼았다. 父
(보)는 자(字)이다. 毛傳(모전)에는 그의 지위(地位)가 대부(大夫)로 되어있다. 作(작)
은 짓다. 誦(송)은 시가(詩歌). 以(이)는 접속(接續)의 뜻을 지닌 어조사(語助詞). 그래
서, 여기서는 풀이를 생략(省略)하였다. 究(구)는 추구(追究)하다. 王訩(왕흉)은 왕조
(王朝)의 재앙(災殃). 여기서는 왕조(王朝) 재앙(災殃)의 근원(根源)을 말하며 곧 윤씨
(尹氏)를 가리킨다. 訛(와)는 변(變)하다, 바뀌다. 爾(이)는 그대, 당신. 여기서는 국
왕(國王)을 가리킨다. 이 구(句)는 국왕(國王)이 윤씨(尹氏)를 임용(任用)한 마음을 바
꾸어야 함을 말하고 있다. 畜(휵)은 기르다. 萬邦(만방)은 모든 나라. 이 장(章)은 윤
씨(尹氏)를 임용(任用)하여 나라를 재앙(災殃)에 빠지게 한 책임(責任)은 국왕(國王)에
게 있음을 말하고 있다.

(192) 正 月
정 월

正月繁霜 我心憂傷 民之訛言 亦孔之將
정월번상 아심우상 민지와언 역공지장

念我獨兮 憂心京京 哀我小心 癙憂以痒
염아독혜 우심경경 애아소심 서우이양

父母生我 胡俾我瘉 不自我先 不自我後
부모생아 호비아유 부자아선 부자아후

好言自口 莠言自口 憂心愈愈 是以有侮
호언자구 유언자구 우심유유 시이유모

憂心惸惸 念我無祿 民之無辜 幷其臣僕
우심경경 염아무록 민지무고 병기신복

哀我人斯 于何從祿 瞻烏爰止 于誰之屋
애아인사 우하종록 첨오원지 우수지옥

瞻彼中林 侯薪侯蒸 民今方殆 視天夢夢
첨피중림 후신후증 민금방태 시천몽몽

既克有定 靡人弗勝 有皇上帝 伊誰云憎
기극유정 미인불승 유황상제 이수운증

謂山蓋卑 爲岡爲陵 民之訛言 寧莫之懲
위산개비 위강위릉 민지와언 영막지징

召彼故老 訊之占夢 具曰予聖 誰知烏之雌雄
소피고로 신지점몽 구왈여성 수지오지자웅

謂天蓋高 不敢不局 謂地蓋厚 不敢不蹐
위천개고 불감불국 위지개후 불감불척

維號斯言 有倫有脊 哀今之人 胡爲虺蜴
유호사언 유륜유척 애금지인 호위훼척

瞻彼阪田 有菀其特 天之扤我 如不我克
첨피판전 유울기특 천지올아 여불아극

彼求我則 如不我得 執我仇仇 亦不我力
피구아칙 여불아득 집아구구 역불아력

心之憂矣 如或結之 今茲之正 胡然厲矣
심지우의 여혹결지 금자지정 호연려의

燎之方揚 寧或滅之 赫赫宗周 褒姒滅之
요지방양 영혹멸지 혁혁종주 포사멸지

終其永懷 又窘陰雨 其車旣載 乃棄爾輔
　종기영회 　우군음우 　기거기재 　내기이보

載輸爾載 將伯助予
　재수이재 　장백조여

無棄爾輔 員于爾輻 屢顧爾僕 不輸爾載
　무기이보 　운우이복 　두고이복 　불수이재

終踰絕險 曾是不意
　종유절험 　증시불의

魚在于沼 亦匪克樂 潛雖伏矣 亦孔之炤
　어재우소 　역비극락 　잠수복의 　역공지소

憂心慘慘 念國之爲虐
　우심참참 　염국지위학

彼有旨酒 又有嘉殽 洽比其鄰 昏姻孔云
　피유지주 　우유가효 　흡비기린 　혼인공운

念我獨兮 憂心慇慇
　염아독혜 　우심은은

佌佌彼有屋 蔌蔌方有穀 民今之無祿 天夭是椓
　차차피유옥 　속속방유곡 　민금지무록 　천요시탁

哿矣富人 哀此惸獨
　가의부인 　애차경독

정월(正月)[1]

[주(周)나라] 정월(正月)에 많은 서리 내리고
내 마음은 근심으로 아프네.
[요즈음] 백성(百姓)들의 거짓말이
또한 매우 크네.
나의 외로움을 생각하니
근심하는 마음이 [나를] 맴돌고 있네.
내 소심(小心)함을 슬퍼하고
근심으로 속이 끓어 앓게 되었네.[2]

---

1) 〈正月(정월)〉은 周(주)나라 대부(大夫)가 幽王(유왕)을 원망(怨望)하며 풍자(諷刺)하고
나라와 백성(百姓)을 걱정하며 자신(自身)의 고립무원(孤立無援)함을 마음 아파하는 내
용(內容)이다.
2) 正月(정월)은 周(주)나라 정월(正月)로 夏(하)나라 역법(曆法)[이른바 음력(陰曆)]으로는
십일월(十一月). 繁(번)은 많다. 霜(상)은 서리. 我(아)는 나. 작자(作者)를 말한다. 心
(심)은 마음. 憂(우)는 근심. 傷(상)은 마음 아파하다. 民(민)은 백성(百姓). 之(지)는
~의. 訛言(와언)은 거짓말. 亦(역)은 또한. 孔(공)은 매우. 之(지)는 어조(語調)를 고르
는 어조사(語助詞)로 쓰였다. 將(장)은 크다. 念(염)은 생각하다. 獨(독)은 외로움. 兮
(혜)는 구(句)의 끝에서 어세(語勢)를 멈추었다가 다시 높이는 데 쓰인다. 京京(경경)은
근심 걱정이 떠나지 않는 모습. 여기서는 '맴돌다'로 풀이하였다. 哀(애)는 슬퍼하다.
小心(소심)은 대담(大膽)하지 못하고 겁이 많으며 도량(度量)이 좁음. 瘋(서)는 속 끓이
다. 以(이)는 而(이)와 같다. 접속(接續)의 어조사(語助詞). 痒(양)은 앓다.

부모(父母)님께서 나를 낳으심이
어찌 나로 하여금 괴롭게 하셨나?
[어지러운 정치(政治)가] 내 앞 [시대(時代)]부터도 아니고
내 뒤 [시대(時代)]부터도 아니네. [바로 내 시대(時代)에 있네.]
좋은 말도 입으로부터 [나오고]
추(醜)한 말도 입으로부터 [나오네.]
근심하는 마음으로 시름겨워 하니
이로써 [소인(小人)들에게] 업신여겨짐이 있네.3)

---

3) 父母(부모)는 부모(父母)님. 生(생)은 낳다. 胡(호)는 어찌. 俾(비)는 하여금. 使(사)와
같다. 瘉(유)는 괴로워하다. 不(부)는 아니다. 自(자)는 ~로부터. 先(선)은 앞 시대(時
代)를 뜻한다. 後(후)는 뒤 시대(時代). 好言(호언)은 좋은 말. 口(구)은 입. 莠(유)는
추(醜)하다. 憂心(우심)은 근심하는 마음. 愈愈(유유)는 근심하는 모습. 여기서는 '시
름겹다'로 풀이하였다. 是以(시이)는 이로써, 이 때문에. 有(유)는 있다. 侮(모)는 업
신여기다.

근심하는 마음으로 애태우며
내가 복(福) 없음을 생각하네.
백성(百姓)들은 허물이 없는데도
함께 노예(奴隷)가 되었네.
불쌍한 우리네 사람은
어디에서 복(福)을 쫓을까?
까마귀가 어디서 머물지 쳐다보지만
[과연(果然)] 누구의 집에서 [머물까?]4)

---

4) 惸惸(경경)은 근심하는 모습. 여기서는 '애태우다'로 풀이하였다. 無(무)는 없다. 祿
(녹)은 복(福). 之(지)는 ~는(은). 辜(고)는 허물. 幷(병)은 함께, 모두. 其(기)는 어조
(語調)를 고르는 어조사(語助詞). 臣(신)과 僕(복)은 노예(奴隷)를 뜻한다. 哀(애)는 불
쌍하게 여기다. 我人(아인)은 우리네 사람들. 斯(사)는 어조(語調)를 고르는 어조사(語
助詞). 于(우)는 ~에서. 何(하)는 어디. 從(종)은 쫓다. 瞻(첨)은 보다. 烏(오)는 까마
귀. 爰(원)은 어디. 止(지)는 머무르다. 誰(수)는 누구. 屋(옥)은 집. 이 두 구(句)는
까마귀가 어디서 머물지 모르는 것처럼 자신(自身)도 결국(結局) 어떻게 될지 모른다
는 것을 비유(比喩)하고 있다.

저 숲 가운데를 보니
이 거친 땔나무와 이 가느다란 땔나무뿐이네.
백성(百姓)들은 지금(只今) 바야흐로 위태(危殆)한데
하늘을 보니 흐릿흐릿하네.
[하늘이] 끝내 능(能)히 [혼란(昏亂)함을] 그치려 함이 있다면
소인(小人)들을 이기지 못함이 없다네.
위대(偉大)한 상제(上帝)께서는
[도대체] 누구를 미워하시는가?5)

---

5) 中林(중림)은 林中(임중)과 같다. 숲 가운데. 侯(후)는 維(유)와 같다. 이. 薪(신)은
거친 땔나무. 蒸(증)은 가느다란 땔나무. 이 두 구(句)는 조정(朝廷)에 현자(賢者)가
아닌 소인(小人)이 모여 있음을 비유(比喩)하고 있다. 今(금)은 지금(只今). 方(방)은 바
야흐로. 殆(태)는 위태(危殆)하다. 視(시)는 보다. 天(천)은 하늘. 周(주)나라 幽王(유
왕)을 뜻한다. 夢夢(몽몽)은 멀어서 흐릿한 모습. 既(기)는 끝내. 終(종)과 같다. 克
(극)은 능(能)히 ~할 수 있다. 定(정)은 그치다. 靡(미)는 없다. 人(인)은 소인(小人)
을 말한다. 弗(불)은 不(불)과 같다. 못하다. 勝(승)은 이기다. 有皇(유황)은 皇皇(황
황)과 같다. 위대(偉大)함을 뜻한다. 上帝(상제)는 천제(天帝), 조물주(造物主). 伊(이)
와 云(운)은 어조(語調)를 고르는 어조사(語助詞). 憎(증)은 미워하다.

산(山)을 어찌 낮다고 말하는가?
산둥성이도 있고 언덕도 있는데.
백성(百姓)들의 거짓말을
곧 그것을 그치게 함이 없네.
저 원로(元老)를 부르고
점몽관(占夢官)에게 그것을 물으니
모두 말하기를 '내가 슬기롭다'고 하지만
누가 까마귀의 암수를 알겠는가?6)

---

6) 謂(위)는 말하다. 蓋(개)는 어찌. 卑(비)는 낮다. 爲(위)는 있다. 岡(강)은 산둥성이.
   陵(릉)은 언덕. 訛言(와언)은 거짓말. 寧(영)은 곧. 乃(내)와 같다. 莫(막)은 없다. 之
   (지)는 그것. 訛言(와언)을 가리킨다. 김(소)는 부르다. 故老(고로)는 원로(元老). 訊
   (신)은 묻다. 之(지)는 訛言(와언)의 시비(是非)를 말한다. 占夢(점몽)은 점몽(占夢)을
   맡은 관명(官名). 具(구)는 모두. 曰(왈)은 말하다. 予(여)는 나. 聖(성)은 슬기롭다.
   雌雄(자웅)은 암수.

하늘을 어찌 높다고만 말하는가?
감(敢)히 [몸을] 굽히지 아니하지 못한다네.
땅을 어찌 두텁다고만 말하는가?
감(敢)히 [걸음을] 살금살금 걷지 아니하지 못한다네.
이 말을 외치니 [이 말은]
도리(道理)가 있고 조리(條理)가 있다네.
불쌍한 지금(只今)의 사람들은
어찌하여 독사(毒蛇)와 도마뱀이 되었는가?7)

저 비탈 밭을 보니
무성(茂盛)한 [싹 가운데에도] 특출(特出)한 [싹이 있네.]
[지금(只今)] 하늘이 나를 흔듦이
나를 이겨 내지 못할까 [두려워하는] 것 같네.
[처음에는] 저 분이 나를 찾음이
나를 얻지 못할까 [두려워하는] 것 같았네.
[이제는] 나를 잡음이 느슨하고
또한 나에게 힘을 실어 주지도 않네.8)

---

7) 高(고)는 높다. 敢(감)은 감(敢)히. 局(국)은 굽히다. 跼(국)과 같다. 地(지)는 땅. 厚(후)는 두텁다. 蹐(척)은 살금살금 걷다. 이 네 구(句)는 하늘이 높고 땅이 두터워도 조심스럽게 행동(行動)해야 함을 말한다. 維(유)는 어조(語調)를 고르는 어조사(語調詞). 號(호)는 부르짖다, 외치다. 斯(사)는 이. 言(언)은 말. 앞의 네 구(句)를 가리킨다. 倫(륜)은 도리(道理). 脊(척)은 조리(條理). 胡爲(호위)는 어찌하여 ~가 되었는가? 虺(훼)는 독사(毒蛇). 蜴(척)은 도마뱀.

8) 阪(판)은 비탈. 田(전)은 밭. 有菀(유울)은 菀菀(울울)과 같다. 무성(茂盛)한 모습. 이 두 구(句)는 비탈 밭 가운데 있는 특출(特出)한 싹을 작자(作者) 자신(自身)의 특출(特出)한 재능(才能)에 비유(比喩)하고 있다. 抗(올)은 흔들다. 좌절(挫折)시킴을 뜻한다. 如(여)는 ~와 같다. 克(극)은 이기다. 彼(피)는 저 분. 周(주)나라 왕(王)을 가리킨다. 求(구)는 찾다. 則(즉)은 어조(語調)를 고르는 어조사(語助詞)로 쓰였다. 得(득)은 얻다. 執(집)은 잡다. 仇仇(구구)는 느슨한 모습. 仇[亻⇄扌](구)와 같다. 緩(완)의 뜻이다. 亦(역)은 또한. 力(력)은 힘을 실어 주다, 중용(重用)하다.

마음의 근심은
어떤 이가 그것을 묶어 놓은 것 같네.
지금(只今) 이곳의 정치(政治)는
어찌 그리도 매서운가?
들불이 바야흐로 세차니
어찌 어떤 이가 그것을 끄겠는가?
혁혁(赫赫)한 종주국(宗主國)인 주(周)나라를
포사(褒姒)가 없애네.9)

끝까지 길게 걱정했는데
또 장맛비에 고생(苦生)하네.
수레에 이미 [화물(貨物)을] 싣고는
이에 네 수레 덧방나무를 내버렸네.
곧 네 실은 것을 떨어뜨리면
맏이에게 요청(要請)하여 '나를 도와 달라.'고 하겠지.10)

---

9) 矣(의)는 구(句)의 끝에서 다음 말을 일으키는 말. 或(혹)은 어떤 이. 結(결)은 묶다.
之(지)는 그것. 憂(우)를 가리킨다. 茲(자)는 이, 이곳. 之(지)는 ~의. 正(정)은 政(정)
과 같다. 정사(政事), 정치(政治). 然(연)는 그러하다. 여기서는 '그리도'로 풀이하였
다. 厲(려)는 사납다, 매섭다. 矣(의)는 반어(反語)의 뜻을 나타내는 어조사(語助詞).
燎(료)는 들불. 之(지)는 ~이. 揚(양)은 불이 세차게 타오르다. 寧(영)은 어찌. 滅(멸)
은 끄다. 之(지)는 燎(료)를 가리킨다. 赫赫(혁혁)은 왕성(旺盛)한 모습. 宗(종)은 종주
(宗主). 周(주)는 周(주)나라. 褒姒(포사)는 周(주)나라 幽王(유왕)이 총애(寵愛)하는 妃
(비). 滅[氵가 빠짐](혈)은 滅(멸)의 古字(고자). 없애다, 멸망(滅亡)시키다. 之(지)는
宗周(종주)를 가리킨다. 여기서는 생략(省略)하였다.

10) 終(종)은 끝까지. 其(기)는 어조(語調)를 고르는 어조사(語助詞). 永(영)은 길게 하
다. 懷(회)는 생각. 여기서는 걱정을 뜻한다. 又(우)는 또, 다시. 窘(군)은 막히다, 고
생(苦生)하다. 陰雨(음우)는 장맛비. 여기서는 또 다른 많은 어려움을 뜻한다. 車(거)
는 수레. 旣(기)는 이미. 載(재)는 싣다. 乃(내)는 곧, 이에. 棄(기)는 내버리다. 爾
(이)는 너, 그대. 수레 주인(主人)을 가리키며 실제(實際)로는 周(주)나라 王(왕)을 뜻
한다. 輔(보)는 수레의 양쪽 가장자리에 덧댄 나무인 덧방나무. 載(재)는 곧. 則(즉)과
같다. 輸(수)는 떨어뜨리다. 將(장)은 청(請)하다. 伯(백)은 고대(古代) 남자(男子)의
경칭(敬稱). 맏이. 여기서는 현인(賢人)을 가리킨다. 助(조)는 돕다. 予(여)는 나.

네 수레 덧방나무를 버리지 말고
네 [수레바퀴에] 바퀴살을 더하라.
자주 네 수레꾼을 돌아보아
네 실을 것을 떨어뜨리지 말라.
[이리하면] 마침내 아주 험(險)한 곳도 넘을 텐데
곧 이것을 헤아리지 않네.11)

물고기가 늪에 있어도
또한 능(能)히 즐겁지 못하네.
비록 [물 밑으로] 잠복(潛伏)하더라도
또한 매우 밝게 [보인다네.]
근심하는 마음으로 애처롭게 됨은
국정(國政)이 포학(暴虐)해짐을 생각하기 때문이네.12)

---

11) 無(무)는 말라. 勿(물)과 같다. 員(운)은 더하다. 于(우)는 ~에. 輻(복)은 바퀴살.
   屢(루)는 자주. 顧(고)는 돌아보다. 僕(복)은 종, 수레꾼. 不(불)은 말라. 終(종)은 마
   침내. 踰(유)는 넘다. 絕(절)은 매우, 아주. 險(험)은 험(險)한 곳. 曾(증)은 곧. 是
   (시)는 이것. 좋은 방법(方法)을 가리킨다. 不意(불의)는 헤아리지 않다.
12) 魚(어)는 물고기. 在(재)는 있다. 于(우)는 ~에. 沼(소)는 늪, 연못. 匪(비)는 아니
   다. 克(극)은 능(能)히. 樂(락)은 즐겁다. 이 두 구(句)는 수초(水草)가 있어 몸을 숨길
   수 있는 곳에 있는 물고기도 잡힐 수 있기 때문에 즐겁지 못한 것처럼 작자(作者)도
   언제 화(禍)를 당할지 몰라 근심하는 것을 비유(比喩)하고 있다. 潛(잠)은 잠기다. 雖
   (수)는 비록. 伏(복)은 숨다. 孔(공)은 매우. 之(지)는 어조(語調)를 고르는 어조사(語
   助詞). 炤(소)는 밝다. 惂惂(참참)은 애처로운 모습. 念(염)은 생각하다. 國(국)은 국
   정(國政)을 뜻한다. 之(지)는 ~이. 爲虐(위학)은 포학(暴虐)하다.

저들은 맛있는 술이 있고
또 좋은 안주(按酒)가 있네.
[저들이] 그 이웃과 화합(和合)하고 친숙(親熟)해짐은
혼인(婚姻)으로 크게 친(親)했음이네.
나의 외로움을 생각하니
근심하는 마음으로 괴롭기만 하네.[13]

좀스러운 저들은 집도 있고
비루(鄙陋)하여도 바야흐로 곡식(穀食)이 있네.
지금(只今) 백성(百姓)들은 복(福)이 없어
하늘의 재앙(災殃)은 이 [백성(百姓)들만] 때리네.
부자(富者)들은 좋지만
이 고독(孤獨)한 [사람들은] 슬프네.[14]

---

13) 彼(피)는 저. 권세(權勢)를 쥔 소인배(小人輩)를 가리킨다. 旨酒(지주)는 맛있는 술.
又(우)는 또. 嘉殽(가효)는 좋은 안주(按酒). 洽(흡)은 화합(和合)하다. 比(비)는 친숙
(親熟)해지다. 其鄰(기린)은 그 이웃. 昏姻(혼인)은 혼인(婚姻)과 같다. 云(운)은 친
(親)하다. 兮(혜)는 어조사(語助詞). 어세(語勢)를 멈추었다가 다시 높이는 데 쓰인다.
慇慇(은은)은 몹시 괴로워하는 모습.
14) 佌佌(차차)는 작은 모습. 여기서는 '좀스럽다'로 풀이하였다. 屋(옥)은 집. 蔌蔌(속속)
은 비루(鄙陋)한 모습. 祿(록)은 복(福). 夭(요)는 화(禍), 재앙(災殃). 是(시)는 이. 백
성(百姓)을 가리킨다. 椓(탁)은 치다, 때리다. 哿(가)는 좋다. 富人(부인)은 부자(富者).
哀(애)는 슬프다. 此(차)는 이. 惸獨(경독)은 고독(孤獨)과 같다. 惸(경)은 외로운 몸.

(193) 十月之交
시 월 지 교

十月之交　朔月辛卯　日有食之　亦孔之醜
시 월 지 교　삭 월 신 묘　일 유 식 지　역 공 지 추
彼月而微　此日而微　今此下民　亦孔之哀
피 월 이 미　차 일 이 미　금 차 하 민　역 공 지 애

日月告凶　不用其行　四國無政　不用其良
일 월 고 흉　불 용 기 행　사 국 무 정　불 용 기 량
彼月而食　則維其常　此日而食　于何不臧
피 월 이 식　즉 유 기 상　차 일 이 식　우 하 부 장

爗爗震電　不寧不令　百川沸騰　山冢崒崩
엽 엽 진 전　불 녕 불 령　백 천 비 등　산 총 줄 붕
高岸爲谷　深谷爲陵　哀今之人　胡憯莫懲
고 안 위 곡　심 곡 위 릉　애 금 지 인　호 참 막 징

皇父卿士　番維司徒　家伯維宰　仲允膳夫
황 보 경 사　파 유 사 도　가 백 유 재　중 윤 선 부
聚子內史　蹶維趣馬　楀維師氏　豔妻煽方處
추 자 내 사　궤 유 추 마　우 유 사 씨　염 처 선 방 처

抑此皇父　豈曰不時　胡爲我作　不卽我謀
억 차 황 보　기 왈 불 시　호 위 아 작　부 즉 아 모
徹我牆屋　田卒汙萊　曰予不戕　禮則然矣
철 아 장 옥　전 졸 오 래　왈 여 부 장　예 즉 연 의

皇父孔聖　作都于向　擇三有事　亶侯多藏
황 보 공 성　작 도 우 향　택 삼 유 사　단 후 다 장
不憖遺一老　俾守我王　擇有車馬　以居徂向
불 은 유 일 로　비 수 아 왕　택 유 거 마　이 거 조 향

黽勉從事　不敢告勞　無罪無辜　讒口囂囂
민 면 종 사　불 감 고 로　무 죄 무 고　참 구 오 오
下民之孽　匪降自天　噂沓背憎　職競由人
하 민 지 얼　비 강 자 천　준 답 배 증　직 경 유 인

悠悠我里　亦孔之痗　四方有羨　我獨居憂
유 유 아 리　역 공 지 매　사 방 유 선　아 독 거 우
民莫不逸　我獨不敢休　天命不徹　我不敢傚我友自逸
민 막 불 일　아 독 불 감 휴　천 명 불 철　아 불 감 효 아 우 자 일

[해와 달이] 맞닿은 시월(十月)[1]

시월(十月)의 [해와 달이] 맞닿은
초(初)하루 신묘일(辛卯日)에
해가 또 가려지니
또한 심(甚)하게 나쁘네.
저번 월식(月蝕)에도 곧 어두웠고
이번 일식(日蝕)에도 곧 어둡네.
지금(只今) 이 [하늘] 아래 백성(百姓)들은
또한 심(甚)하게 슬프네.[2]

---

1) 〈十月之交(시월지교)〉는 西周(서주) 시대(時代)에 몰락(沒落)한 귀족(貴族)이 周(주)나라의 幽王(유왕)이 褒姒(포사)를 총애(寵愛)하고 소인(小人)을 등용(登用)함으로써 천재(天災)가 일어나고 백성(百姓)들은 재앙(災殃)에 빠졌음을 풍자(諷刺)한 내용(內容)이다.
2) 十月(시월)은 周(주)나라 역법(曆法)이며 지금(只今)의 음력(陰曆)인 夏(하)나라의 역법(曆法)으로는 팔월(八月)이다. 之(지)는 ~의. 交(교)는 서로 맞닿다, 교차(交叉)하다. 여기서는 해와 달이 서로 겹치는 일식(日蝕)과 月蝕(월식)을 가리킨다. 朔月(삭월)은 월삭(月朔), 초(初)하루. 辛卯(신묘)는 시월(十月) 초(初)하루를 간지(干支)로 나타낸 것이다. 日(일)은 해. 有(유)는 또. 食(식)은 蝕(식)과 같다. 좀먹다. 여기서는 '가려지다'로 풀이하였다. 之(지)는 어조(語調)를 고르는 어기사(語氣詞). 亦(역)은 또한. 孔(공)은 매우, 심(甚)히. 之(지)는 ~한, ~하게. 醜(추)는 나쁘다. 彼(피)는 저, 저번. 月(월)은 월식(月蝕)을 뜻한다. 而(이)는 곧. 乃(내)와 같다. 微(미)는 어둡다. 此(차)는 이, 이번. 日(일)은 일식(日蝕)을 뜻한다. 今(금)은 지금(只今). 下(하)는 [하늘] 아래. 民(민)은 백성(百姓). 哀(애)는 슬프다. 이 장(章)은 일식(日蝕)과 월식(月蝕)을 재앙(災殃)의 불길(不吉)한 조짐으로 본 백성(百姓)들의 슬픔을 나타내고 있다.

해와 달이 재앙(災殃)을 알림은

그 궤도(軌道)에서 말미암지 않았기 때문이네.

사방(四方)의 나라가 선정(善政)이 없음은

그 어진 관리(官吏)를 쓰지 않았기 때문이네.

저 달이 곧 가려짐은

바로 그 평상(平常)의 일이지만

이 해가 곧 가려짐은

불길(不吉)함이 어떠할까?3)

번쩍번쩍 벼락 치고 번개 치니 [세상(世上)이]

편안(便安)하지 않고 [정교(政敎)가] 좋지 않을 듯하네.

온 내가 부글거리며 끓어오르고

산(山)꼭대기는 무너져 내리네.

높은 언덕이 골짜기가 되고

깊은 골짜기는 언덕이 되네.

딱한 지금(只今)의 [집정(執政)한] 사람은

어찌 일찍이 [악정(惡政)을] 그치지 않는가?4)

---

3) 告(고)는 알리다. 凶(흉)은 재앙(災殃). 告凶(고흉)은 일식(日蝕), 월식(月蝕)을 가리킨
다. 不(불)은 않다. 用(용)은 쓰다. 여기서는 말미암다. 其(기)는 그. 行(행)은 길. 여
기서는 궤도(軌道)를 뜻한다. 其行(기행)은 정상(正常) 궤도(軌道)를 말한다. 四國(사
국)은 사방(四方)의 나라. 곧 제후(諸侯)를 가리킨다. 無(무)는 없다. 政(정)은 선정(善
政)을 뜻한다. 良(량)은 어질다. 여기서는 현량(賢良)한 관리(官吏)를 뜻한다. 則(즉)
은 곧, 바로. 維(유)는 惟(유)와 같다. ~이다. 常(상)은 평상(平常). 옛 사람들은 월식
(月蝕)을 보통(普通) 일어날 수 있는 일로 여겼다. 于何(우하)는 如何(여하)와 같다.
어떤가. 臧(장)은 좋다, 길(吉)하다.

4) 燁燁(엽엽)은 번갯불이 번쩍번쩍하는 모습. 震(진)은 벼락, 천둥. 電(전)은 번개. 寧
(녕)은 편안(便安)하다. 令(령)은 좋다. 百川(백천)은 온 내. 沸(비)는 끓다. 騰(등)은
오르다. 山冢(산총)은 山頂(산정), 산(山)꼭대기. 崒(줄)과 崩(붕)은 무너지다. 高岸(고
안)는 높은 언덕. 爲(위)는 ~되다. 谷(곡)은 골짜기. 陵(릉)은 언덕. 哀(애)는 딱하다,
가엾다. 人(인)은 집정자(執政者)를 말한다. 胡(호)는 어찌. 憯(참)은 일찍이. 朁(참)과
같다. 莫(막)은 않다. 不(불)과 같다. 懲(징)은 그치다, 그만두다. 止(지)와 같다.

황보(皇父)는 경사(卿士)요
파(番)는 사도(司徒)며
가백(家伯)은 재(宰)이고
중윤(仲允)은 선부(膳夫)며
추자(聚子)는 내사(內史)요
궤(蹶)는 추마(趣馬)며
우(楀)는 사씨(師氏)네. [이들과 유왕(幽王)의]
예쁜 아내는 [총애(寵愛)가] 넘쳐 바야흐로 [왕(王) 가까이] 있네.5)

---

5) 皇父(황보)는 인명(人名). 幽王(유왕)의 총신(寵臣). 卿士(경사)는 관명(官名). 육경(六卿)의 우두머리. 番(파)는 성씨(姓氏). 維(유)는 惟(유)와 같다. ~이다. 司徒(사도)는 관명(官名). 토지(土地)와 인구(人口)를 관장(管掌)한다. 家伯(가백)은 인명(人名). 宰(재)는 관명(官名). 국가(國家)의 전적(典籍)을 관장(管掌)한다. 仲允(중윤)은 인명(人名). 膳夫(선부)는 관명(官名). 국왕(國王)의 음식(飲食)을 관장(管掌)한다. 聚(추)는 성씨(姓氏). 子(자)는 존칭(尊稱). 내사(內史)는 관명(官名). 사법(司法)과 인사(人事)를 관장(管掌)한다. 蹶(궤)는 성씨(姓氏). 趣馬(추마)는 관명(官名). 왕(王)의 말을 관장(管掌)한다. 楀(우)는 성씨(姓氏). 師氏(사씨)는 관명(官名). 국왕(國王) 및 귀족(貴族)의 자제(子弟) 교육(敎育)을 관장(管掌)한다. 豔(염)은 곱다. 妻(처)는 아내. 褒姒(포사)를 가리킨다. 煽(선)은 성(盛)하다, 넘치다. 方(방)은 바야흐로. 處(처)는 있다. 居(거)와 같다.

아! 이 황보(皇父)는
어찌 [농번(農繁)의] 때가 아니라고 말하는가?
어찌하여 우리를 일만 시키고
우리에게 다가와서 상의(相議)조차 않는가?
우리의 담과 집은 부서지고
밭은 죄다 웅덩이가 되고 묵정밭이 되었네.
[황보(皇父)는] '내가 [너희를] 상(傷)하게 하지 않았다.
예법(禮法)이 곧 그렇다'고 말하네.6)

---

6) 抑(억)은 아! 감탄사(感歎詞). 豈(기)는 어찌. 曰(왈)은 말하다. 不時(불시)는 [농번(農繁)의] 시기(時期)가 아니다. 胡(호)는 어찌. 爲(위)는 ~하다. 我(아)는 우리. 백성(百姓)을 가리킨다. 作(작)은 일하다. 卽(즉)은 나아가다. 就(취)와 같다. 謀(모)는 꾀하다, 상의(相議)하다. 徹(철)은 부수다. 牆(장)은 담. 屋(옥)은 집. 田(전)은 밭. 卒(졸)은 모두. 汙(오)는 웅덩이. 萊(래)는 묵정밭. 子(여)는 나. 皇父(황보)를 가리킨다. 戕(장)은 상(傷)하게 하다. 禮(예)는 노예사회(奴隸社會)의 예법(禮法). 곧 하공상역(下供上役)의 신분제도(身分制度)를 말한다. 則然(즉연)은 곧 그렇다. 矣(의)는 단정(斷定)의 어조사(語助詞).

황보(皇父)는 매우 영악(靈惡)하여
향(向)에 채지(采地)를 짓네.
[데리고 갈] 세 [명(名)의] 유사(有司)를 고르니
참으로 [이들은] 곧 저장(貯藏)해둔 것이 많았네.
한 [명(名)의] 원로(元老) 정도는 남겨 두어
[그로] 하여금 우리 왕(王)을 지키게 하기를 바라지 않네.
[황보(皇父)는] 수레와 말이 있는 [부유(富裕)한 이를] 골라
향(向)으로 가네.7)

---

7) 孔(공)은 매우. 聖(성)은 슬기롭다. 여기서는 영리(怜悧)하다. 作(작)은 짓다. 都(도)는
채지(采地). 于(우)는 ~에. 向(향)은 지명(地名). 擇(택)은 고르다. 三有事(삼유사)는 세
명(名)의 유사(有司)를 말한다. 有事(유사)는 유사(有司)와 같다. 벼슬아치. 여기서는 삼
경(三卿)을 가리킨다. 亶(단)은 참으로. 侯(후)는 이에, 곧. 多(다)는 많다. 藏(장)은 저
장(貯藏)하다. 憗(은)은 바라다. 遺(유)는 남기다. 一老(일로)는 한 명(名)의 원로(元老),
노신(老臣). 俾(비)는 하여금. 守(수)는 지키다. 我王(아왕)은 우리 왕(王). 車馬(거마)는
수레와 말이 있는 부유(富裕)한 사람을 가리킨다. 以(이)는 접속(接續)의 뜻을 지닌 어
조사(語助詞). 居(거)는 어조(語調)를 고르는 어조사(語助詞). 徂(조)는 가다.

부지런히 힘써 일하면서도
감(敢)히 수고(受苦)로움을 알리지도 못하네.
죄(罪)도 없고 허물도 없는데
[나를] 참소(讒訴)하는 사람은 많네.
[하늘] 아래 백성(百姓)의 재해(災害)는
하늘로부터 내려온 것이 아니라네.
[그것은] 모이면 말이 많고 돌아서면 미워하는
다만 다투어 [나쁜 짓만 하는] 소인(小人)들에게서 말미암네.[8]

---

8) 黽勉(민면)은 부지런히 힘쓰다. 黽(민)과 勉(면)은 힘쓰다. 從事(종사)는 일을 하다. 敢(감)은 감(敢)히. 告(고)는 알리다. 勞(로)는 수고(受苦)하다. 無(무)는 없다. 罪(죄)는 죄(罪). 辜(고)는 허물. 囂囂(오오)는 많은 모습. 孽(얼)은 재해(災害). 匪(비)는 아니다. 降(강)은 내리다. 自(자)는 ~로부터. 噂(준)는 모이다. 僔(준)과 같다. 沓(답)은 말이 많은 모습. 背(배)는 등지다. 憎(증)은 미워하다. 職(직)은 오로지, 다만. 只(지)와 같다. 競(경)은 다투다. 여기서는 나쁜 짓을 다투다. 由(유)는 말미암다. 人(인)은 소인(小人)을 가리킨다.

조마조마하는 나의 근심 때문에
또한 심(甚)하게 쓰라리네.
사방(四方) [사람들은] 여유(餘裕)가 있으나
나만 홀로 걱정하네.
남들은 편안(便安)하지 아니함이 없으나
나만 홀로 감(敢)히 쉬지 못하네.
천명(天命)이 무도(無道)하더라도
나는 감(敢)히 내 친구(親舊)들이 스스로 편안(便安)해 함을
본받지 아니하리라.9)

---

9) 悠悠(유유)는 걱정하는 모습. 여기서는 '조마조마 하다'로 풀이하였다. 里(리)는 근심
하다. 悝(리)와 같다. 瘽(매)는 괴로워하다. 四方(사방)은 사방(四方)의 사람들을 가리
킨다 有(유)는 있다. 羨(선)은 남다. 餘(여)와 같다. 獨(독)은 홀로. 居(거)는 어조(語
調)를 고르는 어조사(語助詞). 民(민)은 사람, 남. 莫不(막불)은 아니함이 없다. 逸(일)
은 편안(便安)하다. 休(휴)는 쉬다. 天命(천명)은 하늘의 명령(命令). 不徹(불철)은 不
道(부도), 無道(무도)와 같다. 여기서는 앞서 일식(日蝕)과 震電(진전) 등(等)의 현상
(現象)을 가리킨다. 傚(효)는 본받다. 友(우)는 친구(親舊). 앞서 나온 칠인(七人)을 가
리킨다.

(194) 雨無正
우 쌈 정

浩浩昊天 不駿其德 降喪饑饉 斬伐四國 昊天疾威 弗慮弗圖
호호호천 부준기덕 강상기근 참벌사국 호천질위 불려부도

舍彼有罪 旣伏其辜 若此無罪 淪胥以鋪
사피유죄 기복기고 약차무죄 윤서이포

周宗旣滅 靡所止戾 正大夫離居 莫知我勚 三事大夫 莫肯夙夜
주종기멸 미소지려 정대부리거 막지아예 삼사대부 막긍숙야

邦君諸侯 莫肯朝夕 庶日式臧 覆出爲惡
방군제후 막긍조석 서왈식장 복출위악

如何昊天 辟言不信 如彼行邁 則靡所臻
여하호천 벽언불신 여피행매 즉미소진

凡百君子 各敬爾身 胡不相畏 不畏于天
범백군자 각경이신 호불상외 불외우천

戎成不退 饑成不遂 曾我暬御 憯憯日瘁
융성불퇴 기성불수 증아설어 참참일췌

凡百君子 莫肯用訊 聽言則答 譖言則退
범백군자 막긍용신 청언즉답 참언즉퇴

哀哉不能言 匪舌是出 維躬是瘁
애재불능언 비설시출 유궁시췌

哿矣能言 巧言如流 俾躬處休
가의능언 교언여류 비궁처휴

維日于仕 孔棘且殆
유왈우사 공극차태

云不可使 得罪于天子 亦云可使 怨及朋友
운불가사 득죄우천자 역운가사 원급붕우

謂爾遷于王都 曰予未有室家
위이천우왕도 왈여미유실가

鼠思泣血 無言不疾 昔爾出居 誰從作爾室
서사읍혈 무언부질 석이출거 수종작이실

비 내림이 정도(正道)가 없네[1]

넓고 큰 하늘은
그 은덕(恩德)이 일정(一定)하지 못하네.
죽음과 기근(饑饉)을 내려
사방(四方)의 나라를 베고 쳐 버리네.
하늘은 포학(暴虐)하여 [신민(臣民)의 유죄무죄(有罪無罪)를]
생각하지도 않고 헤아리지도 않네.
저 죄(罪) 있는 사람은 풀어 주고
벌써 그 허물은 감추어 주네.
이 죄(罪) 없는 사람에 이르러는
모두 고통(苦痛) [속에] 빠뜨리네.[2]

---

1) 〈雨無正(우무정)〉은 周(주)나라의 瞀御大夫(설어대부)가 幽王(유왕) 및 군신(群臣)들의
오국(誤國)을 풍자(諷刺)한 내용(內容)이다.
2) 浩浩(호호)는 광대(廣大)한 모양. 昊(호)와 天(천)은 하늘. 不(불)은 아니다. 駿(준)은
장구(長久)하다. 여기서는 일정(一定)함을 뜻한다. 其(기)는 그. 德(덕)은 은덕(恩德).
降(강)은 내리다. 喪(상)은 죽음. 饑饉(기근)은 흉년(凶年)과 같다. 饑(기)는 곡식(穀
食)이 익지 않은 것. 饉(근)은 채소(菜蔬)가 익지 않은 것. 斬(참)은 베다. 伐(벌)은
치다. 斬伐(참벌)은 멸망(滅亡)시킴을 뜻한다. 四國(사국)은 사방(四方)의 나라, 천하
(天下). 昊天(호천)은 周(주)나라 幽王(유왕)을 암시(暗示)한다. 疾威(질위)는 포학(暴
虐)과 같다. 疾(질)은 괴롭히다. 威(위)는 으르다. 弗(불)은 不(불)과 같다. 慮(려)는
생각하다, 가늠하다. 圖(도)는 꾀하다, 헤아리다. 舍(사)는 버리다. 捨(사)와 같다. 여
기서는 '풀어 주다'의 뜻이다. 彼(피)는 저. 有罪(유죄)는 죄(罪) 있는 사람을 말한다.
既(기)는 벌써. 伏(복)은 감추다. 辜(고)는 허물. 若(약)은 이르다. 此(차)는 이. 無罪
(무죄)는 죄(罪) 없는 사람을 말한다. 淪(륜)은 빠지다. 胥(서)는 서로, 모두. 以(이)는
어조(語調)를 고르는 어조사(語助詞)로 쓰였다. 鋪(포)는 병(病)들다. 痛(부)와 같다.
여기서는 고통(苦痛)을 뜻한다.

종주국(宗主國)인 <u>주(周)</u>나라는 이윽고 멸망(滅亡)할 듯하니
머물러 정주(定住)할 곳이 없네.
정대부(正大夫)들은 [왕도(王都)를] 떠나 [다른 곳에서] 살고
[아무도] 나의 수고(受苦)로움을 알지 못하네.
삼사대부(三事大夫)들은 [나라를 위(爲)해]
기꺼이 일찍 일어나고 밤늦도록 잠자지 않네.
[각(各)] 나라의 군주(君主)인 제후(諸侯)들은
기꺼이 아침과 저녁으로 [왕(王)을 살피지] 않네.
[그들이] 착한 짓 하기를 바라지만
도리어 나가서는 나쁜 짓을 하네.3)

---

3) 周宗(주종)은 宗周(종주)를 뜻한다. 종주국(宗主國)인 周(주)나라 왕조(王朝). 旣(기)는
이윽고. 滅(멸)은 멸망(滅亡)하다. 靡(미)는 없다. 所(소)는 바, 곳. 止(지)는 머무르
다. 戾(려)는 안정(安定)하다, 정주(定住)하다. 正大夫(정대부)는 천자(天子)의 육경(六
卿)으로 곧 총재(冢宰), 사도(司徒), 종백(宗伯), 사마(司馬), 사구(司寇), 사공(司空)
을 말한다. 離(리)는 [왕도(王都)를] 떠나다. 居(거)는 [각처(各處)에서] 살다. 莫知(막
지)는 부지(不知)와 같다. 알지 못하다. 我(아)는 나. 작자(作者)를 말한다. 勩(예)는
수고(受苦)롭다. 三事大夫(삼사대부)는 천자(天子)의 삼공(三公)으로 곧 태사(太師), 태
부(太傅), 태보(太保)를 말한다. 莫肯(막긍)은 기꺼이 ~않다. 夙夜(숙야)는 夙興夜寐
(숙흥야매)를 뜻한다. 아침에 일찍 일어나고 밤에는 늦게 잠. 밤낮으로 정무(政務)에
힘씀. 邦(방)은 나라. 君(군)은 임금, 군주(君主). 諸侯(제후)는 천자(天子)의 밑에서
일정(一定)한 영토(領土)를 가지고 영내(領內)의 백성(百姓)을 지배(支配)하던 사람. 邦
君(방군)과 같다. 朝夕(조석)은 아침저녁으로 왕(王)을 살피는 것을 뜻한다. 庶(서)는
바라다. 曰(왈)은 어조(語調)를 고르는 어조사(語助詞). 式(식)은 쓰다. 用(용)과 같다.
臧(장)은 착하다. 用臧(용장)은 착한 짓을 하다. 覆(복)은 도리어, 반대(反對)로. 出
(출)은 나가다. 爲惡(위악)은 나쁜 짓을 하다.

하늘이여, 어찌할까요?
법도(法度)에 맞는 말을 [왕(王)이] 믿어 주지 않네요.
[내 심정(心情)은] 저 멀리 가고자 해도
곧 이를 곳이 없는 것과 같네.
모든 군자(君子)들은
각자(各自) 네 몸을 삼가라.
어찌 서로 [재앙(災殃)을] 두려워하지 않고
[어찌] 하늘을 두려워하지 않는가?4)

전쟁(戰爭)이 벌어져 [적(敵)은] 물러나지 않고
흉년(凶年)이 들어 끝나지도 않네.
곧 나는 [왕(王)을] 측근(側近)에서 모시는 [신하(臣下)로서]
[시국(時局)을] 슬퍼하여 날로 여위어가네.
모든 군자(君子)들은
기꺼이 [왕(王)에게 난국(亂國)의 상황(狀況)을] 아뢰지 않네.
[그들은] 받아들일 말이면 곧 대답(對答)해주고
고치도록 하는 말이면 곧 물리치네.5)

---

4) 如何(여하)는 어찌하랴. 辟(벽)은 법(法). 言(언)은 말. 不信(불신)은 믿어 주지 않다.
如(여)는 같다. 彼(피)는 저. 行(행)은 가다. 邁(매)는 멀리 가다. 則(즉)은 곧. 靡(미)
는 없다. 臻(진)은 이르다. 凡百(범백)은 모든 사람. 君子(군자)는 앞의 正大夫(정대
부), 三事大夫(삼사대부), 邦君諸侯(방군제후) 같은 고위직(高位職)에 있는 사람을 가
리킨다. 各(각)은 각자(各自). 敬(경)은 삼가다. 爾(이)는 너. 身(신)은 몸. 胡(호)는
어찌. 相(상)은 서로. 畏(외)는 [재앙(災殃)을] 두려워하다. 于(우)는 어조(語調)를 고
르는 어조사(語助詞).
5) 戎成(융성)은 전쟁(戰爭)이 벌어지다. 成(성)은 이루다. 不退(불퇴)는 [적(敵)이] 물러
나지 않다. 饑成(기성)은 흉년(凶年)이 들다. 遂(수)는 끝내다. 曾(증)은 곧. 褻御(설
어)는 측근(側近)에서 모시는 신하(臣下). 褻(설)은 설만(褻慢)하다. 御(어)는 모시다.
憯憯(참참)은 슬퍼하는 모양. 瘁(췌)는 여위다. 悴(췌)와 같다. 用訊(용신)은 간언(諫
言)을 하다. 用(용)은 쓰다, 하다. 訊(신)은 간(諫)하다. 聽言(청언)은 받아들일만한
말. 答(답)은 대답(對答). 譖言(참언)은 비난(非難)하는 말. 여기서는 잘못을 고치도
록 하는 말인 간언(諫言)을 뜻한다. 退(퇴)는 물리치다.

슬프네! 능(能)히 말하지 못하는 [사람은]
말솜씨가 이렇게 졸렬(拙劣)해서가 아닌데
이 몸은 이렇게 야위어가네.
좋구나! 능(能)히 말할 수 있는 [사람은]
교묘(巧妙)한 말이 흐르는 물 같고
[제] 몸으로 하여금 좋은 곳에 있게 하네.6)

[남들이] '벼슬하러 가라.'고 말하지만
[벼슬살이는] 매우 긴장(緊張)되고 또 위태(危殆)롭다네.
[옳지 못한 명령(命令)을] '가(可)히 따를 수 없다.'고 이르면
천자(天子)에게 죄(罪)를 얻게 되고
또한 '가(可)히 따를 수 있다.'고 말해도
원망(怨望)이 친구(親舊)에게서 [내게] 미치네.7)

---

6) 哀(애)는 슬프다. 哉(재)는 영탄(咏歎)의 뜻을 나타내는 어조사(語助詞). 不能言(불능
언)은 능(能)히 말하지 못하는 작자(作者) 자신(自身)을 가리킨다. 匪(비)는 아니다.
舌(설)은 혀, 말. 여기서는 말솜씨를 뜻한다. 是(시)는 이, 이렇게. 出(출)은 拙(졸)의
차자(借字). 졸렬(拙劣)하다. 이 두 구(句)는 哀哉(애재)의 원인(原因)이 충언역이(忠言
逆耳) 때문이라는 것이다. 維(유)는 이. 是(시)와 같다. 躬(궁)은 몸. 嘒(가)는 좋다.
矣(의)는 영탄(咏歎)의 뜻을 나타내는 어조사(語助詞). 能言(능언)은 아첨(阿諂)하는 말
을 잘하는 사람을 가리킨다. 巧(교)는 교묘(巧妙)하다. 如流(여류)는 흐르는 물과 같
다. 俾(비)는 하여금. 處(처)는 있다. 休(휴)는 아름답다, 좋다.

7) 維(유)는 어조(語調)를 고르는 어조사(語助詞). 曰(왈)은 말하다. 于(우)는 가다. 仕
(사)는 벼슬하다. 孔(공)은 매우. 棘(극)은 급박(急迫)하다. 여기서는 '긴장(緊張)되다'
의 뜻이다. 且(차)는 또. 殆(태)는 위태(危殆)하다. 云(운)은 이르다. 不可(불가)는 가
(可)히 ~할 수 없다. 使(사)는 따르다. 從(종)과 같다. 得罪(득죄)는 죄(罪)를 얻다.
于(우)는 ~에게. 天子(천자)는 周(주)나라 왕(王)을 말한다. 亦(역)은 또한. 怨(원)은
원망(怨望). 及(급)은 미치다. 朋友(붕우)는 친구(親舊). 여기서는 현자(賢者)를 가리킨
다. 이 구(句)는 왕(王)을 도와 국정(國政)을 잘못했기 때문에 원망(怨望)을 받는다는
뜻이다.

'왕도(王都)로 [집을] 옮겨라.'고 당신들에게 말하니
'우리들은 [아직] 집과 가업(家業)이 있지 않다.'고 말하네.
근심하여 피눈물 흘리며
[내가 하는 좋은] 말마다 미움 받지 아니함이 없네.
옛날에 당신들이 나가 살려고 할 때
누가 [당신들을] 따라서 당신네 집을 지었는가?8)

---

8) 謂(위)는 이르다, 말하다. 爾(이)는 너. 여기서는 정대부(正大夫) 등(等) 왕도(王都)를
떠나 다른 곳에 살고 있는 고위층(高位層)을 말한다. 遷(천)은 옮기다. 于(우)는 ~로.
王都(왕도)는 왕궁(王宮)이 있는 도시(都市). 予(여)는 나. 여기서는 정대부(正大夫) 등
(等) 왕도(王都)를 떠나 다른 곳에 살고 있는 고위층(高位層)을 말한다. 未有(미유)는
[아직] 있지 아니하다. 室家(실가)는 집과 가업(家業). 鼠(서)는 근심하다, 속이 끓다.
癙(서)와 같다. 思(사)는 어세(語勢)를 고르는 어조사(語助詞). 泣血(읍혈)은 피눈물 흘
리다. 疾(질)은 미워하다. 嫉(질)과 같다. 昔(석)은 옛날. 出居(출거)는 나가 살다. 誰
(수)는 누구. 從(종)은 따르다. 作(작)은 짓다.

(195) 小 旻
_{소 민}

旻天疾威　敷于下土　謀猶回遹　何日斯沮
_{민천질위　부우하토　모유회휼　하일사저}

謀臧不從　不臧覆用　我視謀猶　亦孔之邛
_{모장부종　부장복용　아시모유　역공지공}

潝潝訿訿　亦孔之哀　謀之其臧　則具是違
_{흡흡자자　역공지애　모지기장　즉구시위}

謀之不臧　則具是依　我視謀猶　伊于胡底
_{모지부장　즉구시의　아시모유　이우호저}

我龜旣厭　不我告猶　謀夫孔多　是用不集
_{아귀기염　불아고유　모부공다　시용부집}

發言盈庭　誰敢集其咎　如匪行邁謀　是用不得于道
_{발언영정　수감집기구　여비행매모　시용부득우도}

哀哉爲猶　匪先民是程　匪大猶是經
_{애재위유　비선민시정　비대유시경}

維邇言是聽　維邇言是爭　如彼築室于道謀　是用不潰于成
_{유이언시청　유이언시쟁　여피축실우도모　시용불궤우성}

國雖靡止　或聖或否　民雖靡膴　或哲或謀　或肅或艾
_{국수미지　혹성혹부　민수미무　혹철혹모　혹숙혹예}

如彼泉流　無淪胥以敗
_{여피천류　무륜서이패}

不敢暴虎　不敢馮河　人知其一　莫知其他
_{불감포호　불감빙하　인지기일　막지기타}

戰戰兢兢　如臨深淵　如履薄冰
_{전전긍긍　여림심연　여리박빙}

소아(小雅)의 '하늘'1)

하늘의 포학(暴虐)함이
[하늘] 아래 땅에 퍼졌네.
정책(政策)이 사특(邪慝)하고 비뚤어졌는데
어느 날에 곧 그칠까?
정책(政策)이 좋으면 따르지 않고
좋지 아니하면 도리어 쓰네.
내가 [지금(只今)의] 정책(政策)을 보니
또한 심(甚)하게 병(病)들었네.2)

---

1) 〈小旻(소민)〉은 周(주)나라 왕(王)[幽王(유왕)]이 좋은 정책(政策)을 받아들이지 못함을 풍자(諷刺)하였다. 시제(詩題)에 小(소)가 붙은 것은 小雅(소아)에 속(屬)했기 때문이다. 다음 편(篇)의 小宛(소완), 小弁(소변), 小明 (소명)도 마찬가지이다.
2) 旻(민)과 天(천)은 하늘. 疾威(질위)는 포학(暴虐)하다. 疾(질)은 괴롭히다. 威(위)는 으르다. 敷(부)는 펴다. 于(우)는 ~에. 下(하)는 [하늘] 아래. 土(토)는 땅. 下土(하토)는 실제(實際)로는 인간(人間)을 뜻한다. 謀(모)는 꾀하다. 猶(유)는 꾀, 방법(方法). 謀猶(모유)는 정책(政策)을 뜻한다. 回(회)는 사특(邪慝)하다. 遹(휼)은 비뚤다. 何日(하일)은 어느 날. 斯(사)는 곧. 沮(저)는 그치다. 臧(장)은 좋다. 不從(부종)은 따르지 않다. 覆(복)은 도리어, 반대(反對)로. 用(용)은 쓰다. 我(아)는 나. 視(시)는 보다. 亦(역)은 또한. 孔(공)은 매우, 심(甚)히. 之(지)는 ~한, ~게. 邛(공)은 병(病)들다.

[마주해서는] 어울리는 척하고 [돌아서서는] 헐뜯으니

또한 심(甚)하게 슬프네.

정책(政策)이 좋아도

곧 모두 이것을 어기네.

정책(政策)이 좋지 않아도

곧 모두 이것에 기대네.

내가 [지금(只今)의] 정책(政策)을 보니

[나라가] 어디에 이를 것인가?3)

내 거북점(占)이 이미 싫어하여

내게 [좋은] 방법(方法)을 알려 주지 않네.

모사(謀士)가 매우 많아

이 때문에 [일이] 이루어지지 않네.

[정책(政策)을] 내는 말이 조정(朝廷)에 가득차도

누가 감(敢)히 [결과(結果)에 따른] 그 잘못을 책임(責任)지는가?

저 길에서 [행인(行人)들에게] 멀리 감을 꾀하는 것 같아

이 때문에 가야할 길을 얻지 못하네.4)

---

3) 潝潝(흡흡)은 서로 어울리는 모습. 訿訿(자자)는 헐뜯는 모습. 之(지)는 ~이. 其(기)는 어조(語調)를 고르는 어조사(語助詞). 則(즉)은 곧. 具(구)는 모두. 俱(구)와 같다. 是(시)는 이것. 謀(모)를 가리킨다. 違(위)는 어기다. 依(의)는 기대다. 伊(이)는 어조(語調)를 고르는 어조사(語助詞). 于(우)는 ~에. 胡(호)는 어디. 何(하)와 같다. 底(저)는 이르다.

4) 龜(귀)는 거북점(占). 旣(기)는 이미. 厭(염)은 싫다. 告(고)는 알리다. 猶(유)는 꾀, 방법(方法). 謀夫(모부)는 謀士(모사)와 같다. 계획(計劃)을 세우는 사람. 多(다)는 많다. 是用(시용)은 是以(시이)와 같다. 이로써, 이 때문에. 集(집)은 이루다. 就(취)와 같다. 發(발)은 [정책(政策)을] 내다. 言(언)은 말. 盈(영)은 가득차다. 庭(정)은 조정(朝廷). 誰(수)는 누구. 敢(감)은 감(敢)히. 執(집)은 가지다. 여기서는 책임(責任)지다. 其(기)는 그. 咎(구)는 허물, 잘못. 如(여)는 같다. 匪(비)는 저. 彼(피)와 같다. 行(행)은 길. 邁(매)는 멀리 가다. 得(득)은 얻다. 于(우)는 가다. 道(도)는 길.

[잘못된] 정책(政策)을 실행(實行)함이 슬프구나!
앞 시대(時代)의 [어진] 사람들을 법(法)으로 삼지 않고
훌륭한 정책(政策)을 따르지 않네.
다만 천근(淺近)한 말을 듣고
다만 천근(淺近)한 말을 따지네.
저 집 짓는 것을 길에서 [행인(行人)들과] 꾀하는 것 같아
이 때문에 완성(完成)을 이루지 못하네.5)

나라가 비록 크지 않아도
어떤 이는 슬기롭고 어떤 이는 [슬기롭지] 않다네.
백성(百姓)이 비록 많지 않아도
어떤 이는 총명(聰明)하고 어떤 이는 지모(智謀)가 있으며
어떤 이는 엄숙(嚴肅)하고 어떤 이는 [잘] 다스리네.
[나라에 인재(人材)가 있음에도 쓰지 않으면]
저 샘물이 흘러가는 것같이 [국운(國運)을 되돌릴 수 없으니]
서로 거느려 패망(敗亡)함이 없어야 하네.6)

---

5) 哀哉爲猶(애재위유)는 爲猶哀哉(위유애재)와 같다. 爲(위)는 행(行)하다. 猶(유)는 꾀.
여기서는 정책(政策)을 말한다. 哀(애)는 슬프다. 哉(재)는 영탄(咏歎)의 어조사(語助
詞). 匪(비)는 아니다. 先民(선민)은 선대(先代)의 현인(賢人). 是(시)는 어세(語勢)를
강조(强調)하는 어조사(語助詞). 程(정)은 법(法). 大(대)는 훌륭하다. 經(경)은 따르다.
維(유)는 다만. 唯(유)와 같다. 邇言(이언)은 천근(淺近)한 말. 邇(이)는 통속적(通俗的)
이다. 聽(청)은 듣다. 爭(쟁)은 논쟁(論爭)하다, 따지다. 築(축)은 짓다. 室(실)은 집.
于(우)는 ~에서. 道(도)는 길. 謀(모)는 꾀하다. 여기서는 길가는 사람과 꾀함을 뜻한
다. 潰(궤)는 이루다, 마치다. 遂(수)와 같다. 于(우)는 ~을. 成(성)은 완성(完成).
6) 國(국)은 나라. 雖(수)는 비록. 靡(미)는 않다. 止(지)는 크다. 至(지)와 통(通)한다.
或(혹)은 어떤 이. 聖(성)은 사리(事理)에 통(通)하다. 여기서는 '슬기롭다'로 풀이하였
다. 否(부)는 아니다. 民(민)은 백성(百姓). 憮(무)는 크다, 많다. 哲(철)은 총명(聰明)
하다. 謀(모)는 지모(智謀)가 있다. 肅(숙)은 엄숙(嚴肅)하다. 艾(예)는 다스리다. 泉
(천)은 샘물. 流(류)는 흐르다. 無(무)는 없다. 淪(륜)은 거느리다. 胥(서)는 서로, 모
두. 以(이)는 접속(接續)의 어조사(語助詞). 敗(패)는 패망(敗亡)하다.

감(敢)히 호랑이를 맨손으로 때려잡지 못하며
감(敢)히 황하(黃河)를 걸어서 건너지 못하네.
사람들은 그 하나만을 알고
그 나머지는 알지 못하네. [나쁜 정책(政策)으로 멸망(滅亡)할까]
두려워 떨고 삼가 조심(操心)하니
깊은 연못에 다다른 것 같고
얇은 얼음을 밟은 것 같네.7)

---

7) 不敢(불감)은 감(敢)히 ～ 못하다. 暴虎(포호)는 호랑이를 맨손으로 때려잡다. 馮河(빙
하)는 황하(黃河)를 걸어서 건너다. 人(인)은 사람. 知(지)는 알다. 其一(기일)은 그
하나. 莫知(막지)는 不知(부지)와 같다. 其他(기타)는 그 나머지. 이 두 구(句)는 暴虎
馮河(포호빙하)의 위험(危險)을 알지만 그보다 더 위험(危險)한 것이 있음을 알지 못한
다는 뜻이다. 그것은 정책(政策)이 바르지 못하면 재앙(災殃)이 온 나라에 미친다는
것이다. 戰戰(전전)은 두려워서 떨다. 兢兢(긍긍)은 삼가다, 조심(操心)하다. 臨(임)은
다다르다. 深淵(심연)은 깊은 연못. 履(리)는 밟다. 薄冰(박빙)은 얇은 얼음.

(196) 小 宛
소 원

宛彼鳴鳩 翰飛戾天 我心憂傷 念昔先人 明發不寐 有懷二人
원 피 명 구　한 비 려 천　아 심 우 상　염 석 선 인　명 발 불 매　유 회 이 인

人之齊聖 飮酒溫克 彼昏不知 壹醉日富 各敬爾儀 天命不又
인 지 제 성　음 주 온 극　피 혼 부 지　일 취 일 부　각 경 이 의　천 명 불 우

中原有菽 庶民采之 螟蛉有子 蜾蠃負之 敎誨爾子 式穀似之
중 원 유 숙　서 민 채 지　명 령 유 자　과 라 부 지　교 회 이 자　식 곡 사 지

題彼脊令 載飛載鳴 我日斯邁 而月斯征 夙興夜寐 毋忝爾所生
제 피 척 령　재 비 재 명　아 일 사 매　이 월 사 정　숙 흥 야 매　무 첨 이 소 생

交交桑扈 率場啄粟 哀我塡寡 宜岸宜獄 握粟出卜 自何能穀
교 교 상 호　솔 장 탁 속　애 아 전 과　의 안 의 옥　악 속 출 복　자 하 능 곡

溫溫恭人 如集于木 惴惴小心 如臨于谷 戰戰兢兢 如履薄冰
온 온 공 인　여 집 우 목　췌 췌 소 심　여 림 우 곡　전 전 긍 긍　여 리 박 빙

소아(小雅)의 '자그마한 [산비둘기]'1)

자그마한 저 산비둘기도
높이 날아 하늘에 이르네.
내 마음이 걱정되고 다치면
옛 선인(先人)을 생각하네.
먼동이 트도록 잠자지 못하고
두 사람을 생각함이 있네.2)

사람이 [생각이] 빠르고 슬기로워야
술을 마셔도 부드럽게 [스스로를] 이길 수 있네.
저 어리석고 무지(無知)한 사람은
한결같이 취(醉)함이 날마다 심(甚)해지네.
각자(各自) 네 거동(擧動)을 삼가야 함은
하늘의 명령(命令)은 거듭되지 않기 때문이네.3)

---

1) 〈小宛(소원)〉은 몰락(沒落)한 귀족(貴族)이 난세(亂世)에 처(處)해 형제(兄弟)와 서로
조심(操心)하며 재앙(災殃)에서 벗어날 것을 바라는 내용(內容)이다.
2) 宛(원)은 작은 모습. 彼(피)는 저. 鳴鳩(명구)는 산(山)비둘기. 鶻鵰(골조)하고도 한
다. 깃이 짧고 몸통이 작지만 높이 난다. 여기서는 지위(地位)는 낮아도 뜻이 큰 자신
(自身)을 비유(比喩)한다. 翰(한)은 높다. 飛(비)는 날다. 戾(려)는 이르다. 天(천)은
하늘. 我心(아심)은 내 마음. 憂(우)는 걱정하다. 傷(상)은 다치다. 念(염)은 생각하
다. 昔(석)은 옛. 先人(선인)은 선조(先祖). 明發(명발)은 먼동이 트다. 明(명)은 날이
새어 밝아올 무렵의 동(東)녘하늘. 發(발)은 트다. *明發(명발)을 '깨어있다'로 풀이하
는 곳도 있다. 不(불)은 못하다. 寐(매)는 잠자다. 有(유)는 있다. 懷(회)는 생각하다.
二人(이인)은 두 사람. 돌아가신 부모(父母)를 가리킨다.
3) 人(인)은 사람. 之(지)는 ~이. 齊(제)는 [지려(知慮)가] 빠르다. 聖(성)은 슬기롭다. 飮
酒(음주)는 술을 마시다. 溫(온)은 온화(溫和)하다, 부드럽다. 克(극)은 [스스로를] 이
기다. 昏(혼)은 어둡다, 어리석다. 不知(부지)는 無知(무지)와 같다. 壹(일)은 한결같
이. 醉(취)는 취(醉)하다. 日(일)는 날마다. 富(부)는 많다, 심(甚)하다. 各(각)은 각자
(各自). 敬(경)은 삼가다, 절제(節制)하다. 爾(이)는 너. 儀(의)는 거동, 위의(威儀). 天
命(천명)은 하늘의 명령(命令), 하늘의 뜻. 又(우)는 거듭되다.

벌판 가운데 콩잎이 있어
많은 백성(百姓)들이 그것을 따네.
배추벌레의 새끼를
나나니벌이 업고 있네.
네 자녀(子女)를 가르치고 가르쳐서
[선조(先祖)의 덕업(德業)] 그것을 잘 이어가게 해야 하네.4)

저 할미새를 보니
날아가며 우네.
나도 날마다 멀리 가서 [일하고]
너도 달마다 멀리 가서 [일하네.]
일찍 일어나 밤늦게 자며 [일하지만]
너를 태어나게 한 분을 욕(辱)되게 하지 말아야 하네.5)

---

4) 中原(중원)은 原中(원중)과 같다. 벌판 가운데. 菽(숙)은 콩잎. 庶民(서민)은 많은 백
성(百姓). 이 두 구(句)는 콩잎을 따서 먹을 수 있음을 배웠기 때문에 그렇게 한다는
것이다. 螟蛉(명령)은 배추벌레. 子(자)는 새끼. 蜾蠃(과라)는 나나니벌. 負(부)는 지
다, 여기서는 품는 것을 뜻한다. 之(지)는 螟蛉子(명령자)를 가리킨다. 이 두 구(句)는
나나니벌이 자기(自己) 새끼도 아닌 螟蛉子(명령자)를 업고 와서 잘 길러주는 것처럼
사람들도 자기(自己) 자식(子息)을 잘 키워야함을 말하고 있다. 敎(교)는 가르치다. 誨
(회)는 가르치다. 爾子(이자)는 너의 자녀(子女). 式(식)은 어조(語調)를 고르는 어조사
(語助詞). 穀(곡)은 善(선)과 같다. 잘. 似(사)는 잇다.

5) 題(제)는 보다. 脊令(척령)은 鶺鴒(척령)과 같다. 할미새. 여기서는 형제(兄弟)를 비유
(比喩)한다. 載(재)는 어조(語調)를 고르는 어조사(語助詞). 鳴(명)은 울다. 이 구(句)
는 형제(兄弟)가 멀리 가는 것을 비유(比喩)하고 있다. 日(일)은 날마다. 斯(사)는 어
조(語調)를 고르는 어조사(語助詞). 邁(매)는 멀리가다. 여기서는 멀리 가서 일함을 뜻
한다. 而(이)는 너. 형제(兄弟)를 뜻한다. 月(월)은 달마다. 征(정)은 가다. 앞의 邁
(매)와 같다. 夙(숙)은 일찍. 興(흥)은 일어나다. 夜(야)는 밤늦게. 寐(매)는 잠자다.
毋(무)는 말라. 忝(첨)은 더럽히다, 욕(辱)되게 하다. 爾所生(이소생)은 너를 태어나게
한 바. 곧 부모(父母)를 가리킨다.

조그마한 콩새가
마당을 따라 곡식(穀食)을 쪼아 먹네.
불쌍한 우리는 고생(苦生)하고 [재물(財物)이] 적어
거의 [마을] 감옥(監獄)이나 거의 [조정(朝廷)] 감옥(監獄)에 있네.
곡식(穀食)을 잡고 점괘(占卦)를 내니
무슨 [방법(方法)을] 따라야 능(能)히 좋아질 수 있을까?6)

고분고분하고 공손(恭遜)한 사람들이
나뭇가지에 모여 있는 것 같네.
두려워 벌벌 떨며 주의(注意)함은
[깊은] 골짜기에 다다른 것 같네.
두려워 떨고 삼가 조심(操心)함은
얇은 얼음을 밟는 것 같네.7)

---

6) 交交(교교)는 작은 모습. '조그마한'으로 풀이하였다. *交交(교교)를 우는 소리로 풀
   이하는 곳도 있다. '찌~찌~'로 소리낸다. 桑扈(상호)는 새 이름. 콩새. 竊脂(절지)라
   고도 한다. 率(솔)은 따르다. 場(장)은 마당. 啄(탁)은 먹이를 쪼다. 粟(속)은 곡식(穀
   食). 이 두 구(句)는 콩새가 먹이를 찾아 스스로 살아가지만 자신(自身)은 콩새만도
   못하다는 것을 나타내고 있다. 哀(애)는 슬프다, 불쌍하다. 我(아)는 우리를 뜻한다.
   塡(전)은 다하다. 殄(진)과 같다. 여기서는 고생(苦生)함을 뜻한다. 寡(과)는 [재물(財
   物)이] 적다. 宜(의)는 거의. 殆(태)와 같다. 岸(안)은 犴(안)의 가차자(假借字)로 향정
   (鄕亭)에 있는 옥(獄). 獄(옥)은 조정(朝廷)에 있는 옥(獄). 握(악)은 쥐다. 出(출)은 내
   다. 卜(점)은 점괘(占卦). 이 구(句)는 곡식(穀食)을 이용(利用)하여 점(占)치는 것을
   말한 것이다. 自(자)는 ~를 따라. 何(하)는 무슨, 무엇. 여기서는 '무슨 방법(方法)'을
   뜻한다. 能(능)은 능(能)히 ~할 수 있다. 穀(곡)은 善(선)과 같다. 좋다.
7) 溫溫(온온)은 온화(溫和)한 모습. 여기서는 '고분고분하다'로 풀이하였다. 恭(공)은 공
   손(恭遜)하다. 如(여)는 ~와 같다. 集(집)은 모이다. 于(우)는 ~에. 木(목)은 나무.
   여기서는 나뭇가지를 뜻한다. 이 두 구(句)는 나뭇가지에서 떨어질까 두렵다는 것을
   말하고 있다. 惴惴(췌췌)는 두려워서 벌벌 떠는 모습. 小心(소심)은 삼가다, 주의(注
   意)하다. 臨(임)은 임(臨)하다, 다다르다. 谷(곡)은 [깊은] 골짜기. 戰戰(전전)은 두려
   워서 떨다. 兢兢(긍긍)은 삼가다, 조심(操心)하다. 履(리)는 밟다. 薄水(박빙)은 얇은
   얼음. 이 장(章)은 현인군자(賢人君子)들이 난세(亂世)에 비록 죄(罪)가 없어도 두려워
   하고 있음을 나타내고 있다.

(197) 小弁
소 반

弁彼鸒斯 歸飛提提 民莫不穀 我獨于罹
반 피 여 사　귀 비 시 시　민 막 불 곡　아 독 우 리

何辜于天 我罪伊何 心之憂矣 云如之何
하 고 우 천　아 죄 이 하　심 지 우 의　운 여 지 하

踧踧周道 鞠爲茂草 我心憂傷 怒焉如擣
적 적 주 도　국 위 무 초　아 심 우 상　녁 언 여 도

假寐永歎 維憂用老 心之憂矣 疢如疾首
가 매 영 탄　유 우 용 로　심 지 우 의　진 여 질 수

維桑與梓 必恭敬止 靡瞻匪父 靡依匪母
유 상 여 재　필 공 경 지　미 첨 비 부　미 의 비 모

不屬于毛 不罹于裏 天之生我 我辰安在
불 촉 우 모　불 리 우 리　천 지 생 아　아 신 안 재

菀彼柳斯 鳴蜩嘒嘒 有漼者淵 萑葦淠淠
울 피 류 사　명 조 혜 혜　유 최 자 연　환 위 비 비

譬彼舟流 不知所屆 心之憂矣 不遑假寐
비 피 주 류　부 지 소 계　심 지 우 의　불 황 가 매

鹿斯之奔 維足伎伎 雉之朝雊 尙求其雌
녹 사 지 분　유 족 기 기　치 지 조 구　상 구 기 자

譬彼壞木 疾用無枝 心之憂矣 寧莫之知
비 피 괴 목　질 용 무 지　심 지 우 의　영 막 지 지

相彼投兔 尙或先之 行有死人 尙或墐之
상 피 투 토　상 혹 선 지　행 유 사 인　상 혹 근 지

君子秉心 維其忍之 心之憂矣 涕既隕之
군 자 병 심　유 기 인 지　심 지 우 의　체 기 운 지

君子信讒 如或酬之 君子不惠 不舒究之
군 자 신 참　여 혹 수 지　군 자 불 혜　불 서 구 지

伐木掎矣 析薪扡矣 舍彼有罪 予之佗矣
벌 목 기 의　석 신 타 의　사 피 유 죄　여 지 타 의

莫高匪山 莫浚匪泉 君子無易由言 耳屬于垣
막 고 비 산　막 준 비 천　군 자 무 이 유 언　이 촉 우 원

無逝我梁 無發我笱 我躬不閱 遑恤我後
무 서 아 량　무 발 아 구　아 궁 불 열　황 휼 아 후

소아(小雅)의 '즐거운 듯 [갈까마귀]'[1]

즐거운 듯 갈까마귀가
떼 지어 날아 돌아오네.
백성(百姓)들은 [삶이] 좋지 아니함이 없는데
나 홀로 근심에 있네.
무슨 잘못이 하늘에 있는가?
내 죄(罪)가 무엇인가?
마음의 걱정,
그것을 어찌할까?[2]

---

1) 〈小弁(소반)〉은 아버지에게 쫓겨난 자식(子息)이 괴로움을 하소연하는 내용(內容)이다.
2) 弁彼(반피)는 弁弁(반반)과 같다. 즐거워하는 모습. 鸒(여)는 갈까마귀. 斯(사)는 어세(語勢)를 고르는 어기사(語氣詞). 歸(귀)는 돌아오다. 飛(비)는 날다. 提提(시시)는 무리지어 나는 모습. 翅翅(시시)와 같다. 이 두 구(句)는 상서(祥瑞)롭지 못한 갈까마귀도 즐거운 듯 보금자리로 돌아오는데 자신(自身)은 그렇지 못함을 나타낸 것이다. 民(민)은 백성(百姓). 莫不(막불)은 ~아니함이 없다. 穀(곡)은 善(선)과 같다. 좋다. 我(아)는 나. 獨(독)은 홀로. 于(우)는 ~에 [있다]. 罹(리)는 근심. 何(하)는 무슨, 무엇. 辜(고)는 잘못, 허물. 天(천)은 하늘. 여기서는 아버지를 가리킨다. 罪(죄)는 죄(罪), 허물. 伊(이)는 어조(語調)를 고르는 어조사(語助詞). 心(심)은 마음. 之(지)는 ~의. 憂(우)는 걱정. 矣(의)는 구(句)의 끝에서 다음 말을 일으키는 말. 云(운)은 어조(語調)를 고르는 어조사(語助詞). 如之何(여지하)는 如何(여하)는 어찌할까? 之(지)는 그것. 心之憂(심지우)를 가리킨다.

고르고 판판한 큰길이
무성(茂盛)한 풀로 다 덮였네.
내 마음은 시름겹고 아파서
근심함이 [마음을] 찧는 듯하네.
옷 입은 채 선잠을 자며 길게 탄식(歎息)하고
근심으로 늙어가네.
마음의 걱정으로
열병(熱病)이 나서 머리가 아프네.3)

---

3) 踧踧(적적)은 평평(平平)한 모습. 여기서는 '고르고 판판하다'로 풀이하였다. 周道(주
도)는 大道(대도)와 같다. 큰길. 鞠(국)은 다하다. 여기서는 '다 덮이다'의 뜻이다. 爲
(위)는 피동(被動)의 뜻인 ~되다. 茂草(무초)는 무성(茂盛)한 풀. 이 두 구(句)는 작자
(作者)의 마음 상태(狀態)를 비유(比喩)한 듯하다. 憂傷(우상)은 시름겹고 아프다. 惄
(녁)은 근심하다. 焉(언)은 형용(形容)하는 데 붙이는 말. 然(연)과 같다. 如(여)는 같
다. 擣(도)는 찧다. 假寐(가매)는 옷을 입은 채 선잠을 잠. 假(가)는 임시적(臨時的).
寐(매)는 자다. 永歎(영탄)은 길게 탄식(歎息)하다. 維(유)는 어조(語調)를 고르는 어조
사(語助詞). 用(용)은 以(이)와 같다. ~로써, ~으로. 老(노)는 늙다. 疢(진)은 열병(熱
病). 如(여)는 而(이)와 같다. 그래서. 疾(질)은 아프다. 首(수)는 머리.

[집 주위(周圍)의] 뽕나무와 가래나무는
반드시 공경(恭敬)해야 하네.
[자식(子息)은] 아버지를 우러러보지 아니함이 없고
어머니에 기대지 아니함이 없네.
[내 신세(身世)는 마치 옷감이 옷의] 겉에 이어지지 못하고
[옷의] 속에도 붙지 못한 것처럼 [부모(父母)와 멀어져 버렸네.]
하늘이 나를 태어나게 해 놓고선
내 [좋은] 때는 어디에 있는가?4)

---

4) 桑(상)은 뽕나무. 與(여)는 ~와. 梓(재)는 가래나무. 이들 나무는 옛 사람들이 집 주
위(周圍)에 늘 심었다. 여기서는 부모(父母)가 심은 나무를 보고 부모(父母)를 생각하
게 된다는 것이다. 必(필)은 반드시. 恭敬(공경)은 공경(恭敬)하다. 止(지)는 어조(語
調)를 고르는 어조사(語助詞). 靡瞻匪父(미첨비부)는 靡匪瞻父(미비첨부)와 같다. 靡
(미)는 없다. 匪(비)는 아니다. 瞻(첨)은 우러러보다. 父(부)는 아버지. 依(의)는 기대
다, 사랑하다. 屬(촉)은 잇다, 붙이다. 于(우)는 ~에. 毛(모)는 겉. 表(표)와 같다. 여
기서는 옷의 겉을 말하며 아버지를 비유(比喩)한다. 罹(리)는 걸리다, 만나다. 여기서
는 붙어있음을 뜻한다. 離(리)와 통(通)한다. 裏(리)는 속. 여기서는 옷의 속을 말하며
어머니를 비유(比喩)한다. 이 두 구(句)는 부모(父母)에게 버림받아 의지(依支)할 수
없음을 말하고 있다. 天(천)은 하늘. 之(지)는 ~이. 生(생)은 태어나다. 辰(신)은 때,
시운(時運). 安(안)은 어디. 在(재)는 있다.

무성(茂盛)한 버드나무에서
매미가 맴맴 울고
깊은 못가에는
물억새와 갈대가 우거졌네.
[내 처지(處地)를] 비유(比喩)하면 저 배가 떠내려가는 것처럼
이를 곳을 알지 못하네.
마음의 걱정으로
옷 입은 채 선잠을 잘 겨를도 있지 않네.5)

---

5) 菀彼(울피)는 菀菀(울울)과 같다. 무성(茂盛)한 모습. 柳(유)는 버드나무. 斯(사)는 어
조(語調)를 고르는 어조사(語助詞). 鳴(명)은 울다. 蜩(조)는 매미. 嘒嘒(혜혜)는 매미
의 울음소리. '맴맴'으로 풀이하였다. 有漼(유최)는 漼漼(최최)와 같다. 깊은 모습. 者
(자)는 어세(語勢)를 세게 하는 어조사(語助詞). 淵(연)은 못. 萑(환)은 물억새. 葦(위)
는 갈대. 淠淠(비비)는 우거진 모습. 이 네 구(句)는 매미와 물억새 및 갈대는 있을 곳
에 있지만 자신(自身)은 그렇지 못함을 말하고 있다. 譬(비)는 비유(比喩)하다. 舟流(주
류)는 배가 떠내려가다. 知(지)는 알다. 所(소)는 곳. 届(계)는 이르다. 遑(황)은 겨를.

사슴이 [짝에게] 달려가니
발이 빠르게 움직이네.
장끼가 아침부터 우는 것은
오히려 그 까투리를 찾으려함이네.
[내 처지(處地)를] 비유(比喩)하면 저 병(病)든 나무처럼
병(病)으로 가지가 없는 것과 같네.
마음의 근심은
곧 그것을 알아 줌이 없음이네.6)

---

6) 鹿(녹)은 사슴. 斯(사)는 어조(語調)를 고르는 어조사(語助詞). 之(지)는 ~이. 奔(분)
   은 달리다. 維(유)는 어조(語調)를 고르는 어조사(語助詞). 足(족)은 발. 伎伎(기기)는
   네 발이 빠르게 움직이는 모습. 雉(치)는 장끼. 朝(조)는 아침. 雊(구)는 장끼가 울다.
   尙(상)은 오히려. 求(구)는 찾다. 其(기)는 그. 雌(자)는 암컷. 까투리를 말한다. 이
   네 구(句)는 자신(自身)은 짝을 찾는 사슴이나 장끼만 못하다는 것을 말하고 있다. 壞
   木(괴목)은 병(病)든 나무. 疾(질)은 병(病)과 같다. 用(용)은 以(이)와 같다. ~로써,
   ~으로. 無枝(무지)는 가지가 없다. 寧(녕)은 곧. 莫知(막지)는 알아줌이 없다. 之(지)
   는 그것. 자신(自身)의 처지(處地)를 말한다.

저 사람이 토끼를 덮쳐잡는 것을 보니
오히려 어떤 이가 그것을 먼저 몰아 주네.
길에 죽은 사람이 있으면
오히려 어떤 이가 그를 묻어 주네.
군자(君子)가 마음을 잡음이
그토록 잔인(殘忍)하네.
마음의 근심으로
눈물이 이윽고 떨어지네.[7]

---

7) 相(상)은 보다. 彼(피)는 저 [사람]. 投(투)는 덮어 가리다. 여기서는 덮쳐잡다. 兎
(토)는 토끼. 尙(상)은 오히려. 或(혹)은 어떤 이. 先(선)은 먼저 하다. 여기서는 먼저
몰아줌을 뜻한다. 之(지)는 그것. 토끼를 가리킨다. 行(행)은 길. 有(유)는 있다. 死人
(사인)은 죽은 사람. 墐(근)은 묻다. 之(지)는 죽은 사람을 가리킨다. 이 네 구(句)는
자신(自身)은 남에게 도움을 받지 못함을 말하고 있다. 君子(군자)는 아버지를 가리킨
다. 秉心(병심)은 마음을 잡다. 用心(용심)과 같다. 마음을 쓰다. 維(유)는 어조(語調)
를 고르는 어조사(語助詞). 其(기)는 그토록. 忍(인)은 잔인(殘忍)하다. 之(지)는 어조
(語調)를 고르는 어기사(語氣詞). 涕(체)는 눈물. 旣(기)는 이윽고. 隕(운)은 떨어지다.

군자(君子)가 참언(讒言)을 믿음이
어떤 이와 술잔을 돌리는 것 같네.
군자(君子)가 은혜(恩惠)롭지 못하여
천천히 그것을 살피지 않네.
나무를 베고 [옮길 때는 줄을 이용(利用)해서] 끌어당기고
땔감을 팰 [때는 결대로] 쪼개야 하네.
저 허물 있는 이는 놓아 주고
나는 [허물이] 더해지네.8)

<hr />

8) 信(신)은 믿다. 讒(참)은 참언(讒言). 如(여)는 ~와 같다. 酬(수)는 술잔을 돌리다, 수
작(酬酌)하다. 원문(原文)에는 酬(수)가 [酉+壽]로 되어있다. 之(지)는 그것. 술잔을
뜻한다. 惠(혜)는 은혜(恩惠)롭다. 舒(서)는 천천히. 徐(서)와 같다. 究(구)는 살피다.
之(지)는 그것. 참언(讒言)을 가리킨다. 伐木(벌목)은 나무를 베다. 掎(기)는 끌어당기
다. 矣(의)는 단정(斷定)의 뜻을 나타내는 어조사(語助詞). 析(석)은 가르다, 패다. 薪
(신)은 땔나무. 杝(타)는 [결대로] 쪼개다. 舍(사)는 놓아 주다. 有罪(유죄)는 허물 있
는 사람. 予(여)는 나. 之(지)는 ~는. 佗(타)는 더하다.

높지 아니한 산(山)은 없고
깊지 아니한 샘이 없네.
군자(君子)는 말에 쉽게 하지 말아야 하니
[사람의] 귀가 담에 붙어 있기 때문이네.
내 어량(魚梁)에 가지 말고
내 통발을 휘젓지 말자.
내 몸도 받아들이지 못하니
한가(閑暇)하게 내 뒷날을 걱정하겠는가?9)

---

9) 莫(막)은 없다. 高(고)는 높다. 匪(비)는 아니다. 山(산)은 산(山). 浚(준)은 깊다. 泉
(천)은 샘. 이 두 구(句)는 산(山)의 높이와 샘의 깊이를 잴 수 없듯이 인심(人心)의
험(險)함도 마찬가지라는 뜻이다. 無(무)는 말라. 易(이)는 쉽다, 쉽게 하다. 由(유)는
~에. 於(어)와 같다. 言(언)은 말, 발언(發言). 耳(이)는 귀. 屬(촉)은 붙다. 于(우)는
~에. 垣(원)은 담. 逝(서)는 가다. 梁(량)은 한곳으로만 흐르도록 물길을 막은 뒤에,
그곳에 통발을 놓아 고기를 잡는 장치. 어량(魚梁). 發(발)은 어지럽히다. 발(撥)과 같
다. 곧 휘젓다. 笱(구)는 통발. 躬(궁)은 몸. 閱(열)은 받아들이다. 遑(황)은 한가(閑
暇)하다. 恤(휼)은 걱정하다. 後(후)는 뒤, 뒷날.

(198) 巧言
교언

悠悠昊天　日父母且　無罪無辜　亂如此憮
유유호천　왈부모저　무죄무고　난여차무

昊天已威　予愼無罪　昊天泰憮　予愼無辜
호천이위　여신무죄　호천태무　여신무고

亂之初生　僭始旣涵　亂之又生　君子信讒
난지초생　참시기함　난지우생　군자신참

君子如怒　亂庶遄沮　君子如祉　亂庶遄已
군자여노　난서천저　군자여지　난서천이

君子屢盟　亂是用長　君子信盜　亂是用暴
군자누맹　난시용장　군자신도　난시용포

盜言孔甘　亂是用餤　匪其止共　維王之邛
도언공감　난시용담　비기지공　유왕지공

奕奕寢廟　君子作之　秩秩大猷　聖人莫之
혁혁침묘　군자작지　질질대유　성인막지

他人有心　予忖度之　躍躍毚兎　遇犬獲之
타인유심　여촌탁지　적적참토　우견획지

荏染柔木　君子樹之　往來行言　心焉數之
임염유목　군자수지　왕래행언　심언수지

蛇蛇碩言　出自口矣　巧言如簧　顔之厚矣
이이석언　출자구의　교언여황　안지후의

彼何人斯　居河之麋　無拳無勇　職爲亂階
피하인사　거하지미　무권무용　직위난계

旣微且尰　爾勇伊何　爲猶將多　爾居徒幾何
기미차종　이용이하　위유장다　이거도기하

교묘(巧妙)한 말[1]

아득한 하늘은
곧 어버이입니다.
[우리는] 죄(罪)도 없고 허물도 없는데
난리(亂離)가 이같이 큽니다.
하늘이 매우 포학(暴虐)하나
저는 참으로 죄(罪)가 없습니다.
하늘이 크게 오만(傲慢)하나
저는 참으로 허물이 없습니다.[2]

1) 〈巧言(교언)〉은 周(주)나라 왕(王)이 참언(讒言)을 믿고 참소(讒訴)하는 사람들이 나라
   를 망(亡)치고 있는데도 방임(放任)하고 있음을 풍자(諷刺)하는 내용(內容)이다.
2) 悠悠(유유)는 아득한 모습. 昊(호)와 天(천)은 하늘. 曰(왈)은 발어사(發語詞). 여기서
   는 '곧'으로 풀이하였다. 父母(부모)는 어버이. 且(저)는 어조(語調)를 고르는 어기사
   (語氣詞). 無(무)는 없다. 罪(죄)는 죄(罪), 잘못. 辜(고)는 허물. 亂(난)은 어지러움,
   난리(亂離). 如此(여차)는 이와 같이. 憮(무)는 크다. 昊天(호천)은 周(주)나라 왕(王)
   을 가리킨다. 已(이)는 매우, 심(甚)히. 威(위)는 으르다, 포학(暴虐)하다. 予(여)는
   나. 愼(신)은 참으로, 진실(眞實)로. 泰(태)는 크다. 太(태)와 같다. 憮(무)는 업신여기
   다. 여기서는 오만(傲慢)하다. 이 네 구(句)는 周(주)나라 왕(王)이 포학(暴虐)하고 오
   만(傲慢)한 정치(政治)를 하여 죄(罪) 없는 사람들이 잘못에 걸려드는 것을 말하고 있
   다.

난리(亂離)가 처음 생겨남은
참소(讒訴)가 시작(始作)되자 이미 받아들였기 때문입니다.
난리(亂離)가 또 생김은
군자(君子)가 참언(讒言)을 믿어서입니다.
군자(君子)가 만약(萬若) [참언(讒言)에] 화내면
난리(亂離)는 거의 빨리 그칠 것입니다.
군자(君子)가 만약(萬若) [충언(忠言)에] 기뻐하면
난리(亂離)는 거의 빨리 멈출 것입니다.3)

군자(君子)가 자주 맹약(盟約)하니
난리(亂離)가 이로써 자라납니다.
군자(君子)가 도적(盜賊)을 믿으니
난리(亂離)가 이로써 사나와집니다.
도적(盜賊)의 말이 매우 달콤하니
난리(亂離)가 이로써 [더] 나아갑니다.
[도적(盜賊)인] 그가 [할 일을] 받들지 아니하니
왕(王)의 병(病)이 됩니다.4)

---

3) 亂(난)은 난리(亂離). 之(지)는 ~가. 初(초)는 처음. 生(생)은 나다, 생기다. 僭(참)은
참소(讒訴). 譖(참)이 정자(正字)이다. 始(시)는 비롯하다, 시작(始作)하다. 旣(기)는
이미. 涵(함)은 받아들이다. 又(우)는 또. 君子(군자)는 周(주)나라 왕(王)을 가리킨다.
信(신)은 믿다. 讒(참)은 참소(讒訴), 참언(讒言). 如(여)는 만약(萬若). 怒(노)는 성내
다, 진노(震怒)하다. 庶(서)는 거의. 遄(천)은 빠르다. 沮(저)는 그치다. 祉(지)는 복
(福). 여기서는 기뻐하다. 已(이)는 멈추다.
4) 屢(루)는 자주. 盟(맹)은 [제후(諸侯)와] 맹약(盟約)하다. 是用(시용)은 是以(시이)와
같다. 이로써, 이 때문에. 長(장)은 자라나다. 盜(도)는 도적(盜賊). 여기서는 참인(讒
人)을 가리킨다. 暴(포)는 사납다. 孔(공)은 매우. 甘(감)은 달다. 餤(담)은 나아가다.
匪(비)는 아니다. 其(기)는 그. 도적(盜賊)을 가리킨다. 止(지)는 이르다. 共(공)은 바
치다, 받들다. 供(공)과 같다. 維(유)는 ~이다, ~되다. 爲(위)와 같다. 王(왕)은 周
(주)나라 왕(王). 之(지)는 ~의. 邛(공)은 앓다, 병(病)들다.

커다란 궁실(宮室)과 종묘(宗廟)를
군자(君子)가 그것을 지었습니다.
슬기로운 큰 정책(政策)을
성인(聖人)이 그것을 꾀했습니다.
다른 사람이 [딴] 마음 있음을
내가 그것을 헤아리고 잽니다.
깡충깡충 뛰는 교활(狡猾)한 토끼도
개를 만나면 잡힙니다.5)

---

5) 奕奕(혁혁)은 높고 큰 모습. 寢(침)은 궁실(宮室). 廟(묘)는 종묘(宗廟). 君子(군자)는
周(주)나라를 건국(建國)한 군주(君主)인 武王(무왕), 成王(성왕)을 가리킨다. 作(작)은
짓다. 之(지)는 그것. 寢廟(침묘)를 가리킨다. 秩秩(질질)은 슬기로운 모습. 大(대)는
크다. 猷(유)는 꾀. 여기서는 국가(國家)의 정책(政策)을 말한다. 聖人(성인)은 周公
(주공)과 같이 왕(王)을 보좌(輔佐)한 어진 신하(臣下)를 가리킨다. 莫(막)은 꾀하다.
之(지)는 그것. 大猷(대유)를 가리킨다. 他人(타인)은 다른 사람. 讒人(참인)을 가리킨
다. 有心(유심)은 [다른] 마음이 있다. 忖(촌)은 헤아리다. 度(탁)은 재다. 之(지)는 그
것. 有心(유심)을 가리킨다. 躍躍(적적)은 빠른 모습. 여기서는 '깡충깡충 뛰다'로 풀
이하였다. 毚兎(참토)는 교활(狡猾)한 토끼. 遇(우)는 만나다. 犬(견)은 개. 獲(획)은
잡다. 之(지)는 어조(語調)를 고르는 어기사(語氣詞).

부드럽고 여린 좋은 나무를
군자(君子)가 그것을 심습니다.
[사람들이] 오가는 길 [위의] 뜬소문(所聞)을
[내] 마음이 그것을 살핍니다.
우쭐대며 [하는 목소리] 큰 말은
입으로부터 나옵니다.
교묘(巧妙)한 말은 생황(笙簧)과 같고
[참인(讒人)의] 얼굴은 두텁기만 합니다.6)

---

6) 荏(임)과 染(염)은은 부드럽다. 荏染(임염)은 부드럽고 약(弱)한 모습. 柔木(유목)은 좋은 나무. 柔(유)는 부드럽다. 여기서는 좋다. 善(선)과 같다. 君子(군자)는 학식(學識)과 덕망(德望)이 높은 사람. 樹(수)는 심다. 之(지)는 그것. 柔木(유목)을 가리킨다. 이 두 구(句)는 君子(군자)가 나무를 가려 심는다는 것을 말하고 있다. 往來(왕래)는 오고 가다. 行(행)은 길. 言(언)은 謠言(요언)을 말한다. 유언비어(流言蜚語), 뜬소문. 心(심)은 작자(作者)의 마음. 焉(언)은 어조(語調)를 고르는 어기사(語氣詞). 數(수)는 살피다. 之(지)는 그것. 行言(행언)을 가리킨다. 蛇蛇(이이)는 잘난 체하며 남의 말을 받아들이지 아니하는 모습. 여기서는 '우쭐대다'로 풀이하였다. 碩言(석언)은 [목소리] 큰 말. 出(출)은 나오다. 自(자)는 ~으로부터. 口(구)는 입. 矣(의)는 단정(斷定)을 뜻하는 어조사(語助詞). 巧言(교언)은 교묘(巧妙)한 말. 如(여)는 같다. 簧(황)은 생황(笙簧). 이 구(句)는 巧言(교언)이 笙簧(생황)을 불 때 나는 소리처럼 귀에 솔깃하다는 것이다. 顔(안)은 [참인(讒人)의] 얼굴. 之(지)는 ~은(는). 厚(후)는 두텁다.

저 사람은 어떤 사람인가?
강(江)의 가에서 삽니다.
힘도 없고 용기(勇氣)도 없는데
다만 난리(亂離)의 사닥다리를 만듭니다.
이미 종기(腫氣)가 나고 또 수중다리가 되었으니
너의 용기(勇氣)는 어떻습니까?
[나쁜] 꾀를 냄이 또한 많으나
[동조(同調)하는] 네 무리가 얼마나 있겠습니까?7)

---

7) 彼(피)는 저 사람. 참인(讒人)을 가리킨다. 何人(하인)은 어떤 사람. 斯(사)는 어조(語調)를 고르는 어기사(語氣詞). 居(거)는 살다. 河(하)는 강(江). 之(지)는 ~의. 糜(미)는 물가. 湄(미)와 같다. *물가의 습(濕)한 곳에 살면 각종(各種) 피부병(皮膚病)에 걸리기 쉽다. 拳(권)은 힘. 勇(용)은 용기(勇氣). 職(직)은 다만, 오로지. 爲(위)는 만들다. 階(계)는 사닥다리. 微(미)는 다리가 부어오르는 병(病)인 종기(腫氣). 且(차)는 또. 尰(종)은 병(病)으로 퉁퉁 부은 다리인 수중다리. 爾(이)는 너. 伊(이)는 어조(語調)를 고르는 어조사(語助詞). 何(하)는 어떤가? 爲(위)는 하다, 내다. 猶(유)는 꾀. 猷(유)와 같다. 여기서는 나쁜 꾀, 사기(詐欺)를 뜻한다. 將(장)은 또한. 且(차)와 같다. 多(다)는 많다. 居(거)는 어조(語調)를 고르는 어조사(語助詞). 徒(도)는 무리. 幾何(기하)는 얼마나 [있겠는가?].

(199) 何人斯
하 인 사

彼何人斯　其心孔艱　胡逝我梁　不入我門　伊誰云從　維暴之云
피하인사　기심공간　호서아량　불입아문　이수운종　유포지운

二人從行　誰爲此禍　胡逝我梁　不入唁我　始者不如今　云不我可
이인종행　수위차화　호서아량　불입언아　시자불여금　운불아가

彼何人斯　胡逝我陳　我聞其聲　不見其身　不愧于人　不畏于天
피하인사　호서아진　아문기성　불견기신　불괴우인　불외우천

彼何人斯　其爲飄風　胡不自北　胡不自南　胡逝我梁　祇攪我心
피하인사　기위표풍　호불자북　호불자남　호서아량　지교아심

爾之安行　亦不遑舍　爾之亟行　遑脂爾車　壹者之來　云何其盱
이지안행　역불황사　이지극행　황지이거　일자지래　운하기우

爾還而入　我心易也　還而不入　否難知也　壹者之來　俾我祇也
이환이입　아심이야　환이불입　부난지야　일자지래　비아지야

伯氏吹壎　仲氏吹篪　及爾如貫　諒不我知　出此三物　以詛爾斯
백씨취훈　중씨취지　급이여관　양불아지　출차삼물　이저이사

爲鬼爲蜮　則不可得　有靦面目　視人罔極　作此好歌　以極反側
위귀위역　즉불가득　유전면목　시인망극　작차호가　이극반측

어떤 사람인가?[1]

저 사람은 어떤 사람인가?
그 마음씨가 매우 고약하네.
어찌 내 어량(魚梁)은 지나가면서
내 [집] 문(門)으로는 들어오지 않는가?
아, 누구를 따르는가?
[그 사람은] 이 포공(暴公)의 말만 [따르네.][2]

두 사람은 [서로] 따라다니는데
누가 이 재앙(災殃)을 만들었나?
어찌 내 어량(魚梁)은 지나가면서
[내 집으로] 들어와 나를 위로(慰勞)하지 않는가?
[알고 지낸] 맨 처음이 지금(只今)과 같지 않고
나를 [직무(職務)를 감당(勘當)하기에] 좋지 않다고 말하네.[3]

---

1) 〈何人斯(하인사)〉는 두 사람 사이의 절교(絕交)를 다룬 내용(內容)이다. 《毛序(모
서)》에 따르면 暴公(포공)이 周(주)나라 왕(王)의 경사(卿士)가 되자 蘇公(소공)을 참
소(讒訴)하였고 이에 蘇公(소공)이 이 시(詩)를 지어 절교(絕交)했다고 한다.

2) 彼(피)는 저 사람. 작자(作者)가 절교(絕交)한 사람을 가리킨다. 何人(하인)은 어떤 사
람인가? 斯(사)는 어조(語調)를 고르는 어기사(語氣詞). 其心(기심)은 그 마음. 孔(공)은
매우. 艱(간)은 험악(險惡)하다. 고약하다. 胡(호)는 어찌. 逝(서)는 가다. 我(아)는 나.
梁(량)은 어량(魚梁). 不入(불입)은 들어가지 않다. 門(문)은 문(門). 伊(이)는 아. 발어
사(發語詞). 誰(수)는 누구. 云(운)은 어조(語調)를 고르는 어조사(語助詞). 從(종)은 따
르다. 維(유)는 이. 발어사(發語詞). 是(시)와 같다. 暴(포)는 나라이름. 여기서는 暴(포)
나라의 임금, 暴公(포공)을 가리킨다. 之(지)는 ~의. 云(운)은 말. 言(언)과 같다.

3) 二人(이인)은 暴公(포공)과 그의 친구(親舊). 從行(종행)은 따라다니다. 誰(수)는 누
구. 爲(위)는 만들다. 此(차)는 이. 禍(화)는 재앙(災殃). 여기서는 작자(作者)가 周
(주)나라 왕(王)에게 견책(譴責)당한 것을 뜻한다. 唁(언)은 위로(慰勞)하다. 始者(시
자)는 당초(當初)와 같다. 맨 처음. 不如(불여)는 ~만 같지 못하다. 今(금)은 지금(只
今). 云(운)은 이르다. 可(가)는 좋다. 이 구(句)는 작자(作者)의 역량(力量)이 직무(職
務)에 알맞지 않다고 말함을 뜻한다.

저 사람은 어떤 사람인가?
어찌 내 [집 앞의] 길을 지나가는가?
나는 그 소리를 들었는데
[저 사람은] 그 몸을 보이지 않네.
사람들에게 부끄럽지도 않는가?
하늘에 두렵지도 않는가?4)

저 사람은 어떤 사람인가?
그는 회오리바람이네.
어찌 북(北)쪽에서 [불어오지] 않는가?
어찌 남(南)쪽에서 [불어오지] 않는가?
어찌 내 어량(魚梁)을 지나가는가?
때마침 내 마음을 어지럽히네.5)

---

4) 陳(진)은 당하(堂下)에서 문(門)에 이르는 길. 聞(문)은 듣다. 其(기)는 그. 聲(성)은
   소리. 暴公(포공)이 내방(來訪)하는 소리를 가리킨다. 不見(불견)은 보이지 않다. 身
   (신)은 몸. 이 두 구(句)는 방문(訪問)하러 와서 직접(直接) 만나지 않고 그냥 돌아간
   것을 말한다. 일종(一種)의 허례(虛禮)이다. 愧(괴)는 부끄럽다. 于(우)는 ~에게. 人
   (인)은 사람. 畏(외)는 두려워하다. 天(천)은 하늘.
5) 其(기)는 그 사람. 爲(위)는 ~이다. 飄風(표풍)은 회오리바람. 暴公(포공)을 비유(比
   喩)하고 있다. 自(자)는 ~에서, ~으로부터. 北(북)은 북(北)쪽. 南(남)은 남(南)쪽. 이
   두 구(句)는 회오리바람이 북(北)쪽이나 남(南)쪽에서 일정(一定)한 방향(方向)으로 불
   어오지 않고 작자(作者)에게만 불어온다는 뜻이다. 祇(지)는 때마침. 攪(교)는 어지럽
   게 하다. 我心(아심)은 내 마음.

그대는 천천히 다니면서
또한 [이곳에] 머물 겨를을 두지 않았지.
그대가 빨리 다닐 때는
그대 수레에 기름칠할 겨를은 있었지.
지난날 [이곳으로] 왔을 때 [나를 만나지 않아]
아, 얼마나 근심했는지.6)

[옛날] 그대가 [조정(朝廷)에서] 돌아오면서 [내 집에] 들어올 때
내 마음은 기뻤었네.
[이제 조정(朝廷)에서] 돌아오면서 [내 집에] 들어오지 않으니
[들어오지] 아니하는 [그대 마음을] 알기 어렵네.
지난날 [이곳으로] 왔을 때 [나를 만나지 않아]
나로 하여금 병(病)들게 하였네.7)

---

6) 爾(이)는 너, 그대. 暴公(포공)을 가리킨다. 之(지)는 ~는. 安行(안행)은 천천히 가다. 徐行(서행)과 같다. 亦(역)은 또한. 不(불)은 않다. 遑(황)은 겨를을 두다. 舍(사)는 머물다. 亟(극)은 빠르다. 脂(지)는 기름을 치다. 車(거)느 수레. 壹者(일자)는 지나간 날, 왕일(往日). 之(지)는 ~의. 여기서는 풀이를 생략(省略)하였다. 來(래)는 오다. 여기서는 我梁(아량)과 我陳(아진)으로 온 것을 가리킨다. 云(운)은 아. 발어사(發語詞). 何(하)는 얼마나. 其(기)는 어조(語調)를 고르는 어조사(語助詞). 盱(우)는 근심하다.

7) 還(환)은 [暴公(포공)이 조정(朝廷)에서] 돌아오다. 而(이)는 ~면서. 접속사(接續詞). 入(입)은 [작자(作者)의 집으로] 들어오다. 易(이)는 기뻐하다. 否(부)는 아니하다. 難(난)은 어렵다. 知(지)는 알다. 也(야)는 단정(斷定)의 뜻을 나타내는 어조사(語助詞). 俾(비)는 하여금. 祇(지)은 앓다, 병(病).

맏이는 질나발을 불고
둘째는 피리를 부네.
그대와 [가까웠음이 끈으로 두 동전(銅錢)을] 꿰맨 것 같았는데
[이제는] 참으로 나를 알아주지 않네.
이 세 마리 동물(動物)을 내어 [제사(祭祀)지내]
그대를 저주(詛呪)하리라.8)

[그대가] 귀신(鬼神)이 되고 물여우가 되었는지
곧 가(可)히 [그대를] 볼 수 없네.
[그대는] 뻔뻔한 얼굴로
사람을 보면서 끝없이 [악(惡)을 행(行)하네.]
이 좋은 노래를 지어
뒤엎고 쏠리는 [언행(言行)을] 끝까지 드러내네.9)

---

8) 伯氏(백씨)는 맏이. 氏(씨)는 사람의 호칭(呼稱). 吹(취)는 불다. 壎(훈)은 악기(樂器)
이름. 질나발. 仲氏(중씨)는 둘째. 여기서는 伯氏(백씨)와 仲氏(중씨)는 형제(兄弟)를
뜻한다. 篪(지)는 대나무로 만든 관악기(管樂器), 저, 피리. 이 두 구(句)는 형제(兄
弟)가 질나발과 피리를 불며 화목(和睦)하듯이 작자(作者)와 暴公(포공)도 왕(王)의 신
하(臣下)로서 마땅히 친애(親愛)해야함을 말하고 있다. 及(급)은 ~와(함께). 如(여)는
같다. 貫(관)은 꿰다. 여기서는 끈으로 두 동전(銅錢) 구멍을 꿰맨 것처럼 친밀(親密)
했음을 말하고 있다. 諒(량)은 참으로. 知(지)는 알아주다. 出(출)은 내다. 三物(삼물)
은 세 마리 동물(動物). 희생(犧牲)으로 쓸 돼지, 개, 닭을 말한다. 以(이)는 접속(接
續)의 뜻을 지닌 어조사(語助詞). 詛(저)는 저주(詛呪)하다. 斯(사)는 어조(語調)를 고
르는 어조사(語助詞).
9) 爲(위)는 되다. 鬼(귀)는 귀신(鬼神). 魊(역)은 전설상(傳說上) 무형(無形)의 동물(動
物)인 물여우. 원문(原文)에는 [魊 : 鬼⊢虫]으로 되어있다. 주둥이에 한 개의 긴 뿔
이 있는데, 독기(毒氣)로 사람의 그림자를 쏘면 종기(腫氣)가 생긴다고 한다. 則(즉)은
곧. 不可(불가)는 가(可)히 ~할 수 없다. 得(득)은 득견(得見)을 말한다. 볼 수 있다.
得(득)은 가능(可能)을 뜻한다. 有靦(유전)은 靦靦(전전)과 같다. 뻔뻔한 모습. 面目
(면목)은 얼굴 생김새. 視人(시인)은 사람을 보다, 사람을 대(對)하다. 罔(망)은 없다.
極(극)은 끝. 여기서 罔極(망극)은 끝없이 악(惡)을 행(行)함을 뜻한다. 作(작)은 짓다.
好歌(호가)는 좋은 [뜻의] 노래. 極(극)은 끝까지 드러내다. 反(반)은 뒤엎다. 側(측)은
기울다, 쏠리다. 反側(반측)은 언행(言行)의 반복무상(反覆無常)을 뜻한다.

(200) 巷伯
항 백

萋兮斐兮 成是貝錦 彼譖人者 亦已大甚
처혜비혜 성시패금 피참인자 역이태심

哆兮侈兮 成是南箕 彼譖人者 誰適與謀
치혜치혜 성시남기 피참인자 수적여모

緝緝翩翩 謀欲譖人 愼爾言也 謂爾不信
집집편편 모욕참인 신이언야 위이불신

捷捷幡幡 謀欲譖言 豈不爾受 旣其女遷
첩첩번번 모욕참언 기불이수 기기여천

驕人好好 勞人草草 蒼天蒼天 視彼驕人 矜此勞人
교인호호 노인초초 창천창천 시피교인 긍차노인

彼譖人者 誰適與謀 取彼譖人 投畀豺虎 豺虎不食 投畀有北
피참인자 수적여모 취피참인 투비시호 시호불식 투비유북
有北不受 投畀有昊
유북불수 투비유호

楊園之道 猗于畝丘 寺人孟子 作爲此詩 凡百君子 敬而聽之
양원지도 의우묘구 시인맹자 작위차시 범백군자 경이청지

항백(巷伯)1)

알록달록 아름답게
이 조개껍질 [무늬의] 비단을 짜네.
저기 남을 참소(讒訴)하는 사람은
[참언(讒言)이] 또 매우 너무 심(甚)하네.2)

크게 입을 [쫙] 벌려
이 남방(南方)의 기성(箕星)이 되었네.
저기 남을 참소(讒訴)하는 사람은
누구와 더불어 즐겁게 [일을] 꾀하는가?3)

---

1) 〈巷伯(항백)〉은 참소(讒訴)를 입고 형(刑)을 받아 시인(寺人)[=환관(宦官)]이 된 孟子(맹자)가 분노(憤怒)를 표출(表出)시킨 내용(內容)이다. 巷伯(항백)은 시인(寺人)의 관명(官名)이다.

2) 萋(처)는 緀(처)와 같다. 무늬를 놓다. 여기서는 '알록달록'으로 풀이하였다. 兮(혜)는 어세(語勢)를 멈추었다가 다시 높이는 데 쓰이는 어조사(語助詞). 斐(비)는 아름답다. 成(성)은 이루다. 여기서는 짜다. 織(직)과 같다. 是(시)는 이. 貝(패)는 조개. 여기서는 조개껍질 모양의 무늬를 뜻한다. 錦(금)은 비단. 이 두 구(句)는 참인(讒人)이 사람의 죄상(罪狀)을 하나하나 엮어가는 것을 나타낸다. 彼(피)는 저. 讒(참)은 참소(讒訴)하다. 人(인)은 남. 者(자)는 사람. 亦(역)은 또. 已(이)는 매우. 大(태)는 太(태)와 같다. 너무. 甚(심)은 심(甚)하다.

3) 哆(치)는 입을 벌리다. 侈(치)는 넓다, 크다. 南(남)은 남방(南方). 箕(기)는 별이름. 네 개의 별이 사다리꼴로 되어 있는데 아래는 작고 입 부분이 크다. 여기서는 참인(讒人)을 상징(象徵)한다. 誰(수)는 누구. 適(적)은 즐기다. 與(여)는 ~와 더불어. 謀(모)는 꾀하다.

소곤소곤 교묘(巧妙)하게

꾀 내어 남을 참소(讒訴)하고자 하네.

[그러나] 그대는 말을 조심(操心)하라.

[들통나면] 그대를 믿지 못하겠다고 말하리라.4)

웅성웅성 까불대며

꾀 내어 참소(讒訴)하는 말을 하고자 하네.

어찌 [사람들이] 그대 [참언(讒言)을] 받지 않았겠는가?

[참언(讒言)을 받고] 이윽고 그대에게 [증오(憎惡)를] 옮기네.5)

교만(驕慢)한 사람은 [뜻대로 되어] 좋아하고

애달픈 사람은 [참언(讒言)으로] 시름겹네.

푸른 하늘이여, 푸른 하늘이여.

저 교만(驕慢)한 사람을 살피고

이 애달픈 사람을 불쌍히 여기소서.6)

---

4) 緝緝(집집)은 喢喢(섭섭)과 같다. 소곤거리는 모습. 여기서는 '소곤소곤'으로 풀이하였
다. 翩翩(편편)은 諞諞(편편)과 같다. 말을 교교(巧妙)하게 하다. 謀(모)는 꾀를 내다.
欲(욕)은 ~하고자 하다. 愼(신)은 삼가다, 조심(操心)하다. 謂(위)는 말하다. 不信(불
신)은 믿지 못하다.

5) 捷捷(첩첩)은 말을 많이 지껄이는 모습. 여기서는 '웅성웅성'으로 풀이하였다. 幡幡
(번번)은 경솔(輕率)한 모습. 여기서는 '까불대다'로 풀이하였다. 受(수)는 받다. 여기
서는 참언(讒言)을 받은 것을 뜻한다. 旣(기)는 벌써, 이윽고. 其(기)는 어조(語調)를
고르는 어조사(語助詞). 女(여)는 汝(여)와 같다. 너. 遷(천)은 옮기다. 여기서는 참인
(讒人)에게 증오(憎惡)를 준다는 뜻이다.

6) 驕人(교인)은 교만(驕慢)한 사람. 참인(讒人)을 가리킨다. 好好(호호)는 좋아하다. 참
소(讒訴)가 뜻대로 되어 좋아함을 말한다. 勞人(노인)은 애달픈 사람. 참소(讒訴)를 당
(當)한 사람을 가리킨다. 草草(초초)는 시름겨운 모습. 慅慅(초초)와 같다. 蒼天(창천)
은 푸른 하늘. 視(시)는 살피다. 矜(긍)은 불쌍히 여기다. 此(차)는 이.

저기 남을 참소(讒訴)하는 사람은
누구와 더불어 즐겁게 [일을] 꾀하는가?
저 참소(讒訴)하는 사람을 잡아가지고
승냥이와 호랑이에게 던져 주리라.
승냥이와 호랑이가 먹지 않으면
북(北)쪽 [불모지(不毛地)]에 던져 주리라.
북(北)쪽 [불모지(不毛地)]도 받지 않으면
하늘에 던져 주리라.7)

[낮은 곳의] 양원(楊園)의 길도
[높은 곳의] 묘구(畝丘)에 이어졌네.
시인(寺人)인 맹자(孟子)가
이 시(詩)를 지었다네.
모든 군자(君子)들은
경계(警戒)하면서 그것을 들으시오.8)

---

7) 取(취)는 잡아가지다. 投(투)는 던지다. 畀(비)는 주다. 豺(시)는 승냥이. 虎(호)는 호랑이. 食(식)은 먹다. 有(유)는 어조(語調)를 고르는 어조사(語助詞). 北(북)은 북(北)쪽 불모지(不毛地)를 뜻한다. 受(수)는 받아들이다. 昊(호)는 하늘.
8) 楊園(양원)은 동산 이름. 왕도(王都) 가까운 곳의 낮은 지대(地帶)에 있다. 之(지)는 ~의. 道(도)는 길. 猗(의)는 더하다, 이어지다. 于(우)는 ~에. 畝丘(묘구)는 언덕 이름. 높은 지대(地帶)에 있다. 이 두 구(句)는 지위(地位)가 낮은 천(賤)한 사람의 말도 군자(君子)에 도움이 될 때가 있음을 뜻한다. 寺人(시인)은 환관(宦官). 寺(시)는 내시(內侍). 孟子(맹자)는 시인(寺人)의 이름. 作(작)과 爲(위)는 짓다. 此(차)는 이. 詩(시)는 시(詩). 凡(범)과 百(백)은 모든. 君子(군자)는 당시(當時)의 집정대신(執政大臣)을 가리킨다. 敬(경)은 儆(경)과 같다. 경계(警戒)하다. 而(이)는 순접(順接)의 접속사(接續詞). ~하면서. 聽(청)은 듣다. 之(지)는 그것. 此詩(차시)를 가리킨다.

(201) 谷 風
곡 풍

習習谷風 維風及雨 將恐將懼 維予與女 將安將樂 女轉棄予
습습곡풍 유풍급우 장공장구 유여여여 장안장락 여전기여

習習谷風 維風及頹 將恐將懼 寘予于懷 將安將樂 棄予如遺
습습곡풍 유풍급퇴 장공장구 치여우회 장안장락 기여여유

習習谷風 維山崔嵬 無草不死 無木不萎 忘我大德 思我小怨
습습곡풍 유산최외 무초불사 무목불위 망아대덕 사아소원

골짜기 바람1)

'쏴아' 골짜기 바람이 불더니
이 바람이 비와 함께하네.
[옛날에 살기가] 막 무섭고 바야흐로 두려울 때
다만 나와 당신(當身)뿐이었네.
[이제는 살기가] 막 편안(便安)해지고 바야흐로 즐겁게 될 때
당신(當身)은 도리어 나를 버리네.2)

---

1) 〈谷風(곡풍)〉은 남편(男便)에게 버림받은 아내의 심정(心情)을 노래한 내용(內容)이다.
2) 習習(습습)은 계속(繼續)해서 부는 큰 바람소리. 여기서는 '쏴아'로 풀이하였다. 谷風
   (곡풍)은 산(山)골짜기에서 불어오는 큰 바람. 維(유)는 발어사(發語詞). 이. 是(시)와
   같다. 及(급)은 함께하다. 雨(우)는 비. 이 두 구(句)는 비바람이 몰아치는 것에서 작
   자(作者) 자신(自身)의 생활(生活)이 돌변(突變)함을 연상(聯想)한 것이다. 將(장)은
   막, 바야흐로. 方(방)과 같다. 恐(공)과 懼은 두렵다, 무섭다. 維(유)는 다만, 오직.
   唯(유)와 같다. 予(여)는 나. 與(여)는 ~와. 女(여)은 너, 당신(當身). 汝(여)와 같다.
   安(안)은 편안(便安)하다. 樂(락)은 즐겁다. 轉(전)은 도리어. 棄(기)는 버리다.

'쏴아' 골짜기 바람이 불더니
이 바람이 회오리바람과 함께하네.
[옛날에 살기가] 막 무섭고 바야흐로 두려울 때
나를 품안에 두었다네.
[이제는 살기가] 막 편안(便安)해지고 바야흐로 즐겁게 될 때
나를 버림이 [물건(物件)을] 잊어버린 것 같네.3)

'쏴아' 골짜기 바람은 불고
오직 산(山)은 높고 가파르네.
죽지 않는 풀이 없고
시들지 않는 나무가 없네.
내 큰 덕(德)은 잊고
내 작은 미움거리만 생각하네.4)

---

3) 頹(퇴)는 회오리바람. 寘(치)는 두다. 于(우)는 ~에. 懷(회)는 품안. 如(여)는 ~와 같
다. 遺(유)는 [물건(物件) 따위를] 잊어버리다.
4) 維(유)는 오직, 다만. 山(산)은 산(山). 崔(최)는 높다. 嵬(외)는 높다, 가파르다. 無
(무)는 없다. 草(초)는 풀. 不(불)은 아니다. 死(사)는 죽다. 木(목)은 나무. 萎(위)는
시들다. 이 두 구(句)는 남편(男便)의 학대(虐待)를 받았음을 비유(比喩)한다. 忘(망)은
잊다. 大德(대덕)은 큰 덕(德). 남편(男便)과 환난(患難)을 함께 지내온 것을 말한다.
思(사)는 생각하다. 小怨(소원)은 작은 원망(怨望)거리. 작은 결점(缺點)을 뜻한다.

(202) 蓼 莪
육 아

蓼蓼者莪 匪莪伊蒿 哀哀父母 生我劬勞
육 륙 자 아　비 아 이 호　애 애 부 모　생 아 구 로

蓼蓼者莪 匪莪伊蔚 哀哀父母 生我勞瘁
육 륙 자 아　비 아 이 위　애 애 부 모　생 아 노 췌

缾之罄矣 維罍之恥 鮮民之生 不如死之久矣
병 지 경 의　유 뢰 지 치　선 민 지 생　불 여 사 지 구 의

無父何怙 無母何恃 出則銜恤 入則靡至
무 부 하 호　무 모 하 시　출 즉 함 휼　입 즉 미 지

父兮生我 母兮鞠我 拊我畜我 長我育我 顧我復我 出入腹我
부 혜 생 아　모 혜 국 아　부 아 휵 아　장 아 육 아　고 아 부 아　출 입 복 아

欲報之德 昊天罔極
욕 보 지 덕　호 천 망 극

南山烈烈 飄風發發 民莫不穀 我獨何害
남 산 열 렬　표 풍 발 발　민 막 불 곡　아 독 하 해

南山律律 飄風弗弗 民莫不穀 我獨不卒
남 산 율 율　표 풍 불 불　민 막 불 곡　아 독 부 졸

기다란 다북쑥[1]

기다란 것이 다북쑥인가 했더니
다북쑥이 아니라 개사철쑥이네.
슬프고 슬프네, 아버지와 어머니는
나를 키우느라 애쓰고 힘드셨네.[2]

기다란 것이 다북쑥인가 했더니
다북쑥이 아니라 제비쑥이네.
슬프고 슬프네, 아버지와 어머니는
나를 키우느라 힘들고 여위셨네.[3]

---

1) 〈蓼莪(육아)〉는 오랜 부역(賦役)을 마치고 집으로 돌아온 자식(子息)이 돌아가신 부모 (父母)님께 효도(孝道)를 다하지 못했음을 애도(哀悼)하는 내용(內容)이다.
2) 蓼蓼(육륙)은 장대(長大)한 모습. 여기서는 '기다랗다'로 풀이하였다. 者(자)는 ~라는 것. 莪(아)는 다북쑥. 속명(俗名)은 포낭호(抱娘蒿)이다. 숙근(宿根)을 품고 자라 마치 자녀(子女)가 어머니에 기대는 형상(形象)을 하고 있다. 어린잎은 식용(食用)하며 다 자란 잎은 약용(藥用)으로 쓰인다. 匪(비)는 아니다. 伊(이)는 ~이다. 蒿(호)는 개사철 쑥. 일명(一名) 청호(靑蒿), 菣(견)이다. 띄엄띄엄 자라[=산생(散生)] 쓸모없는 풀이 다. 이 두 구(句)는 작자(作者)의 신세(身世)가 다북쑥만 못하고 개사철쑥과 같음을 말 하고 있다. 哀哀(애애)는 몹시 슬퍼하는 모습. 父母(부모)는 아버지와 어머니. 여기서 는 돌아가신 아버지와 어머니를 가리킨다. 生(생)은 기르다, 키우다. 我(아)는 나. 작 자(作者)를 말한다. 劬(구)는 수고(受苦)롭다, 애쓰다. 勞(로)는 힘쓰다, 지치다.
3) 蔚(위)는 제비쑥. 산생(散生)하는 쑥의 일종(一種). 瘁(췌)는 여위다.

술병(甁)이 비어 있음은
술독의 부끄러움이라네.
가난하고 외로운 사람의 삶은
죽어 오래됨만 같지 못하네.
아버지가 없으니 누구에게 의지(依支)하고
어머니가 없으니 누구를 믿겠는가?
[부역(賦役)하러 집을] 나가니 곧 근심을 머금었고
[부역(賦役) 마치고 집에] 들어오니 곧 가까이할 사람이 없네.4)

---

4) 餠(병)은 물이나 술을 담는 그릇. 甁(병)과 같다. 여기서는 부모(父母)를 비유(比喩)한
다. 之(지)는 ~가(이). 罄(경)은 비다. 矣(의)는 구(句)의 끝에서 다음 말을 일으키는
말. 維(유)는 ~이다. 罍(뢰)는 술독. 여기서는 자식(子息)을 비유(比喩)한다. 之(지)는
~의. 恥(치)는 부끄러움. 이 두 구(句)는 부모(父母)가 돌아가시고 자기(自己)만 홀로
살아가는 것이 부끄러운 일이란 뜻이다. 鮮民(선민)은 가난하고 고독(孤獨)한 사람.
작자(作者) 자신(自身)을 가리킨다. 生(생)은 삶. 不如(불여)는 ~만 같지 못하다. 死
(사)는 죽다. 之(지)는 어조(語調)를 고르는 어기사(語氣詞). 久(구)는 오래다. 矣(의)
는 단정(斷定)의 뜻을 나타내는 어조사(語助詞). 無(무)는 없다. 父(부)는 아버지. 何
(하)는 누구. 怙(호)는 믿고 의지(依支)하다. 母(모)는 어머니. 恃(시)는 믿다. 出(출)
은 [부역(賦役)하러] 나가다. 則(즉)은 곧. 銜(함)은 머금다. 恤(휼)은 근심. 入(입)은
[집에] 들어오다. 靡(미)는 없다. 至(지)는 가까이하다. 親(친)과 같다. 여기서는 가까
이할 사람, 곧 부모(父母)를 뜻한다. *至(지)를 '이르다'로 풀이하여 靡至(미지)를 '이
를 곳이 없다'로 풀이하는 곳도 있다.

아버지는 나를 [세상(世上)에] 태어나게 하셨고
어머니는 나를 기르셨네.
나를 어루만지셨고 나를 아껴 주셨고
나를 자라게 하셨고 나를 가르치셨고
나를 돌아보셨고 나를 감싸 주셨고
드나드실 때 나를 품어 주셨네.
부모(父母)님의 은덕(恩德)을 갚고자 하나
하늘이여, [어찌할] 도리(道理)가 없습니다.5)

---

5) 兮(혜)는 구(句)의 중간(中間)에서 어세(語勢)를 멈추었다가 다시 높이는 데 쓰이는 어
조사(語助詞). 生(생)은 [세상(世上)에] 태어나게 하다. 鞠(국)은 기르다. 拊(부)는 어루
만지다. 畜(휵)은 기르다. 여기서는 아끼다, 사랑하다. 好(호)와 같다. 長(장)은 자라
게 하다, 성장(成長)시키다. 育(육)은 가르치다, 교육(敎育)시키다. 顧(고)는 돌아보다.
復(부)은 덮다, 감싸주다. 覆(부)과 같다. 出入(출입)은 드나들다. 腹(복)은 품다. 欲
(욕)은 ~하고자 하다. 報(보)는 갚다. 之(지)는 그것. 부모(父母)를 가리킨다. 德(덕)은
은덕(恩德). 昊(호)와 天(천)은 하늘. 罔(망)은 없다. 極(극)은 지선(至善)의 도(道).

남산(南山)은 높다랗고
회오리바람은 쌩쌩 부네.
사람들은 좋지 아니함이 없는데
나만 홀로 어찌 해(害)를 입는가?6)

남산(南山)은 우뚝 솟아있고
회오리바람은 횡 부네.
사람들은 좋지 아니함이 없지만
나는 홀로 [부모(父母)님의 봉양(奉養)을] 마치지 못했네.7)

---

6) 南山(남산)은 남(南)쪽 산(山). 烈烈(열렬)은 높고 가파른 모습. 여기서는 '높다랗다'로
   풀이하였다. 飄風(표풍)은 회오리바람. 發發(발발)은 빠른 모습. 여기서는 '획획 불다'
   로 풀이하였다. 이 두 구(句)는 삶의 고단함을 비유(比喻)하였다. 莫不(막불)은 ~아니
   함이 없다. 穀(곡)은 좋다, 행복(幸福)하다. 善(선)과 같다. 이 구(句)는 남들은 부모
   (父母)를 잘 봉양(奉養)하며 잘 살고 있음을 말한다. 獨(독)은 홀로. 何(하)는 어찌.
   害(해)는 해(害)를 입다.
7) 律律(율율)은 산세(山勢)가 우뚝 솟은 모습. 硉硉(율률)과 같다. 弗弗(불불)은 바람이
   세차고 성(盛)한 모습. 여기서는 '횡 횡 불다'로 풀이하였다. 卒(졸)은 마치다. 여기서
   는 부모(父母)님을 끝까지 잘 모시지 못했음을 뜻한다.

(203) 大東
대 동

有饛簋飧　有捄棘匕　周道如砥　其直如矢
유몽궤손　유구극비　주도여지　기직여시

君子所履　小人所視　睠言顧之　潸焉出涕
군자소리　소인소시　권언고지　산언출체

小東大東　杼柚其空　糾糾葛屨　可以履霜
소동대동　저축기공　규규갈구　가이이상

佻佻公子　行彼周行　既往既來　使我心疚
조조공자　행피주행　기왕기래　사아심구

有洌氿泉　無浸穫薪　契契寤歎　哀我憚人
유렬궤천　무침확신　계계오탄　애아탄인

薪是穫薪　尙可載也　哀我憚人　亦可息也
신시확신　상가재야　애아탄인　역가식야

東人之子　職勞不來　西人之子　粲粲衣服
동인지자　직로불래　서인지자　찬찬의복

舟人之子　熊羆是裘　私人之子　百僚是試
주인지자　웅비시구　사인지자　백료시시

或以其酒　不以其漿　鞙鞙佩璲　不以其長
혹이기주　불이기장　현현패수　불이기장

維天有漢　監亦有光　跂彼織女　終日七襄
유천유한　감역유광　기피직녀　종일칠양

雖則七襄　不成報章　睆彼牽牛　不以服箱
수즉칠양　불성보장　환피견우　불이복상

東有啓明　西有長庚　有捄天畢　載施之行
동유계명　서유장경　유구천필　재시지행

維南有箕　不可以簸揚　維北有斗　不可以挹酒漿
유남유기　불가이파양　유북유두　불가이읍주장

維南有箕　載翕其舌　維北有斗　西柄之揭
유남유기　재흡기설　유북유두　서병지게

먼 동방(東方)의 [제후국(諸侯國)]¹⁾

[옛날에는] 둥근 식기(食器)에 수북이 담은 익힌 먹거리와
가늘고 긴 멧대추나무 숟가락이 있었지.
[지금(只今)은 일하러 갈] 큰길은 [평탄(平坦)함이] 숫돌과 같고
그 곧음은 화살과 같네.
[서방(西方)의] 군자(君子)들은 [평안(平安)하게] 밟는 바이고
[동방(東方)의] 소인(小人)들은 [근심스레] 보는 바이네.
[부역(賦役)하러 갈] 큰길을 돌아보고 둘러보니
줄줄 눈물이 나오네.²⁾

---

1) 〈大東(대동)〉은 周公(주공)의 동정(東征) 이후(以後), 동방(東方) 제후국(諸侯國)의 신민(臣民)에 대(對)한 西周(서주) 왕실(王室)의 통치(統治)가 강화(强化)되자 가중(加重)한 공부(貢賦)와 요역(徭役)에 시달리는 그들이 西周(서주) 왕실(王室)을 원망(怨望)하고 풍자(諷刺)한 내용(內容)이다. 작자(作者)는 동방(東方)의 귀족(貴族)이었으나 실제적(實際的)으로 서방인(西方人)의 노예(奴隷)가 된 상태(狀態)에서 이 시(詩)를 지었을 것으로 보인다.

2) 有饛(유몽)은 饛饛(몽몽)과 같다. 그릇에 음식(飲食)을 수북이 담은 모습. 簋(궤)는 둥근 식기(食器). 飧(손)은 飧(손)의 속자(俗字). 저녁밥, 익힌 음식(飲食). 有捄(유구)는 捄捄(구구)와 같다. 가늘고 긴 모습. 棘(극)은 멧대추나무. 匕(비)는 숟가락. 이 두 구(句)는 작자(作者)가 옛날 귀족(貴族)으로 잘 살았을 때의 모습을 회상(回想)한 것이다. 周道(주도)는 큰길. 大道(대도)와 같다. 如(여)는 ~와 같다. 砥(지)는 숫돌. 이 구(句)는 큰길이 매우 평탄(平坦)함을 뜻한다. 其(기)는 그. 直(직)은 곧다. 矢(시)는 화살. 君子(군자)는 西周(서주)의 귀족(貴族)을 가리킨다. 所(소)는 바. 履(리)는 밟다. 小人(소인)은 작자(作者)를 포함(包含)한 동방(東方)의 사람을 가리킨다. 睨(시)는 보다. 睠(권)은 돌아보다. 言(언)과 다음 구(句)의 焉(언)은 然(연)과 같다. 형용(形容)하는 데 붙이는 말. 顧(고)는 둘러보다. 之(지)는 그것. 큰길을 가리킨다. 潸(산)은 눈물 흐르는 모습. 出(출)은 나오다. 涕(체)는 눈물.

가깝거나 먼 동방(東方)의 [제후국(諸侯國) 사람들의 집에는]
[베틀의] 북과 바디가 텅 비었네.
얼기설기 엮은 칡으로 삼은 신으로
어떻게 서리를 밟나?
경박(輕薄)한 [서방(西方)의] 공자(公子)들은
저 큰길로 [평안(平安)히] 다니네.
이미 갔다가 벌써 오니
내 마음으로 하여금 괴롭게 하네.3)

---

3) 小(소)와 大(대)는 西周(서주)의 경도(京都)에서 떨어진 거리를 두고 가까운 곳은 小
(소), 먼 곳은 大(대)로 나타내었다. 東(동)은 동방(東方)의 제후국(諸侯國)을 말한다.
杼(저)는 베틀의 북. 柚(축)은 軸(축)과 같다. 베틀의 바디. 其空(기공)은 空空(공공)과
같다. 텅 빈 모습. 杼柚(저축)은 실제(實際)로 베틀에서 짠 베를 가리킨다. 이 구(句)
는 동방(東方)의 베를 서방인(西方人)들이 모두 가져갔음을 뜻한다. 糾糾(규규)는 서로
얽힌 모습. 여기서는 '얼기설기 엮다'로 풀이하였다. 葛(갈)은 칡. 屨(구)는 신. 葛屨
(갈구)는 칡으로 삼은 신을 뜻한다. 可以(가이)는 何以(하이)와 같다. 可(가)는 何(하)
의 가차자(假借字). 어떻게. 履(이)는 밟다. 霜(상)은 서리. 이 두 구(句)는 여름에 신
는 칡 신으로 서리가 내리는 가을에 신어야 하는 동인(東人)들의 빈곤(貧困)함을 말하
고 있다. 佻佻(조조)는 경박(輕薄)하고 노고(勞苦)를 헤아리지 않는 모습. 公子(공자)
는 西周(서주)의 귀족(貴族)을 가리킨다. 行(행)은 다니다. 彼(피)는 저. 周行(주행)은
周道(주도)와 같다. 큰길. 旣(기)는 이미, 벌써. 往(왕)은 가다. 來(래)는 오다. 使(사)
는 ~로 하여금 ~하게 하다. 我心(아심)은 내 마음. 疚(구)는 괴롭다.

차가운 쪽샘 물은
거두어들인 땔나무를 적시지 마라.
괴로워하다 잠 깨어 탄식(歎息)하니
불쌍한 우리네 고달픈 사람들이네.
나무해서 거둔 이 땔나무는
오히려 가(可)히 [수레에] 실을 수 있네.
불쌍한 우리네 고달픈 사람들도
또한 가(可)히 쉴 수 있어야 한다네.4)

4) 有洌(유열)은 洌洌(열렬)과 같다. 차가운 모습. 氿(궤)는 곁갈래에서 나는 샘. '쪽샘'
으로 풀이하였다. 泉(천)은 샘물. 無(무)는 ~말라. 浸(침)은 적시다. 穫(확)은 거두다.
薪(신)은 땔나무. 이 두 구(句)는 땔나무가 말라야 쓸 수 있지만 물에 젖으면 쓰지 못
하는 것으로써 가혹(苛酷)한 정치(政治)를 하면 사람들은 제대로 살 수 없음을 말하고
있다. 契契(계계)는 괴로워하는 모습. 寤(오)는 잠에서 깨다. 歎(탄)은 탄식(歎息)하
다. 哀(애)는 불쌍하다. 我(아)는 우리. 憚(탄)은 고달프다. 薪(신)은 나무하다. 是(시)
는 이. 尙(상)은 오히려. 可(가)는 가(可)히 ~할 수 있다. 載(재)는 싣다. 也(야)는 단
정(斷定)의 뜻을 나타내는 어조사(語助詞). 亦(역)은 또한. 息(식)은 쉬다.

동(東)쪽 사람의 자제(子弟)는
오로지 [노역(勞役)에] 힘쓰고 위로(慰勞)받지 못하는데
서(西)쪽 사람의 자제(子弟)는
산뜻하고 화려(華麗)한 옷을 입네.
주(周)나라 사람의 자제(子弟)는
곰과 큰곰, 이것을 [사냥하여] 구(求)하고
하찮은 사람의 자제(子弟)는
온갖 노역자(勞役者), 이것으로 쓰이네.5)

---

5) 東人(동인)은 동(東)쪽 사람. 之(지)는 ~의. 子(자)는 자제(子弟). 職(직)은 오로지. 勞
(노)는 힘쓰다. 不(불)은 못하다. 來(래)는 위로(慰勞)하다. 勑(래)와 같다. 西人(서인)
은 서(西)쪽 사람. 周(주)나라 사람을 가리킨다. 粲粲(찬찬)은 산뜻하고 화려(華麗)한
모습. 衣服(의복)은 옷. 여기서는 옷 입다. 舟人(주인)은 周人(주인)과 같다. 熊羆(웅
비)는 곰과 큰곰. 是(시)는 이. 裘(구)는 求(구)와 통(通)한다. 구(求)하다. 이 구(句)는
사냥함을 뜻한다. 私人(사인)은 小人(소인)과 같다. 여기서는 하찮은 사람으로 풀이하
였다. 百(백)은 온갖. 僚(료)는 노역(勞役)에 종사(從事)하는 사람. 試(시)는 쓰다.

[동인(東人)의] 어떤 이가 술을 드리지만
[서인(西人)은] 박주(薄酒)로도 여기지 않네.
[동인(東人)의] 아름다운 패옥(佩玉)을
[서인(西人)은] 훌륭한 것으로 여기지 않네.
하늘에 은하수(銀河水)가 있으나
[은하수(銀河水)] 거울은 [모습을 비추지 못하고] 또한 빛만 있네.
기울어진 저 직녀성(織女星)은
종일(終日) 일곱 [시간대(時間帶) 자리를] 이동(移動)하네.[6]

---

6) 或(혹)은 어떤 이. 동인(東人)을 가리킨다. 以(이)는 하다. 여기서는 드리다. 其(기)는
어조(語調)를 고르는 어조사(語助詞). 酒(주)는 술. 不(불)은 않다. 以(이)는 생각하다,
여기다. 漿(장)은 박주(薄酒). 鞙鞙(현현)은 패옥(佩玉)의 아름다운 모습. 佩(패)는 차
다. 璲(수)는 패옥(佩玉). 長(장)은 훌륭하다. *이 네 구(句)를 다르게 풀이하는 곳도
있다. [서인(西人)은 [좋은] 술을 쓰고 [동인(東人)은] 박주(薄酒)조차 쓰지 못하네.
[서인(西人)은] 아름다운 패옥(佩玉)을 [쓰지만] [동인(東人)은] 긴 옥(玉)조차도 쓰지
못하네. 或(혹)은 서인(西人). 以(이)는 쓰다. 長(장)은 길이만 긴 볼품없는 옥(玉).]
維(유)는 어조(語調)를 고르는 어조사(語助詞). 天(천)은 하늘. 有(유)는 있다. 漢(한)
은 은한(銀漢), 은하수(銀河水). 여기서는 거울을 뜻한다. 옛 사람들은 큰 그릇에 물
을 담아 자신(自身)의 모습을 비추어 보았다. 監(감)은 鑑(감)의 고자(古字). 거울. 亦
(역)은 또한. 光(광)은 빛. *이 구(句)를 다음과 같이 풀이하는 곳도 있다. [아무리]
보아도 또한 빛만 있네. 監(감)은 보다. 跂(기)는 기울다. [匕+支]와 같다. 彼(피)는
저. 織女(직녀)는 직녀성(織女星)을 뜻한다. 織女(직녀)는 베를 짜는 여인(女人). 終日
(종일)은 아침부터 저녁까지. 七(칠)은 묘시(卯時)부터 유시(酉時)까지 일곱 시간대(時
間帶)에 따른 위치(位置)를 가리킨다. 襄(양)은 옮기다, 이동(移動)하다. 마지막 네 구
(句)는 하늘에 있는 별자리가 유명무실(有名無實)함을 말하고 있으며 작자(作者)에게
아무런 도움이 되지 않음을 뜻한다.

비록 곧 일곱 [시간대(時間帶) 자리를] 이동(移動)하지만
[베를] 짜서 무늬를 이루지 못하네.
밝은 저 견우성(牽牛星)은
수레를 끌지 못하네.
동(東)쪽 [하늘에는] 계명성(啓明星)이 있고
서(西)쪽 [하늘에는] 장경성(長庚星)이 있네.
길게 굽은 하늘의 필성(畢星)을
곧 길에 그것을 설치(設置)할까 하지만 [부질없네.]7)

---

7) 雖(수)는 비록. 則(즉)은 곧. 不成(불성)은 이루지 못하다. 報章(보장)은 짜서 무늬를
놓다. 報(보)는 復(복)과 같다. 되풀이하다. 여기서는 [베를] 짜다. 章(장)은 무늬. 睆
(환)은 밝다. 牽牛(견우)는 견우성(牽牛星). 牽牛(견우)는 소를 끌다. 不(불)은 못하다.
以(이)는 어조(語調)를 고르는 어조사(語助詞). 服(복)은 마소에 멍에를 메우다. 여기
서는 끌다. 箱(상)은 수레 상자(箱子). 여기서는 수레를 뜻한다. 이 네 구(句)는 織女
(직녀)와 牽牛(견우)의 별자리가 유명무실(有名無實)함을 말하고 있다. 啓明(계명)과
長庚(장경)은 모두 金星(금성)[=샛별]을 가리킨다. 金星(금성)을 아침 해 뜨기 전(前)
에는 啓明(계명)으로 해가 진 저녁에는 長庚(장경)으로 부른다. 이 두 구(句)도 金星
(금성)의 유명무실(有名無實)함을 말하고 있다. 啓明(계명 : 밝음을 열다)과 長庚(장경
: [빛을] 길게 잇다)이 해를 돕는다는 뜻의 이름이지만 실제(實際)로는 빛이 없음을
말한 것이다. 有捄(유구)는 捄捄(구구)와 같다. 길게 굽은 모습. 畢(필)은 畢星(필성)
을 가리킨다. 畢(필)은 그물. 별자리 모습이 토끼를 잡는 그물과 같아서 붙여진 이름
이다. 載(재)는 곧. 則(즉)과 같다. 施(시)는 베풀다. 여기서는 설치(設置)하다. 之(지)
는 그것. 行(행)은 길. 이 두 구(句)도 畢星(필성)의 유명무실(有名無實)함을 말하고
있다.

남(南)쪽 [하늘에는] 기성(箕星)이 있으나

가(可)히 [쭉정이 따위를] 까불어 흩날리지 못하네.

북(北)쪽 [하늘에는] 두성(斗星)이 있으나

가(可)히 술과 박주(薄酒)를 뜨지 못하네.

남(南)쪽 [하늘에는] 기성(箕星)이 있어

곧 [그 모습이] 혀를 잡아끌고 있네.

북(北)쪽 [하늘에는] 두성(斗星)이 있어

[그 모습이] 서(西)쪽으로 자루를 들었네.8)

---

8) 南(남)은 남(南)쪽 하늘을 뜻한다. 箕(기)는 기성(箕星). 箕(기)는 곡식을 까부는데 쓰
는 기구(器具)인 키. 不(불)은 못하다. 可以(가이)는 가(可)히 ~할 수 있다. 簸(파)는
까부르다. 揚(양)은 바람에 흩날리다. 北(북)은 북(北)쪽 하늘을 뜻한다. 斗(두)는 두
성(斗星). 斗(두)는 자루가 달린 술 따위를 푸는 기구(器具)인 구기. 挹(읍)은 뜨다,
물을 푸다. 酒漿(주장)은 술과 박주(薄酒). 이 네 구(句)는 유명무실(有名無實)한 별자
리가 자신(自身)에게 도움이 되지 않음을 말하고 있다. 翕(흡)은 잡아끌다. 舌(설)은
혀. 柄(병)은 자루. 여기서는 구기의 자루를 뜻한다. 之(지)는 어조(語調)를 고르는 어
조사(語助詞). 揭(게)는 들다. 이 네 구(句)는 별자리의 모양이 오히려 서인(西人)이
동인(東人)에게서 무언가를 착취(搾取)하려는 것을 나타내고 있다.

(204) 四月
사   월

四月維夏　六月徂暑　先祖匪人　胡寧忍予
사월유하　유월조서　선조비인　호녕인여

秋日凄凄　百卉具腓　亂離瘼矣　爰其適歸
추일처처　백훼구비　난리막의　원기적귀

冬日烈烈　飄風發發　民莫不穀　我獨何害
동일열렬　표풍발발　민막불곡　아독하해

山有嘉卉　侯梅侯栗　廢爲殘賊　莫知其尤
산유가훼　후매후율　폐위잔적　막지기우

相彼泉水　載淸載濁　我日構禍　曷云能穀
상피천수　재청재탁　아일구화　갈운능곡

滔滔江漢　南國之紀　盡瘁以仕　寧莫我有
도도강한　남국지기　진췌이사　영막아유

匪鶉匪鳶　翰飛戾天　匪鱣匪鮪　潛逃于淵
비단비연　한비려천　비전비유　잠도우연

山有蕨薇　隰有杞桋　君子作歌　維以告哀
산유궐미　습유기이　군자작가　유이고애

사월(四月)1)

[하력(夏曆)] 사월(四月)은 여름이고
유월(六月)은 더위가 [절정(絶頂)으로] 가네.
선조(先祖)는 남이 아닌데
어찌 나에게 잔인(殘忍)한가?2)

가을 날씨가 싸늘하여
온갖 풀이 함께 시드네.
난리(亂離)로 병(病)들었으니
어디로 돌아가야 하나?3)

---

1) 〈四月(사월)〉은 어떤 대부(大夫)가 멀리서 일하다가 정(定)한 기간(期間)이 지나도록
   집으로 돌아가지 못하자 비분(悲憤)과 난리(亂離)를 걱정하는 심정(心情)을 서술(敍述)
   한 내용(內容)이다.
2) 四月(사월)과 六月(유월)은 모두 음력(陰曆)인 夏曆(하력)을 가리킨다. 維(유)는 ~이
   다. 夏(하)는 여름. 徂(조)는 가다. 여기서는 더위가 절정(絶頂)으로 간다는 뜻이다.
   暑(서)는 더위. 先祖(선조)는 조상(祖上). 匪(비)는 아니다. 人(인)은 남. 胡(호)와 寧
   (녕)은 어찌. 忍(인)은 잔인(殘忍)하다, 모질다. 予(여)는 나. 이 구(句)는 작자(作者)가
   외지(外地)에서 고난(苦難)을 받고 있는 것을 말한다.
3) 秋日(추일)은 가을 날씨. 淒淒(처처)는 凄凄(처처)와 같다. 날씨가 차가운 모습. '싸늘
   하다'로 풀이하였다. 百(백)은 온갖. 卉(훼)는 풀. 具(구)는 함께, 같이. 腓(비)는 앓
   다. 여기서는 초목(草木)이 시듦을 뜻한다. 이 두 구(句)는 폭정(暴政)이 만민(萬民)을
   병(病)들게 함을 나타낸다. 亂離(난리)는 세상(世上)이 몹시 어지럽고 무질서(無秩序)하
   게 된 상태(狀態). 瘼(막)은 병(病)들다. 고통(苦痛)받음을 뜻한다. 矣(의)는 구(句)의
   끝에서 다음 말을 일으키는 말. 爰(원)은 어디(로). 于何(우하)와 같다. 其(기)는 어조
   (語調)를 고르는 어조사(語助詞). 適(적)은 가다. 往(왕)과 같다. 歸(귀)는 돌아가다.

겨울 날씨는 [추위가] 매섭고
사나운 바람은 세차네.
사람들은 좋지 아니함이 없지만
나만 홀로 어찌 해(害)를 입는가?[4]

산(山)에 좋은 초목(草木)이 있으니
매화(梅花)나무와 밤나무네.
[그런데 나무를] 크게 해(害)치거나 다치게 해놓고
[사람들은] 그 잘못을 알지 못하네.[5]

---

4) 冬日(동일)은 겨울 날씨. 烈烈(열렬)은 冽冽(열렬)과 같다. 추위가 혹독(酷毒)한 모습.
여기서는 '추위가 매섭다'로 풀이하였다. 飄風(표풍)은 회오리바람. 發發(발발)은 바람
이 빠르게 부는 모양. '세차다'로 풀이하였다. 이 두 구(句)는 학정(虐政)을 나타낸 것
이다. 民(민)은 사람. 莫不(막불)은 ~아니함이 없다. 穀(곡)은 좋다, 행복(幸福)하다.
善(선)과 같다. 我(아)는 나. 獨(독)은 홀로. 何(하)는 어찌. 害(해)는 해(害)를 입다.
5) 山有(산유)는 산(山)에 ~가 있다. 嘉(가)는 좋다. 善(선)과 같다. 卉(훼)는 초목(草
木). 侯(후)는 어조(語調)를 고르는 어조사(語助詞). 梅(매)는 매화(梅花)나무. 栗(률)
은 밤나무. 이 두 구(句)는 사람들이 매화(梅花)나무와 밤나무의 열매를 따가고 그 아
래에 있는 풀들도 짓밟아 버리는 것으로써 집정자(執政者)가 부자(富者)들의 재물(財
物)을 가져가고 아울러 백성(百姓)들에게도 고통(苦痛)을 주는 것을 비유(比喩)하고 있
다. 廢(폐)는 크다. 大(대)와 같다. 爲(위)는 하다. 殘(잔)은 해(害)치다. 賊(적)은 다
치게 하다. 莫知(막지)는 알지 못하다. 其(기)는 그. 尤(우)는 허물, 잘못.

저 샘물을 보니
곧 맑았다가 [오염(汚染)되니] 곧 흐려지네.
나는 날마다 재앙(災殃)을 만나니
언제 능(能)히 좋아질 수 있을까?6)

너울거리는 장강(長江)과 한수(漢水)는
남국(南國) [모든 지류(支流)]의 바탕이네.
여위도록 [힘을] 다하여 [나라를 위(爲)해] 일했지만
곧 나를 알아줌이 없네.7)

---

6) 相(상)은 보다. 彼(피)는 저. 泉水(천수)는 샘물. 載(재)는 이에, 곧. 淸(청)은 맑다.
濁(탁)은 흐리다. 이 두 구(句)는 샘물의 본디 맑지만 오염(汚染)되면 흐리게 되는 것
으로써 일을 하다가 재앙(災殃)을 만나면 스스로 결백(潔白)함을 밝힐 수 없음을 비유
(比喩)한다. 日(일)은 날마다. 構(구)는 만나다. 遘(구)와 같다. 禍(화)는 재앙(災殃).
曷(갈)은 언제. 云(운)은 어조(語調)를 고르는 어조사(語助詞). 能(능)은 능(能)히 ~할
수 있다. 穀(곡)은 좋다. 善(선)과 같다.
7) 滔滔(도도)는 물이 흘러가는 모습. '너울거리다'로 풀이하였다. 江(강)은 長江(장강).
水(수)는 漢水(한수). 南國(남국)은 남방(南方)의 모든 지류(支流)를 가리킨다. 之(지)
는 ~의. 紀(기)는 근본(根本), 바탕. 이 두 구(句)는 周(주)나라 왕조(王朝)가 모든 지
류(支流)를 받아들이는 장장(長江)과 한수(漢水)만 못하다는 것을 말하고 있다. 盡(진)
은 [힘을] 다하다. 瘁(췌)는 여위다. 以(이)는 접속(接續)의 뜻을 나타내는 어조사(語
助詞). 而(이)와 같다. 仕(사)는 일하다. 事(사)와 같다. 여기서는 왕조(王朝)의 직무
(職務)에 종사(從事)함을 뜻한다. 寧(녕)은 곧. 乃(내)와 같다. 莫(막)은 없다. 有(유)
는 알다. *有(유)를 '친(親)하게 지내다'로 풀이하는 곳도 있다.

저 수리와 저 솔개는
높이 날아 하늘에 이르네.
저 철갑(鐵甲)상어와 저 다랑어는
깊은 못으로 달아나네.8)

산(山)에는 고사리와 고비가 있고
진펄에는 구기자(枸杞子)나무와 들메나무가 있네.
군자(君子)가 노래를 지어
이것으로써 슬픔을 알리네.9)

---

8) 匪(비)는 저. 彼(피)와 같다. 鶉(단)은 수리. 鶉(단)과 같다. 鳶(연)은 솔개. 翰(한)은
높다. 飛(비)는 날다. 戾(려)는 이르다. 至(지)와 같다. 天(천)은 하늘. 이 두 구(句)는
탐학(貪虐)한 사람이 높은 자리에 있음을 비유(比喩)한다. 鱣(전)은 철갑(鐵甲)상어.
鮪(유)는 다랑어. 潛(잠)과 逃(도)는 달아나다. 于(우)는 ~으로. 淵(연)은 깊은 못. 이
두 구(句)는 재앙(災殃)으로부터 달아나지 못하는 사람들이 철갑(鐵甲)상어와 다랑어만
못함을 나타내고 있다.

9) 山(산)은 산(山). 有(유)는 있다. 蕨(궐)은 고사리. 薇(미)는 고비. 隰(습)은 진펄. 杞
(기)는 구기(枸杞)나무. 桋(이)는 들메나무. 이 두 구(句)는 산(山)과 진펄이 초목(草
木)을 품고 자라게 해주는데 집정자(執政者)들은 백성(百姓)을 돌보지 아니하여 산(山)
과 진펄만 못하다는 것을 말하고 있다. 君子(군자)는 작자(作者)를 가리킨다. 作(작)은
짓다. 歌(가)는 노래. 維以(유이)는 是以(시이)와 같다. 이것으로써. 告(고)는 알리다.
哀(애)는 슬픔.

(205) 北 山
북 산

陟彼北山 言采其杞 偕偕士子 朝夕從事 王事靡鹽 憂我父母
척 피 북 산　언 채 기 기　해 해 사 자　조 석 종 사　왕 사 미 고　우 아 부 모

溥天之下 莫非王土 率土之濱 莫非王臣 大夫不均 我從事獨賢
보 천 지 하　막 비 왕 토　솔 토 지 빈　막 비 왕 신　대 부 불 균　아 종 사 독 현

四牡彭彭 王事傍傍 嘉我未老 鮮我方將 旅力方剛 經營四方
사 모 팽 팽　왕 사 팽 팽　가 아 미 로　선 아 방 장　여 력 방 강　경 영 사 방

或燕燕居息 或盡瘁事國 或息偃在牀 或不已于行
혹 연 연 거 식　혹 진 췌 사 국　혹 식 언 재 상　혹 불 이 우 행

或不知叫號 或慘慘劬勞 或棲遲偃仰 或王事鞅掌
혹 부 지 규 호　혹 참 참 구 로　혹 서 지 언 앙　혹 왕 사 앙 장

或湛樂飮酒 或慘慘畏咎 或出入風議 或靡事不爲
혹 담 락 음 주　혹 참 참 외 구　혹 출 입 풍 의　혹 미 사 불 위

북산(北山)1)

저 북산(北山)에 올라
구기자(枸杞子)를 따네.
씩씩한 벼슬아치가
아침저녁으로 일하네.
나랏일이 무르지 않아
내 부모(父母)님을 걱정하네.2)

넓은 하늘의 아래가
왕(王)의 땅이 아님이 없네.
땅의 물가를 따라 [그곳 안에 사는 사람들은]
왕(王)의 신민(臣民)이 아님이 없네.
대부(大夫)는 [일의 분배(分配)를] 고르게 하지 않아
나만 일하고 홀로 [일이] 많네.3)

---

1) 〈北山(북산)〉은 士(사) 계급(階級)에 속(屬)한 사람이 상위(上位) 계급(階級)의 大夫(대
  부)가 일을 공정(公正)하게 분배(分配)하지 않고 또 쉬는 것과 일하는 것에 대(對)한
  불공평(不公平)을 원망(怨望)하는 내용(內容)이다.
2) 陟(척)은 오르다. 登(등)과 같다. 彼(피)는 저. 北山(북산)은 북(北)쪽 산(山). 言(언)
  은 어조(語調)를 고르는 어조사(語助詞). 采(채)는 따다. 其(기)는 그. 여기서는 문맥
  상(文脈上) 풀이를 생략(省略)하였다. 이 두 구(句)는 작자(作者)가 일에 애씀을 비유
  (比喩)하였다. 偕偕(해해)는 굳세고 씩씩한 모습. 士子(사자)는 관리(官吏), 벼슬아치.
  작자(作者)를 가리킨다. 朝夕(조석)은 아침저녁. 從事(종사)는 어떤 일을 일삼아 함.
  王事(왕사)는 왕가(王家)의 공사(公事). 여기서는 '나랏일'로 풀이하였다. 靡(미)는 않
  다. 盬(고)는 무르다. 靡盬(미고)의 속뜻은 쉼이 없음을 뜻한다. 憂(우)은 근심하다.
  我(아)는 나. 작자(作者)를 가리킨다. 父母(부모)는 작자(作者)의 부모(父母)님.
3) 溥(보)는 넓다. 普(보)와 통(通)한다. 天(천)은 하늘. 之(지)는 ~의. 下(하)는 아래.
  莫(막)은 없다. 非(비)는 아니다. 王(왕)은 周(주)나라 왕(王)을 말한다. 土(토)는 땅,
  영토(領土). 率(솔)은 따르다. 沿(연)과 같다. 濱(빈)은 물가. 이 구(句)는 사해(四海)
  안에 살고 있는 사람을 가리킨다. 臣(신)은 신민(臣民)을 뜻한다. 大夫(대부)는 士(사)
  계급(階級)의 상위(上位)에 있는 벼슬 이름. 不均(불균)은 [일의 분배(分配)를] 고르게
  하지 않다. 獨(독)은 홀로. 賢(현)은 많다. 多(다)와 같다.

네 마리 수말은 쉬지 않고 [달리고]
나랏일은 그만두지 못하네.
[대부(大夫)는] 내가 아직 늙지 않음이 좋고
내가 한창 건장(健壯)함이 괜찮다고 하네.
[나더러] 근력(筋力)이 바야흐로 굳세니
사방(四方)을 돌아다니게 하네.4)

어떤 이는 편안(便安)하게 [집에] 있으면서 쉬고
어떤 이는 여위도록 [힘을] 다하여 나랏일을 하네.
어떤 이는 쉬려고 침상(寢牀)에 누워 있고
어떤 이는 [일 때문에] 길에서 멈추지 못하네.5)

---

4) 四(사)는 네 [마리]. 牡(모)는 수컷. 여기서는 수말. 彭彭(팽팽)은 騯騯(팽팽)과 같다.
   쉬지 못하는 모습. 여기서는 '쉬지 않고 달리다'로 풀이하였다. 傍傍(팽팽)은 그만두거
   나 피할 수 없는 모습. 嘉(가)는 훌륭하다, 좋다. 未(미)는 아직 ~아니하다. 老(노)는
   늙다. 鮮(선)은 좋다, 괜찮다. 方(방)은 바야흐로, 한창. 將(장)은 성(盛)하다. 壯(장)
   과 통(通)한다. 旅(여)는 膂(려)와 같다. 근육(筋肉)의 힘. 力(력)은 힘. 剛(강)은 굳세
   다. 經營(경영)은 오가는 모습. 四方(사방)은 여러 곳.
5) 或(혹)은 어떤 이. 燕燕(연연)은 편안(便安)한 모습. 居(거)는 [집에] 있다. 息(식)은
   쉬다. 盡(진)은 [힘을] 다하다. 瘁(췌)는 여위다. 事(사)는 일하다. 國(국)은 나라. 偃
   (언)은 눕다. 在(재)는 있다. 牀(상)은 침상(寢牀). 不(불)은 못하다. 已(이)는 멈추다.
   止(지)와 같다. 于(우)는 ~에(서). 行(행)은 길.

어떤 이는 [나라의] 부름과 명령(命令)을 알지 못하고
어떤 이는 근심하며 애써 일하네.
어떤 이는 [일 없이] 놀며 쉬거나 누워 [하늘] 쳐다보며 지내지만
어떤 이는 나랏일을 짊어지고 떠받치네.6)

어떤 이는 즐거움에 빠져 술을 마시고
어떤 이는 근심하며 허물을 두려워하네.
어떤 이는 [조정(朝廷)에] 드나들며 의론(議論)이나 내고
어떤 이는 [밖에서] 하지 않는 일이 없네.7)

---

6) 不知(부지)는 알지 못하다. 叫(규)는 오라고 부르다. 號(호)는 [징발(徵發)의] 명령(命令). 慘慘(참참)은 근심하는 모습. 劬(구)는 수고(受苦)롭다, 애쓰다. 勞(로)는 일하다. 棲遲(서지)는 하는 일 없이 느긋하게 놀며 지냄. 유식(遊息)과 같다. 棲(서)외 遲(지)는 쉬다. 偃仰(언앙)은 누워 쳐다보다. 息偃(식언)과 같다. 鞅(앙)은 짊어지다. 掌(장)은 떠받치다.

7) 湛(담)은 즐기다, 빠지다. 耽(탐)과 같다. 樂(락)은 즐거움. 飲酒(음주)는 술을 마시다. 畏(외)는 두려워하다. 咎(구)는 허물. 出入(출입)은 [조정(朝廷)에] 드나들다. 風(풍)은 내다, 말하다. 放(방)과 같다. 議(의)는 의론(議論). 靡(미)는 없다. 爲(위)는 하다.

(206) 無將大車
무 장 대 거

無將大車 祗自塵兮 無思百憂 祗自疧兮
무 장 대 거 지 자 진 혜 무 사 백 우 지 자 저 혜

無將大車 維塵冥冥 無思百憂 不出于熲
무 장 대 거 유 진 명 명 무 사 백 우 불 출 우 경

無將大車 維塵雝兮 無思百憂 祗自重兮
무 장 대 거 유 진 옹 혜 무 사 백 우 지 자 중 혜

큰 수레를 밀지 말자1)

[소가 끄는] 큰 수레를 밀지 말자.
다만 절로 흙먼지만 덮어 쓸 테니.
온갖 걱정을 생각하지 말자.
다만 절로 앓게 될 테니.2)

---

1) 〈無將大車(무장대거)〉는 몰락(沒落)한 귀족(貴族)으로 보이는 작자(作者)가 혼란(昏亂)
한 시대(時代)에 상처(傷處)받고 느낀 것을 묘사(描寫)한 내용(內容)이다.
2) 無(무)는 금지(禁止)의 뜻. ~말라. 將(장)은 전진(前進)시키다. 여기서는 손으로 밀
다. 大車(대거)는 소가 끄는 큰 수레. 祗(지)는 다만. 只(지)와 같다. 自(자)는 절로.
塵(진)은 흙먼지. 여기서는 동사(動詞)로 풀이하여 '흙먼지를 덮어쓰다'이다. 兮(혜)는
어조(語調)를 고르는 어조사(語助詞). 思(사)는 생각하다. 百憂(백우)는 온갖 걱정. 疧
(저)는 앓다.

[소가 끄는] 큰 수레를 밀지 말자.
오직 흙먼지만 자욱하다네.
온갖 걱정을 생각하지 말자.
조바심에서 벗어나지 못한다네.3)

[소가 끄는] 큰 수레를 밀지 말자.
오직 흙먼지가 [앞을] 막는다네.
온갖 걱정을 생각하지 말자.
다만 절로 몸만 부어오를 뿐이라네.4)

---

3) 維(유)는 唯(유)와 같다. 오직. 冥冥(명명)은 어두운 모습. 여기서는 흙먼지가 자욱하게 낀 모습을 뜻한다. 不出(불출)은 벗어나지 못하다. 于(우)는 ~에서. 熲(경)은 耿(경)과 같다. 불안(不安)하다. 여기서는 '조바심'으로 풀이하였다.
4) 雝(옹)은 [흙먼지가 앞을] 막다. 壅(옹)과 통(通)한다. 重(중)은 붓다, 부어오르다. 腫(종)과 같다.

(207) 小明
소 명

明明上天 照臨下土 我征徂西 至于艽野 二月初吉 載離寒暑
명명상천 조림하토 아정조서 지우구야 이월초길 재리한서
心之憂矣 其毒大苦 念彼共人 涕零如雨 豈不懷歸 畏此罪罟
심지우의 기독태고 염피공인 체령여우 기불회귀 외차죄고

昔我往矣 日月方除 曷云其還 歲聿云莫 念我獨兮 我事孔庶
석아왕의 일월방제 갈운기환 세율운모 염아독혜 아사공서
心之憂矣 憚我不暇 念彼共人 睠睠懷顧 豈不懷歸 畏此譴怒
심지우의 탄아불가 염피공인 권권회고 기불회귀 외차견노

昔我往矣 日月方奧 曷云其還 政事愈蹙 歲聿云莫 采蕭穫菽
석아왕의 일월방욱 갈운기환 정사유척 세율운모 채소확숙
心之憂矣 自詒伊戚 念彼共人 興言出宿 豈不懷歸 畏此反覆
심지우의 자이이척 염피공인 흥언출숙 기불회귀 외차반복

嗟爾君子 無恒安處 靖共爾位 正直是與 神之聽之 式穀以女
차이군자 무항안처 정공이위 정직시여 신지청지 식곡이녀

嗟爾君子 無恒安息 靖共爾位 好是正直 神之聽之 介爾景福
차이군자 무항안식 정공이위 호시정직 신지청지 개이경복

소아(小雅)의 '밝음'1)

밝고 밝은 하늘은
[하늘] 아래 땅을 비추어 [살피소서.]
나는 일하러 서(西)쪽으로 가서
두메에까지 이르렀네.
[주력(周曆)] 이월(二月) 상순(上旬)의 길일(吉日)이니
곧 더위와 추위를 지났네.
마음의 걱정스러움은
그 [행역(行役)의] 해독(害毒)이 너무 괴롭기 때문이네.
저 [고향(故鄕)집의] 고분고분한 사람을 생각하니
눈물 떨어짐이 비 내리는 것 같네.
어찌 돌아가기를 생각하지 않겠는가?
이 [법(法)의] 그물을 두려워함이네.2)

---

1) 〈小明(소명)〉은 어떤 관리(官吏)가 타지(他地)에서 오랫동안 복무(服務)하면서 고향(故鄕)과 벗을 생각하는 심정(心情)을 노래한 내용(內容)이다.

2) 明明(명명)은 밝은 모습. 上天(상천)은 하늘. 照(조)와 臨(림)은 비추다. 여기서는 '비추어 살피다'라는 뜻이다. 下土(하토)는 천하(天下) 토지(土地), 땅. 我(아)는 나. 작자(作者)를 가리킨다. 征(정)은 가다. 여기서는 일하러 가는 행역(行役)을 뜻한다. 徂(조)는 가다. 西(서)는 周(주)나라 도읍(都邑)인 鎬京(호경)의 서(西)쪽을 뜻한다. 至(지)는 이르다. 于(우)는 ~에. 艽野(구야)는 서울에서 아주 멀리 떨어진 황폐(荒廢)한 곳, 두메. 二月(이월)은 周曆(주력)이며 夏曆(하력)으로 십이월(十二月)이다. 세모(歲暮)에 해당(該當)한다. 初吉(초길)은 상순(上旬) 길일(吉日)을 뜻한다. 載(재)는 어조(語調)를 고르는 어조사(語助詞). 여기서는 '곧'으로 풀이하였다. 離(리)는 지나다. 寒暑(한서)는 추위와 더위. 이 구(句)는 한 해가 지나감을 뜻한다. 心(심)은 마음. 之(지)는 ~의. 憂(우)는 걱정. 矣(의)는 구(句)의 끝에서 다음 말을 일으키는 말. 其(기)는 그. 毒(독)은 행역(行役)의 해독(害毒)을 말한다. 大(태)는 너무. 太(태)와 같다. 苦(고)는 괴롭다. 念(염)은 생각하다. 彼(피)는 저. 共人(공)은 공손(恭遜)한 사람. 여기서는 고향(故鄕)의 처자(妻子)를 가리킨다. *共人(공인)을 友人(우인)으로 풀이하는 곳도 있다. 共(공)은 恭(공)과 같다. 涕(체)는 눈물. 零(령)은 떨어지다. 如(여)는 같다. 雨(우)는 비 내리다. 豈(기)는 어찌. 不(불)은 아니하다. 懷(회)는 생각하다. 歸(귀)는 [고향(故鄕)으로] 돌아가다. 畏(외)는 두렵다. 此(차)는 이. 罪罟(죄고)는 법망(法網), 곧 형벌(刑罰)을 뜻한다. 罪(죄)는 원래(原來) 물고기를 잡는 죽망(竹網)을 가리켰다. 罟(고)는 그물.

옛날 내가 [일하러] 갈 적에
때는 바야흐로 [음력(陰曆)] 섣달이었지.
언제 장차(將次) 돌아가려나?
한 해가 마침내 저무는데.
나 홀로 [일하고] 있음을 생각하는데
내 일거리는 매우 많네.
마음의 걱정스러움은
고생(苦生)하느라 내가 [쉴] 겨를도 있지 않음이네.
저 [고향(故鄉)집의] 고분고분한 사람을 생각하여
돌아보고 돌아보며 [마음에] 품고 그리워하네.
어찌 돌아가기를 생각하지 않겠는가?
이들 [통치자(統治者)의] 꾸짖음과 성냄을 두려워함이네.3)

---

3) 昔(석)은 옛날. 往(왕)은 [행역(行役)하러] 가다. 日月(일월)은 세월(歲月), 때. 方(방)
은 바야흐로. 除(제)는 涂(도)와 같다. 음력(陰曆) 십이월(十二月), 섣달. 앞 장(章)의
내용(內容)을 참고(參考)하면 일한지 벌써 일년(一年)이 되었다는 뜻이다. 曷(갈)은 언
제. 云(운)은 어조(語調)를 고르는 어조사(語助詞). 其(기)는 將(장)과 같다. 장차(將
次). 還(환)은 돌아가다. 歲(세)는 해. 聿(율)은 마침내. 莫(모)는 저물다. 獨(독)은 홀
로 일하고 있음을 뜻한다. 事(사)는 일, 일거리. 孔(공)은 매우, 심(甚)히. 庶(서)는
많다. 憚(탄)은 고생(苦生)하다. 暇(가)는 [쉴] 겨를, 틈. 睠(권)은 돌아보다. 懷(회)는
[마음에] 품다. 顧(고)는 생각하다, 그리워하다. 此(차)는 이. 여기서는 통치자(統治
者)를 가리킨다. 譴(견)은 꾸짖음, 견책(譴責). 怒(노)는 성내다.

옛날 내가 [일하러] 갈 적에
때는 바야흐로 따뜻해질 무렵이었네.
언제 장차(將次) 돌아가려나?
나랏일은 더욱 대지르네.
한 해가 마침내 저무니
[월동(越冬)을 위해] 쑥을 캐고 콩을 거두네.
마음의 걱정스러움은
스스로 이런 근심거리를 끼쳤음이네.
저 [고향(故鄕)집의] 고분고분한 사람을 생각하니
[잠자리에서] 일어나 [밖으로] 나가 머무네.
어찌 돌아가기를 생각하지 않겠는가?
이들 [통치자(統治者)의] 뒤집음을 두려워함이네.4)

---

4) 奧(욱)은 燠(욱)과 같다. 따뜻하다. 이 구(句)는 周曆(주력) 이월(二月)을 가리킨다.
政事(정사)는 나라를 다스리는 일. 愈(유)는 더욱. 蹙(축)은 대지르다. 采(채)는 캐다.
蕭(소)는 쑥. 穫(확)은 거두다. 菽(숙)은 콩. 自(자)는 스스로. 詒(이)는 끼치다. 伊
(이)는 이. 昰(시)와 같다. 戚(척)은 근심. 행역(行役)을 뜻한다. 興(흥)은 일어나다.
言(언)은 어조(語調)를 고르는 어조사(語助詞). 出(출)은 나가다. 宿(숙)은 머무르다.
이 구(句)는 걱정으로 안에서 잠자지 못하고 밖에서 밤을 보내는 것을 말한다. 反覆
(반복)은 뒤집다. 이 구(句)는 통치자(統治者)의 명령(命令) 따위가 자주 바뀌는 것을
뜻한다.

아! 그대 군자(君子)들은
언제나 편안(便安)하게 있지 말라.
그대 자리에서 삼가며 직분(職分)을 다하고
바르고 곧은 사람을 함께해야 한다네.
신(神)께서 그것을 들으시고
복록(福祿)으로써 그대에게 주리라.5)

아! 그대 군자(君子)들은
언제나 편안(便安)하게 쉬지 말라.
그대 자리에서 삼가며 직분(職分)을 다하고
바르고 곧은 사람을 좋아하라.
신(神)께서 그것을 들으시고
큰 복(福)으로 그대를 도우리라.6)

---

5) 嗟(차)는 감탄사(感歎詞). 아! 爾(이)는 그대. 君子(군자)는 작자(作者)의 동료(同僚)를
   가리킨다. 無(무)는 ~말라. 勿(물)과 같다. 恒(항)은 늘, 언제나. 常(상)과 같다. 安
   (안)은 편안(便安)하다. 處(처)는 머물러 있다. 靖(정)은 삼가다, 조심하다. 共(공)은
   恭(공)과 같다. 직분(職分)을 다하다. 位(위)는 자리, 직위(職位). 正直(정직)은 바르고
   곧은 사람을 뜻한다. 是(시)는 어세(語勢)를 강조(强調)하는 어조사(語助詞). 與(여)는
   함께하다. 神(신)은 천지신명(天地神明). 之(지)는 ~께서, ~이. 聽(청)은 듣다. 之(지)
   는 그것. 위의 네 구(句)를 가리킨다. 式(식)은 ~로써. 以(이)와 같다. 穀(곡)은 복록
   (福祿). 以(이)는 주다. 女(여)는 너, 그대. 汝(여)와 같다.
6) 息(식)은 쉬다. 好(호)는 좋아하다. 介(개)는 돕다. 助(조)와 같다. 景(경)은 크다. 福
   (복)은 복(福).

(208) 鼓 鍾
고 종

鼓鍾將將 淮水湯湯 憂心且傷 淑人君子 懷允不忘
고종장장 회수상상 우심차상 숙인군자 회윤불망

鼓鍾喈喈 淮水湝湝 憂心且悲 淑人君子 其德不回
고종개개 회수개개 우심차비 숙인군자 기덕불회

鼓鍾伐鼛 淮有三洲 憂心且妯 淑人君子 其德不猶
고종벌고 회유삼주 우심차추 숙인군자 기덕불유

鼓鍾欽欽 鼓瑟鼓琴 笙磬同音 以雅以南 以籥不僭
고종흠흠 고슬고금 생경동음 이아이남 이약불참

종(鍾)을 치니1)

[악공(樂工)들이] 종(鍾)을 치니 '쟁쟁' 울리는데
<u>회수(淮水)</u>는 넘실넘실 흘러가고
근심하는 마음으로 또 [마음] 아프네.
[전대(前代)의] 착한 군자(君子)를
생각하니 참으로 잊지 못하겠네.2)

---

1) 〈鼓鍾(고종)〉은 작자(作者)가 淮水(회수)의 물가에서 周(주)나라 음악(音樂)이 연주(演奏)되는 것을 보고 음악(音樂)을 창조(創造)한 고대(古代) 성현(聖賢)의 공덕(功德)을 흠모(欽慕)하는 내용(內容)이다.
2) 鼓(고)는 치다. 鍾(종)은 쇠북, 종(鍾). 將將(장장)은 종(鍾)소리. 여기서는 '쟁쟁'으로 풀이하였다. 淮水(회수)는 물 이름. 湯湯(상상)은 蕩蕩(탕탕)과 같다. 물이 세찬 모습. 여기서는 '넘실넘실'로 풀이하였다. 憂心(우심)은 근심하는 마음. 且(차)는 또. 傷(상)은 마음 아파하다. 淑(숙)은 착하다. 善(선)과 같다. 淑人(숙인)은 아름다운 덕(德)을 지닌 사람을 가리킨다. 君子(군자)는 음악(音樂)을 창조(創造)한 전대(前代)의 사람을 말한다. 악사(樂師)나 악기(樂器)를 만든 사람. 懷(회)는 생각하다. 允(윤)은 참으로. 不(불)은 못하다. 忘(망)은 잊다.

[악공(樂工)들이] 종(鍾)을 치니 '당당' 울리는데
회수(淮水)는 출렁출렁 흘러가고
근심하는 마음으로 또 슬퍼지네.
[전대(前代)의] 착한 군자(君子)는
그 덕(德)이 간사(奸邪)하지 않았네.3)

[악공(樂工)들이] 종(鍾)을 치고 큰북을 두드리네.
회수(淮水)에는 세 섬이 있네.
근심하는 마음인데 또 걱정하네.
[전대(前代)의] 착한 군자(君子)는
그 덕(德)은 결점(缺點)이 있지 않았네.4)

[악공(樂工)들이] 종(鍾)을 치니 가락에 맞고
큰 거문고를 뜯고 거문고를 뜯으니
생황(笙簧)과 경(磬)쇠는 소리를 같이하네.
작은 북을 치고 방울을 울리며
피리를 부는데 어긋나지 않네.5)

---

3) 喈喈(개개)는 종(鍾)소리. 여기서는 '당당'으로 풀이하였다. 湝湝(개개)는 물이 출렁출
렁 흘러가는 모습. 悲(비)는 슬프다. 其(기)는 그. 德(덕)은 공덕(功德). 回(회)는 간사
(奸邪)하다.

4) 伐(벌)은 두드리다. 鼛(고)는 큰북. 有(유)는 있다. 三洲(삼주)는 세 개(個)의 작은
섬. 연주(演奏)하는 지점(地點)으로 보인다. 妯(추)는 근심하다. 怞(유)와 같다. 猶(유)
는 瘉(유)의 가차자(假借字). 병(病), 결점(缺點).

5) 欽欽(흠흠)은 종(鍾)소리가 가락에 맞는 모습. 鼓(고)는 [거문고를] 뜯다. 瑟(슬)은 큰
거문고. 琴(금)은 거문고. 笙(생)은 생황(笙簧). 磬(경)은 경(磬)쇠. 同音(동음)은 소리
를 같이하다. 以(이)는 爲(위)와 같다. 하다, 연주(演奏)하다. 여기서는 [작은 북을]
치다, [방울을] 울리다, [피리를] 불다. 雅(아)는 칠통(漆桶) 비슷한 타악기(打樂器).
여기서는 '작은 북'으로 풀이하였다. 南 (남)은 방울 비슷한 악기(樂器). 籥(약)은 피
리. 僭(참)은 어긋나다.

(209) 楚茨
초 자

楚楚者茨　言抽其棘　自昔何為　我埶黍稷　我黍與與　我稷翼翼
초초자자　언추기극　자석하위　아예서직　아서여여　아직익익
我倉既盈　我庾維億　以為酒食　以享以祀　以妥以侑　以介景福
아창기영　아유유억　이위주식　이향이사　이타이유　이개경복

濟濟蹌蹌　絜爾牛羊　以往烝嘗　或剝或亨　或肆或將　祝祭于祊
제제창창　계이우양　이왕증상　혹박혹팽　혹사혹장　축제우팽
祀事孔明　先祖是皇　神保是饗　孝孫有慶　報以介福　萬壽無疆
사사공명　선조시황　신보시향　효손유경　보이개복　만수무강

執爨踖踖　為俎孔碩　或燔或炙　君婦莫莫　為豆孔庶　為賓為客
집찬적적　위조공석　혹번혹자　군부모모　위두공서　위빈위객
獻酬交錯　禮儀卒度　笑語卒獲　神保是格　報以介福　萬壽攸酢
헌수교착　예의졸도　소어졸획　신보시격　보이개복　만수유초

我孔熯矣　式禮莫愆　工祝致告　徂賚孝孫　苾芬孝祀　神嗜飲食
아공연의　식례막건　공축치고　조뢰효손　필분효사　신기음식
卜爾百福　如幾如式　既齊既稷　既匡既敕　永錫爾極　時萬時億
복이백복　여기여식　기재기직　기광기칙　영석이극　시만시억

禮儀既備　鍾鼓既戒　孝孫徂位　工祝致告　神具醉止　皇尸載起
예의기비　종고기계　효손조위　공축치고　신구취지　황시재기
鼓鍾送尸　神保聿歸　諸宰君婦　廢徹不遲　諸父兄弟　備言燕私
고종송시　신보율귀　제재군부　폐철부지　제부형제　비언연사

樂具入奏　以綏後祿　爾殽既將　莫怨具慶　既醉既飽　小大稽首
악구입주　이수후록　이효기장　막원구경　기취기포　소대계수
神嗜飲食　使君壽考　孔惠孔時　維其盡之　子子孫孫　勿替引之
신기음식　사군수고　공혜공시　유기진지　자자손손　물체인지

우거진 납가새[1]

우거진 것이 납가새인데
그 가시를 뽑아 버리네.
예로부터 왜 [그렇게] 했는가?
내가 찰기장과 메기장을 심기 때문이네.
내 찰기장이 빼곡하고
내 메기장은 무성(茂盛)하네.
내 창고(倉庫)는 이미 그득하고
내 곳집은 꽉 찼네.
[서직(黍稷)]으로 술과 음식(飲食)을 만들어 [신(神)에게]
[주식(酒食)]을 드리려 제사(祭祀)지내는데
[시동(尸童)을] 편(便)히 앉히고 [주식(酒食)을] 권(勸)하니
[신(神)께서는] 큰 복(福)으로 도우리라.[2]

---

1) 〈楚茨(초자)〉는 周(주)나라 왕(王)이 선조(先祖)를 제사(祭祀)지내는 악가(樂歌)이다.
2) 楚楚(초초)는 우거진 모습. 者(자)는 것. 茨(자)는 납가새, 질려(蒺藜). 言(언)은 어조(語調)를 고르는 어조사(語助詞). 抽(추)는 뽑다, 뽑아 버리다. 其(기)는 그. 棘(극)은 [납가새의] 가시. 가시를 뽑았다는 것은 납가새를 제거(除去)했음을 뜻하며 곧 밭을 만들었음을 나타낸다. 自(자)는 ~로부터. 昔(석)은 옛날. 何(하)는 왜, 무엇. 爲(위)는 하다. 我(아)는 나. 주제자(主祭者)를 가리킨다. 埶(예)는 심다. 藝(예)와 같다. *원문(原文)에는 [艹 + 埶]로 되어있다. 黍(서)는 찰기장. 稷(직)은 메기장. 與與(여여)는 초목(草木)이 무성(茂盛)한 모습. 여기서는 '빼곡하다'로 풀이하였다. 翼翼(익익)은 무성(茂盛)한 모습. 倉(창)은 창고(倉庫). 旣(기)는 이미, 벌써. 盈(영)은 차다, 그득하다. 庾(유)는 노적(露積)의 곳집. 維(유)는 어조(語調)를 고르는 어조사(語助詞). 億(억)은 가득 차다. 以(이)는 쓰다, ~으로, ~을. 여기서는 黍稷(서직)으로. 爲(위)는 만들다. 酒食(주식)은 술과 음식(飲食). 以享(이향)은 그것[=주식(酒食)]을 드리다. 以(이)는 ~을. 享(향)은 드리다. 以祀(이사)는 그것[=주식(酒食)]으로 제사(祭祀)지내다. 祀(사)는 제사(祭祀)지내다. 以妥(이타)는 그리고 [시동(尸童)을] 편(便)히 앉히다. 以(이)는 而(이)와 같다. 그리고, 그러니. 여기서는 풀이를 생략(省略)하였다. 妥(타)는 편(便)히 앉다. 侑(유)는 [주식(酒食)을] 권(勸)하다. 고대(古代)에는 시(尸)로써 신(神)을 대신(代身)하여 제사(祭祀)지낼 때 주인(主人)이 시(尸)를 맞이하고 신위(神位)에 앉히고 주식(酒食)을 권(勸)하여 마시고 먹게 하였다. 介(개)는 돕다. 景福(경복)은 큰 복(福).

[몸짓은] 의젓하고 [걸음걸이는] 위엄(威嚴)있게

그대 소와 양을 이끌고

제사(祭祀)지내러 가네.

어떤 이는 [가죽을] 벗기고 어떤 이는 [고기를] 삶네.

어떤 이는 [제수(祭需)를] 차리고 어떤 이는 [그것을] 받드네.

축(祝)이 제단(祭壇)에서 제사(祭祀)를 맡으니

제사(祭祀)지내는 일이 매우 [잘] 갖추어졌네.

선조(先祖)의 [신(神)]께서 이곳으로 이르셨고

신보(神保)께서 이것을 흠향(歆饗)하시네.

[이에] 효손(孝孫)은 경사(慶事)가 있으니 [그것은]

[신(神)께서] 큰 복(福)으로 갚아 주시고

만수무강(萬壽無疆)함이네.3)

---

3) 濟濟(제제)는 엄숙(嚴肅)하고 장(壯)한 모습. 여기서는 '의젓하다'로 풀이하였다. 蹌蹌
(창창)은 걸음걸이에 위의(威儀)가 있는 모습. 이 구(句)는 제사(祭祀)를 돕는 자(者)를
형용(形容)한 것이다. 絜(계)는 이끌다. 挈(설)과 같다. 爾(이)는 너, 그대. 牛羊(우양)
은 소와 양(羊). 以(이)는 그리고. 而(이)와 같다. 여기서는 풀이를 생략(省略)하였다.
往(왕)은 가다. 烝嘗(증상)은 각각(各各) 겨울 제사(祭祀)와 가을 제사(祭祀)를 뜻하지
만 여기서는 제사(祭祀)를 말한다. 或(혹)은 어떤 이. 剝(박)은 [가죽을] 벗기다. 亨
(팽)은 [고기를] 삶다. 烹(팽)과 같다. 肆(사)는 [제수(祭需)를] 차리다. 將(장)은 받들
다, 가지런히 하다. 祝(축)은 제례(祭禮)를 관장(管掌)하는 관원(官員). 태축(太祝)이라
고도 한다. 祭(제)는 제사(祭祀)를 맡다. 于(우)는 ~에서. 祊(팽)은 제단(祭壇)이 있는
곳. 祀(사)는 제사(祭祀). 事(사)는 일. 孔(공)은 매우. 明(명)은 갖추어지다. 先祖(선
조)는 먼 윗대의 조상(祖上). 여기서는 선조(先祖)의 신령(神靈)을 뜻한다. 是(시)는
이곳. 祊(팽)을 가리킨다. 皇(왕)은 가다, 이르다. 往(왕)과 같다. 神保(신보)는 시동
(尸童). 是(시)는 이것. 제수(祭需)를 가리킨다. 饗(향)은 신(神)이 제사(祭祀)를 받아
들이다, 흠향(歆饗)하다. 孝孫(효손)은 효성(孝誠)스러운 자손(子孫). 여기서는 周(주)
나라 왕(王)을 가리킨다. 有(유)는 있다. 慶(경)은 경사(慶事). 報(보)는 갚다. 以(이)
는 ~으로. 介(개)는 크다. 福(복)은 복(福). 萬壽無疆(만수무강)은 한(限)이 없이 오래
오래 삶. 萬壽(만수)는 오래오래 삶. 無(무)는 없다. 疆(강)은 끝, 한계(限界).

부뚜막을 맡은 이는 [요리(料理)에] 조심(操心)하고
적대(炙臺)에 얹힌 것은 매우 크네.
어떤 것은 통째로 구웠고 어떤 것은 대꼬챙이에 꿰어 구웠네.
군부(君婦)도 [제사(祭祀) 일에] 힘쓰고
제기(祭器)에 담는 것은 아주 많네.
시동(尸童)이 되고 손님이 된 이들에게
[주인(主人)과 손님이] 술잔을 주고받음을 서로 번갈아 하네.
예의(禮儀)가 법도(法度)에 모두 들어맞고
웃고 말함이 마땅함에 모두 들어맞네.
신보(神保)는 이곳에 이르셨고
[신(神)께서] 큰 복(福)으로 보답(報答)해 주시고
오래오래 사는 것으로 갚아 주는 바이네.4)

---

4) 執(집)은 관리(管理)하다, 담당(擔當)하다, 맡다. 爨(찬)은 부뚜막. 執爨(집찬)은 취사
원(炊事員)을 뜻한다. 踖踖(적적)은 삼가는 모양, 민첩(敏捷)한 모양. 爲(위)는 두다.
俎(조)는 제향(祭享) 때 희생(犧牲)을 얹는 예기(禮器), 적대(炙臺). 碩(석)은 크다. 或
(혹)은 어떤 것. 희생(犧牲)을 가리킨다. 燔(번)은 통째로 굽다. 炙(자)는 대꼬챙이에
꿰어 굽다. 君(군)은 천자제후(天子諸侯)를 말한다. 婦(부)는 아내. 莫莫(모모)는 慔慔
(모모)의 가차자(假借字). 힘쓰는 모습. 豆(두)는 제기(祭器)의 일종(一種). 庶(서)는
많다. 賓(빈)은 시동(尸童)을 가리킨다. 客(객)은 손님. 獻(헌)은 주인(主人)이 손님에
게 술을 권(勸)하는 것을 말한다. 酬(수)는 손에게서 받은 잔(盞)을 다시 손에게 돌리
어 술을 권(勸)하는 것을 말한다. [酬(수) : 州←壽와 같다. 여기서는 주빈(主賓)이
서로 술을 주고받음을 뜻한다. 交(교)는 서로. 錯(착)은 갈마들다, 번갈아 하다. 禮儀
(예의)는 예절(禮節)의 법식(法式). 卒(졸)은 모두. 여기서는 모두 들어맞음을 뜻한다.
度(도)는 법도(法度). 笑語(소어)는 웃고 말함. 獲(획)은 얻다. 여기서는 일의 마땅함
을 얻다. 格(격)은 이르다. 攸(유)는 바. 所(소)와 같다.

나는 매우 [선조(先祖)를] 공경(恭敬)하여

아! 제례(祭禮)에 허물이 없었네.

공축(工祝)이 나아가 아뢰기를

"[신(神)께서] 효손(孝孫)에게 가서 [복(福)을] 주네.

향기(香氣)롭고 향긋하게 제사(祭祀)를 드리니

신(神)께서 즐거이 마시고 드셨네.

너에게 온갖 복(福)을 줌은

바라는 것이 알맞고 [제사(祭祀)가] 법도(法度)에 맞아서라네.

[제사(祭祀)를] 이미 엄숙(嚴肅)하게 했고 이미 빠르게 했으며

벌써 바르게 지냈고 벌써 조심(操心)스럽게 했네.

오래도록 너에게 지극(至極)한 [복(福)을] 주니

이것은 만(萬) 가지나 되며 이것은 억(億) 가지가 되니라." 한다.5)

---

5) 燅(연)은 공경(恭敬)하다. 여기서는 선조(先祖)를 공경(恭敬)함을 뜻한다. 矣(의)는 구
(句)의 끝에서 다음 말을 일으키는 말. 式(식)은 발어사(發語詞). 아! 禮(예)는 제례(祭
禮)를 말한다. 莫(막)은 없다. 愆(건)은 허물. 工祝(공축)은 관축(官祝)을 말한다. 致
(치)는 나아가다. 告(고)는 알리다. 徂(조)는 가다. 賚(뢰)는 [복(福)을] 주다. 苾(필)과
芬(분)은 향기(香氣)롭다. 孝(효)는 享(향)과 같다. 드리다. 祀(사)는 제사(祭祀). 嗜(기)
는 즐기다. 飮食(음식)은 마시고 먹다. 卜(복)은 주다. 予(여)와 같다. 爾(이)는 너. 孝
孫(효손)을 가리킨다. 百福(백복)은 온갖 복(福). 如(여)는 합당(合當)하다, 알맞다. 幾
(기)는 바라다. 期(기)와 같다. 式(식)은 법도(法度). 旣(기)는 이미, 벌써. 齊(재)는 엄
숙(嚴肅)하게 공경(恭敬)하다. 齋(재)와 같다. 稷(직)은 빠르다. 匡(광)은 바르다. 敕
(칙)은 삼가다. 永(영)은 오래다. 錫(석)은 주다. 極(극)은 지극(至極)하다. 여기서는
지극(至極)한 복(福)을 말한다. 時(시)는 이것. 是(시)와 같다. 복(福)을 가리킨다. 萬
(만)은 일만(一萬). 億(억)은 일억(一億). 萬(만)과 億(억)은 매우 많음을 뜻한다.

예의(禮儀)는 이미 갖추어졌고
종(鍾)과 북은 벌써 [제례(祭禮)가 마쳤음을] 알리네.
효손(孝孫)이 [원래(原來)의] 자리로 가자
공축(工祝)은 나아가 아뢰기를
"신(神)께서 모두 취(醉)하셨다."하니
위대(偉大)한 시동(尸童)이 곧 일어나네.
종(鍾)을 치며 시동(尸童)을 보내니
신보(神保)께서 마침내 돌아가네.
여러 가재(家宰)와 군부(君婦)는
[제수(祭需)를] 치우고 거두는 데 더디지 않네.
여러 어른들과 형제(兄弟)들은
사적(私的)인 잔치를 마련하네.6)

---

6) 備(비)는 갖추어지다. 鍾鼓(종고)는 종(鍾)과 북. 戒(계)는 알리다. 여기서는 제례(祭
禮)가 마쳤음을 알리는 것을 말한다. 位(위)는 원래(原來)의 자리를 말한다. 具(구)는
모두, 함께. 醉(취)는 취(醉)하다. 여기서는 시동(尸童)이 취(醉)했음을 뜻한다. 止(지)
는 어조(語調)를 고르는 어조사(語助詞). 皇(황)은 크다, 위대(偉大)하다. 載(재)는 곧.
起(기)는 일어나다. 鼓鍾(고종)은 종(鍾)을 치다. 送(송)은 보내다. 聿(율)은 마침내.
歸(귀)는 돌아가다. 諸(제)는 여러. 宰(재)는 관명(官名). 여기서는 가신(家臣)의 우두
머리인 가재(家宰)를 가리킨다. 廢(폐)는 치우다. 徹(철)은 거두어들이다. 不(부)는 않
다. 遲(지)는 더디다. 諸父(제부)는 동성(同姓)인 연장자(年長者)의 범칭(泛稱). 여기서
는 '여러 어른'으로 풀이하였다. 兄弟(형제)는 동성(同姓)인 동년배(同年輩)의 범칭(泛
稱). 備(비)는 준비(準備)하다, 마련하다. 燕私(연사)는 私燕(사연)과 같다. 사적(私的)
인 잔치. 燕(연)은 宴(연)과 같다. 잔치, 연회(宴會).

악기(樂器)를 갖추어 [침전(寢殿)으로] 들어와 연주(演奏)하며
뒷날의 복록(福祿)을 편안(便安)하게 [누리려 하네.]
그대 안주(按酒)는 이미 풍성(豊盛)하며
원망(怨望)은 없고 함께 경하(慶賀)드리네.
이미 취(醉)하고 벌써 배부르니 [제사(祭祀)에 참석(參席)한]
어른과 젊은이들이 [주인(主人)에게] 머리를 조아리며 [말하기를]
"신(神)께서 즐거이 마시고 드셨으니
그대로 하여금 오래도록 살게 하리라.
[제사(祭祀)가] 매우 순조(順調)로웠고 아주 좋았으니
오직 주인(主人)께서 그것을 다하셨네.
자자손손(子子孫孫) [제사(祭祀)를]
폐지(廢止)하지 말고 그것을 이어가게 하소서."라 한다.7)

---

7) 樂(악)은 악기(樂器)를 말한다. 具(구)는 갖추다. 入(입)은 [제사(祭祀)지낸 사당(祠堂)
에서 잔치하는 침전(寢殿)으로] 들어오다. 奏(주)는 연주(演奏)하다. 以(이)는 접속(接
續)을 나타내는 어조사(語助詞). 而(이)와 같다. 綏(수)는 편안(便安)하다. 여기서는 편
안(便安)하게 누리다. 後(후)는 뒷날. 祿(록)은 복록(福祿). 殽(효)는 안주(按酒). 將(장)
은 盛(성)하다, 풍성(豊盛)하다. 莫(막)은 없다. 怨(원)은 원망(怨望). 여기서는 원망(怨
望)하는 말을 뜻한다. 具(구)는 모두, 함께. 慶(경)은 [주인(主人)에게] 경하(慶賀)드리
다. 飽(포)는 배부르다. 小大(소대)는 장유(長幼)를 뜻한다. 어른과 젊은이. 稽(계)는
조아리다. 首(수)는 머리. 使(사)는 하여금. 君(군)은 그대. 壽(수)와 考(고)는 오래 살
다. 惠(혜)는 순(順)하다, 순조(順調)롭다. 時(시)는 좋다, 훌륭하다. 維(유)는 오직.
唯(유)와 같다. 其(기)는 그분. 주인(主人)을 가리킨다. 盡(진)은 다하다. 之(지)는 그
것. 제사(祭祀)의 순조(順調)로움과 좋음을 가리킨다. 子子孫孫(자자손손)은 대대(代代)
로 이어지는 여러 대(代)의 자손(子孫). 자손만대(子孫萬代)와 같다. 勿(물)은 말라. 替
(체)는 폐지(廢止)하다. 引(인)은 이어지다. 之(지)는 그것. 제사(祭祀)를 가리킨다.

(210) 信南山
신남산

信彼南山 維禹甸之 昀昀原隰 曾孫田之 我疆我理 南東其畝
신피남산 유우전지 균균원습 증손전지 아강아리 남동기묘

上天同雲 雨雪雰雰 益之以霡霂 既優既渥 既霑既足 生我百穀
상천동운 우설분분 익지이맥목 기우기악 기점기족 생아백곡

疆埸翼翼 黍稷彧彧 曾孫之穡 以爲酒食 畀我尸賓 壽考萬年
강역익익 서직욱욱 증손지색 이위주식 비아시빈 수고만년

中田有廬 疆埸有瓜 是剝是菹 獻之皇祖 曾孫壽考 受天之祜
중전유려 강장유과 시박시저 헌지황조 증손수고 수천지호

祭以清酒 從以騂牡 享于祖考 執其鸞刀 以啓其毛 取其血膋
제이청주 종이성모 향우조고 집기난도 이계기모 취기혈료

是烝是享 苾苾芬芬 祀事孔明 先祖是皇 報以介福 萬壽無疆
시증시향 필필분분 사사공명 선조시황 보이개복 만수무강

[쭉] 뻗은 종남산(終南山)[1]

[쭉] 뻗은 저 종남산(終南山)을
우(禹)임금이 다스렸네.
고르고 판판한 평원(平原)과 일군 땅에서
증손(曾孫)이 밭을 만들었네. [그 밭을 가지고]
내가 큰 경계(境界)를 짓고 내가 작은 경계(境界)를 만들었으며
남(南)쪽으로 동(東)쪽으로 이랑을 내었네.[2]

---

[1] 〈信南山(신남산)〉은 周(주)나라 왕(王)이 선조(先祖)를 제사(祭祀)지내며 복(福)을 비는 악가(樂歌)이다.

[2] 信(신)은 펴다. 伸(신)과 같다. 쭉 뻗은 것을 말한다. 彼(피)는 저. 南山(남산)은 終南山(종남산)을 말한다. 維(유)는 어조(語調)를 고르는 어조사(語助詞). 禹(우)는 夏(하)나라의 시조(始祖)인 禹(우)임금. 甸(전)은 다스리다. 之(지)는 그것. 南山(남산)을 가리킨다. 풀이를 생략(省略)하였다. 畇畇(균균)은 개간(開墾)한 밭이 평탄(平坦)하고 정제(整齊)된 모습. 畇(균)은 밭을 일구다. 原(원)은 벌판, 평원(平原). 隰(습)은 개간지(開墾地), 일군 땅. 曾孫(증손)은 周(주)나라 왕(王)을 말한다. 孝孫(효손)과 같다. 田(전)은 밭을 만들다. 之(지)는 그곳. 原隰(원습)을 가리킨다. 풀이를 생략(省略)하였다. 我(아)는 나, 증손(曾孫). 疆(강)은 [큰] 경계(境界)를 짓다. 理(리)는 [작은] 경계(境界)를 만들다. 南(남)은 남(南)쪽에서 북(北)쪽으로. 東(동)은 동(東)쪽에서 서(西)쪽으로. 南東(남동)은 곧 사방(四方)을 가리킨다. 其(기)는 어조(語調)를 고르는 어조사(語助詞). 畝(묘)는 이랑을 내다.

겨울 하늘에 구름이 모이더니
눈이 펄펄 내렸었고
[봄에는] 가랑비로써 그것에 더하니
[강수량(降水量)이] 이미 넉넉하여 벌써 [땅을] 적셨고
이미 [땅이] 젖어 벌써 촉촉하니
우리 온갖 곡식(穀食)을 살리네.[3]

---

3) 上天(상천)은 겨울 하늘. 《爾雅(이아)》에 겨울을 상천(上天)이라 하였다. 同(동)은
모이다. 雲(운)은 구름. 雨(우)는 내리다. 雪(설)은 눈. 雰雰(분분)은 비나 눈이 오는
모습. 여기서는 '펄펄 내리다'로 풀이하였다. 益(익)은 더하다. 之(지)는 그것. 雪(설)
을 가리킨다. 以(이)는 ~로써. 霢(맥)과 霂(목)은 가랑비. 여기서는 봄에 내리는 가랑
비를 뜻한다. 旣(기)는 이미, 벌써. 優(우)는 넉넉하다. 渥(악)은 젖다. 霑(점)은 젖
다. 足(족)은 涿(착)의 가차자(假借字). 젖다. 여기서는 '촉촉하다'로 풀이하였다. 生
(생)은 살리다. 百穀(백곡)은 온갖 곡식(穀食).

큰 경계(境界)와 작은 경계(境界)는 반듯반듯하고
찰기장과 메기장은 빼곡하네.
증손(曾孫)이 거두어
술과 음식(飮食)을 만드네.
나의 시동(尸童)과 손님께 드리고
만년(萬年)토록 오래 살기를 [바라네.]4)

밭 가운데 원두막(園頭幕)이 있고
큰 경계(境界)와 작은 경계(境界)에는 오이가 있어
이것을 껍질 벗겨 이것으로 절여
황조(皇祖)께 이것을 바치네.
증손(曾孫)은 오래 살고
하늘의 복(福)을 받네.5)

---

4) 疆(강)은 큰 경계(境界). 場(역)은 작은 경계(境界). 翼翼(익익)은 가지런히 정비(整備)
된 모습. 여기서는 '반듯반듯하다'로 풀이하였다. 黍(서)는 찰기장. 稷(직)은 메기장.
彧彧(욱욱)은 무성(茂盛)한 모습. 여기서는 '빼곡하다'로 풀이하였다. 之(지)는 ~이.
穡(색)은 거두다. 以(이)는 접속(接續)의 뜻을 지닌 어조사(語助詞). 而(이)와 같다. 爲
(위)는 만들다. 酒食(주식)은 술과 음식(飮食). 畀(비)는 주다, 드리다. 尸(시)는 시동
(尸童). 賓(빈)은 손님. 壽(수)와 考(고)는 오래 살다. 萬年(만년)은 만년(萬年)토록.
5) 中田(중전)은 田中(전중)과 같다. 밭 가운데. 有(유)는 있다. 廬(려)는 원두막(園頭
幕). 瓜(과)는 오이. 是(시)는 이것. 오이를 가리킨다. 剝(박)은 [껍질을] 벗기다. 菹
(저)는 채소(菜蔬) 절임. 獻(헌)은 바치다. 之(지)는 그것. 절인 오이를 가리킨다. 皇
祖(황조)는 제왕(帝王)의 선조(先祖). 皇(황)은 임금. 受(수)는 받다. 天(천)은 하늘.
之(지)는 ~의. 祜(호)는 복(福).

맑은 술로 제사(祭祀)지내고
붉은 황소를 뒤따라 바쳐
선조(先祖)께 [제수(祭需)를] 누리게 하네.
방울 달린 칼을 잡고
그 털가죽을 벗겨
그 피와 기름덩이를 가지네.6)

이것으로 겨울 제사(祭祀)지내고 이것을 드리니
[냄새가] 향기(香氣)롭고 향긋하네.
제사(祭祀)지내는 일이 매우 [잘] 갖추어졌으니
선조(先祖)의 [신(神)께서] 이곳으로 이르셨네.
[신(神)께서] 큰 복(福)으로 갚아 주시니
오래 살아 끝이 없겠네.7)

---

6) 祭(제)는 제사(祭祀)지내다. 以(이)는 ~로(써), ~를(을). 淸酒(청주)는 맑은 술. 從
(종)은 좇아 [드리다.] 獻(헌)과 같다. 騂(성)은 붉은 소. 牡(모)는 수컷. 享(향)은 누
리다. 執(집)은 잡다. 其(기)는 어조(語調)를 고르는 어조사(語助詞). 鸞(란)은 방울.
鈴(령)과 같다. 刀(도)는 칼. 以(이)는 접속(接續)의 뜻을 지닌 어조사(語助詞). 그리
고. 而(이)와 같다. 여기서는 풀이를 생략(省略)하였다. 啓(계)는 열다. 여기서는 벗기
다. 其(기)는 그. 毛(모)는 털가죽. 取(취)는 가지다. 血(혈)은 피. 희생(犧牲)의 피로
새 것을 죽였음을 보인 것이다. 膋(료)는 기름덩이. 제례(祭禮)에 따르면 기름덩이와
서직(黍稷)을 모아 쑥 위에 놓고 태워서 향기(香氣)가 위로 올라가도록 하였다.
7) 是(시)는 이것. 앞 장(章)에 나온 청주(淸酒), 성모(騂牡), 과(瓜), 서직(黍稷) 등(等)
을 가리킨다. 烝(증)은 겨울 제사(祭祀). 享(향)은 드리다. 苾苾(필필)과 芬芬(분분)은
향기(香氣)롭다. 祀(사)는 제사(祭祀). 事(사)는 일. 孔(공)은 매우. 明(명)은 갖추어지
다. 先祖(선조)는 먼 윗대의 조상(祖上). 여기서는 선조(先祖)의 신령(神靈)을 뜻한다.
是(시)는 이곳. 제사(祭祀)지내는 곳을 가리킨다. 皇(황)은 가다, 이르다. 往(왕)과 같
다. 報(보)는 갚다. 以(이)는 ~으로. 介(개)는 크다. 福(복)은 복(福). 萬壽無疆(만수
무강)은 한(限)이 없이 오래오래 삶. 萬壽(만수)는 오래오래 삶. 無(무)는 없다. 疆(강)
은 끝, 한계(限界).

(211) 甫 田
보 전

倬彼甫田 歲取十千 我取其陳 食我農人 自古有年
탁 피 보 전　세 취 십 천　아 취 기 진　사 아 농 인　자 고 유 년
今適南畝 或耘或耔 黍稷薿薿 攸介攸止 烝我髦士
금 적 남 묘　혹 운 혹 자　서 직 의 의　유 개 유 지　증 아 모 사

以我齊明 與我犧羊 以社以方 我田旣臧 農夫之慶
이 아 제 명　여 아 희 양　이 사 이 방　아 전 기 장　농 부 지 경
琴瑟擊鼓 以御田祖 以祈甘雨 以介我稷黍 以穀我士女
금 슬 격 고　이 아 전 조　이 기 감 우　이 개 아 직 서　이 곡 아 사 녀

曾孫來止 以其婦子 饁彼南畝 田畯至喜 攘其左右 嘗其旨否
증 손 래 지　이 기 부 자　엽 피 남 묘　전 준 지 희　양 기 좌 우　상 기 지 부
禾易長畝 終善且有 曾孫不怒 農夫克敏
화 이 장 묘　종 선 차 유　증 손 불 노　농 부 극 민

曾孫之稼 如茨如梁 曾孫之庾 如坻如京 乃求千斯倉 乃求萬斯箱
증 손 지 가　여 자 여 량　증 손 지 유　여 지 여 경　내 구 천 사 창　내 구 만 사 상
黍稷稻粱 農夫之慶 報以介福 萬壽無疆
서 직 도 량　농 부 지 경　보 이 개 복　만 수 무 강

큰 밭1)

너른 저 큰 밭에서
해마다 수천(數千) [가마의 양식(糧食)을] 얻네.
나는 그 묵은 것을 가지고
내 농사(農事)짓는 사람을 먹이네.
[이것이] 예로부터 풍년(豊年)의 모습이었네.
[주(周)나라 왕(王)께서] 지금(只今) 남(南)쪽 밭으로 가니
어떤 이는 김매고 어떤 이는 북돋우는데
찰기장과 메기장이 우거졌네.
[주(周)나라 왕(王)께서 이곳에] 머물러 쉬시며
농관(農官)인 나를 나아오게 하시네.2)

---

1) 〈甫田(보전)〉은 周(주)나라 왕(王)이 토지신(土地神)과 사방신(四方神)과 농신(農神)에
   게 제사(祭祀)지내는 악가(樂歌)이다.
2) 倬(탁)은 크다, 너르다. 彼(피)는 저. 甫(보)는 크다. 田(전)은 밭. 甫田(보전)은 공전
   (公田)을 말한다. 歲(세)는 해마다. 取(취)는 얻다, 가지다. 十千(십천)은 허수(虛數)로
   생산량(生産量)이 아주 많음을 뜻한다. 여기서는 수천(數千)으로 풀이하였다. 我(아)는
   나. 周(주)나라 왕(王)의 농관(農官)으로 보인다. 其(기)는 그. 陳(진)은 묵다, 오래되
   다. 여기서는 묵은 양식(糧食)을 말한다. 食(사)는 먹이다. 農人(농인)은 농사(農事)짓
   는 사람. 여기서는 농노(農奴)를 뜻한다. 自(자)는 ~로부터. 古(고)는 옛날. 有年(유
   년)은 풍년(豊年). 今(금)은 지금(只今). 適(적)은 가다. 周(주)나라 왕(王)이 밭으로
   가는 것을 말한다. 南(남)은 남(南)쪽. 畝(묘)는 이랑, 여기서는 밭을 가리킨다. 或
   (혹)은 어떤 이. 耘(운)은 김매다. 耔(자)는 북돋우다. 黍(서)는 찰기장. 稷(직)은 메기
   장. 薿薿(의의)는 우거진 모습. 攸(유)는 어조(語調)를 고르는 어조사(語助詞). 介(개)
   와 止(지)는 머무르다. 여기서는 머물러 쉬는 것을 뜻한다. 烝(증)은 나아가다. 여기
   서는 위로(慰勞)하기 위해 '나아오게 하다'의 뜻이다. 髦士(모사)는 빼어난 인사(人士),
   준사(俊士). 여기서는 권농관(勸農官)인 田畯(전준)을 가리킨다.

내 제기(祭器)에 담긴 것과

나의 소와 양(羊)으로 토지신(土地神)께 제사(祭祀)지내고

사방신(四方神)께 제사(祭祀)드리네.

나의 밭일이 이미 좋음은

농부(農夫)들의 경사(慶事)이네.

거문고와 큰 거문고를 연주(演奏)하고 북을 치며

전조(田祖)를 맞이하여

단비를 빌어

내 메기장과 찰기장을 돕고

내 사람들을 부양(扶養)하네.3)

---

3) 以(이)는 ~으로(써). 齊(제)는 齋(자)의 뜻이다. 서직(黍稷)을 담는 제기(祭器). 明(명)
은 갖추어지다. 여기서는 담다, 채우다. 盛(성)과 같다. 與(여)는 ~와(과). 犧(희)는
희생(犧牲)으로 쓰일 소를 말한다. 羊(양)은 희생(犧牲)으로 쓰일 양(羊)을 말한다. 以
(이)는 以之(이지)와 같다. 그것으로써. 그것은 서직(黍稷)과 희양(犧羊)을 가리킨다.
여기서는 풀이를 생략(省略)하였다. 社(사)는 토지신(土地神). 여기서는 토지신(土地
神)께 제사(祭祀)드리다. 方(방)은 사방신(四方神). 여기서는 사방신(四方神)께 제사(祭
祀)드리다. 田(전)은 밭일을 가리킨다. 旣(기)는 이미. 臧(장)은 善(선)과 같다. 좋다.
農夫(농부)는 農人(농인)과 같다. 之(지)는 ~의. 慶(경)은 경사(慶事). 琴瑟(금슬)은
거문고와 큰 거문고. 여기서는 琴瑟(금슬)을 연주(演奏)함을 뜻한다. 擊(격)은 치다.
鼓(고)는 북. 以(이)는 접속(接續)의 뜻을 지닌 어조사(語助詞). 而(이)와 같다. 御(아)
는 맞다. 田祖(전조)는 농신(農神)인 신농(神農)을 말한다. 祈(기)는 빌다. 甘雨(감우)
는 단비. 介(개)는 돕다. 穀(곡)은 기르다, 부양(扶養)하다. 士女(사녀)는 남녀(男女)와
같다. 여기서는 사람들을 가리킨다.

증손(曾孫)께서 [권농(勸農)하러] 오셨네.
[농부(農夫)는] 그 처자식(妻子息)을 데리고
저 남(南)쪽 밭으로 들밥을 내가게 하니
전준(田畯)은 지극(至極)히 기뻐하네. [전준(田畯)이]
그 좌우(左右)의 사람에게 [순서(順序)를] 양보(讓步)하고
[나중에] 그것이 맛있는지 아닌지를 맛보네.
벼는 긴 이랑에 빼곡하고
마침내 [작황(作況)이] 좋고 또 많네.
증손(曾孫)이 성내지 아니함은
농부(農夫)가 능(能)히 [밭일에] 민첩(敏捷)하기 때문이라네.4)

---

4) 曾孫(증손)은 周(주)나라 왕(王)을 가리킨다. 來(래)는 오다. 止(지)는 구(句)의 끝에
놓는 뜻 없는 종결사(終結詞). 以(이)는 거느리다, 데리다. 婦子(부자)는 妻子(처자)와
같다. 처자식(妻子息)을 말한다. 饁(엽)은 들밥 내가다. 田畯(전준)은 권농관(勸農官).
至(지)는 지극(至極)히. 喜(희)는 기뻐하다. 攘(양)은 사양(辭讓)하다, 양보(讓步)하다.
左右(좌우)는 좌우(左右)에 가까이 있는 사람. 嘗(상)은 맛보다. 其(기)는 그것. 들밥
을 가리킨다. 旨(지)는 맛있다. 否(부)는 아니다. 禾(화)는 벼. 易(이)는 移(이)와 같
다. 여유(餘裕)가 있다, 넉넉하다. 여기서는 '빼곡하다'로 풀이하였다. 長畝(장묘)는
긴 이랑. 終(종)은 마침내. 善(선)은 좋다. 且(차)는 또. 有(유)는 많다. 不(불)은 아니
하다. 怒(노)는 성내다. 克(극)은 能(능)과 같다. 능(能)히 ~할 수 있다. 敏(민)은 빠
르다, 민첩(敏捷)하다.

증손(曾孫)의 [베지 않은] 벼가
납가새같이 [빽빽하고] 가시나무같이 [더북하네.]
증손(曾孫)의 곳집이
산비탈 같고 높은 언덕 같네.
이에 [벼를 보관(保管)할] 천(千) [채의] 창고(倉庫)를 구(求)하고
이에 [벼를 실어 옮길] 만(萬) [대(臺)의] 수레를 구(求)하네.
찰기장과 메기장과 쌀과 차조가
농부(農夫)들의 경사(慶事)이네. [사신(社神)·방신(方神)·
전조(田祖)께서] 큰 복(福)으로 갚아 주시니
오래 살아 끝이 없네.5)

---

5) 稼(가)는 베지 아니한 벼. 如(여)는 ~와 같다. 茨(자)는 납가새, 질려(蒺藜). 여기서는
납가새같이 빽빽함을 말한다. 梁(량)은 荊(형)을 뜻한다. 가시나무. 여기서는 가시나무
같이 더북함을 말한다. 庾(유)는 지붕이 없는 곳집. 坻(지)는 산(山)비탈. 京(경)은 높
은 언덕. 乃(내)는 이에. 求(구)는 구(求)하다, 찾다. 千(천)과 萬(만)은 허수(虛數)로
매우 많음을 뜻한다. 斯(사)는 之(지)와 통(通)한다. ~의. *斯(사)를 어조(語調)를 고르
는 어조사(語助詞)로 보는 곳도 있으며, 千斯(천사)와 萬斯(만사)를 千千(천천)[=수천
(數千)]과 萬萬(만만)[=수만(數萬)]으로 풀이하는 곳도 있다. 倉(창)은 지붕이 있는 창
고(倉庫). 箱(상)은 수레 상자(箱子)를 뜻하며 여기서는 쌀을 실어 옮길 수레를 말한다.
稻(도)는 벼. 粱(량)은 차조. 報(보)는 갚아주다. 以(이)는 ~로써. 介(개)는 크다. 福
(복)은 복(福). 萬壽(만수)는 만년(萬年)토록 오래 살다. 無疆(무강)은 끝이 없다.

【雅-小雅-52】

(212) 大 田
대 전

大田多稼 既種既戒 既備乃事 以我覃耜 俶載南畝
대전다가 기종기계 기비내사 이아염사 숙재남묘
播厥百穀 既庭且碩 曾孫是若
파궐백곡 기정차석 증손시약

既方既皁 既堅既好 不稂不莠
기방기조 기견기호 불랑불유
去其螟螣 及其蟊賊 無害我田穉 田祖有神 秉畀炎火
거기명특 급기모적 무해아전지 전조유신 병비염화

有渰萋萋 興雨祁祁 雨我公田 遂及我私
유엄처처 흥우기기 우아공전 수급아사
彼有不穫穉 此有不斂穧 彼有遺秉 此有滯穗 伊寡婦之利
피유불확치 차유불렴제 피유유병 차유체수 이과부지리

曾孫來止 以其婦子 饁彼南畝 田畯至喜
증손래지 이기부자 엽피남묘 전준지희
來方禋祀 以其騂黑 與其黍稷 以享以祀 以介景福
래방인사 이기성흑 여기서직 이향이사 이개경복

큰 밭1)

큰 밭에 심을 것이 많아
이미 씨를 골랐고 이미 농기구(農器具)를 갖추었으니
이미 이 일은 준비(準備)되었네.
내 날카로운 보습으로써
비로소 남(南)쪽 이랑에서 일하네.
그 온갖 곡식(穀食) 씨를 뿌렸는데
[그 싹이] 이미 곧고 또 커서
증손(曾孫)은 이것에서 [마음이] 순(順)해지네.2)

---

1) 〈大田(대전)〉은 周(주)나라 왕(王)이 전조(田祖)[=신농(神農)]에게 제사(祭祀)지내고 풍
   년(豐年)을 기원(祈願)하는 내용(內容)이다.
2) 大田(대전)은 큰 밭. 공전(公田)을 가리킨다. 多(다)는 많다. 稼(가)는 심다. 여기서는
   심을 곡식(穀食)을 말한다. 旣(기)는 이미, 벌써. 種(종)은 씨. 여기서는 씨를 고르다.
   戒(계)는 械(계)와 같다. 농사(農事)에 필요(必要)한 도구(道具), 농기구(農器具). 여기
   서는 농기구(農器具)를 갖추다. 備(비)는 갖추다, 준비(準備)하다. 乃(내)는 이. 事(사)
   는 일. 乃事(내사)는 씨를 고르는 일과 농기구(農器具)를 갖추는 일을 가리킨다. 以
   (이)는 수단(手段)을 나타내는 어조사(語助詞). ~으로써. 我(아)는 나. 여기서는 농부
   (農夫)를 가리킨다. 覃(염)은 날카롭다. 剡(염)과 같다. 耜(사)는 보습. 俶(숙)은 비로
   소. 載(재)는 일하다. 南(남)은 남(南)쪽. 畝(묘)는 이랑. 播(파)는 씨를 뿌리다. 厥
   (궐)은 그. 其(기)와 같다. 百穀(백곡)은 온갖 곡식(穀食)의 씨. 庭(정)은 곧다, 바르
   다. 여기서는 싹이 곧게 자라남을 뜻한다. 且(차)는 또. 碩(석)은 크다. 曾孫(증손)은
   周(주)나라 왕(王)을 가리킨다. 是(시)는 이것. 심은 곡식(穀食)이 잘 자라는 것을 뜻
   한다. 若(약)은 따르다. 順(순)과 같다. 여기서는 마음이 순(順)해지는 것을 말한다.

이미 이삭이 나고 이미 여물어가더니
이미 단단하고 이미 좋아
가라지가 아니며 강아지풀도 아니네.
그 마디충(蟲)·박각시나방 애벌레
및 그 뿌리 갉아 먹는 벌레·마디 갉아먹는 벌레를 제거(除去)하여
내 밭 어린 벼에 해(害)로움을 없게 하네.
전조(田祖)께서는 신령(神靈)함이 있으니
[해충(害蟲)을] 잡아 타오르는 불에 던져 주소서.3)

---

3) 方(방)은 송이. 房(방)과 통(通)한다. 여기서는 이삭을 뜻한다. 皁(조)는 이삭이 여물
어가다. 堅(견)은 단단하다. 好(호)는 좋다. 不(불)은 아니다. 稂(랑)은 가라지, 동량
(童粱). 莠(유)는 강아지풀, 구미초(狗尾草). 去(거)는 없애다, 제거(除去)하다. 其(기)
는 그. 螟(충)은 마디충(蟲). 螣(특)은 박
각시나방 애벌레. 잎을 갉아 먹는다. 及(급)은 및. 蟊(모)는 뿌리 갉아 먹는 해충(害
蟲). 賊(적)은 마디 갉아 먹는 벌레. 無(무)는 없다. 害(해)는 해롭다. 我田(아전)은
내 밭. 稚(치)는 어린 벼. 田祖(전조)는 농업(農業)의 신(神), 신농(神農). 有(유)는 있
다. 神(신)은 신령(神靈)함. 秉(병)은 잡다. 여기서는 해충(害蟲)을 잡다. 畀(비)는 주
다. 炎火(염화)는 타오르는 불.

비구름이 일어 흘러가더니
비구름이 몰려 [하늘에] 잔뜩 떠 있네.
내 공전(公田)에 비 내리더니
내 사전(私田)에도 두루 미치네.
[밭] 저쪽에는 거두지 않은 어린 벼가 있고
[밭] 이쪽에는 거두지 않은 볏단이 있네.
[밭] 저쪽에는 버려진 벼 한 줌의 단이 있고
[밭] 이쪽에는 남은 이삭이 있네.
이것들은 과부(寡婦)의 이득(利得)이라네.4)

---

4) 有渰(유엄)은 渰渰(엄엄)과 같다. 비구름이 이는 모습. 萋萋(처처)는 구름이 흘러가는
모습. 興(흥)은 일다. 여기서는 몰리다. 雨(우)는 비구름을 뜻한다. 祁祁(기기)는 많은
모습. 여기서는 잔뜩 떠 있는 모습. 雨(우)는 비 내리다. 公田(공전)은 大田(대전)과
같다. 정전법(井田法)에서 9등분(等分)한 논밭 중(中) 한복판에 있는 공유(公有)의 논
밭. 그 둘레의 사전(私田)을 부치는 여덟 집에서 경작(耕作)하여 그 수확(收穫)을 조세
(租稅)로 바쳤음. 遂(수)는 두루, 널리. 及(급)은 미치다. 私(사)는 사전(私田)을 말한
다. 彼(피)는 [밭의] 저쪽. 穉(치)는 거두다. 此(차)는 [밭의] 이쪽. 斂(렴)은 거두다.
穧(제)는 볏단. 遺(유)는 내버리다. 秉(병)은 벼 한 줌의 단. 滯(체)는 남다. 穗(수)는
이삭. 伊(이)는 이것. 是(시)와 같다. 寡婦(과부)는 남편(男便)이 죽어서 혼자 사는 여
자(女子). 之(지)는 ~의. 利(리)는 이득(利得), 복(福).

증손(曾孫)은 [권농(勸農)하러] 왔는데
[농부(農夫)는] 그 처자식(妻子息)을 데리고
저 남(南)쪽 밭으로 들밥을 내가게 하니
전준(田畯)은 지극(至極)히 기뻐하네. [증손(曾孫)이 제단(祭壇)으로]
와서 바야흐로 깨끗한 제사(祭祀)를 지내는데
그 붉은 소·검은 돼지·검은 양(羊)과
그 찰기장·메기장을 쓰셨네.
[전조(田祖)께] 그것을 드리고 그것으로 제사(祭祀)지내니
[전조(田祖)께서는] 큰 복(福)으로 도우리라.5)

---

5) 曾孫(증손)은 周(주)나라 왕(王)을 말한다. 來(래)는 오다. 止(지)는 구(句)의 끝에 놓
는 뜻없는 종결사(終結詞). 以(이)는 거느리다, 데리다. 婦子(부자)는 妻子(처자)와 같
다. 처자식(妻子息)을 말한다. 饁(엽)은 들밥 내가다. 田畯(전준)은 권농관(勸農官).
至(지)는 지극(至極)히. 喜(희)는 기뻐하다. 方(방)은 바야흐로. 禋(인)은 정결(淨潔)히
제사(祭祀)지내다. 祀(사)는 제사(祭祀). 以(이)는 쓰다, 사용(使用)하다. 騂(성)은 붉
은 소. 黑(흑)은 검은 색(色)의 돼지와 양(羊)을 가리킨다. 與(여)는 ~와. 黍稷(서직)
은 찰기장과 메기장. 以享(이향)은 [그것을] 드리다. 以(이)는 ~을(으로). 享(향)은 드
리다. 以祀(이사)는 [그것]으로 제사(祭祀)지내다. 以(이)는 而(이)와 같다. 그리고, 그
러니. 여기서는 풀이를 생략(省略)하였다. 介(개)는 돕다. 景福(경복)은 큰 복(福).

【雅-小雅-53】

(213) 瞻彼洛矣
첨 피 낙 의

瞻彼洛矣 維水泱泱 君子至止 福祿如茨 韎韐有奭 以作六師
첨 피 낙 의　유 수 앙 앙　군 자 지 지　복 록 여 자　매 겹 유 혁　이 작 육 사

瞻彼洛矣 維水泱泱 君子至止 鞸琫有珌 君子萬年 保其家室
첨 피 낙 의　유 수 앙 앙　군 자 지 지　병 봉 유 필　군 자 만 년　보 기 가 실

瞻彼洛矣 維水泱泱 君子至止 福祿既同 君子萬年 保其家邦
첨 피 낙 의　유 수 앙 앙　군 자 지 지　복 록 기 동　군 자 만 년　보 기 가 방

저 낙수(洛水)를 보니[1]

저 낙수(洛水)를 보니
강(江)물이 깊고 넓네.
군자(君子)께서 이르시니
[그분] 복록(福祿)은 이엉 없은 지붕 같네.
[군자(君子)께서] 새빨간 붉은 가죽 슬갑(膝甲) 입고
육군(六軍)을 일으키네.[2]

---

1) 〈瞻彼洛矣(첨피낙의)〉는 군자(君子)를 찬미(讚美)하는 내용(內容)이다. 여기서 군자(君子)는 周(주)나라 왕(王)을 가리킨다. 작자(作者)는 제후(諸侯) 가운데의 한 사람으로 보인다.

2) 瞻(첨)은 보다. 彼(피)는 저. 洛(낙)은 물 이름. 낙수(洛水)를 말한다. 矣(의)는 구(句)의 끝에서 다음 말을 일으키는 말. 維(유)는 어조(語調)를 고르는 어조사(語助詞). * 維(유)를 其(기)로 풀이하는 곳도 있다. 水(수)는 강(江)물. 泱泱(앙앙)은 물이 깊고 넓은 모습. 이 두 구(句)는 周(주)나라 왕(王)과 제후(諸侯)가 만난 지점(地點)을 말하고 있다. 君子(군자)는 周(주)나라 왕(王)을 가리킨다. 至(지)는 [모임 장소(場所)에] 이르다. 止(지)는 구(句)의 끝에 놓는 뜻 없는 종결사(終結詞). 福祿(복록)은 타고난 복(福)과 녹봉(祿俸). 如(여)는 같다. 茨(자)는 [이엉으로] 지붕을 이다. 여기서는 매우 많음을 뜻한다. 韎(매)는 붉은 가죽. 韐(겹)은 추위를 막기 위하여 바지 위에다 무릎까지 내려오게 껴입는 옷, 슬갑(膝甲). 천자(天子)가 병사(兵事)가 있을 때 입던 예복(禮服). 有奭(유혁)은 奭奭(혁혁)과 같다. 새빨간 모습. 奭(혁)은 붉다. 以(이)는 접속(接續)을 나타내는 어조사(語助詞). 而(이)와 같다. 作(작)은 일으키다, 기동(起動)하다. 起(기)와 같다. 六師(육사)는 六軍(육군)과 같다. 군제(軍制)에 따르면 일만 이천 오백 인(一萬二千五百人)을 군(軍)이라 하였다.

저 낙수(洛水)를 보니
강(江)물이 깊고 넓네.
군자(君子)께서 이르시니
[그분] 칼집의 장식(粧飾)은 예쁜 무늬 옥(玉)이네.
군자(君子)께서는 만년(萬年)토록
국가(國家)와 왕실(王室)을 지키소서.3)

저 낙수(洛水)를 보니
강(江)물이 깊고 넓네.
군자(君子)께서 이르시니
[그분] 복록(福祿)이 모두 모였네.
군자(君子)께서는 만년(萬年)토록
국가(國家)와 연방(聯邦)을 지키소서.4)

---

3) 鞞(병)은 칼집. 琫(봉)은 칼집 장식(粧飾). 有珌(유필)은 珌珌(필필)과 같다. 옥(玉)으로 아름답게 꾸민 모습. 珌(필)은 칼 장식(粧飾) 옥(玉). 萬年(만년)은 오랜 세월(歲月)을 뜻한다. 保(보)는 지키다, 보전(保全)하다. 其(기)는 어조(語調)를 고르는 어조사(語助詞). 家(가)는 국가(國家). 室(실)은 왕실(王室).
4) 旣(기)는 다하다. 여기서는 모두, 완전(完全)히. 同(동)은 모이다. 邦(방)은 나라, 제후(諸侯)의 봉토(封土). 여기서는 연방(聯邦)으로 풀이하였다.

(214) 裳裳者華
상 상 자 화

裳裳者華 其葉湑兮 我覯之子 我心寫兮
상 상 자 화 기 엽 서 혜 아 구 지 자 아 심 사 혜

我心寫兮 是以有譽處兮
아 심 사 혜 시 이 유 예 처 혜

裳裳者華 芸其黃矣 我覯之子 維其有章矣
상 상 자 화 운 기 황 의 아 구 지 자 유 기 유 장 의

維其有章矣 是以有慶矣
유 기 유 장 의 시 이 유 경 의

裳裳者華 或黃或白 我覯之子 乘其四駱
상 상 자 화 혹 황 혹 백 아 구 지 자 승 기 사 락

乘其四駱 六轡沃若
승 기 사 락 육 비 옥 약

左之左之 君子宜之 右之右之 君子有之
좌 지 좌 지 군 자 의 지 우 지 우 지 군 자 유 지

維其有之 是以似之
유 기 유 지 시 이 사 지

또렷하고 밝은 꽃[1]

또렷하고 밝은 꽃은
그 잎이 우거졌네.
내가 그대를 만나 보니
내 마음 후련하네.
내 마음 후련하니
이로써 즐거운 곳이 있네.[2]

또렷하고 밝은 꽃은
소담스러운 노란 꽃잎이네.
내가 그대를 만나 보니
그들은 문채(文彩)가 있네.
그들이 문채(文彩)가 있어
이로써 기쁨이 있네.[3]

---

1) 〈裳裳者華(상상자화)〉는 周(주)나라 왕(王)이 내조(來朝)한 제후(諸侯)를 찬미(讚美)하는 내용(內容)이다.
2) 裳裳(상상)은 常常(상상)과 같으며 아름답고 성(盛)한 모습. 여기서는 꽃이 선명(鮮明)한 모습. 여기서는 '뚜렷하고 밝은'으로 풀이하였다. 者(자)는 어세(語勢)를 세게 하는 어조사(語助詞). 華(화)는 꽃. 花(화)와 같다. 其(기)는 그. 葉(엽)은 잎. 湑(서)는 우거지다. 兮(혜)는 구(句)의 끝에서 어세(語勢)를 멈추었다가 다시 높이는 데 쓰이는 어조사(語助詞). 이 두 구(句)는 제후(諸侯)가 대대(代代)로 융성(隆盛)함을 비유(比喩)하고 있다. 我(아)는 나. 여기서는 천자(天子) 자신(自身)을 가리킨다. 覯(구)는 만나다. 之子(지자)는 그대. 여기서는 내조(來朝)한 제후(諸侯)를 가리킨다. 之(지)는 지시대명사(指示代名詞). 이, 그. 子(자)는 사람. 心(심)은 마음. 寫(사)는 털어내다. 瀉(사)와 같다. 여기서는 '후련하다'로 풀이하였다. 是以(시이)는 이로써, 이 때문에. 有(유)는 있다. 譽(예)는 즐기다. 處(처)는 곳.
3) 芸其(운기)는 芸芸(운운)과 같다. 성(盛)한 모습. 여기서는 잎이 소담스러운 것으로 풀이하였다. 黃(황)은 노란 꽃잎을 말한다. 矣(의)는 앞의 兮(혜)의 쓰임과 같다. 이 구(句)도 제후(諸侯)의 융성(隆盛)함을 비유(比喩)하고 있다. 維(유)는 발어사(發語詞). 이. 여기서는 풀이를 생략(省略)하였다. 其(기)는 그들. 제후(諸侯)를 가리킨다. 章(장)은 문채(文彩). 여기서는 재화(才華)를 뜻한다. 慶(경)은 경사(慶事), 기쁨.

또렷하고 밝은 꽃이
어떤 것은 노랗고 어떤 것은 희네.
내가 그대를 만나 보니
네 마리 가리온이 모는 수레를 탔네.
네 마리 가리온이 모는 수레를 탔는데
여섯 가닥 고삐가 반지르르하네.[4]

말을 왼쪽으로 몰아 말이 왼쪽으로 가니
군자(君子)는 말 모는 방법(方法)이 마땅했네.
말을 오른쪽으로 몰아 말이 오른쪽으로 가니
군자(君子)는 말 모는 방법(方法)을 터득(攄得)했네.
이런 그들이 말 모는 방법(方法)을 터득(攄得)했으니
이로써 선조(先祖)의 자리를 이어 가겠네.[5]

---

4) 或(혹)은 어떤 것. 여기서는 어떤 꽃을 가리킨다. 白(백)은 희다. 이 두 구(句)는 인
재(人才)의 다양(多樣)함을 비유(比喻)하고 있다. 乘(승)은 타다. 其(기)는 어조(語調)
를 고르는 어조사(語助詞). 四(사)는 네 마리를 뜻한다. 駱(락)은 검은 갈기의 흰 말인
가리온. 六轡(육비)는 여섯 가닥 고삐. 沃若(옥약)은 광택(光澤)이 있는 모양. 여기서
는 '반지르르하다'로 풀이하였다.
5) 左(좌)는 왼쪽으로 몰다. 之(지)는 그것. 말을 가리킨다. 左(좌)는 왼쪽으로 가다. 다
음 구(句)의 右(우)도 마찬가지이다. 君子(군자)는 제후(諸侯)를 가리킨다. 宜(의)는 마
땅하다. 之(지)는 그것. 말 모는 방법(方法)을 가리킨다. 有(유)는 가지다. 여기서는
터득(攄得)하다. 之(지)는 그것. 말 모는 방법(方法)을 뜻한다. 維(유)는 발어사(發語
詞). 이. 여기서는 '이런'으로 풀이하였다. 似(사)는 잇다. 여기서는 선조(先祖)의 군
위(君位)를 이어 감을 가리킨다. 之(지)는 그것. 여기서는 선조(先祖)의 군위(君位)를
말한다.

(215) 桑扈
_상 _호

交交桑扈 有鶯其羽 君子樂胥 受天之祜
_{교교상호} _{유앵기우} _{군자낙서} _{수천지호}

交交桑扈 有鶯其領 君子樂胥 萬邦之屏
_{교교상호} _{유앵기령} _{군자낙서} _{만방지병}

之屏之翰 百辟爲憲 不戢不難 受福不那
_{지병지한} _{백벽위헌} _{부즙불나} _{수복불나}

兕觥其觩 旨酒思柔 彼交匪敖 萬福來求
_{시굉기구} _{지주사유} _{피교비오} _{만복래구}

콩새[1]

자그마한 콩새는
그 깃이 곱고 곱네.
군자(君子)들은 모두 즐기고
하늘의 복(福)을 받아라.[2]

---

1) 〈桑扈(상호)〉는 周(주)나라 왕(王)이 제후(諸侯)에게 잔치 베푸는 내용(內容)이다.
2) 交交(교교)는 작은 모습. 여기서는 '자그마한'으로 풀이하였다. *交交(교교)를 새 울음소리로 풀이하는 곳도 있다. '찌~찌~'로 소리가 난다. 桑扈(상호)는 콩새, 절지(竊脂). 有鶯(유앵)은 鶯鶯(앵앵)과 같다. 새 깃의 아름다운 모습. 여기서는 '곱고 곱네'로 풀이하였다. 其(기)는 그. 羽(우)는 깃. 이 두 구(句)는 제후(諸侯)가 재화(才華)가 있음을 비유(比喩)한다. 다음 장(章)도 마찬가지이다. 君子(군자)는 제후(諸侯)를 가리킨다. 樂(락)은 즐기다. 胥(서)는 모두. *胥(서)를 어조사(語助詞)로 풀이하는 곳도 있다. 受(수)는 받다. 天(천)은 하늘. 之(지)는 ~의. 祜(호)는 복(福).

자그마한 콩새는
그 목이 곱고 곱네.
군자(君子)들은 모두 즐겨라.
[그대들은] 모든 나라의 울타리로다.3)

이 울타리와 이 기둥인
제후(諸侯)는 본보기가 되네.
온화(溫和)하고 절도(節度) 있어
복(福) 받음이 많도다.4)

외뿔들소 뿔잔(盞)은 굽었고
맛있는 술은 부드럽네.
[말이] 엇갈리지 않고 [행동(行動)이] 거만(倨慢)하지 않으니
온갖 복(福)이 와서 모이도다.5)

---

3) 領(령)은 목. 萬邦(만방)은 모든 나라. 屛(병)은 울타리. 여기서는 나라를 보위(保衛)
하는 중신(重臣)을 뜻한다.
4) 之(지)는 이. 是(시)와 같다. 翰(한)은 담을 쌓을 때 양쪽에 세우는 나무 기둥, 정간
(楨幹). 幹(간)과 같다. 百辟(백벽)은 제후(諸侯). 百(백)은 온, 모든. 辟(벽)은 임금.
爲(위)는 되다. 憲(헌)은 법(法), 본보기. 不(부)는 어조사(語助詞)로 해석(解釋)되지
않는다. *'크다'의 뜻을 지닌 丕(비)로 풀이하는 것을 포함(包含)하여 몇 가지 해석(解
釋)이 있으나 생략(省略)하였다. 戢(즙)은 온화(溫和)하다. 難(나)는 절도(節度) 있게
걷다. 儺(나)와 같다. 여기서는 '절도(節度) 있다'로 풀이하였다. 受福(수복)은 복(福)
을 받다. 那(나)는 많다. 多(다)와 같다.
5) 兕(시)는 외뿔들소. 觥(굉)은 뿔잔(盞). 其觩(기구)는 觩觩(구구)와 같다. 뿔이 굽은
모습. 旨(지)는 맛있다. 酒(주)는 술. 思柔(사유)는 柔柔(유유)와 같다. 부드러운 모
습. 여기서는 술맛이 좋음을 뜻한다. 其(기)와 思(사)는 어조사(語助詞)로 쓰였다. 彼
(피)는 아니다. 匪(비)와 같다. 交(교)는 엇갈리다. 여기서는 말을 함부로 하는 것을
뜻한다. 敖(오)는 거만(倨慢)하다. 傲(오)와 같다. 萬福(만복)은 온갖 복(福). 來(래)는
오다. 求(구)는 모이다. 逑(구)와 같다.

【雅-小雅-56】

(216) 鴛 鴦
원 앙

鴛鴦于飛 畢之羅之 君子萬年 福祿宜之
원앙우비 필지나지 군자만년 복록의지

鴛鴦在梁 戢其左翼 君子萬年 宜其遐福
원앙재량 즙기좌익 군자만년 의기하복

乘馬在廄 摧之秣之 君子萬年 福祿艾之
승마재구 좌지말지 군자만년 복록애지

乘馬在廄 秣之摧之 君子萬年 福祿綏之
승마재구 말지최지 군자만년 복록수지

원앙(鴛鴦)새1)

원앙(鴛鴦)새가 날아가니

그것을 작은 그물로 잡고 [싶고] 그것을 큰 그물로 잡고 [싶네.]

군자(君子)는 만년(萬年)토록

복록(福祿)이 그에게 마땅하기를 [바라네.]2)

---

1) 〈鴛鴦(원앙)〉은 귀족(貴族)의 신혼(新婚)을 축하(祝賀)하는 내용(內容)이다.
2) 鴛鴦(원앙)은 원앙(鴛鴦)새. 화목(和睦)하고 금실이 좋은 부부(夫婦)를 상징(象徵)한다. 于(우)는 구(句) 가운데에서 어조(語調)를 고르게 하는 어조사(語助詞)로 뜻이 없다. 飛(비)는 날다. 畢(필)은 새 사냥에 쓰이는 자루가 달린 작은 그물. 여기서는 동사(動詞)로 쓰였다. 之(지)는 그것. 원앙(鴛鴦)을 가리킨다. 羅(라)는 땅 위에 펼쳐서 새를 잡는데 쓰이는 자루가 없는 큰 그물. 여기서는 동사(動詞)로 쓰였다. 이 두 구(句)는 사이좋은 원앙(鴛鴦)새를 잡아 곁에 둔다는 것은 부부(夫婦)의 화락(和樂)함을 추구(追求)함을 뜻한다. 君子(군자)는 신랑(新郎)을 가리킨다. 萬年(만년)은 오랫동안, 만년(萬年)토록. 복록(福祿)은 행복(幸福)하고 영화(榮華)로운 삶을 말한다. 宜(의)는 마땅하다. 之(지)는 그 사람. 君子(군자)를 가리킨다.

雅(아)　173

원앙(鴛鴦)새가 방죽에 있으면서
[쉬려고 부리를] 왼쪽 날개 속에 넣었네.
군자(君子)는 만년(萬年)토록
긴 복(福)에 마땅하기를 [바라네.]3)

네 마리 말이 외양간(間)에 있어
꼴 베어 말 먹이고 곡물(穀物)로 말 먹이네.
군자(君子)는 만년(萬年)토록
복록(福祿)이 그를 돕기를 [바라네.]4)

네 마리 말이 외양간(間)에 있어
곡물(穀物)로 말 먹이고 꼴 베어 말 먹이네.
군자(君子)는 만년(萬年)토록
복록(福祿)이 그를 편안(便安)히 하기를 [바라네.]5)

---

3) 在(재)는 있다. 梁(량)은 방죽. 戢(즙)은 모으다. 여기서는 원앙(鴛鴦)이 쉴 때에 부리
를 날개 속에 끼워 넣는 것을 말한다. 揷(삽)과 같다. 其(기)는 어조(語調)를 고르는 어
조사(語助詞). 左翼(좌익)은 왼쪽 날개. 이 두 구(句)는 사이좋게 쉬는 원앙(鴛鴦)새처럼
신혼(新婚) 부부(夫婦)도 정(情)답게 쉬는 것을 비유(比喩)하고 있다. 遐(하)는 길다.

4) 乘(승)은 네 필(匹)의 말. 馬(마)는 말. 廐(구)는 마구간(馬廐間), 외양간(間). 摧(좌)
는 꼴 베다. 여기서는 꼴 베어 말 먹이는 것을 가리킨다. 莝(좌)와 같다. 之(지)는 그
것. 말을 가리킨다. 秣(말)은 곡물(穀物)로 말을 먹이다. 이 두 구(句)는 혼례(婚禮)
가운데 친영(親迎)의 예(禮)를 준비(準備)하고 있음을 나타낸다. 艾(애)는 돕다.

5) 綏(수)는 편안(便安)하다. 安(안)과 같다.

(217) 頍弁
규 변

有頍者弁　實維伊何　爾酒既旨　爾殽既嘉　豈伊異人　兄弟匪他
유규자변　실유이하　이주기지　이효기가　기이이인　형제비타
蔦與女蘿　施于松柏　未見君子　憂心奕奕　既見君子　庶幾說懌
조여여라　시우송백　미견군자　우심혁혁　기견군자　서기열역

有頍者弁　實維何期　爾酒既旨　爾殽既時　豈伊異人　兄弟具來
유규자변　실유하기　이주기지　이효기시　기이이인　형제구래
蔦與女蘿　施于松上　未見君子　憂心怲怲　既見君子　庶幾有臧
조여여라　이우송상　미견군자　우심병병　기견군자　서기유장

有頍者弁　實維在首　爾酒既旨　爾殽既阜　豈伊異人　兄弟甥舅
유규자변　실유재수　이주기지　이효기부　기이이인　형제생구
如彼雨雪　先集維霰　死喪無日　無幾相見　樂酒今夕　君子維宴
여피우설　선집유산　사상무일　무기상견　낙주금석　군자유연

뾰족한 모자(帽子)1)

뾰족한 모자(帽子) 쓰고
실(實)로 이렇게 무엇을 하나?
그대 술은 원래(元來) 맛있고
그대 안주(按酒)는 원래(元來) 좋네.
어찌 이들이 다른 사람이겠는가?
형제(兄弟)이지 딴 사람이 아니라네.
담쟁이와 여라(女蘿)가
소나무잣나무에 뻗어 있네.
군자(君子)를 만나 보지 못하면
걱정하는 마음으로 시름겨웠네.
이미 군자(君子)를 보게 되니
거의 기쁘고 흐뭇하네.2)

---

1) 〈頍弁(규변)〉은 周(주)나라 왕(王)이 형제(兄弟)와 친척(親戚)들에게 잔치를 베푸는 내용(內容)이다.
2) 有頍(유규)는 頍頍(규규)와 같다. 뿔처럼 뾰족한 모습. 여기서는 모자(帽子)의 모습을 말한다. 者(자)는 어세(語勢)를 세게 하는 어조사(語助詞). 弁(변)은 모자(帽子). 여기서는 사슴 가죽으로 만든 皮弁(피변)을 가리킨다. 대부(大夫)가 썼던 모자(帽子). 實(실)은 실(實)로. 維(유)는 발어사(發語詞). 이, 이렇게. 伊(이)는 동작(動作)이나 상태(狀態)를 형용(形容)하는 어조사(語助詞). 何(하)는 무엇, 무엇하나?. 爾(이)는 그대. 잔치를 베푼 周(주)나라 왕(王)을 가리킨다. 酒(주)는 술. 旣(기)는 이미, 원래(元來). 旨(지)는 맛있다. 殽(효)는 안주(按酒). 嘉(가)는 훌륭하다, 좋다. 豈(기)는 어찌. 伊(이)은 이, 이들. 是(시)와 같다. 異人(이인)은 다른 사람. 兄弟(형제)는 周(주)나라 왕(王)의 형제(兄弟)를 가리킨다. 匪(비)는 아니다. 他(타)는 다른 사람. 蔦(조)는 담쟁이. 與(여)는 ~와. 女蘿(여라)는 이끼의 한 가지며 암수딴그루로 나무 위에 난다. 줄기는 실처럼 가늘고 길며 몸에 광택(光澤)이 있다. 施(시)는 뻗다. 于(우)는 ~에. 松(송)은 소나무. 柏(백)은 잣나무. 이 두 구(句)는 兄弟親戚(형제친척)들이 周(주)나라 왕(王)에게 의지(依支)해서 살아가고 있음을 비유(比喩)한다. 未(미)는 아니다. 見(견)은 보다. 君子(군자)는 周(주)나라 왕(王)을 가리킨다. 憂心(우심)은 걱정하는 마음. 奕奕(혁혁)은 심신(心神)이 불안정(不安定)한 모양. 여기서는 '시름겹다'로 풀이하였다. 旣(기)는 이미. 庶幾(서기)는 거의, 가까움. 說(열)은 기쁘다. 悅(열)과 같다. 懌(역)은 기뻐하다, 흐뭇하다.

뾰족한 모자(帽子) 쓰고
실(實)로 이렇게 무엇을 하나?
그대 술은 원래(元來) 맛있고
그대 안주(按酒)는 원래(元來) 훌륭하네.
어찌 이들이 다른 사람이겠는가?
형제(兄弟)들이 함께 왔네.
담쟁이와 여라(女蘿)가
소나무 위에까지 뻗어 있네.
군자(君子)를 만나 보지 못하면
걱정하는 마음으로 근심 가득 찼었네.
이미 군자(君子)를 보게 되니
거의 좋은 곳에 있게 되었네.3)

---

3) 期(기)는 어기사(語氣詞)로 其(기)와 같다. 여기서는 의문(疑問)을 나타낸다. 時(시)는
좋다, 훌륭하다. 具(구)는 함께. 來(래)는 오다. 松上(송상)은 소나무 위. 怲怲(병병)
은 근심이 가득 찬 모습. 有(유)는 있다. 臧(장)은 좋다. 여기서는 좋은 곳을 말한다.

뾰족한 모자(帽子)가
실(實)로 이렇게 머리에 있네.
그대 술은 원래(元來) 맛있고
그대 안주(按酒)는 원래(元來) 많네.
어찌 이들이 다른 사람이겠는가?
형제(兄弟)와 생질(甥姪)과 외삼촌(外三寸)들이네.
저 눈 오는 것 같이
먼저 내리는 것은 이런 진눈깨비이라네.
죽어 없어지는 것이 어느 날인지 알 수 없고
서로 볼 날도 거의 없다네.
오늘 저녁에는 술을 즐기고
군자(君子)는 오직 즐기기만 하소서.[4]

---

4) 在(재)는 있다. 首(수)는 머리. 阜(부)는 많다, 풍부(豊富)하다. 甥(생)은 누이의 아들
인 생질(甥姪). 舅(구)는 외삼촌(外三寸). 如(여)는 같다. 彼(피)는 저. 雨(우)는 오다,
내리다. 雪(설)은 눈. 先(선)은 먼저. 集(집)은 내리다, 비가 오다. 維(유)는 발어사
(發語詞). 이, 이런. 霰(산)은 싸라기눈. 여기서는 진눈깨비를 뜻한다. 진눈깨비는 눈
이 내릴 조짐을 가리킨다. 이 두 구(句)는 눈이든 진눈깨비든 곧 사라지듯이 주어진
시간(時間)도 빨리 가버릴 것을 암시(暗示)하고 있다. 死喪(사상)은 죽어 없어지다. 無
日(무일)은 정(定)해진 날이 없음, 어느 날인지 알 수 없음. 無幾(무기)는 거의 없다.
相見(상견)은 서로 보다. 樂(락)은 즐기다. 酒(주)는 술. 今夕(금석)은 오늘 저녁. 維
(유)는 다만. 唯(유)와 같다. 宴(연)은 즐겁게 누리다.

(218) 車 舝
거 할

間關車之舝兮 思孌季女逝兮
간 관 거 지 할 혜 사 련 계 녀 서 혜

匪飢匪渴 德音來括 雖無好友 式燕且喜
비 기 비 갈 덕 음 래 괄 수 무 호 우 식 연 차 희

依彼平林 有集維鷮 辰彼碩女 令德來敎 式燕且譽 好爾無射
의 피 평 림 유 집 유 교 진 피 석 녀 영 덕 래 교 식 연 차 예 호 이 무 역

雖無旨酒 式飮庶幾 雖無嘉殽 式食庶幾 雖無德與女 式歌且舞
수 무 지 주 식 음 서 기 수 무 가 효 식 식 서 기 수 무 덕 여 녀 식 가 차 무

陟彼高岡 析其柞薪 析其柞薪 其葉湑兮 鮮我覯爾 我心寫兮
척 피 고 강 석 기 작 신 석 기 작 신 기 엽 서 혜 선 아 구 이 아 심 사 혜

高山仰止 景行行止 四牡騑騑 六轡如琴 覯爾新昏 以慰我心
고 산 앙 지 경 행 행 지 사 모 비 비 육 비 여 금 구 이 신 혼 이 위 아 심

수레 비녀장[1]

수레바퀴 굴대의 비녀장은 삐걱거리고
아가씨가 시(媤)집오는 것을 그리워하네.
배고프지도 않고 목마르지도 아니함은
덕(德)과 [고운] 말을 [갖춘 그녀가 내게] 와서 함께하기 때문이네.
비록 좋은 벗이 없어도
잔치하고 또 기뻐할 것입니다.[2]

---

1) 〈車舝(거할)〉은 작자(作者)인 신랑(新郎)이 수레를 타고 신부(新婦)를 맞이하러 가는
   도중(途中)의 심경(心境)을 노래한 내용(內容)이다.
2) 間關(간관)은 의성어(擬聲語)로 수레바퀴가 움직일 때 비녀장에서 나는 소리. 여기서
   는 '삐걱거리다'로 풀이하였다. 車(거)는 수레. 여기서는 수레바퀴의 굴대를 가리킨다.
   之(지)는 ~의. 舝(할)은 굴대의 머리 구멍에 끼우는 큰 못. 비녀장. 兮(혜)는 구(句)의
   끝에 놓여 어세(語勢)를 멈추었다가 다시 높이는 데 쓰이는 어조사(語助詞). 思(사)는
   어조(語調)를 고르는 어조사(語助詞). 孌(련)은 戀(련)과 같다. 그리워하다. 季女(계녀)
   는 少女(소녀), 아가씨. 신부(新婦)를 가리킨다. 逝(서)는 가다, 시(媤)집가다. 여기서
   는 시(媤)집오는 것을 뜻한다. 匪(비)는 아니다. 飢(기)는 배고픔. 渴(갈)은 목마름.
   德(덕)은 덕행(德行). 音(음)은 [고운] 말씨. 德音(덕음)은 덕음(德音)을 갖춘 아가씨를
   말한다. 來(래)는 오다. 括(괄)은 묶다. 여기서는 결합(結合)함을 뜻한다. 雖(수)는 비
   록. 無(무)는 없다. 호우(好友)는 좋은 벗. 式(식)은 어조(語調)를 고르는 어조사(語助
   詞). 燕(연)은 잔치하다. 宴(연)과 같다. 且(차)는 또. 喜(희)는 기뻐하다.

무성(茂盛)한 평원(平原)의 숲에
이 긴 꽁지 꿩이 모여 있네.
아름다운 저 늘씬한 아가씨가
착한 덕(德)으로 [내게] 와서 가르치겠지요.
잔치하고 또 즐기며
그대를 좋아함에 싫어함이 없겠지요. 3)

비록 맛있는 술이 없어도
[맛없는 술이라도 함께] 마시기를 바라네.
비록 좋은 안주(按酒)가 없어도
[하찮은 안주(按酒)라도 함께] 먹기를 바라네.
비록 [내가] 덕(德)이 없지만 그대와 함께
노래하고 또 춤추겠어요. 4)

---

3) 依彼(의피)는 依依(의의)와 같다. 무성(茂盛)한 모습. 平(평)은 평원(平原). 林(림)은
  숲. 有(유)는 어조(語調)를 고르는 어조사(語助詞). 集(집)은 모이다. 여기서는 서식
  (棲息)함을 뜻한다. 維(유)는 이. 是(시)와 같다. 鷮(교)는 긴꽁지꿩. 이 두 구(句)는
  현숙(賢淑)한 여인(女人)이 부모(父母)의 집에 있음을 비유(比喩)하고 있다. 辰(진)은
  아름다운 모습. 彼(피)는 저. 碩(석)은 크다. 碩女(석녀)는 季女(계녀)를 말한다. 令
  (령)은 착하다. 敎(교)는 가르치다. 譽(예)는 즐기다. 好(호)는 좋아하다. 爾(이)는 너,
  그대. 季女(계녀)를 말한다. 射(역)은 싫어하다. 斁(역)과 같다.
4) 旨酒(지주)는 맛있는 술. 飮(음)은 마시다. 庶幾(서기)는 바라건대. 嘉殽(가효)는 좋은
  안주(按酒). 食(식)은 먹다. 與(여)는 ~와 더불어, 함께. 女(여)는 그대. 汝(여)와 같
  다. 季女(계녀)를 말한다. 歌(가)는 노래하다. 舞(무)는 춤추다.

저 높은 언덕에 올라
그 떡갈나무 땔감을 자르네.
그 떡갈나무 땔감을 자르니
그 잎은 우거졌네.
내가 그대를 만나게 되면 [기분(氣分)이] 좋아져
내 마음이 후련해지겠네.5)

높은 산(山)을 우러러보며
큰길을 가네.
네 마리 수말은 계속(繼續) 달리고
여섯 가닥의 고삐는 거문고 줄과 같이 [가지런하네.]
그대를 만나 신혼(新婚) 살림하게 되었으니
따라서 내 마음은 위안(慰安)이 되네요.6)

---

5) 陟(척)은 오르다. 高岡(고강)은 높은 언덕. 析(석)은 쪼개다, 자르다. 其(기)는 그. 柞
   (작)은 떡갈나무. 薪(신)은 땔감. 이 구(句)는 혼인(婚姻)을 비유(比喩)한다. 葉(엽)은
   잎. 湑(서)는 우거진 모습. 이 구(句)는 季女(계녀)의 젊고 아름다움을 비유(比喩)한
   다. 鮮(선)은 좋다. 我(아)는 나. 신랑(新郎)을 가리킨다. 覯(구)는 만나다. 心(심)은
   마음. 寫(사)는 털어내다. 여기서는 '후련해지다'로 풀이하였다.
6) 高山(고산)은 높은 산(山). 仰(앙)은 우러러보다. 止(지)는 어조사(語助詞). 문말(文末)
   에 놓는 뜻 없는 종결사(終結詞). 景行(경행)은 큰길. 行(행)은 가다. 高山(고산)과 景
   行(경행)은 季女(계녀)의 미덕(美德)을 비유(比喩)한다. 四牡(사모)는 네 마리 수말. 騑
   騑(비비)는 말이 계속(繼續) 달리는 모습. 六轡(육비)는 여섯 가닥의 고삐. 如(여)는 같
   다. 琴(금)은 거문고. 여기서는 거문고 줄을 말한다. 新昏(신혼)은 新婚(신혼)과 같다.
   여기서는 '신혼(新婚) 살림을 하다'로 풀이하였다. 以(이)는 접속(接續)을 나타내는 어
   조사(語助詞). 而(이)와 같다. 여기서는 '따라서'로 풀이하였다. 慰(위)는 위안(慰安).

(219) 靑 蠅
청 승

營營靑蠅 止于樊 豈弟君子 無信讒言
영영청승 지우번 개제군자 무신참언

營營靑蠅 止于棘 讒人罔極 交亂四國
영영청승 지우극 참인망극 교란사국

營營靑蠅 止于榛 讒人罔極 構我二人
영영청승 지우진 참인망극 구아이인

금파리[1]

윙윙거리는 금파리가
울타리에 모여드네.
화락(和樂)하고 편안(便安)한 군자(君子)는
참언(讒言)을 믿지 마소서.[2]

---

1) 〈靑蠅(청승)〉은 참인(讒人)이 사람을 해(害)치고 나라를 어지럽히는 것에 대하여 우려 (憂慮)하는 내용(內容)이다.
2) 營營(영영)은 의성어(擬聲語). 금파리가 나는 소리. 여기서는 '윙윙거리다'로 풀이하였 다. 靑蠅(청승)은 금파리. 참인(讒人)을 가리킨다. 止(지)는 머물다, 모여들다. 于(우) 는 ~에. 樊(번)은 울타리. 이 두 구(句)는 참인(讒人)이 이곳저곳 돌아다니며 참언(讒 言)하는 것을 비유(比喩)한다. 豈(개)는 화락(和樂)하다. 弟(제)는 편안(便安)하다. 君 子(군자)는 周 (주)나라 왕(王)을 가리킨다. 無(무)는 말라. 信(신)은 믿다. 讒言(참언) 은 거짓으로 꾸며서 다른 사람을 헐뜯어 일러바치는 말.

윙윙거리는 금파리가
멧대추나무에 모여드네.
참소(讒訴)하는 사람은 [참언(讒言)을] 그만둠이 없어
사방(四方) 나라를 모두 어지럽히네.³⁾

윙윙거리는 금파리가
개암나무에 모여드네.
참소(讒訴)하는 사람은 [참언(讒言)을] 그만둠이 없어
우리 두 사람을 [죄(罪)에] 얽어매려 하네.⁴⁾

---

3) 棘(극)은 멧대추나무. 讒人(참인)은 남을 해(害)치려고 거짓으로 죄를 꾸며 일러바치
   는 사람. 罔(망)은 없다. 極(극)은 끝, 그만두다. 交(교)는 모두. 亂(란)은 어지럽히
   다. 四國(사국)은 사방(四方) 제후(諸侯)의 나라.
4) 榛(진)은 개암나무. 構(구)는 [죄에] 얽어매다. *構(구)를 '이간(離間)시키다'로 풀이하
   는 곳도 있다. 我二人(아이인)은 우리 두 사람. 작자(作者)와 참언(讒言)을 듣는 사람.

(220) 賓之初筵
빈지초연

賓之初筵　左右秩秩　籩豆有楚　殽核維旅
빈지초연　좌우질질　변두유초　효핵유려

酒既和旨　飲酒孔偕　鍾鼓既設　舉酬逸逸
주기화지　음주공해　종고기설　거수일일

大侯既抗　弓矢斯張　射夫既同　獻爾發功　發彼有的　以祈爾爵
대후기항　궁시사장　사부기동　헌이발공　발피유적　이기이작

籥舞笙鼓　樂既和奏　烝衎烈祖　以洽百禮　百禮既至　有壬有林
약무생고　악기화주　증간열조　이흡백례　백례기지　유임유림

錫爾純嘏　子孫其湛　其湛曰樂　各奏爾能
석이순하　자손기담　기담왈락　각주이능

賓載手仇　室人入又　酌彼康爵　以奏爾時
빈재수구　실인입우　작피강작　이주이시

賓之初筵　溫溫其恭　其未醉止　威儀反反
빈지초연　온온기공　기미취지　위의반반

曰其醉止　威儀幡幡　舍其坐遷　屢舞僊僊
왈기취지　위의번번　사기좌천　누무선선

其未醉止　威儀抑抑　曰既醉止　威儀怭怭　是曰既醉　不知其秩
기미취지　위의억억　왈기취지　위의필필　시왈기취　부지기질

賓既醉止　載號載呶　亂我籩豆　屢舞僛僛
빈기취지　재호재노　난아변두　누무기기

是曰既醉　不知其郵　側弁之俄　屢舞傞傞
시왈기취　부지기우　측변지아　누무사사

既醉而出　並受其福　醉而不出　是謂伐德　飲酒孔嘉　維其令儀
기취이출　병수기복　취이불출　시위벌덕　음주공가　유기영의

凡此飲酒　或醉或否　既立之監　或佐之史　彼醉不臧　不醉反恥
범차음주　혹취혹부　기립지감　혹좌지사　피취부장　불취반치

式勿從謂　無俾大怠　匪言勿言　匪由勿語
식물종위　무비대태　비언물언　비유물어

由醉之言　俾出童羖　三爵不識　矧敢多又
유취지언　비출동고　삼작불식　신감다우

손님께서 처음 대자리에 앉으니[1]

손님이 처음 대자리에 앉으니
왼쪽오른쪽 [모두] 반듯하고 가지런하네.
대그릇나무그릇이 나란하고
고기와 나물말린 과일이 이렇게 순서(順序)대로 차려지네.
술은 이미 깨끗하고 맛있으며
술을 마심은 매우 알맞네.
종(鍾)과 북이 이미 설치(設置)되고
[술잔(盞)을] 들고 [술잔(盞)을] 돌림은 차서(次序)가 있네.
큰 과녁은 이미 세워졌고
활에 화살은 메겨지네.
사부(射夫)는 이미 모였고 [활을 쏜 뒤에]
상대(相對)에게 쏜 성적(成績)을 아뢰네.
저 과녁을 쏘아 [맞힘으로써]
[활쏘기에서 진] 상대(相對)에게 술잔(盞) 들이키기를 구(求)하네.[2]

---

1) 〈賓之初筵(빈지초연)〉은 대사례(大射禮)의 과정(過程)과 그 뒤의 잔치에서 음주(飮酒)
가 무도(無道)함을 풍자(諷刺)한 내용(內容)이다.
2) 賓(빈)은 손님. 여기서는 대사례(大射禮)에 참석(參席)한 군신(群臣)을 가리킨다. 之
(지)는 ~이. 初(초)는 처음. 筵(연)은 대자리. 여기서는 동사(動詞)로 쓰였다. 대자리
에 앉다. 左右(좌우)는 연석(筵席)의 왼쪽과 오른쪽. 왼쪽은 동(東), 오른쪽은 서(西)를
가리킨다. 주인(主人)인 제후(諸侯)는 동(東)쪽에 앉고 손님은 서(西)쪽에 앉는다. 秩秩
(질질)은 질서(秩序) 정연(整然)한 모습. 여기서는 '반듯하고 가지런하다'로 풀이하였
다. 籩(변)은 과일이나 건육(乾肉)을 담는 대그릇. 굽이 높고 뚜껑이 있다. 豆(두)는
나무로 만든 굽 높은 그릇. 有楚(유초)는 楚楚(초초)와 같다. 행렬(行列)이 정제(整齊)
된 모습. 여기서는 '나란하다'로 풀이하였다. 殽(효)는 豆(두)에 담는 고기와 나물. 核
(핵)은 籩(변)에 담는 건과(乾果). 維(유)는 어조(語調)를 고르는 어조사(語助詞). 여기
서는 '이렇게'로 풀이하였다. 旅(려)는 臚(려)의 가차자(假借字). 순서(順序)대로 늘어놓
다. 酒(주)는 술. 旣(기)는 이미. 和(화)는 순화(醇和), 순수(純粹), 깨끗함. 旨(지)는
맛있다. 飮酒(음주)는 술을 마시다. 孔(공)은 매우. 偕(해)는 알맞다, 정돈(整頓)되다.
鍾鼓(종고)는 종(鍾)과 북. 設(설)은 세우다, 설치(設置)하다. 擧(거)는 [술잔을] 들다.

약무(籥舞)를 춤추는데 생황(笙簧) 불고 북 치니
가락은 이미 조화(調和)롭고 [잘] 연주(演奏)되네.
[음악(音樂)을] 드려 창업(創業) 선조(先祖)를 즐겁게 함에
[음악(音樂)]으로써 온갖 의례(儀禮)에 합(合)쳤네.
온갖 의례(儀禮)가 이미 갖추어지니
성대(盛大)하고 가지런하네.
[선조(先祖)께서] 너에게 큰 복(福)을 주니
자손(子孫)은 기뻐하네.
기뻐하고 즐거워하며
각각(各各) 자신(自身)의 [활쏘기] 솜씨를 아뢰네.
손님은 곧 [활쏘기 겨룰] 짝을 선택(選擇)하고
주인(主人)은 또 [사선(射線)으로] 들어가네.
[활쏘기가 끝나고] 저 큰 술잔(盞)에 [술을] 부어
그대의 [활쏘기를] 잘한 사람에게 드리네.3)

酬(수)는 술잔(盞)을 돌리다. 元來(원래)의 글자는 [酬:州←壽]이다. 逸逸(일일)은 오고
감에 차서(次序)가 있는 모습. 大侯(대후)는 큰 과녁. 抗(항)은 들다. 여기서는 세우다.
弓(궁)은 활. 矢(시)는 화살. 斯(사)는 어조(語調)를 고르는 어조사(語助詞). 張(장)은
메기다, 시위에 물리다. 射夫(사부)는 활쏘기에 참가(參加)한 사람. 同(동)은 모이다.
獻(헌)은 아뢰다. 爾(이)는 그대. 여기서는 상대(相對)를 뜻한다. 發(발)은 쏘다. 功(공)
은 성적(成績). 彼(피)는 저. 有(유)는 어조(語調)를 고르는 어조사(語助詞). 的(적)은
과녁. 以(이)는 접속(接續)의 뜻을 지닌 어조사(語助詞). 而(이)와 같다. 祈(기)는 구
(求)하다. 爵(작)은 술잔(盞). 여기서는 벌주(罰酒)를 마신다는 뜻이다.
3) 籥(약)은 피리. 籥舞(약무)는 피리를 잡고 춤추는 문무(文舞)이다. 笙(생)은 생황(笙簧).
鼓(고)는 북. 여기서는 둘 다 동사(動詞)로 쓰였다. 樂(악)은 악조(樂調), 가락. 和(화)
는 조화(調和)롭다. 奏(주)는 연주(演奏)하다. 烝(증)은 나아가다. 여기서는 음악(音樂)
을 드리다. 衎(간)은 즐겁다. 烈(열)은 공업(功業). 祖(조)는 선조(先祖). 烈祖(열조)는
창업(創業)의 선조(先祖)를 말한다. 以(이)는 ~로써. 여기서는 '음악(音樂)으로써'를 뜻
한다. 洽(흡)은 합(合)치다. 百禮(백례)는 온갖 의례(儀禮). 至(지)는 갖추다, 완비(完備)
되다. 有壬(유임)은 壬壬(임임)과 같다. 성대(盛大)한 모습. 有林(유림)은 林林(임림)과
같다. 정제(整齊)된 모습. 錫(석)은 주다. 爾(이)는 너, 그대. 주제자(主祭者)인 주인(主
人)을 가리킨다. 純(순)은 크다. 嘏(하)는 복(福). 子孫(자손)은 주인(主人)의 자손(子
孫). 其(기)는 어조(語調)를 고르는 어조사(語助詞). 湛(담)은 기뻐하다. 曰(왈)은 어조

손님이 처음 대자리에 앉았을 때는
온유(溫柔)하고 온화(溫和)하여 그렇게 공손(恭遜)했네.
그들이 아직 취(醉)하지 않았을 때는
위엄(威嚴)있게 차린 모습은 뜸직했네.
이미 취(醉)하니
위엄(威嚴)있게 차린 모습은 [없어지고 남에게] 까불대네.
앉거나 옮기는 [법도(法度)를] 버리고
자주 [함부로] 춤추네.
아직 취(醉)하지 않았을 때는
위엄(威嚴)있게 차린 모습으로 조심(操心)했네.
이미 취(醉)하니
위엄(威嚴)있게 차린 모습은 [없어지고 남에게] 으스대네.
이것을 두고 '이미 취(醉)하니
그 상례(常禮)조차 알지 못한다.'고 말한다네.[4]

(語調)를 고르는 어조사(語助詞). 樂(락)은 즐거워하다. 各(각)은 각자(各自). 奏(주)는
아뢰다. 爾(이)는 너. 여기서는 자손(子孫)인 자신(自身)을 말한다. 能(능)은 기능(技
能), 솜씨. 載(재)는 곧. 手(수)는 잡다. 여기서는 선택(選擇)한다는 뜻이다. 室人(실인)
은 주인(主人). 入又(입우)은 又入(우입)의 도치(倒置)이다. 又(우)는 또. 入(입)은 사선
(射線)으로 들어간다는 뜻이다. 酌(작)은 따르다. 康(강)은 크다. 奏(주)는 드리다. 時
(시)는 善(선)과 같다. 여기서는 과녁에 명중(命中)시킨 선사자(善射者)를 말한다.

4) 溫溫(온온)은 온유(溫柔)하고 온화(溫和)함. 其(기)는 그, 그렇게. 恭(공)은 공손(恭
遜). 其(기)는 그들. 賓(빈)을 가리킨다. 未(미)는 아직 ~아니하다. 醉(취)는 취(醉)하
다. 止(지)는 문말(文末)에 놓은 뜻없는 어조사(語助詞). 威儀(위의)는 위엄(威嚴)있는
의용(儀容), 차린 모습. 反反(판판)은 뜸직한 모습. 幡幡(번번)은 경솔(輕率)한 모습.
여기서는 '까불대다'로 풀이하였다. 舍(사)는 버리다. 捨(사)와 같다. 其(기)는 어조(語
調)를 고르는 어조사(語助詞). 坐(좌)는 앉다. 遷(천)은 옮기다. 屢(루)는 자주. 舞(무)
는 춤추다. 僊僊(선선)은 춤추는 모습. 抑抑(억억)은 매우 삼가는 모습. 怭怭(필필)은
무례(無禮)하고 방자(放恣)한 모습. 여기서는 '으스대다'로 풀이하였다. 是(시)는 이것.
曰(왈)은 말하다. 不知(부지)는 알지 못하다. 其(기)는 그. 秩(질)은 평상(平常). 여기
서는 통상(通常)의 예(禮)를 말한다.

손님이 이미 취(醉)하니
곧 고함치고 곧 지껄이네.
내 대그릇나무그릇을 어지럽히고
자주 비틀비틀 춤추네.
이것을 두고 '이미 취(醉)하니
그 잘못을 알지 못한다.'고 말한다네.
삐딱해진 모자(帽子)는 기울어진 채로
자주 흐느적흐느적 춤추네.
이미 취(醉)하여 [연회(宴會)에서] 나가면
[주객(主客)이] 두루 그 복(福)을 받지만
취(醉)해도 나가지 않으면
이것을 '덕(德)을 깨뜨린다.'고 말한다네.
술을 마심이 매우 아름다움은
그 좋은 예의(禮儀)가 [있기] 때문이네.5)

---

5) 載(재)는 이에, 곧. 號(호)는 고함치다. 呶(노)는 지껄이다. 亂(난)은 어지럽히다. 我
(아)는 나. 여기서는 주인(主人)을 말한다. 傲傲(기기)는 취(醉)하여 춤추는 모습. 여
기서는 '비틀비틀 춤추다'로 풀이하였다. 郵(우)는 과실(過失), 잘못. 側(측)은 기울다.
여기서는 '삐딱하다'로 풀이하였다. 弁(변)은 모자(帽子). 之(지)는 ~는. 俄(아)는 기
울다. 傞傞(사사)는 취(醉)하여 춤추는 모습. 여기서는 '흐느적흐느적 춤추다'로 풀이
하였다. 而(이)는 순접(順接)의 어조사(語助詞), 그래서. 여기서는 풀이를 생략(省略)
하였다. 出(출)은 나가다. 並(병)은 [주객(主客)] 모두, 두루. 普(보)와 같다. 受(수)는
받다. 福(복)은 복(福). 而(이)는 역접(逆接)의 어조사(語助詞), 그러나. 여기서는 풀이
를 생략(省略)하였다. 不出(불출)은 나가지 않다. 謂(위)는 말하다, 이르다. 伐(벌)은
베다, 죽이다, 깨뜨리다. 伐德(벌덕)은 敗德(패덕)과 같다. 孔(공)은 매우. 嘉(가)는
아름답다. 維(유)는 ~ 때문이다. 以(이)와 같다. 슈儀(영의)는 좋은 예의(禮儀), 맵시.

무릇 이렇게 술을 마시면

혹(或)은 취(醉)하기도 하고 혹(或)은 [취(醉)하지] 않기도 하네.

[실례(失禮)를 막으려] 이미 그 주감(酒監)을 세우고도

혹(或)은 그 사관(史官)으로 돕는다네.

저 취(醉)한 사람이 좋지 아니한데

취(醉)하지 아니한 사람이 도리어 부끄러워하네.

아! [술] 권(勸)함을 따르지 말고

[자신(自身)으로 하여금] 크게 태만(怠慢)하게 하지 말라.

[물어볼] 말이 아니면 말하지 말고

법도(法度)가 아니면 말하지 말라.

취(醉)함에서 비롯된 말은

뿔 없는 숫양(羊)을 나오게 한다네.

세 잔(盞) 술을 마셔야 함을 알지 못하는데

하물며 감(敢)히 많이 [마시기를] 권(勸)하겠는가?6)

---

6) 凡(범)은 무릇. 此(차)는 이, 이렇게. 飮酒(음주)는 술을 마시는 사람을 가리킨다. 或
(혹)은 혹(或). 否(부)는 아니다. 立(입)은 세우다. 之(지)는 그. 其(기)와 같다. 監(감)
은 연회(宴會)에서 예의(禮儀)를 규찰(糾察)하는 관원(官員)인 주감(酒監)을 가리킨다.
佐(좌)는 돕다. 史(사)는 행사(行事)와 말을 기록(記錄)하는 관원(官員)인 사관(史官)을
가리킨다. 彼醉(피취)는 저 취(醉)한 사람을 가리킨다. 不臧(부장)은 좋지 아니하다.
不好(불호)와 같다. 不醉(불취)는 취(醉)하지 않는 사람을 가리킨다. 反(반)은 도리어.
耻(치)는 부끄러워하다. 耻(치)의 속자(俗字)이다. 式(식)은 아! 발어사(發語詞). 勿
(물)은 말라. 從(종)은 따르다. 謂(위)는 권(勸)하다. 여기서는 권주(勸酒)를 뜻한다.
無(무)는 말라. 勿(물)과 같다. 俾(비)는 하여금. ~로 하여금 ~하게 하다. 使(사)와
같다. 大(태)는 크게. 太(태)와 같다. 怠(태)는 태만(怠慢)하다. 여기서는 실례(失禮)를
뜻한다. 匪(비)는 아니다. 言(언)은 물어볼 말을 뜻한다. 勿言(물언)은 말하지 말라.
由(유)는 방법(方法). 여기서는 법도(法度)를 말한다. 語(어)는 말하다. 由(유)는 비롯
하다. 之(지)는 ~한. 童(동)은 아직 뿔이 나지 아니한 양(羊)이나 소. 羖(고)는 뿔이
있는 숫양(羊). 三爵(삼작)은 세 번 술을 마심을 뜻한다. 옛날 군신(君臣)의 소연회(小
宴會)에서는 세 잔(盞) 술을 마심을 법도(法度)로 삼았다. 爵(작)은 술잔(盞). 不識(불
식)은 알지 못하다. 부지(不知)와 같다. 矧(신)은 하물며. 敢(감)은 감(敢)히. 多(다)는
많이. 又(우)는 권(勸)하다. 侑(유)와 같다.

(221) 魚 藻
어 조

魚在在藻 有頒其首 王在在鎬 豈樂飲酒
어재재조 유분기수 왕재재호 개락음주

魚在在藻 有莘其尾 王在在鎬 飲酒樂豈
어재재조 유신기미 왕재재호 음주락개

魚在在藻 依于其蒲 王在在鎬 有那其居
어재재조 의우기포 왕재재호 유나기거

물고기가 마름 [사이에] 있네1)

물고기가 [어디] 있나? 마름 [사이에] 있네.
크나큰 그 머리로다.
왕(王)께서 [어디] 계시는가? 호경(鎬京)에 계시네.
기뻐하고 즐거워하시며 술을 마시네.2)

물고기가 [어디] 있나? 마름 [사이에] 있네.
길고긴 그 꼬리로다.
왕(王)께서 [어디] 계시는가? 호경(鎬京)에 계시네.
술을 마시며 즐기시고 기뻐하시네.3)

물고기가 [어디] 있나? 마름 [사이에] 있네.
그 부들에 기대고 있네.
왕(王)께서 [어디] 계시는가? 호경(鎬京)에 계시네.
그 거처(居處)에서 편안(便安)하시네.4)

---

1) 〈魚藻(어조)〉는 周(주)나라 왕(王)이 제후(諸侯)를 수도(首都)인 鎬京(호경)에 불러 잔치를 베풀자 제후(諸侯)가 周(주)나라 왕(王)을 찬미(讚美)한 내용(內容)이다.
2) 魚(어)는 물고기. 在(재)는 [어디에] 있나? 在(재)는 있다. 藻(조)는 수초(水草)인 마름. 여기서는 마름 사이를 뜻한다. 有頒(유분)은 頒頒(분분)과 같다. 머리가 큰 모양. 其(기)는 그. 首(수)는 머리. 王(왕)은 周(주)나라 왕(王), 곧 천자(天子)를 말한다. 鎬(호)는 周(주)나라의 도성(都城)인 호경(鎬京). 豈(개)는 기뻐하다. 愷(개)와 같다. 樂(락)은 즐기다. 飮酒(음주)는 술을 마시다. 이 장(章)은 물고기의 자득(自得)한 모습으로 왕(王)의 편안(便安)하고 즐거워함을 묘사(描寫)하였다. 이어지는 장(章)도 마찬가지이다.
3) 有莘(유신)은 莘莘(신신)과 같다. [물고기 꼬리가] 긴 모습. 尾(미)는 꼬리.
4) 依(의)는 기대다. 于(우)는 ~에. 蒲(포)는 수생식물(水生植物)인 부들. 有那(유나)는 那那(나나)와 같다. 편안(便安)한 모습.

(222) 采菽
채 숙

采菽采菽　筐之筥之　君子來朝　何錫予之
채숙채숙　광지거지　군자래조　하석여지

雖無予之　路車乘馬　又何予之　玄袞及黼
수무여지　로거승마　우하여지　현곤급보

觱沸檻泉　言采其芹　君子來朝　言觀其旂
필불함천　언채기근　군자래조　언관기기

其旂淠淠　鸞聲嘒嘒　載驂載駟　君子所屆
기기패패　난성혜혜　재참재사　군자소계

赤芾在股　邪幅在下　彼交匪紓　天子所予
적불재고　사폭재하　피교비서　천자소여

樂只君子　天子命之　樂只君子　福祿申之
낙지군자　천자명지　낙지군자　복록신지

維柞之枝　其葉蓬蓬　樂只君子　殿天子之邦
유작지지　기엽봉봉　낙지군자　전천자지방

樂只君子　萬福攸同　平平左右　亦是率從
낙지군자　만복유동　평평좌우　역시솔종

汎汎楊舟　紼纚維之　樂只君子　天子葵之
범범양주　불리유지　낙지군자　천자규지

樂只君子　福祿膍之　優哉游哉　亦是戾矣
낙지군자　복록비지　우재유재　역시려의

콩잎을 따네1)

콩잎을 따고 콩잎을 따서
모난 대광주리에 담고 둥근 대광주리에 담네.
군자(君子)가 [천자(天子)의] 조정(朝廷)에 [뵈러] 오니
무엇을 그대에게 내려 줄까?
비록 그대에게 줄 것이 없다지만
수레와 네 필(匹)의 말이로다.
또 무엇을 그대에게 줄까?
검은 곤룡포(袞龍袍)와 보의(黼衣)로다.2)

---

1) 〈采菽(채숙)〉은 천자(天子)인 周(주)나라 왕(王)이 내조(來朝)한 제후(諸侯)를 찬미(讚美)하고 상(賞)을 내리는 내용(內容)이다.

2) 采(채)는 따다, 캐다. 菽(숙)은 콩, 콩잎. *천자(天子)가 제후(諸侯)에게 잔치를 베풀때, 소, 양(羊), 돼지를 잡고 채소(菜蔬)를 넣어 각각(各各) 국을 끓였다. 이때 소는 콩잎[菽(숙)], 양(羊)은 씀바귀[荼(도)], 돼지는 고비[薇(미)]를 썼다고 한다. 筐(광)은 모난 대광주리. 여기서는 동사(動詞)로 쓰였다. 之(지)는 그것. 菽(숙)을 가리킨다. 여기서는 풀이를 생략(省略)하였다. 筥(거)는 둥근 대광주리. 이 두 구(句)는 광주리에 콩잎을 담는 것으로 내조(來朝)한 군자(君子)를 대접(待接)함을 뜻한다. 君子(군자)는 제후(諸侯)를 가리킨다. 來(래)는 오다. 朝(조)는 [천자(天子)의] 조정(朝廷). 何(하)는 무엇. 錫予(석여)는 下賜(하사)와 같다. 내려 주다. 錫(석)과 予(여)는 주다. 之(지)는 그대. 君子(군자)를 가리킨다. 雖(수)는 비록. 無(무)는 없다. 路車(노거)는 제후(諸侯)가 타는 수레. 乘馬(승마)는 네 필(匹)의 말. 又(우)는 또. 玄(현)은 검다. 袞(곤)은 용(龍)을 수(繡)놓은 예복(禮服), 곤룡포(袞龍袍). 及(급)은 및, 와. 黼(보)는 흰 실과 검은 실로 도끼 모양의 무늬를 수(繡)놓은 예복(禮服).

콸콸 용(涌)솟는 샘터에서
미나리를 캐네.
군자(君子)가 [천자(天子)의] 조정(朝廷)에 [뵈러] 오니
교용(交龍)을 그린 붉은 깃발이 보이네.
깃발은 나부끼고
[수레의 말고삐에 단] 방울소리는 딸랑딸랑하네.
세 필(匹) 말이 끄는 수레 타거나 네 필(匹) 말이 끄는 수레 타고
군자(君子)가 이르는 바이네.3)

---

3) 觱沸(필불)은 샘물이 솟아나는 모습. 여기서는 '콸콸'로 풀이하였다. 觱(필)은 용(涌)
솟음치다. 沸(불)은 샘솟다. 檻(함)은 샘솟다. 泉(천)은 샘. 여기서는 샘터를 뜻한다.
言(언)은 발어사(發語詞). 采(채)는 캐다. 其(기)는 말소리를 고르는 어조사(語助詞).
芹(근)은 미나리. 이 두 구(句)도 군자(君子)를 대접(待接)함을 뜻한다. 觀(관)은 보이
다. 旂(기)는 날아오르는 용(龍)과 내려오는 용(龍)을 그린 붉은 기(旗). 제후(諸侯)의
기(旗)이다. 등급(等級)에 따라 기각(旗脚)의 수(數)가 달랐다. 淠淠(패패)는 깃발이 나
부끼는 모습. 鸞(란)은 수레의 말고삐에 단 방울을 말한다. 聲(성)은 소리. 嘒嘒(혜혜)
는 소리가 부드럽고 가락에 맞는 모습. 여기서는 '딸랑딸랑'으로 풀이하였다. 載(재)는
어조(語調)를 고르는 어조사(語助詞). 驂(참)은 세 필(匹)의 말을 메우는 수레. 駟(사)
는 네 필(匹)의 말을 메우는 수레. 所(소)는 바. 屆(계)는 이르다.

붉은 슬갑(膝甲)이 넓적다리 [앞에] 있고
행전(行纏)은 아래에 있네. [군자(君子)의 태도(態度)가]
조급(躁急)하지도 않고 느슨하지도 아니하니
천자(天子)께서 주신 것을 [착용(着用)했기] 때문이네.
즐거운 군자(君子)에게
천자(天子)께서 책명(策命)을 내리시네.
즐거운 군자(君子)에게
복록(福祿)이 거듭되는구나.4)

---

4) 赤芾(적불)은 제후(諸侯)가 입는 붉은 슬갑(膝甲). 在(재)는 있다. 股(고)는 넓적다리.
邪幅(사폭)은 바짓가랑이 위를 둘러싸는 물건(物件)인 행전(行纏). 下(하)는 아래. 여
기서는 슬갑(膝甲)의 아래를 말한다. 彼(피)는 아니다. 匪(비)와 같다. 交(교)는 絞(교)
와 같다. 엄(嚴)하다, 급(急)하다. 匪(비)는 아니다. 紓(서)는 느슨하다. 樂(락)은 즐겁
다. 只(지)는 어조(語調)를 고르는 어조사(語助詞). 天子(천자)는 周(주)나라 왕(王).
命(명)은 책명(策命)을 내리다. *고대(古代) 제왕(帝王)이 신하(臣下)에게 땅이나 벼슬
이나 상(賞)을 줄 때 간책(簡策)에 명령(命令)을 적고 읽게 하였다. 이것을 책명(策命)
이라 한다. 之(지)는 君子(군자)를 가리킨다. 福祿(복록)은 복(福)과 녹봉(祿俸). 申
(신)은 거듭하다.

떡갈나무의 가지에
잎이 무성(茂盛)하네.
즐거운 군자(君子)는
천자(天子)의 나라를 안정(安定)시키네.
즐거운 군자(君子)에게
만복(萬福)이 모이는 바이네.
[군자(君子)가] 좌우(左右)의 신하(臣下)를 고르게 다스리니
또한 이들은 따르고 붙좇네. 5)

---

5) 維(유)는 어조(語調)를 고르는 어조사(語助詞). 柞(작)은 떡갈나무. 之(지)는 ~의. 枝
(지)는 가지. 葉(엽)은 잎. 蓬蓬(봉봉)은 무성(茂盛)한 모습. 이 두 구(句)에서 가지는
제후(諸侯)이며 천자(天子)의 은택(恩澤)을 입음이 나뭇가지의 잎이 무성(茂盛)한 것과
같다는 것이다. 殿(전)은 안정(安定)시키다. 邦(방)은 나라, 제후(諸侯)의 봉토(封土).
萬福(만복)은 모든 복(福). 攸(유)는 바. 所(소)와 같다. 同(동)은 모이다. 聚(취)와 같
다. 平平(평평)은 고르게 다스리는 모습. 左右(좌우)는 제후(諸侯)의 신하(臣下)를 가리
킨다. 亦(역)은 또한. 是(시)는 이들. 左右(좌우)를 말한다. 率(솔)과 從(종)은 따르다.

둥실 떠도는 버드나무로 만든 배를
동아줄대나무 밧줄로 그것을 묶어 두네.
즐거운 군자(君子)를
천자(天子)께서 그의 [재덕(才德)을] 헤아리시네.
즐거운 군자(君子)는
복록(福祿)이 포개지네.
[군자(君子)는] 한가(閑暇)하고 자득(自得)하여
또한 이곳에서 안정(安定)되겠네.6)

---

6) 汎汎(범범)은 물결을 따라 떠도는 모습. 楊舟(양주)는 버드나무로 만든 배. 紼(불)은
동아줄. 纚(리)는 縭(리)와 통(通)한다. 대나무로 만든 큰 줄. 여기서는 '대나무 밧줄'
로 풀이하였다. 維(유)는 매다, 묶다. 이 두 구(句)는 밧줄로 배를 묶듯이 천자(天子)
가 제후(諸侯)를 만류(挽留)함을 뜻한다. 葵(규)는 헤아리다. 揆(규)와 같다. 之(지)는
군자(君子)의 재덕(才德)을 가리킨다. 膍(비)는 포개다, 두껍게 하다. 之(지)는 君子
(군자)를 가리킨다. 여기서는 풀이를 생략(省略)하였다. 優(우)는 편안(便安)하게 쉬
다, 한가(閑暇)하다. 哉(재)는 영탄(詠歎)의 뜻을 나타내는 어조사(語助詞). 游(유)는
즐기다, 자득(自得)하다. 優游(유유)는 한가(閑暇)롭게 지내는 모습. 유유자적(悠悠自
適)과 같다. 是(시)는 이곳. 周(주)나라 도성(都城). 戾(려)는 안정(安定)되다.

(223) 角弓
각 궁

騂騂角弓 翩其反矣 兄弟昏姻 無胥遠矣
성성각궁 편기반의 형제혼인 무서원의

爾之遠矣 民胥然矣 爾之敎矣 民胥傚矣
이지원의 민서연의 이지교의 민서효의

此令兄弟 綽綽有裕 不令兄弟 交相爲瘉
차령형제 작작유유 불령형제 교상위유

民之無良 相怨一方 受爵不讓 至于己斯亡
민지무량 상원일방 수작불량 지우기사망

老馬反爲駒 不顧其後 如食宜饇 如酌孔取
노마반위구 불고기후 여사의어 여작공취

毋敎猱升木 如塗塗附 君子有徽猷 小人與屬
무교노승목 여도도부 군자유휘유 소인여속

雨雪瀌瀌 見晛日消 莫肯下遺 式居婁驕
우설표표 견현왈소 막긍하유 식거루교

雨雪浮浮 見晛日流 如蠻如髦 我是用憂
우설부부 견현왈류 여만여무 아시용우

뿔활1)

팽팽한 뿔활도 [시위를 풀면]
픽 하고 [오그라진 모습으로] 되돌아가네.
형제(兄弟)·인척(姻戚)은
서로 멀어짐이 없어야 하네.2)

그대가 멀리하면
백성(百姓)도 모두 그러하네.
그대가 일깨우면
백성(百姓)은 모두 본받네.3)

---

1) 〈角弓(각궁)〉은 周(주)나라 왕실(王室)이 형제친척(兄弟親戚)끼리 소원(疏遠)하거나 소
   인(小人)을 가까이하지 않기를 권고(勸告)하는 내용(內容)이다.
2) 騂騂(성성)은 활의 조화(調和)된 모습. 여기서는 '팽팽한'으로 풀이하였다. 角弓(각궁)
   은 소나 양(羊)의 뿔로 장식(粧飾)한 활, 뿔활. 翩其(편기)는 翩翩(편편)과 같다. 갑자
   기 방향(方向)을 크게 돌리는 모습. 여기서는 '픽'으로 풀이하였다. 反(반)은 되돌아가
   다. 矣(의)는 단정(斷定)의 뜻이나 다음 말을 일으키는 어조사(語助詞). 兄弟(형제)는
   동성(同姓)의 형제(兄弟). 昏姻(혼인)은 이성(異姓)의 친척(親戚). 여기서는 '인척(姻
   戚)'으로 풀이하였다. 無(무)는 없다. 胥(서)는 서로. 遠(원)은 멀어지다. 이 장(章)은
   형제(兄弟)와 인척(姻戚)은 활시위 풀린 뿔활처럼 느슨해지지 않아야 한다는 것을 말
   하고 있다.
3) 爾(이)는 너, 그대. 周(주)나라 왕족(王族)을 가리킨다. 之(지)는 ~가. 遠(원)은 [형제
   (兄弟)를] 멀리하다. 民(민)은 백성(百姓). 胥(서)는 모두. 然(연)은 그러하다. 敎(교)
   는 가르치다, 일깨우다. 형제간(兄弟間)에 우애(友愛)가 있어야함을 가르친다는 것이
   다. *敎(교)를 傚(오)로 써야한다는 곳도 있다. 傚(효)는 본받다.

이 착한 형제(兄弟)는
너그럽고 여유(餘裕)가 있네.
착하지 못한 형제(兄弟)는
서로서로 병(病)으로 여기네.4)

백성(百姓)이 선량(善良)함이 없음은
서로 한쪽만을 원망(怨望)하기 때문이네.
벼슬을 받고 사양(辭讓)하지 아니함을
자기(自己)에 이르면 곧 잊어버리네.5)

늙은 말을 도리어 망아지로 여기니
그 뒤 [결과(結果)를] 돌아보지 않음이네.
[노신(老臣)을] 만약(萬若) 먹인다면 마땅히 배부르게 하고
[노신(老臣)이] 만약(萬若) 술 마신다면 많이 따라 주어라.6)

---

4) 此(차)는 이. 令(령)은 착하다, 좋다. 綽綽(작작)은 너그러운 모습. 有(유)는 있다. 裕
(유)는 여유(餘裕), 넉넉함. 交(교)와 相(상)은 서로. 爲(위)는 여기다. 瘉(유)는 병(病)
들다.

5) 良(량)은 어짊, 선량(善良). 怨(원)은 원망(怨望)하다. 一方(일방)은 한쪽. 受(수)는 받
다. 爵(작)은 벼슬. 不(불)은 않다. 讓(양)은 사양(辭讓)하다. 至(지)는 이르다. 于(우)
는 ~에. 己(기)는 자기(自己). 斯(사)는 곧. 則(즉)과 같다. 亡(망)은 忘(망)과 같다.
잊다.

6) 老馬(노마)는 늙은 말. 여기서는 노신(老臣)을 비유(比喩)한다. 反(반)은 도리어. 駒
(구)는 망아지. 여기서는 젊은 신하(臣下)를 비유(比喩)한다. 顧(고)는 돌아보다. 其後
(기후)는 그 뒤. 망아지는 늙은 말의 뒤에서 수레 끄는 것을 배우는데, 자리가 바뀌면
수레가 뒤집어지는 결과(結果)가 온다. 如(여)는 만약(萬若). 食(사)는 먹이다. 宜(의)
는 마땅히. 饇(어)는 배가 부르다. 酌(작)은 술을 따르다. 여기서는 술을 마시다. 孔
(공)은 매우, 많이. 取(취)는 가지다. 여기서는 술을 따르다. 이 두 구(句)는 노신(老
臣)을 비롯한 집안의 원로(元老)를 잘 모셔야함을 말한다.

긴 팔 원숭이에게 나무 타는 것을 가르치지 말라.
진흙에 진흙으로 덧칠(漆)하는 것과 같다네.
군자(君子)가 좋은 정책(政策)이 있으면
소인(小人)은 더불어 따른다네.7)

눈이 펄펄 내리다가도 [날이 개어]
햇살이 나타나면 이에 녹아 버린다네.
[소인(小人)은] 기꺼이 [몸을] 낮추어 [남을] 따르지 않고
거드름스레 자주 교만(驕慢)을 부리네.8)

눈이 펑펑 내리다가도 [날이 개어]
햇살이 나타나면 이에 녹아내린다네.
[소인(小人)은] 만족(蠻族) 같고 무족(髦族) 같아
내가 이로써 근심하네.9)

---

7) 毋(무)는 말라. 猱(노)는 긴 팔 원숭이. 升木(승목)은 나무에 오르다. 이 구(句)에서
원숭이는 천성(天性)이 나무를 잘 타기 때문에 달리 가르치지 않아도 됨을 말한다. 如
(여)는 같다. 塗(도)는 진흙. 塗附(도부)는 진흙으로 붙이다. 여기서는 '덧칠(漆)하다'
로 풀이하였다. 이 두 구(句)는 군자(君子)는 원래(元來)부터 좋은 정책(政策)을 실행
(實行)하고자 하기 때문에 간섭(干涉)이 필요(必要)하지 않음을 뜻한다. 君子(군자)는
고위(高位)에 있는 사람을 가리킨다. 徽(휘)는 아름답다, 좋다. 猷(유)는 꾀. 여기서는
정책(政策)을 뜻한다. 小人(소인)은 직위(職位)에 있지 않은 사람을 말한다. 與(여)는
더불어. 屬(속)은 따르다.
8) 雨(우)는 내리다. 雪(설)은 눈. 瀌瀌(표표)는 눈이 세차게 오는 모습. 여기서는 '펄펄
내리다'로 풀이하였다. 見(현)은 나타나다. 晛(현)은 햇살. 曰(왈)은 이에. 消(소)는 녹
다. 莫(막)은 없다, 않다. 肯(긍)은 기꺼이 ~하다. 下(하)는 낮추다. 遺(유)는 따르다.
式(식)은 어조(語調)를 고르는 어조사(語助詞). 居(거)는 倨(거)와 같다. 거만(倨慢)하
다, 거드름스레. 婁(루)는 자주, 누차(屢次). 驕(교)는 교만(驕慢)하다.
9) 浮浮(부부)는 앞 구(句)의 瀌瀌(표표)와 같다. 눈이 펑펑 내리는 모습. 流(류)는 녹다.
蠻(만)은 남방(南方)의 미개(未開) 민족(民族). 髦(무)는 서방(西方)의 미개(未開)한 소
수(小數) 민족(民族). 我(아)는 나. 작자(作者)를 가리킨다. 是用(시용)은 是以(시이)와
같다. 이로써, 이 때문에. 憂(우)는 근심하다.

【雅-小雅-64】

(224) 菀 柳
원 류

有菀者柳 不尙息焉 上帝甚蹈 無自暱焉 俾予靖之 後予極焉
유원자류 불상식언 상제심도 무자닐언 비여정지 후여극언

有菀者柳 不尙愒焉 上帝甚蹈 無自瘵焉 俾予靖之 後予邁焉
유원자류 불상게언 상제심도 무자채언 비여정지 후여매언

有鳥高飛 亦傅于天 彼人之心 于何其臻 曷予靖之 居以凶矜
유조고비 역부우천 피인지심 우하기진 갈여정지 거이흉긍

마른 버드나무1)

마른 버드나무에서는
쉬기를 바라지 못한다네.
상제(上帝)께서 변덕(變德)이 심(甚)하시니
스스로 가까이하지 말아야지.
나로 하여금 나랏일을 다스리게 하더니
나중에는 나를 내쫓으시네.2)

---

1) 〈菀柳(원류)〉는 공(功)은 있으나 죄(罪)를 얻은 대신(大臣)이 임금을 원망(怨望)하는 내용(內容)이다.

2) 有菀(유원)은 菀菀(원원)과 같다. 나무 따위가 마른 모습. 菀(원)은 苑(원)과 통(通)한다. 者(자)는 어조(語調)를 고르는 어기사(語氣詞). 柳(류)는 버드나무. 不(불)은 아니하다. 尙(상)은 바라다. 息(식)은 쉬다. 焉(언)은 단정(斷定)의 뜻을 나타내는 어조사(語助詞). 이 두 구(句)는 왕조(王朝)에 의지(依支)할 수 없음을 뜻한다. 上帝(상제)는 초자연적(超自然的)인 절대자(絕對者), 하느님. 여기서는 周(주)나라 왕(王)을 가리킨다. 甚(심)은 심(甚)하다. 蹈(도)는 가다. 動(동)과 같으며 여기서는 변동(變動), 변덕(變德)을 뜻한다. 無(무)는 말라. 自(자)는 스스로. 暱(닐)은 가까워지다. 俾(비)는 하여금. 予(여)는 나. 有功獲罪(유공획죄)의 대신(大臣)을 가리킨다. 靖(정)은 다스리다. 之(지)는 그것. 국사(國事)를 가리킨다. 後(후)는 뒤, 나중. 極(극)은 殛(극)의 가차자(假借字). 죽이다, 내쫓다.

마른 버드나무에서는
쉬기를 바라지 못한다네.
상제(上帝)께서 변덕(變德)이 심(甚)하시니
스스로 [그것 때문에] 앓지 말아야지.
나로 하여금 나랏일을 다스리게 해 놓고
나중에는 나를 멀리 내치시네.3)

새가 높이 날아가도
또한 하늘에 가까워질 뿐이라네.
저 사람의 마음은
어디에 이를 것인가?
어찌 나로 하여금 나랏일을 다스리게 해 놓고
[이제는] 흉(凶)하고 위태(危殆)한 곳에 살게 하는가?4)

---

3) 愒(게)는 쉬다. 瘵(채)는 앓다. 邁(매)는 멀리 가다. 여기서는 멀리 내치다.
4) 有(유)는 어조(語調)를 고르는 어조사(語助詞). 鳥(조)는 새. 高飛(고비)는 높이 날다.
亦(역)는 또한. 傅(부)는 붙다, 가까워지다. 이 두 구(句)는 새가 날아가도 하늘 끝에
는 이르지 못하는 사실(事實)은 누구나 예측(豫測)할 수 있음을 나타낸 것이다. 彼人
(피인)은 저 사람. 周(주)나라 왕(王)을 말한다. 之(지)는 ~의. 心(심)은 마음. 于(우)
는 ~에. 何(하)는 어디. 其(기)는 어조(語調)를 고르는 어조사(語助詞). 臻(진)은 이르
다. 曷(갈)은 어찌. 居(거)는 살다. 以(이)는 ~에. 凶(흉)은 흉(凶)하다. 矜(긍)은 위
태(危殆)하다. 凶矜(흉긍)은 내쫓긴 곳을 가리킨다.

(225) 都人士
도 인 사

彼都人士 <small>피도인사</small>	狐裘黃黃 <small>호구황황</small>	其容不改 <small>기용불개</small>	出言有章 <small>출언유장</small>	行歸於周 <small>행귀어주</small>	萬民所望 <small>만민소망</small>
彼都人士 <small>피도인사</small>	臺笠緇撮 <small>대립치촬</small>	彼君子女 <small>피군자녀</small>	綢直如髮 <small>주직여발</small>	我不見兮 <small>아불견혜</small>	我心不說 <small>아심불열</small>
彼都人士 <small>피도인사</small>	充耳琇實 <small>충이수실</small>	彼君子女 <small>피군자녀</small>	謂之尹吉 <small>위지윤길</small>	我不見兮 <small>아불견혜</small>	我心苑結 <small>아심원결</small>
彼都人士 <small>피도인사</small>	垂帶而厲 <small>수대이려</small>	彼君子女 <small>피군자녀</small>	卷髮如蠆 <small>권발여채</small>	我不見兮 <small>아불견혜</small>	言從之邁 <small>언종지매</small>
匪伊垂之 <small>비이수지</small>	帶則有餘 <small>대즉유여</small>	匪伊卷之 <small>비이권지</small>	髮則有旟 <small>발즉유여</small>	我不見兮 <small>아불견혜</small>	云何盱矣 <small>운하우의</small>

멋진 사람[1]

저 멋진 사람은
누런 여우털옷을 입었네.
그 용모(容貌)는 고칠 게 없고
말을 내면 법도(法度)가 있네.
장차(將次) 주(周)나라로 가려는데
모든 백성(百姓)이 바라보는 바이네.[2]

---

1) 〈都人士(도인사)〉는 都人士(도인사)인 작자(作者)가 마음속에 담아둔 여인(女人)을 생각하는 내용(內容)이다. 모두 다섯 장(章)으로 되어있지만 첫째 장(章)은 일시(逸詩)의 한 장(章)으로 보는 곳도 있다. 구성(構成)이 나머지 장(章)과 다르기 때문이다.

2) 彼(피)는 저. 都(도)는 아름답다. 人士(인사)는 일정(一定)한 지위(地位)나 경륜(經綸)을 갖추고 어떤 분야(分野)에서 능동적(能動的)인 역할(役割)을 하는 사람. 여기서는 '사람'으로 풀이하였다. 狐裘(호구)는 여우털옷. 옛날 제후(諸侯)가 입던 겨울옷이다. 黃黃(황황)은 누런 모습. 其(기)는 그. 容(용)은 용모(容貌), 모습. 不改(불개)는 고칠 게 없다. 出言(출언)은 말을 내다. 有(유)는 있다. 章(장)은 법도(法度). 行(행)은 장차(將次). 歸(귀)는 가다. 於(어)는 ~로. 周(주)는 周(주)나라. 실제(實際)로는 도읍(都邑)인 호경(鎬京)을 가리킨다. 萬民(만민)은 모든 백성(百姓). 所(소)는 바. 望(망)은 바라보다.

저 멋진 사람은
사초(莎草)로 짠 삿갓과 검은 상투관(冠)을 썼네.
저 군자(君子)의 따님은
머리숱이 많고 머릿결이 곧은 그 머리카락이네.
[저 멋진 사람인] 내가 [그녀를] 보지 못하니
내 마음이 기쁘지 않네.3)

저 멋진 사람의
귀막이 옥(玉)의 옥(玉)돌은 단단하네.
저 군자(君子)의 따님은
그녀를 윤길(尹吉)이라 이르네.
[저 멋진 사람인] 내가 [그녀를] 보지 못하니
내 마음은 울적(鬱積)함이 맺히네.4)

---

3) 臺(대)는 蘷(대)와 통(通)한다. 사초(莎草). 笠(립)은 삿갓. 臺笠(대립)은 더위와 비를
막을 수 있다. 緇(치)는 검은 베. 撮(촬)은 상투를 싸는 작은 관(冠). 君子(군자)는 귀
족(貴族)을 가리킨다. 女(여)는 딸을 말한다. 綢(주)는 [髮(주):犮⇄周]의 가차자(假借
字)이다. 머리숱 많다. 直(직)은 [머릿결이] 곧다. 如(여)는 어조(語調)를 고르는 어조
사(語助詞). 然(연)과 같다. 髮(발)은 머리카락. 我(아)는 나. 都人士(도인사)를 가리킨
다. 不見(불견)은 보지 못하다. 兮(혜)는 어세(語勢)를 멈추었다가 다시 높이는데 쓰이
는 어조사(語助詞). 心(심)은 마음. 說(열)은 기쁘다.

4) 充耳(충이)는 귀막이 옥(玉). 瑱(진)과 같다. 琇(수)는 옥(玉)돌. 實(실)은 단단하다.
謂(위)는 이르다. 之(지)는 그녀. 尹吉(윤길)은 이름. 苑(울)은 鬱(울)과 같다. 울적(鬱
積). 結(결)은 맺히다.

저 멋진 사람의

드리운 갓끈이 술실 같네.

저 군자(君子)의 따님은

말아 올린 귀밑털이 전갈 같네.

[저 멋진 사람인] 내가 [그녀를] 보지 못하니

[볼 수 있다면] 그녀를 따라가리라.5)

이 갓끈을 드리운 것이 아니라

갓끈이 곧 [절로] 쳐져 있네.

이 귀밑털을 말아 올린 것이 아니라

귀밑털이 곧 [절로] 들려있네.

[저 멋진 사람인] 내가 [그녀를] 보지 못하니

얼마나 근심스러운지.6)

---

5) 垂(수)는 드리우다. 帶(대)는 끈. 여기서는 갓끈을 말한다. 而(이)는 ~와 같다. 如
(여)와 같다. 厲(려)는 큰 띠에 달린 여러 가닥의 실인 술을 말한다. '술실'이라고도
한다. 卷(권)은 말다. 髮(발)은 귀밑털을 말한다. 蠆(채)는 전갈. 言(언)은 어조(語調)
를 고르는 어조사(語調詞). 從(종)은 따르다. 之(지)는 君子女(군자녀)를 가리킨다. 邁
(매)는 가다.

6) 匪(비)는 아니다. 伊(이)는 이. 是(시)와 같다. 之(지)는 갓끈을 가리킨다. 則(즉)은 곧.
有餘(유여)는 餘餘(여여)와 같다. 아래로 늘어진 모습. 之(지)는 귀밑털을 가리킨다. 有
旟(유여)는 旟旟(여여)와 같다. 들리는 모습. 何(하)는 얼마나. 盱(우)는 근심하다. 吁
(우)와 같다. 矣(의)는 의문(疑問)이나 반어(反語)의 뜻을 나타내는 어조사(語助詞).

(226) 采綠
_{채 록}

終朝采綠 不盈一匊 予髮曲局 薄言歸沐
_{종조채록 불영일국 여발곡국 박언귀목}

終朝采藍 不盈一襜 五日爲期 六日不詹
_{종조채람 불영일첨 오일위기 육일불첨}

之子于狩 言韔其弓 之子于釣 言綸之繩
_{지자우수 언창기궁 지자우조 언륜지승}

其釣維何 維魴及鱮 維魴及鱮 薄言觀者
_{기조유하 유방급서 유방급서 박언관자}

조개풀을 캐다[1]

아침 내내 조개풀을 캐도
한 움큼을 채우지 못했네.
내 머리카락이 굽어지고 말려서
얼른 돌아가 머리감아야지.[2]

---

1) 〈采綠(채록)〉은 아내가 행역(行役) 나간 남편(男便)을 그리워하는 내용(內容)이다.
2) 終朝(종조)는 이른 새벽부터 아침밥을 먹을 때까지의 사이, 아침 내내. 采(채)는 캐다. 綠(록)은 菉(록)의 가차자(假借字). 조개풀, 왕추(王芻). 잎과 줄기는 노랑물감용(用)으로 쓰인다. 不(불)은 못하다. 盈(영)은 차다. 一匊(일국)은 한 움큼. 予(여)는 나. 아내 자신(自身)을 말한다. 髮(발)은 머리카락. 曲(곡)은 굽다. 局(국)은 말리다. 彎(만)과 같다. 薄言(박언)은 어조사(語助詞). '얼른, 잠깐'의 뜻을 가지고 있다. 歸(귀)는 돌아가다. 沐(목)은 머리감다.

아침 내내 쪽을 캐도
한 행주치마를 채우지 못했네.
닷새를 기약(期約)하고선
엿새가 되어도 이르지 아니하네.3)

그대가 사냥 가면
그 활을 활집에 넣어 드리지요.
그대가 낚시 가면
그 실로 낚싯줄을 만들어 드리지요.4)

낚시한 것이 무엇일까요?
방어(魴魚)와 연어(鱮魚)이겠지요.
방어(魴魚)와 연어(鱮魚)가
잠깐 만에 많기도 하겠지요.5)

---

3) 藍(람)은 쪽. 잎은 남빛을 들이는 물감으로 쓰인다. 襜(첨)은 행주치마. 五日(오일)은
   닷새. 爲(위)는 하다, 삼다. 期(기)는 기약(期約). 六日(육일)은 엿새. 詹(첨)은 이르다.
4) 之子(지자)는 그대. 남편(男便)을 가리킨다. 之(지)는 이, 그. 子(자)는 사람. 于(우)
   는 어조(語調)를 고르는 어조사(語助詞). 狩(수)는 사냥하다. 言(언)은 어조(語調)를 고
   르는 어조사(語助詞). 韔(창)은 활집. 여기서는 활집에 넣다. 其(기)는 그. 弓(궁)은
   활. 釣(조)는 낚시하다. 綸(륜)은 낚싯줄. 여기서는 동사(動詞)로 쓰였다. 낚싯줄을
   매다. 之(지)는 그. 其(기)와 같다. 繩(승)은 줄. 이 장(章)과 다음 장(章)은 남편(男
   便)이 돌아왔을 때를 상상(想像)하여 지은 것이다.
5) 其(기)는 어조(語調)를 고르는 어조사(語助詞). 維(유)는 어조(語調)를 고르는 어조사
   (語助詞). 何(하)는 무엇. 魴(방)은 방어(魴魚). 及(급)은 및, ~와. 鱮(서)는 연어(鱮
   魚). 觀(관)은 많다. 者(자)는 哉(재)와 같다. 영탄(詠歎)의 뜻을 나타내는 어조사(語助
   詞). 이 구(句)는 남편(男便)의 낚시 솜씨가 좋음을 나타낸 것이다.

【雅-小雅-67】

(227) 黍苗
서 묘

芃芃黍苗 陰雨膏之 悠悠南行 召伯勞之
봉봉서묘　음우고지　유유남행　소백노지

我任我輦 我車我牛 我行旣集 蓋云歸哉
아임아련　아거아우　아행기집　합운귀재

我徒我御 我師我旅 我行旣集 蓋云歸處
아도아어　아사아려　아행기집　합운귀처

肅肅謝功 召伯營之 烈烈征師 召伯成之
숙숙사공　소백영지　열렬정사　소백성지

原隰旣平 泉流旣淸 召伯有成 王心則寧
원습기평　천류기청　소백유성　왕심즉녕

가장 싹1)

무성(茂盛)한 기장 싹을
장맛비가 적셔 주네.
아득히 남(南)쪽으로 일하러 가니
소백(召伯)이 그들을 위로(慰勞)하네.2)

---

1) 〈黍苗(서묘)〉는 周(주)나라 선왕(宣王)이 申(신) 땅에 그의 모구(母舅)를 봉(封)하고 召伯(소백)에게 명령(命令)하여 무리를 거느리고 도읍(都邑)을 건설(建設)하게 할 때, 召伯(소백)을 따라 申(신)나라의 건설(建設)에 참여(參與)한 사람이 임무(任務)를 완성(完成)하고 돌아오면서 그 과정(過程)을 노래한 내용(內容)이다.

2) 芃芃(봉봉)은 초목(草木)이 무성(茂盛)한 모습. 黍(서)는 기장. 苗(묘)는 싹. 陰雨(음우)는 장맛비. 膏(고)는 적시다, 윤택(潤澤)하게 하다. 之(지)는 黍苗(서묘)를 가리킨다. 풀이를 생략(省略)하였다. 이 두 구(句)는 召伯(소백)이 申(신)나라 건설(建設)에 동원(動員)된 사람을 위로(慰勞)함을 비유(比喩)하고 있다. 悠悠(유유)는 아득한 모습. 南(남)은 周(주)나라의 남(南)쪽. 行(행)은 [일하러] 가다. 召伯(소백)은 召穆公(소목공)인 虎(호)이다. 성(姓)은 희(姬). 召(소)나라에 봉(封)해졌다. 勞(로)는 위로(慰勞)하다. 之(지)는 그들. 일하러 간 사람을 가리킨다.

우리가 짐을 졌고 우리가 손수레를 잡아당겼고
우리가 수레를 끌었고 우리가 소를 부렸네.
우리의 일이 이미 이루어졌으니
어찌 [고향(故鄕)으로] 돌아가지 않겠는가?3)

우리는 [길을] 걸었고 우리는 [수레를] 몰았으며
우리는 사단(師團)을 이루었고 우리는 여단(旅團)을 이루었다네.
우리 일이 이미 이루어졌으니
어찌 [고향(故鄕)으로] 돌아가 쉬지 않겠는가?4)

---

3) 我(아)는 나, 우리. 일하러 간 사람들을 가리킨다. 任(임)은 짐. 여기서는 짐을 지다. 輦(련)은 손수레. 여기서는 손수레를 잡아당기다. 車(거)는 수레. 여기서는 수레를 끌다. 牛(우)는 소. 여기서는 수레 끄는 소를 부리다. 行(행)은 일. 事(사)와 같다. 旣(기)는 이미. 集(집)은 이루다, 완성(完成)하다. 蓋(합)은 어찌 ~아니한가? 盍(합)과 같다. 云(운)은 어조(語調)를 고르는 어조사(語助詞). 歸(귀)는 돌아가다. 哉(재)는 반어(反語)의 뜻을 나타내는 어조사(語助詞).

4) 徒(도)는 걷다. 御(어)는 부리다. 師(사)는 五旅(오려)를 말하고 旅(려)는 오백인(五百人)을 말한다. 여기서는 師(사)를 '사단(師團)을 이루다'로 풀이하였고 旅(려)를 '여단(旅團)을 이루다'로 풀이하였다. 곧 많은 사람이 동원(動員)되었음을 말하고 있다. * 師(사)와 旅(려)를 관명(官名)으로 보는 곳도 있다. 處(처)는 쉬다.

빠르게 [진행(進行)된] 사(謝) 땅의 공사(工事)는
소백(召伯)께서 경영(經營)하셨네.
씩씩하게 [멀리] 가는 [우리] 무리를
소백(召伯)께서 조직(組織)을 이루셨네.[5]

들판과 진펄이 모두 다스려졌고
샘물은 흘러 이미 맑네.
소백(召伯)께서 완성(完成)하심이 있으니
왕(王)의 마음이 곧 편안(便安)해지겠네.[6]

---

5) 肅肅(숙숙)은 빠른 모습. 謝(사)는 지명(地名). 功(공)은 일, 공정(工程). 工(공)과 같
   다. 營(영)은 경영(經營)하다, 다스리다. 烈烈(열렬)은 용감(勇敢)한 모습. 여기서는
   '씩씩하다'로 풀이하였다. 征(정)은 가다. 師(사)는 [일하러 가는] 무리. 成(성)은 이루
   다, 조성(組成)하다. 之(지)는 그것. 조직(組織)을 가리킨다.
6) 原(원)은 들판. 隰(습)은 진펄. 平(평)은 다스리다. 泉(천)은 샘. 流(류)는 흐르다. 淸
   (청)은 맑다. 有(유)는 있다. 成(성)은 완성(完成). 王(왕)은 周(주)나라 선왕(宣王). 心
   (심)은 마음. 則(즉)은 곧. 寧(녕)은 편안(便安)하다.

(228) 隰桑
습 상

隰桑有阿 其葉有難 既見君子 其樂如何
습 상 유 아　기 엽 유 나　기 견 군 자　기 락 여 하

隰桑有阿 其葉有沃 既見君子 云何不樂
습 상 유 아　기 엽 유 옥　기 견 군 자　운 하 불 락

隰桑有阿 其葉有幽 既見君子 德音孔膠
습 상 유 아　기 엽 유 유　기 견 군 자　덕 음 공 교

心乎愛矣 遐不謂矣 中心藏之 何日忘之
심 호 애 의　하 불 위 의　중 심 장 지　하 일 망 지

진펄의 뽕나무1)

진펄의 뽕나무가 아름답고
그 잎은 무성(茂盛)하네.
이윽고 군자(君子)를 뵙게 되면
그 즐거움은 어떨까?2)

---

1) 〈隰桑(습상)〉은 아내가 남편(男便)을 그리워하는 내용(內容)이다.
2) 隰(습)은 진펄. 桑(상)은 뽕나무. 有阿(유아)는 阿阿(아아)와 같다. 가지가 벋어 아름
다운 모습. 其(기)는 그. 葉(엽)은 잎. 有難(유나)는 難難(나나)와 같다. 가지와 잎이
무성(茂盛)한 모습. 이 두 구(句)는 당시(當時) 부녀자(婦女子)들이 뽕잎을 따서 누에
를 기르는 일을 말한 것이다. 既(기)는 이윽고. 見(견)은 보다, 뵙다. 君子(군자)는 남
편(男便)을 말한다. 樂(락)은 즐거움. 如何(여하)는 어떤가? 이 두 구(句)는 상상(想像)
하여 표현(表現)한 것이다. 다음 장(章)도 마찬가지이다.

진펄의 뽕나무가 아름답고
그 잎은 부드럽네.
이윽고 군자(君子)를 뵙게 되면
어찌 즐겁지 않겠는가?3)

진펄의 뽕나무가 아름답고
그 잎은 짙푸르네.
이윽고 군자(君子)를 뵙게 도면
[그의] 좋은 말씀은 매우 굳세겠지요.4)

[제] 마음이 [당신(當身)을] 사랑하니
[뵙게 되면] 어찌 말하지 않겠어요?
[제] 속마음이 당신(當身)을 좋아하니
어느 날인들 당신(當身)을 잊겠어요?5)

---

3) 有沃(유옥)은 沃沃(옥옥)과 같다. 부드러운 모습. 云(운)은 어조(語調)를 고르는 어조
사(語助詞). 何(하)는 어찌. 不(불)은 아니다.
4) 有幽(유유)는 幽幽(유유)와 같다. 짙푸른 모양. 幽(유)는 검다. 여기서는 흑록색(黑綠
色)을 뜻한다. '짙푸르다'로 풀이하였다. 德音(덕음)은 좋은 말씀. 善言(선언)과 같다.
孔(공)은 매우. 膠(교)는 굳다. 변(變)하지 않음을 뜻한다.
5) 心(심)은 [아내의] 마음. 乎(호)는 구(句) 가운데에서 어조(語調)를 고르는 어조사(語
助詞)로 쓰였다. 愛(애)는 사랑하다. 矣(의)는 구(句)의 끝에서 다음 말을 일으키거나
의문(疑問)을 나타내는 어조사(語助詞). 遐(하)는 어찌. 何(하)와 같다. 謂(위)는 이르
다, 말하다. 中心(중심)은 心中(심중)과 같다. 속마음. 藏(장)은 臧(장)의 가차자(假借
字). 좋아하다. 之(지)는 당신. 군자(君子)를 가리킨다. 何日(하일)은 어느 날. 忘(망)
은 잊다.

【雅-小雅-69】

(229) 白 華
백 화

白華菅兮 백 화 관 혜	白茅束兮 백 모 속 혜	之子之遠 지 자 지 원	俾我獨兮 비 아 독 혜
英英白雲 영 영 백 운	露彼菅茅 노 피 관 모	天步艱難 천 보 간 난	之子不猶 지 자 불 유
滮池北流 퓨 지 북 류	浸彼稻田 침 피 도 전	嘯歌傷懷 소 가 상 회	念彼碩人 염 피 석 인
樵彼桑薪 초 피 상 신	卬烘于煁 앙 홍 우 심	維彼碩人 유 피 석 인	實勞我心 실 로 아 심
鼓鍾于宮 고 종 우 궁	聲聞于外 성 문 우 외	念子懆懆 염 자 조 조	視我邁邁 시 아 매 매
有鶖在梁 유 추 재 량	有鶴在林 유 학 재 림	維彼碩人 유 피 석 인	實勞我心 실 로 아 심
鴛鴦在梁 원 앙 재 량	戢其左翼 즙 기 좌 익	之子無良 지 자 무 량	二三其德 이 삼 기 덕
有扁斯石 유 편 사 석	履之卑兮 이 지 비 혜	之子之遠 지 자 지 원	俾我疧兮 비 아 저 혜

왕(王)골1)

왕(王)골을 물에 불려
흰 띠로 묶었네.
그대는 멀리 가버려
나로 하여금 홀로 있게 하네.2)

뭉게뭉게 피어오른 흰 구름이 [밤새 이슬 되어]
저 왕(王)골과 띠를 적셨네.
운명(運命)은 고달프고
그대는 [나를] 좋아하지 않네.3)

---

1) 〈白華(백화)〉는 버림받은 아내가 떠나간 남편(男便)을 원망(怨望)하는 내용(內容)이다.
2) 白華(백화)는 왕(王)골. 사초과(莎草科)의 다년생초(多年生草)로 9~10월(月)에 꽃이
   피며 꽃줄기로 돗자리를 만든다. 菅(관)은 물에 오래 담가 부드럽게 하다. 漚(구)와
   같다. 兮(혜)는 어세(語勢)를 멈추었다가 다시 높이는 데 쓰이는 어조사(語助詞). 白茅
   (백모)는 띠. 볏과(科)에 속(屬)한 여러해살이풀. 꽃은 흰색(色)이며 5~6월(月)에 핀
   다. 여기서는 흰 띠로 풀이하였다. 束(속)은 묶다. 이 두 구(句)는 왕(王)골과 띠가 서
   로 묶여 있지만 자신(自身)은 남편(男便)에게 버림받아 풀들만 못하다는 것을 나타내
   고 있다. 之子(지자)는 그대. 之(지)는 이, 그. 子(자)는 사람. 남편(男便)을 말한다.
   之(지)는 가다. 遠(원)은 먼 곳. 俾(비)는 하여금. 我(아)는 나. 아내를 가리킨다. 獨
   (독)은 홀로 있다.
3) 英英(영영)은 구름이 가볍고 밝은 모습. 泱(영)과 같다. 여기서는 '뭉게뭉게 피어오르
   다'로 풀이하였다. 白雲(백운)은 흰 구름. 露(로)는 젖다. 彼(피)는 저. 이 두 구(句)는
   흰 구름이 이슬 되어 왕(王)골과 띠를 적심이 부부(夫婦)가 서로 사랑하는 것을 비유
   (比喩)하고 있으며 자신(自身)은 왕(王)골과 띠만 못함을 말하고 있다. 天步(천보)는 하
   늘의 운행(運行). 여기서는 운명(運命)을 가리킨다. 艱(간)과 難(난)은 어렵다. 여기서
   는 '고달프다'로 풀이하였다. 不(불)은 않다. 猶(유)는 可(가)와 통(通)한다. 좋아하다.

퓨지(滮池)가 북(北)쪽으로 흘러
저 벼논을 적시네.
울부짖으며 노래하고 [마음] 아프게 그리워하며
저 훤칠한 사람을 생각하네.4)

저 뽕나무 땔감을 패서
나는 화(火)덕에 [요리(料理)는 않고] 불만 지피네.
저 훤칠한 사람을 생각하니
[그는] 진실(眞實)로 내 마음을 애쓰게 하네.5)

---

4) 滮池(퓨지)는 수명(水名). 北流(북류)는 북(北)쪽으로 흐르다. 浸(침)은 적시다. 稻(도)
는 벼. 田(전)은 밭. 여기서는 논을 말한다. 이 두 구(句)는 자신(自身)의 처지(處地)
가 벼논만도 못함을 말하고 있다. 嘯(소)는 울부짖다. 歌(가)는 노래하다. 傷(상)은 아
프다. 懷(회)는 그리워하다. 念(념)은 생각하다. 碩(석)은 크다. 人(인)은 사람. 碩人
(석인)은 훤칠한 사람. 남편(男便)을 가리킨다.
5) 樵(초)는 나무하다. 桑(상)은 뽕나무. 薪(신)은 땔나무. 卬(앙)은 나. 烘(홍)은 화톳
불. 여기서는 '불을 피우다'의 뜻이다. 于(우)는 ~에. 煁(심)은 화(火)덕. 이 두 구
(句)는 아내로서 해야 할 일을 잃은 버림받은 자신(自身)을 묘사(描寫)한 것으로 보인
다. 維(유)는 생각하다. 惟(유)와 같다. 實(실)은 진실(眞實)로. 勞(로)는 애쓰다. 我
(아)는 나. 心(심)은 마음.

집안에서 종(鍾)을 치면
소리가 바깥에 들린다네.
근심스레 그대를 생각하는데
[그대는] 나를 귀찮게 보네.6)

무수리는 어량(魚梁)에 있지만
학(鶴)은 숲에 있네.
저 훤칠한 사람을 생각하니
[그는] 진실(眞實)로 내 마음을 애쓰게 하네.7)

---

6) 鼓(고)는 치다. 鍾(종)은 종(鍾). 于(우)는 ~에서. 宮(궁)은 집. 聲(성)은 소리. 聞(문)
은 들리다. 外(외)는 밖. 이 두 구(句)는 종(鍾)을 치면 밖에서도 들리듯이 인정(人情)
도 서로 통(通)하는 바가 있어야 하는데 지금(只今)은 그렇지 못함을 비유(比喩)하고
있다. 子(자)는 그대. 懆懆(조조)는 근심하는 모습. 視(시)는 보다. 邁邁(매매)는 기뻐
하지 않는 모습. 여기서는 '귀찮다'로 풀이하였다.
7) 有(유)는 어조(語調)를 고르는 어조사(語助詞). 鶖(추)는 무수리. 황샛과(科)에 딸린
물새. 在(재)는 있다. 梁(량)은 어량(魚梁). 鶴(학)은 학(鶴). 林(림)은 숲. 이 두 구
(句)는 어량(魚梁)에 있으면서 마음껏 물고기를 잡아먹는 무수리를 남편(男便)에 비유
(比喩)하고 먹이를 구(求)하지 못하고 숲에 있는 학(鶴)을 자신(自身)에 비유(比喩)한
듯하다.

원앙(鴛鴦)새가 방죽에 있으면서
[쉬려고 부리를] 왼쪽 날개 속에 넣었네.
그대는 선량(善良)함이 없고
그 덕(德)을 자주 바꾸네.8)

납작해진 이 디딤돌은
밟아서 낮아졌다네.
그대는 멀리 가버려
나로 하여금 병(病)들게 하네.9)

---

8) 鴛鴦(원앙)은 원앙(鴛鴦)새. 화목(和睦)하고 금실이 좋은 부부(夫婦)를 상징(象徵)한
다. 在(재)는 있다. 梁(량)은 여기서는 방죽, 징검다리를 가리킨다. 戢(즙)은 모으다.
여기서는 원앙(鴛鴦)이 쉴 때에 부리를 날개 속에 끼워 넣는 것을 말한다. 揷(삽)과
같다. 其(기)는 어조(語調)를 고르는 어조사(語助詞). 左翼(좌익)은 왼쪽 날개. 이 두
구(句)는 작자(作者)의 신세(身世)가 원앙(鴛鴦)만 못함을 비유(比喻)하고 있다. 無(무)
는 없다. 良(량)은 어질다, 선량(善良)하다. 二三(이삼)은 두세 가지로 함. 자주 바꿈.
德(덕)은 덕(德). 절조(節操)를 뜻한다.
9) 有扁(유편)은 扁扁(편편)은 낮고 얇은 모습. 여기서는 '납작한'으로 풀이하였다. 斯
(사)는 이. 石(석)은 돌. 여기서는 디딤돌을 뜻한다. 履(리)는 밟다. 之(지)는 그것.
디딤돌을 가리킨다. 여기서는 풀이를 생략(省略)하였다. 卑(비)는 낮아지다. 이 두 구
(句)는 자신(自身)의 처지(處地)가 발길이 자주 와 닿는 디딤돌만 못함을 비유(比喻)하
고 있다. 之遠(지원)은 먼 곳으로 가다. 之(지)는 가다. 遠(원)은 먼 곳. *之(지)를 이
렇게, 遠(원)을 [나를] 멀리하다로 풀이하는 곳도 있다. 俾(비)는 하여금. 疧(저)는 앓
다. 여기서는 상사병(相思病)을 뜻한다.

(230) 緜蠻
　　　 면 　만

緜蠻黃鳥 止于丘阿 道之云遠 我勞如何
면 만 황 조　지 우 구 아　도 지 운 원　아 로 여 하
飲之食之 敎之誨之 命彼後車 謂之載之
음 지 사 지　교 지 회 지　명 피 후 거　위 지 재 지

緜蠻黃鳥 止于丘隅 豈敢憚行 畏不能趨
면 만 황 조　지 우 구 우　기 감 탄 행　외 불 능 추
飲之食之 敎之誨之 命彼後車 謂之載之
음 지 사 지　교 지 회 지　명 피 후 거　위 지 재 지

緜蠻黃鳥 止于丘側 豈敢憚行 畏不能極
면 만 황 조　지 우 구 측　기 감 탄 행　외 불 능 극
飲之食之 敎之誨之 命彼後車 謂之載之
음 지 사 지　교 지 회 지　명 피 후 거　위 지 재 지

노랑 빛깔 [꾀꼬리][1]

"노랑 빛깔 꾀꼬리가
언덕 비탈에 앉았네.
길이 멀어
내 수고(受苦)로움은 어떠하겠는가?"
"그대를 마시게 하고 그대를 먹여 주고
그대를 가르치고 그대를 타이르리라.
저 뒤쪽 수레에 명령(命令)하여
그대를 [수레에] 태워 주라 말하리라."[2]

---

1) 〈緜蠻(면만)〉은 행역(行役) 가는 사람과 그를 인솔(引率)하는 대신(大臣)과의 대화(對話)를 통(通)해 행역(行役)의 어려움과 그것을 해결(解決)하려는 내용(內容)을 노래하였다.
2) 緜蠻(면만)은 문채(文彩)가 있는 모습. 여기서는 '노랑 빛깔'로 풀이하였다. 黃鳥(황조)는 꾀꼬리. 노란색(色)과 검은색(色)이 조화(調和)를 이룬 몸 색깔이 특징(特徵)이다. 止(지)는 머무르다. 여기서는 '앉다'로 풀이하였다. 于(우)는 ~에. 丘(구)는 언덕. 阿(아)는 산(山)비탈. 이 두 구(句)는 산비탈에 앉아 쉬는 꾀꼬리만 못한 자신(自身)을 암시(暗示)하고 있다. 道(도)는 길. 행역(行役)하러 가는 길을 뜻한다. 之(지)는 ~이. 云(운)은 어조(語調)를 고르는 어조사(語助詞). 遠(원)은 멀다. 我(아)는 나. 작자(作者) 자신(自身)을 가리킨다. 勞(로)는 수고(受苦)로움. 如何(여하)는 어떤지? 飮(음)은 마시게 하다. 之(지)는 그대. 행역자(行役者)인 작자(作者)를 가리킨다. 食(사)는 먹이다. 敎(교)는 가르치다. 誨(회)는 가르치다. 타이르다. 命(명)은 명령(命令)하다. 彼(피)는 저. 後(후)는 뒤. 車(거)는 수레. 謂(위)는 말하다. 之(지)는 後車(후거)를 모는 사람을 가리킨다. 載(재)는 싣다. 타다. 之(지)는 그대.

"노랑 빛깔 꾀꼬리가
언덕 모퉁이에 앉았네.
어찌 감(敢)히 가기를 꺼려하겠는가?
능(能)히 쫓아가지 못함을 두려워함이네."
"그대를 마시게 하고 그대를 먹여 주고
그대를 가르치고 그대를 타이르리라.
저 뒤쪽 수레에 명령(命令)하여
그대를 [수레에] 태워 주라 말하리라."3)

"노랑 빛깔 꾀꼬리가
언덕 기슭에 앉았네.
어찌 감(敢)히 가기를 꺼려하겠는가?
능(能)히 이르지 못할까 두려워함이네."
"그대를 마시게 하고 그대를 먹여 주고
그대를 가르치고 그대를 타이르리라.
저 뒤쪽 수레에 명령(命令)하여
그대를 [수레에] 태워 주라 말하리라."4)

---

3) 隅(우)는 모퉁이. 曷(기)는 어찌. 敢(감)은 감(敢)히. 憚(탄)은 꺼리다. 行(행)은 가다.
   畏(외)는 두렵다. 不能(불능)은 능(能)히 ~하지 못하다. 趨(추)는 쫓아가다.
4) 側(측)은 곁, 기슭. 極(극)은 [목적지(目的地)에] 이르다.

(231) 瓠 葉
　　　　호　엽

幡幡瓠葉 采之亨之 君子有酒 酌言嘗之
번번호엽　채지팽지　군자유주　작언상지

有兎斯首 炮之燔之 君子有酒 酌言獻之
유토사수　포지번지　군자유주　작언헌지

有兎斯首 燔之炙之 君子有酒 酌言酢之
유토사수　번지적지　군자유주　작언작지

有兎斯首 燔之炮之 君子有酒 酌言酬之
유토사수　번지포지　군자유주　작언수지

박잎1)

팔랑이는 박잎을
따서 삶네.
군자(君子)가 술이 있어
[술잔(盞)에] 부어 그것을 맛보네.2)

---

1) 〈瓠葉(호엽)〉은 주인(主人)과 손님이 잔치하는 내용(內容)이다.
2) 幡幡(번번)은 나부끼는 모습. 여기서는 '팔랑이다'로 풀이하였다. 瓠(호)는 표주박. 여
기서는 '박'을 가리킨다. 葉(엽)은 잎. 采(채)는 따다. 之(지)는 그것. 박잎을 가리킨
다. 여기서는 풀이를 생략(省略)하였다. 亨(팽)은 삶다. 烹(팽)과 같다. 君子(군자)는
주인(主人)을 가리킨다. 有酒(유주)는 술이 있다. 酌(작)은 따르다. 言(언)은 어조(語
調)를 고르는 어조사(語助詞). 嘗(상)은 맛보다. 之(지)는 그것. 술을 가리킨다.

토끼 몇 마리를
통째로 굽거나 털을 벗겨 굽네.
군자(君子)가 술이 있어
[술잔(盞)에] 부어 [손님께] 드리네.3)

토끼 몇 마리를
털을 벗겨 굽거나 꼬치에 꿰어 굽네.
군자(君子)가 술이 있어
[손님이 술잔(盞)에] 부어 [군자(君子)에게] 되돌리네.4)

토끼 몇 마리를
털을 벗겨 굽거나 통째로 굽네.
군자(君子)가 술이 있어
[술잔(盞)에] 부어 [손님에게] 갚네.5)

---

3) 有(유)는 어조(語調)를 고르는 어조사(語助詞). 兎(토)는 토끼. 斯(사)는 어조(語調)를
고르는 어조사(語助詞). 首(수)는 동물(動物)을 세는 단위(單位)를 나타내는 말. 양사
(量詞). 여기서는 '몇 마리'로 풀이하였다. 炮(포)는 통째로 굽다. 之(지)는 그것. 토
끼를 가리킨다. 여기서는 풀이를 생략(省略)하였다. 燔(번)은 털을 벗겨 굽다. 獻(헌)
은 [손님께] 드리다. 之(지)는 그것. 술을 가리킨다.
4) 炙(적)은 꼬치에 꿰어 굽다. 여기서 酌(작)은 손님이 술을 술잔(盞)에 따르는 것을 말
한다. 酢(작)은 [주인(主人)에게] 잔을 되돌리는 것을 말한다.
5) 酬(수)는 갚다. 손에게서 받은 술잔(盞)을 다시 손에게 돌리어 술을 권(勸)하다. 원문
(原文)에는 [酬(수):州⸗壽]로 되어있다.

(232) 漸漸之石
참 참 지 석

漸漸之石 維其高矣 山川悠遠 維其勞矣 武人東征 不皇朝矣
참참지석 유기고의 산천유원 유기노의 무인동정 불황조의

漸漸之石 維其卒矣 山川悠遠 曷其沒矣 武人東征 不皇出矣
참참지석 유기졸의 산천유원 갈기몰의 무인동정 불황출의

有豕白蹢 烝涉波矣 月離於畢 俾滂沱矣 武人東征 不皇他矣
유시백적 증섭파의 월리어필 비방타의 무인동정 불황타의

높고 가파른 바위1)

높고 가파른 바위가
이리도 높다랗구나.
산(山)과 내는 아득히 멀고
이리도 널따랗구나.
무인(武人)이 동(東)쪽으로 [적(敵)을] 치러 가니
[느긋한] 아침 겨를도 있지 않네.2)

---

1) 〈參漸之石(참참지석)〉은 동(東)쪽으로 원정(遠征)가는 병사(兵士)의 고충(苦衷)을 노래
하는 내용(內容)이다.
2) 漸漸(참참)은 높고 가파른 모습. 巉巉(참참)과 같다. 之(지)는 ~은(는). 石(석)은 바
위. 維(유)는 발어사(發語詞). 이. 여기서는 '이리도'로 풀이하였다. 其高(기고)는 高
高(고고)와 같다. 높다랗다. 矣(의)는 단정(斷定)의 뜻을 나타내는 어조사(語助詞). 山
川(산천)은 산(山)과 내. 悠(유)는 아득하다. 遠(원)은 멀다. 其勞(기로)는 勞勞(노로)
와 같다. 널따랗다. 武人(무인)은 병사(兵士)를 가리킨다. 東征(동정)은 동(東)쪽으로
[적(敵)을] 치러 가다. 不(불)은 않다. 皇(황)은 겨를. 遑(황)과 같다. 朝(조)는 아침.
한가(閑暇)한 아침을 뜻한다.

높고 가파른 바위가
이리도 험준(險峻)하네.
산(山)과 내는 아득히 멀고
언제 다 지날까?
무인(武人)이 동(東)쪽으로 [적(敵)을] 치러 가니
[전장(戰場)에서] 나올 겨를이 있지 못하네.3)

[물난리로 인(因)해] 발굽이 하얗게 된 돼지가
물결을 헤치며 나아가 건너네.
달이 필성(畢星)에 붙어있으니
큰비가 더해지겠네.
무인(武人)이 동(東)쪽으로 [적(敵)을] 치러 가니
다른 일할 겨를이 있지 않네.4)

---

3) 其卒(기졸)은 卒卒(졸졸)과 같다. 험준(險峻)한 모습. 卒(졸)은 崒(줄)의 가차자(假借字). 산(山)이 높고 험(險)하다. 曷(갈)은 언제. 其(기)는 어조(語調)를 고르는 어조사(語助詞). 沒(몰)은 다하다. 出(출)은 [전장(戰場)에서] 나오다.
4) 有(유)는 어조(語調)를 고르는 어조사(語助詞). 豕(시)는 돼지. 白(백)은 희다. 여기서는 돼지의 발굽이 평소(平素)에 진흙이 묻어 있지만 물난리로 발굽이 물에 씻겨 희게 된 것을 뜻한다. 烝(증)은 나아가다. 涉(섭)은 건너다. 波(파)는 물결. 이 두 구(句)는 수해(水害)가 큼을 말하고 있다. 月(월)은 달. 離(리)는 붙다. 於(어)는 ~에. 畢(필)은 별이름. 달이 필성(畢星) 가까이 있으면 많은 비가 온다는 조짐이다. 俾(비)는 더하다. 滂沱(방타)는 큰비를 말한다. 滂(방)은 비가 퍼붓다. 沱(타)는 큰비가 내리는 모양. 他(타)는 다른 일을 뜻한다.

【雅-小雅-73】

(233) 苕之華
초 지 화

苕之華 초 지 화	芸其黃矣 운 기 황 의	心之憂矣 심 지 우 의	維其傷矣 유 기 상 의
苕之華 초 지 화	其葉靑靑 기 엽 청 청	知我如此 지 아 여 차	不如無生 불 여 무 생
牂羊墳首 장 양 분 수	三星在罶 삼 성 재 류	人可以食 인 가 이 식	鮮可以飽 선 가 이 포

능소화(凌霄花)[1]

능소화(凌霄花)가
샛노랗네.
[굶주림으로] 마음이 걱정되어
이리도 쓰라리네.[2]

---

1) 〈苕之華(초지화)〉는 굶주림으로 고통(苦痛)받는 백성(百姓)을 노래한 내용(內容)이다.
2) 苕(초)는 식물명(植物名). 능소(凌霄). 之(지)는 ~의. 華(화)는 꽃. 花(화)와 같다. 苕之華(초지화)는 능소(凌霄)의 꽃, 곧 능소화(凌霄花)를 말한다. 芸其(운기)는 芸芸(운운)과 같다. 잎 따위가 짙게 누레진 모습. 여기서는 '샛'으로 풀이하였다. 黃(황)은 노랗다. 矣(의)는 단정(斷定)이나 다음 구(句)를 일으키는 데 쓰이는 어조사(語助詞). 心(심)은 마음. 之(지)는 ~이. 憂(우)는 근심하다. 維(유)는 발어사(發語詞). 이. 여기서는 '이렇듯이'로 풀이하였다. 其(기)는 어조(語調)를 고르는 어조사(語助詞). 傷(상)은 아프다, 쓰리다. 이 장(章)은 활짝 핀 꽃과 야윈 사람을 대비(對比)시켜 기근(饑饉)의 상황(狀況)을 극명(克明)하게 표현(表現)하였다.

능소화(凌霄花)는
그 잎이 무성(茂盛)하네.
내가 이럴 것 같음을 알았다면
태어나지 않음만 같지 못하네.3)

암양(羊)은 [말라] 머리만 크고
별빛만 [텅 빈] 통발에 있네.
[만약(萬若) 굶어 죽은] 사람조차 먹을 수 있다 해도
[야윈 사람뿐이라] 배불릴 수 있음이 드물겠네.4)

---

3) 其葉(기엽)은 그 잎. 靑靑(청청)은 菁菁(청청)과 같다. 무성(茂盛)한 모습. 知(지)는
   알다. 我(아)는 나. 기근(饑饉)으로 고통(苦痛)받는 백성(百姓)을 가리킨다. 如此(여차)
   는 이와 같다. 불여(不如)는 ~만 같지 못하다. 無生(무생)은 태어나지 않다.
4) 牂羊(장양)은 암양(羊). 墳(분)은 크다. 首(수)는 머리. 기근(饑饉)으로 먹지 못한 양
   (羊)이 말라 머리만 크게 남아 있다는 뜻이다. 三星(삼성)은 參星(삼성)으로 별이름.
   여기서는 별빛을 가리킨다. 在(재)는 있다. 罶(류)는 통발. 이 구(句)는 물고기가 잡히
   지 않아 텅 비었음을 뜻한다. 人(인)은 사람. 여기서는 굶어 죽은 사람을 뜻한다. 可
   以(가이)는 ~할 수 있다. 食(식)은 먹다. 鮮(선)은 드물다. 飽(포)는 배부르다. *이
   두 구(句)를 '[굶주린] 사람이 [무언가를] 먹을 수 있다 해도 배부를 수 있음이 드물겠
   네.'로 풀이하는 곳도 있다.

(234) 何草不黃
하 초 불 황

何草不黃 何日不行 何人不將 經營四方
하초불황 하일불행 하인부장 경영사방

何草不玄 何人不矜 哀我征夫 獨爲匪民
하초불현 하인불환 애아정부 독위비민

匪兕匪虎 率彼曠野 哀我征夫 朝夕不暇
비시비호 솔피광야 애아정부 조석불가

有芃者狐 率彼幽草 有棧之車 行彼周道
유봉자호 솔피유초 유잔지거 행피주도

어느 풀인들 [시들어] 누렇게 되지 않겠는가?1)

어느 풀인들 [시들어] 누렇게 되지 않겠는가?
어느 날인들 [일하러] 걸어가지 않겠는가?
어느 사람인들 [일터로] 나아가지 않겠는가?
[이렇게] 사방(四方)을 오가네.2)

---

1) 〈何草不黃(하초불황)〉은 정부(征夫)가 행역(行役)의 괴로움을 노래한 내용(內容)이다.
2) 何(하)는 어느, 어떤. 草(초)는 풀. 不(불)은 않다. 黃(황)은 [시들어] 누르다. 이 구
(句)는 시든 풀로 정부(征夫)의 괴로움을 비유(比喩)하고 있다. 何日(하일)은 어느 날.
行 (행)은 걷다. 何人(하인)은 어느 사람. 將(장)은 나아가다. 經營(경영)은 오가는 모
습. 經(경)은 지나다. 營(영)은 왔다 갔다 하는 모습.

어느 풀인들 [말라] 시커멓게 되지 않겠는가?
어느 사람인들 홀아비 신세가 되지 않겠는가?
불쌍한 우리 정부(征夫)는
홀로 사람도 아니라네.3)

외뿔들소도 아니고 호랑이도 아닌데
저 넓은 들을 따라 [돌아다니네.]
불쌍한 우리 정부(征夫)는
아침저녁으로 [쉴] 겨를이 있지 않네.4)

털 북슬북슬한 여우가
저 깊숙한 풀 속을 따라 [돌아다니네.]
높직한 수레가 [우리 정부(征夫)를 싣고]
저 큰길을 가네.5)

---

3) 玄(현)은 [말라서] 시커멓다. 矜(환)은 홀아비. 鰥(환)과 같다. 정부(征夫)가 집을 떠
나 있어 아내가 없는 것과 같기 때문이다. 哀(애)는 슬프다, 불쌍하다. 我(아)는 나.
여기서는 우리를 뜻한다. 征夫(정부)는 멀리 행역(行役)하러 가는 사람. 獨(독)은 홀
로. 爲(위)는 되다. 여기서는 풀이를 생략(省略)하였다. 匪(비)는 아니다. 非(비)와 같
다. 人(인)은 [일반] 사람.
4) 兕(시)는 외뿔들소. 虎(호)는 호랑이. 率(솔)은 따르다. 여기서는 '따라 돌아다니다'로
풀이하였다. 彼(피)는 저. 曠(광)은 넓다. 野(야)는 들. 朝夕(조석)은 아침저녁. 暇(가)
는 [쉴] 겨를.
5) 有芃(유봉)은 芃芃(봉봉)과 같다. 여우의 털이 북슬북슬한 모습. 者(자)는 어조(語調)
를 고르는 어조사(語助詞). 狐(호)는 여우. 幽(유)는 깊숙하다. 草(초)는 풀숲. 이 두
구(句)는 정부(征夫)가 여우처럼 이리저리 돌아다님을 비유(比喩)하고 있다. 有棧(유
잔)은 棧棧(잔잔)과 같다. 높은 모습. 여기서는 '높직하다'로 풀이하였다. 之(지)는 ~
한. 車(거)는 수레. 여기서는 정부(征夫)가 앉은 역거(役車)를 가리킨다. 周道(주도)는
큰길. 大道(대도)와 같다.

(235) 文_문 王_왕

文王在上 於昭于天 周雖舊邦 其命維新
_{문왕재상} _{오소우천} _{주수구방} _{기명유신}

有周不顯 帝命不時 文王陟降 在帝左右
_{유주비현} _{제명비시} _{문왕척강} _{재제좌우}

亹亹文王 令聞不已 陳錫哉周 侯文王孫子
_{미미문왕} _{영문불이} _{진석재주} _{후문왕손자}

文王孫子 本支百世 凡周之士 不顯亦世
_{문왕손자} _{본지백세} _{범주지사} _{비현역세}

世之不顯 厥猶翼翼 思皇多士 生此王國
_{세지비현} _{궐유익익} _{사황다사} _{생차왕국}

王國克生 維周之楨 濟濟多士 文王以寧
_{왕국극생} _{유주지정} _{제제다사} _{문왕이녕}

穆穆文王 於緝熙敬止 假哉天命 有商孫子
_{목목문왕} _{오집희경지} _{가재천명} _{유상손자}

商之孫子 其麗不億 上帝既命 侯于周服
_{상지손자} _{기려불억} _{상제기명} _{후우주복}

侯服于周 天命靡常 殷士膚敏 祼將于京
_{후복우주} _{천명미상} _{은사부민} _{관장우경}

厥作祼將 常服黼冔 王之藎臣 無念爾祖
_{궐작관장} _{상복보후} _{왕지신신} _{무념이조}

無念爾祖 聿脩厥德 永言配命 自求多福
_{무념이조} _{율수궐덕} _{영언배명} _{자구다복}

殷之未喪師 克配上帝 宜鑒于殷 駿命不易
_{은지미상사} _{극배상제} _{의감우은} _{준명불이}

命之不易 無遏爾躬 宣昭義問 有虞殷自天
_{명지불이} _{무알이궁} _{선소의문} _{유우은자천}

上天之載 無聲無臭 儀刑文王 萬邦作孚
_{상천지재} _{무성무취} _{의형문왕} _{만방작부}

문왕(文王)[1]

문왕(文王)께서 [하늘] 위에 계시니
아! 하늘에 나타나시네.
주(周)나라가 비록 오래된 나라이나
그 천명(天命)은 이리도 새롭네.
주(周)나라가 크게 드러났으니
상제(上帝)의 명령(命令)은 크게 훌륭했네.
문왕(文王)께서 [하늘을] 오르내리며 [자손(子孫)에게 복(福) 주시고]
상제(上帝)의 좌우(左右)에 계시네.[2]

---

1) 〈文王(문왕)〉은 周(주)나라 文王(문왕)의 덕업(德業)을 기리고 殷(은)나라의 옛 신하
(臣下)를 훈계(訓戒)하는 내용(內容)이다.
2) 文王(문왕)은 周(주)나라 武王(무왕)의 아버지. 姓(성)은 姬(희), 名(명)은 昌(창)이다.
殷(은)나라 紂王(주왕) 때 西伯(서백)이 되었으며 岐山(기산)의 아래에 건국(建國)하였
다. 여기서는 文王(문왕)의 신령(神靈)을 뜻한다. 在(재)는 있다. 上(상)은 천상(天上)
을 말한다. 於(오)는 감탄사(感歎詞). 아! 昭(소)는 나타나다. 于(우)는 ~에. 天(천)은
하늘. 周(주)는 나라이름. 雖(수)는 비록. 舊(구)는 오래되다. 邦(방)은 나라. 周(주)나
라는 文王(문왕)의 조부(祖父)인 古公亶父(고공단보)를 따라 豳(빈)으로부터 岐(기)로
옮겨 건국(建國)했으므로 오래되었다고 나타내었다. 其(기)는 그. 命(명)은 천명(天
命). 여기서는 무도(無道)한 殷(은)나라를 대신(代身)하라는 하늘의 명령(命令)을 말한
다. 維(유)는 발어사(發語詞). 이. 是(시)와 같다. 여기서는 '이리도'라 풀이하였다.
新(신)은 새롭다. 有(유)는 어조(語調)를 고르는 어조사(語助詞). 不(비)는 크다. 丕
(비)와 같다. 顯(현)은 드러나다. 이 구(句)는 周(주)나라가 殷(은)나라를 물리치고 종
주국(宗主國)이 되었음을 말한다. 帝(제)는 상제(上帝), 조물주(造物主). 時(시)는 좋
다, 훌륭하다. 陟(척)은 오르다. 降(강)은 내리다. 左右(좌우)는 왼쪽 오른쪽, 곁.

부지런히 힘쓰셨던 문왕(文王)께서는
좋은 명성(名聲)이 그치지 아니하네.
[상제(上帝)께서] 주(周)나라에 [천명(天命)을] 거듭 주시니
이에 문왕(文王)의 자손(子孫)이 있네.
문왕(文王)의 자손(子孫)은
[자손(子孫)의] 뿌리와 가지가 백세(百世)에까지 [뻗게 되었네.]
모든 주(周)나라의 사대부(士大夫)도
크게 드러나 또한 세세대대(世世代代) [이어지네.]3)

---

3) 亹亹(미미)는 부지런히 노력(努力)하는 모습. 亹(미)는 힘쓰다. 슈(령)은 좋다. 聞(문)
은 소문(所聞), 명성(名聲). 不(불)은 아니다. 已(이)는 그치다. 陳(진)은 申(신)의 가
차자(假借字). 거듭. 錫(석)은 주다. 哉(재)는 在(재)와 통(通)한다. ~에. 侯(후)는 발
어사(發語詞). 이, 이에. 維(유)와 같다. 孫子(손자)는 자손(子孫). 本(본)은 뿌리. 종
손(宗孫)을 가리킨다. 支(지)는 가지. 지손(支孫)을 가리킨다. 百世(백세)는 百代(백
대), 오랜 세월(歲月). 凡(범)은 모든. 之(지)는 ~의. 士(사)는 周(주)나라의 귀족(貴
族)과 군신(群臣)을 가리킨다. 여기서는 사대부(士大夫)로 풀이하였다. 亦(역)은 또한.
世(세)는 세세대대(世世代代). *亦世(역세)를 奕世(혁세), 累世(누세)로 풀이하는 곳도
있다.

세세대대(世世代代)의 크게 드러남은
그 꾀함이 조심스러웠네.
아! 멋진 많은 인사(人士)가
이 왕국(王國)에 태어났네.
왕국(王國)이 능(能)히 [인사(人士)를] 태어나게 할 수 있었고
[이들은] 이 <u>주(周)</u>나라의 기둥이 되었네.
훌륭한 많은 인사(人士)로
<u>문왕(文王)</u>께서는 이들로써 편안(便安)하셨네.4)

---

4) 之(지)는 ~의. 厥(궐)은 그. 其(기)와 같다. 猶(유)는 꾀, 방법(方法). 猷(유)와 같다.
翼翼(익익)은 공경(恭敬)하고 삼가는 모습. 思(사)는 발어사(發語詞). 아! 皇(황)은 아
름답다. 여기서는 '멋진'으로 풀이하였다. 多(다)는 많다. 士(사)는 인사(人士), 인재
(人才)를 뜻한다. 生(생)은 태어나다. 此(차)는 이. 王國(왕국)은 周(주)나라를 가리킨
다. 克(극)은 能(능)과 같다. 능(能)히 ~할 수 있다. 維(유)는 발어사(發語詞). 이. 是
(시)와 같다. 楨(정)은 기둥. 濟濟(제제)는 위의(威儀)가 성(盛)한 모습. 여기서는 '훌
룽한'으로 풀이하였다. 以(이)는 [이들]로써. 寧(녕)은 편안(便安)하다.

장엄(莊嚴)하고 아름다운 <u>문왕(文王)</u>께서는
아! [품성(品性)과 덕행(德行)이] 밝고 빛나며 공경(恭敬)스럽네.
천명(天命)이 컸었구나!
<u>상(商)</u>나라의 자손(子孫)이 [신하(臣下)됨이] 있게 했네.
<u>상(商)</u>나라 자손(子孫)은
그 수(數)가 억만(億萬)이나 되었지만
상제(上帝)께서 이윽고 명령(命令)하니
곧 <u>주(周)</u>나라에 복종(服從)하게 되었네.5)

---

5) 穆穆(목목)은 장엄(莊嚴)하고 아름다운 모습. 於(오)는 감탄사(感歎詞). 아! 緝(집)은
밝다, 빛나다. 熙(희)는 빛나다. 敬(경)은 공경(恭敬)스럽다. 止(지)는 문말(文末)에 놓
는 뜻없는 어조사(語助詞). 假(가)는 크다. 哉(재)는 영탄(詠歎)의 뜻을 나타내는 어조
사(語助詞). 天命(천명)은 하늘의 명령(命令). 무도(無道)한 殷(은)나라를 대신(代身)하
라는 하늘의 명령(命令)을 말한다. 有(유)는 [신하(臣下)됨이] 있다. 商(상)은 湯(탕)임
금이 夏(하)를 멸(滅)하고 세운 나라 이름. 본래(本來) '殷(은)'이라고 하였으나 盤庚
(반경)이 商邑(상읍)으로 도읍(都邑)을 옮긴 뒤부터 '商(상)'으로 명칭(名稱)이 바뀌었
다. 麗(려)는 수(數). 不(불)은 뜻없는 어조사(語助詞). 億(억)은 억(億). 여기서는 억
만(億萬)으로 풀이하였다. 旣(기)는 이윽고. 侯(후)는 곧. 乃(내)와 같다. 于(우)는 ~
에. 服(복)은 복종(服從)하다.

[상(商)나라 자손(子孫)이] 곧 주(周)나라에 복종(服從)하니
천명(天命)이 일정(一定)하지 않았네.
아름답고 민첩(敏捷)한 은(殷)나라 사대부(士大夫)가
강신제(降神祭)를 지내러 [주(周)나라] 경사(京師)로 가네.
그 강신제(降神祭)를 지내기 시작(始作)함에
오히려 [은(殷)나라 때의] 예복(禮服)과 예관(禮冠)을 입고 썼네.
[주(周)나라] 왕(王)에게 나아간 [은(殷)나라의 옛] 신하(臣下)들은
너의 선조(先祖)를 생각하지 말라.6)

---

6) 靡(미)는 없다. 常(상)은 일정(一定)함. 殷(은)은 나라 이름. 商(상)나라의 이전(以前)
이름. 膚(부)는 아름답다. 敏(민)은 민첩(敏捷)하다. 祼(관)은 강신제(降神祭). 관제(灌
祭)라고도 한다. 울창주(鬱鬯酒)를 땅에 부어 신(神)에게 바치는 제사의식(祭祀儀式).
將(장)은 행(行)하다. 여기서는 '지내다'로 풀이하였다. 于(우)는 가다. 京(경)은 [周
(주)나라] 경사(京師). 厥(궐)은 그. 作(작)은 시작(始作)하다. 常(상)은 尙(상)과 통
(通)한다. 오히려. 服(복)은 입다, 쓰다. 黼(보)는 殷(은)나라의 예복(禮服). 冔(후)는
殷(은)나라의 예관(禮冠). 王(왕)은 周(주)나라 왕(王)을 말한다. 之(지)는 ~의. 여기
서는 문맥상(文脈上) 풀이를 생략(省略)하였다. 藎(신)은 나아가다. 臣(신)은 殷(은)나
라의 옛 신하(臣下)를 말한다. 無(무)는 말라. 念(념)은 생각하다. 爾(이)는 너. 祖(조)
는 조상(祖上).

네 선조(先祖)를 생각하지 말고
그 덕(德)을 따르고 닦아라.
길이 천명(天命)에 짝함이
스스로 많은 복(福)을 구(求)한다네.
은(殷)나라가 무리를 잃지 않았을 때는
능(能)히 상제(上帝)와 짝할 수 있었다네.
마땅히 은(殷)나라에서 거울삼아야 하니
위대(偉大)한 천명(天命)은 [얻기가] 쉽지 않다네.[7]

---

7) 聿(율)은 따르다, 좇다. 脩(수)는 닦다. 德(덕)은 [殷(은)나라의 옛 신하(臣下)가 아닌
周(주)나라의 신하(臣下)로서 갖추어야 할] 덕(德). 永(영)은 길다. 言(언)은 어조(語
調)를 고르는 어조사(語助詞). 配(배)는 짝하다. 命(명)은 천명(天命). 自(자)는 스스
로. 求(구)는 구(求)하다. 多福(다복)은 많은 복(福). 之(지)는 ~가. 未(미)는 아니다.
喪(상)은 잃다. 師(사)는 무리, 인민(人民). 克(극)은 능(能)히 ~할 수 있다. 能(능)과
같다. 宜(의)는 마땅히. 鑒(감)은 거울삼다. 于(우)는 ~에서. 駿(준)은 크다, 위대(偉
大)하다. 易(이)는 쉽다.

천명(天命)은 [지키기가] 쉽지 아니하니
네 몸을 [천명(天命) 지키는데] 그만두지 말라.
올바른 명성(名聲)을 펴고 밝히며
또 [하늘의 뜻을] 헤아리고 하늘에 의지(依支)하라.
상천(上天)의 일은
소리도 없고 냄새도 없다.
<u>문왕(文王)</u>을 본(本)보기로 삼아야
모든 나라가 곧 믿을 것이다. 8)

---

8) 之(지)는 ~은. 不易(불이)는 [지키기가] 쉽지 않다. 無(무)는 말라. 遏(알)은 중지(中
止)하다. 爾(이)는 너. 躬(궁)은 몸. 宣(선)은 펴다. 昭(소)는 밝히다. 義(의)는 옳다,
바르다. 問(문)은 명예(名譽), 명성(名聲). 聞(문)과 같다. 有(유)는 또. 又(우)와 같
다. 虞(우)는 [하늘의 뜻을] 헤아리다. 殷(은)은 依(의)의 가차자(假借者). 의지(依支)
하다, 기대다. 自(자)는 ~로부터, ~에. 上天(상천)은 하늘, 상제(上帝). 之(지)는 ~
의. 載(재)는 일. 事(사)와 같다. 無(무)는 없다. 聲(성)은 소리. 臭(취)는 냄새. 儀
(의)는 본, 본뜨다. 刑(형)은 법(法), 본(本)받다. 萬邦(만방)은 모든 나라. 作(작)은
곧, 비로소.

(236) 大明
대 명

明明在下 赫赫在上 天難忱斯 不易維王 天位殷適 使不挾四方
명명재하 혁혁재상 천난침사 불이유왕 천위은적 사불협사방

摯仲氏任 自彼殷商 來嫁于周 曰嬪于京 乃及王季 維德之行
지중씨임 자피은상 래가우주 왈빈우경 내급왕계 유덕지행
大任有身 生此文王
태임유신 생차문왕

維此文王 小心翼翼 昭事上帝 聿懷多福 厥德不回 以受方國
유차문왕 소심익익 소사상제 율회다복 궐덕불회 이수방국

天監在下 有命旣集 文王初載 天作之合 在洽之陽 在渭之涘
천감재하 유명기집 문왕초재 천작지합 재흡지양 재위지사
文王嘉止 大邦有子
문왕가지 대방유자

大邦有子 俔天之妹 文定厥祥 親迎于渭 造舟爲梁 不顯其光
대방유자 견천지매 문정궐상 친영우위 조주위량 비현기광
有命自天 命此文王 于周于京 纘女維莘 長子維行 篤生武王
유명자천 명차문왕 우주우경 찬여유신 장자유행 독생무왕
保右命爾 燮伐大商
보우명이 섭벌대상

殷商之旅 其會如林 矢于牧野 維予侯興 上帝臨女 無貳爾心
은상지려 기회여림 시우목야 유여후흥 상제임녀 무이이심

牧野洋洋 檀車煌煌 駟騵彭彭 維師尙父 時維鷹揚
목야양양 단거황황 사원방방 유사상보 시유응양
涼彼武王 肆伐大商 會朝淸明
량피무왕 사벌대상 회조청명

대아(大雅)의 '밝음'1)

[문왕(文王)의 덕(德)의] 밝고 밝음이 [하늘] 아래에도 있고
빛나고 빛남이 [하늘] 위에도 있네.
하늘은 믿기 어려우니
이리도 왕(王) 노릇 하기가 쉽지 않다네.
하늘이 은(殷)나라 적자(嫡子)를 세웠으나
[그로] 하여금 사방(四方) [나라를] 가지지 못하게 하였네.2)

---

1) 〈大明(대명)〉은 周(주)나라 사람들이 자신(自身)들의 선조(先祖)가 개국(開國)한 것을
서술(敍述)한 역사시(歷史詩)이다. 여기서는 王季(왕계)와 太任(태임), 文王(문왕)과 太
姒(태사)의 결혼(結婚) 및 武王(무왕)이 殷(은)나라의 紂王(주왕)을 정벌(征伐)한 것을
서술(敍述)하였다. 大明(대명)은 小雅(소아)의 '밝음'인 小明(소명)과 구별(區別)하기
위(爲)해 大(대)를 썼다.

2) 明明(명명)은 밝은 모습. 여기서는 文王(문왕) 신령(神靈)의 품덕(品德)이 밝음을 뜻한
다. 在(재)는 있다. 下(하)는 [하늘] 아래. 赫赫(혁혁)은 빛나는 모습. 上(상)은 [하늘]
위. 天(천)은 하늘. 여기서는 천명(天命)을 뜻한다. 難(난)은 어렵다. 忱(침)은 정성(精
誠). 여기서는 믿음을 뜻한다. 斯(사)는 어조(語調)를 고르는 어조사(語助詞). 不易(불
이)는 쉽지 않다. 維(유)는 어조(語調)를 고르는 어조사(語助詞). 여기서는 '이리도'라
풀이하였다. 位(위)는 세우다. 立(립)과 같다. 殷(은)은 나라 이름. 適(적)은 嫡(적)과
통(通)한다. 대를 이을 사람. 적자(嫡子). 여기서는 殷(은)나라의 紂王(주왕)을 가리킨
다. 使(사)는 하여금. 挾(협)은 가지다. 四方(사방)은 사방(四方)의 나라, 천하(天下).

지(摯)나라 임씨(任氏)의 둘째 딸이
저 은상(殷商)으로부터
주(周)나라로 시집가서
이에 [주(周)나라] 서울에서 [왕계(王季)의] 아내가 되었네.
곧 왕계(王季)와 함께
미덕(美德)을 행(行)하셨네.
태임(大任)이 임신(妊娠)함이 있었고
이 문왕(文王)을 낳았네.3)

---

3) 摯(지)는 殷(은)나라의 속국(屬國) 이름. 仲(중)은 둘째. 여기서는 둘째 딸을 가리킨
다. 氏 (씨)는 사람의 호칭(呼稱). 任(임)은 姓(성)으로 쓰였다. 自(자)는 ~으로부터.
彼(피)는 저. 殷商(은상)은 殷(은)나라를 말한다. 처음에는 商(상)이라 하였다가 반경
(盤庚) 때에 殷(은)으로 고쳤다. 來(래)는 어조(語調)를 고르는 어조사(語助詞). 嫁(가)
는 시(媤)집가다. 于(우)는 ~로. 周(주)는 나라 이름. 武王(무왕)이 殷(은)나라를 멸
(滅)하고 세운 왕조(王朝). 曰(왈)은 발어사(發語詞). 이에. 嬪(빈)은 아내. 여기서는
아내가 되다. 京(경)은 서울. 乃(내)는 이에, 곧. 及(급)은 함께. 王季(왕계)는 文王
(문왕)의 아버지. 維(유)는 어조(語調)를 고르는 어조사(語助詞). 德(덕)은 덕(德), 미
덕(美德). 之(지)는 어조(語調)를 고르는 어조사(語助詞). 行(행)은 행(行)하다. 大任
(태임)은 임씨(任氏)의 둘째 딸을 말한다. 有(유)는 있다. 身(신)은 임신(妊娠)하다. 生
(생)은 낳다. 文王(문왕)은 武王(무왕)의 아버지.

아! 이 문왕(文王)께서는
주의(注意)하고 삼가셨네.
밝게 상제(上帝)를 섬겨
마침내 많은 복(福)을 품으셨네.
그 [문왕(文王)의] 덕(德)이 간사(奸邪)하지 않아
사방(四方)의 나라를 받았네.4)

---

4) 維(유)는 발어사(發語詞). 아! 小心(소심)은 조심(操心)하다, 주의(注意)하다. 翼翼(익익)
은 공경(恭敬)하고 삼가는 모습. 昭(소)는 밝다. 事(사)는 섬기다. 上帝(상제)는 천제(天
帝), 조물주(造物主). 聿(율)은 마침내. 懷(회)는 품다, 가지다. 多福(다복)은 많은 복
(福). 厥(궐)은 그. 其(기)와 같다. 不(불)은 아니하다. 回(회)는 간사(奸邪)하다. 以(이)
는 접속(接續)의 뜻을 나타내는 어조사(語助詞). 而(이)와 같다. 그래서. 여기서는 풀이
를 생략(省略)하였다. 受(수)는 받다. 方國(방국)은 사방(四方)의 제후국(諸侯國). 이 구
(句)는 사방(四方)의 제후국(諸侯國)이 文王(문왕)을 따르게 되었음을 뜻한다.

하늘이 아래에 있는 [사람들을] 살펴보았고
천명(天命)은 이윽고 이루어졌네.
문왕(文王)의 [즉위(卽位)] 초년(初年)에
하늘이 그의 짝을 점지했네.
합수(洽水)의 북(北)쪽 기슭 [신(莘)나라에] 있는
위수(渭水)의 물가에 [그의 짝이] 있었네.
문왕(文王) 가례(嘉禮)의 [짝은]
큰 나라인 [신(莘)나라 임금의] 따님이었네.5)

큰 나라인 [신(莘)나라 임금의] 따님은
천상(天上)의 아가씨에 비유(比喩)되네.
[납폐(納幣)의] 예의(禮儀)는 그 상서(祥瑞)로움을 정(定)했고
[문왕(文王)은] 위수(渭水)에서 친(親)히 맞았네.
배를 나란히 [연결(連結)하여] 다리를 만드니
[가례(嘉禮)의] 그 빛남이 크게 나타났네.6)

---

5) 監(감)은 보다, 살피다. 在下(재하)는 하늘 아래에 있는 사람을 가리킨다. 有(유)는
어조(語調)를 고르는 어조사(語助詞). 命(명)은 천명(天命). 旣(기)는 이윽고. 集(집)은
이루다. 就(취)와 같다. 이 구(句)는 천명(天命)이 드디어 殷(은)나라의 紂王(주왕)에서
文王(문왕)으로 옮겨 갔음을 뜻한다. 初(초)는 처음. 載(재)는 년(年). 作(작)은 짓다,
만들다. 여기서는 '점지하다'로 풀이하였다. 之(지)는 대명사(代名詞). 그. 合(합)은
짝, 배필(配匹). 洽(합)은 물 이름. 之(지)는 ~의. 陽(양)은 내의 북안(北岸). 洽陽(합
양)은 莘(신)나라가 있는 곳이다. 渭(위)는 강(江) 이름. 涘(사)는 물가. 嘉(가)는 경사
(慶事)스럽다. 止(가)는 예의(禮儀). 嘉止(가지)는 嘉禮(가례)와 같다. 嘉禮(가례)는 임
금의 성혼(成婚)·즉위(卽位) 등의 예식(禮式)을 말한다. 大邦(대방)은 큰 나라. 莘(신)
나라를 말한다. 有(유)는 어조(語調)를 고르는 어조사(語助詞). 子(자)는 딸. 여기서는
莘(신)나라 임금의 딸인 太姒(태사)를 가리킨다.
6) 俔(견)은 비유(比喩)하다. 妹(매)는 소녀(少女), 아가씨. 文(문)은 법도(法度), 예의(禮
儀). 여기서는 납폐(納幣)의 예(禮)를 말한다. 定(정)은 정(定)하다. 厥(궐)은 그. 祥
(상)은 상서(祥瑞)롭다. 親(친)은 친(親)히, 몸소. 迎(영)은 맞이하다. 于(우)는 ~에서.
造(조)는 나란히 하다. 舟(주)는 배. 爲(위)는 만들다. 梁(량)은 다리. 지금의 부교(浮
橋)를 말한다. 不(비)는 크다. 丕(비)와 같다. 顯(현)은 나타나다. 其光(기광)은 [가례
(嘉禮)의] 그 빛남.

하늘로부터 천명(天命)이 있어

이 문왕(文王)에게 명령(命令)하니 [천명(天命)이]

주(周)나라에 있게 되고 [주(周)나라의] 서울에 있게 되었네.

신(莘)나라 [임금의] 고운 따님이

장녀(長女)로서 이렇게 [미덕(美德)을] 행(行)하여

무왕(武王)을 확실(確實)하게 낳았네.

[하늘이 무왕(武王)에게 이르기를]

"지키고 도와주리니 네게 명(命)한다.

큰 상(商)나라를 정벌(征伐)하라."고 했네.7)

은상(殷商)의 군대(軍隊)는

그 깃발이 숲과 같았네.

목야(牧野)에서 맹세(盟誓)하기를

"아! 우리가 이에 일어났도다.

상제(上帝)께서 너희들에게 임(臨)하시니

네 마음을 둘로 품지 말라."고 했네.8)

---

7) 有命(유명)은 천명(天命)이 있다. 自(자)는 ~으로부터. 命(명)은 명령(命令)하다. 于
(우)는 ~에. 京(경)은 서울. 纘(찬)은 [纘(찬):糸─女]의 가차자(假借字). 곱다. 女(여)
는 딸. 太姒(태사)를 가리킨다. 維(유)는 어조(語調)를 고르는 어조사(語助詞). 莘(신)
은 나라 이름. 長子(장자)는 長女(장녀)를 말한다. 行(행)은 [덕(德)을] 행(行)하다. 篤
(독)은 도탑다. 여기서는 '확실(確實)하게'로 풀이하였다. 生(생)은 낳다. 武王(무왕)은
文王(문왕)의 아들. 保(보)는 지키다. 右(우)는 돕다. 爾(이)는 너. 武王(무왕)을 가리
킨다. 燮(섭)은 襲(습)의 가차자(假借字). 엄습(掩襲)하다. 伐(벌)은 치다. 燮伐(섭벌)
은 진공(進攻)을 뜻한다. 大商(대상)은 큰 상(商)나라.

8) 旅(려)는 무리, 군대(軍隊). 會(회)는 膾(괴)의 가차자(假借字). 기(旗)를 뜻한다. 如
(여)는 같다. 林(림)은 숲. 이 두 구(句)는 군사(軍士)가 매우 많음을 말한다. 矢(시)는
맹세(盟誓)하다. 牧野(목야)는 지명(地名). 商(상)나라 국도(國都)인 朝歌(조가) 교외
(郊外)에 있다. 維(유)는 발어사(發語詞). 아! 予(여)는 나. 여기서는 '우리'를 뜻한다.
侯(후)는 발어사(發語詞). 이에. 興(흥)은 일어나다. 臨(임)은 임(臨)하다. 女(여)는
너. 여기서는 商(상)나라의 紂王(주왕)을 치기 위해 모인 군사(軍士)를 가리킨다. 無
(무)는 말라. 貳(이)는 둘. 여기서는 두 가지로 품다. 爾心(이심)은 네 마음.

목야(牧野)는 널따랗고
박달나무 전거(戰車)는 또렷하며
네 마리 배가 흰 월따말은 튼튼하네.
아! 태사(太師) 상보(尚父)는
이 새매처럼 날아올랐네.
[상보(尚父)는] 저 무왕(武王)을 도와
큰 상(商)나라를 재빨리 치려는데 [밤에 비가 내렸으나]
때마침 아침에 [날씨가] 맑고 밝아졌네.9)

---

9) 洋洋(양양)은 광활(廣闊)한 모습. 檀車(단거)는 박달나무로 만든 전거(戰車). 煌煌(황
황)은 선명(鮮明)한 모습. 駟(사)는 사마(四馬). 騵(원)은 배가 흰 월따말. 彭彭(방방)
은 강건(强健)한 모습. 여기서는 '튼튼하다'로 풀이하였다. 師(사)는 관명(官名)인 태
사(太師)를 말한다. 尚父(상보)는 呂尚(여상)을 말한다. 그의 선조(先祖)가 呂(여) 땅에
봉(封)해졌다. 성(姓)은 姜(강)이며 姜太公(강태공)이라고도 한다. 父(보)는 甫(보)와
같다. 고대(古代) 남자(男子)의 미칭(美稱). 時(시)는 이. 是(시)와 같다. 維(유)는 어
조(語調)를 고르는 어조사(語助詞). 鷹(응)은 새매. 揚(양)은 날아오르다. 이 구(句)는
尚父(상보)의 용맹(勇猛)함을 형용(形容)한 것이다. 涼(량)은 돕다. 彼(피)는 저. 肆
(사)는 빠르다. 會(회)는 때마침. 淸明(청명)은 날씨가 맑고 밝아지다. 이 구(句)는 지
난밤에는 비가 내렸으나 아침에는 날이 개었다는 것을 말한다.

(237) 緜
면

緜緜瓜瓞 (면면과질)　民之初生 (민지초생)　子士沮漆 (자두저칠)　古公亶父 (고공단보)　陶復陶穴 (도복도혈)　未有家室 (미유가실)

古公亶父 (고공단보)　來朝走馬 (래조주마)　率西水滸 (솔서수호)　至於岐下 (지어기하)　爰及姜女 (원급강녀)　聿來胥宇 (율래서우)

周原膴膴 (주원무무)　菫茶如飴 (근도여이)　爰始爰謀 (원시원모)　爰契我龜 (원계아구)　曰止曰時 (왈지왈시)　築室于兹 (축실우자)

迺慰迺止 (내위내지)　迺左迺右 (내좌내우)　迺疆迺理 (내강내리)　迺宣迺畝 (내선내무)　自西徂東 (자서조동)　周爰執事 (주원집사)

乃召司空 (내소사공)　乃召司徒 (내소사도)　俾立室家 (비립실가)　其繩則直 (기승즉직)　縮版以載 (축판이재)　作廟翼翼 (작묘익익)

捄之陾陾 (구지잉잉)　度之薨薨 (탁지횡횡)　築之登登 (축지등등)　削屢馮馮 (삭루빙빙)　百堵皆興 (백도개흥)　鼛鼓弗勝 (고고불승)

迺立皋門 (내립고문)　皋門有伉 (고문유항)　迺立應門 (내립응문)　應門將將 (응문장장)　迺立冢土 (내립총두)　戎醜攸行 (융추유행)

肆不殄厥慍 (사부진궐온)　亦不隕厥問 (역불운궐문)

柞棫拔矣 (작역발의)　行道兑矣 (행도태의)　混夷駾矣 (곤이태의)　維其喙矣 (유기훼의)

虞芮質厥成 (우예질궐성)　文王蹶厥生 (문왕궤궐생)

予曰有疏附 (여왈유소부)　予曰有先後 (여왈유선후)　予曰有奔奏 (여왈유분주)　予曰有禦侮 (여왈유어모)

이어짐[1]

죽 이어진 오이와 북치로다.
[주(周)나라] 민족(民族)의 첫 탄생(誕生)은
두수(土水)로부터 칠수(漆水)에 이르는 [땅에서 이루어졌다네.]
고공단보(古公亶父)께서는
흙을 구워 흙집을 만들고 흙을 구워 움집을 지었으나
[제대로 된] 집과 방(房)이 있지 않았다네.[2]

---

1) 〈緜(면)〉은 周(주)나라 사람들이 선조(先祖)인 古公亶父(고공단보)가 기산(岐山)에서
   건국(建國)한 사적(事迹)을 서술(敍述)한 내용(內容)이다.
2) 緜緜(면면)은 오래 계속(繼續)하여 끊어지지 않는 모습. 綿綿(면면)과 같다. 여기서는
   '죽 이어지다'로 풀이하였다. 瓜(과)는 오이. 瓞(질)은 북치. 북치는 작은 오이를 말한
   다. 이 구(句)는 오이 덩굴이 끊어지지 않고 이어지며 오이와 북치가 생기듯이 周(주)
   나라 민족(民族)이 흥성(興盛)하여 사람들이 점점 많아지는 것을 비유(比喩)하고 있다.
   民(민)은 周(주)나라 민족(民族). 之(지)는 ~의. 初(초)는 첫. 生(생)은 탄생(誕生), 태
   어남. 自(자)는 ~으로부터. 土(두)는 물 이름. 杜(두)로 표기(表記)된 곳도 있다. 沮
   (저)는 徂(조)의 가차자(假借字). 이르다. 漆(칠)은 물 이름. 土水(두수)와 漆水(칠수)
   는 豳(빈) 땅에 있다. 古公亶父(고공단보)는 文王(문왕)의 조부(祖父)로 처음에 豳(빈)
   땅에 살았다가 狄人(적인)의 침략(侵略)으로 岐山(기산)의 아래쪽으로 옮겨와 나라를
   정(定)하고 周(주)라고 이름 지었다. 武王(무왕)이 殷(은)나라 紂王(주왕)을 치고 천하
   (天下)를 평정(平定)한 뒤에 그를 추존(追尊)하여 太王(태왕)이라 하였다. 古公(고공)은
   號(호)이고 亶父(단보)는 이름이다. 陶(도)는 도자기(陶瓷器)를 굽다. 여기서는 '흙을
   굽다'로 풀이하였다. 復(복)은 땅 위에 흙을 쌓아 만든 집. 흙집. 穴(혈)은 땅을 파서
   만든 집. 움, 움집. 未有(미유)는 있지 아니하다. 家(가)는 집. 室(실)은 방(房).

고공단보(古公亶父)께서 [새로 살 곳을 찾으려고]
다음날 아침까지 말을 타고 달려
[빈(豳)의] 서(西)쪽 위수(渭水)의 물가를 따라
기산(岐山)의 아래에 이르렀네.
이에 강족(姜族)의 여인(女人)과 함께
마침내 [이곳에서 살] 곳을 살펴보았다네.3)

주(周) [땅의] 평원(平原)은 비옥(肥沃)하고
오두(烏頭)와 씀바귀도 엿과 같네.
이에 [이곳에서 살기로] 시작(始作)하고 이에 꾀하여
곧 우리 거북껍질을 [칼로] 새겨 [불에 구워 점(占)쳐 보니]
'머물러라.'고 하고 '좋다.'고 하여
이곳에 집을 지었네.4)

---

3) 來朝(래조)는 다음날 아침까지. 走馬(주마)는 말을 타고 달리다. 率(솔)은 따르다. 西
(서)는 豳(빈) 땅의 서(西)쪽. 水(수)는 渭水(위수)를 말한다. 滸(호)는 물가. 至(지)는
이르다. 於(어)는 ~에. 岐(기)는 산(山) 이름. 岐山(기산)을 말한다. 下(하)는 아래.
爰(원)은 발어사(發語詞). 이에, 곧. 乃(내)와 같다. 及(급)은 함께. 姜女(강녀)는 姜族
(강족)의 여인(女人). 姜(강)은 성(姓). *姜族(강족)의 여추장(女酋長)으로 풀이하는 곳
도 있다. 여기서는 古公亶父(고공단보)의 아내를 말하며 太姜(태강)이라고도 한다. 聿
(율)은 마침내. 來(래)는 어조(語調)를 고르는 어조사(語助詞). 胥(서)는 보다, 살펴보
다. 宇(우)는 [살] 곳.
4) 周(주)는 岐山(기산) 아래에 자리 잡은 땅의 이름을 말한다. 原(원)은 들, 평원(平原).
膴膴(무무)는 땅이 비옥(肥沃)한 모양. 膴(무)는 아름답다. 菫(긴)은 바꽃의 덩이뿌리인
오두(烏頭). 약재(藥材)로 쓰인다. 茶(도)는 씀바귀. 如(여)는 ~와 같다. 飴(이)는 엿.
始(시)는 시작(始作)하다. 謀(모)는 꾀하다. 契(계)는 새기다. 我(아)는 나. 여기서는
우리를 뜻한다. 龜(귀)는 龜甲(귀갑), 곧 거북껍질을 가리킨다. 옛날 점(占)칠 때 먼저
칼로 거북껍질에 새긴 다음 불에 구워 껍질에 갈라진 무늬를 보고 길흉(吉凶)을 점(占)
쳤다고 한다. 曰(왈)은 이르다, 말하다. 止(지)는 머무르다. 거주(居住)를 뜻한다. 時
(시)는 좋다. 善(선)과 같다. 築(축)은 집을 짓다. 室(실)은 집. 玆(자)는 이, 이곳.

이에 위안(慰安)이 되었고 이에 머물게 되었으며
이에 왼쪽으로 이에 오른쪽으로 [구역(區域)을 획정(劃定)했네.]
이에 경계(境界)를 짓고 이에 [구역(區域)] 정리(整理)를 했으며
이에 밭 갈고 이에 이랑을 만들었네.
[주(周) 땅의] 서(西)쪽으로부터 동(東)쪽에 이르도록
두루 곧 일을 집행(執行)했네.5)

이에 사공(司空)을 부르고
이에 사도(司徒)를 불러
[그들로] 하여금 궁실(宮室)을 세우게 했네.
그 먹줄은 곧 바르고
담틀을 세워가며
종묘(宗廟)를 지으니 으리으리했네.6)

---

5) 迺(내)는 이에. 乃(내)와 같다. 慰(위)는 위로(慰勞)하다. *慰(위)를 居(거)로 풀이하
는 곳도 있다. 止(지)는 머물다. 左(좌)와 右(우)는 왼쪽과 오른쪽으로 구역(區域)을
획정(劃定)하는 것을 뜻한다. 疆(강)은 지경(地境). 여기서는 지경(地境)을 정(定)하다.
理(리)는 정리(整理)하다. 宣(선)은 밭 갈다. 畝(무)는 이랑을 만들다. 西(서)와 東(동)
은 周(주) 땅의 서(西)쪽과 동(東)쪽을 말한다. 徂(조)는 이르다. 周(주)는 두루. 執
(집)은 집행(執行)하다. 事(사)는 일.

6) 乃(내)는 이에, 곧. 召(소)는 부르다. 司空(사공)은 건축(建築)을 맡은 벼슬. 司徒(사
도)는 인력(人力)을 맡은 벼슬. 俾(비)는 하여금. 使(사)와 같다. 立(입)은 세우다. 室
家(실가)는 집. 여기서는 궁실(宮室)을 말한다. 其(기)는 그. 繩(승)은 먹줄. 則(즉)은
곧. 直(직)은 곧다, 바르다. 縮版(축판)은 築板(축판)과 같다. 담틀. 縮(축)은 곧다.
版(판)은 널빤지. 以(이)는 ~로써. 여기서는 '~을'로 풀이하였다. 載(재)는 쌓다, 세
우다. 作(작)은 짓다. 廟(묘)는 宗廟(종묘)를 뜻한다. 翼翼(익익)은 장엄(莊嚴)하고 웅
장(雄壯)한 모양. 여기서는 '으리으리하다'로 풀이하였다.

흙을 '쓱쓱' 삼태기에 담고
흙을 '휙휙' 담틀에 던지네.
흙을 '탁탁' 두드려 다지고
삐져나온 흙은 '싹싹' 깎네.
온갖 담이 모두 세워지고
큰북 치는 소리가 [일하는 사람의 고함(高喊)을] 이기지 못하네.7)

이에 성문(城門)을 세우니
성문(城門)은 높직하네.
이에 정문(正門)을 세우니
정문(正門)은 웅장(雄壯)하네.
이에 사직단(社稷壇)을 세우니
오랑캐 추(醜)한 무리들이 가 버리는 바이네.8)

---

7) 捄(구)는 담다, 흙을 삼태기 따위에 담다. 之(지)는 그것. 흙을 가리킨다. 陾陾(잉잉)
은 흙을 떠내는 소리. *陾陾(잉잉)을 일꾼이 흙을 떠낼 때 입에서 나는 소리로 보는
곳도 있다. 度(탁)은 던지다. 薨薨(훙훙)은 흙을 던질 때 나는 소리. 築(축)은 다지다.
登登(등등)은 흙을 두드려 다질 때 나는 소리. 削(삭)은 깎다. 屢(루)는 여러. 여기서
는 흙이 여러 담틀 사이로 삐져나온 것으로 보았다. 馮馮(빙빙)은 담틀 사이로 나온
흙을 깎아내는 소리. 百(백)은 모든, 온갖. 堵(도)는 담. 여기서는 흙담을 가리킨다.
皆(개)는 다, 모두. 興(흥)은 세우다. 鼛(고)는 큰북. 鼓(고)는 치다. 弗(불)은 못하다.
勝(승)은 이기다. 여기서는 일을 독려(督勵)하는 북소리가 인부(人夫)들의 일하며 내는
소리를 이기지 못한다는 뜻이다.
8) 皋門(고문)은 성문(城門)을 말한다. 皋(고)는 높다. 有伉(유항)은 伉伉(항항)과 같다.
성문(城門)이 높고 커다란 것을 말한다. 여기서는 '높직하다'로 풀이하였다. 伉(항)은
높다. 應門(응문)은 궁실(宮室)의 대문(大門)인 정문(正門)을 말한다. 將將(장장)은 장
엄(莊嚴)하고 정대(正大)한 모습. 여기서는 '웅장(雄壯)하다'로 풀이하였다. 冢土(총토)
는 임금이 만백성(萬百姓)을 위하여 세운 사직단(社稷壇). 冢(총)은 사직단(社稷壇).
土(토)는 땅, 토지(土地)의 신(神). 戎(융)은 오랑캐. 醜(추)는 추(醜)하다. 여기서는
추(醜)한 무리를 말한다. 攸(유)는 바, 것. 行(행)은 가다. 이 章(장)은 周(주)나라 왕
실(王室)의 통치역량(統治力量)이 강성(強盛)해짐을 나타내고 있다.

그러므로 선조(先祖)의 제사(祭祀)가 끊어지지 않았고
또한 선조(先祖)의 명성(名聲)도 떨어지지 않았네.
떡갈나무와 두릅나무가 뽑히니
다니는 길이 트이고
곤이(混夷)가 달아나며
얼마나 그렇게 혼(魂)쭐났는지.9)

---

9) 肆(사)는 그러므로. 不(부)는 아니하다. 殄(진)은 끊어지다. 厥(궐)은 그. 선조(先祖)
를 가리킨다. 愠(온)은 禋(인)의 가차자(假借字). 제사(祭祀). *不殄厥愠(부진궐온)을
'융적(戎狄)의 분노(憤怒)가 없어지지 않았으나'로 풀이하는 곳도 있다. 亦(역)은 또한.
隕(운)은 떨어지다. 問(문)은 聞(문)과 같다. 명성(名聲)을 뜻한다. 柞(작)은 떡갈나무.
棫(역)은 두릅나무. 拔(발)은 뽑아내다. 矣(의)는 구(句)의 끝에서 다음 말을 일으키거
나 단정(斷定)의 뜻을 나타내는 어조사(語助詞). 行道(행도)는 다니는 길. 兌(태)는 통
(通)하다, 트이다. 混夷(곤이)는 고대(古代) 종족(種族) 이름. 서융(西戎)의 하나로 昆
夷(곤이)라고도 한다. 駾(태)는 달리다. 여기서는 '달아나다'의 뜻이다. 維其(유기)는
何其(하기)와 같다. 얼마나 그렇게. *維(유)를 '오직 唯(유)'로 풀이하는 곳도 있다.
喙(훼)는 괴로워하다. 여기서는 '혼쭐나다'로 풀이하였다. 이 두 구(句)는 文王(문왕)
이 混夷(곤이)를 정벌(征伐)한 것을 말한다.

우(虞)와 예(芮) 두 나라가 그렇게 화해(和解)하여 바르게 됨은
문왕(文王)께서 그들의 본성(本性)을 감동(感動)시켰기 때문이네.
우리는 소통(疏通)하고 단결(團結)하는 [신하(臣下)가] 있고
우리는 앞뒤에서 [보좌(輔佐)하는 신하(臣下)가] 있으며
우리는 분주(奔走)히 [덕(德)을] 알리는 [신하(臣下)가] 있고
우리는 얕봄을 막는 [무장(武將)이] 있네.10)

---

10) 虞(우)와 芮(예)는 나라 이름. 두 나라는 전지(田地)로 다투다가 文王(문왕)에게 가서
바로잡으려고 周(주)나라로 가다가 잘 다스려진 周(주)나라 사람들을 보고 느낀 바가 있
어 周(주)나라로 들어가지 않고 물러나 화해(和解)했다고 한다. 이 이야기를 듣고 文王
(문왕)에게 귀순(歸順)한 나라가 40 여개(餘個) 나라였다고 한다. 質(질)은 바르다. 厥
(궐)은 그. 其(기)와 같다. 여기서는 '그렇게'로 풀이하였다. 成(성)은 화해(和解)하다.
蹶(궤)는 움직이다. 여기서는 감동(感動)시키다. 厥(궐)은 그들. 虞(우)와 芮(예) 두 나
라의 임금을 가리킨다. 生(생)은 性(성)과 통(通)한다. 본성(本性). 予(여)는 나. 文王(문
왕) 자신(自身)을 가리킨다. *우리 周(주)나라를 뜻하기도 한다. 曰(왈)은 어조(語調)를
고르는 어조사(語助詞). 有(유)는 있다. 疏(소)는 통(通)하다, 소통(疏通)하다. 附(부)는
붙다, 모이다. 여기서는 동료(同僚)와 소통(疏通)하고 단결(團結)하는 신하(臣下)를 뜻한
다. 先後(선후)는 임금의 앞뒤에서 보좌(輔佐)하는 신하(臣下)를 말한다. 奔(분)은 달리
다. 여기서는 분주(奔走)함을 뜻한다. 奏(주)는 알리다. 여기서는 임금의 덕(德)을 널리
백성(百姓)들에게 알려 이에 따르는 일을 말한다. 禦(어)는 막다. 侮(모)는 얕보다. 여
기서는 얕봄을 막는 무장(武將)을 가리킨다.

(238) 棫 樸
역 박

芃芃棫樸	薪之槱之	濟濟辟王	左右趣之
봉봉역박	신지유지	제제벽왕	좌우취지

濟濟辟王	左右奉璋	奉璋峨峨	髦士攸宜
제제벽왕	좌우봉장	봉장아아	모사유의

淠彼涇舟	烝徒楫之	周王于邁	六師及之
비피경주	증도즙지	주왕우매	육사급지

倬彼雲漢	爲章于天	周王壽考	遐不作人
탁피운한	위장우천	주왕수고	하불작인

追琢其章	金玉其相	勉勉我王	綱紀四方
퇴탁기장	금옥기상	면면아왕	강기사방

두릅나무와 대추나무1)

빽빽한 두릅나무와 대추나무를
나무해서 [하늘에 제사(祭祀)지내려] 태우네.
의젓한 군왕(君王)이 [제(祭)터로 걸어가니]
좌우(左右)의 [신하(臣下)들은] 그를 종종걸음으로 따라가네.2)

---

1) 〈棫樸(역박)〉은 文王(문왕)이 현인(賢人)을 임용(任用)하고 천신(天神)께 교제(郊祭)를
드린 뒤에 병사(兵士)를 거느리고 崇(숭)을 치러가는 것을 노래한 내용(內容)이다.
2) 芃芃(봉봉)은 무성(茂盛)한 모습. 여기서는 '빽빽하다'로 풀이하였다. 棫(역)은 두릅나
무. 樸(박)은 [木+僕:(복)]과 같다. 대추나무. *樸(박)을 떨기로 보는 곳도 있다. 薪
(신)은 나무하다. 之(지)는 그것. 여기서는 풀이를 생략(省略)하였다. 槱(유)는 태우
다. 여기서는 화톳불을 놓아 하늘에 올리는 제사(祭祀)를 뜻한다. 濟濟(제제)는 위의
(威儀)가 장엄(莊嚴)한 모습. 여기서는 '의젓하다'로 풀이하였다. 辟王(벽왕)은 군왕(君
王). 周(주)나라 文王(문왕)을 가리킨다. 左右(좌우)는 文王(문왕)의 좌우(左右)에 있는
신하(臣下)를 말한다. 趣(취)는 달리다. 趨(추)와 같다. 여기서는 '종종걸음 치다'로
풀이하였다. 之(지)는 그. 文王(문왕)을 가리킨다.

의젓한 군왕(君王)은 [규찬(圭瓚)을 받들고]
좌우(左右)의 [신하(臣下)들은] 장찬(璋瓚)을 받드네.
장찬(璋瓚)을 받든 [이들은] 위엄(威嚴)이 있고
빼어난 인사(人士)들은 [제사(祭祀)를 도움에] 마땅한 바이네.3)

경수(涇水) [위를] 쭉쭉 나아가는 배를
많은 무리가 노를 젓네.
주(周)나라 왕(王)께서 [숭(崇)을 치러] 가시니
육사(六師)가 그와 함께하네.4)

---

3) 奉(봉)은 받들다. 璋(장)은 반쪽 홀(笏). 여기서는 그것으로 자루를 만든 구기인 장찬
(璋瓚)을 말한다. *임금은 규찬(圭瓚)을 사용(使用)하였다. 峨峨(아아)는 위엄(威嚴)이
있는 모양. 髦(모)는 빼어나다. 士(사)는 제사(祭祀)를 돕는 인사(人士). 제후(諸侯)와
경사(卿士)를 가리킨다. 攸(유)는 바, 것. 宜(의)는 마땅하다.

4) 淠彼(비피)는 淠淠(비비)와 같다. 배가 가는 모습. 여기서는 '쭉쭉 나아가다'로 풀이하
였다. 涇(경)은 물 이름. 烝(증)은 많다. 徒(도)는 무리. 여기서는 선부(船夫)를 말한
다. 楫(즙)은 노. 여기서는 노를 젓다. 之(지)는 그것. 배를 가리킨다. 여기서는 풀이
를 생략(省略)하였다. 周王(주왕)은 周(주)나라 왕(王). 于(우)와 邁(매)는 가다. 六師
(육사)는 육군(六軍)과 같다. 고대(古代)에 2500명(名)을 일사(一師)로 하였다. 及(급)
은 함께하다, 더불다. 之(지)는 그. 周王(주왕)을 가리킨다. 이 장(章)은 文王(문왕)이
崇(숭)을 정벌(征伐)하러 가는 것을 말한다.

널따란 은하수(銀河水)가
하늘에 무늬를 놓았네.
<u>주(周)</u>나라 왕(王)께서는 오래 살면서
길이 인재(人材)를 기르시네.5)

갈고 다듬은 그 풍채(風采)며
금옥(金玉) 같은 그 바탕이네.
부지런한 우리 왕(王)은
사방(四方)의 나라를 [잘] 다스리시네.6)

---

5) 倬彼(탁피)는 倬倬(탁탁)과 같다. 광대(廣大)한 모습. 여기서는 '널따랗다'로 풀이하였
다. 雲漢(운한)은 은하수(銀河水). 爲(위)는 하다, 만들다, 놓다. 章(장)은 무늬, 문채
(文彩). 于(우)는 ~에. 天(천)은 하늘. 이 두 구(句)는 周王(주왕)이 하늘에 있는 雲漢
(운한)처럼 많은 사람의 경앙(敬仰)을 받는다는 것을 뜻한다. 壽(수)와 考(고)는 오래
살다. 遐(하)는 길다, 오래다. 不(불)은 어조(語調)를 고르는 어조사(語助詞). 作(작)은
만들다. 여기서는 '기르다.'의 뜻이다. 人(인)은 인재(人材)를 말한다.
6) 追(퇴)는 갈다. 琢(탁)은 쪼다, 다듬다. 其(기는 그. 章(장)은 외표(外表), 풍채(風采).
文(문)과 같다. 金玉(금옥)은 금(金)과 옥(玉). 相(상)은 바탕. 質(질)과 같다. 이 두
구(句)는 文王(문왕)의 풍채(風采)와 성덕(聖德)의 아름다움을 묘사(描寫)한 것이다. 勉
勉(면면)은 부지런한 모습. 我(아)는 나. 여기서는 '우리'를 뜻한다. 王(왕)은 周(주)나
라 文王(문왕)을 가리킨다. 綱紀(강기)는 벼릿줄과 가는 줄. 곧, 나라를 다스리는 대
법(大法)과 세칙(細則). 여기서는 나라를 통치(統治)함을 뜻한다. 四方(사방)은 사방
(四方)의 나라를 가리킨다.

(239) 旱 麓
한 록

瞻彼旱麓 榛楛濟濟 豈弟君子 干祿豈弟
첨 피 한 록　진 호 제 제　개 제 군 자　간 록 개 제

瑟彼玉瓚 黃流在中 豈弟君子 福祿攸降
슬 피 옥 찬　황 류 재 중　개 제 군 자　복 록 유 강

鳶飛戾天 魚躍于淵 豈弟君子 遐不作人
연 비 려 천　어 약 우 연　개 제 군 자　하 불 작 인

淸酒旣載 騂牡旣備 以享以祀 以介景福
청 주 기 재　성 모 기 비　이 향 이 사　이 개 경 복

瑟彼柞棫 民所燎矣 豈弟君子 神所勞矣
슬 피 작 역　민 소 료 의　개 제 군 자　신 소 노 의

莫莫葛藟 施于條枚 豈弟君子 求福不回
막 막 갈 류　이 우 조 매　개 제 군 자　구 복 불 회

한산(旱山)의 기슭[1]

저 한산(旱山)의 기슭을 쳐다보니
개암나무와 싸리나무가 우거졌네.
즐겁고 평화(平和)로운 군자(君子)는
복(福)을 구(求)하여 즐겁고 평화(平和)롭네.[2]

---

1) 〈旱麓(한록)〉은 周(주)나라 文王(문왕)이 선조(先祖)를 제사(祭祀)지내고 복(福)을 얻
음을 기리는 내용(內容)이다.

2) 瞻(첨)은 쳐다보다. 彼(피)는 저. 旱(한)은 산명(山名). 麓(록)은 산(山)기슭. 榛(진)은
개암나무. 楛(호)는 싸리나무. 濟濟(제제)는 많고 성(盛)한 모습. 여기서는 '우거지다'
로 풀이하였다. 이 두 구(句)는 周(주)나라 백성(百姓)이 잘 살고 있음을 旱山(한산)의
나무가 우거진 것에 비유(比喩)하였다. 豈(개)는 즐겁다. 愷(개)와 같다. 弟(제)는 화
락(和樂)하다, 평화(平和)롭다. 悌(제)와 같다. 君子(군자)는 文王(문왕)을 가리킨다.
干(간)은 구(求)하다. 祿(록)은 복(福).

선명(鮮明)한 저 옥(玉) 술그릇에
황금(黃金) 구기와 술이 가운데에 있네.
즐겁고 평화(平和)로운 군자(君子)에게
복록(福祿)이 내리는 바이네.3)

솔개는 날아 하늘에 이르고
물고기는 연못에서 뛰어오르네.
즐겁고 화락(和樂)한 군자(君子)께서
길이 인재(人材)를 기르네.4)

맑은 술은 이미 차려졌고
붉은 수소는 이미 갖추어졌네. [선조(先祖)께]
그것으로써 드리고 그것으로써 제사(祭祀)지내며
그것으로써 큰 복(福)을 구(求)하네.5)

---

3) 瑟(슬)은 선명(鮮明)한 모습. 玉瓚(옥찬)은 圭瓚(규찬)을 말한다. 천자(天子)가 신(神)
에게 제사(祭祀)지낼 때 사용(使用)하는 술그릇으로 珪(규)를 가지고 그릇의 자루를 만
들었다. 瓚(찬)은 제기(祭器). 여기서는 '옥(玉) 술그릇'으로 풀이하였다. 黃(황)은 황
금(黃金)으로 만든 구기. 流(류)는 술. 울창주(鬱鬯酒)를 말한다. 在(재)는 있다. 中
(중)은 [술그릇의] 가운데. 攸(유)는 바, 것. 降(강)은 내리다.

4) 鳶(연)은 솔개. 飛(비)는 날다. 戾(려)는 이르다. 天(천)은 하늘. 魚(어)는 물고기. 躍
(약)은 뛰어오르다. 于(우)는 ~에서. 淵(연)은 연못. 이 두 구(句)는 군자(君子)가 인재
(人材)를 활발(活潑)하게 양성(養成)함을 비유(比喩)하고 있다. 遐(하)는 길다, 오래다.
不(불)은 어조(語調)를 고르는 어조사(語助詞). 作(작)은 기르다. 人(인)은 인재(人材).

5) 淸酒(청주)는 맑은 술. 旣(기)는 이미. 載(재)는 두다, 차리다, 진설(陳設)하다. 騂
(성)은 붉은 소. 牡(모)는 수컷. 備(비)는 갖추어지다. 以(이)는 ~으로써. 여기서는
'淸酒(청주)와 騂牡(성모)로써'를 뜻한다. 享(향)은 드리다. 祀(사)는 제사(祭祀)지내다.
介(개)는 구(求)하다, 빌다. 景(경)은 크다.

더부룩한 저 떡갈나무와 두릅나무는
백성(百姓)들도 [제사(祭祀)지낼 때] 태우는 것이네.
즐겁고 평화(平和)로운 군자(君子)를
신(神)께서 도우는 바이네.6)

울창(鬱蒼)한 칡덩굴과 등나무 덩굴이
나뭇가지와 나무줄기에 감겨있네.
즐겁고 평화(平和)로운 군자(君子)는
복(福)을 구(求)함이 [도리(道理)를] 어기지 않았네.7)

---

6) 瑟(슬)은 많은 모습. 여기서는 '더부룩하다'로 풀이하였다. 柞(작)은 떡갈나무. 棫(역)
은 두릅나무. 民(민)은 백성(百姓). 所(소)는 바, 것. 燎(료)는 태우다, 섶을 태워 하
늘에 제사(祭祀)지내다. 神(신)은 하늘, 땅, 조상(祖上) 등(等)의 여러 신(神)들을 뜻한
다. 勞(로)는 돕다. 矣(의)는 단정(斷定)의 뜻을 나타내는 어조사(語助詞).
7) 莫莫(막막)은 울창(鬱蒼)하게 우거진 모습. 葛(갈)은 칡덩굴. 藟(류)는 등(藤)나무 덩
굴. 施(이)는 뻗다, 퍼지다. 條(조)는 나뭇가지. 枚(매)는 나무줄기. 이 두 구(句)는
자손(子孫)이 선인(先人)의 공(功)에 힘입고 있음을 비유(比喩)하고 있다. 求(구)는 구
(求)하다. 不(불)은 아니다. 回(회)는 어기다.

(240) 思 齊
_{사 제}

思齊大任 文王之母 思媚周姜 京室之婦 大姒嗣徽音 則百斯男
_{사 제 태 임　문 왕 지 모　사 미 주 강　경 실 지 부　태 사 사 휘 음　즉 백 사 남}

惠于宗公 神罔時怨 神罔時恫 刑于寡妻 至于兄弟 以御于家邦
_{혜 우 종 공　신 망 시 원　신 망 시 통　형 우 과 처　지 우 형 제　이 어 우 가 방}

雝雝在宮 肅肅在廟 不顯亦臨 無射亦保
_{옹 옹 재 궁　숙 숙 재 묘　불 현 역 림　무 역 역 보}

肆戎疾不殄 烈假不瑕 不聞亦式 不諫亦入
_{사 융 질 부 진　열 가 불 하　불 문 역 식　불 간 역 입}

肆成人有德 小子有造 古之人無斁 譽髦斯士
_{사 성 인 유 덕　소 자 유 조　고 지 인 무 역　예 모 사 사}

아! 단정(端正)하네[1]

아! 단정(端正)한 <u>태임(大任)</u>은
<u>문왕(文王)</u>의 어머니로다.
아! 아름다운 <u>주강(周姜)</u>은
왕실(王室)의 주부(主婦)로다.
<u>태사(大姒)</u>는 좋은 명성(名聲)을 이어
곧 사내아이를 많이 낳았네.[2]

---

1) 〈思齊(사제)〉는 周(주)나라 文王(문왕)이 수신(修身)과 제가(齊家)와 치국(治國)을 잘
　했음을 기리는 내용(內容)이다.
2) 思(사)는 발어사(發語詞). 아! 齊(제)는 가지런하다, 단정(端正)하다. 大任(태임)은 太
　任(태임)과 같다. 王季(왕계)의 아내이며 文王(문왕)의 어머니이다. 文王(문왕)은 武王
　(무왕)의 아버지. 之(지)는 ~의. 母(모)는 어머니. 媚(미)는 아름답다. 여기서는 덕행
　(德行)이 아름다움 것을 뜻한다. 周姜(주강)은 太姜(태강)과 같다. 古公亶父(고공단보)
　의 아내이며 王季(왕계)의 어머니이다. 京室(경실)은 왕실(王室)과 같다. 婦(부)는 여
　인(女人), 주부(主婦). 大姒(태사)는 太姒(태사)와 같다. 文王(문왕)의 아내. 嗣(사)는
　잇다. 徽(휘)는 아름답다, 좋다. 音(음)은 명성(名聲)을 뜻한다. 여기서는 앞의 太姜
　(태강)과 太任(태임)의 훌륭한 명성(名聲)을 가리킨다. 則(즉)은 곧. 百(백)은 허수(虛
　數)로 많음을 뜻한다. 여기서는 '많이 낳다'의 뜻이다. 斯(사)는 어조(語調)를 고르는
　어조사(語助詞). 男(남)은 사내. 여기서는 사내아이를 뜻한다.

[문왕(文王)께서는] 종묘(宗廟)의 선공(先公)께 순종(順從)하여
신(神)께서 원망(怨望)하는 바가 없고
신(神)께서 상심(傷心)하는 바가 없네.
[문왕(文王)께서는] 본처(本妻)에게 본보기가 되었고
[본보기가] 형제(兄弟)에게 이르렀으며
그리하여 나라에까지 다스렸네.3)

[문왕(文王)께서는] 화목(和睦)하게 궁실(宮室)에 계셨고
엄숙(嚴肅)하게 종묘(宗廟)에 계셨네.
[문왕(文王)의 덕(德)이] 나타나고 또 [백성(百姓)에게] 임(臨)하니
[백성(百姓)은 문왕(文王)의 덕(德)을] 싫어함이 없고 또 간직하네.4)

---

3) 惠(혜)는 순종(順從)하다. 于(우)는 ~에게. 宗(종)은 종묘(宗廟). 公(공)은 선공(先公).
이 두 구(句)는 文王(문왕)이 정치(政治)할 때 선조(先祖)의 유제(遺制)를 잘 따랐음을
말한다. 神(신)은 조종(祖宗)의 신(神)을 말한다. 罔(망)은 없다. 無(무)와 같다. 時
(시)는 所(소)와 통(通)한다. 바. *時(시)를 어조(語調)를 고르는 어조사(語助詞)인 是
(시)로 풀이하는 곳도 있다. 怨(원)은 원망(怨望)하다. 恫(통)은 상심(傷心)하다. 刑
(형)은 법(法), 모범(模範). 寡妻(과처)는 적처(嫡妻), 본처(本妻). 至(지)는 이르다. 兄
弟(형제)는 형제(兄弟). 以(이)는 접속(接續)의 뜻을 가진 而(이)와 같다. 여기서는 '그
리하여'로 풀이하였다. 御(어)는 다스리다. 家邦(가방)은 국가(國家), 나라.
4) 雝雝(옹옹)은 화목(和睦)한 모습. 在(재)는 있다. 宮(궁)은 궁실(宮室). 肅肅(숙숙)은
엄숙(嚴肅)한 모습. 廟(묘)는 종묘(宗廟). 不(불)은 어조(語調)를 고르는 어조사(語助
詞). 不顯(불현)은 顯(현)과 같다. 顯(현)은 나타나다. 여기서는 文王(문왕)의 화목(和
睦)하고 엄숙(嚴肅)한 덕(德)이 나타남을 뜻한다. 亦(역)은 또한. 臨(임)은 [백성(百姓)
에게] 임(臨)하다. 無(무)는 없다. 射(역)은 싫어하다. 斁(역)과 같다. 保(보)는 지키
다, 간직하다.

그러므로 <u>서융(西戎)</u>의 근심거리가 끊어졌고
염병(染病)과 악기(惡氣)같은 [사람이] 멀리 갔네.
[문왕(文王)께서는 좋은 말을] 들으시면 또한 쓰시고
충간(忠諫)하면 또한 받아들이시네.5)

그러므로 어른들은 덕성(德性)이 있게 되었고
아이들은 이루어짐이 있었네.
옛 사람은 [가르침에] 싫어함이 없었고
이 사람들은 명예(名譽)롭고 뛰어났네.6)

---

5) 肆(사)는 그러므로. 戎(융)은 서융(西戎)을 말한다. 疾(질)은 괴로움, 근심거리. 不
(불)은 어조(語調)를 고르는 어조사(語助詞). 아래의 구(句)도 같다. 殄(진)은 끊어지
다. 烈(열)은 厲(려)의 가차자(假借字). 악질(惡疾), 염병(染病)을 뜻한다. 假(가)는 瘕
(가)의 가차자(假借字)로 蠱(고)를 뜻한다. 악기(惡氣)를 말한다. *烈假(열가)를 염병
(染病)과 악기(惡氣) 같은 나쁜 사람으로 풀이하는 곳도 있다. 瑕(하)는 멀다. 遐(하)
와 같다. 여기서는 멀리 가다. 聞(문)은 [좋은 말을] 듣다. 式(식)은 쓰다, 채용(採用)
하다. 諫(간)은 충간(忠諫)하다. 入(입)은 받아들이다, 접수(接受)하다.
6) 成人(성인)은 어른. 有(유)는 있다, 갖추다. 德(덕)은 덕성(德性). 小子(소자)는 아이.
造(조)는 되다, 이루어지다. 이 두 구(句)는 文王(문왕)의 교육(教育)을 찬미(讚美)한
것이다. 古(고)는 옛. 之(지)는 ~의. 人(인)은 사람. 古之人(고지인)은 文王(문왕)을
가리킨다. 斁(역)은 싫어하다. 譽(예)는 명예(名譽)롭다. 髦(모)는 뛰어나다. 斯(사)는
이. 士(사)는 사람. 앞의 成人(성인)과 小子(소자)를 말한다.

(241) 皇 矣
황 의

皇矣上帝 臨下有赫 監觀四方 求民之莫
황 의 상 제　임 하 유 혁　감 관 사 방　구 민 지 막

維此二國 其政不獲 維彼四國 爰究爰度
유 차 이 국　기 정 불 획　유 피 사 국　원 구 원 탁

上帝耆之 憎其式廓 乃眷西顧 此維與宅
상 제 기 지　증 기 식 확　내 권 서 고　차 유 여 택

作之屛之 其菑其翳 修之平之 其灌其栵
작 지 병 지　기 치 기 예　수 지 평 지　기 관 기 렬

啓之辟之 其檉其椐 攘之剔之 其檿其柘
계 지 벽 지　기 정 기 거　양 지 척 지　기 염 기 자

帝遷明德 串夷載路 天立厥配 受命旣固
제 천 명 덕　관 이 재 로　천 립 궐 배　수 명 기 고

帝省其山 柞棫斯拔 松柏斯兌
제 성 기 산　작 역 사 발　송 백 사 태

帝作邦作對 自大伯王季 維此王季 因心則友
제 작 방 작 대　자 태 백 왕 계　유 차 왕 계　인 심 즉 우

則友其兄 則篤其慶 載錫之光 受祿無喪 奄有四方
즉 우 기 형　즉 독 기 경　재 석 지 광　수 록 무 상　엄 유 사 방

維此王季 帝度其心 貊其德音
유 차 왕 계　제 탁 기 심　맥 기 덕 음

其德克明 克明克類 克長克君
기 덕 극 명　극 명 극 류　극 장 극 군

王此大邦 克順克比 比于文王 其德靡悔 旣受帝祉 施于孫子
왕 차 대 방　극 순 극 비　비 우 문 왕　기 덕 미 회　기 수 제 지　시 우 손 자

帝謂文王 無然畔援 無然歆羨 誕先登于岸
제 위 문 왕　무 연 반 원　무 연 흠 선　탄 선 등 우 안

密人不恭 敢距大邦 侵阮徂共
밀 인 불 공　감 거 대 방　침 원 조 공

王赫斯怒 爰整其旅 以按徂旅 以篤于周祜 以對于天下
왕 혁 사 노　원 정 기 려　이 알 조 려　이 독 우 주 호　이 대 우 천 하

依其在京 侵自阮疆
의 기 재 경　침 자 원 강

陟我高岡 無矢我陵 我陵我阿 無飮我泉 我泉我池
척 아 고 강　무 시 아 릉　아 릉 아 아　무 음 아 천　아 천 아 지

度其鮮原 居岐之陽 在渭之將 萬邦之方 下民之王
탁 기 선 원　거 기 지 양　재 위 지 장　만 방 지 방　하 민 지 왕

帝謂文王　予懷明德　不大聲以色　不長夏以革　不識不知　順帝之則
제위문왕　여회명덕　부대성이색　부장하이혁　불식부지　순제지칙

帝謂文王　詢爾仇方　同爾弟兄　以爾鉤援　與爾臨衝　以伐崇墉
제위문왕　순이구방　동이제형　이이구원　여이임충　이벌숭용

臨衝閑閑　崇墉言言　執訊連連　攸馘安安
임충한한　숭용언언　집신연련　유괵안안

是類是禡　是致是附　四方以無侮
시류시마　시치시부　사방이무모

臨衝茀茀　崇墉仡仡　是伐是肆　是絕是忽　四方以無拂
임충불불　숭용흘흘　시벌시사　시절시홀　사방이무불

위대(偉大)하도다[1]

위대(偉大)하도다! 상제(上帝)께서
[하늘] 아래에 임(臨)하심이 빛나시네.
사방(四方)을 살펴보고 둘러보아
백성(百姓)의 질고(疾苦)를 찾았네.
이 [하(夏)와 상(商)] 두 나라를 생각해보니
그 정치(政治)가 [민심(民心)을] 얻지 못했네.
[상제(上帝)께서] 저 사방(四方)의 나라를 생각하시고
이에 궁구(窮究)하고 이에 헤아리셨네.
상제(上帝)께서 <u>주(周)</u>나라를 세우심을 뜻으로 삼고
그 [주(周)나라 강역(疆域)의] 규모(規模)를 넓히기로 했네.
곧 뒤돌아 서(西)쪽을 보고
'이곳에 오직 함께 살겠다.'고 하셨네.[2]

---

1) 〈皇矣(황의)〉는 周(주)나라 사람들이 그들의 선조(先祖)가 개국(開國)한 역사(歷史)를 서술(敍述)한 내용(內容)이다.
2) 皇(황)은 크다, 위대(偉大)하다. 矣(의)는 구(句)의 가운데에서 영탄(詠嘆)의 뜻을 나타내는 어조사(語助詞). 上帝(상제)는 조물주(造物主), 천제(天帝). 臨(임)은 이르러 다다르다, 임(臨)하다. 下(하)는 [하늘] 아래. 有赫(유혁)은 赫赫(혁혁)과 같다. 빛나는 모습. 監(감)은 보다, 살피다. 觀(관)은 자세(仔細)히 보다. 求(구)는 찾다, 구(求)하다. 民(민)은 백성(百姓). 之(지)는 ~의. 莫(막)은 병(病), 질고(疾苦). 瘼(막)과 같다. 維(유)는 생각하다. 惟(유)와 같다. 此(차)는 이. 二國(이국)은 두 나라. 夏(하)와 商(상) 두 나라를 가리킨다. 其(기)는 그. 政(정)은 정치(政治). 不(불)은 못하다. 獲(획)은 얻다. 여기서는 민심(民心)을 얻다. 爰(원)은 이에. 究(구)는 궁구(窮究)하다. 度(탁)은 헤아리다. 耆(지)는 이르다. 여기서는 恉(지)와 같다. 뜻하다. 之(지)는 그것. 여기서는 周(주)나라를 천하(天下)의 주인(主人)으로 만들겠다는 것을 말한다. 憎(증)은 增(증)의 가차자(假借字)로 더하다, 넓히다. 其(기)는 그. 여기서는 周(주)나라 강역(疆域)을 말한다. 式廓(식확)은 규모(規模). 式(식)은 정도(程度). 廓(확)은 둘레. 乃(내)는 이에, 곧. 眷(권)은 뒤돌아보다. 西(서)는 周(주)나라가 있는 서(西)쪽 땅. 顧(고)는 돌아보다. 此(차)는 이곳. 維(유)는 오직. 只(지)와 같다. 與(여)는 함께, 더불어. *與(여)를 '나' 予(여)로 풀이하는 곳도 있다. 宅(택)은 살다.

나무를 베고 나무를 없애니

그것은 서서 말라 죽은 나무와 그것은 쓰러져 말라 죽은 나무였네.

나무를 손질하고 나무를 고르게 하니

그것은 떨기나무와 그것은 [다시 난] 작은 가지였네.

나무를 터놓고 나무를 치우니

그것은 위성류(渭城柳)와 그것은 영수목(靈壽木)이네.

나무를 죽이고 나무를 후벼 파내니

그것은 산뽕나무와 그것은 들뽕나무였네.

상제(上帝)[의 마음이] 밝은 덕(德)을 [가진 이에게] 옮겨가니

<u>관이(串夷)</u>가 곧 허물어졌네.

하늘이 그 [하늘과] 짝할 이를 세우니

[주(周)나라가] 천명(天命)을 받음이 이윽고 공고(鞏固)해졌네.3)

---

3) 作(작)은 柞(차)의 가차자(假借字)로 나무 베다. 之(지)는 그것. 나무를 가리킨다. 屛
(병)은 摒(병)과 같다. 제거(除去)하다, 없애다. 其(기)는 그것. 菑(치)는 선 채로 말라
죽은 나무. 翳(예)는 쓰러지다, 죽다. 여기서는 쓰러져 말라 죽은 나무. 修(수)는 손질
하다. 平(평)은 고르게 하다. 灌(관)은 관목(灌木), 떨기나무. 栵(열)은 나무가 늘어서
다. 여기서는 베고 난 나뭇가지에서 다시 나온 작은 나뭇가지. 啓(계)는 터놓다, 가르
다. 辟(벽)은 치우다. 檉(정)은 위성류(渭城柳), 하류(河柳), 삼춘류(三春柳). 椐(거)는
영수목(靈壽木), 대나무와 비슷하며 마디가 있다. 攘(양)은 제거(除去)하다, 죽이다.
剔(척)은 깎다, 후벼 파내다. 檿(염)은 산(山)뽕나무. 柘(자)는 산(山)뽕나무, 들뽕나무.
위의 구(句)는 토지(土地)를 넓혔음을 뜻한다. 帝(제)는 상제(上帝). 여기서는 상제(上
帝)의 마음을 가리킨다. 遷(천)은 옮기다. 明德(명덕)은 밝은 덕(德). 여기서는 밝은 덕
(德)을 가진 이, 곧 태왕(太王)을 가리킨다. 串夷(관이)는 곤이(昆夷), 견융(犬戎). 당
시(當時) 태왕(太王)은 빈(豳)에 살았는데 견융(犬戎)이 근심거리였다. 그래서 기산(岐
山)으로 옮겼다. 載(재)는 곧. 路(로)는 露(로)의 가차자(假借字). 허물어지다, 부서지
다. 天(천)은 만물(萬物)을 주재(主宰)하는 존재(存在)로서의 하늘. 立(립)은 세우다.
厥(궐)은 그. 配(배)는 짝. 여기서는 하늘과 짝을 이룰 군주(君主)를 말한다. 受(수)는
받다. 命(명)은 천명(天命). 旣(기)는 이윽고. 固(고)는 굳다, 공고(鞏固)해지다.

상제(上帝)께서 그 기산(岐山)을 살펴보니
떡갈나무와 두릅나무는 이에 뽑혔고
소나무와 잣나무는 이에 곧게 서 있었네.
상제(上帝)께서 나라를 세우고 [상제(上帝)의] 짝을 만드니
태백(大伯)과 왕계(王季)로부터였네.
이 왕계(王季)는
마음이 어질어 곧 [형제(兄弟)와] 우애(友愛) 있었네.
곧 그 형(兄)들과 우애(友愛) 있었고
곧 [주(周)나라의] 그 복(福)을 두터이 했고
이에 [하늘은] 그에게 영광(榮光)을 주었네.
[왕계(王季)는] 복(福)을 받아 잃음이 없었고
모두 사방(四方)의 [나라를] 가졌네.4)

---

4) 省(성)은 살피다. 山(산)은 기산(岐山)을 가리킨다. 柞(작)은 떡갈나무. 棫(역)은 두릅
나무. 斯(사)는 이에, 곧. 拔(발)은 뽑다. 松(송)은 소나무. 柏(백)은 잣나무. 兌(태)는
곧다. 여기서는 곧게 서 있는 모습. 作(작)은 짓다, 만들다. 여기서는 세우다, 건립
(建立)하다. 邦(방)은 나라. 周(주)나라를 가리킨다. 對(대)는 짝. 여기서는 상제(上帝)
의 짝을 말한다. 自(자)는 ~로부터이다. 大伯(태백)은 太伯(태백)과 같으며 太王(태왕)
인 古公亶父(고공단보)의 장자(長子)이다. 王季(왕계)는 太王(태왕)의 막내아들. *太王
(태왕)은 세 아들이 있었는데 맏이가 太伯(태백)이고 둘째가 仲雍(중옹)이며 막내가 王
季(왕계)인 季歷(계력)이었다. 季歷(계력)이 아들인 昌(창)[=뒷날의 文王(문왕)]을 낳으
니 재덕(才德)이 있었다. 太王(태왕)은 그에게 왕위(王位)를 물려주려고 생각했고 太伯
(태백)과 仲雍(중옹)은 아버지의 뜻을 알고 吳(오) 땅으로 달아나 季歷(계력)에게 양위
(讓位)했다. 太王(태왕)이 죽자 季歷(계력)이 임금이 되었고 뒤에 昌(창)에게 왕위(王
位)를 물려주었다. 因(인)은 친(親)하게 지내다. 여기서는 '어질다.'로 풀이하였다. 心
(심)은 마음. 則(즉)은 곧. 友(우)는 우애(友愛) 있다. 兄(형)은 맏이인 太伯(태백)과
둘째가 仲雍(중옹)을 말한다. 篤(독)은 두텁다. 慶(경)은 경사(慶事), 복(福). 載(재)는
이에, 곧. 錫(석)은 주다. 之(지)는 그. 王季(왕계)를 가리킨다. 光(광)은 영광(榮光).
여기서는 왕위(王位)를 뜻한다. 祿(록)은 복(福). 無(무)는 없다. 喪(상)은 잃다, 상실
(喪失)하다. 奄(엄)은 모두, 함께. 有(유)는 가지다, 소유(所有)하다. 四方(사방)은 사
방(四方)의 나라를 가리킨다.

이 왕계(王季)를
상제(上帝)께서 그의 마음을 헤아리니
[그의] 좋은 명성(名聲)은 깨끗했네.
그의 덕(德)은 [시비(是非)를] 밝힐 수 있었고
[시비(是非)를] 밝힐 수 있었으니 [선악(善惡)을] 가릴 수 있었으며
우두머리노릇 할 수 있었고 임금노릇 할 수 있었네.
이 큰 나라에 왕(王)노릇 하니
[백성(百姓)들은] 따를 수 있었고 붙좇을 수 있었네.
문왕(文王)에 이르러도
그의 덕(德)은 뉘우칠 일이 없었네.
이미 상제(上帝)의 복(福)을 받았고
자손(子孫)에까지 베풀어졌네.5)

---

5) 度(탁)은 헤아리다. 貊其(맥기)는 貊貊(맥맥)과 같다. 깨끗한 모습. 貊(맥)은 고요하
다. 德音(덕음)은 좋은 명성(名聲), 좋은 평판(評判)을 말한다. 克(극)은 ~할 수 있다.
能(능)과 같다. 明(명)은 [시비(是非)를] 밝히다. 類(류)는 무리. 여기서는 '선악(善惡)
의 무리를 가리다.'라는 뜻이다. 長(장)은 우두머리노릇하다. 君(군)은 임금노릇하다.
王(왕)은 왕(王)노릇하다. 大邦(대방)은 큰 나라, 대국(大國). 周(주)나라를 가리킨다.
順(순)은 따르다, 순종(順從)하다. 比(비)는 따르다, 복종(服從)하다. 比于(비우)는 ~
에 이르다. 여기서 比(비)는 미치다, 미치어 이르다. 靡(미)는 없다. 悔(회)는 뉘우치
다. 旣(기)는 이미. 祉(지)는 복(福). 施(시)는 베풀다. 孫子(손자)는 자손(子孫).

상제(上帝)께서 문왕(文王)에게 이르기를
'그렇게 [도리(道理)를] 벗어나거나 사납게 굴지 말고
그렇게 [다른 나라를] 탐(貪)내거나 부러워 말며
참으로 먼저 [힘든] 언덕에 오르라.'고 하셨네.
밀(密)나라 사람들이 공손(恭遜)하지 않아
감(敢)히 큰 나라에 항거(抗拒)하여
원(阮)나라를 침범(侵犯)하고 공(共)나라에 이르렀네.
왕(王)께서 벌컥 성내시고
이에 그 군대(軍隊)를 정렬(整列)하여
여(旅)나라로 막으러 가서
주(周)나라에 복(福)을 두터이 하셨고
천하(天下)에 안정(安定)을 이루었네.6)

---

6) 謂(위)는 이르다. 無(무)는 말라. 然(연)은 그렇게. 畔援(반환)은 도리(道理)를 벗어나
고 방자(放恣)하게 행동(行動)함. 畔(반)은 배반(背叛)하다. 援(환)은 발호(跋扈)하다.
여기서는 '사납게 굴다.'로 풀이하였다. 歆(흠)은 탐(貪)내다. 羨(선)은 부러워하다.
誕(탄)은 발어사(發語詞), 참으로. 先(선)은 먼저. 登(등)은 오르다. 岸(안)은 언덕. 이
구(句)는 힘든 일을 솔선수범(率先垂範)하라는 뜻으로 보인다. 密(밀)은 나라 이름. 人
(인)은 사람. 不恭(불공)은 공손(恭遜)하지 않다. 敢(감)은 감(敢)히. 距(거)는 겨루다,
항거(抗拒)하다. 侵(침)은 침범(侵犯)하다. 阮(원)과 共(공)은 나라 이름. 徂(조)는 가
다, 이르다. 王(왕)은 文王(문왕)을 가리킨다. 赫(혁)은 화(火)내다. 여기서는 '벌컥'으
로 풀이하였다. 斯(사)는 어조(語調)를 고르는 어조사(語助詞). 怒(노)는 성내다. 爰
(원)은 이에. 整(정)은 가지런히 하다, 정렬(整列)하다. 旅(려)는 군대(軍隊). 500명
(名)을 1대(隊)로 하는 군제(軍制). 以(이)는 접속(接續)의 뜻을 지닌 어조사(語助詞).
而(이)와 같다. 按(알)은 막다. 遏(알)과 같다. 徂(조)는 가다. 旅(려)는 나라 이름. 祜
(호)는 복(福). 對(대)는 이루다. 여기서는 안정(安定)을 이루었음을 뜻한다. 天下(천
하)는 온 세상(世上).

[돌아와] 마음 편(便)하게 [주(周)나라] 서울에 있게 되었음은
원(阮)나라 강역(疆域)으로부터 [전쟁(戰爭)이] 그쳤음이네.
'[밀(密)나라 사람들은] 나의 높은 산(山)등성에 오르고
나의 언덕에 [병사(兵士)를] 벌여 놓지 말라.
나의 언덕이고 나의 산(山)비탈이다.
나의 샘물을 마시지 말라.
나의 샘이고 나의 연못이다.'라고 [文王(문왕)께서 말씀하셨네.]
그 봉우리와 평원(平原)을 헤아려
기산(岐山)의 남(南)쪽에 살게 되었고
위수(渭水)의 곁에 있게 되었네.
온 나라의 법(法)이 되고
모든 사람의 왕(王)이 되었네.7)

---

7) 依其(의기)는 依依(의의)와 같다. 마음 편안(便安)하게 지내는 모습. 在(재)는 있다.
京(경)은 서울. 여기서는 周(주)나라의 서울을 말한다. 侵(침)은 寢(침)의 가차자(假借
字). 잠자다. 여기서는 전쟁(戰爭)이 그쳤음을 뜻한다. 自(자)는 ~로부터. 疆(강)은
강역(疆域), 강토(疆土). 陟(척)은 오르다. 我(아)는 나. 文王(문왕)을 가리킨다. 高岡
(고강)은 높은 산(山)등성. 無(무)는 말라. 矢(시)는 [병사(兵士)를] 벌여 놓다. 陵(릉)
은 큰 언덕, 구릉(丘陵). 阿(아)는 언덕, 산(山)비탈. 飲(음)은 마시다. 泉(천)은 샘,
샘물. 池(지)는 연못. 度(탁)은 헤아리다. 其(기)는 그. 鮮(선)은 멀리 떨어져 있는 작
은 산(山). 巘(헌)과 통(通)한다. 原(원)은 벌판, 평원(平原). 居(거)는 살다. 岐(기)는
기산(岐山)을 말한다. 之(지)는 ~의. 陽(양)은 산(山)의 남(南)쪽. 渭(위)는 위수(渭水)
를 말한다. 將(장)은 곁, 가. 萬邦(만방)은 모든 나라. 方(방)은 법칙(法則). 下民(하
민)은 서민(庶民)과 같다. 모든 사람. 王(왕)은 군왕(君王). *王(왕)을 往(왕)으로 풀이
하는 곳도 있다. 모든 사람들이 그에게로 가다.

상제(上帝)께서 <u>문왕(文王)</u>에게 이르기를
'나는 밝은 덕(德)을 [지닌 사람을] 품었으니
소리와 얼굴빛으로 [위엄(威嚴)을] 크게 하지 말고
매와 가죽 채찍을 숭상(崇尙)하지 말며
[무슨 일이 일어났는지 채] 깨닫지도 못하고 알지도 못하게
상제(上帝)의 법(法)을 따르라.'고 하시네.
상제(上帝)께서 <u>문왕(文王)</u>에게 이르기를
'너의 이웃나라에 [일을] 물어보고
너의 형제(兄弟) 나라와 함께하라.
너의 갈고랑이가 달린 사닥다리와
너의 임거(臨車)와 충거(衝車)로써
<u>숭(崇)</u>나라의 성(城)을 쳐라.'고 하시네.8)

---

8) 子(여)는 나. 상제(上帝)를 가리킨다. 懷(회)는 품다. 明德(명덕)은 밝은 덕(德). 여기
서는 밝은 덕(德)을 지닌 文王(문왕)을 가리킨다. 不(불)은 말라. 大(대)는 크게 하다.
聲(성)은 소리. 以(이)는 ~와(과). 與(여)와 같다. 色(색)은 안색(顔色), 얼굴빛. 長
(장)은 높이다, 숭상(崇尙)하다. 夏(하)는 나무이름. 여기서는 매를 말한다. 옛날 가르
칠 때 체벌(體罰)의 도구(道具)로 쓰었다. 革(혁)은 가죽. 여기서는 형구(刑具)로 쓰이
는 가죽으로 만든 채찍을 말한다. 不識不知(불식부지)는 不知不識(부지불식)과 같다.
무슨 일이 일어났는지 채 알지도 깨닫지도 못하는 사이를 뜻한다. 自然而然(자연이연)
의 뜻이다. 順(순)은 따르다. 則(칙)은 법(法). 詢(순)은 묻다. 爾(이)는 너. 仇(구)는
짝, 상대(相對). 方(방)은 나라. 仇方(구방)은 이웃나라, 인국(鄰國). 同(동)은 같이하
다, 단결(團結)하다. 弟兄(제형)은 兄弟(형제). 여기서는 동성(同姓)의 제후국(諸侯國)
을 뜻한다. 以(이)는 ~로써, ~를 가지고. 鉤援(구원)은 갈고랑이가 달린 사닥다리.
攻城(공성)의 무기(武器). 鉤(구)는 사닥다리. 援(원)은 당기다. 與(여)는 ~와(과). 臨
(임)은 임거(臨車). 성내(城內)의 적(敵)을 내려다볼 수 있도록 만든 전거(戰車). 衝
(충)은 충거(衝車). 성벽(城壁)에 충격(衝擊)을 주어 부수는 전거(戰車). 以(이)는 접속
(接續)의 뜻을 지닌 어조사(語助詞). 而(이)와 같다. 伐(벌)은 치다. 崇(숭)은 나라 이
름. 墉(용)은 성(城).

임거(臨車)와 충거(衝車)는 튼튼하고
숭(崇)나라 성(城)은 높고 큼직했네.
[싸움이 시작(始作)되자] 잡아 신문(訊問)할 [포로(捕虜)는] 이어졌고
[죽은 적군(敵軍)의 귀를] 베는 바는 난폭(亂暴)하지 않았네.
이에 유제(類祭)를 지냈었고 이에 마제(禡祭)를 지냈으며
이에 [땅을 백성(百姓)에게] 돌려주었고 이에 [그들을] 어루만지니
사방(四方) 나라는 이로써 [주(周)나라를] 업신여김이 없었네.
임거(臨車)와 충거(衝車)는 튼실하고
숭(崇)나라 성(城)은 우뚝 솟아있네.
이에 치고 이에 무찌르며
이에 끊고 이에 멸(滅)하니
사방(四方) 나라는 이로써 [주(周)나라에] 거스름이 없었네.9)

---

9) 閑閑(한한)은 강성(强盛)한 모습. 여기서는 '튼튼하다'로 풀이하였다. 言言(언언)은 높
고 큰 모습. 執(집)은 잡다. 訊(신)은 묻다, 신문(訊問)하다. 여기서는 신문(訊問)할
포로(捕虜)를 가리킨다. 連連(연련)은 이어지는 모양. 攸(유)는 바, 것. 所(소)와 같
다. 馘(괵)은 베다. 적군(敵軍) 시체(屍體)의 왼쪽 귀를 벤 수(數)를 헤아려 전공(戰功)
을 따졌다. 安安(안안)은 경솔(輕率)하거나 난폭(亂暴)하지 않은 모습. 是(시)는 이에.
類(류)는 禷(류)와 같다. 출사(出師)하기 전(前)에 하늘에 지내는 제사(祭祀). 禡(마)는
출사(出師)한 뒤에 군중(軍中)에서 하늘에 지내는 제사(祭祀). 이 구(句)는 법도(法度)
에 맞게 전쟁(戰爭)을 치렀음을 뜻한다. 致(치)는 보내다. 빼앗은 땅을 취(取)하지 않
고 백성(百姓)들에게 돌려주었음을 뜻한다. 附(부)는 拊(부)와 같다. 어루만지다. 四方
(사방)은 사방(四方)의 나라. 以(이)는 ~[이]로써, ~[이]로 인(因)하여. 無(무)는 없
다. 侮(모)는 업신여기다. 茀茀(불불)은 강성(强盛)한 모습. 仡仡(흘흘)은 屹屹(흘흘)과
같다. 우뚝 솟은 모습. 肆(사)는 찌르다, 무찌르다. 絶(절)은 끊다, 막다, 없애다. 忽
(홀)은 멸(滅)하다. 拂(불)은 거스르다. 違(위)와 같다.

【雅-大雅-8】

(242) 靈 臺
영 대

經始靈臺 經之營之 庶民攻之 不日成之 經始勿亟 庶民子來
경시영대 경지영지 서민공지 불일성지 경시물극 서민자래

王在靈囿 麀鹿攸伏 麀鹿濯濯 白鳥翯翯 王在靈沼 於牣魚躍
왕재영유 우록유복 우록탁탁 백조학학 왕재영소 오인어약

虡業維樅 賁鼓維鏞 於論鼓鐘 於樂辟廱
거업유종 분고유용 오륜고종 오락벽옹

於論鼓鐘 於樂辟廱 鼉鼓逢逢 矇瞍奏公
오륜고종 오락벽옹 타고봉봉 몽수주공

영대(靈臺)[1]

처음 영대(靈臺)를 [짓기] 시작(始作)했는데
그 터를 헤아리고 그것을 지었네.
백성(百姓)들이 그것을 만드니
며칠 걸리지 않는 동안 그것을 이루었네.
처음 [짓기] 시작(始作)할 때, '빨리하지 말라.'고 했으나
백성(百姓)들이 자식(子息)들처럼 왔었네.[2]

---

1) 〈靈臺(영대)〉는 周(주)나라 文王(문왕)이 靈臺(영대)를 세우고 주악(奏樂)을 감상(鑑賞)
하는 것을 서술(敍述)한 내용(內容)이다.
2) 經始(경시)는 개시(開始)하다. 經(경)은 비롯하다, 시작(始作)하다. 始(시)는 처음, 시
작(始作)하다. 靈臺(영대)는 대(臺) 이름. 文王(문왕)이 세운 망대(望臺). 觀臺(관대)라
고도 한다. 靈(령)은 '인(仁)을 쌓음'을 뜻한다. 臺(대)는 높이 쌓은 곳. 經(경)은 헤아
리다. 之(지)는 그것. 靈臺(영대)의 터를 가리킨다. 營(영)은 짓다. 造(조)와 같다. 之
(지)는 靈臺(영대)를 가리킨다. 庶民(서민)은 여러 사람. 백성(百姓)과 같다. 庶(서)는
여러. 民(민)은 백성(百姓), 일반(一般) 사람. 攻(공)은 만들다, 짓다. 之(지)는 靈臺
(영대)를 가리킨다. 不日(불일)은 不日內(불일내)와 같다. 며칠 걸리지 않는 동안. 成
(성)은 이루다, 완공(完工)하다. 勿(물)은 말라. 亟(극)은 빠르다. 여기서는 '빨리하
다.'의 뜻이다. 이 구(句)는 文王(문왕)이 백성(百姓)들에게 무리(無理)하게 일하지 말
도록 타이르는 내용(內容)이다. 子來(자래)는 [아버지 일을 도우려는] 자식(子息)들처
럼 오다. 이 구(句)는 백성(百姓)들이 文王(문왕)의 덕(德)에 감화(感化)되어 수고(受
苦)로움을 잊고 즐겁게 일했음을 나타낸다.

왕(王)께서 영대(靈臺) [아래에 있는] 동산에 계시니
암사슴이 엎드리는 바이네.
암사슴은 살쪘고
고니는 함치르르하네.
왕(王)께서 영대(靈臺) [아래에 있는] 연못에 계시니
아! 살진 물고기가 [물 위로] 튀어 나오네. 3)

쇠북걸이 틀 기둥과 [쇠북걸이 틀의] 널빤지와 종(鐘)걸이가 [있고]
큰북과 큰 종(鐘)이 [있네.]
아! 북과 종(鐘)이 조리(條理)있게 [차려지니]
아! 즐거운 [문왕(文王)의] 벽옹(辟廱)이네. 4)

---

3) 王(왕)은 文王(문왕)을 가리킨다. 在(재)는 있다. 靈囿(영유)는 靈臺(영대) 아래에 있
는 동산. 囿(유)는 고대(古代)에 제왕(帝王)들이 짐승을 길러 그것을 보고 즐기는 동산
을 말한다. 麀(우)는 암사슴. 鹿(록)은 사슴. 攸(유)는 바. 伏(복)은 엎드리다. 濯濯
(탁탁)은 살찐 모습. 白鳥(백조)는 오릿과(科)에 속(屬)한 철새인 고니. 翯翯(학학)은
새가 함치르르한 모습. 靈沼(영소)는 靈臺(영대) 아래에 있는 연못. 沼(소)는 지당(池
塘), 연못. 於(오)는 감탄사(感歎詞). 아! 牣(인)은 살찌다. 魚(어)는 물고기. 躍(약)은
뛰어오르다.

4) 虡(거)는 쇠북 거는 틀 기둥. 業(업)은 쇠북 거는 틀 기둥 위의 널빤지. 維(유)는 ~와
(과). 與(여)와 같다. 樅(종)은 종(鐘)걸이. 賁(분)은 크다. 鼓(고)는 북. 鏞(용)은 큰
종(鐘). 論(륜)은 조리(條理). 鐘(종)은 종(鐘), 쇠북. 樂(락)은 즐겁다. 辟廱(벽옹)은
文王(문왕)의 이궁(離宮) 이름.

아! 북과 종(鐘)이 조리(條理)있게 [차려지니]
아! 즐거운 [문왕(文王)의] 벽옹(辟廱)이네.
악어(鱷魚)가죽 북은 둥둥 울리고
악사(樂師)는 [영대(靈臺)의] 완공(完工)을 연주(演奏)하네.5)

---

5) 鼉(타)는 악어(鱷魚). 여기서는 악어(鱷魚) 가죽을 뜻한다. 逢逢(봉봉)은 북소리. 鲜鲜
(봉봉)과 같다. 여기서는 '둥둥'으로 풀이하였다. 矇瞍(몽수)는 악사(樂師)를 말한다.
옛날에는 악사(樂師)를 맹인(盲人)으로 채웠는데 소리를 잘 듣고 살필 수 있었기 때문
이었다. 矇(몽)은 눈은 멀쩡하나 앞을 보지 못하는 눈, 청맹과니. 瞍(수)는 소경, 장
님. 奏(주)는 연주(演奏)하다. 公(공)은 功(공)과 통(通)한다. 성공(成功). 여기서는 靈
臺(영대)의 완공(完工), 낙성(落成)을 뜻한다.

【雅-大雅-9】

(243) 下 武
하 무

下武維周 世有哲王 三后在天 王配于京
하무유주 세유철왕 삼후재천 왕배우경

王配于京 世德作求 永言配命 成王之孚
왕배우경 세덕작구 영언배명 성왕지부

成王之孚 下土之式 永言孝思 孝思維則
성왕지부 하토지식 영언효사 효사유칙

媚玆一人 應侯順德 永言孝思 昭哉嗣服
미자일인 응후순덕 영언효사 소재사복

昭玆來許 繩其祖武 於萬斯年 受天之祜
소자래허 승기조무 오만사년 수천지호

受天之祜 四方來賀 於萬斯年 不遐有佐
수천지호 사방래하 오만사년 불하유좌

후손(後孫)이 이어지다1)

후손(後孫)이 이 주(周)나라를 이어
세세대대(世世代代)로 명철(明哲)한 왕(王)이 있었네.
세 임금이 하늘에 있고
무왕(武王)께서 호경(鎬京)에서 [하늘과] 짝하셨네.2)

---

1) 〈下武(하무)〉는 周(주)나라 武王(무왕)이 선왕(先王)의 덕업(德業)을 잘 계승(繼承)했
음을 찬미(讚美)하는 내용(內容)이다.
2) 下(하)는 뒤, 후(後). 여기서는 후손(後孫)을 말한다. 武(무)는 잇다, 계승(繼承)하다.
維(유)는 어조(語調)를 고르는 어조사(語助詞). 周(주)는 주(周)나라. 世(세)는 세세대
대(世世代代). 有(유)는 있다. 哲(철)은 밝다, 명철(明哲)하다. 王(왕)은 왕(王). 三后
(삼후)는 세 임금. 太王(태왕)과 王季(왕계)와 文王(문왕)을 가리킨다. 여기서는 세 임
금의 신령(神靈)을 뜻한다. 在(재)는 있다. 天(천)은 하늘. 王(왕)은 武王(무왕)을 가리
킨다. 配(배)는 짝하다. 于(우)는 ~에서. 京(경)은 周(주)나라의 도성(都城)인 鎬京(호
경)을 말한다.

무왕(武王)께서 호경(鎬京)에서 [하늘과] 짝하심은
세세대대(世世代代)로 쌓은 미덕(美德)이 [하늘과] 짝이 되었음이네.
길이 천명(天命)에 짝하니
왕업(王業)을 완성(完成)하심이 믿음직했네.3)

왕업(王業)을 완성(完成)하심이 믿음직하여
천하(天下)의 본보기가 되었네.
[무왕(武王)께서] 길이 효도(孝道)하니
효도(孝道)가 법칙(法則)이었네.4)

[하늘이 무왕(武王)] 이 한 사람을 사랑함은
[그가] 마땅히 [선왕(先王)의] 공덕(功德)을 따랐음이네.
길이 효도(孝道)하니
빛나도다! [선왕(先王)의 공덕(功德)을] 잇고 따른 [사람이여.]5)

---

3) 世德(세덕)은 세세대대(世世代代)로 쌓아 온 미덕(美德). 作(작)은 되다. 爲(위)와 같
   다. 求(구)는 逑(구)의 가차자(假借字)로 짝을 뜻한다. 永(영)은 길다. 言(언)은 어조
   (語調)를 고르는 어조사(語助詞). 配(배)는 짝하다. 命(명)은 천명(天命). 成(성)은 이
   루다, 완성(完成)하다. 王(왕)은 왕업(王業). 之(지)는 ~이. 孚(부)는 미덥다, 믿음직
   하다.
4) 下土(하토)는 하늘 아래 땅, 대지(大地). 여기서는 천하(天下)로 풀이하였다. 之(지)는
   ~의. 式(식)은 법(法), 본보기. 孝(효)는 효도(孝道). 思(사)는 어조(語調)를 고르는
   어조사(語助詞). 則(칙)은 법칙(法則).
5) 媚(미)는 사랑하다. 玆(자)는 이. 此(차)와 같다. 一人(일인)은 한 사람. 武王(무왕)을
   가리킨다. 應(응)은 마땅히. 當(당)과 같다. 侯(후)는 어조(語調)를 고르는 어조사(語
   助詞). 順(순)은 따르다. 德(덕)은 선왕(先王)의 공덕(功德)을 말한다. 昭(소)는 빛나
   다. 哉(재)는 영탄(詠歎)의 뜻을 나타내는 어조사(語助詞). 嗣服(사복)은 後進(후진)을
   말한다. 여기서는 武王(무왕)을 가리킨다. 嗣(사)는 잇다. 服(복)은 따르다.

빛나도다! [선왕(先王)의 공덕(功德)을] 이어와 나아간 [사람은]
그 선조(先祖)의 자취를 [계속(繼續)하여] 이어갔네.
아! 만년(萬年)토록
하늘의 복(福)을 받네.6)

하늘의 복(福)을 받으니
사방(四方)의 [제후(諸侯)들이] 와서 하례(賀禮)하네.
아! 만년(萬年)토록
멀리서도 도움이 있었네.7)

---

6) 昭玆(소자)는 昭哉(소재)와 같다. 來許(래허)는 [선왕(先王)의 공덕(功德)을] 이어와 나
아가다. 嗣服(사복)과 같다. 來(래)는 [뒤를] 이어오다. 許(허)는 나아가다. 繩(승)은
뒤를 잇다. 其(기)는 그. 祖(조)는 선조(先祖). 武(무)는 자취. 여기서는 선조(先祖)의
사업(事業)을 가리킨다. 於(오)는 감탄사(感歎詞). 아! 萬斯年(만사년)은 萬萬年(만만
년)과 같다. 만년(萬年)을 강조(强調)하여 하는 말이다. 여기서는 '만년(萬年)토록'으로
풀이하였다. 斯(사)는 강조(强調)의 어조사(語助詞). 受(수)는 받다. 天之祜(천지호)는
하늘의 복(福).
7) 四方(사방)은 사방(四方)의 제후(諸侯)를 가리킨다. 來(래)는 오다. 賀(하)는 하례(賀
禮)하다. 不(불)은 어조사(語助詞)로 뜻이 없다. 遐(하)는 멀다. 여기서는 먼 곳의 소
수민족(少數民族)을 뜻한다. 有(유)는 있다. 佐(좌)는 도움. 이 구(句)는 武王(무왕)이
商(상)나라를 칠 때 먼 곳의 소수민족(少數民族)들이 도움을 준 것을 말한다.

(244) 文王有聲
문 왕 유 성

文王有聲　遹駿有聲　遹求厥寧　遹觀厥成　文王烝哉
문 왕 유 성　휼 준 유 성　휼 구 궐 녕　휼 관 궐 성　문 왕 증 재

文王受命　有此武功　旣伐于崇　作邑于豐　文王烝哉
문 왕 수 명　유 차 무 공　기 벌 우 숭　작 읍 우 풍　문 왕 증 재

築城伊淢　作豐伊匹　匪棘其欲　遹追來孝　王后烝哉
축 성 이 혁　작 풍 이 필　비 극 기 욕　휼 추 래 효　왕 후 증 재

王公伊濯　維豐之垣　四方攸同　王后維翰　王后烝哉
왕 공 이 탁　유 풍 지 원　사 방 유 동　왕 후 유 한　왕 후 증 재

豐水東注　維禹之績　四方攸同　皇王維辟　皇王烝哉
풍 수 동 주　유 우 지 적　사 방 유 동　황 왕 유 벽　황 왕 증 재

鎬京辟廱　自西自東　自南自北　無思不服　皇王烝哉
호 경 벽 옹　자 서 자 동　자 남 자 북　무 사 불 복　황 왕 증 재

考卜維王　宅是鎬京　維龜正之　武王成之　武王烝哉
고 복 유 왕　택 시 호 경　유 귀 정 지　무 왕 성 지　무 왕 증 재

豐水有芑　武王豈不仕　詒厥孫謀　以燕翼子　武王烝哉
풍 수 유 기　무 왕 기 불 사　이 궐 손 모　이 연 익 자　무 왕 증 재

문왕(文王)께서 명성(名聲)이 있으시네[1]

문왕(文王)께서 명성(名聲)이 있어도
이에 크게 명성(名聲)이 있었네.
이에 그 [백성(百姓)의] 편안(便安)함을 구(求)하고
이에 그 [주(周)나라의] 성공(成功)을 보았네.
문왕(文王)께서는 임금답도다![2]

문왕(文王)께서 천명(天命)을 받아
이 무공(武功)이 있었네.
이미 숭(崇)나라를 쳐서
풍(豐)에 도읍(都邑)을 만드셨네.
문왕(文王)께서는 임금답도다![3]

---

1) 〈文王有聲(문왕유성)〉은 文王(문왕)이 풍(豐)으로 천도(遷都)하고 武王(무왕)이 호(鎬)
로 천도(遷都)한 것을 노래한 내용(內容)이다.

2) 文王(문왕)은 周(주)나라 武王(무왕)의 아버지. 有(유)는 있다. 聲(성)은 명성(名聲).
遹(휼)은 발어사(發語詞). 이에. 駿(준)은 크다. 求(구)는 구(求)하다, 찾다. 厥(궐)은
그. 其(기)와 같다. 여기서는 백성(百姓)을 가리킨다. 寧(녕)은 편안(便安)함. 觀(관)은
보다. 厥(궐)은 그. 여기서는 주(周)나라를 뜻한다. 烝(증)은 임금. 여기서는 임금답
다. 哉(재)는 영탄(詠歎)의 뜻을 나타내는 어조사(語助詞).

3) 受(수)는 받다. 命(명)은 천명(天命). 此(차)는 이. 武功(무공)은 군사(軍士)를 동원(動
員)하여 崇(숭)나라를 친 공훈(功勳)을 가리킨다. 旣(기)는 이미. 伐(벌)은 치다. 于
(우)는 어조(語調)를 고르는 어조사(語助詞). 崇(숭)은 나라 이름. 앞의 〈皇矣(황의)〉
편(篇)에서 설명(說明)이 되었다. 作(작)은 만들다. 邑(읍)은 도읍(都邑). 于(우)는 ~
에(서). 豐(풍)은 지명(地名).

성(城)을 쌓고 해자(垓字)를 파서

풍읍(豐邑)을 만드니 [축성(築城)의 법도(法度)와] 짝이 되었네.

그 [도읍(都邑) 만들고] 싶음을 빨리하지 않았으며

이에 [선조(先祖)를] 추모(追慕)하고 [선조(先祖)께] 효순(孝順)했네.

왕(王)께서는 임금답도다!4)

왕(王)의 일이 이렇게 빛났으며

풍읍(豐邑)의 담이 되셨네.

사방(四方)이 [이곳으로] 모이는 바이니

왕(王)께서는 [천하(天下)의] 기둥이 되셨네.

왕(王)께서는 임금답도다!5)

---

4) 築城(축성)은 성(城)을 쌓다. 伊(이)는 동작(動作)이나 상태(狀態)를 형용(形容)하는 어
조사(語助詞). 여기서는 爲(위)로 풀이하였다. 淢(혁)은 洫(혁)과 같다. 성(城) 밖으로
둘러 판 못인 해자(垓字). 伊淢(이혁)을 여기서는 '해자(垓字)를 파다'로 풀이하였다.
伊匹(이필)은 [축성(築城)의 법도(法度)와] 짝이 되다. 여기서는 축성(築城)의 규모(規
模)가 법도(法度)에 맞았음을 말한다. 匪(비)는 아니다. 棘(극)은 빠르다. 其(기)는
그. 欲(욕)은 하고 싶음. 여기서는 빨리 성(城)을 완성(完成)하고자 함을 말한다. 追
(추)는 추모(追慕)하다. 來(래)는 어조(語調)를 고르는 어조사(語助詞). 孝(효)는 효순
(孝順). 王后(왕후)는 군왕(君王). 文王(문왕)을 가리킨다.

5) 王(왕)은 문왕(文王)을 말한다. 公(공)은 功(공)과 같다. 일, 사업(事業). 伊(이)는 이.
여기서는 '이렇게'로 풀이하였다. 濯(탁)은 빛나다. 여기서는 발전(發展)했음을 뜻한
다. 維(유)는 어조(語調)를 고르는 어조사(語助詞). 之(지)는 ~의. 垣(원)은 담. 여기
서는 담이 되다. 이 구(句)는 文王(문왕)이 豐邑(풍읍)의 수호자(守護者)가 되었음을
뜻한다. 四方(사방)은 사방(四方)의 나라. 攸(유)는 바. 同(동)은 모이다. 翰(한)은 줄
기, 기둥. 幹(간)과 같다. 여기서는 기둥이 되다.

풍수(豐水)가 동(東)쪽으로 흐름은
우(禹)임금의 공적(功績)이네.
사방(四方)이 [이곳으로] 모이는 바이니
위대(偉大)한 왕(王)께서는 법(法)이 되셨네.
위대(偉大)한 왕(王)께서는 임금답도다!6)

[무왕(武王)께서] 호경(鎬京)과 벽옹(辟廱)에 계시니
서(西)쪽으로부터 동(東)쪽으로부터
남(南)쪽으로부터 북(北)쪽으로부터
복종(服從)하지 아니함이 없네.
위대(偉大)한 왕(王)께서는 임금답도다!7)

---

6) 豐水(풍수)는 물 이름. 東(동)은 동(東)쪽. 注(주)는 물이 흐르다. 이 구(句)는 武王
   (무왕)이 이미 商(상)나라를 멸(滅)하고 豐邑(풍읍)으로부터 豐水(풍수)의 동(東)쪽에
   있는 鎬京(호경)으로 천도(遷都)했음을 말하고 있다. 禹(우)는 夏(하)나라의 시조(始
   祖). 치수(治水)를 잘 하였다. 績(적)은 공적(功績). 皇(황)은 크다, 위대(偉大)하다.
   王(왕)은 武王(무왕)을 가리킨다. 辟(벽)은 법(法). 여기서는 법(法)이 되다.
7) 鎬京(호경)은 西周(서주)의 국도(國都). 辟廱(벽옹)은 천자(天子)의 별장(別莊)인 이궁
   (離宮)을 말한다. 自(자)는 ~으로부터. 西(서)는 서(西)쪽. 東(동)은 동(東)쪽. 南(남)
   은 남(南)쪽. 北(북)은 북(北)쪽. 無(무)는 없다. 思(사)는 어조(語調)를 고르는 어조사
   (語助詞). 不(불)은 않다. 服(복)은 따르다, 복종(服從)하다.

왕(王)께서 점(占)친 것을 헤아려
이 호경(鎬京)을 [도읍(都邑)으로] 정(定)하셨네.
거북점(占)이 그곳을 바람직하다고 했고
무왕(武王)께서 그것을 이루셨네.
무왕(武王)께서는 임금답도다!8)

풍수(豐水)도 미나리를 [키우고] 있으니
무왕(武王)께서 어찌 일하시지 않겠는가?
[후왕(後王)에게] 그 가르침의 계책(計策)을 줌은
[후왕(後王)을] 돕고 사랑함을 즐거워하기 때문이네.
무왕(武王)께서는 임금답도다!9)

---

8) 考(고)는 헤아리다. 卜(복)은 거북껍질을 이용(利用)하여 점(占)치는 것을 말한다. 維
(유)는 어조(語調)를 고르는 어조사(語助詞). 王(왕)은 武王(무왕)을 가리킨다. 宅(택)
은 정(定)하다. 是(시)는 이. 龜(귀)는 거북. 여기서는 거북점(占)을 말한다. 正(정)은
바르다, 바람직하다. 之(지)는 그곳. 鎬京(호경)을 가리킨다. 武王(무왕)은 文王(문왕)
의 아들. 成(성)은 이루다, 완성(完成)하다. 之(지)는 그것. 鎬京(호경)으로 천도(遷都)
하여 정주(定住)함을 말한다.

9) 芑(기)는 미나리. 豈(기)는 어찌. 仕(사)는 事(사)는 같다. 일하다. 이 두 구(句)는 豐
水(풍수)가 미나리를 키워내듯이 武王(무왕)도 백성(百姓)들을 위해 할 일이 있음을 말
하고 있다. 詒(이)는 주다. 厥(궐)은 그. 其(기)와 같다. 孫(손)은 訓(훈)의 가차자(假
借字). 가르치다. 여기서는 교훈(敎訓)을 뜻한다. 謀(모)는 꾀, 계책(計策). *孫謀(손
모)를 자손(子孫)을 위한 계책(計策)으로 풀이하는 곳도 있다. 以(이)는 ~때문이다.
燕(연)은 즐거워하다. 樂(락)과 같다. 翼(익)은 돕다. 子(자)는 사랑하다. 慈(자)와 같
다.

(245) 生 民
생 민

厥初生民 時維姜嫄 生民如何 克禋克祀 以弗無子
궐초생민 시유강원 생민여하 극인극사 이불무자

履帝武敏歆 攸介攸止 載震載夙 載生載育 時維后稷
이제무민흠 유개유지 재신재숙 재생재육 시유후직

誕彌厥月 先生如達 不坼不副 無菑無害
탄미궐월 선생여달 불탁불복 무재무해

以赫厥靈 上帝不寧 不康禋祀 居然生子
이혁궐령 상제불녕 불강인사 거연생자

誕寘之隘巷 牛羊腓字之 誕寘之平林 會伐平林
탄치지애항 우양비자지 탄치지평림 회벌평림

誕寘之寒冰 鳥覆翼之 鳥乃去矣 后稷呱矣 實覃實訏 厥聲載路
탄치지한빙 조부익지 조내거의 후직고의 실담실우 궐성재로

誕實匍匐 克岐克嶷 以就口食
탄실포복 극기극억 이취구식

蓺之荏菽 荏菽旆旆 禾役穟穟 麻麥幪幪 瓜瓞唪唪
예지임숙 임숙패패 화역수수 마맥몽몽 과질봉봉

誕后稷之穡 有相之道 茀厥豐草 種之黃茂
탄후직지색 유상지도 불궐풍초 종지황무

實方實苞 實種實襃 實發實秀 實堅實好 實穎實栗 即有邰家室
실방실포 실종실유 실발실수 실견실호 실영실률 즉유태가실

誕降嘉種 維秬維秠 維穈維芑 恆之秬秠 是穫是畝
탄강가종 유거유비 유문유기 긍지거비 시확시묘

恆之穈芑 是任是負 以歸肇祀
긍지문기 시임시부 이귀조사

誕我祀如何 或舂或揄 或簸或蹂 釋之叟叟 烝之浮浮
탄아사여하 혹용혹유 혹파혹유 석지수수 증지부부

載謀載惟 取蕭祭脂 取羝以軷 載燔載烈 以興嗣歲
재모재유 취소제지 취저이발 재번재열 이흥사세

卬盛于豆 于豆于登 其香始升 上帝居歆 胡臭亶時
앙성우두 우두우등 기향시승 상제거흠 호취단시

后稷肇祀 庶無罪悔 以迄于今
후직조사 서무죄회 이흘우금

민족(民族)의 [시조(始祖)가] 태어나다1)

그 처음 민족(民族)의 [시조(始祖)를] 태어나게 함은
이 강원(姜嫄)이었네.
민족(民族)의 [시조(始祖)를] 태어나게 함은 어떡했나?
능(能)히 하늘에 제사(祭祀) 지내
자식(子息) 없음을 떨어 버렸네.
상제(上帝)의 엄지발가락 발자국을 밟고 [마음이] 움직여
[조용한 곳에] 머물러 쉬었네.
이에 아이 배고 이에 조심(操心)하였으며
이에 [아이를] 낳고 이에 기르니
이 후직(后稷)이었네.2)

---

1) 〈生民(생민)〉은 周(주)나라의 시조(始祖)인 后稷(후직)의 사적(事迹)을 추술(追述)한 내용(內容)이다.

2) 厥(궐)은 그. 初(초)는 처음. 生(생)은 태어나다, 탄생(誕生)하다. 民(민)은 周(주)나라 민족(民族). 여기서는 민족(民族)의 시조(始祖)를 가리킨다. 時(시)는 이. 是(시)와 같다. 維(유)는 어조(語調)를 고르는 어조사(語助詞). 姜嫄(강원)은 周(주)나라 시조(始祖)인 后稷(후직)의 어머니. 如何(여하)는 어떡했나? 克(극)은 능(能)히 하다. 能(능)과 같다. 禋(인)과 祀(사)는 [몸을 정결(淨潔)히 하여] 제사(祭祀) 지내다, 천신(天神)에게 제사(祭祀) 지냄. 以(이)는 접속(接續)의 뜻을 지닌 어조사(語助詞). 而(이)와 같다. 弗(불)은 [부정(不淨)을] 떨어 버리다. 祓(불)과 같다. 無(무)는 없다. 子(자)는 자식(子息). 履(이)는 밟다. 帝(제)는 상제(上帝). 武(무)는 발자국. 敏(민)은 엄지발가락. 歆(흠)은 [마음이] 움직이다. 攸(유)는 바. 所(소)와 같은 뜻의 어조사(語助詞). 여기서는 풀이를 생략(省略)하였다. 介(개)는 머물다. 止(지)는 머물러 쉬다. *이 두 구(句)를 제사의식(祭祀儀式)의 일부분(一部分)인 무도(舞蹈)로 해석(解釋)하는 곳도 있다. 곧 帝(제)는 상제(上帝)를 대표(代表)하는 신시(神尸)이며 姜嫄(강원)이 그의 뒤를 따라 춤추다가 마음이 움직였고 춤이 끝나자 그와 함께 조용한 곳으로 가서 쉬다가 아이를 가지게 되었다는 것이다. 그리고 야합(野合)으로 보는 설(說)도 있다. 載(재)는 어조사(語助詞). 이에. 震(신)은 아이 배다. 娠(신)과 같다. 夙(숙)은 삼가다. 여기서는 다른 남자(男子)와 사귀는 것을 하지 않았음을 뜻한다. 生(생)은 낳다. 育(육)은 기르다. 后稷(후직)은 요순시대(堯舜時代)에 농경(農耕)을 맡은 벼슬이름이며 姓(성)은 姬(희)이고 名(명)은 棄(기)이다.

참으로 그 [임신(妊娠)의] 개월수(個月數)를 채워
처음으로 [아이] 낳음이 새끼 양(羊)이 [태어나는 것] 같았네.
[태의(胎衣)가] 터지지도 않았고 찢어지지도 않았으며
[산모(産母)는] 재앙(災殃)도 없었고 해(害)로움도 없었네.
그리하여 그 신령(神靈)함을 나타내니
상제(上帝)께서 크게 편안(便安)해 하셨네. [처음에 강원(姜嫄)은]
불안(不安)하여 하늘에 제사(祭祀) 지내고 [아이 없기를 바랐으나]
편안(便安)한 그대로 아들을 낳았네.3)

---

3) 誕(탄)은 발어사(發語詞). 진실(眞實)로, 참으로. 彌(미)는 차다. 滿(만)과 같다. 厥
(궐)은 그. 其(기)와 같다. 月(월)은 달. 여기서는 임신(妊娠)의 개월수(個月數)를 말한
다. 先生(선생)은 첫 출산(出産)을 말한다. 先(선)은 처음. 生(생)은 태어나다. 如(여)
는 같다. 達(달)은 새끼 양(羊). 羍(달)과 같다. 不(불)은 아니다. 坼(탁)은 터지다. 여
기서는 태(胎)의 껍질인 태의(胎衣)가 터짐을 뜻한다. 副(복)은 쪼개다, 가르다. 여기
서는 '찢어지다'로 풀이하였다. 無(무)는 없다. 菑(재)는 재앙(災殃). 災(재)와 같다.
害(해)는 해(害)로움. 이 두 구(句)는 산모(産母)인 姜嫄(강원)이 아무런 피해(被害)를
입지 않고 순산(順産)했음을 말한다. 以(이)는 접속(接續)의 뜻을 나타내는 어조사(語
助詞). 而(이)와 같다. 여기서는 '그리하여'로 풀이하였다. 赫(혁)은 나타내다. 靈(령)
은 신령(神靈)함. 上帝(상제)는 천제(天帝), 조물주(造物主). 不(부)는 크다. 丕(비)와
같다. 寧(녕)과 편안(便安)하다. 不康(강)은 불안(不安)과 같다. 康(강)은 편안(便安)하
다. *姜嫄(강원)이 임신(妊娠)하자 불안(不安)해 하여 하늘에 제사(祭祀)지내 아이가
없기를 바랐다. 그러나 아이가 태어나자 상서(祥瑞)롭지 못하다고 여겨 그를 버렸다.
居然(거연)은 편안(便安)한 모습. 徒然(도연)과 같다. 生子(생자)는 아들을 낳다.

참으로 좁은 골목에 그를 두었으나
소와 양(羊)이 그를 감싸주고 젖 먹였네.
참으로 평원(平原)의 숲에 그를 두었으나 [어떤 이가]
때마침 평원(平原)의 숲에서 나무하면서 [그를 찾았네.]
참으로 차가운 얼음 [위에] 그를 두었으나
새가 그를 [날개로] 덮어 주고 품어 주었네.
새가 곧 가 버리자
<u>후직(后稷)</u>이 울었네.
[울음소리는] 이렇게 길고 커서
그 소리가 길에 [가득] 찼었네.4)

---

4) 寘(치)는 두다. 之(지)는 그. 后稷(후직)을 가리킨다. 隘(애)는 좁다. 巷(항)은 골목.
牛羊(우양)은 소와 양(羊). 腓(비)는 덮다, 감싸주다. 庇(비)와 같다. 字(자)는 젖먹이
다. 乳(유)과 같다. 平(평)은 평원(平原)을 뜻한다. 林(림)은 숲. 會(회)는 때마침. 伐
(벌)은 베다. 여기서는 나무하다. 寒冰(한빙)은 차가운 얼음. 鳥(조)는 새. 覆(부)은
덮다. 翼(익)은 품다. 乃(내)는 곧, 이에. 去(거)는 가다. 矣(의)는 구(句)의 끝에서 다
음 말을 일으키는 말. 呱(고)는 울다. 矣(의)는 단정(斷定)의 뜻을 나타내는 어조사(語
助詞). 實(실)은 발어사(發語詞). 이. 是(시)와 같다. 여기서는 '이렇게'로 풀이하였다.
覃(담)은 길다. 訏(우)는 크다. 聲(성)은 소리. 載(재)는 차다, 가득하다. 路(로)는 길.

참으로 이렇게 기어 다니다가
능(能)히 지각(知覺)이 들고 능(能)히 [사리(事理)를] 알게 되자
먹을 음식(飮食)을 [스스로] 찾았네.
누에콩을 심으니
누에콩이 쑥쑥 자랐네.
벼 이삭은 빼어나고
삼과 보리는 우거졌으며
오이와 북치는 많았네.5)

---

5) 匍匐(포복)은 배를 땅에 깔고 김. 克(극)은 能(능)과 같다. 능(能)히 하다. 岐(기)는
지각(知覺)이 드는 모습. 嶷(억)은 알다. 以(이)는 접속(接續)의 뜻을 지닌 어조사(語
助詞). 而(이)와 같다. 就(취)는 나아가다. 여기서는 '찾다'로 풀이하였다. 口(구)는
입. 여기서는 입으로 먹을 수 있는 것을 뜻한다. 食(식)은 음식(飮食). 蓻(예)는 심다.
藝(예)와 같다. 之(지)는 어조(語調)를 고르는 어조사(語助詞). 荏(임)은 누에콩, 잠두
(蠶豆)콩. 菽(숙)은 콩. 旆旆(패패)는 드리워진 모습. 여기서는 잘 자란 것을 뜻한다.
'쑥쑥 자라다'로 풀이하였다. 恆(궁)은 뻗치다. 亘(궁)과 같다. 禾(화)는 벼. 役(역)은
潁(영)의 가차자(假借字). 이삭. 禾役(화역)은 禾穗(화수)와 같다. 벼 이삭. 穟穟(수수)
는 벼 이삭 빼어난 모습. 穟(수)는 벼 이삭 빼어난 모습. 麻(마)는 삼. 麥(맥)은 보리.
幪幪(몽몽)은 우거진 모습. 幪(몽)은 무성(茂盛)한 모습. 瓜(과)는 오이. 瓞(질)은 북
치. 唪唪(봉봉)은 많은 모습. 唪(봉)은 많은 모습.

참으로 후직(后稷)의 농사(農事)는
[곡식(穀食) 자라는 것을] 돕는 방도(方道)가 있었네.
그 우거진 잡초(雜草)를 없애고
좋은 곡식(穀食)을 심었네.
이렇게 싹이 트고 이렇게 떨기로 나며
이렇게 [싹이] 돋아나고 이렇게 자랐으며
이렇게 [줄기가] 마디지고 이렇게 이삭이 팼으며
이렇게 [낟알이] 여물고 이렇게 [낟알의 빛깔이] 좋으며
이렇게 [이삭이 아래로] 드리우고 이렇게 잘 익었네.
[이에 후직(后稷)이] 태(邰)로 가서 살게 되었네.6)

---

6) 之(지)는 ~의. 穡(색)은 거두다. 여기서는 농사(農事)를 뜻한다. 有(유)는 있다. 相
(상)은 돕다. 여기서는 곡식(穀食)이 잘 자라도록 돕는다는 것을 뜻한다. 之(지)는 ~
는. 道(도)는 방법(方法). 茀(불)은 拂(불)의 가차자(假借字). 떨어 없애다. 除(제)와
같다. 豐(풍)은 무성(茂盛)하다. 草(초)는 풀. 여기서는 잡초(雜草)를 뜻한다. 種(종)은
심다. 黃茂(황무)는 茂黃(무황)의 도치(倒置)이다. 좋은 곡식(穀食). 黃(황)은 곡식(穀
食). 茂(무)는 아름답다, 좋다. 方(방)은 放(방)과 통(通)한다. 피다. 여기서는 싹이
트는 것을 말한다. 苞(포)는 떨기로 나다. 種(종)은 펴다. 여기서는 싹이 짧게 돋아남
을 뜻한다. 襃(유)는 우거지다, 벼가 무성(茂盛)하게 자란 모습. 發(발)은 펴다. 여기
서는 벼의 줄기가 마디지는 것을 뜻한다. 秀(수)는 이삭이 패다. 堅(견)은 여물다. 好
(호)는 [낟알의 빛깔이] 좋다. 穎(영)은 이삭. 여기서는 이삭이 여물어 아래로 드리운
것을 뜻한다. 栗(율)은 여물다, 잘 익다. 卽(즉)은 나아가다. 有(유)는 어조(語調)를
고르는 어조사(語助詞). 邰(태)는 고대(古代) 씨족(氏族) 이름. 家(가)와 室(실)은 살
다, 주거(住居)하다. 이 구(句)는 堯(요)임금이 농정(農政)에 공(功)이 있는 后稷(후직)
을 邰(태)에 봉(封)했음을 말한다.

참으로 [후직(后稷)이] 좋은 씨앗을 주셨으니
검은 기장과 낱알 두 개(個)인 검은 기장이며
붉은 기장과 흰 차조이네.
검은 기장과 낱알 두 개(個)인 검은 기장을 두루 심어 [때가 되면]
이것을 거두고 이것을 이랑에 두네.
붉은 기장과 흰 차조를 두루 심어 [거둘 때]
이것을 어깨에 메고 이것을 등에 지네.
그리하여 [교외(郊外)로] 가서 제사(祭祀)지내기 시작(始作)했네.7)

---

7) 降(강)은 내리다. 여기서는 '[사람들에게] 주다'의 뜻이다. 嘉(가)는 훌륭하다, 좋다.
種(종)은 씨앗. 維(유)는 어조(語調)를 고르는 어조사(語助詞). 秬(거)는 검은 기장. 秠
(비)는 낱알 두 개인 검은 기장. 穈(문)은 붉은 기장. 芑(기)는 흰 차조. 恆(긍)은 두
루 미치다. 여기서는 두루 심는 것을 뜻한다. 是(시)는 이것. 秬(거)와 秠(비)를 말한
다. 穫(확)은 거두다. 畝(묘)는 이랑. 여기서는 거둔 것을 이랑에 두는 것을 뜻한다.
任(임)은 맡다. 여기서는 어깨에 메다. 挑(도)와 같다. 負(부)는 등에 지다. 以(이)는
접속(接續)의 뜻을 지닌 어조사(語助詞). 여기서는 '그리하여'로 풀이하였다. 歸(귀)는
[교외(郊外)로] 가다. 肇(조)는 시작(始作)하다. 祀(사)는 제사(祭祀)지내다.

참으로 나는 어떻게 제사(祭祀)지냈나?
[곡식(穀食)을] 어떤 이는 찧고 어떤 이는 퍼내고
[곡식(穀食)을] 어떤 이는 까부르고 어떤 이는 비볐네.
쓱쓱 곡식(穀食)을 씻고
푹푹 곡식(穀食)을 쪘네.
[제사(祭祀)를] 곧 도모(圖謀)하고 곧 생각하여
맑은대쑥과 제사용(祭祀用) 소기름을 가지네.
숫양(羊)을 잡아 가죽 벗겨
곧 불 속에서도 굽고 곧 불 위에서도 구웠네.
그리하여 다음 해를 흥성(興盛)하게 하네.[8]

---

[8] 我(아)는 나. 后稷(후직)을 가리킨다. 如何(여하)는 어떻게. 或(혹)은 어떤 이. 春(용)
은 찧다. 揄(유)는 퍼내다. 簸(파)는 까부르다. 蹂(유)는 두 손으로 비비다. 釋(석)은
쌀을 씻다. 叟叟(수수)는 쌀 씻는 소리. 여기서는 '쓱쓱'으로 풀이하였다. 烝(증)은 찌
다. 浮浮(부부)는 찔 때 나는 소리. 여기서는 '푹푹'으로 풀이하였다. 載(재)는 곧, 이
에. 謀(모)는 꾀하다, 도모(圖謀)하다. 惟(유)는 생각하다. 取(취)는 가지다. 蕭(소)는
맑은대쑥. 祭脂(제지)는 제사(祭祀)할 때 쓰이는 소기름. 脂(지)는 기름. *제사(祭祀)지
낼 때 소기름을 맑은대쑥에 칠하고 서직(黍稷)과 함께 불을 붙여 그 향기(香氣)를 취
(取)한다. 取羝(취저)는 숫양(羊)을 잡다. 以(이)는 접속(接續)의 뜻을 가진 어조사(語助
詞). 而(이)와 같다. 軷(발)은 拔(발)의 가차자(假借字). 벗기다. 剝(박)과 같다. 燔(번)
은 [불 속에서] 굽다. 烈(열)은 [불 위에서] 굽다. 興(흥)은 흥성(興盛)하다. 嗣歲(사세)
는 다음 해, 내년(來年). 이 구(句)는 다음 해에도 풍년(豐年)이 들도록 제사(祭祀)지낼
때 기원(祈願)한다는 것을 뜻한다.

[고기를] 제기(祭器)에 올려 담았고

[고기 담은] 제기(祭器)에서, 탕(湯) 담은 제기(祭器)에서

그 향기(香氣)가 비로소 올라가네.

상제(上帝)께서 흠향(歆饗)하시니

[제수(祭需)의] 큰 향기(香氣)가 진실(眞實)로 좋았음이네.

<u>후직(后稷)</u>께서 제사(祭祀)를 시작(始作)하였고

허물과 뉘우침이 없기를 바라면서

[복(福)은] 이제까지 이르렀네.9)

---

9) 卬(앙)은 오르다. 盛(성)은 담다. 于(우)는 ~에. 豆(두)는 고기를 담는 제기(祭器). 登
(등)은 탕(湯)을 담는 제기(祭器). 其香(기향)은 그 향기(香氣). 始(시)는 비로소. 升
(승)은 오르다. 居(거)는 영탄(詠歎)의 뜻을 지닌 어조사(語助詞). 歆(흠)은 [신명(神
明)이 제물(祭物)을] 받다, 흠향(歆饗)하다. 胡(호)는 크다. 대(大)와 같다. 臭(취)는
냄새, 향기(香氣). 亶(단)은 진실(眞實)로. 時(시)는 좋다. 庶(서)는 바라다. 無(무)는
없다. 罪(죄)는 허물. 悔(회)는 뉘우침. 以(이)는 접속(接續)의 뜻을 가진 어조사(語助
詞). 而(이)와 같다. 迄(흘)은 이르다. 今(금)은 지금(只今), 이제.

(246) 行 葦
행 위

敦彼行葦　牛羊勿踐履　方苞方體　維葉泥泥
단 피 행 위　우 양 물 천 리　방 포 방 체　유 엽 니 니

戚戚兄弟　莫遠具爾　或肆之筵　或授之几
척 척 형 제　막 원 구 이　혹 사 지 연　혹 수 지 궤

肆筵設席　授几有緝御　或獻或酢　洗爵奠斝
사 연 설 석　수 궤 유 즙 어　혹 헌 혹 작　세 작 전 가

醓醢以薦　或燔或炙　嘉殽脾臄　或歌或咢
담 해 이 천　혹 번 혹 적　가 효 비 갹　혹 가 혹 악

敦弓既堅　四鍭既鈞　舍矢既均　序賓以賢
조 궁 기 견　사 후 기 균　사 시 기 균　서 빈 이 현

敦弓既句　既挾四鍭　四鍭如樹　序賓以不侮
조 궁 기 구　기 협 사 후　사 후 여 수　서 빈 이 불 모

曾孫維主　酒醴維醹　酌以大斗　以祈黃耈
증 손 유 주　주 례 유 유　작 이 대 두　이 기 황 구

黃耈台背　以引以翼　壽考維祺　以介景福
황 구 대 배　이 인 이 익　수 고 유 기　이 개 경 복

길가의 갈대[1]

더부룩한 길가의 갈대를
소와 양(羊)이 밟고 내디디게 하지 말라.
이제 막 [새싹이] 움트고 이제 막 모습을 갖추었으며
잎은 야드르르하다네.
낯익은 형제(兄弟)들은 [서로]
멀리하지 말고 함께 가까이 하라. [잔치할 때]
어떤 이는 그들에게 대자리를 깔아 주고
어떤 이는 그들에게 안석(案席)을 드리네.[2]

---

1) 〈行葦(행위)〉는 周(주)나라 통치자(統治者)와 족인(族人)들이 잔치하고 활쏘기 하는 것을 묘사(描寫)한 내용(內容)이다.

2) 敦彼(단피)는 敦敦(단단)과 같다. 더부룩한 모습. 行(행)은 길. 여기서는 길가를 뜻한다. 葦(위)는 갈대. 牛羊(우양)은 소와 양(羊). 勿(물)은 말라. 踐(천)은 밟다. 履(리)는 밟으며 가다. 여기서는 '내디디다'로 풀이하였다. 方(방)은 바야흐로, 이제 막. 苞(포)는 봉오리. 여기서는 갈대의 새싹이 봉오리처럼 움튼 것 같음을 뜻한다. 體(체)는 몸. 여기서는 모습을 갖추었음을 말한다. 維(유)는 어조(語調)를 고르는 어조사(語助詞). 葉(엽)은 잎. 泥泥(이니)는 풀잎이 부드럽고 윤기(潤氣)가 있는 모습. 여기서는 '야드르르하다'로 풀이하였다. 이 네 구(句)는 목동(牧童)이 갈대를 牛羊(우양)으로부터 지켜주듯이 형제(兄弟)들도 서로 지켜주며 가까이 해야 함을 말하고 있다. 戚戚(척척)은 친숙(親熟)한 모습. 여기서는 '낯익다'로 풀이하였다. 兄弟(형제)는 周(주)나라 왕실(王室)의 형제(兄弟)를 가리킨다. 莫(막)은 말라. 遠(원)은 [서로] 멀리하다. 具(구)는 함께, 다 같이. 俱(구)와 같다. 邇(이)는 가깝다. 邇(이)와 같다. 或(혹)은 어떤 이. 肆(사)는 늘어놓다, 넓게 깔다. 之(지)는 그들. 兄弟(형제)를 가리킨다. 筵(연)은 대자리. 授(수)는 주다. 几(궤)는 노인(老人)들이 앉아서 몸을 기대는 기구(器具)인 안석(案席).

대자리를 깔고 자리를 포개며

안석(案席)을 드리고 시중드는 이가 이어짐이 있네.

이따금 주인(主人)이 술을 올리고 참참이 손님은 술을 되돌리며

[주인(主人)이] 술잔(盞)을 씻어 [다시 술을 올리면]

[손님은 마신 뒤에] 술잔(盞)을 [자리에] 두네.

육탕(肉湯)과 육장(肉醬)을 올리고

[안주(按酒)로] 어떤 것은 볶았고 어떤 것은 구웠네.

좋은 안주(按酒)인 소의 밥통과 소의 혀가 있고

[잔치가 무르익자] 어떤 이는 노래하고 어떤 이는 북치네.3)

---

3) 設(설)은 베풀다. 여기서는 자리를 포개는 것을 말한다. 자리 위에 자리를 포개는 것
은 손님을 존중(尊重)함을 뜻한다. 有(유)는 있다. 緝(즙)은 이어지다. 御(어)는 모시
다. 여기서는 시중드는 사람을 가리킨다. 或(혹)은 간혹(間或), 이따금, 참참이. 獻
(헌)은 주인(主人)이 손님에게 술을 올리는 것을 말한다. 酢(작)은 술잔(盞)을 되돌리
는 것을 말한다. 洗(세)는 씻다. *주객(主客)이 獻酢(헌작)한 뒤에 주인(主人)이 다시
손님에게 술을 올리는 것을 酬(수)라고 하는데 酬(수)를 행(行)하기 전(前)에 먼저 술
잔(盞)을 씻는다. 爵(작)은 술잔(盞). 奠(전)은 두다. 손님이 술을 마신 뒤에 술잔(盞)
을 자리에 두는 것을 말한다. 斝(가)는 술잔(盞). 醓(담)은 육탕(肉湯). 醢(해)는 육장
(肉醬). 以(이)는 ～로써, ～을. 薦(천)은 올리다. 或(혹)은 어떤 것. 燔(번)은 볶다.
炙(적)은 굽다. 嘉(가)는 좋다. 殽(효)는 안주(按酒). 脾(비)는 소의 밥통, 처녑, 천엽
(千葉). 臄(갹)은 소의 혀, 우설(牛舌). 歌(가)는 [반주(伴奏)에 맞추어] 노래하다. 咢
(악)은 북치다.

그림을 아로새겨 꾸민 활은 모두 튼튼하고
네 개(個)의 화살은 모두 고르네.
화살을 쏘니 모두 명중(命中)하고
뛰어난 솜씨로써 손님을 순서(順序) 매기네.
그림을 아로새겨 꾸민 활은 모두 당겨졌고
모두 네 개(個)의 화살은 [차례(次例)대로 시위에] 얹었었네.
네 개(個)의 화살은 [명중(命中)한 것이 과녁에] 심은 것 같고
업신여기지 아니함으로써 손님을 순서(順序) 매기네.[4]

---

[4] 敦弓(조궁)은 그림을 아로새겨 꾸민 활. 周(주)나라 때에 천자(天子)가 사용(使用)했다
고 한다. 敦(조)는 아로새기다. 彫(조)와 같다. 弓(궁)은 활. 旣(기)는 모두. 皆(개)와
같다. 堅(견)은 튼튼하다. 四鍭(사후)는 네 개(個) 화살. 鈞(균)은 고르다. 舍(사)는 쏘
다. 矢(시)는 화살. 均(균)은 들어맞다, 명중(命中)하다. 序(서)는 차서(次序)를 매기
다. 賓(빈)은 손님. 以(이)는 ~로써. 賢(현)은 뛰어나다. 여기서는 활쏘기에서 가장
많이 명중(命中)시킨 뛰어난 솜씨를 말한다. 句(구)는 彀(구)의 가차자(假借字). 당기
다. 挾(협)은 끼워 넣다. 여기서는 화살을 시위에 얹는 것을 말한다. 如(여)는 같다.
樹(수)는 심다. 不侮(불모)는 업신여기지 않다.

증손(曾孫)이 주인(主人)이요
술과 단술은 진하네.
큰 구기로 따르며
장수(長壽)를 비네. [잔치를 마치고 돌아갈 때]
장수(長壽)할 노인(老人)을
[사람들이] 인도(引導)하고 부축하네.
[주인(主人)은] '장수(長壽)함은 복(福)이니
큰 복(福)을 빕니다.'라 하네.5)

---

5) 曾孫(증손)은 주인(主人)의 호칭(呼稱). 維(유)는 어조(語調)를 고르는 어조사(語助詞).
主(주)는 주인(主人). 酒(주)는 술. 醴(례)는 단술. 醹(유)는 진하다. 酌(작)은 따르다.
大(대)는 크다. 斗(두)는 물, 술, 기름 등(等)을 뜰 때 쓰는 기구(器具)인 구기. 以(이)
는 접속(接續)의 뜻을 지닌 어조사(語助詞). 而(이)와 같다. 祈(기)는 빌다. 黃耇(황구)
는 장수(長壽). 오래 살면 노인(老人)의 머리카락이 희게 되었다가 다시 누렇게 된다.
耇(구)는 오래 산 늙은이의 검은 얼굴을 뜻한다. 台背(대배)는 복어[鮐(태)]의 무늬와
같은 무늬가 생긴 등. 노인(老人)의 비유(比喩). 台(대)는 늙다. 背(배)는 등. 以(이)는
어조(語調)를 고르는 어조사(語助詞). 引(인)은 인도(引導)하다. 翼(익)은 돕다, 부축하
다. 壽(수)와 考(고)는 오래 살다. 祺(기)는 복(福). 介(개)는 빌다. 景福(경복)은 큰 복
(福).

【雅-大雅-13】

(247) 既醉
기 취

既醉以酒 既飽以德 君子萬年 介爾景福
기취이주 기포이덕 군자만년 개이경복

既醉以酒 爾殽既將 君子萬年 介爾昭明
기취이주 이효기장 군자만년 개이소명

昭明有融 高朗令終 令終有俶 公尸嘉告
소명유융 고랑영종 영종유숙 공시가고

其告維何 籩豆靜嘉 朋友攸攝 攝以威儀
기고유하 변두정가 붕우유섭 섭이위의

威儀孔時 君子有孝子 孝子不匱 永錫爾類
위의공시 군자유효자 효자불궤 영석이류

其類維何 室家之壼 君子萬年 永錫祚胤
기류유하 실가지곤 군자만년 영석조윤

其胤維何 天被爾祿 君子萬年 景命有僕
기윤유하 천피이록 군자만년 경명유복

其僕維何 釐爾女士 釐爾女士 從以孫子
기복유하 뢰이여사 뢰이여사 종이손자

이미 취(醉)하다1)

이미 이 술에 취(醉)하고
이미 이 은덕(恩德)에 배부르네.
군자(君子)께서는 만년(萬年)토록 [장수(長壽)하시고]
그대에게 큰 복(福)을 빌어 드리네.2)

이미 이 술에 취(醉)하고
그대 안주(按酒)는 이미 훌륭했네.
군자(君子)께서는 만년(萬年)토록 [장수(長壽)하시고]
그대에게 [일에] 밝음과 [늘] 총명(聰明)함을 빌어 드리네.3)

---

1) 〈旣醉(기취)〉는 선조(先祖)께 제사(祭祀)지낼 때, 제사(祭祀)를 맡아보는 사람인 공축(工祝)이 신시(神尸)를 대표(代表)하여 주제자(主祭者)인 周(주)나라 왕(王)에게 드리는 축사(祝詞)이다.
2) 旣(기)는 이미. 醉(취)는 [술에] 취(醉)하다. 以(이)는 이, 이것. 其(기)와 같다. 酒(주)는 술. 飽(포)는 배부르다. 德(덕)은 은덕(恩德), 은혜(恩惠). 君子(군자)는 주제자(主祭者)인 周(주)나라 왕(王)을 가리킨다. 萬年(만년)은 만년(萬年)토록 장수(長壽)하다, 만수무강(萬壽無疆)하다. 介(개)는 빌다. 爾(이)는 너. 君子(군자)를 가리킨다. 景福(경복)은 큰 복(福).
3) 殽(효)는 안주(按酒). 將(장)은 훌륭하다. 臧(장)과 같다. 昭(소)는 일에 밝음을 뜻한다. 明(명)은 늙어도 늘 총명(聰明)함을 뜻한다.

[일에] 밝음과 [늘] 총명(聰明)함이 쭉 이어지고
[품격(品格)은] 높고 밝으며 [끝을] 좋게 맺네.
[끝을] 좋게 맺음은 [좋은] 시작(始作)이 있었음이며
군왕(君王)의 시자(尸者)는 아름다운 말로 알리네.4)

그 알림은 무엇인가?
대그릇과 나무그릇에 [담긴 제수(祭需)가] 깔끔하고 아름답다 하네.
[제사(祭祀)에 참석(參席)한] 벗들이 돕는 바인데
위엄(威嚴)있는 몸가짐으로 돕네.5)

---

4) 有融(유융)은 融融(융융)과 같다. 계속(繼續) 이어지는 모습. 融(융)은 이어지다. 高朗
  (고랑)은 高明(고명)과 같다. [품격(品格)이] 높고 밝음. 朗(랑)은 밝다. 令(영)은 좋
  다. 終(종)은 마치다, 맺다. 公(공)은 주제자(主祭者)인 군왕(君王), 임금. 尸(시)는 제
  사(祭祀) 지낼 때 신령(神靈)을 상징(象徵)하는 사람. 시자(尸者), 신시(神尸). *禮(예)
  에 따르면 천자(天子)는 경(卿)을 제후(諸侯)는 대부(大夫)를 경대부(卿大夫) 이하(以
  下)는 손(孫)을 시(尸)로 썼다고 한다. 周(주)나라 왕(王)의 선조(先祖)가 군주(君主)이
  므로 公尸(공시)라고 하였다. *후세(後世)에 내려오면서 시자(尸者)를 화상(畫像)으로
  바꾸어 썼다. 嘉(가)는 아름답다, 훌륭하다. 여기서는 아름다운 말을 뜻한다. 告(고)
  는 알리다.
5) 其(기)는 그. 維(유)는 어조(語調)를 고르는 어조사(語助詞). 何(하)는 무엇, 어떤. 籩
  (변)는 제사(祭祀) 때 과일이나 건육(乾肉)을 담는 대그릇. 굽이 높고 뚜껑이 있다. 豆
  (두)는 김치나 식혜(食醢) 등(等)을 담는 나무 그릇. 여기서는 籩豆(변두)에 담긴 제수
  (祭需)를 말한다. 靜(정)은 정결(淨潔)하다, 깔끔하다. 嘉(가)는 아름답다. 朋友(붕우)
  는 제사(祭祀)에 참석(參席)한 사람을 말한다. 朋友(붕우)는 벗. 여기서는 군신(群臣)
  을 뜻한다. 攸(유)는 바. 攝(섭)은 돕다. 以(이)는 ~으로써. 威(위)는 위엄(威嚴). 儀
  (의)는 거동(擧動), 몸가짐.

위엄(威嚴)있는 몸가짐은 매우 좋고
군자(君子)께서는 또 효자(孝子)이시네.
효자(孝子)는 [노력(努力)하여] 무너지지 않아야
[선조(先祖)께서] 길이 그대에게 좋은 [방도(方道)를] 주리라.6)

그 좋은 [방도(方道)는] 무엇인가?
집안이 [대궐(大闕) 안길처럼] 가지런함이네.
군자(君子)께서는 만년(萬年)토록 [장수(長壽)하시고]
[선조(先祖)께서는] 길이 자손(子孫)에게 복(福)을 주시네.7)

---

6) 孔(공)은 매우. 時(시)는 좋다. 선(善)과 같다. 有(유)는 또. 又(우)와 같다. 孝子(효
자)는 부모(父母)를 잘 섬기는 아들. 不(불)은 아니다. 匱(궤)는 다하다. 여기서는 '무
너지다'의 뜻이다. 墜(추)와 같다. 永(영)은 길다. 錫(석)은 주다. 類(류)는 좋다. 善
(선)과 같다. 여기서는 선조(先祖)를 욕(辱)되게 하지 않을 '좋은 방도(方道)'로 풀이하
였다.
7) 室家(실가)는 집안. 之(지)는 ～이. 壼(곤)은 대궐(大闕) 안길. 대궐(大闕) 안길처럼 가
지런함을 뜻한다. 齊(제)와 같다. 祚(조)는 복(福). 胤(윤)은 잇다. 자손(子孫)을 가리
킨다.

그 자손(子孫)은 어떠한가?
하늘이 그들에게 복(福)을 덮어주심이네.
군자(君子)께서는 만년(萬年)토록 [장수(長壽)하시고]
천명(天命)은 [그대에게] 붙어 있네.8)

그 붙음은 무엇인가?
그대에게 여(女)종과 남(男)종을 줌이네.
그대에게 여(女)종과 남(男)종을 주어
자자손손(子子孫孫) 따르게 하네.9)

---

8) 天(천)은 하늘. 被(피)는 입히다, 덮어주다. 祿(록)은 복(福). 여기서는 왕위(王位)를
   가리킨다. 景命(경명)은 大命(대명). 大命(대명)은 天命(천명)을 뜻한다. 僕(복)은 붙다.
9) 釐(뢰)는 주다. 賚(뢰)와 같다. 女士(여사)는 여자(女子)와 남자(男子). 여기서는 여
   (女)종과 남(男)종을 뜻한다. 從(종)은 따르다. 以(이)는 ~으로써. 여기서는 풀이를 생
   략(省略)하였다. 孫子(손자)는 子孫(자손)과 같다. 여기서는 자자손손(子子孫孫)을 말
   한다.

(248) 鳧鷖
부 예

鳧鷖在涇 公尸來燕來寧 爾酒旣淸 爾殽旣馨 公尸燕飮 福祿來成
부예재경 공시래연래녕 이주기청 이효기형 공시연음 복록래성

鳧鷖在沙 公尸來燕來宜 爾酒旣多 爾殽旣嘉 公尸燕飮 福祿來爲
부예재사 공시래연래의 이주기다 이효기가 공시연음 복록래위

鳧鷖在渚 公尸來燕來處 爾酒旣湑 爾殽伊脯 公尸燕飮 福祿來下
부예재저 공시래연래처 이주기서 이효이포 공시연음 복록래하

鳧鷖在潀 公尸來燕來宗 旣燕于宗 福祿攸降 公尸燕飮 福祿來崇
부예재총 공시래연래종 기연우종 복록유강 공시연음 복록래숭

鳧鷖在亹 公尸來止熏熏 旨酒欣欣 燔炙芬芬 公尸燕飮 無有後艱
부예재문 공시래지훈훈 지주흔흔 번적분분 공시연음 무유후간

물오리와 갈매기[1]

물오리와 갈매기가 곧게 흐르는 [물 가운데에] 있고
공(公)의 시자(尸者)는 잔치에서 [공(公)을] 편안(便安)히 하네.
그대 술은 이미 맑고
그대 안주(按酒)는 이미 향기(香氣)롭네.
공(公)의 시자(尸者)가 잔치에서 술 마시니
[선조(先祖)께서] 복록(福祿)을 이루어 주시네.[2]

---

1) 〈鳧鷖(부예)〉는 周(주)나라 왕(王)이 정제(正祭)를 지낸 다음날 지내는 제사(祭祀)인 역제(繹祭)를 지내고 시자(尸者)와 잔치할 때 불렀던 시(詩)이다.
2) 鳧(부)는 물오리. 鷖(예)는 갈매기. 在(재)는 있다. 涇(경)은 곧게 흐르다. 여기서는 곧게 흐르는 물 가운데를 뜻한다. 이 구(句)는 물오리와 갈매기가 있어야 할 곳에서 잘 있음을 나타내고 있다. 다음 각(各) 장(章)들도 마찬가지이다. 公(공)은 군왕(君王)을 뜻한다. 尸(시)는 제사(祭祀) 지낼 때 신위(神位) 대신(代身)으로 교의(交椅)에 앉아 있는 사람인 시자(尸者). 來(래)는 어조(語調)를 고르는 어조사(語助詞). 燕(연)은 宴(연)과 같다. 잔치. 寧(녕)은 편안(便安)하다. 여기서는 주제자(主祭者)인 공(公)을 편안(便安)하게 한다는 뜻이다. 爾(이)는 그대. 주제자(主祭者)인 周(주)나라 왕(王). 酒(주)는 술. 旣(기)는 이미. 淸(청)은 맑다. 殽(효)는 안주(按酒). 馨(형)은 향기(香氣)롭다. 燕飮(연음)은 잔치에서 술을 마시다. 福祿(복록)은 선조(先祖)가 내려 주는 복록(福祿)을 말한다. 成(성)은 이루다.

물오리와 갈매기는 물가에 있고
공(公)의 시자(尸者)는 잔치에서 [공(公)을] 달갑게 하네.
그대 술은 이미 많고
그대 안주(按酒)는 이미 좋네.
공(公)의 시자(尸者)가 잔치에서 술 마시니
[선조(先祖)께서] 복록(福祿)을 베풀어 주시네.3)

물오리와 갈매기는 모래섬에 있고
공(公)의 시자(尸者)는 잔치에서 [공(公)을] 안정(安定)시키네.
그대 술은 이미 맑고
그대 안주(按酒)는 이 말린 고기이네.
공(公)의 시자(尸者)가 잔치에서 술 마시니
[선조(先祖)께서] 복록(福祿)을 내려 주시네.4)

---

3) 沙(사)는 물가. 宜(의)는 마땅하다, 달갑다. 多(다)는 많다. 嘉(가)는 좋다. 爲(위)는
    하다. 여기서는 '베풀다'의 뜻이다.
4) 渚(저)는 모래섬. 處(처)는 안정(安定)되다. 湑(서)는 맑다. 伊(이)는 이. 是(시)와 같
    다. 脯(포)는 말린 고기. 下(하)는 내려 주다.

물오리와 갈매기는 물들이에 있고
공(公)의 시자(尸者)는
잔치에서 [공(公)을] 존경(尊敬)하네.
이미 종묘(宗廟)에서 잔치하고
복록(福祿)은 내리는 바이네.
공(公)의 시자(尸者)가 잔치에서 술 마시니
[선조(先祖)께서] 복록(福祿)을 모아 주시네.5)

물오리와 갈매기는 골짜기 어귀에 있고
공(公)의 시자(尸者)는 [잔치에] 머물며 즐거워하네.
맛있는 술은 향긋하고
볶거나 구운 고기는 좋은 냄새가 나네.
공(公)의 시자(尸者)가 잔치에서 술 마시니
뒷날 어려움은 있지 않겠네.6)

---

5) 潨(총)은 물들이. 宗(종)은 높이다, 존경(尊敬)하다. 于(우)는 ~에. 宗(종)은 종묘(宗
廟). 攸(유)는 바, 것. 降(강)은 내리다. 崇(숭)은 모으다.
6) 亹(문)은 수문(水門). 여기서는 골짜기 어귀를 말한다. 止(지)는 [잔치에] 머물다. 熏
熏(훈훈)은 화락(和樂)한 모습. 여기서는 '즐거워하다'로 풀이하였다. 旨酒(지주)는 맛
있는 술. 欣欣(흔흔)은 薰薰(훈훈)과 같다. 향긋한 모습. 燔(번)은 볶다. 炙(적)은 굽
다. 여기서는 볶은 고기와 구운 고기를 말한다. 芬芬(분분)은 향기(香氣)가 높은 모
습. 無有(무유)는 있지 않다, 없다. 後(후)는 뒷날. 艱(간)은 어려움, 불행(不幸).

(249) 假 樂
가 락

假樂君子	顯顯令德	宜民宜人	受祿于天	保右命之	自天申之
가락군자	현현영덕	의민의인	수록우천	보우명지	자천신지
干祿百福	子孫千億	穆穆皇皇	宜君宜王	不愆不忘	率由舊章
간록백복	자손천억	목목황황	의군의왕	불건불망	솔유구장
威儀抑抑	德音秩秩	無怨無惡	率由羣匹	受祿無疆	四方之綱
위의억억	덕음질질	무원무오	솔유군필	수록무강	사방지강
之綱之紀	燕及朋友	百辟卿士	媚于天子	不解于位	民之攸塈
지강지기	연급붕우	백벽경사	미우천자	불해우위	민지유기

아름답고 즐거운1)

아름답고 즐거운 군자(君子)는
좋은 덕행(德行)이 빛나네.
백성(百姓)에게도 마땅하고 관인(官人)에게도 마땅하여
하늘에서 복(福)을 받네.
[하늘이] 지켜 주고 도와주고 그에게 천명(天命)을 내리는데
하늘로부터 그런 것이 거듭되네.2)

---

1) 〈假樂(가락)〉은 周(주)나라 왕(王)이 군신(群臣)에게 잔치 베풀고 군신(群臣)은 왕(王)
의 공덕(功德)을 칭송(稱頌)하는 내용(內容)이다.
2) 假(가)는 아름답다. 嘉(가)와 같다. 樂(락)은 즐겁다. 君子(군자)는 周(주)나라 왕(王)
을 말한다. 顯顯(현현)은 환한 모습. 빛나는 모습. 顯(현)은 나타나다, 빛. 令(령)은
좋다, 훌륭하다. 德(덕)은 덕행(德行). 宜(의)는 마땅하다. 民(민)은 백성(百姓), 서민
(庶民). 人(인)은 관인(官人), 벼슬아치. 受(수)는 받다. 祿(록)은 복(福). 于(우)는 ~에
서. 天(천)은 하늘. 保(보)는 지키다. 右(우)는 佑(우)와 같다. 돕다. 命(명)은 천명(天
命)을 주는 것을 뜻한다. 之(지)는 그. 君子(군자)를 가리킨다. 自(자)는 ~으로부터.
申(신)은 거듭되다. 之(지)는 그것. 복록(福祿)과 보살핌을 받음을 뜻한다.

복(福)을 구(求)해 온갖 복(福)을 [얻었고]
자손(子孫)은 아주 많네.
[영덕(令德)이] 훌륭하고 눈부시니 [한 나라의]
임금노릇에 마땅하고 [천하(天下)의] 왕(王)노릇에 마땅하네.
[일을] 잘못하지도 않고 잊어먹지도 아니함은
[선왕(先王)의] 옛 법도(法度)를 따랐음이네.3)

위엄(威嚴)있는 몸가짐은 조심(操心)스럽고
좋은 말씀은 반듯하네.
원망(怨望) 받음도 없고 미움 받음도 없음은
여러 신하(臣下)를 따랐음이네.
복록(福祿)을 받으심은 끝이 없고
사방(四方)의 벼리가 되었네.4)

---

3) 干(간)은 구(求)하다. 百福(백복)은 온갖 복(福). 子孫(자손)은 周(주)나라 왕(王)의 자
손(子孫). 千億(천억)은 아주 많은 수(數)를 뜻한다. 穆穆(목목)은 아름답고 훌륭한 모
습. 皇皇(황황)은 煌煌(황황)과 같다. 빛나는 모습, 눈부신 모습. 君(군)은 임금. 여기
서는 임금노릇함을 뜻한다. 王(왕)은 왕(王). 여기서는 [천하(天下)의] 왕(王)노릇함을
뜻한다. 不(불)은 않다. 愆(건)은 잘못하다. 忘(망)은 잊다. 率(솔)과 由(유)는 따르다.
舊(구)는 옛. 章(장)은 법(法). 舊章(구장)은 선왕(先王)의 법도(法度)를 말한다.
4) 威(위)는 위엄(威嚴). 儀(의)는 거동(擧動), 몸가짐. 抑抑(억억)은 삼가고 조심(操心)
함. 德音(덕음)은 덕(德)이 있는 말, 좋은 말. 왕(王)의 말을 뜻하기도 한다. 秩秩(질
질)은 질서정연(秩序整然)한 모습. 여기서는 '반듯하다'로 풀이하였다. 無(무)는 없다.
怨(원)은 원망(怨望)을 받다. 惡(오)는 미움을 받다. 羣匹(군필)은 群臣(군신), 군중(群
衆). 羣(군)과 匹(필)은 무리. 彊(강)은 끝. 四方(사방)은 사방(四方)의 나라를 뜻한다.
之(지)는 ~의. 綱(강)은 벼리, 근본(根本). 벼리는 그물의 위쪽 코를 꿰어 오므렸다
폈다 할 때 잡아당기게 된 동아줄. 여기서의 속뜻은 천하(天下)의 왕(王)이 되었음을
말한다.

그 벼리가 되고 그 작은 벼리가 되었으며
잔치는 여러 신하(臣下)에게 미치네.
모든 제후(諸侯)와 경사(卿士)는
천자(天子)에게 사랑받네.
[그들이] 직위(職位)에서 게으르지 아니하니
백성(百姓)들은 쉬는 바이네.5)

---

5) 之(지)는 그. 紀(기)는 작은 벼리. 여기서는 작은 근본(根本). 燕(연)은 잔치. 及(급)
은 미치다. 朋友(붕우)는 벗. 여기서는 군신(群臣)을 가리킨다. 百(백)은 모든. 辟(벽)
은 임금. 여기서는 제후(諸侯)를 말한다. 卿士(경사)는 周(주)나라 왕조(王朝)의 고급
관원(高級官員)을 뜻한다. 媚(미)는 사랑하다. 여기서는 사랑받다. 天子(천자)는 하늘
을 대신(代身)하여 천하(天下)를 다스리는 사람. 여기서는 周(주)나라 왕(王)을 가리킨
다. 解(해)는 게으르다. 懈(해)와 같다. 位(위)는 직위(職位)를 가리킨다. 之(지)는 ~
이(은). 攸(유)는 바. 所(소)와 같다. 塈(기)는 쉬다.

(250) 公 劉
공 류

篤公劉　匪居匪康　迺場迺疆　迺積迺倉　迺裹餱糧　于橐于囊
독공류　비거비강　내역내강　내적내창　내과후량　우탁우낭
思輯用光　弓矢斯張　干戈戚揚　爰方啓行
사집용광　궁시사장　간과척양　원방계행

篤公劉　于胥斯原　既庶既繁　既順迺宣　而無永歎
독공류　우서사원　기서기번　기순내선　이무영탄
陟則在巘　復降在原　何以舟之　維玉及瑤　鞞琫容刀
척즉재헌　부강재원　하이주지　유옥급요　병봉용도

篤公劉　逝彼百泉　瞻彼溥原　迺陟南岡　乃覯于京
독공류　서피백천　첨피부원　내척남강　내구우경
京師之野　于時處處　于時廬旅　于時言言　于時語語
경사지야　우시처처　우시려려　우시언언　우시어어

篤公劉　于京斯依　蹌蹌濟濟　俾筵俾几
독공류　우경사의　창창제제　비연비궤
既登乃依　乃造其曹　執豕于牢　酌之用匏　食之飲之　君之宗之
기등내의　내조기조　집시우뢰　작지용포　사지음지　군지종지

篤公劉　既溥既長　既景迺岡　相其陰陽　觀其流泉
독공류　기부기장　기영내강　상기음양　관기류천
其軍三單　度其隰原　徹田爲糧　度其夕陽　豳居允荒
기군삼단　탁기습원　철전위량　탁기석양　빈거윤황

篤公劉　于豳斯館　涉渭爲亂　取厲取鍛　止基迺理　爰衆爰有
독공류　우빈사관　섭위위난　취려취단　지기내리　원중원유
夾其皇澗　遡其過澗　止旅迺密　芮鞫之卽
협기황간　소기과간　지려내밀　예국지즉

공류(公劉)[1]

[성품(性品)이] 도타운 <u>공류(公劉)</u>는
편안(便安)히 계시지 않았네. [남는 자(者)를 위(爲)해서는]
곧 밭두둑과 경계(境界)를 정비(整備)하고
곧 [곡식(穀食)을] 모아 창고(倉庫)를 지었네.
[떠나는 자(者)를 위(爲)해서는] 곧 건량(乾糧)을 싸서
전대(纏帶)에 넣고 자루에 넣었네.
아! [백성(百姓)들이] 모이니 빛이 났으며
활과 화살을 메고
방패(防牌)와 창(槍)과 도끼와 큰 도끼를 [잡고]
이에 바야흐로 출발(出發)했네.[2]

---

1) 〈公劉(공류)〉는 周(주)나라 사람들이 선조(先祖)인 公劉(공류)가 백성(百姓)을 이끌고
邰(태)로부터 豳(빈)으로 이주(移住)한 사적(史蹟)을 서술(敍述)한 내용(內容)이다.
2) 篤(독)은 [성품(性品)이] 도탑다. 公劉(공류)는 周(주)나라 사람의 선조(先祖). 시조(始
祖)인 后稷(후직)의 사세손(四世孫) 또는 십여세손(十餘世孫)이라 한다. 公(공)은 작위
(爵位). 劉(류)는 이름. 匪(비)는 아니다. 非(비)와 같다. 居(거)는 있다. 康(강)은 편안
(便安)하다. 匪居匪康(비거비강)은 匪康居(비강거)와 같다. 迺(내)는 곧, 이에. 乃(내)와
같다. 埸(역)은 밭두둑. 疆(강)은 경계(境界). 埸(역)과 疆(강)은 동사(動詞)로 쓰였다.
積(적)은 [곡식(穀食)을] 모으다. 倉(창)은 창고(倉庫)를 짓다. 이 두 구(句)는 늙고 병
(病)들어 邰(태)에 남아 있는 사람을 위(爲)해 그렇게 했음을 말한다. 다음 두 구(句)는
公劉(공류)를 따라 豳(빈)으로 가는 사람을 위(爲)해 그렇게 했음을 말한다. 裹(과)는 싸
다. 餱(후)는 먼길을 가는데 지니고 다니기 쉽게 만든 양식(糧食)인 건량(乾糧). 糧(량)
은 식량(食糧). 于(우)는 ~에 (있다). 여기서는 ~에 넣다. 橐(탁)은 전대(纏帶). 囊(낭)
은 자루. 思(사)는 발어사(發語詞). 아! 輯(집)은 모이다. 用(용)은 以(이)와 같다. 접속
(接續)의 뜻을 가진 어조사(語助詞). 光(광)은 빛나다. 弓矢(궁시)는 활과 화살. 斯(사)
는 강조(强調)의 뜻을 나타내는 어조사(語助詞). 張(장)은 메다. 干戈(간과)는 방패(防牌)
와 창(槍). 戚鉞(척월)은 도끼와 큰 도끼. 爰(원)은 이에. 方(방)은 바야흐로. 啓行(계행)
은 출발(出發)하다. 啓(계)는 시작(始作)하다. 行(행)은 가다.

[성품(性品)이] 도타운 공류(公劉)께서

가서 평원(平原)을 살펴보았네.

[사람들이] 이미 많아졌고 이미 불어났으며

[민심(民心)이] 이미 따르고 곧 펴져

길게 한탄(恨歎)함이 없네.

[공류(公劉)께서 거듭 살펴보려] 오르면 곧 봉우리에 계시고

다시 내려와서는 평원(平原)에 계시네.

[공류(公劉)께서는] 무엇을 허리띠에 둘렀는가?

옥(玉)과 옥(玉)돌이며

장식(裝飾)된 칼집과 패도(佩刀)이네.3)

---

3) 于(우)는 가다. 胥(서)는 보다, 살펴보다. 斯(사)는 이. 原(원)은 들판, 평원(平原).
여기서는 豳(빈) 땅의 들판을 가리킨다. 旣(기)는 이미. 庶(서)는 많다. 繁(번)은 많
다, 불어나다. 順(순)은 [민심(民心)이] 따르다. 宣(선)은 펴다. 而(이)는 접속(接續)의
뜻을 지닌 어조사(語助詞). 그래서. 여기서는 풀이를 생략(省略)하였다. 無(무)는 없
다. 永歎(영탄)은 길게 한탄(恨歎)함. 陟(척)은 오르다. 則(즉)은 곧. 在(재)는 있다.
巘(헌)은 봉우리. 復(부)는 다시. 降(강)은 내려오다. 何以(하이)는 무엇으로(써), 무엇
을. 舟(주)는 띠다, 두르다. 之(지)는 그것. 여기서는 허리띠를 가리킨다. 維(유)는 어
조(語調)를 고르는 어조사(語助詞). 玉(옥)은 옥(玉). 及(급)은 및, ~과. 瑤(요)는 옥
(玉)돌. 鞸(병)은 칼집. 琫(봉)은 칼집 장식(裝飾). 容刀(용도)는 허리에 차는 칼인 패
도(佩刀)를 말한다. 容(용)은 치장(治粧)하다, 꾸미다. 刀(도)는 칼.

[성품(性品)이] 도타운 공류(公劉)께서
저 많은 샘물이 모이는 곳으로 가셨고
저 넓은 평원(平原)도 살피셨네.
곧 남(南)쪽 언덕에 올라
곧 경(京)에서 [도읍(都邑)될 곳을] 만났네.
경(京) 도읍(都邑)의 들에서
이에 살게 되어
이에 집 짓고 무리 이루었으며
이에 말하고
이에 왁자했네.4)

---

4) 逝(서)는 가다. 彼(피)는 저. 百泉(백천)은 많은 샘물이 모이는 곳을 말한다. 수원지 (水源池)와 같다. 瞻(첨)은 보다. 溥(부)는 넓다. 南岡(남강)은 남(南)쪽 언덕. 乃(내)는 이에, 곧. 覯(구)는 만나다. 于(우)는 ~에서. 京(경)은 豳(빈) 땅에 있는 지명(地名). 師(사)는 많은 사람. 여기서는 많은 사람이 사는 곳인 도읍(都邑)을 말한다. 서울을 뜻하는 경사(京師)가 이때부터 비롯되었다. 之(지)는 ~의. 野(야)는 들. 于時 (우시)는 于是(우시)와 같다. 이에. 處處(처처)는 살다. 廬(려)는 집. 여기서는 집 짓다. 旅(려)는 무리. 여기서는 무리를 이루다. 言言(언언)은 [사람들이] 말하다. 語語 (어어)는 이야기하다, 왁자하다.

[성품(性品)이] 도타운 공류(公劉)께서
경(京)에서 의거(依據)했네.
점잖고 의젓한 [빈객(賓客)들로] 하여금
대자리에 앉게 하고 안석(案席)에 기대게 하였네.
[그들이] 이미 [자리에] 오르고 [안석(案席)에] 기대자
이에 돼지의 신(神)에게 고사(告祀)를 지내고
우리에서 돼지를 잡아오네.
그들에게 바가지로 술 따르고
그들을 먹여주고 그들을 마시게 하니
[공류(公劉)] 그를 임금 삼고 그를 우두머리로 삼았네.5)

5) 斯(사)는 강조(强調)의 뜻을 나타내는 어조사(語助詞). 依(의)는 의거(依據)하다. 蹌蹌 (창창)은 용의(容儀)가 우아(優雅)한 모습. 여기서는 '점잖다'로 풀이하였다. 濟濟(제 제)는 위의(威儀)가 성(盛)한 모습. 여기서는 '의젓하다'로 풀이하였다. 이 구(句)는 점 잖고 의젓한 빈객(賓客)을 가리킨다. 俾(비)는 하여금. 使(사)와 같다. 筵(연)은 대자 리. 여기서는 동사(動詞)로 쓰였다. 几(궤)는 안석(案席). 여기서는 동사(動詞)로 쓰였 다. 登(등)은 [자리에] 오르다, 앉다. 依(의)는 [안석(案席)에] 기대다. 造(조)는 제사 (祭祀) 이름. 祰(고)와 같다. 고유제(告由祭)를 말한다. 여기서는 고사(告祀)를 지내 다. 其(기)는 어조(語調)를 고르는 어조사(語助詞). 曹(조)는 [祚(조):乍⇐曹]의 가차자 (假借字). 돼지의 신(神)에게 제사(祭祀)지내는 것을 말한다. 執(집)은 잡다. 豕(시)는 돼지. 牢(뢰)는 우리. 酌(작)은 따르다. 之(지)는 그들. 빈객(賓客)을 가리킨다. 用(용) 은 ~로써. 以(이)와 같다. 匏(포)는 바가지. 食(사)는 먹이다. 飮(음)은 마시게 하다. 君(군)은 [豳(빈)의] 임금으로 삼다. 之(지)는 그. 公劉(공류)를 가리킨다. 宗(종)은 우 두머리. 여기서는 周(주)나라 사람의 족주(族主)를 말한다.

[성품(性品)이] 도타운 공류(公劉)께서
이미 [땅을] 넓히고 늘렸으며
이미 [해] 그림자로 방위(方位)를 정(定)하고 곧 언덕에 올라
그곳 산(山)의 북(北)쪽과 남(南)쪽을 살폈고
그곳의 흐르는 샘물을 보았네.
그의 군대(軍隊)는 세 차례(次例) 바뀌어 가며 [일하였고]
그곳의 진펄과 평원(平原)을 헤아려
밭을 다스려 양식(糧食)을 생산(生産)했네.
그곳 산(山)의 서(西)쪽을 헤아려 [살 곳을 정(定)하니]
빈(豳)의 주거지(住居地)는 참으로 넓어졌네.6)

---

6) 溥(부)는 넓다. 여기서는 개간(開墾)한 땅이 넓어짐을 말한다. 長(장)은 늘이다, 확대
(擴大)하다. 景(영)은 그림자. 影(영)과 같다. 여기서는 해 그림자로 방위(方位)를 정
(定)하는 것을 말한다. 岡(강)은 언덕에 오르다. 相(상)은 살펴보다. 其(기)는 그곳.
개간(開墾)한 땅을 말한다. 陰(음)은 산북(山北). 陽(양)은 산남(山南). 觀(관)은 보다.
流泉(유천)은 흐르는 샘물. 其軍(기군)은 公劉(공류)의 군대(軍隊). 三(삼)은 세 차례
(次例). 單(단)은 禪(선)의 가차자(假借字). 바뀌다. 삼교대(三交代)로 일하였음을 말한
다. 度(탁)은 헤아리다. 隰(습)은 진펄. 徹(철)은 다스리다. 田(전)은 밭. 爲(위)는 마
련하다, 생산(生産)하다. 夕陽(석양)은 저녁때의 햇빛. 여기서는 산(山)의 서(西)쪽을
말한다. 豳(빈)은 새로 옮겨온 곳을 말한다. 居(거)는 주거지(住居地). 允(윤)은 참으
로. 荒(황)은 넓히다.

[성품(性品)이] 도타운 공류(公劉)께서

빈(豳)에서 관사(館舍)를 지었네.

위수(渭水)를 넘고 건너서

숫돌을 가졌고 공이로 [쓸 돌을] 가졌으며

이 터를 곧 다스리니

이에 무리지고 이에 [재물(財物)이] 있게 되었네.

황간(黃澗)을 끼고 [살았으며]

과간(過澗)까지 거슬러 올라가 [살았네.]

이 무리는 곧 편안(便安)해졌고

굽이진 물가 안쪽과 물가 바깥쪽까지 이곳으로 나아갔다네.[7]

---

7) 斯(사)는 강조(强調)의 뜻을 나타내는 어조사(語助詞). 館(관)은 관청(官廳), 학교(學校) 등(等) 사람이 상주(常駐)하지 않는 건물(建物)인 관사(館舍)를 말한다. 여기서는 동사(動詞)로 쓰였다. 涉(섭)은 건너다. 渭(위)는 강(江) 이름. 爲(위)는 어조(語調)를 고르는 어조사(語助詞). 亂(란)은 건너다. 取(취)는 가지다. 厲(려)는 礪(려)와 같다. 숫돌. 鍛(단)은 숫돌, 공이로 쓰이는 큰 돌. 이 둘은 관사(館舍)를 지을 때 사용(使用)하였다. 止(지)는 之(지)의 訛字(와자)이다. 이. 此(차)와 같다. 基(기)는 터. 理(리)는 다스리다. 爰(원)은 이에. 衆(중)은 무리지다. 有(유)는 [재물(財物)이] 있다. 夾(협)은 끼다. 其(기)는 어조(語調)를 고르는 어조사. 黃澗(황간)과 過澗(과간)은 豳(빈) 땅의 골짜기 이름. 遡(소)는 거슬러 올라가다. 旅(려)는 무리. 密(밀)은 편안(便安)하다, 안정(安定)되다. 芮(예)는 굽이진 물가의 안쪽. 鞠(국)은 굽이진 물가의 바깥쪽. 之(지)는 이곳. 芮(예)와 鞠(국)을 가리킨다. 卽(즉)은 나아가다. 이 구(句)는 사람이 많아져 이곳까지 가서 살게 되었음을 말한다.

(251) 泂酌
_{형 작}

泂酌彼行潦 挹彼注茲 可以餴饎 豈弟君子 民之父母
_{형작피행료 읍피주자 가이분치 개제군자 민지부모}

泂酌彼行潦 挹彼注茲 可以濯罍 豈弟君子 民之攸歸
_{형작피행료 읍피주자 가이탁뢰 개제군자 민지유귀}

泂酌彼行潦 挹彼注茲 可以濯溉 豈弟君子 民之攸墍
_{형작피행료 읍피주자 가이탁개 개제군자 민지유기}

멀리서 [물을] 뜨네[1]

저 멀리 길바닥에 고인 물을 뜨네.
저것을 떠서 이 [그릇에] 부으니
가(可)히 음식(飮食)을 찔 수 있네.
즐겁고 편안(便安)한 군자(君子)는
백성(百姓)의 부모(父母)이네.[2]

---

1) 〈泂酌(형작)〉은 통치자(統治者)가 민심(民心)을 얻은 것을 기리는 내용(內容)이다.
2) 泂(형)은 멀다. 酌(작)은 [물을] 뜨다. 彼(피)는 저. 行(행)은 길. 潦(료)는 길바닥에 괸 물. 挹(읍)은 뜨다. 彼(피)는 行潦(행료)를 가리킨다. 注(주)는 붓다. 茲(자)는 이. 여기서는 물을 담는 그릇을 말한다. 可以(가이)는 가(可)히 ~할 수 있다. 餴(분)은 찌다, 익히다. 饎(치)는 주식(酒食), 익혀서 먹는 음식(飮食). *옛날 중국(中國)의 서북지구(西北地區)는 건조(乾燥)하여 그곳의 사람들은 길바닥에 괸 물을 생활용수(生活用水)로 사용(使用)하였다. 豈(개)는 즐겁다. 愷(개)와 같다. 弟(제)는 편안(便安)하다. 悌(제)와 같다. 君子(군자)는 통치자(統治者)를 가리킨다. 民(민)은 백성(百姓). 之(지)는 ~의, ~을. 父母(부모)는 아버지와 어머니.

저 멀리 길바닥에 고인 물을 뜨네.
저것을 떠서 이 [그릇에] 부으니
가(可)히 술독을 씻을 수 있네.
즐겁고 편안(便安)한 군자(君子)는
백성(百姓)을 돌아오게 하는 바이네.3)

저 멀리 저 길바닥에 고인 물을 뜨네.
저것을 떠서 이 [그릇에] 부으니
가(可)히 옻칠한 술통(桶)을 씻을 수 있네.
즐겁고 편안(便安)한 군자(君子)는
백성(百姓)을 쉬게 하는 바이네.4)

---

3) 濯(탁)은 씻다. 罍(뢰)는 술독. 攸(유)는 바. 歸(귀)는 돌아오다, 귀부(歸附).
4) 漑(개)는 概(개)의 가차자(假借字). 옻칠한 술통(桶)을 말한다. 墍(기)는 쉬다.

(252) 卷 阿
권 아

有卷者阿 飄風自南 豈弟君子 來游來歌 以矢其音
유권자아 표풍자남 개제군자 래유래가 이시기음

伴奐爾游矣 優游爾休矣 豈弟君子 俾爾彌爾性 似先公遒矣
반환이유의 우유이휴의 개제군자 비이미이성 사선공주의

爾土宇畇章 亦孔之厚矣 豈弟君子 俾爾彌爾性 百神爾主矣
이토우판장 역공지후의 개제군자 비이미이성 백신이주의

爾受命長矣 茀祿爾康矣 豈弟君子 俾爾彌爾性 純嘏爾常矣
이수명장의 불록이강의 개제군자 비이미이성 순하이상의

有馮有翼 有孝有德 以仁以翼 豈弟君子 四方爲則
유빙유익 유효유덕 이인이익 개제군자 사방위칙

顒顒卬卬 如圭如璋 令聞令望 豈弟君子 四方爲綱
옹옹앙앙 여규여장 영문영망 개제군자 사방위강

鳳皇于飛 翽翽其羽 亦集爰止 藹藹王多吉士 維君子使 媚于天子
봉황우비 홰홰기우 역집원지 애애왕다길사 유군자사 미우천자

鳳皇于飛 翽翽其羽 亦傅于天 藹藹王多吉人 維君子命 媚于庶人
봉황우비 홰홰기우 역부우천 애애왕다길인 유군자명 미우서인

鳳皇鳴矣 于彼高岡 梧桐生矣 于彼朝陽 菶菶萋萋 雝雝喈喈
봉황명의 우피고강 오동생의 우피조양 봉봉처처 옹옹개개

君子之車 旣庶且多 君子之馬 旣閑且馳 矢詩不多 維以遂歌
군자지거 기서차다 군자지마 기한차치 시시부다 유이수가

구부러진 언덕[1]

구부러진 언덕으로
남(南)쪽에서 회오리바람이 불어오네.
즐겁고 편안(便安)한 군자(君子)는
노닐고 노래하며
그 덕음(德音)을 벌여 놓네.[2]

[주(周)나라 왕(王)인] 그대는 느긋하게 노닐고
그대는 한가(閑暇)하게 쉬시네.
즐겁고 편안(便安)한 군자(君子)는
그대로 하여금 그대의 생명(生命)을 다하게 하여
선공(先公)을 이어 [왕업(王業)을] 완성(完成)하게 하네.[3]

---

1) 〈卷阿(권아)〉는 周(주)나라 왕(王)이 여러 신하(臣下)들과 굽이진 언덕으로 나가 노닐
때 시인(詩人)이 현인(賢人)을 구(求)해 쓴 왕(王)을 기린 내용(內容)이다.
2) 有卷(유권)은 卷卷(권권)과 같다. 구부러진 모습. 卷(권)은 굽다. 者(자)는 어세(語勢)
를 고르는 어조사(語助詞). 阿(아)는 언덕. 飄風(표풍)은 회오리바람. 自(자)는 ~로부
터, ~에서. 南(남)은 남(南)쪽. 이 두 구(句)는 왕(王)이 몸을 굽혀 현자(賢者)를 맞이
하는 것을 회오리바람이 구부러진 언덕으로 불어 들어오는 것에 비유(比喩)하였다. 豈
(개)는 즐겁다. 弟(제)는 편안(便安)하다. 군자(君子)는 현자(賢者)를 가리킨다. 來(래)
는 어조(語調)를 고르는 어조사(語助詞). 游(유)는 노닐다. 歌(가)는 노래하다. 以(이)
는 접속(接續)의 뜻을 지닌 어조사(語助詞). 矢(시)는 벌여 놓다. 其(기)는 그. 音(음)
은 덕음(德音), 좋은 말.
3) 伴奐(반환)은 한가(閑暇)하게 즐김. 여기서는 '느긋하다'로 풀이하였다. 伴(반)은 느긋
한 모양. 奐(환)은 빛나다. 爾(이)는 너, 그대. 여기서는 周(주)나라 왕(王)을 가리킨
다. 矣(의)는 단정(斷定)의 뜻을 나타내는 어조사(語助詞). 優游(우유)는 한가(閑暇)롭
게 지내는 모양. 優(우)는 편안(便安)하게 쉬다. 休(휴)는 쉬다. 俾(비)는 하여금. 彌
(미)는 다하다. 性(성)은 본성(本性), 생명(生命), 목숨. 여기서는 일생(一生)을 뜻한
다. 似(사)는 잇다. 嗣(사)와 같다. 先公(선공)은 周(주)나라 개국(開國)의 군주(君主)
인 文王(문왕), 武王(무왕)을 가리킨다. 遒(주)는 끝나다, 완성(完成)하다.

[주(周)나라 왕(王)인] 그대의 강토(疆土)와 판도(版圖)는
또한 매우 넓도다.
즐겁고 편안(便安)한 군자(君子)는
그대로 하여금 그대의 생명(生命)을 다하게 하여
온갖 신(神)이 그대를 주제자(主祭者)로 삼았네.4)

[주(周)나라 왕(王)인] 그대가 천명(天命)을 받음이 오래 되었고
복록(福祿)이 그대를 평안(平安)하게 하네.
즐겁고 편안(便安)한 군자(君子)는
그대로 하여금 그대의 생명(生命)을 다하게 하여
큰 복(福)은 그대가 늘 받네.5)

---

4) 土宇(토우)는 강토(疆土). 土(토)는 영토(領土). 宇(우)는 국토(國土). 畈章(판장)은 판
도(版圖)와 같다. 畈(판)은 널빤지. 版(판)과 같다. 章(장)은 무늬. 亦(역)은 또한. 孔
(공)은 매우. 之(지)는 어기(語氣)를 고르는 어조사(語助詞). 厚(후)는 두텁다. 여기서
는 '넓다'의 뜻이다. 百神(백신)은 천지산천(天地山川)의 여러 신(神)을 말한다. 主(주)
는 주제자(主祭者)를 말한다.

5) 受(수)는 받다. 命(명)은 천명(天命). 여기서는 周(주)나라 왕(王)이 천명(天命)을 받아
천자(天子)가 되었음을 뜻한다. 長(장)은 오래되다. 茀(불)은 복(福). 祿(록)은 복(福).
康(강)은 편안(便安)하다. 여기서는 '평안(平安)하다'로 풀이하였다. 純(순)은 크다. 嘏
(하)는 복(福). 常(상)은 늘 하다. 여기서는 늘 받음을 뜻한다.

[군자(君子)가] 미덥고 반듯하며
효심(孝心)이 있고 덕행(德行)이 있어 [주(周)나라 왕(王)을]
[앞에서] 이끌고 [곁에서] 거들어 주네.
즐겁고 편안(便安)한 군자(君子)를
사방(四方)이 법칙(法則)으로 삼네.6)

[군자(君子)의 성품(性品)이] 따뜻하고 [몸가짐이] 점잖아
규(圭) 같고 반쪽 홀(笏) 같으며
소문(所聞)은 좋고 명망(名望)도 좋네.
즐겁고 편안(便安)한 군자(君子)를
사방(四方)이 벼리로 삼네.7)

---

6) 有馮(유빙)은 馮馮(빙빙)과 같다. 미더운 모습. 馮(빙)은 믿다. 有翼(유익)은 翼翼(익
익)과 같다. 공경(恭敬)하고 삼가는 모습. 여기서는 '반듯하다'로 풀이하였다. 翼(익)
은 삼가다. 有(유)는 있다. 孝(효)는 효심(孝心). 德(덕)은 덕행(德行). 以(이)는 접속
(接續)은 뜻하는 어조사(語助詞) 而(이)와 같다. 引(인)은 끌다, 인도(引導)하다. 翼
(익)은 돕다, 거들다. 四方(사방)은 사방(四方)의 제후(諸侯)를 가리킨다. 爲(위)는 ~
로 삼다. 則(칙)은 법칙(法則).
7) 顒顒(옹옹)은 온화(溫和)한 모습. 卬卬(앙앙)은 위엄(威嚴)이나 덕(德)이 있는 모습.
여기서는 '점잖다'로 풀이하였다. 如(여)는 ~와 같다. 圭(규)는 옥(玉)으로 만든 홀
(笏). 璋(장)은 반쪽 홀(笏). 圭(규)와 璋(장)은 군자(君子)의 품덕(品德)이 고귀(高貴)
함을 비유(比喩)한다. 令(령)은 좋다. 聞(문)은 소문(所聞). 望(망)은 명망(名望). 綱
(강)은 벼리, 사물(事物)의 가장 주(主)가 되는 것.

봉황(鳳凰)이 날아가니
그 날개에서 휙휙 소리 나고
또한 [나무에] 이르러 이에 머무르네.
북적대는 왕(王)의 많은 훌륭한 사람을
오직 군자(君子)가 부리니
천자(天子)에게 사랑받네.8)

봉황(鳳凰)이 날아가니
그 날개에서 휙휙 소리 나고
또한 하늘에 이르네.
북적대는 왕(王)의 많은 훌륭한 사람을
오직 군자(君子)가 명령(命令)하니
여러 사람들에게 사랑받네.9)

---

8) 鳳皇(봉황)은 鳳凰(봉황). 상상(想像)의 상서(祥瑞)로운 새. 于(우)는 어조(語調)를 고
르는 어조사(語助詞). 飛(비)는 날다. 翽翽(홰홰)는 날개 치는 소리. 여기서는 '휙휙'
으로 풀이하였다. 其羽(기우)는 그 날개. 集(집)은 이르다. 爰(원)은 이에. 止(지)는
머무르다. 이 세 구(句)는 현인(賢人)이 조정(朝廷)으로 나아감을 비유(比喩)한 듯하
다. 藹藹(애애)는 많은 모습. 여기서는 '북적대다'로 풀이하였다. 王(왕)은 周(주)나라
왕(王)을 말한다. 多(다)는 많다. 吉士(길사)는 훌륭한 사람. 여기서는 군신(群臣)을
가리킨다. 維(유)는 惟(유)와 같다. 다만. 君子(군자)는 현인(賢人)을 가리킨다. 使(사)
는 부리다. 媚(미)는 사랑받다. 于(우)는 ～에게. 天子(천자)는 周(주)나라 왕(王)을 가
리킨다.
9) 傅(부)는 이르다. 命(명)은 명령(命令)하다. 庶人(서인)은 여러 사람.

봉황(鳳凰)이 우네,
저 높은 언덕에서.
오동(梧桐)나무가 자라나네,
저 산(山)의 동(東)쪽에서.
[오동(梧桐)나무는 가지와 잎이] 빽빽하게 우거졌고
[봉황(鳳凰)의 울음소리는] 조화(調和)롭고 부드럽네.10)

군자(君子)의 수레가
이미 많고 또 화려(華麗)하네.
군자(君子)의 말은
이미 길들여졌고 또 빨리 달리네.
시(詩)를 읊음이 많아
이에 노래를 마침내 지었네.11)

---

10) 鳴(명)은 울다. 彼(피)는 저. 高岡(고강)은 높은 언덕. 梧桐(오동)은 오동(梧桐)나무.
生(생)은 자라나다. 朝陽(조양)은 산(山)의 동(東)쪽. 아침 해가 먼저 비치는 데서 이
르는 말. 菶菶(봉봉)은 초목(草木)이 우거진 모습. 萋萋(처처)는 풀이 우거진 모습. 여.
기서는 오동(梧桐)나무의 가지와 잎이 우거졌음을 말한다. 顒顒(옹옹)은 온화(溫和)하
고 경순(敬順)한 모습. 喈喈(개개)는 [봉황(鳳凰)]새의 부드러운 울음소리.
11) 之(지)는 ~의. 車(거)는 수레. 旣(기)는 이미. 庶(서)는 많다. 且(차)는 또. 多(다)는
侈(치)의 가차자(假借字). 화려(華麗)하다. 馬(마)는 말. 閑(한)은 숙련(熟練)되다, 길
들여지다. 馳(치)는 달리다. 이 네 구(句)는 현인(賢人)이 많음을 뜻한다. 矢詩(시시)
는 시(詩)를 읊다. 矢(시)는 벌여 놓다. 不多(부다)는 많다. 不(부)는 뜻이 없는 어조
사(語助詞). 維(유)는 발어사(發語詞). 이에. 以(이)는 爲(위)와 같다. 하다. 여기서는
짓다. 遂(수)는 마침내. 歌(가)는 노래.

(253) 民 勞
민　로

民亦勞止 汔可小康 惠此中國 以綏四方 無縱詭隨 以謹無良
민역로지 흘가소강 혜차중국 이수사방 무종궤수 이근무량
式遏寇虐 憯不畏明 柔遠能邇 以定我王
식알구학 참불외명 유원능이 이정아왕

民亦勞止 汔可小休 惠此中國 以爲民逑 無縱詭隨 以謹惛怓
민역로지 흘가소휴 혜차중국 이위민구 무종궤수 이근혼노
式遏寇虐 無俾民憂 無棄爾勞 以爲王休
식알구학 무비민우 무기이로 이위왕휴

民亦勞止 汔可小息 惠此京師 以綏四國 無縱詭隨 以謹罔極
민역로지 흘가소식 혜차경사 이수사국 무종궤수 이근망극
式遏寇虐 無俾作慝 敬愼威儀 以近有德
식알구학 무비작특 경신위의 이근유덕

民亦勞止 汔可小愒 惠此中國 俾民憂泄 無縱詭隨 以謹醜厲
민역로지 흘가소게 혜차중국 비민우설 무종궤수 이근추려
式遏寇虐 無俾正敗 戎雖小子 而式弘大
식알구학 무비정패 융수소자 이식홍대

民亦勞止 汔可小安 惠此中國 國無有殘 無縱詭隨 以謹繾綣
민역로지 흘가소안 혜차중국 국무유잔 무종궤수 이근견권
式遏寇虐 無俾正反 王欲玉女 是用大諫
식알구학 무비정반 왕욕옥녀 시용대간

백성(百姓)들이 지쳤으니[1]

백성(百姓)들이 지쳤으니
좀 편안(便安)할 수 있기를 빕니다.
이 나라 안을 사랑하여
사방(四方)을 평안(平安)하게 하소서.
속이고 [무턱대고] 따르는 이를 좇지 말고
어질지 못한 이를 경계(警戒)하소서.
아! 도둑질하고 사나운 이를 막으소서. [이들은]
일찍이 예법(禮法)을 두려워하지 않았습니다.
먼 곳은 회유(懷柔)하고 가까운 곳은 잘해 주어
우리 왕실(王室)을 안정(安定)시키소서.[2]

---

1) 〈民勞(민로)〉는 周(주)나라의 폭군(暴君)인 厲王(여왕)에게 백성(百姓)을 편안(便安)하게 하고 간사(奸邪)한 이들을 막을 것을 권고(勸告)하는 내용(內容)이다.

2) 民(민)은 백성(百姓). 亦(역)은 구(句) 가운데 놓는 뜻 없는 어조사(語助詞). 勞(로)는 지치다. 止(지)는 문말(文末)에 놓는 뜻 없는 어조사(語助詞). 汔(흘)은 气(걸)의 가차자(假借字). 빌다. 乞(걸)과 같다. 可(가)는 [가(可)히] ~할 수 있다. 小(소)는 좀, 조금. 康(강)은 편안(便安)하다. 惠(혜)는 사랑하다. 此(차)는 이. 中國(중국)은 國中(국중)과 같다. 나라 안. 周(주)나라 천자(天子)가 직접(直接) 통치(統治)하는 구역(區域)을 말한다. 王畿(왕기)라고도 한다. 以(이)는 접속(接續)의 뜻을 지닌 어조사(語助詞). 而(이)와 같다. 綏(수)는 안정(安定)시키다. 四方(사방)은 사방(四方)의 제후국(諸侯國)을 가리킨다. 無(무)는 말라. 縱(종)은 從(종)과 통(通)한다. 듣고 잘 좇다. 청종(聽從)과 같다. 詭(궤)는 속이다. 隨(수)는 따르다. 여기서는 무턱대고 남을 따르는 것을 말한다. 맹종(盲從)과 같다. 謹(근)은 삼가다, 경계(警戒)하다. 無良(무량)은 不良(불량)과 같다. 어질지 못한 사람을 말한다. 式(식)은 발어사(發語詞). 아! 遏(알)은 막다. 寇(구)는 도둑. 虐(학)은 사납다. 여기서는 당시(當時)의 탐관혹리(貪官酷吏)를 말한다. 憯(참)은 일찍이. 曾(증)과 같다. 不畏(불외)는 두려워하지 않다. 明(명)은 예법(禮法)을 말한다. *明(명)을 하늘로 풀이하는 곳도 있다. 柔(유)는 회유(懷柔)하다. 遠(원)은 먼 곳을 뜻한다. 여기서는 사방제후(四方諸侯)를 가리킨다. 能(능)은 잘해 주다. 邇(이)는 가까운 곳을 뜻한다. 여기서는 나라 안의 사람을 가리킨다. 定(정)은 안정(安定)시키다. 我(아)는 우리. 王(왕)은 왕실(王室)을 뜻한다.

백성(百姓)들이 지쳤으니
좀 쉴 수 있기를 바랍니다.
이 나라 안을 사랑하여
백성(百姓)들이 모여들게 하소서.
속이고 [무턱대고] 따르는 이를 좇지 말고
[나라를] 어지럽히는 이들을 경계(警戒)하소서.
아! 도둑질하고 사나운 이들을 막아
백성(百姓)들로 하여금 근심하게 하지 마소서.
[벼슬하고 있는] 그들의 노고(勞苦)를 버리지 말고
왕(王)의 좋은 [정치(政治)를] 하소서.3)

---

3) 休(휴)는 쉬다. 爲(위)는 하다. 逑(구)는 모이다. 惛(혼)과 恢(노)는 어지럽다. 여기서
는 나라를 어지럽히는 사람들을 가리킨다. 無(무)는 말라. 俾(비)는 하여금. 憂(우)는
근심하다. 棄(기)는 버리다. 爾(이)는 그대. 당시(當時)에 말없이 열심(熱心)히 벼슬하
고 있는 사람을 가리킨다. 勞(로)는 노고(勞苦), 공적(功績). 休(휴)는 좋다, 아름답
다. 여기서는 좋은 정치(政治)를 뜻한다.

백성(百姓)들이 지쳤으니
좀 숨 쉴 수 있기를 바랍니다.
이 서울을 사랑하여
사방(四方) 나라를 평안(平安)하게 하소서.
속이고 [무턱대고] 따르는 이들을 좇지 말고
끝없이 나쁜 짓하는 이들을 경계(警戒)하소서.
아! 도둑질하고 사나운 이들을 막아
[그들로] 하여금 간사(奸邪)한 일을 짓게 하지 마소서.
위엄(威嚴)과 몸가짐을 정중(鄭重)히 하고 삼가서
덕(德) 있는 이를 가까이 하소서.4)

---

4) 息(식)은 쉬다, 숨 쉬다. 京師(경사)는 서울. 罔極(망극)은 끝없이 악행(惡行)을 저지
르는 것을 뜻한다. 作(작)은 짓다. 慝(특)은 간사(奸邪)하다. 敬(경)은 정중(鄭重)하다.
愼(신)은 삼가다. 威(위)는 위엄(威嚴). 儀(의)는 거동(擧動), 몸가짐. 近(근)은 가까이
하다. 有德(유덕)은 덕(德)이 있는 사람을 가리킨다.

백성(百姓)들이 지쳤으니
좀 쉴 수 있기를 바랍니다.
이 나라 안을 사랑하여
백성(百姓)들로 하여금 근심이 없어지게 하소서.
속이고 [무턱대고] 따르는 이들을 좇지 말고
추잡(醜雜)하고 모진 이들을 경계(警戒)하소서.
아! 도둑질하고 사나운 이들을 막아
정사(政事)로 하여금 무너짐이 없게 하소서.
그대가 비록 젊은이지만
[선왕(先王)의 공적(功績)을] 넓히고 크게 하소서.5)

---

5) 愒(게)는 쉬다. 泄(설)은 없애다. 醜(추)는 추잡(醜雜)하다. 厲(려)는 모질다. 正(정)은
정사(政事)를 뜻한다. 敗(패)는 무너지다. 戎(융)은 너. 周(주)나라 厲王(여왕)을 가리
킨다. 雖(수)는 비록. 小子(소자)는 젊은 사람. 而(이)는 역접(逆接)의 뜻을 지닌 어조
사(語助詞). 式(식)은 쓰다. 여기서는 '하다'로 풀이하였다. 弘(홍)은 넓히다. 大(대)
는 크게 하다.

백성(百姓)들이 지쳤으니

좀 편안(便安)할 수 있기를 바랍니다.

이 나라 안을 사랑하여

나라에 해(害)를 입는 이들이 없게 하소서.

속이고 [무턱대고] 따르는 이들을 좇지 말고

[사리(私利)로] 굳게 얽어 묶은 이들을 경계(警戒)하소서.

아! 도둑질하고 사나운 이들을 막아

정사(政事)로 하여금 뒤집히게 하지 마소서.

왕(王)께서 재물(財物)과 미녀(美女)를 탐(貪)내니

이로써 크게 간(諫)합니다.6)

---

6) 安(안)은 편안(便安)하다. 無有(무유)는 無(무)와 같다. 有(유)는 어조(語調)를 고르는
어조사(語助詞). 殘(잔)은 해(害)치다. 여기서는 해(害)를 입다. 繾綣(견권)은 緊綣(긴
권)과 같다. 緊(긴)은 굳게 얽다. 綣(권)은 묶다. 反(반)은 뒤집다. 欲(욕)은 탐(貪)내
다. 玉(옥)은 재물(財物)을 뜻한다. 女(여)는 미녀(美女)를 말한다. 是用(시용)은 이로
써. 是以(시이)와 같다. 大諫(대간)은 크게 간(諫)하다.

(254) 板판

上帝板板 下民卒癉 出話不然 爲猶不遠
상제판판 하민졸단 출화불연 위유불원
靡聖管管 不實於亶 猶之未遠 是用大諫
미성관관 부실어단 유지미원 시용대간

天之方難 無然憲憲 天之方蹶 無然泄泄
천지방난 무연헌헌 천지방궤 무연예예
辭之輯矣 民之洽矣 辭之懌矣 民之莫矣
사지집의 민지흡의 사지역의 민지모의

我雖異事 及爾同寮 我卽爾謀 聽我囂囂
아수이사 급이동료 아즉이모 청아효효
我言維服 勿以爲笑 先民有言 詢於芻蕘
아언유복 물이위소 선민유언 순어추요

天之方虐 無然謔謔 老夫灌灌 小子蹻蹻
천지방학 무연학학 노부관관 소자교교
匪我言耄 爾用憂謔 多將熇熇 不可救藥
비아언모 이용우학 다장학학 불가구약

天之方懠 無爲夸毗 威儀卒迷 善人載尸
천지방제 무위과비 위의졸미 선인재시
民之方殿屎 則莫我敢葵 喪亂蔑資 曾莫惠我師
민지방전히 즉막아감규 상난멸자 증막혜아사

天之牖民 如壎如篪 如璋如圭 如取如攜
천지유민 여훈여지 여장여규 여취여휴
攜無曰益 牖民孔易 民之多辟 無自立辟
휴무왈익 유민공이 민지다벽 무자입벽

价人維藩 大師維垣 大邦維屛 大宗維翰
개인유번 대사유원 대방유병 대종유한
懷德維寧 宗子維城 無俾城壞 無獨斯畏
회덕유녕 종자유성 무비성괴 무독사외

敬天之怒 無敢戲豫 敬天之渝 無敢馳驅
경천지노 무감희예 경천지투 무감치구
昊天曰明 及爾出王 昊天曰旦 及爾游衍
호천왈명 급이출왕 호천왈단 급이유연

어기다[1]

상제(上帝)께서 [정도(正道)를] 어기니
세상(世上) 사람들은 죄다 괴로워하고 있습니다.
[왕(王)이] 말을 내어도 그럴듯하지 않고
[왕(王)이] 정책(政策)을 펴도 오래가지 못합니다.
[왕(王)은] 성인(聖人)의 [법도(法度)가] 없이 제멋대로이며
믿음에는 알차지 못합니다.
정책(政策)이 오래가지 못하여
이로써 크게 간(諫)합니다.[2]

---

1) 〈板(판)〉은 작자(作者)가 동료(同僚)를 나무라는 것을 빌려 周(주)나라 厲王(여왕)을
풍자(諷刺)하는 내용(內容)이다. *작자(作者)가 周公(주공)의 후예(後裔)인 凡伯(범백)
이라는 설(說)이 있다.

2) 上帝(상제)는 우주(宇宙)의 만물(萬物)을 만들고 다스리는 신(神), 조물주(造物主). 여
기서는 작자(作者)가 厲王(여왕)을 직접(直接) 가리키지 못하여 상제(上帝)를 빌려 말
하고 있다. 板板(판판)은 정도(正道)를 어기는 모습. 板(판)은 배반(背叛)하다. 下民
(하민)은 세인(世人)과 같다. 세상(世上) 사람. 卒(졸)은 모두, 죄다. 悉(실)과 같다. *
悴(췌)의 가차자(假借字)로 보는 곳도 있다. 괴로워하다. 癉(단)은 앓다, 괴로워하다.
出話(출화)는 말을 내다. 不然(불연)은 그렇다고 여기지 않음. 爲(위)는 펴다. 猶(유)
는 꾀. 여기서는 정책(政策)을 뜻한다. 不遠(불원)은 오래가지 않음. 未久(미구)와 같
다. 靡(미)는 없다. 聖(성)은 성인(聖人)의 법도(法度)를 말한다. 管管(관관)은 방자(放
恣)한 모습. 여기서는 '제멋대로'로 풀이하였다. 不實(부실)은 내실(內實)이 있지 않
음, 알차지 않음. 於(어)는 ~에. 亶(단)은 믿음. 之(지)는 ~이. 未(미)는 아니하다.
是用(시용)은 이로써. 是以(시이)와 같다. 大諫(대간)은 크게 간(諫)하다.

하늘이 바야흐로 재난(災難)을 내리는데
[그대는] 그렇게 기뻐하지 말라.
하늘이 바야흐로 [난리(亂離)를] 일으키는데
[그대는] 그렇게 수다 떨지 말라.
우리가 화목(和睦)하면
사람들도 화합(和合)하리라.
우리가 [서로] 기뻐해주면
사람들도 힘쓰게 되리라.3)

---

3) 天(천)은 하늘. 之(지)는 ~이(가). 方(방)은 바야흐로. 難(난)은 재난(災難). 여기서는
재난(災難)을 내리다. 無然(무연)은 그렇게 ~하지 말라. 憲憲(헌헌)은 기뻐하는 모습.
欣欣(흔흔)과 같다. 憲(헌)은 기뻐하다. 이 구(句)는 작자(作者)가 동료(同僚)에게 하는
말이다. 蹶(궤)는 움직이다. 여기서는 난리(亂離)를 일으킴을 뜻한다. 泄泄(예예)는 말
많이 하는 모습. 여기서는 '수다 떨다'로 풀이하였다. 辭(사)는 [台+辛]와 같다. 나.
我(아)와 같다. 여기서는 작자(作者)와 동료(同僚)를 가리키는 우리를 뜻한다. 輯(집)
은 모이다, 화목(和睦)하다. 矣(의)는 구(句)의 끝에서 다음 말을 일으키거나 단정(斷
定)의 뜻을 나타내는 어조사(語助詞). 이 구(句)에서 평소(平素) 작자(作者)와 동료(同
僚)와의 관계(關係)가 좋지 않음을 짐작(斟酌)할 수 있다. 民(민)은 백성(百姓), 사람.
洽(흡)은 화합(和合)하다. 懌(역)은 기뻐하다. 莫(모)는 힘쓰다. 慔(모)와 같다.

내가 비록 [그대와] 일을 달리하지만
그대와 함께 동료(同僚)라네.
내가 그대에게 나아가 [정사(政事)를] 의론(議論)하지만
내 [말을] 건성건성 듣네.
내 말은 쓸 만한데
[그대는] 웃음거리로 삼지 말라.
옛 사람들이 말을 했으니 [의문(疑問)나는 일이 있으면]
'꼴꾼과 나무꾼에게도 물어보라.'고 했다네.4)

---

4) 我(아)는 나. 작자(作者) 자신(自身)을 말한다. 雖(수)는 비록. 異(이)는 다르다. 事
(사)는 일, 직무(職務). 及(급)은 ~와 함께. 爾(이)는 너, 그대. 同寮(동료)는 同僚(동
료)와 같다. 같은 직무(職務)에 있는 사람. 卽(즉)은 나아가다. 謀(모)는 꾀하다, 정사
(政事)를 의론(議論)하다. 聽(청)은 듣다. 我(아)는 내 말을 뜻한다. 囂囂(효효)는 남의
말을 듣지 아니하는 모습. 여기서는 '건성건성'으로 풀이하였다. 我言(아언)은 내 말.
維(유)는 어조(語調)를 고르는 어조사(語助詞). 服(복)은 쓰다. 곧 합리적(合理的)인 건
의(建議)로 쓸 만하다는 것이다. 勿(물)은 말라. 以(이)는 어조(語調)를 고르는 어조사
(語助詞). 爲(위)는 삼다. 笑(소)는 웃음거리. 先民(선민)은 선대(先代)의 사람, 옛 사
람. 古人(고인)과 같다. 有言(유언)은 말이 있다. 詢(순)은 묻다. 於(어)는 ~에게. 芻
(추)는 꼴. 여기서는 꼴꾼을 말한다. 蕘(요)는 나무꾼.

하늘이 바야흐로 포학(暴虐)해지려는데
[그대는] 그렇게 해롱거리지 말라.
늙은이는 정성(精誠)스러운데
젊은이는 교만(驕慢)하네.
내 말이 헛갈리지 않는데
그대는 비웃음거리로 여기네.
모진 악행(惡行)을 많이 행(行)하면
구제(救濟)할 약(藥)이 있지 않다네.5)

---

5) 虐(학)은 포학(暴虐)하다, 사납다. 謔謔(학학)은 기뻐하며 즐기는 모습. 謔(학)은 희롱
거리다. 老夫(노부)는 늙은이. 여기서는 작자(作者)를 가리킨다. 灌灌(관관)은 정성(精
誠)을 다하는 모습. 灌(관)은 정성(精誠)스러운 모습. 小子(소자)는 젊은이. 여기서는
同寮(동료)를 가리키나 실제(實際)로는 厲王(여왕)을 뜻한다. 蹻蹻(교교)는 교만(驕慢)
한 모습. 蹻(교)는 교만(驕慢)하다. 匪(비)는 아니다. 耄(모)는 혼몽(昏懜)하다, 정신
(精神)이 흐릿하고 가물가물함. 여기서는 '헛갈리다'로 풀이하였다. 用(용)은 하다, 여
기다. 爲(위)와 같다. 憂謔(우학)은 優謔(우학)과 같다. 조소(嘲笑). 憂(우)는 優(우)의
가차자(假借字). 놀다, 노닥거리다. 多(다)는 많다. 將(장)은 행(行)하다. 熇熇(혹혹)은
화기(火氣)가 치성(熾盛)한 모습. 여기서는 혹독(酷毒)한 악행(惡行)을 뜻한다. 不可
(불가)는 가(可)히 ~가 있지 않다. 救(구)는 건지다, 구제(救濟)하다. 藥(약)은 약(藥).
여기서는 부패(腐敗)한 왕정(王政)을 다스릴 방도(方道)를 말한다.

하늘이 바야흐로 성내시니
[그대는] 비굴(卑屈)하게 굽실거리지 말라.
위엄(威嚴)있는 몸가짐은 죄다 엉망이 되고
착한 사람은 곧 [말 못하는] 시자(尸者)가 되었네.
사람들은 바야흐로 신음(呻吟)하고 있는데
[하늘은] 곧 감(敢)히 우리를 헤아려줌이 없네.
죽음과 난리(亂離)가 의지(依支)할 곳을 없애버리니
[하늘은] 일찍이 우리들에게 은혜(恩惠)를 베풀어줌이 없네.6)

---

6) 懠(제)는 성내다. 無爲(무위)는 ~하지 말라. 夸毗(과비)는 비굴(卑屈)하게 남에게 굽실거림. 夸(과)는 약(弱)하다. 毗(비)는 돕다. 威儀(위의)는 위엄(威嚴)있는 몸가짐. 여기서는 군신간(君臣間)의 威儀(위의)를 말한다. 卒(졸)은 모두, 죄다. 迷(미)는 迷惑(미혹)하다. 여기서는 '엉망이 되다'로 풀이하였다. 善人(선인)은 착한 사람. 여기서는 현인(賢人)과 군자(君子)를 가리킨다. 載(재)는 곧. 則(즉)과 같다. 尸(시)는 제사(祭祀)지낼 때 신령(神靈)을 대신(代身)하는 사람으로 제사(祭祀)를 마치도록 말을 하지 않는다. 이 구(句)는 바른 말을 하게 되면 해(害)를 입기 때문에 시자(尸者)가 되었음을 말하고 있다. 殿(전)은 신음(呻吟)하다. 屎(히)는 끙끙거리며 앓다. 殿(전)과 같다. 則(즉)은 곧. 莫(막)은 없다. 葵(규)는 헤아리다. 揆(규)와 같다. 喪(상)은 죽다. 難(난)은 난리(亂離). 蔑(멸)은 없다. 資(자)는 의지(依支)할 곳. 曾(증)은 일찍이. 惠(혜)는 은혜(恩惠)를 베풀다. 我師(아사)는 우리들. 師(사)는 많은 사람을 뜻한다.

하늘이 사람을 인도(引導)함은 [화순(和順)하기가]
질나발 [소리] 같고 피리 [소리] 같으며 [화합(和合)하기가]
반쪽 홀(笏) 같고 규(圭) 같으며 [친근(親近)하기가]
[서로] 가지려는 것 같고 [서로] 끌어 주는 것 같다네.
[사람을] 끌어 줌은 막음이 없어야
사람을 인도(引導)함이 매우 쉽다네.
사람이 허물이 많아도
법(法)을 [자주] 만들어 따르게 하지 말라.7)

---

7) 牖(유)는 인도(引導)하다, 이끌다. 如(여)는 ~같다. 壎(훈)은 질나발. 진흙으로 만든
타원형(楕圓形)의 취주악기(吹奏樂器). 篪(지)는 저(笛) 이름. 대나무로 만든 관악기
(管樂器). 여기서는 피리로 풀이하였다. 이 구(句)는 壎(훈)과 篪(지)에서 나는 부드러
운 소리처럼 사람을 화순(和順)하게 이끎을 나타낸다. 璋(장)은 반쪽 홀(笏). 圭(규)는
홀(笏). 이 구(句)는 璋(장) 두 개(個)를 모으면 하나의 규(圭)가 되는 것에서 서로 화
합(和合)하여 결점(缺點)이 없음을 나타낸다. 取(취)는 가지다. 攜(휴)는 끌다. 이 구
(句)는 친근(親近)함이 서로 찾고 끌어 주는 것 같음을 말한다. 曰(왈)은 뜻이 없는 어
조사(語助詞). 益(익)은 隘(액)의 가차자(假借字). 막다. *益(익)을 편안(便安)할 逸(일)
로 풀이하는 곳도 있다. 孔(공)은 매우. 易(이)는 쉽다. 多(다)는 많다. 辟(벽)은 허
물. 無自(무자)는 無從(무종)과 같다. 따르지 말라. 自(자)는 따르다. 立辟(입벽)은 입
법(立法)과 같다. 법(法)을 제정(制定)하다. 辟(벽)은 법(法).

착한 사람은 울타리요
큰 무리는 담이요
큰 나라는 울짱이요
큰 종족(宗族)은 줄기이네.
덕(德)을 품음이 [나라의] 평안(平安)함이며
종실(宗室)의 적자(嫡子)는 성(城)이네.
성(城)으로 하여금 무너짐이 없게 하고
홀로되지 말며 [홀로되는] 이것을 두려워하라.8)

---

8) 价(개)는 착하다. 善(선)과 같다. 維(유)는 어조(語調)를 고르는 어조사(語助詞). 藩
(번)은 울타리. 大師(대사)는 대중(大衆)과 같다. 큰 무리. 師(사)는 무리. 垣(원)은
담. 大邦(대방)은 큰 나라. 여기서는 제후국(諸侯國) 가운데 큰 나라를 말한다. 屛(병)
은 울짱. 大宗(대종)은 周(주)나라 천자(天子)와 동성(同姓)인 종족(宗族)을 말한다. 翰
(한)은 줄기. 懷德(회덕)은 덕(德)을 흠모(欽慕)함. 덕(德)을 항상(恒常) 염두(念頭)에
둠. 懷(회)는 품다. 寧(녕)은 편안(便安)하다. 宗子(종자)는 周(주)나라 종실(宗室)의
적자(嫡子). 城(성)은 성(城). 俾(비)는 하여금. 壞(괴)는 무너지다. 獨(독)은 홀로되
다, 고립(孤立)되다. 斯(사)는 이것. 畏(외)는 두려워하다.

하늘의 노여움을 경외(敬畏)하고
감(敢)히 놀며 즐기지 말라.
하늘의 달라짐을 경외(敬畏)하고
감(敢)히 제멋대로 하지 말라.
하늘은 밝으니
그대와 함께 오고 간다.
하늘은 환하니
그대와 함께 노닐고 다닌다.9)

---

9) 敬(경)은 경외(敬畏)하다. 怒(노)는 노여움. 敢(감)은 감(敢)히. 戲(희)는 놀다. 豫(예)는
즐기다. 渝(투)는 달라지다. 여기서는 천재(天災)를 뜻한다. 馳(치)와 驅(구)는 달리다.
여기서는 제멋대로 함을 뜻한다. 昊(호)는 하늘. 日(왈)은 뜻이 없는 어조사(語助詞).
明(명)은 밝다. 及(급)은 ~와 함께. 與(여)와 같다. 出王(출왕)은 來往(내왕)과 같다. 오
고 가다. 王(왕)은 往(왕)의 가차자(假借字). 旦(단)은 旦旦(단단)을 뜻한다. 환한 모양.
旦(단)은 아침. 游(유)는 노닐다. 衍(연)은 가다, 다니다. 이 네 구(句)는 하늘이 사람의
선악(善惡)을 살피니 늘 조심(操心)해야 한다는 것을 뜻한다.

(255) 蕩
탕

蕩蕩上帝　下民之辟　疾威上帝　其命多辟
탕탕상제　하민지벽　질위상제　기명다벽

天生烝民　其命匪諶　靡不有初　鮮克有終
천생증민　기명비심　미불유초　선극유종

文王曰咨　咨女殷商　曾是彊禦　曾是掊克
문왕왈자　자여은상　증시강어　증시부극

曾是在位　曾是在服　天降慆德　女興是力
증시재위　증시재복　천강도덕　여흥시력

文王曰咨　咨女殷商　而秉義類　彊禦多懟
문왕왈자　자여은상　이병의류　강어다대

流言以對　寇攘式內　侯作侯祝　靡屆靡究
유언이대　구양식내　후저후축　미계미구

文王曰咨　咨女殷商　女炰烋于中國　斂怨以爲德
문왕왈자　자여은상　여포효우중국　렴원이위덕

不明爾德　時無背無側　爾德不明　以無陪無卿
불명이덕　시무배무측　이덕불명　이무배무경

文王曰咨　咨女殷商　天下湎爾以酒　不義從式
문왕왈자　자여은상　천하면이이주　불의종식

既愆爾止　靡明靡晦　式號式呼　俾晝作夜
기건이지　미명미회　식호식호　비주작야

文王曰咨　咨女殷商　如蜩如螗　如沸如羹
문왕왈자　자여은상　여조여당　여비여갱

小大近喪　人尚乎由行　內奰于中國　覃及鬼方
소대기상　인상호유행　내비우중국　담급귀방

文王曰咨　咨女殷商　匪上帝不時　殷不用舊
문왕왈자　자여은상　비상제불시　은불용구

雖無老成人　尚有典刑　曾是莫聽　大命以傾
수무노성인　상유전형　증시막청　대명이경

文王曰咨　咨女殷商　人亦有言　顚沛之揭
문왕왈자　자여은상　인역유언　전패지게

枝葉未有害　本實先撥　殷鑒不遠　在夏后之世
지엽미유해　본실선발　은감불원　재하후지세

제멋대로[1]

제멋대로인 상제(上帝)께서는
세상(世上) 사람들의 임금이라네.
[사람을] 괴롭히고 으르는 상제(上帝)께서
그 명령(命令)은 사특(邪慝)함이 많네.
하늘이 뭇 사람들을 살려야 하는데
그 명령(命令)은 참되지 않네.
처음이 있지 아니함이 없지만
능(能)히 끝맺음이 있기는 드물다네.[2]

---

1) 〈蕩(탕)〉은 周(주)나라 厲王(여왕)이 무도(無道)하여 周(주)나라 왕실(王室)이 장차(將次) 망(亡)할 것을 슬퍼하는 내용(內容)이다. 지은이를 召穆公(소목공)으로 보고 있다. 첫째 장(章)은 상제(上帝)에 의탁(依託)하여 말하였고 나머지 장(章)은 文王(문왕)이 殷商(은상)을 꾸짖는 말을 가지고 厲王(여왕)을 풍자(諷刺)하고 있다.

2) 蕩蕩(탕탕)은 수세(水勢)가 강대(强大)한 모습. 여기서는 예법(禮法)을 무시(無視)하고 제멋대로 행동(行動)하는 것을 뜻한다. 上帝(상제)는 우주(宇宙)의 만물(萬物)을 만들고 다스리는 신, 조물주(造物主). 여기서는 군왕(君王)을 가리킨다. 下民(하민)은 세상(世上) 사람. 之(지)는 ~의. 辟(벽)은 임금. 疾(질)은 앓다. 여기서는 괴롭히다. 威(위)는 으르다. 其(기)는 그. 命(명)은 명령(命令), 정령(政令). 多(다)는 많다. 辟(벽)은 僻(벽)은 가차자(假借字). 사특(邪慝)하다. 天(천)은 하늘. 상제(上帝)와 같다. 生(생)은 살리다. 烝(증)은 뭇, 많다. 匪(비)는 아니다. 諶(심)은 참, 진실(眞實). 靡不(미불)은 아니함이 없다. 有(유)는 있다. 初(초)는 처음. 鮮(선)은 드물다. 克(극)은 능(能)히. 終(종)은 끝맺음.

문왕(文王)께서 말씀하시기를, "아!
아! 너 은상(殷商)이여.
곧 이렇게 억지 부리고 못 하게 했으며
곧 이렇게 [재물(財物)을] 그러모았고
곧 이렇게 [나쁜 사람을] 벼슬자리에 있게 했고
곧 이렇게 [나쁜 사람을] 복무(服務)함에 있게 했네.
하늘이 방자(放恣)한 악덕(惡德)을 내려 [사람을 해(害)쳐도]
너는 흥(興)이 나서 이렇게 힘썼네."라 했네.3)

---

3) 文王(문왕)은 周(주)나라를 창건(創建)한 武王(무왕)의 아버지. 曰(왈)은 말하다. 咨
(자)는 감탄사(感歎詞). 아! 女(여)는 汝(여)와 같다. 너. 殷商(은상)은 成湯(성탕)이
伊尹(이윤)을 등용(登用)하여 夏(하)나라의 桀王(걸왕)을 치고 세운 나라. 紂王(주왕)에
이르러 周(주)나라 武王(무왕)에게 멸망(滅亡)하였다. 처음에 국호(國號)를 商(상)이라
하였다가 盤庚(반경) 때에 殷(은)이라 고쳤다. 여기서는 殷(은)나라 紂王(주왕)을 가리
킨다. *厲王(여왕)이 포학(暴虐)하여 작자(作者)가 직언(直言)하지 못하고 文王(문왕)
이 紂王(주왕)을 비평(批評)하는 말을 빌려 厲王(여왕)을 풍자(諷刺)하고 있다. 曾(증)
은 곧, 이에. 乃(내)와 같다. 是(시)는 이, 이렇게. 彊(강)은 굳세다, 억지를 부리다.
禦(어)는 막다, 못 하게 하다. 掊(부)는 그러모으다, 가렴주구(苛斂誅求). 在(재)는 있
다. 位(위)는 벼슬자리. 服(복)은 일하다, 복무(服務)하다. 降(강)은 내리다. 慆(도)는
방자(放恣)하다. 德(덕)은 악덕(惡德)을 말한다. 興(흥)은 흥(興)이 나다. 力(력)은 힘
쓰다.

문왕(文王)께서 말씀하시기를, "아!
아! 너 은상(殷商)이여.
네가 옳은 무리를 쓰면
억지 부리고 못 하게 하는 이들은 원망(怨望)함이 많았네.
[그들은] 유언비어(流言蜚語)로 대답(對答)하고
[남의 재물(財物)을] 빼앗고 훔침을 용납(容納)했네.
[그들은] 저주(咀呪)하고 저주(咀呪)함이
다함이 없었고 끝이 없었네."라 했네.4)

---

4) 而(이)는 너. 汝(여)와 같다. 秉(병)은 잡다. 여기서는 쓰다, 임용(任用)하다. 義(의)
는 옳다. 類(류)는 무리. 懟(대)는 원망(怨望)하다. 流言(유언)은 유언비어(流言蜚語).
以(이)는 ~로써. 對(대)는 대답(對答). 寇(구)는 약탈(掠奪)하다. 攘(양)은 훔치다. 式
(식)은 ~로써. 以(이)와 같다. 여기서는 '~을'로 풀이하였다. 內(내)는 들이다, 용납
(容納)하다. 侯(후)는 어조(語調)를 고르는 어조사(語助詞) 作(저)은 저주(咀呪)하다.
祝(주)는 저주(咀呪)하다. 靡(미)는 없다. 屆(계)는 다하다. 究(구)는 끝.

문왕(文王)께서 말씀하시기를, "아!

아! 너 은상(殷商)이여.

너는 나라 안에서 거칠고 거들거리며

원한(怨恨) 긁어모으는 것을 덕(德)으로 삼았네.

네 덕(德)을 밝히지 못해

이로써 등 댈 곳도 없었고 곁으로 기댈 데도 없었네.

네 덕(德)이 밝지 못해

삼공(三公)도 없었고 경사(卿士)도 없었네."라 했네.5)

---

5) 虣(포)는 거칠다. 烋(효)는 거들거리다. 于(우)는 ~에서. 中國(중국)은 국중(國中)과
   같다. 나라 안. 斂(렴)은 긁어모으다. 怨(원)은 원한(怨恨). 以(이)는 ~을(를). 爲(위)
   는 삼다. 德(덕)은 덕(德). 不明(불명)은 밝히지 않다. 爾德(이덕)은 네 [선악(善惡)을
   가리는] 덕(德). 時(시)는 이. 是(시)와 같다. 여기서는 이로써. 是以(시이)와 같다.
   背(배)는 등. 여기서는 등 대는 것을 뜻한다. 側(측)은 곁. 여기서는 곁으로 기대는
   것을 뜻한다. 以(이)는 접속(接續)의 뜻을 지닌 어조사(語助詞). 而(이)와 같다. 陪(배)
   는 모시다. 곧 곁에서 시중드는 사람인 배이(陪貳)를 말한다. 여기서는 태사(太師),
   태부(太傅), 태보(太保)의 삼공(三公)을 가리킨다. 卿(경)은 집정(執政)의 대신(大臣)인
   경사(卿士). 육경(六卿)을 가리킨다.

문왕(文王)께서 말씀하시기를, "아!
아! 너 은상(殷商)이여.
하늘이 너에게 술로써 술에 빠지지 말고
마땅히 [술주정(酒酲)을] 본받고 따르지 말라고 하셨다.
이미 네 행동거지(行動擧止)는 잘못되었고
낮도 없고 밤도 없었네.
[술에 취(醉)해] 부르짖고 호통치며
낮으로 하여금 밤이 되게 했었네."라 했네.6)

---

6) 不(불)은 말라. 勿(물)과 같다. 湎(면)은 술에 빠지다. 以(이)는 ~로써. 酒(주)는 술.
義(의)는 宜(의)와 같다. 마땅히. 從(종)은 따르다. 式(식)은 본받다. 旣(기)는 이미.
愆(건)은 잘못되다. 止(지)는 행동거지(行動擧止), 몸가짐. 靡(미)는 없다. 明(명)은
낮. 晦(회)는 밤. 式(식)은 어조(語調)를 고르는 어조사(語助詞). 號(호)는 부르짖다.
呼(호)는 호통치다. 俾(비)는 하여금. 使(사)와 같다. 晝(주)는 낮. 作(작)은 짓다, 되
다. 夜(야)는 밤.

문왕(文王)께서 말씀하시기를, "아!

아! 너 은상(殷商)이여.

[사람들의 신음(呻吟)이] 매미 같고 씽씽매미 같았으며

[사람들의 우려(憂慮)는] 끓는 물 같고 끓인 국 같았네.

크고 작은 일들은 망(亡)하려는데

[왕(王)이란] 사람은 오히려 [구습(舊習)에] 말미암아 행(行)했네.

안으로는 나라 안에서 성냄을 받았고

먼 곳까지 뻗어 미쳤네."라 했네.7)

---

7) 如(여)는 같다. 蜩(조)는 매미. 螗(당)은 씽씽매미. 沸(비)는 끓는 물. 羹(갱)은 국.
   小大(소대)는 크고 작은 일. 近(기)는 어조(語調)를 고르는 어조사(語助詞). 其(기)와
   같다. 喪(상)은 망(亡)하다. 人(인)은 왕(王)노릇하는 사람을 뜻한다. 尙(상)은 오히려.
   乎(호)는 부사(副詞)를 만드는 어조사(語助詞)로 쓰였다. 由(유)는 [구습(舊習)에] 말미
   암다. 行(행)은 행(行)하다. 內(내)는 안. 국내(國內)를 말한다. 奰(비)는 성내다. 여기
   서는 피동(被動)으로 풀이된다. 于(우)는 ~에서. 中國(중국)은 國中(국중)과 같다. 나
   라 안. 覃(담)은 벋다. 及(급)은 미치다. 鬼方(귀방)은 遠方(원방)과 같다. 鬼(귀)는 멀
   다. 方(방)은 방향(方向), 곳.

문왕(文王)께서 말씀하시기를, "아!

아! 너 은상(殷商)이여.

상제(上帝)께서 [은(殷)나라를] 좋게 여기지 아니하지 않았지만

은(殷)나라는 옛날 [훌륭한 제도(制度)를] 쓰지 않았네.

비록 노성(老成)한 사람이 없었지만

오히려 법전(法典)은 있었다네.

일찍이 [간(諫)하는 말인] 이것을 듣지 않았다가

[나라의] 큰 운명(運命)이 이로써 기울어졌네."라 했네.[8]

문왕(文王)께서 말씀하시기를, "아!

아! 너 은상(殷商)이여.

사람들이 또한 말이 있다.

'[나무가] 뽑혀 넘어져 [뿌리가] 들림에

가지와 잎에 피해(被害)가 [바로] 있지 않지만

뿌리가 실(實)로 먼저 끊어진다.'고 했네.

은(殷)나라가 [교훈(敎訓)삼아야 할] 거울이 멀리 있지 않고

하후(夏后)의 세대(世代)에 있었다."고 했네.9)

---

9) 亦(역)은 또한. 有言(유언)은 말이 있다. 顚沛(전패)는 엎어지고 자빠짐. 여기서는 나
무가 뽑혀 넘어지는 것을 뜻한다. 顚(전)과 沛(패)는 넘어지다. 之(지)는 어조(語調)를
고르는 어조사(語助詞). 揭(게)는 들다. 여기서는 뿌리가 들리는 것을 뜻한다. 枝葉
(지엽)은 가지와 잎. 未有(미유)는 있지 않다. 害(해)는 피해(被害). 本(본)은 뿌리. 實
(실)은 실(實)로. 先(선)은 먼저. 撥(발)은 끊어지다. 鑒(감)은 [교훈(敎訓)으로 삼을]
거울. 不遠(불원)은 멀지 않다. 在(재)는 있다. 夏后(하후)는 禹王(우왕)이 세운 나라
인 夏(하)나라를 말한다. 여기서는 夏(하)나라의 마지막 군주(君主)인 桀王(걸왕)을 말
한다. 之(지)는 ~의. 世(세)는 세상(世上), 세대(世代). 이 두 구(句)는 殷(은)나라 湯
王(탕왕)이 夏(하)나라 폭군(暴君)인 桀王(걸왕)을 쳐서 殷(은)나라를 세웠고 周(주)나
라 武王(무왕)이 殷(은)나라 폭군(暴君)인 紂王(주왕)을 쳐서 周(주)나라를 세웠으니 지
금(只今)의 군왕(君王)이 잘못하면 똑같은 일을 당(當)할 수 있음을 거울로 삼아야 한
다는 것을 말하고 있다.

(256) 抑
억

抑抑威儀 維德之隅 人亦有言 靡哲不愚
억억위의　유덕지우　인역유언　미철불우
庶人之愚 亦職維疾 哲人之愚 亦維斯戾
서인지우　역직유질　철인지우　역유사려

無競維人 四方其訓之 有覺德行 四國順之
무경유인　사방기훈지　유각덕행　사국순지
訏謨定命 遠猶辰告 敬愼威儀 維民之則
우모정명　원유신고　경신위의　유민지칙

其在于今 興迷亂于政 顚覆厥德 荒湛于酒
기재우금　흥미란우정　전복궐덕　황담우주
女雖湛樂從 弗念厥紹 罔敷求先王 克共明刑
여수담락종　불념궐소　망부구선왕　극공명형

肆皇天弗尙 如彼泉流 無淪胥以亡 夙興夜寐 洒埽廷內 維民之章
사황천불상　여피천류　무륜서이망　숙흥야매　쇄소정내　유민지장
修爾車馬 弓矢戎兵 用戒戎作 用逖蠻方
수이거마　궁시융병　용계융작　용적만방

質爾人民 謹爾侯度 用戒不虞 愼爾出話 敬爾威儀 無不柔嘉
질이인민　근이후도　용계불우　신이출화　경이위의　무불유가
白圭之玷 尙可磨也 斯言之玷 不可爲也
백규지점　상가마야　사언지점　불가위야

無易由言 無曰苟矣 莫捫朕舌 言不可逝矣 無言不讐 無德不報
무이유언　무왈구의　막문짐설　언불가서의　무언불수　무덕불보
惠于朋友 庶民小子 子孫繩繩 萬民靡不承
혜우붕우　서민소자　자손승승　만민미불승

視爾友君子 輯柔爾顔 不遐有愆 相在爾室 尙不愧于屋漏
시이우군자　집유이안　불하유건　상재이실　상불괴우옥루
無曰不顯 莫予云覯 神之格思 不可度思 矧可射思
무왈불현　막여운구　신지격사　불가탁사　신가역사

辟爾爲德 俾臧俾嘉 淑愼爾止 不愆于儀 不僭不賊 鮮不爲則
벽이위덕　비장비가　숙신이지　불건우의　불참부적　선불위칙
投我以桃 報之以李 彼童而角 實虹小子
투아이도　보지이리　피동이각　실항소자

荏染柔木 言緝之絲 溫溫恭人 維德之基
임염유목 언집지사 온온공인 유덕지기
其維哲人 告之話言 順德之行 其維愚人 覆謂我僭 民各有心
기유철인 고지화언 순덕지행 기유우인 복위아참 민각유심

於乎小子 未知臧否 匪手攜之 言示之事 匪面命之 言提其耳
오호소자 미지장비 비수휴지 언시지사 비면명지 언제기이
借曰未知 亦既抱子 民之靡盈 誰夙知而莫成
차왈미지 역기포자 민지미영 수숙지이모성

昊天孔昭 我生靡樂 視爾夢夢 我心慘慘 誨爾諄諄 聽我藐藐
호천공소 아생미락 시이몽몽 아심참참 회이순순 청아막막
匪用爲教 覆用爲虐 借曰未知 亦聿既耄
비용위교 복용위학 차왈미지 역율기모

於乎小子 告爾舊止 聽用我謀 庶無大悔 天方艱難 曰喪厥國
오호소자 고이구지 청용아모 서무대회 천방간난 왈상궐국
取譬不遠 昊天不忒 回遹其德 俾民大棘
취비불원 호천불특 회휼기덕 비민대극

삼가다1)

삼가하며 위엄(威嚴)있는 몸가짐이
덕(德)의 짝이라네.
사람들은 또한 말이 있었네.
"명철(明哲)한 사람은 어리석지 않음이 없네."라고. [그러나]
여러 사람의 어리석음은
또한 오로지 병폐(病弊)이고
명철(明哲)한 사람의 어리석음도
또한 이것도 허물이라네.2)

---

1) 〈抑(억)〉은 周(주)나라 왕조(王朝)의 늙은 신하(臣下)가 왕(王)에게 권고(勸告)하고 그
를 풍자(諷刺)하면서 스스로를 경계(警戒)하는 내용(內容)이다.

2) 抑抑(억억)은 매우 삼감. 抑(억)은 삼가다. 威儀(위의)는 위엄(威嚴)이 있는 몸가짐.
維(유)는 어조(語調)를 고르는 어조사(語助詞). 德(덕)은 도덕(道德). 之(지)는 ~의.
隅(우)는 偶(우)의 가차자(假借字). 짝. 人(인)은 사람. 亦(역)은 또한. 有(유)는 있다.
言(언)은 말. 靡(미)는 없다. 哲(철)은 밝다. 여기서는 도리(道理)나 사리(事理)에 밝은
사람을 말한다. 不(불)은 아니다. 愚(우)는 어리석다. 庶人(서인)은 여러 사람. 職(직)
은 오로지. 疾(질)은 병폐(病弊). 斯(사)는 이, 이것. 戾(려)는 죄(罪), 허물.

사람들을 강압(强壓)하지 말아야
사방(四方)이 따르리라.
똑바른 덕행(德行)이 [있어야]
사방(四方) 나라가 순종(順從)하리라.
큰 계획(計劃)을 확정(確定)하여 명령(命令)하고
원대(遠大)한 정책(政策)은 때맞게 알려야 하네.
공경(恭敬)하고 신중(愼重)하며 위엄(威嚴) 있는 몸가짐이라야
백성(百姓)들이 본받는다네.3)

---

3) 無(무)는 말라. 競(경)은 굳세다. 强(강)과 같다. 四方(사방)은 사방(四方)의 제후(諸侯)를 뜻한다. 其(기)는 어조(語調)를 고르는 어조사(語助詞). 訓(훈)은 따르다. 順(순)과 같다. 之(지)는 그. 周(주)나라 왕(王)을 가리킨다. 여기서는 풀이를 생략(省略)하였다. 有覺(유각)은 覺覺(각각)과 같다. 똑바른 모습. 覺(각)은 곧다. 德行(덕행)은 착하고 어진 행실(行實). 四國(사국)은 사방(四方) 나라. 順(순)은 순종(順從)하다. 訐(우)는 크다. 謨(모)는 꾀, 계획(計劃). 訐謨(우모)는 일신(一身)을 위(爲)하는 꾀가 아니라 천하(天下)를 위(爲)하는 큰 계획(計劃)을 말한다. 定(정)은 확정(確定)하다. 命(명)은 명령(命令)을 내리다. 遠(원)은 멀다. 猶(유)는 猷(유)와 같다. 꾀, 정책(政策). 辰(신)은 때. 여기서는 때맞음을 뜻한다. 告(고)는 알리다. 敬(경)은 공경(恭敬)하다. 愼(신)은 삼가다, 신중(愼重)하다. 民(민)은 백성(百姓). 之(지)는 ~이. 則(칙)은 본받다.

지금(只今)에 있도록
정치(政治)에 미혹(迷惑)과 혼란(混亂)만 일으켰네.
[자신(自身)의] 그 덕(德)을 뒤집고 엎었으며
술에 잠기고 빠졌네.
너는 오직 [술에] 빠져 즐김을 따랐으며
그 [왕위(王位)를] 이은 것을 생각지도 않네.
선왕(先王)의 [치국(治國)의 도리(道理)를] 두루 찾아
능(能)히 밝은 법(法)을 집행(執行)함이 없었네.4)

---

4) 其(기)는 어조(語調)를 고르는 어조사(語助詞). 在(재)는 있다. 于(우)는 ~에. 今(금)
은 지금(只今). 興(흥)은 일으키다. 迷(미)는 미혹(迷惑). 亂(난)은 혼란(混亂). 政(정)
은 정치(政治). 顚覆(전복)은 뒤집어엎음. 厥(궐)은 그. 여기서는 周(주)나라 왕(王)을
가리킨다. 荒(황)과 湛(담)은 빠지다. 酒(주)는 술. 女(여)는 너, 그대. 汝(여)와 같다.
여기서는 周(주)나라 왕(王)을 가리킨다. 雖(수)는 오직. 唯(유)와 같다. 樂(락)은 즐기
다. 從(종)은 따르다. 弗(불)은 아니다. 念(념)은 생각하다. 紹(소)는 잇다. 罔(망)은
없다. 敷(부)는 두루. 求(구)는 구(求)하다, 찾다. 克(극)은 능(能)히. 共(공)은 拱(공)
의 고자(古字). 執(집)과 같다. 잡다. 여기서는 집행(執行)함을 뜻한다. 明(명)은 밝
다. 刑(형)은 법(法).

마침내 하늘이 돕지 아니하니

저 샘물이 흘러가 [돌아오지 못하는] 것 같이

서로 따라 망(亡)하게 되었네. [망(亡)하지 않으려면]

일찍 일어나고 밤늦게 자며

뜰과 실내(室內)를 물 뿌리고 쓸어

백성(百姓)의 모범(模範)이 되어라.

너의 수레와 말과

활과 화살과 [각종(各種)] 무기(武器)를

수리(修理)하여 전쟁(戰爭)이 일어날 때를 경계(警戒)하고

먼 곳의 이족(異族)을 물리쳐라.5)

---

5) 肆(사)는 마침내. 皇天(황천)은 하늘의 높임말. 상제(上帝)와 같은 뜻이다. 皇(황)은
크다. 弗(불)은 아니다. 不(불)과 같다. 尙(상)은 돕다. 如(여)는 같다. 彼(피)는 저.
泉(천)은 샘물. 流(류)는 흐르다. 無(무)는 뜻이 없는 발어사(發語詞)로 쓰였다. 淪(륜)
은 거느리다. 率(솔)과 같다. 胥(서)는 서로, 함께. 以(이)는 접속(接續)의 뜻을 지닌
어조사(語助詞). 而(이)와 같다. 亡(망)은 망(亡)하다. 夙(숙)은 일찍. 興(흥)은 일어나
다. 夜(야)는 밤. 여기서는 '밤늦게'를 뜻한다. 寐(매)는 잠자다. 洒(쇄)는 물을 뿌리
다. 灑(쇄)와 같다. 埽(소)는 쓸다. 掃(소)와 같다. 廷(정)은 뜰, 마당. 內(내)는 실내
(室內). 維(유)는 되다. 爲(위)와 같다. 章(장)은 모범(模範), 본보기. 修(수)는 고치
다, 수리(修理)하다. 爾(이)는 너. 車馬(거마)는 수레와 말. 弓矢(궁시)는 활과 화살.
戎(융)과 兵(병)은 무기(武器)를 뜻한다. 用(용)은 접속(接續)의 뜻을 지닌 어조사(語助
詞) 以(이)와 같다. 戒(계)는 경계(警戒)하다. 戎(융)은 전쟁(戰爭)을 뜻한다. 作(작)은
일어나다. 起(기)와 같다. 逖(적)은 멀어지다. 여기서는 '물리치다'의 뜻이다. 원문(原
文)에는 [逖(적): 狄⇌易]으로 되어있다. 蠻(만)은 오랑캐, 이족(異族). 方(방)은 원방
(遠方)을 뜻한다.

그대가 인민(人民)을 바로잡고
그대가 군후(君侯)의 법도(法度)를 지켜
헤아리지 못한 일을 경계(警戒)하라.
그대가 하는 말을 조심(操心)하고
그대가 위엄(威嚴)있는 몸가짐을 공경(恭敬)히 하면
[말과 몸가짐이] 부드럽고 아름답지 아니함이 없을 것이다.
흰 홀(笏)의 흠(欠)은
오히려 가(可)히 갈 수 있지만
이 말의 흠(欠)은
가(可)히 어찌하지 못한다네.6)

---

6) 質(질)은 바로잡다. 爾(이)는 너, 그대. 人民(인민)은 인민(人民), 사람. 謹(근)은 삼
가다, 지키다. 侯(후)는 임금, 군후(君侯). 度(도)는 법도(法度). 用(용)은 접속(接續)
의 뜻을 지닌 어조사(語助詞) 以(이)와 같다. 戒(계)는 경계(警戒)하다. 不虞(불우)는
不測(불측)과 같다. 헤아리지 못하다. 여기서는 그런 일을 가리킨다. 愼(신)은 삼가
다, 조심(操心)하다. 出話(출화)는 하는 말. 敬(경)은 공경(恭敬)하다. 無不(무불)은 아
니함이 없다. 柔(유)는 부드럽다. 嘉(가)는 아름답다. 白(백)은 흰 빛. 圭(규)는 옥(玉)
으로 만든 홀(笏). 之(지)는 ~의. 玷(점)은 흠(欠). 尙(상)은 오히려. 可(가)는 가(可)
히 ~ 할 수 있다. 磨(마)는 갈다. 也(야)는 단정(斷定)의 뜻을 지닌 어조사(語助詞).
斯(사)는 이. 言(언)은 말. 爲(위)는 하다. 여기서는 '어찌하다'의 뜻이다.

말함에 [있어] 쉽게 하지 말고
"구차(苟且)하게
내 혀를 붙잡지 말라."고 말하지 말지니
[내뱉은] 말은 가(可)히 좇아가지 못한다네.
말은 갚아야 하지 아니함이 없고
덕(德)도 갚아야 하지 아니함이 없네.
친구(親舊)와
여러 사람과 [그의] 자제(子弟)에게 은혜(恩惠)를 베풀어야 하네.
[주(周) 왕실(王室)의] 자손(子孫)인 [그대가] 경계(警戒)하고 삼가면
모든 백성(百姓)이 받들지 아니함이 없을 것이다.[7]

---

7) 無(무)는 말라. 勿(물)과 같다. 易(이)는 쉽다, 쉽게 하다. 由(유)는 於(어)와 같다. ~
에. 言(언)은 말하다. 無曰(무왈)은 말하지 말라. 苟(구)는 구차(苟且)하다. 矣(의)는
영탄(詠歎), 단정(斷定)의 뜻을 나타내는 어조사(語助詞). 莫(막)은 말라. 捫(문)은 붙
잡다. 朕(짐)은 나. 舌(설)은 혀. 이 구(句)는 아무도 자신(自身)의 혀를 붙잡지 않는
다고 말을 함부로 해서는 안 됨을 뜻한다. 逝(서)는 가다. 여기서는 좇아감을 뜻한다.
讎(수)는 갚다, 회답(回答)하다. 報(보)는 갚다, 보답(報答)하다. 惠(혜)는 은혜(恩惠)
를 베풀다. 于(우)는 ~에게. 朋友(붕우)는 친구(親舊). 실제(實際)로는 조정(朝廷)의
군신(群臣)을 뜻한다. 庶民(서민)은 여러 사람. 小子(소자)는 자제(子弟)를 말한다. 子
孫(자손)은 周(주)나라 왕실(王室)의 자손(子孫)을 뜻한다. 繩繩(승승)은 경계(警戒)하
고 삼가는 모습. 繩(승)은 경계(警戒)하다. 萬民(만민)은 모든 사람, 백성(百姓). 靡不
(미불)은 無不(무불)과 같다. ~아니함이 없다. 承(승)은 받들다.

[누군가는] 그대가 군자(君子)와 가까이 지내는 것을 보고 있으므로

그대 얼굴을 온화(溫和)하고 부드럽게 해야

무슨 허물도 있지 않으리라.

[누군가는] 그대가 집안에 있는 것을 보게 되니

오히려 방(房)안 서북(西北) 귀퉁이에도 부끄럽지 않아야 하네.

"[내가] 드러나 있지 않다.

내가 보이지 않을 것이다."라고 말하지 말라.

신(神)께서 이르심은

가(可)히 헤아리지 못하는데

하물며 가(可)히 [조심(操心)해야 함을] 싫어해야 하겠는가?8)

---

8) 視(시)는 보다. 友(우)는 가까이하다. 君子(군자)는 조정(朝廷)의 군신(群臣)을 가리킨
다. 輯(집)은 화(和)하다. 柔(유)는 부드럽다. 顔(안)은 얼굴. 不遐(불하)는 豈不(기불)
과 같다. 어찌 ~ 않겠는가? 遐(하)는 何(하)와 통(通)한다. 무슨, 어떤. 有(유)는 있
다. 愆(건)은 허물. 相(상)은 보다. 在(재)는 있다. 室(실)은 집, 집안. 尙(상)은 오히
려. 不(불)은 아니다. 愧(괴)는 부끄럽다. 于(우)는 ~에. 屋(옥)은 방(房). 漏(루)는
방(房)의 서북(西北) 구석. 屋漏(옥루)는 방(房) 안의 서북(西北) 귀퉁이. 사람이 잘 보
지 않는 구석진 곳. 顯(현)은 드러나다. 莫(막)은 없다. 予(여)는 나. 云(운)은 어조
(語調)를 고르는 어조사(語助詞). 覯(구)는 만나다. 여기서는 만나 봄을 뜻한다. 神
(신)은 온갖 신(神)을 가리킨다. 之(지)는 ~이, ~께서. 格(격)은 이르다. 思(사)는 구
말(句末)에 놓여 어세(語勢)를 고르는 어조사(語助詞). 不可(불가)는 가(可)히 ~하지
못하다. 度(탁)은 헤아리다. 矧(신)은 하물며. 射(역)은 싫어하다.

그대가 덕행(德行)을 실천(實踐)하고 있음을 밝히되

[덕행(德行)으로 하여금 더욱] 착하게 하고 훌륭하게 하라.

그대의 몸가짐을 착하게 하고 삼가

예의(禮儀)에 잘못이 있어서는 안 된다.

[그대가 예의(禮儀)에] 참람(僭濫)하지 않고 어긋나지 않으면

[사람들은 그대를] 본보기로 삼지 아니함이 드물 것이다.

나에게 복숭아를 던져 주면

[나도] 오얏으로 그에게 갚는다네.

[어떤 이가] 저 뿔 없는 양(羊)인데도 뿔 있다고 우기니

참으로 소자(小子)를 어지럽히는 것이라네.9)

---

9) 辟(벽)은 밝히다. 爲(위)는 하다, 실천(實踐)하다. 德(덕)은 덕행(德行). 俾(비)는 하여
금. 臧(장)은 착하다. 嘉(가)는 아름답다, 훌륭하다. 淑(숙)은 착하다. 愼(신)은 삼가
다. 止(지)는 행동거지(行動擧止), 몸가짐. 不(불)은 아니다. 愆(건)은 잘못. 于(우)는
~에. 儀(의)는 예의(禮儀). 僭(참)은 참람(僭濫)하다, 분수(分數)에 지나치다. 賊(적)
은 貣(특)의 와자(訛字). 어긋나다. 忒(특)과 같다. 鮮(선)은 드물다. 爲則(위칙)은 본
보기로 삼다. 投(투)는 던지다. 我(아)는 나. 以(이)는 ~로써, ~(을)를. 桃(도)는 복
숭아. 報(보)는 갚다. 之(지)는 그. 李(리)는 오얏, 자두. 彼(피)는 저. 童(동)은 아직
뿔이 나지 아니한 양(羊). 而(이)는 접속(接續)의 뜻을 나타내는 어조사(語助詞). 角
(각)은 뿔. 여기서는 뿔이 있다고 하는 것을 말한다. 實(실)은 실(實)로, 참으로. 虹
(항)은 어지럽히다. 訌(홍)과 같다. 小子(소자)는 周(주)나라 왕(王)을 가리킨다. *천
자(天子)가 탈상(脫喪)하지 않았을 때 소자(小子)라 불렀다.

단단하고 질긴 부드러운 [거문고] 나무판(板)에
[거문고] 줄을 매네.
고분고분하고 공손(恭遜)한 사람이
덕행(德行)의 기준(基準)이라네.
오직 명철(明哲)한 사람은
좋은 말을 그에게 알려 주면
덕(德)의 행실(行實)을 따르네.
오직 어리석은 사람은
도리어 내가 어긋났다고 말하니
백성(百姓)은 각각(各各) [다른] 마음이 있네.10)

---

10) 荏染(임염)은 堅靭(견인)과 같다. 단단하고 질김. 荏(임)은 부드럽다. 染(염)은 부드
러운 모습. 柔木(유목)은 부드러운 나무. 여기서는 거문고를 만들 때 쓰는 나무판(板)
을 뜻한다. 言(언)은 어세(語勢)를 고르는 어조사(語助詞). 緡(민)은 입히다. 여기서는
'줄을 매다'의 뜻이다. 之(지)는 강조(强調)의 어조사(語助詞). 絲(사)는 실. 여기서는
거문고 줄을 뜻한다. 현(絃)과 같다. 이 두 구(句)는 나무판(板)과 줄이 있어야 거문고
가 되듯이 품성(品性)이 온화(溫和)하고 공손(恭遜)한 사람이 덕성(德性)을 지녔음을 나
타낸다. 溫溫(온온)은 온화(溫和)한 모습. 여기서는 '고분고분하다'로 풀이하였다. 恭
(공)은 공손(恭遜)하다. 維(유)는 어조(語調)를 고르는 어조사(語助詞). 德(덕)은 덕행
(德行). 之(지)는 ~의. 基(기)는 터, 기준(基準), 표준(標準). 其(기)는 어조(語調)를 고
르는 어조사(語助詞). 維(유)는 오직. 唯(유)와 같다. 哲人(철인)은 명철(明哲)한 사람.
告(고)는 알리다. 之(지)는 그. 哲人(철인)을 가리킨다. 話言(화언)은 [고대(古代)의] 좋
은 말. 詁言(고언)과 같다. 順(순)은 따르다. 德(덕)은 덕(德). 여기서는 話言(화언)을
가리킨다. 之(지)는 ~의. 行(행)은 행실(行實). 愚人(우인)은 어리석은 사람. 覆(복)은
도리어. 謂(위)는 말하다. 我(아)는 나. 僭(참)은 어긋나다. 民(민)은 백성(百姓). 各
(각)은 各各(각각). 有(유)는 있다. 心(심)은 마음. 여기서는 다른 마음을 뜻한다.

아! 소자(小子)는

[아직] 선(善)과 악(惡)을 알지 못하네.

손수 그를 이끌어주었을 뿐 아니라

그 사례(事例)를 보여 주기까지 했다네.

면전에서 그를 가르쳤을 뿐 아니라

그 귀를 끌어당겨 [들려주었다네.]

가령(假令) "아직 알지 못한다."고 말해도

또한 이미 아이를 안아 본 적이 있었다네.

백성(百姓)들이 [모두가 완전(完全)한] 아름다움은 없으니

누가 이른 아침에 알았다고 저녁에 이루겠는가?[11]

---

11) 於乎(오호)는 감탄사(感歎詞). 아! 嗚呼(오호)와 같다. 小子(소자)는 周(주)나라 왕
(王)을 가리킨다. 未知(미지)는 아직 알지 못함. 臧(장)은 착하다. 善(선)과 같다. 否
(비)는 나쁘다. 匪(비)는 아니다. 非(비)와 같다. 여기서는 非但(비단)을 뜻한다. ~뿐
아니라. 手(수)는 손수. 攜(휴)는 끌다. 之(지)는 그. 小子(소자)를 가리킨다. 言(언)은
어조(語調)를 고르는 어조사(語助詞). 示(시)는 보이다. 之(지)는 그. 其(기)와 같다.
事(사)는 일, 사례(事例). 面(면)은 면전(面前). 命(명)은 가르치다. 提(제)는 끌다. 耳
(이)는 귀. 借(차)는 가령(假令). 曰(왈)은 말하다. 未知(미지)는 아직 알지 못하다. 亦
(역)은 또한. 旣(기)는 이미. 抱(포)는 안다. 子(자)는 자식(子息). 이 구(句)는 아이를
안아 본 경험(經驗)이 있기 때문에 아이를 다루는 방법(方法)을 모르지 않는다는 뜻이
다. 民(민)은 백성(百姓). 之(지)는 ~이. 靡(미)는 없다. 盈(영)은 아름답다. 誰(수)는
누구. 夙(숙)은 아침 일찍. 知(지)는 알다. 而(이)는 접속(接續)의 뜻을 지닌 어조사
(語助詞). 莫(모)는 저녁. 暮(모)와 같다. 成(성)은 이루다. 이 구(句)는 소년(少年) 때
총명(聰明)해도 청년(靑年) 때 아는 게 없으면 만년(晩年)에 일을 이루기 어렵다는 것
을 말하고 있다.

하늘이 매우 밝다지만
내 삶은 즐겁지 않네.
그대의 흐리멍덩함을 보니
내 마음 암담(暗澹)하네.
그대를 타이르며 가르쳤지만
내 [말을] 건성으로 흘려듣네.
[내 말을] 가르침으로 여기지 않고
도리어 희롱거림으로 여기네.
가령(假令) "아직 알지 못한다."고 말하지만
[그대도] 또한 마침내 이미 [나이 들어] 늙었다네.12)

---

12) 昊(호)와 天(천)은 하늘. 孔(공)은 매우. 昭(소)는 밝다. 我生(아생)은 내 삶. 靡樂
(미락)은 즐겁지 않다. 視(시)는 보다. 爾(이)는 너, 그대. 夢夢(몽몽)은 흐릿한 모습.
我心(아심)은 내 마음. 慘慘(참참)은 암담(暗澹)한 모습. 慘(참)은 근심하다. 誨(회)는
가르치다. 諄諄(순순)은 친절(親切)하게 타이르는 모습. 聽(청)은 듣다. 我(아)는 내
말을 뜻한다. 藐藐(막막)은 가르침을 귀담아 듣지 않는 모습. 여기서는 '건성으로 흘
려듣다.'로 풀이하였다. 用爲 (용위)는 以爲(이위)와 같다. ~로 여기다. 敎(교)는 가
르침. 覆(복)은 도리어. 虐(학)은 謔(학)의 가차자(假借字). 히롱거리다. 聿(율)은 마침
내. 耄(모)는 늙은이. 여기서는 늙음을 뜻한다. 이 구(句)는 나이 들면서 경험(經驗)으
로 아는 게 있다는 뜻이다.

아! 소자(小子),

그대에게 [훌륭한] 옛 [제도(制度)를] 알리려 하는데

내 계책(計策)을 받아들이면

거의 크게 뉘우침이 없으리라.

하늘이 바야흐로 재난(災難)을 내리니

이에 그 나라가 멸망(滅亡)하겠네.

비유(比喩)를 취(取)하자면 [이치(理致)가] 멀리 있지 않으니

하늘은 [상벌(賞罰)에 있어] 어긋나지 않는다는 것이네.

그 도덕(道德)을 간사(奸邪)하고 비뚤게 하면

백성(百姓)들로 하여금 큰 급난(急難)에 [빠지게 한다네.]13)

---

13) 舊(구)는 옛. 여기서는 옛날의 전장제도(典章制度)를 말한다. 止(지)는 문말(文末)에
놓는 뜻 없는 어조사(語助詞). 聽用(청용)은 의견(意見)을 채택(採擇)함, 말을 받아들
임. 聽(청)은 듣다. 用(용)은 쓰다. 謀(모)는 꾀, 계책(計策). 庶(서)는 거의 되려하다,
가깝다. 無(무)는 없다. 大悔(대회)는 큰 뉘우침. 方(방)은 바야흐로. 艱難(간난)은 災
難(재난)과 같다. 여기서는 재난(災難)을 내리다. 艱(간)과 難(난)은 어려움, 재앙(災
殃). 曰(왈)은 발어사(發語詞). 이에. 喪(상)은 멸망(滅亡)하다. 取(취)는 취(取)하다.
譬(비)는 비유(比喩). 不遠(불원)은 멀리 있지 않다. 昊天(호천)은 하늘. 不忒(불특)은
어긋나지 않다. 回(회)는 간사(奸邪)하다. 遹(휼)은 비뚤다, 편벽(偏僻)되다. 其(기)는
그. 德(덕)은 도덕(道德). 俾(비)는 하여금. 棘(극)은 急(급)과 같다. 빠르다. 여기서는
급난(急難)에 빠짐을 뜻한다.

(257) 桑柔
상유

菀彼桑柔　其下侯旬　捋采其劉
울피상유　기하후순　날채기류

瘼此下民　不殄心憂　倉兄塡兮　倬彼昊天　寧不我矜
막차하민　부진심우　창황전혜　탁피호천　영불아긍

四牡騤騤　旟旐有翩　亂生不夷　靡國不泯
사모규규　여조유편　난생불이　미국불민

民靡有黎　具禍以燼　於乎有哀　國步斯頻
민미유려　구화이신　오호유애　국보사빈

國步蔑資　天不我將　靡所止疑　云徂何往
국보멸자　천불아장　미소지의　운조하왕

君子實維　秉心無競　誰生厲階　至今爲梗
군자실유　병심무경　수생려계　지금위경

憂心慇慇　念我土宇　我生不辰　逢天僤怒
우심은은　염아토우　아생불신　봉천탄노

自西徂東　靡所定處　多我覯痻　孔棘我圉
자서조동　미소정처　다아구민　공극아어

爲謀爲毖　亂況斯削　告爾憂恤　誨爾序爵
위모위비　난황사삭　고이우휼　회이서작

誰能執熱　逝不以濯　其何能淑　載胥及溺
수능집열　서불이탁　기하능숙　재서급익

如彼遡風　亦孔之僾　民有肅心　荓云不逮
여피소풍　역공지애　민유숙심　병운불체

好是稼穡　力民代食　稼穡維寶　代食維好
호시가색　역민대식　가색유보　대식유호

天降喪亂　滅我立王　降此蟊賊　稼穡卒痒
천강상난　멸아입왕　강차모적　가색졸양

哀恫中國　具贅卒荒　靡有旅力　以念穹蒼
애통중국　구췌졸황　미유여력　이념궁창

維此惠君　民人所瞻　秉心宣猶　考愼其相
유차혜군　민인소첨　병심선유　고신기상

維彼不順　自獨俾臧　自有肺腸　俾民卒狂
유피불순　자독비장　자유폐장　비민졸광

瞻彼中林　甡甡其鹿　朋友已譖　不胥以穀　人亦有言　進退維谷
첨피중림　신신기록　붕우이참　불서이곡　인역유언　진퇴유곡

維此聖人　瞻言百里　維彼愚人　覆狂以喜　匪言不能　胡斯畏忌
유차성인　첨언백리　유피우인　복광이희　비언불능　호사외기

維此良人　弗求弗迪　維彼忍心　是顧是復　民之貪亂　寧爲荼毒
유차양인　불구불적　유피인심　시고시복　민지탐란　영위도독

大風有隧　有空大谷　維此良人　作爲式穀　維彼不順　征以中垢
대풍유수　유공대곡　유차양인　작위식곡　유피불순　정이중구

大風有隧　貪人敗類　聽言則對　誦言如醉　匪用其良　覆俾我悖
대풍유수　탐인패류　청언즉대　송언여취　비용기량　복비아패

嗟爾朋友　予豈不知而作　如彼飛蟲　時亦弋獲　既之陰女　反予來赫
차이붕우　여기부지이작　여피비충　시역익획　기지음녀　반여래하

民之罔極　職涼善背　爲民不利　如云不克　民之回遹　職競用力
민지망극　직량선배　위민불리　여운불극　민지회휼　직경용력

民之未戾　職盜爲寇　涼曰不可　覆背善詈　雖曰匪予　既作爾歌
민지미려　직도위구　양왈불가　복배선리　수왈비여　기작이가

부드러운 뽕나무1)

[잎이] 우거진 부드러운 뽕나무,
그 아래는 [나무 그늘이] 고루 있었지만
[잎을] 뜯고 뽑아 없애니 [나무 그늘이 없어졌네.]
병(病)든 이 세상(世上) 사람들은
마음의 근심이 끊어지지 않네.
슬픔과 멍함이 [내 마음을] 메우는데
밝은 하늘은
어찌 나를 불쌍히 여기지 않는가?2)

---

1) 〈桑柔(상유)〉는 周(주)나라 왕(王)의 경사(卿士)인 芮良夫(예양부)가 厲王(여왕)이 포
학무도(暴虐無道)하고 그릇된 사람을 등용(登用)하다 끝내 멸망(滅亡)되는 것을 슬퍼하
고 마음 아파하는 내용(內容)이다.
2) 菀彼(울피)는 菀菀(울울)과 같다. 무성(茂盛)한 모습. 桑柔(상유)는 柔桑(유상)을 뜻한
다. 부드러운 뽕나무. 其(기)는 그. 下(하)는 아래. 侯(후)는 어조(語調)를 고르는 어
조사(語助詞). 旬(순)은 고르다. 여기서는 나무 그늘이 고르게 있는 것을 말한다. 捋
(날)은 집어 따다. 采(채)는 캐다. 其(기)는 어조(語調)를 고르는 어조사(語助詞). 劉
(류)는 죽이다, 없애다. 瘼(막)은 병(病)들다. 此(차)는 이. 下民(하민)은 세상(世上)
사람. 不(부)는 아니다. 殄(진)은 다하다, 끊어지다. 心憂(심우)는 마음의 근심. 倉兄
(창황)은 愴怳(창황)과 같다. 슬픔과 멍함. 塡(전)은 메우다, 채우다. 兮(혜)는 구(句)
의 끝에서 어세(語勢)를 멈추었다가 다시 높이는 데 쓰인다. 倬彼(탁피)는 倬倬(탁탁)
과 같다. 밝은 모습. 昊(호)와 天(천)은 하늘. 寧(영)은 어찌. 我(아)는 나. 矜(긍)은
불쌍히 여기다.

네 마리 말은 쉬지 않고 달리고
기(旗)와 깃발은 펄럭이네.
난리(亂離)가 나도 다스려지지 않으니
나라가 어지럽지 않음이 없네.
백성(百姓)들은 많이 있지 않으니
함께 재앙(災殃)을 입고 살아남은 사람이네.
아! 슬프구나.
나라의 운명(運命)이 이렇게 급박(急迫)하네.3)

---

3) 四牡(사모)는 수레를 끄는 네 마리의 말. 騤騤(규규)는 쉬지 않고 가는 모습. 旟(여)
는 붉은 비단에 송골매를 그려 넣은 기(旗). 旐(조)는 거북과 뱀을 그려 넣은 폭이 넓
은 검은 빛깔의 기(旗). 여기서는 깃발로 풀이하였다. 有翩(유편)은 翩翩(편편)과 같
다. 깃발이 펄럭이는 모습. 이 두 구(句)는 군대(軍隊)가 출정(出征)함을 뜻한다. 亂
(난)은 난리(亂離). 生(생)은 나다. 夷(이)는 다스려지다. 靡(미)는 없다. 國(국)은 나
라. 泯(민)은 난(亂)과 같다. 어지럽다. 黎(려)는 많다. 具(구)는 함께, 다 같이. 禍
(화)는 재앙(災殃)을 입다. 以(이)는 접속(接續)의 뜻을 지닌 어조사(語助詞). 而(이)와
같다. 燼(신)은 살아남은 나머지. 於乎(오호)는 嗚呼(오호)와 같다. 감탄사(感歎詞).
아! 有哀(유애)은 哀哀(애애)와 같다. 매우 슬픈 모습. 國步(국보)는 나라의 운명(運
命), 국운(國運). 斯(사)는 이에, 이렇게. 頻(빈)은 급박(急迫)하다.

나라의 운명(運命)은 안정(安定)될 [낌새가] 없고
하늘은 우리를 돕지 않네.
머물러 안정(安定)할 곳이 없는데
[이곳을] 떠나 어디로 갈 것인가?
군자(君子)는 참으로 [잘] 생각하여
마음을 잡아 [남과 이권(利權)을] 다투지 마소서.
누가 재앙(災殃)의 계단(階段)을 만들었나?
지금(只今)에 이르도록 근심이 되었네.4)

---

4) 蔑(멸)은 없다. 資(자)는 濟(제)의 가차자(假借字). 건너다. 여기서는 안정(安定)됨을 뜻한다. 將(장)은 돕다. 靡所(미소)는 ~할 곳이 없다. 止(지)는 머무르다. 定(웅)은 정(定)해지다. 云(운)은 발어사(發語詞)로 어조(語調)를 고른다. 徂(조)는 떠나가다. 何(하)는 어디. 往(왕)은 가다. 君子(군자)는 당시(當時)의 귀족(貴族)을 가리킨다. 實(실)은 진실(眞實)로, 참으로. 維(유)는 惟(유)와 같다. 생각하다. 秉(병)은 잡다. 心(심)은 마음. 無(무)는 말라. 競(경)은 다투다. 여기서는 남들과 이권(利權)을 다툼을 뜻한다. 誰(수)는 누구. 生(생)은 내다, 만들다. 厲(려)는 禍(화)와 같다. 階(계)는 계단(階段). 厲階(여계)는 화근(禍根)을 뜻한다. 至(지)는 이르다. 今(금)은 지금(只今). 爲(위)는 되다. 梗(경)은 근심. 이 두 구(句)는 화근(禍根)이 厲王(여왕)에게 있음을 말하고 있다.

근심하는 마음으로 괴로워하며
내 나라를 생각하네.
나는 [좋지] 않은 때를 살다가
하늘의 심(甚)한 노여움을 만났네.
서(西)쪽으로부터 동(東)쪽으로 가도
정(定)해 살 곳이 없네.
나는 재난(災難)을 많이 만났고
나의 변경(邊境)은 매우 급박(急迫)하네.5)

5) 憂心(우심)은 걱정하는 마음. 慇慇(은은)은 매우 근심하는 모습. 念(념)은 생각하다. 土宇(토우)는 강토(疆土). 土(토)는 영토(領土). 宇(우)는 국토(國土). 여기서는 나라를 뜻한다. 生(생)은 태어나다. 不辰(불신)은 [좋은] 때가 아니다. 逢(봉)은 만나다. 僤(탄)은 도탑다. 怒(노)는 노여움. 僤怒(탄노)는 심(甚)한 노여움. 自(자)는 ~로부터. 西(서)는 서(西)쪽. 徂(조)는 가다. 東(동)은 동(東)쪽. 定(정)은 정(定)하다. 處(처)는 살다. 多(다)는 많다. 覯(구)는 만나다. 痻(민)은 앓다. 여기서는 재난(災難)을 뜻한다. 孔(공)은 매우. 棘(극)은 급박(急迫)하다. 圉(어)는 국경(國境).

[일을] 꾀해서 하고 조심(操心)스럽게 해야
어지러운 상황(狀況)이 곧 줄어든다네.
그대에게 [국사(國事)를] 걱정하라고 알려 주고
그대에게 벼슬을 [현능(賢能)의] 차례(次例)대로 주라고 가르쳤네.
누가 능(能)히 [몸의] 열기(熱氣)를 누르려면
이에 씻지 않을 수 있겠는가?
[그렇지 못하면] 어찌 능(能)히 잘한다고 하겠으며
곧 서로 익사(溺死)하듯 [멸망(滅亡)에] 미치리라.6)

---

6) 爲(위)는 하다. 謀(모)는 꾀. 毖(비)는 삼가다. 亂(난)은 어지러움. 況(황)은 모습, 상
황(狀況). 斯(사)는 곧, 이에. 削(삭)은 깎다. 여기서는 '줄어들다'를 뜻한다. 告(고)는
알리다. 爾(이)는 너, 그대. 周(주)나라 왕(王)과 당시(當時)의 집정대신(執政大臣)을
말한다. 憂(우)와 恤(휼)은 근심하다. 憂恤(우휼)은 憂慮(우려)와 같다. 誨(회)는 가르
치다. 序(서)는 차례(次例)대로 하다. 여기서는 현능(賢能)의 순서(順序)대로 벼슬을
정(定)해 주는 것을 말한다. 爵(작)은 벼슬. 誰(수)는 누구. 能(능)은 능(能)히 ~할 수
있다. 執(집)은 누르다, 제어(制御)하다. 熱(열)은 열기(熱氣). 여기서는 나라가 당면
(當面)한 고난(苦難)을 뜻한다. 逝(서)는 발어사(發語詞). 이에. 不(불)은 아니다. 以
(이)는 어조(語調)를 고르는 어조사(語助詞). 濯(탁)은 씻다, 목욕(沐浴)하다. 여기서는
爲謀爲毖(위모위비)와 憂恤(우휼)과 序爵(서작)과 같은 구국(救國)의 방법(方法)을 비유
적(比喩的)으로 말하고 있다. 其(기)는 어조(語調)를 고르는 어조사(語助詞). 何(하)는
어찌. 淑(숙)은 善(선)과 같다. 잘하다. 載(재)는 곧. 則(즉)과 같다. 胥(서)는 서로.
及(급)은 미치다. 溺(익)은 물에 빠지다. 여기서는 익사(溺死)를 뜻한다. 익사(溺死)하
듯 멸망(滅亡)함을 가리킨다.

[왕(王)의 정치(政治)가] 저 맞바람 같아

또한 매우 목메 [숨도 제대로 쉬지 못하게 하네.]

백성(百姓)들은 [착한 데로] 나아가는 마음이 있는데

[형세(形勢)가 그들로] 하여금 미치지 못함이 있게 하네.

[위정자(爲政者)들은] 이렇게 곡식(穀食) 심고 거두는 것을 좋아하여

백성(百姓)들을 힘쓰게 하고선 [자기(自己)들이] 대신(代身) 먹네.

[그들은] 곡식(穀食) 심고 거둠도 보배(寶貝)로 여기고

대신(代身) 먹는 것도 좋아하네.[7]

---

7) 如(여)는 같다. 彼(피)는 저. 遡風(소풍)은 맞바람. 遡(소)는 거스르다, 맞서다. 亦
(역)은 또한. 孔(공)은 매우. 之(지)는 어조(語調)를 고르는 어조사(語助詞). 僾(애)는
목메다. 肅(숙)은 나아가다. 肅心(숙심)은 착한 길로 나아가는 마음. 荓(병)은 하여금.
使(사)와 같다. 云(운)은 있다. 有(유)와 같다. 不及(불급)은 미치지 못하다. 好(호)는
좋아하다. 是(시)는 이, 이렇게. 稼(가)는 곡식(穀食) 심다. 穡(색)은 거두다. 稼穡(가
색)은 곡식(穀食) 농사(農事)를 말한다. 力民(역민)은 백성(百姓)을 농사(農事)에 힘쓰
게 하는 것을 뜻한다. 力(역)은 힘쓰다. 代食(대식)은 남을 대신(代身)하여 봉록(俸祿)
을 받음. 維(유)는 어조(語調)를 고르는 어조사(語助詞). 寶(보)는 보배(寶貝).

하늘이 죽음과 난리(亂離)를 내려
[하늘이] 세운 우리 왕(王)을 없애려 하네.
[하늘이] 이 뿌리 갉아먹는 벌레와 줄기 갉아먹는 벌레를 내려
곡식(穀食) 심은 것이나 거둔 것이 죄다 병(病)들었네.
슬프고 상심(傷心)한 나라 안 사람들은
함께 죄다 황폐(荒廢)함을 이어갔네.
[백성(百姓)들은 쇠약(衰弱)해진] 체력(體力)으로
푸른 하늘을 감동(感動)시킴이 있지 않네.8)

---

8) 降(강)은 내리다. 喪亂(상란)은 죽음과 난리(亂離). 滅(멸)은 없애다. 立王(입왕)은 하
늘이 세운 왕(王). 여기서는 周(주)나라 厲王(여왕)을 가리킨다. 此(차)는 이. 蟊(모)는
뿌리를 갉아먹는 벌레. 賊(적)은 줄기를 갉아먹는 벌레. 卒(졸)은 죄다. 痒(양)은 病
(병)과 같다. 哀(애)는 슬프다. 恫(통)은 상심(傷心)하다. 中國(중국)은 國中(국중)과
같다. 여기서는 나라 안 사람을 가리킨다. 具(구)는 함께. 贅(췌)는 잇다, 연속(連續)
하다. 靡有(미유)는 있지 않다. 旅力(여력)은 체력(體力). 旅(여)는 膂(여)와 같다. 근
육(筋肉)의 힘. 以(이)는 ~으로(써). 念(념)은 어여삐 여기다. 여기서는 열심(熱心)히
일하여 풍성(豐盛)한 수확(收穫)으로 하늘을 감동(感動)시킴을 뜻한다. 穹(궁)은 하늘.
蒼(창)은 푸르다. 穹蒼(궁창)은 靑天(청천)과 같다. 이 두 구(句)는 백성(百姓)들이 기
꺼이 일할 의욕(意欲)과 힘이 없고 천재(天災)는 이어져 周(주)나라 왕(王)이 망(亡)하
게 되었음을 뜻한다.

이 은혜(恩惠)로운 군왕(君王)은
사람들이 우러러보는 바이네.
[그는] 마음을 다잡고 널리 [여러 사람과] 꾀하며
[자신을] 도울 [신하(臣下)를] 살펴서 삼가 [뽑네.]
저 불순(不順)한 [군왕(君王)은]
자신(自身)만 홀로 좋게 하고
자신(自身)만 허파와 창자가 있다 하니
백성(百姓)들로 하여금 모두 미치게 하네.9)

저 숲 속을 바라보니
사슴이 우글거리네.
친구(親舊)들은 이미 [서로] 헐뜯었으니
서로 함께 착하지 못하네.
사람들이 또한 말이 있으니
"나아감도 물러섬도 막혔네." 라 하네.10)

---

9) 維(유)는 어조(語調)를 고르는 어조사(語助詞). 此(차)는 이. 惠君(혜군)은 자비(慈悲)
로운 임금, 은혜(恩惠)로운 임금. 民人(민인)은 人民(인민)과 같다. 사람들. 所(소)는
바. 瞻(첨)은 우러러보다. 秉(병)은 잡다. 心(심)은 마음. 宣(선)은 펴다. 여기서는 널
리 꾀함을 뜻한다. 猶(유)는 猷(유)와 같다. 꾀. 不順(불순)은 불순(不順)하다. 自(자)
는 자신(自身). 獨(독)은 홀로. 俾(비)는 하여금. 使(사)와 같다. 臧(장)은 좋다. 善
(선)과 같다. 여기서는 생활(生活)이 좋음을 뜻한다. 肺腸(폐장)은 허파와 창자. 卒
(졸)은 모두, 죄다. 狂(광)은 미치다.
10) 瞻(첨)은 바라보다. 彼(피)는 저. 中林(중림)은 林中(임중)과 같다. 숲 속. 甡甡(신
신)은 수효(數爻)가 많은 모습. 여기서는 '우글거리다'로 풀이하였다. 其(기)는 어조
(語調)를 고르는 어조사(語助詞). 鹿(록)은 사슴. 이 두 구(句)는 사슴이 먹이를 보면
서로 불러 같이 먹는 것에서 친구(親舊)의 화합(和合)을 말하고 있다. 朋友(붕우)는 親
舊(친구). 已(이)는 이미. 譖(참)은 헐뜯다. 不胥(불서)는 서로 ~않다. 以(이)는 함께.
與(여)와 같다. 穀(곡)은 착하다. 善(선)과 같다. 人(인)은 사람. 亦(역)은 또한 有言
(유언)은 말이 있다. 進退維谷(진퇴유곡)은 進退兩難(진퇴양난)과 같다. 進退(진퇴)는
나아감과 물러섬. 維(유)는 어조(語調)를 고르는 어조사(語助詞). 谷(곡)은 막히다.

이 훌륭한 사람은
백리(百里)를 내다보지만
저 어리석은 사람은
도리어 미쳐서 기뻐하네.
[사람들이] 능(能)히 말 못하지 않지만
어찌 이렇게 [말하기를] 두려워하고 꺼려해야 하는가?11)

이 어진 사람은
[재물(財物)을] 찾지도 않고 [높은 자리로] 나아가지도 않네.
저 잔인(殘忍)한 마음씨의 사람은
[이익(利益)을] 돌아보고 [이익(利益) 돌아봄을] 되풀이하네.
백성(百姓)들도 탐욕(貪慾)을 부리고 어지럽게 되니
[그] 해악(害惡)을 어찌 하겠는가?12)

---

11) 維(유)는 어조(語調)를 고르는 어조사(語助詞). 此(차)는 이. 聖人(성인)은 지덕(智德)
이 뛰어나 세인(世人)의 모범(模範)으로 숭앙(崇仰)받는 사람. 여기서는 훌륭한 사람으
로 풀이하였다. 言(언)은 어조(語調)를 고르는 어조사(語助詞). 百里(백리)는 백리(百
里). 여기서는 먼 앞날을 뜻한다. 彼(피)는 저. 愚人(우인)은 어리석은 사람. 周(주)나
라 厲王(여왕)을 가리킨다. 覆(복)은 도리어. 狂(광)은 미치다. 以(이)는 접속(接續)의
뜻을 지닌 어조사(語助詞). 而(이)와 같다. 喜(희)는 기뻐하다. 匪言不能(비언불능)은
匪不能言(비불능언)과 같다. 匪不(비불)은 ~못하지 아니하다. 能(능)은 능(能)히. 言
(언)은 말하다. 胡(호)는 어찌. 斯(사)는 이, 이렇게. 畏(외)는 두려워하다. 忌(기)는
꺼리다. 이 구(句)는 언론(言論) 통제(統制) 때문에 발생(發生)한 일이라는 것이다.
12) 良人(양인)은 어질고 [착한] 사람. 앞 장(章)의 聖人(성인)과 같다. 弗(불)은 不(불)
과 같다. 求(구)는 求(구)하다, 찾다. 迪(적)은 나아가다. 여기서는 높은 자리로 힘써
나아감을 뜻한다. 忍心(인심)은 잔인(殘忍)한 마음을 가진 사람을 말한다. 是(시)는 어
세(語勢)를 강조(强調)하는 어조사(語助詞). 顧(고)는 돌아보다. 여기서는 이익(利益)을
돌아본다는 뜻이다. 復(복)은 반복(反復)하다, 되풀이하다. 貪(탐)은 탐욕(貪慾). 亂
(난)은 어지럽다. 寧爲(영위)는 何爲(하위)와 같다. 어찌 ~하겠는가? 荼毒(도독)은 고
통(苦痛), 해악(害惡). 荼(도)는 씀바귀. 맛이 매우 쓰기 때문에 고통(苦痛)이나 해악
(害惡)의 비유(比喩)로 쓰인다. 毒(독)은 해독(害毒).

큰 바람도 [불어오는] 길이 있어
휑뎅그렁한 큰 골짜기에서 [비롯되네.]
이 어진 사람은
하는 짓이 착한 것으로써 하고
저 고분고분하지 않은 사람은
[어디] 가든지 부끄러움을 얻네.13)

큰 바람도 [불어오는] 길이 있듯이
탐욕(貪慾)한 사람도 [자신의 길을 따라] 무리를 해(害)치네.
들을 만한 말이면 곧 대답(對答)하고
경계(警戒)하는 말에는 술 취(醉)한 듯하네.
좋은 말은 쓰지 않고
도리어 나로 하여금 어그러지게 하네.14)

---

13) 大風(대풍)은 큰 바람. 有(유)는 있다. 隧(수)는 길, 경로(經路). 有空(유공)은 空空
(공공)과 같다. 텅 비어 있는 모습. 여기서는 '휑뎅그렁하다'로 풀이하였다. 大谷(대
곡)은 큰 골짜기. 이 두 구(句)는 바람도 불어오는 곳이 있듯이 현자(賢者)와 우인(愚
人)의 행실(行實)도 각각(各各) 본성(本性)에서 말미암는 것을 나타내고 있다. 作爲(작
위)는 하는 짓. 式(식)은 以(이)와 같다. ~로써(하다). 穀(곡)은 착하다. 善(선)과 같
다. 不順(불순)은 태도(態度)나 행동(行動)이 고분고분하지 않음. 여기서는 그런 사람
을 가리킨다. 앞 장(章)의 忍心(인심)과 같다. 順(순)은 따르다. 征(정)은 가다. 以(이)
는 접속(接續)의 뜻을 지닌 어조사(語助詞). 而(이)와 같다. 中(중)은 맞다, 걸리다.
여기서는 얻음을 뜻한다. 垢(구)는 때, 수치(羞恥).
14) 貪人(탐인)은 탐욕(貪慾)한 사람. 敗(패)는 해(害)치다. 類(류)는 무리. 聽言(청언)은
들을 만한 말을 뜻한다. 則(즉)은 곧. 對(대)는 대답(對答)하다. 訟(송)은 경계(警戒)하
다, 권고(勸告)하다. 如(여)는 같다. 醉(취)는 술 취(醉)하다. 匪用(비용)은 쓰지 않다.
其(기)는 어조(語調)를 고르는 어조사(語助詞). 良(량)은 좋다. 여기서는 좋은 말을 뜻
한다. 覆(복)은 도리어. 俾(비)는 하여금. 我(아)는 나. 悖(패)는 어그러지다. 여기서
는 반란(叛亂)을 뜻한다.

아! 그대 친구(親舊)여,

내 어찌 그대 소행(所行)을 알지 못하겠는가?

저 날아가는 새같이

언젠가는 또한 주살로 잡히리라.

이미 그대의 [행실(行實)을] 가려 주었는데

도리어 나를 꾸짖네.15)

백성(百姓)들이 끝없이 [나쁜 짓을 함은]

[그대가] 오로지 참으로 [도리(道理)와] 등지기를 잘 하기 때문이네.

[그대가] 백성(百姓)들에게 불리(不利)한 짓을 하고서도

[백성(百姓)들을] 이기지 못하는 것 같이하네.

백성(百姓)들이 간사(奸邪)하고 편벽(偏僻)됨은

[그대가] 오로지 굳세게 폭력(暴力)을 쓰기 때문이네.16)

---

15) 嗟(차)는 감탄사(感歎詞). 아! 爾(이)는 너, 그대. 朋友(붕우)는 친구(親舊). 予(여)
는 나. 작자(作者)를 말한다. 豈(기)는 어찌. 不知(부지)는 알지 못하다. 而(이)는 이
인칭(二人稱), 너, 그대. 汝(여)와 같다. 作(작)은 한 짓, 소행(所行). 如(여)는 같다.
彼(피)는 저. 飛蟲(비충)은 飛鳥(비조)와 같다. 날아가는 새. 時(시)는 어느 때, 언젠
가. 亦(역)은 또한. 弋(익)은 주살. 獲(획)은 잡다. 旣(기)는 이미. 之(지)는 어조(語
調)를 고르는 어조사(語助詞). 陰(음)은 가리다. 女(여)는 汝(여)와 같다. 너, 그대.
反(반)은 도리어. 來(래)는 어조(語調)를 고르는 어조사(語助詞). 赫(하)는 꾸짖다. 嚇
(혁)과 같다.

16) 民(민)은 백성(百姓). 之(지)는 ~이. 罔極(망극)은 끝없이 악(惡)을 행(行)함. 여기서
는 난리(亂離)를 일으킴을 뜻한다. 罔(망)은 없다. 極(극)은 끝. 職(직)은 오로지, 다
만. 涼(량)은 참으로. 善(선)은 잘하다. 背(배)는 등지다. 爲(위)는 하다. 不利(불리)는
이(利)롭지 못한 일을 뜻한다. 如(여)는 같다. 云(운)은 어조(語調)를 고르는 어조사
(語助詞). 克(극)은 이기다. 回(회)는 간사(奸邪)하다. 遹(휼)은 편벽(偏僻)되다. 競(경)
은 굳세다. 强(강)과 같다. 用力(용력)은 폭력(暴力)을 쓰다.

백성(百姓)들이 안정(安定)되지 아니함은
[그대가] 오로지 훔치고 도적(盜賊)이 되기 때문이네.
참으로 "옳지 않다."고 말하면
[그대가] 도리어 등 뒤에서 크게 꾸짖네.
[그대가] 비록 나를 비방(誹謗)해도
이미 네 노래를 지었다네.17)

---

17) 未(미)는 아니다. 戾(려)는 안정(安定)되다. 盜(도)는 훔치다. 爲(위)는 되다. 寇(구)
는 도적(盜賊). 涼(량)은 참으로. 曰(왈)은 말하다. 不可(불가)는 옳지 않다. 覆(복)은
도리어. 背(배)는 등. 여기서는 '등 뒤'를 뜻한다. 善詈(선리)는 크게 꾸짖다. 善(선)
은 많다, 크다. 詈(리)는 꾸짖다. 雖(수)는 비록. 曰(왈)은 어조(語調)를 고르는 어조
사(語助詞). 匪(비)는 誹(비)의 가차자(假借字). 헐뜯다, 비방(誹謗)하다. 予(여)는 나.
我(아)와 같다. 旣(기)는 이미. 作(작)은 짓다. 爾(이)는 너, 그대. 歌(가)는 노래. 이
구(句)는 풍자(諷刺)하는 시가(詩歌)를 지었다는 뜻이다.

(258) 雲漢
운한

倬彼雲漢　昭回于天　王曰於乎　何辜今之人　天降喪亂　饑饉薦臻
탁피운한　소회우천　왕왈오호　하고금지인　천강상난　기근천진
靡神不舉　靡愛斯牲　圭璧既卒　寧莫我聽
미신불거　미애사생　규벽기졸　영막아청

旱既大甚　蘊隆蟲蟲　不殄禋祀　自郊徂宮　上下奠瘞　靡神不宗
한기태심　온융동동　부진인사　자교조궁　상하전예　미신부종
后稷不克　上帝不臨　耗斁下土　寧丁我躬
후직불극　상제불림　모두하토　영정아궁

旱既大甚　則不可推　兢兢業業　如霆如雷　周餘黎民　靡有孑遺
한기태심　즉불가퇴　긍긍업업　여정여뇌　주여여민　미유혈유
昊天上帝　則不我遺　胡不相畏　先祖于摧
호천상제　즉불아유　호불상외　선조우최

旱既大甚　則不可沮　赫赫炎炎　云我無所　大命近止　靡瞻靡顧
한기태심　즉불가저　혁혁염염　운아무소　대명근지　미첨미고
羣公先正　則不我助　父母先祖　胡寧忍予
군공선정　즉불아조　부모선조　호녕인여

旱既大甚　滌滌山川　旱魃為虐　如惔如焚　我心憚暑　憂心如熏
한기태심　척척산천　한발위학　여담여분　아심탄서　우심여훈
羣公先正　則不我聞　昊天上帝　寧俾我遯
군공선정　즉불아문　호천상제　영비아둔

旱既大甚　黽勉畏去　胡寧瘨我以旱　憯不知其故
한기태심　민면외거　호녕전아이한　참부지기고
祈年孔夙　方社不莫　昊天上帝　則不我虞　敬恭明神　宜無悔怒
기년공숙　방사불모　호천상제　즉불아우　경공명신　의무회노

旱既大甚　散無友紀　鞫哉庶正　疚哉冢宰　趣馬師氏　膳夫左右
한기태심　산무우기　국재서정　구재총재　추마사씨　선부좌우
靡人不周　無不能止　瞻卬昊天　云如何里
미인부주　무불능지　첨앙호천　운여하리

瞻卬昊天　有嘒其星　大夫君子　昭假無贏　大命近止　無棄爾成
첨앙호천　유혜기성　대부군자　소격무영　대명근지　무기이성
何求為我　以戾庶正　瞻卬昊天　曷惠其寧
하구위아　이려서정　첨앙호천　갈혜기녕

은하(銀河)1)

넓고 큰 은하(銀河)가
하늘에서 빛을 내며 돌고 있네.
왕(王)께서 말씀하시기를, "아!
지금(只今) 사람들이 무슨 허물이 있습니까?
하늘이 죽음과 난리(亂離)를 내리고
흉년(凶年)이 거듭 이르렀습니다.
신(神)들께 제사(祭祀) 드리지 아니함이 없었고
이 희생(犧牲)을 아끼지도 않았습니다.
규(圭)와 벽(璧)을 이미 다 바쳤는데
어찌 제 [소원(所願)을] 듣지 않으십니까?2)

---

1) 〈雲漢(운한)〉은 周(주)나라 宣王(선왕)이 신(神)에게 비 내리기를 비는 내용(內容)이다.
2) 倬彼(탁피)는 倬倬(탁탁)과 같다. 넓고 큰 모습. 倬(탁)은 크다. 雲漢(운한)은 銀河(은
하). 昭(소)는 빛나다. 回(회)는 돌다. 于(우)는 ~에서. 天(천)은 하늘. 王(왕)은 周
(주)나라 宣王(선왕). 厲王(여왕)의 아들로 왕실(王室)을 중흥(中興)시켰다. 曰(왈)은
말하다. 於乎(오호)는 감탄사(感歎詞). 아! 嗚呼(오호)와 같다. 何(하)는 무슨, 어떤.
辜(고)는 허물. 今(금)은 지금(只今). 之(지)는 ~의. 人(인)은 사람. 降(강)은 내리다.
喪亂(상란)은 죽음과 난리(亂離). 饑饉(기근)은 흉년(凶年). 饑(기)는 곡식(穀食)이 익
지 않음. 饉(근)은 채소(菜蔬)가 자라지 않음. 薦(천)은 거듭. 臻(진)은 이르다. 靡(미)
는 없다. 神(신)은 신(神). 不(불)은 아니다. 擧(거)는 받들다. 여기서는 제사(祭祀)지
냄을 뜻한다. 愛(애)는 아끼다. 斯(사)는 이. 牲(생)은 희생(犧牲). 圭(규)는 옥(玉)으
로 만든 홀(笏). 璧(벽)은 둥근 옥(玉). 이 둘은 周(주)나라 사람들이 제사(祭祀)지낼
때 사용(使用)했던 옥기(玉器)로 천신(天神)을 제사(祭祀)지낼 때는 옥(玉)을 태웠으며
산신(山神)과 지신(地神)을 제사(祭祀)지낼 때는 산(山)과 땅에 묻었으며 수신(水神)을
제사(祭祀)지낼 때는 물에 빠뜨렸다고 한다. 旣(기)는 이미. 盡(진)은 다하다. 여기서
는 다 바쳤음을 말한다. 寧(영)은 어찌. 莫(막)은 않다. 我(아)는 비를 바라는 나의 소
원(所願)을 뜻한다. 聽(청)은 듣다, 받아들이다.

가뭄은 이미 너무 심(甚)하고

더위는 극성(極盛)하여 [푹푹] 찝니다.

정결(淨潔)하게 제사(祭祀)지냄을 끊지 않았고

[제사(祭祀)를 마쳐야] 교외(郊外)로부터 궁궐(宮闕)로 돌아왔습니다.

[제물(祭物)을] 위로는 [하늘에] 차려 드렸고 아래로는 [땅에] 묻어

신(神)들을 높이지 아니함이 없었습니다.

후직(后稷)께서도 [가뭄을] 이기지 못하셨고

상제(上帝)께서도 [저에게] 임(臨)하지 않으십니다.

[가뭄으로] 사람 사는 세상(世上)이 없어지고 깨지는데

어찌하여 제 몸을 [이런 가뭄에] 당(當)하게 하십니까?3)

---

3) 투(한)은 가뭄. 大(태)는 太(태)와 같다. 매우, 너무. 甚(심)은 심(甚)하다. 蘊(온)은
딥다. 隆(융)은 성(盛)하다, 극성(極盛)하다. 蟲蟲(동동)은 찌는 듯이 더운 모양. 蟲
(동)은 찌다. 殄(진)은 끊다. 禋祀(인사)는 정결(淨潔)하게 제사(祭祀)지내다. 自(자)는
~으로부터. 郊(교)는 교외(郊外). 徂(조)는 가다. 여기서는 돌아가다. 宮(궁)은 궁궐
(宮闕). 上(상)은 위. 하늘을 뜻한다. 下(하)는 아래. 땅을 뜻한다. 奠(전)은 제물(祭
物)을 차려놓다. 瘞(예)는 묻다. 宗(종)은 높이다. 后稷(후직)은 周(주)나라의 선조(先
祖). 克(극)은 이기다. 여기서는 后稷(후직)께 빌어 한재(旱災)를 극복(克服)하려 했으
나 그렇게 되지 못했음을 말한다. 上帝(상제)는 초자연적(超自然的)인 절대자(絕對者).
臨(임)은 임(臨)하다. 여기서는 사람들에게 강림(降臨)해서 도와주는 것을 뜻한다. 耗
(모)는 다하다, 없애다. 斁(두)는 깨다. 下土(하토)는 사람 사는 세상(世上). 寧(영)은
어찌. 丁(정)은 당(當)하다. 我躬(아궁)은 내 몸.

가뭄이 이미 너무 심(甚)하여
곧 가(可)히 떨쳐버릴 수 없습니다.
두근거리고 조마조마한데 [가뭄의 맹렬(猛烈)함은]
천둥소리 같고 우레 같습니다.
주(周)나라의 남아있는 백성(百姓)도
[이제는 아무도] 남아있지 않을 듯합니다.
하늘의 상제(上帝)께서는
곧 저를 남겨 두지 않으려 봅니다.
어찌 서로가 두려워하지 않겠습니까?
선조(先祖)의 [제사(祭祀)도] 끊어질 것입니다.4)

---

4) 則(즉)은 곧. 不可(불가)는 가(可)히 ~하지 못하다. 推(퇴)는 떨쳐버리다. 競競業業(경
경업업)은 놀라고 두려워하는 모습. 여기서는 '두근두근 조마조마'로 풀이하였다. 競
(경)은 다투다. 業(업)은 위태(危殆)롭다. 如(여)는 같다. 霆(정)은 천둥소리. 雷(뇌)는
우레. 周(주)는 나라 이름. 餘(여)는 남다. 黎民(여민)은 百姓(백성). 고대(古代)에 일
반(一般) 백성(百姓)은 관(冠)을 쓰지 않아 검은 머리였던 데서 온 말. 黎(려)는 검다.
靡有(미유)는 있지 않다, 없다. 孑(혈)과 遺(유)는 남다. 孑遺(혈유)는 단 하나 남은
것. 昊(호)와 天(천)은 하늘. 胡(호)는 어찌. 相(상)은 서로. 畏(외)는 두려워하다. 先
祖(선조)는 먼 윗대의 조상(祖上). 여기서는 선조(先祖)의 제사(祭祀)를 뜻한다. 于(우)
는 어조(語調)를 고르는 어조사(語助詞). 摧(최)는 꺾다. 여기서는 끊어짐을 뜻한다.

가뭄이 이미 너무 심(甚)하여
곧 가(可)히 막을 수 없습니다.
[온 땅이] 후끈거리고 이글거려
제가 [있을] 곳이 없습니다.
명맥(命脈)이 멎으려는 데 가까워지지만
[하늘은] 굽어보지도 않고 돌아보지도 않습니다.
[전대(前代)] 제후(諸侯)와 선대(先代) 현인(賢人)의 [신(神)들도]
곧 저를 돕지 않습니다.
[돌아가신] 부모(父母)님과 선조(先祖)께서는
어찌 저에게 잔인(殘忍)하십니까?5)

---

5) 沮(저)는 막다, 그치다. 赫赫(혁혁)은 열기(熱氣)가 대단한 모습. 여기서는 '후끈거리
다'로 풀이하였다. 赫(혁)은 성(盛)한 모습. 炎炎(염염)은 더위가 심(甚)한 모습. 여기
서는 '이글거리다'로 풀이하였다. 炎(염)은 뜨겁다. 云(운)은 어조(語調)를 고르는 어조
사(語助詞). 無所(무소)는 있을 곳이 없음을 뜻한다. 大命(대명)은 목숨의 끄나풀, 명
맥(命脈). 近(근)은 가깝다. 止(지)는 멎다, 멈추다. 瞻(첨)은 굽어보다. 顧(고)는 돌아
보다. 羣公(군공)은 전대(前代)의 제후(諸侯)의 신(神)을 말한다. 先正(선정)은 선대(先
代)의 현인(賢人)의 신(神)을 말한다. 助(조)는 돕다. 父母(부모)는 여기서 돌아가신 부
모(父母)를 말한다. 胡(호)와 寧(녕)은 어찌. 忍(인)은 잔인(殘忍)하다. 予(여)는 나.

가뭄이 이미 너무 심(甚)하여

산(山)과 내가 씻어 버린 듯이 [말랐습니다.]

가뭄 귀신(鬼神)이 사나워

[세상(世上)이] 타는 것 같고 불살라진 것 같습니다.

제 마음은 더위를 꺼리고

걱정하는 마음은 [시커멓게] 그슬린 것 같습니다.

[전대(前代)] 제후(諸侯)와 선대(先代) 현인(賢人)의 [신(神)들은]

곧 저를 [가엾게 여겨] 묻지도 않습니다.

하늘의 상제(上帝)께서는

어찌 저로 하여금 [다른 곳으로] 달아나게 하십니까?6)

---

6) 滌滌(척척)은 가뭄으로 나무와 풀이 말라 씻어 버린 듯이 되는 모습. 滌(척)은 씻다.
山川(산천)은 산(山)과 내. 魃(발)은 가뭄 귀신(鬼神). 爲(위)는 하다. 虐(학)은 사납
다. 惔(담)은 타다. 焚(분)은 불사르다. 我心(아심)은 내 마음. 憚(탄)은 꺼리다. 暑
(서)는 더위. 憂心(우심)은 걱정하는 마음. 熏(훈)은 그을리다. 聞(문)은 問(문)의 가차
자(假借字). 가엾게 여겨 물어보는 恤問(휼문)을 뜻한다. 寧(녕)은 어찌. 俾(비)는 하
여금. 遯(둔)은 달아나다.

가뭄이 이미 너무 심(甚)하여 [가뭄에서 벗어나려]
힘쓰고 힘썼지만 [오히려] 두렵고 겁만 납니다.
어찌 저를 가뭄으로써 병(病)들게 하십니까?
일찍이 그 까닭을 알지 못하겠습니다. [신(神)들께]
풍년(豊年) 비는 것을 매우 일찍 했었고 [제사(祭祀)를]
사방(四方)의 신(神)과 토지신(土地神)께 늦지 않게 드렸습니다.
하늘의 상제(上帝)께서는
곧 저를 돕지 않으십니다.
천지신명(天地神明)을 공경(恭敬)하니
마땅히 분노(忿怒)하심이 없어야 합니다.[7]

---

7) 黽(민)과 勉(면)은 힘쓰다. 여기서는 가뭄에서 벗어나려 힘쓰는 것을 말한다. 畏(외)
는 두렵다. 去(거)는 내버리다. 여기서는 怯(겁)을 뜻한다. 겁내다. 瘨(전)은 앓다, 병
(病)들다. 憯(참)은 일찍이. 不知(부지)는 알지 못하다. 其故(기고)는 그 까닭. 祈(기)
는 빌다, 기구(祈求)하다. 年(년)은 풍년(豊年)을 말한다. 孔(공)은 매우. 夙(숙)은 일
찍. 方(방)은 사방(四方). 社(사)는 토지신(土地神). 莫(모)는 늦다. 여기서는 제사(祭
祀)를 늦지 않게 드렸음을 말한다. 虞(우)는 돕다. 敬恭(경공)은 공경(恭敬)과 같다.
明神(명신)은 천지신명(天地神明). 宜(의)는 마땅히. 悔(회)는 분(忿)하다. 怒(노)는 성
내다. 悔怒(회노)는 분노(忿怒)와 같다.

가뭄이 이미 너무 심(甚)하여
[신하(臣下)들은] 어수선하고 [나라의] 기강(紀綱)은 있지 않습니다.
빈궁(貧窮)하구나! 여러 장관(長官)들,
괴롭겠구나! 총재(冢宰),
추마(趣馬)와 사씨(師氏),
선부(膳夫)와 좌우(左右)의 [근신(近臣)들.]
[이들은 백성(百姓)을] 구제(救濟)하려 아니한 사람이 없었고
능(能)히 [다른 행사(行事)를] 멈추지 아니함이 없었습니다.
하늘을 우러러봅니다.
근심을 어찌할까요?8)

---

8) 散(산)은 산만(散漫)하다, 어수선하다. 無(무)는 없다. 友(우)는 有(유)의 가차자(假借字). 無友(무우)는 있지 않다. 紀(기)는 기강(紀綱). 鞠(국)은 다하다, 빈궁(貧窮)하다. 哉(재)는 영탄(詠歎)의 뜻을 나타내는 어조사(語助詞). 庶(서)는 여러. 正(정)은 우두머리, 長官(장관)을 뜻한다. 疚(구)는 꺼림하다, 마음이 괴롭다. 冢宰(총재)는 벼슬 이름. 재상(宰相)과 같다. 趣馬(추마)는 말을 기르는 벼슬. 師氏(사씨)는 교육(教育)과 왕궁(王宮)의 수위(守衛)를 맡은 벼슬. 膳夫(선부)는 천자(天子)의 음식(飲食)을 맡은 벼슬. 左右(좌우)는 周(주)나라 宣王(선왕)의 근신(近臣)을 말한다. 靡(미)~不(불)~은 ~아니함이 없다. 人(인)은 사람. 여기서는 여러 신하(臣下)들을 말한다. 周(주)는 구제(救濟)하다. 無不(무불)은 ~아니함이 없다. 能(능)은 능(能)히. 止(지)는 멈추다. 여기서는 가뭄 극복(克服) 이외(以外)의 모든 행사(行事)를 멈춤을 뜻한다. 瞻(첨)과 卬(앙)은 우러러보다. 卬(앙)은 仰(앙)과 같다. 云(운)은 어조(語調)를 고르는 어조사(語助詞). 如何(여하)는 어찌할까. 何如(하여)와 같다. 里(리)는 근심하다. 悝(리)와 같다.

[밤] 하늘을 우러러보니
별들은 깜박깜박하기만 합니다.
대부(大夫)와 군자(君子)는 [비를 비는 마음이]
[하늘에] 밝게 이르러 사심(私心)이 없습니다.
명맥(命脈)이 멎으려는 데 가까워지지만
그대들이 이루려는 것을 버리지 말라고 합니다.
[비를 비는 것이] 어찌 저를 위(爲)해 구(求)하겠습니까?
여러 장관(長官)들을 안정(安定)시키려 합니다.
하늘을 우러러봅니다.
언제쯤 편안(便安)함을 베풀겠습니까?"라 했네.9)

---

9) 瞻卬(첨앙)은 우러러보다. 昊天(호천)은 하늘. 여기서는 내용상(內容上) 밤하늘을 말
한다. 有嘒(유혜)는 嘒嘒(혜혜)와 같다. 별빛이 희미(稀微)한 모습. 여기서는 '깜박깜
박하다'로 풀이하였다. 嘒(혜)는 희미(稀微)하다. 이 두 구(句)는 비 올 조짐이 아님을
말하고 있다. 大夫(대부)는 벼슬자리에 있는 사람을 가리킨다. 君子(군자)는 벼슬자리
가 높은 사람을 말한다. 昭(소)는 밝다. 假(격)은 이르다. 無(무)는 없다. 贏(영)은 이
(利)가 남다. 여기서는 사심(私心)을 뜻한다. 大命(대명)은 목숨의 끄나풀, 명맥(命
脈). 近(근)은 가깝다. 止(지)는 멎다, 멈추다. 無(무)는 말라. 棄(기)는 버리다. 爾
(이)는 너, 그대. 大夫君子(대부군자)를 가리킨다. 成(성)은 이루고자하는 것을 말한
다. 가뭄 극복(克服)을 말한다. 何(하)는 어찌. 求(구)는 구(求)하다, 찾다. 爲我(위아)
는 나만을 위(爲)하다. 以(이)는 어조(語調)를 고르는 어조사(語助詞). 戾(려)는 안정
(安定)하다. 曷(갈)은 언제, 어느 때. 惠(혜)는 은혜(恩惠)를 베풀다. 其(기)는 어조(語
調)를 고르는 어조사(語助詞). 寧(녕)은 편안(便安)하다.

(259) 崧 高
_{숭 고}

崧高維嶽 駿極于天 維嶽降神 生甫及申
_{숭고유악 준극우천 유악강신 생보급신}

維申及甫 維周之翰 四國于蕃 四方于宣
_{유신급보 유주지한 사국우번 사방우선}

亹亹申伯 王纘之事 于邑于謝 南國是式
_{미미신백 왕찬지사 우읍우사 남국시식}

王命召伯 定申伯之宅 登是南邦 世執其功
_{왕명소백 정신백지택 등시남방 세집기공}

王命申伯 式是南邦 因是謝人 以作爾庸
_{왕명신백 식시남방 인시사인 이작이용}

王命召伯 徹申伯土田 王命傅御 遷其私人
_{왕명소백 철신백토전 왕명부어 천기사인}

申伯之功 召伯是營 有俶其城 寢廟旣成
_{신백지공 소백시영 유숙기성 침묘기성}

旣成藐藐 王錫申伯 四牡蹻蹻 鉤膺濯濯
_{기성막막 왕석신백 사모교교 구응탁탁}

王遣申伯 路車乘馬 我圖爾居 莫如南土
_{왕견신백 노거승마 아도이거 막여남토}

錫爾介圭 以作爾寶 往近王舅 南土是保
_{석이개규 이작이보 왕기왕구 남토시보}

申伯信邁 王餞于郿 申伯還南 謝于誠歸
_{신백신매 왕전우미 신백환남 사우성귀}

王命召伯 徹申伯土疆 以峙其粻 式遄其行
_{왕명소백 철신백토강 이치기장 식천기행}

申伯番番 旣入于謝 徒御嘽嘽 周邦咸喜 戎有良翰
_{신백파파 기입우사 도어탄탄 주방함희 융유양한}

不顯申伯 王之元舅 文武是憲
_{부현신백 왕지원구 문무시헌}

申伯之德 柔惠且直 揉此萬邦 聞于四國
_{신백지덕 유혜차직 유차만방 문우사국}

吉甫作誦 其詩孔碩 其風肆好 以贈申伯
_{길보작송 기시공석 기풍사호 이증신백}

숭산(嵩山)[1]

숭산(嵩山)은 오악(五嶽)의 하나로
높이 하늘에 이르렀네.
큰 산(山)이 신령(神靈)함을 내려
보후(甫侯)와 신백(申伯)을 낳았네.
신백(申伯)과 보후(甫侯)는
주(周)나라의 기둥이네. [그들은]
사방(四方) 나라의 울타리가 되고
천하(天下)의 담이 되었네.[2]

---

1) 〈崧高(숭고)〉는 周(주)나라 宣王(선왕)이 큰 외숙(外叔)인 申伯(신백)을 謝(사)땅에 봉
(封)하고 그가 떠날 때 尹吉甫(윤길보)가 그때의 정황(情況)을 노래하며 지어 준 내용
(內容)이다.

2) 崧高(숭고)는 오악(五嶽)의 하나인 嵩山(숭산)을 말한다. 維(유)는 어조(語調)를 고르
는 어조사(語助詞). 嶽(악)은 큰 산(山), 오악(五嶽). 여기서는 오악(五嶽)의 하나임을
말한다. *태산(泰山)은 동악(東嶽), 화산(華山)은 서악(西嶽), 형산(衡山)은 남악(南
嶽), 항산(恒山)은 북악(北嶽), 숭고(崧高)는 중악(中嶽)이다. 駿(준)은 높다. 峻(준)과
같다. 極(극)은 이르다. 于(우)는 ~에. 天(천)은 하늘. 降(강)은 내리다. 神(신)은 신
령(神靈)함. 生(생)은 낳다. 甫(보)는 국명(國名). 여기서는 보후(甫侯)를 말한다. *甫
(보)를 呂(여)로 풀이하는 곳도 있다. 申(신)은 국명(國名). 여기서는 신백(申伯)을 말
한다. 신백(申伯)은 厲王(여왕)의 아내인 申后(신후)의 형제(兄弟)로 宣王(선왕)의 외숙
(外叔)이다. 及(급)은 ~와(과). 周(주)는 국명(國名). 之(지)는 ~의. 翰(한)은 줄기,
기둥. 四國(사국)은 사방(四方) 나라. 于(우)는 되다. 爲(위)와 같다. 蕃(번)은 울타리.
藩(번)과 같다. 四方(사방)은 사방(四方). 여기서는 천하(天下)를 가리킨다. 宣(선)은
垣(원)의 가차자(假借字). 담.

부지런한 신백(申伯)을
왕(王)께서 그로 [하여금] [선대(先代)의] 일을 이어가게 하셨네.
사(謝)에 고을을 만들어
남(南)쪽 나라에서 본보기가 되게 했네.
왕(王)께서 소백(召伯)에게 명령(命令)하여
신백(申伯)의 집을 정(定)하게 했네.
이 남(南)쪽 나라인 [사(謝)를] 이루어
세세대대(世世代代)로 그 공업(功業)을 잡게 했네.3)

---

3) 亹亹(미미)는 부지런한 모습. 亹(미)는 힘쓰다. 王(왕)은 周(주)나라 宣王(선왕). 纘
(찬)은 잇다. 之(지)는 그. 申伯(신백)을 가리킨다. 事(사)는 일. 여기서는 선대(先代)
의 일을 말한다. 于(우)는 하다. 爲(위)와 같다. 여기서는 만들다. 邑(읍)은 고을. 于
(우)는 ~에. 謝(사)는 읍명(邑名). 南國(남국)은 남(南)쪽 제후국(諸侯國). 謝(사)가 周
(주)나라의 남(南)쪽에 있다. 是(시)는 어세(語勢)를 강조(强調)하는 어조사(語助詞).
式(식)은 법(法), 본보기. 命(명)은 명령(命令)하다. 召伯(소백)은 周(주)나라 宣王(선
왕)의 대신(大臣). 召穆公(소목공)이라고도 한다. 定(정)은 정(定)하다. 之(지)는 ~의.
宅(택)은 집, 거처(居處). 登(등)은 이루다. 是(시)는 이. 南邦(남방)은 남(南)쪽 나라.
謝(사)를 가리킨다. 世(세)는 세세대대(世世代代). 執(집)은 잡다. 여기서는 수성(守成)
을 뜻한다. 其功(기공)은 그 공업(功業).

왕(王)께서 신백(申伯)에게 명령(命令)하시기를
"이 남(南)쪽 나라에서 본보기가 되어라.
이 사(謝) 고을 사람에 의거(依據)하여
그대 성(城)을 지으라."고 하셨네.
왕(王)께서 소백(召伯)에게 명령(命令)하시기를,
"신백(申伯)의 논밭을 다스려라."고 하셨네.
왕(王)께서 태부(太傅)와 시어(侍御)에게 명령(命令)하시기를,
"그의 가신(家臣)들이 옮겨가는 것을 [도와주라.]"고 하셨네.4)

신백(申伯)의 일을
소백(召伯)이 경영(經營)하네.
그 성(城)은 반듯반듯하고
침전(寢殿)과 묘당(廟堂)도 이미 이루어졌네.
이미 완성(完成)되니 아름다웠네.
왕(王)께서 신백(申伯)에게 [선물(膳物)로 말을] 주었는데
네 마리 수말은 날래고 씩씩하며
[말의] 뱃대끈과 가슴걸이는 밝게 빛나네.5)

---

4) 因(인)은 의거(依據)하다. 以(이)은 접속(接續)의 뜻을 나타내는 어조사(語助詞). 而
(이)와 같다. 作(작)은 짓다. 爾(이)는 너, 그대. 申伯(신백)을 가리킨다. 庸(용)은 墉
(용)의 가차자(假借字). 城(성). 徹(철)은 다스리다. 여기서는 경계(境界)를 정(定)해서
부세(賦稅)를 매김을 뜻한다. 土田(토전)은 논밭. 傅(부)는 太傅(태부). 御(어)는 侍御
(시어). 둘 다 관명(官名)이다. 遷(천)은 [謝(사)로] 옮기다. 其(기)는 그. 申伯(신백)을
가리킨다. 私人(사인)은 대부(大夫)의 가신(家臣)을 말한다.

5) 之(지)는 ~의. 功(공)은 일. 是(시)는 이것. 申伯(신백)의 일을 가리킨다. 營(영)은 경
영(經營)하다. 有俶(유숙)은 俶俶(숙숙)과 같다. 성(城)이 잘 완공(完工)된 모습. 여기
서는 '반듯반듯하다'로 풀이하였다. 寢廟(침묘)는 침전(寢殿)과 묘당(廟堂). 旣(기)는
이미. 成(성)은 이루어지다. 藐藐(막막)은 아름다운 모양. 藐(막)은 아름답다. 錫(석)
은 주다. 四牡(사모)는 네 마리 수말. 蹻蹻(교교)는 날래고 용감(勇敢)한 모습. 蹻(교)
는 굳세다. 鉤(구)는 뱃대끈. 膺(응)은 말의 가슴걸이. 濯濯(탁탁)은 밝게 빛나는 모
습. 濯(탁)은 빛나다.

왕(王)께서 신백(申伯)을 보내며
노거(路車)와 네 마리 말을 [주었네.]
"내가 그대 살 곳을 꾀해 보니
남(南)쪽 땅만 같은 곳이 없다.
그대에게 큰 홀(笏)을 주니
그것으로 그대의 보물(寶物)로 삼아라.
왕(王)의 외삼촌(外三寸)은 가서
남(南)쪽 땅을 지키시오."라 하셨네.6)

신백(申伯)이 믿음직하게 가니
왕(王)께서는 미(郿)에서 전송(餞送)하시네.
신백(申伯)이 남(南)쪽으로 돌아가니
참으로 사(謝)에 가네.
왕(王)께서 소백(召伯)에게 명령(命令)하여
신백(申伯)의 영토(領土)와 경계(境界)를 다스리게 했네.
[왕(王)께서] 그 양식(糧食)을 마련시킴으로써
그가 가는 것을 빠르게 했네.7)

---

6) 遣(견)은 보내다. 路車(노거)는 제후(諸侯)가 타는 수레. 乘馬(승마)는 네 마리 말. 我
(아)는 나. 周(주)나라 宣王(선왕)을 말한다. 圖(도)는 꾀하다. 爾(이)는 너, 그대. 申
伯(신백)을 가리킨다. 居(거)는 살 곳. 莫如(막여)는 ~만 같지 못하다. 南土(남토)는
남(南)쪽 땅. 錫(석)은 주다. 介(개)는 크다. 圭(규)는 홀(笏). 제후(諸侯)가 천자(天子)
를 뵐 때 조복(朝服)에 갖추어 손에 쥐는 옥(玉)으로 만든 예기(禮器). 以(이)는 ~로
써, [그것으로. 作(작)은 삼다. 寶(보)는 보물(寶物). 往(왕)은·가다. 近(기)는 어세
(語勢)를 고르는 어조사(語助詞). 原字(원자)는 [近(기): 斤⇄刀이다. 舅(구)는 외삼촌
(外三寸). 是(시)는 어세(語勢)를 강조(强調)하는 어조사(語助詞). 保(보)는 지키다.
7) 信(신)은 믿음직하다. 邁(매)는 가다. 餞(전)은 전별(餞別)하다, 전송(餞送)하다. 還(환)
은 돌아오다, 돌아가다. 謝于誠歸(사우성귀)는 誠歸于謝(성귀우사)이다. 誠(성)은 참으
로. 歸(귀)는 돌아가다. 于(우)는 ~에. 土疆(토강)은 영토(領土)와 경계(境界). 以(이)
는 ~로써. 峙(치)는 쌓다. 여기서는 마련하다. 式(식)은 접속(接續)의 어조사(語助詞).
而(이)와 같다. 遄(천)은 빠르다. 其(기)는 그. 申伯(신백)을 가리킨다. 行(행)은 가다.

신백(申伯)은 늠름하게
이미 사(謝)에 들어갔고
보병(步兵)과 마부(馬夫)는 많았네.
[사(謝)의] 온 나라 [사람들은] 모두 기뻐했고
너희들은 좋은 기둥을 갖게 되었네.
크게 드러난 신백(申伯)은
왕(王)의 큰 외삼촌(外三寸)이요
문무(文武) [겸비(兼備)하니] 이것으로 법(法)이 되었네.8)

신백(申伯)의 덕성(德性)은
부드럽고 은혜로우며 또 정직(正直)하네.
이 만방(萬邦)을 어루만져
사방(四方) 나라에 [명성(名聲)이] 들리게 했네.
길보(吉甫)가 노래를 지으니
그 시(詩)는 매우 [뜻이] 크고
그 곡조(曲調)는 아주 좋아
신백(申伯)에게 드리네.9)

---

8) 番番(파파)는 강(强)한 모습. 여기서는 '늠름하다'로 풀이하였다. 旣入(기입)은 이미
들어가다. 徒(도)는 보병(步兵). 御(어)는 마부(馬夫), 차부(車夫). 嘽嘽(탄탄)은 많은
모습. 嘽(탄)은 많다. 周(주)는 두루, 온. 邦(방)은 나라. 咸(함)은 모두. 喜(희)는 기
뻐하다. 戎(융)은 너, 너희. 有(유)는 있다. 良(량)은 좋다. 翰(한)은 줄기, 기둥. 여
기서는 군주(君主)를 뜻한다. 不(부)는 크다. 顯(현)은 드러나다. 之(지)는 ~의. 元
(원)은 으뜸, 큰. 文武(문무)는 문재(文才)와 무공(武功). 여기서는 둘을 겸비(兼備)함
을 뜻한다. 是(시)는 이것. 憲(헌)은 법(法), 본보기.
9) 德(덕)은 덕성(德性). 柔(유)는 부드럽다. 惠(혜)는 은혜(恩惠)롭다. 且(차)는 또. 直
(직)은 정직(正直)하다. 揉(유)는 어루만지다. 此(차)는 이. 萬邦(만방)은 모든 나라.
聞(문)은 들리다. 于(우)는 ~에. 四國(사국)은 사방(四方) 나라. 吉甫(길보)는 周(주)
나라 宣王(선왕) 때의 경사(卿士)인 尹吉甫(윤길보). 作(작)은 짓다. 誦(송)은 노래. 其
詩(기시)는 그 시(詩). 孔(공)은 매우. 碩(석)은 [뜻이] 크다. 風(풍)은 곡조(曲調). 肆
(사)는 지극(至極)히, 아주. 以(이)는 접속(接續)의 뜻을 지닌 어조사(語助詞). 而(이)
와 같다. 贈(증)은 주다.

(260) 烝 民
증 민

天生烝民 有物有則 民之秉彝 好是懿德
천생증민 유물유칙 민지병이 호시의덕

天監有周 昭假于下 保茲天子 生仲山甫
천감유주 소격우하 보자천자 생중산보

仲山甫之德 柔嘉維則 令儀令色 小心翼翼
중산보지덕 유가유칙 영의영색 소심익익

古訓是式 威儀是力 天子是若 明命使賦
고훈시식 위의시력 천자시약 명명사부

王命仲山甫 式是百辟 纘戎祖考 王躬是保
왕명중산보 식시백벽 찬융조고 왕궁시보

出納王命 王之喉舌 賦政于外 四方爰發
출납왕명 왕지후설 부정우외 사방원발

肅肅王命 仲山甫將之 邦國若否 仲山甫明之
숙숙왕명 중산보장지 방국약비 중산보명지

既明且哲 以保其身 夙夜匪解 以事一人
기명차철 이보기신 숙야비해 이사일인

人亦有言 柔則茹之 剛則吐之
인역유언 유즉여지 강즉토지

維仲山甫 柔亦不茹 剛亦不吐 不侮矜寡 不畏彊禦
유중산보 유역불여 강역불토 불모환과 불외강어

人亦有言 德輶如毛 民鮮克舉之
인역유언 덕유여모 민선극거지

我儀圖之 維仲山甫舉之 愛莫助之 袞職有闕 維仲山甫補之
아의도지 유중산보거지 애막조지 곤직유궐 유중산보보지

仲山甫出祖 四牡業業 征夫捷捷 每懷靡及
중산보출조 사모업업 정부첩첩 매회미급

四牡彭彭 八鸞鏘鏘 王命仲山甫 城彼東方
사모방방 팔란장장 왕명중산보 성피동방

四牡騤騤 八鸞喈喈 仲山甫徂齊 式遄其歸
사모규규 팔란개개 중산보조제 식천기귀

吉甫作誦 穆如清風 仲山甫永懷 以慰其心
길보작송 목여청풍 중산보영회 이위기심

뭇 백성(百姓)[1]

하늘이 뭇 백성(百姓)을 태어나게 하셨고
사물(事物)이 있으면 법칙(法則)이 있었네.
백성(百姓)들이 떳떳한 도리(道理)를 지켜
이 아름다운 덕(德)을 좋아하네.
하늘이 주(周)나라를 살펴보니 [주(周)나라 왕(王)이]
아래 [땅]에서 [나라가 잘 되기를] 기도(祈禱)하고 있었네.
[하늘이] 이 천자(天子)를 지켜 주려
중산보(仲山甫)를 태어나게 하였네.[2]

---

1) 〈烝民(증민)〉은 周(주)나라 宣王(선왕)의 명령(命令)으로 齊(제)로 축성(築城)하러 가는 仲山甫(중산보)를 尹吉甫(윤길보)가 송별(送別)하는 내용(內容)이다.

2) 天(천)은 하늘. 生(생)은 태어나다. 烝(증)은 뭇. 民(민)은 백성(百姓). 有(유)는 있다. 物(물)은 사물(事物). 則(칙)은 법칙(法則). 之(지)는 ~이(가). 秉(병)은 잡다, 마음으로 지키다. 彝(이)는 떳떳하다. 여기서는 떳떳한 도리(道理)를 말한다. 好(호)는 좋아하다. 是(시)는 이. 懿(의)는 아름답다. 德(덕)은 덕(德). 監(감)은 살피다. 有(유)는 어조(語調)를 고르는 어조사(語助詞). 周(주)는 국명(國名). 여기서는 실제(實際)로 周(주)나라 왕(王)을 가리킨다. 昭假(소격)은 기도(祈禱)와 같다. 昭(소)는 밝다. 假(격)은 이르다. 至(지)와 같다. 밝게 이름은 周(주)나라 왕(王)의 간구(懇求)가 하늘에 닿는 것을 뜻하니 곧 기도(祈禱)함을 말한다. 于(우)는 ~에서. 下(하)는 下土(하토), 땅, 천하(天下). *이 두 구(句)를 '하늘이 周(주)나라를 보고서 [하늘의] 밝음이 세상(世上)에 이르렀네.'로 풀이하는 곳도 있다. 保(보)는 지키다. 兹(자)는 이. 天子(천자)는 하늘을 대신(代身)하여 천하(天下)를 다스리는 사람. 仲山甫(중산보)는 周(주)나라 宣王(선왕) 때의 대신(大臣).

중산보(仲山甫)의 덕성(德性)은
부드러움과 아름다움을 법(法)으로 삼았네.
몸가짐이 착하고 얼굴빛도 착했으며
마음씀씀이를 삼가고 [언행(言行)은] 조심스러웠네.
옛 사람의 가르침을 본받고
위엄(威嚴)있는 몸가짐에 힘썼네.
천자(天子)께 순종(順從)하니 [천자(天子)께서는]
[그로] 하여금 [천자(天子)의] 밝은 명령(命令)을 펴게 하였네.3)

---

3) 之(지)는 ~의. 德(덕)은 덕성(德性). 柔(유)는 부드러움. 嘉(가)는 아름다움. 維(유)는
어조(語調)를 고르는 어조사(語助詞). 則(칙)은 법(法)으로 삼다. 令(령)은 착하다, 좋
다. 儀(의)는 몸가짐, 예의(禮儀). 色(색)은 얼굴빛. 小心(소심)은 매우 조심(操心)함.
여기서는 '마음씀씀이를 삼가다'로 풀이하였다. 翼翼(익익)은 공경(恭敬)하고 삼가는
모습. 여기서는 '언행(言行)을 조심(操心)하다'로 풀이하였다. 古訓(고훈)은 옛 사람의
가르침. 是(시)는 어세(語勢)를 강조(强調)하는 어조사(語助詞). 式(식)은 본받다. 威儀
(위의)는 위엄(威嚴)있는 몸가짐. 力(력)은 힘쓰다. 若(약)은 따르다, 순종(順從)하다.
明命(명명)은 임금의 밝은 명령(命令). 使(사)는 하여금. ~로 하여금 ~하게 하다. 賦
(부)는 펴다.

왕(王)께서 중산보(仲山甫)에게 명령(命令)하시기를,
"제후(諸侯)들의 본보기가 되어라.
네 선조(先祖)를 이어
왕(王)의 몸을 지켜라.
왕명(王命)을 출납(出納)하고
왕(王)의 대변인(代辯人)이 되어라.
[서울] 밖으로 정령(政令)을 펴고
사방(四方)은 이에 실행(實行)하도록 하라."고 하셨네.4)

---

4) 命(명)은 명령(命令)하다. 式(식)은 본보기가 되다. 百辟(백벽)은 제후(諸侯). 百(백)은
모든. 辟(벽)은 임금. 纘(찬)은 잇다. 戎(융)은 너, 그대. 祖考(조고)는 선조(先祖). 祖
(조)는 조상(祖上). 考(고)는 죽은 뒤에 부(父)를 이르는 말. 王躬(왕궁)은 왕(王)의
몸. 保(보)는 지키다. 出納(출납)은 내어 줌과 받아들임. 喉舌(후설)은 목구멍과 혀.
여기서는 대변인(代辯人)을 뜻한다. 內史(내사)라고도 한다. 賦(부)는 펴다. 政(정)은
정령(政令)을 뜻한다. 于(우)는 ~에. 外(외)는 [수도(首都)] 밖. 제후(諸侯)를 뜻한다.
四方(사방)은 사방(四方), 각지(各地). 爰(원)은 이에. 發(발)은 실행(實行)하다, 향응
(響應)하다.

엄정(嚴正)한 왕명(王命)을
중산보(仲山甫)가 집행(執行)하였네.
나랏일이 곧 막히더라도
중산보(仲山甫)가 소통(疏通)시켰네.
이미 현명(賢明)함과 또 지혜(智慧)로움으로써
그 몸을 지켰네.
이른 아침부터 깊은 밤까지 게으르지 않음으로써
[왕(王)] 한 사람을 섬겼네.5)

사람들은 또한 말이 있었네.
"부드러우면 곧 그것을 먹고
단단하면 곧 그것을 내뱉는다."고 하였네.
오직 중산보(仲山甫)는
부드럽다고 또한 먹지 않았고
단단하다고 또한 내뱉지도 않았네.
홀아비와 홀어미를 업신여기지 않았으며
사납고 억센 이를 두려워하지도 않았네.6)

---

5) 肅肅(숙숙)은 엄정(嚴正)한 모습. 王命(왕명)은 왕(王)의 명령(命令). 將(장)은 집행(執
行)하다. 之(지)는 그것. 王命(왕명)을 가리킨다. 여기서는 풀이를 생략(省略)하였다.
邦(방)과 國(국)은 나라. 여기서는 국사(國事)를 뜻한다. 若(약)은 곧. 否(비)는 막히
다. 明(명)은 소통(疏通). 旣(기)는 이미. 明(명)은 현명(賢明). 且(차)는 또. 哲(철)은
밝다, 지혜(智慧)롭다. 以(이)는 ~로써. 其身(기신)은 그 몸. 夙夜(숙야)는 이른 아침
부터 깊은 밤까지. 匪(비)는 않다. 解(해)는 게으르다. 懈(해)와 같다. 事(사)는 섬기
다. 一人(일인)은 왕(王) 한 사람을 말한다.

6) 人(인)은 사람. 亦(역)은 또한. 有言(유언)은 말이 있다. 柔(유)는 부드럽다. 則(즉)은
곧. 茹(여)는 먹다. 之(지)는 그것. 剛(강)은 굳다, 단단하다. 吐(토)는 내뱉다. 維(유)
는 惟(유)와 같다. 오직. 不(불)은 않다. 侮(모)는 업신여기다. 矜(환)은 홀아비. 鰥
(환)과 같다. 寡(과)는 홀어미, 과부(寡婦). 畏(외)는 두려워하다. 彊(강)은 힘세다, 사
납다. 禦(어)는 강(强)하다, 억세다. 여기서는 그런 사람을 가리킨다.

사람들은 또한 말이 있었네.
"덕(德)의 가벼움이 털과 같지만
백성(百姓)들은 능(能)히 그것을 들 수 있는 자가 드물다."고 했네.
내가 그것을 헤아리고 꾀해보니
오직 중산보(仲山甫)가 그것을 들었고
[한편 그의 덕(德)은] 감추어져 그를 돕지도 못하네.
곤의(袞衣)가 다만 해진 곳이 있기라도 하면
오직 중산보(仲山甫)가 그것을 기웠네.7)

---

7) 德輶(덕유)는 덕(德)의 가벼움. 如(여)는 같다. 毛(모)는 털. 이 구(句)는 덕(德)을 실
  천(實踐)하기가 쉽다는 뜻이다. 鮮(선)은 드물다. 克(극)은 능(能)히. 擧(거)는 들다.
  여기서는 실행(實行)함을 뜻한다. 之(지)는 그것. 德(덕)을 가리킨다. 我(아)는 나. 작
  자(作者)인 尹吉甫(윤길보)를 가리킨다. 儀(의)는 헤아리다. 圖(도)는 꾀하다. 之(지)는
  그것. 사람들이 말한 것을 가리킨다. 愛(애)는 薆(애)의 가차자(假借字). 숨기다. 莫
  (막)은 없다, 못하다. 助(조)는 돕다. 之(지)는 그. 仲山甫(중산보)를 가리킨다. 袞(곤)
  은 곤의(袞衣), 곤룡포(袞龍袍). 실제로는 천자(天子)를 가리킨다. 職(직)은 오로지,
  다만. 只(지)와 같다. 有(유)는 있다. 闕(궐)은 빠지다, 이지러지다. 여기서는 옷이 해
  지다, 떨어지다. 여기서는·왕(王)의 잘못을 뜻한다. 補(보)는 깁다. 여기서는 왕(王)의
  잘못을 바로잡음을 뜻한다.

중산보(仲山甫)가 길의 신(神)에게 제사(祭祀)지내고 떠나니
네 마리 수말은 흰칠하고
따르는 사람들은 재빠른데 [일을 잘 하겠다는 생각을]
비록 품지만 [힘이] 미치지 못할까 하네.
네 마리 수말은 힘차고
여덟 말방울은 딸랑거리네.
왕(王)께서 중산보(仲山甫)에게 명령(命令)하여
"저 동(東)쪽 지방(地方)에 성(城)을 쌓아라."고 하셨네.8)

8) 出(출)은 떠나다, 출행(出行)하다. 祖(조)는 도신(道神)에게 제사(祭祀)지내다. 四牡 (사모)는 네 마리 수말. 業業(업업)은 높고 큰 모습. 여기서는 '흰칠하다'로 풀이하였 다. 征夫(정부)는 따라 가는 사람. 捷捷(첩첩)은 재빠른 모습. 捷(첩)은 빠르다. 每 (매)는 비록. 雖(수)와 같다. 懷(회)는 품다, 마음속에 가지다. 靡及(미급)은 미치지 못하다. 彭彭(방방)은 힘이 세고 예용(禮容)이 단아(端雅)한 모습, 성(盛)한 모습. 八 鸞(팔란)은 여덟 말방울. 말 한 마리에 두 개(個)의 방울을 단다. 鏘鏘(장장)은 방울 소리. 여기서는 '딸랑거리다'로 풀이하였다. 城(성)은 성(城)을 쌓다. 彼(피)는 저. 東 方(동방)은 동(東)쪽 지방(地方).

네 마리 수말은 쉬지 않고 가며
여덟 말방울은 짤랑짤랑 소리 나네.
중산보(仲山甫)는 제(齊)로 갔다가
[이 말을] 이용(利用)하여 빨리 돌아오라.
길보(吉甫)가 노래를 지으니
온화(溫和)함이 맑은 바람과 같네.
중산보(仲山甫)가 오래 [내 노래를] 품게 하여
그의 마음을 위로(慰勞)하네.9)

---

9) 騤騤(규규)는 말 쉬지 않고 가는 모습. 喈喈(개개)는 피리, 방울 등(等)의 소리. 여기
서는 '짤랑짤랑'으로 풀이하였다. 徂(조)는 가다. 齊(제)는 지명(地名). 式(식)은 쓰다,
이용(利用)하다. 遄(천)은 빠르다. 其(기)는 어조(語調)를 고르는 어조사(語助詞). 歸
(귀)는 [서울인 호경(鎬京)으로] 돌아오다. 吉甫(길보)는 周(주)나라 宣王(선왕) 때의
대신(大臣). 作誦(작송)은 노래를 짓다. 穆(목)은 화목(和睦)하다, 온화(溫和)하다. 如
(여)는 같다. 淸風(청풍)은 맑은 바람. 永(영)은 오래. 以(이)는 접속(接續)의 뜻을 지
닌 어조사(語助詞). 慰(위)는 위로(慰勞)하다. 其心(기심)은 그의 마음.

(261) 韓 奕
한 혁

奕奕梁山　維禹甸之　有倬其道
혁혁양산　유우전지　유탁기도

韓侯受命　王親命之　纘戎祖考　無廢朕命　夙夜匪解　虔共爾位
한후수명　왕친명지　찬융조고　무폐짐명　숙야비해　건공이위

朕命不易　榦不庭方　以佐戎辟
짐명불이　간불정방　이좌융벽

四牡奕奕　孔脩且張　韓侯入覲　以其介圭　入覲于王　王錫韓侯
사모혁혁　공수차장　한후입근　이기개규　입근우왕　왕석한후

淑旂綏章　簟茀錯衡　玄袞赤舄　鉤膺鏤錫　鞹鞃淺幭　鞗革金厄
숙기유장　점불착형　현곤적석　구응누양　곽굉천멸　조혁금액

韓侯出祖　出宿于屠　顯父餞之　清酒百壺　其殽維何　炰鼈鮮魚
한후출조　출숙우도　현보전지　청주백호　기효유하　포별선어

其蔌維何　維筍及蒲　其贈維何　乘馬路車　籩豆有且　侯氏燕胥
기속유하　유순급포　기증유하　승마노거　변두유저　후씨연서

韓侯取妻　汾王之甥　蹶父之子　韓侯迎止　于蹶之里
한후취처　분왕지생　궤보지자　한후영지　우궤지리

百兩彭彭　八鸞鏘鏘　不顯其光　諸娣從之　祁祁如雲
백량방방　팔란장장　부현기광　제제종지　기기여운

韓侯顧之　爛其盈門
한후고지　난기영문

蹶父孔武　靡國不到　爲韓姞相攸　莫如韓樂
궤보공무　미국부도　위한길상유　막여한락

孔樂韓土　川澤訏訏　魴鱮甫甫　麀鹿噳噳　有熊有羆　有貓有虎
공락한토　천택서서　방서보보　우록우우　유웅유비　유묘유호

慶既令居　韓姞燕譽
경기영거　한길연예

溥彼韓城　燕師所完　以先祖受命　因時百蠻
보피한성　연사소완　이선조수명　인시백만

王錫韓侯　其追其貊　奄受北國　因以其伯
왕석한후　기추기맥　엄수북국　인이기백

實墉實壑　實畝實藉　獻其貔皮　赤豹黃羆
실용실학　실묘실자　헌기비피　적표황비

한후(韓侯)의 위대(偉大)함1)

높고 큰 양산(梁山)을
우(禹)께서 다스렸고 [한(韓)나라에서 주(周)나라로 가는]
그 길은 널따랗네.
한후(韓侯)가 책명(册命)을 받는데
왕(王)께서 몸소 그에게 명령(命令)하시네.
"그대 선조(先祖)를 이어
짐(朕)의 책명(册命)을 폐(廢)하지 말라.
이른 아침부터 깊은 밤까지 게으르지 않아야 하며
그대 직위(職位)를 공손(恭遜)하게 집행(執行)하라.
짐(朕)의 책명(册命)은 쉽게 주는 것이 아니니
바르지 아니한 사방(四方) 나라를 바로잡아
그대 임금을 도우라."고 하셨네.2)

---

1) 〈韓奕(한혁)〉은 韓侯(한후)를 칭송(稱頌)하는 내용(內容)이다.
2) 奕奕(혁혁)은 높고 큰 모습. 큼직하다. 梁山(양산)은 산명(山名). 維(유)는 어조(語調)를
고르는 어조사(語助詞). 禹(우)는 夏(하)나라의 시조(始祖). 그는 산세(山勢)를 따라 물길
을 내어 수재(水災)를 없앴다. 여기서는 梁山(양산)이 다스려짐으로써 周(주)나라 도읍(都
邑)인 鎬京(호경) 이북(以北)의 땅이 비옥(肥沃)하게 되었음을 말한다. 甸(전)은 다스리
다. 之(지)는 그곳. 梁山(양산)을 가리킨다. 풀이를 생략(省略)하였다. 有倬(유탁)은 倬倬
(탁탁)과 같다. 광대(廣大)한 모습. 여기서는 '널따랗다'로 풀이하였다. 其(기)는 그. 道
(도)는 길. 韓侯(한후)는 韓(한)나라의 임금. 韓侯(한후)의 부친(父親)이 죽자 그가 즉위
(卽位)하고 周(주)나라에 조회(朝會)하러 왔고 周(주)나라 宣王(선왕)은 종묘(宗廟)에서 책
명(册命)의 전례(典禮)를 거행(擧行)하고 봉후(封侯)의 명령(命令)을 간책(簡册)에 써서 그
에게 주었다. 受(수)는 받다. 命(명)은 책명(册命), 명령(命令). 王(왕)은 宣王(선왕). 親
(친)은 몸소. 之(지)는 그. 韓侯(한후)를 가리킨다. 纘(찬)은 잇다. 戎(융)은 너, 그대.
祖考(조고)는 선조(先祖). 無(무)는 말라. 廢(폐)는 폐(廢)하다, 없애다. 夙夜(숙야)는 이
른 아침과 깊은 밤. 匪(비)는 아니다. 解(해)는 게으르다. 懈(해)와 같다. 虔(건)은 공경
(恭敬)하다. 共(공)은 한가지로 하다, 집행(執行)하다. 爾(이)는 그대. 位(위)는 자리, 직
위(職位). 朕(짐)은 천자(天子)의 자칭(自稱). 易(이)는 쉽다. 여기서는 쉽게 줌을 뜻한
다. 榦(간)은 떠맡아 바로잡다. 幹(간)과 같다. 不庭(부정)은 바르지 않다. 庭(정)은 곧
다. 方(방)은 사방(四方)의 나라. 以(이)는 접속(接續)의 뜻을 지닌 어조사(語助詞). 而
(이)와 같다. 佐(좌)는 돕다. 辟(벽)은 임금. 왕(王) 자신(自身)을 말한다.

네 마리 수말은 큼직하고
매우 늘씬하며 또 기운 세네.
한후(韓侯)가 [조정(朝廷)으로] 들어가 [왕(王)을] 뵙는데
그 큰 홀(笏)을 가지고
왕(王)이 계신 곳으로 들어가 뵙네.
왕(王)께서 한후(韓侯)에게
아름다운 기(旗)와 좋은 휘장(徽章)과
대로 만든 수레 가리개와 아로새겨 꾸민 멍에와
검은 곤룡포(袞龍袍)와 붉은 신발과
말 가슴 띠의 자물단추와 아로새긴 당노와 수레앞턱가로나무를 감은
무두질한 가죽과 [수레앞턱가로나무를 가린] 호피(虎皮) 덮개와
가죽고삐와 쇠붙이로 꾸민 멍에 고리를 주시네.3)

---

3) 四牡(사모)는 네 마리 수말. 韓侯(한후)가 타고 온 말을 가리킨다. 奕奕(혁혁)은 큼직
하다. 孔(공)은 매우. 脩(수)는 길다. 여기서는 '늘씬하다'로 풀이하였다. 且(차)는 또.
張(장)은 세게 하다. 여기서는 [기운이] 세다. 入(입)은 들어가다, 입조(入朝)하다. 觀
(근)은 뵈다. 以(이)는 ~로써, ~을 가지고. 其(기)는 그. 介(개)는 크다. 圭(규)는 신
하(臣下)가 임금을 뵐 때 조복(朝服)에 갖추어 손에 쥐는 옥(玉)으로 만든 예기(禮器)
인 홀(笏). 錫(석)은 주다, 하사(下賜)하다. 淑(숙)은 아름답다. 旂(기)는 날아오르는
용(龍)과 내려오는 용(龍)을 그린 붉은 기(旗). 깃대 끝에 방울을 달았으며, 제후(諸
侯)가 세우던 기(旗). 綏(수)는 편안(便安)하다. 여기서는 좋음을 뜻한다. 章(장)은 문
장(紋章), 휘장(徽章). 簟(점)은 대자리. 茀(불)은 수레가림, 수레덮개. 錯衡(착형)은
아로새겨 장식(裝飾)한 끌채 끝에 댄 횡목(橫木), 멍에. 玄(현)은 검다. 袞(곤)은 곤룡
포(袞龍袍). 赤(적)은 붉다. 舃(석)은 귀족(貴族)들이 신는 바닥을 여러 겹으로 붙인
신발. 鉤(구)는 혁대(革帶)의 두 끝을 서로 끼워 맞추는 자물단추. 膺(응)은 가슴. 여
기서는 말 가슴 띠를 말한다. 鏤(루)는 아로새기다. 鍚(양)은 말 이마에 대는 금속(金
屬)의 장식(裝飾)인 당노. 鞹鞃(곽굉)은 수레를 견고(堅固)하게 하기 위하여 수레앞턱
가로나무의 맨 가운데를 묶어 놓은 가죽. 鞹(곽)은 무두질한 가죽. 鞃(굉)은 수레앞턱
가로나무를 감은 가죽. 淺幭(천멸)은 수레 덮개에 쓰이는 호피(虎皮). 淺(천)은 털이
짧은 호피(虎皮). 幭(멸)은 덮개. 鞗革(조혁)은 가죽고삐. 鞗(조)는 고삐. 革(혁)은 가
죽. 金(금)은 쇠붙이. 厄(액)은 멍에. 軛(액)과 같다. 여기서는 멍에 고리를 뜻한다.

한후(韓侯)께서 길의 신(神)에게 제사(祭祀)지내고 [서울을] 떠나
[도중(途中)에] 도(屠)에 가서 묵으셨네.
현보(顯父)께서 그를 전송(餞送)하니
청주(淸酒)가 백(百) 병(瓶)이네.
안주(按酒)는 무엇인가?
구운 자라와 생선회(生鮮膾)이네.
나물은 무엇인가?
죽순(竹筍)과 부들이네.
선물(膳物)은 무엇인가?
승마(乘馬)와 노거(路車)이네.
[음식(飮食) 담은] 대그릇과 나무그릇이 그득하고
후씨(侯氏)는 편안(便安)하게 즐기시네.4)

---

4) 出(출)은 떠나다, 출행(出行)하다. 祖(조)는 도신(道神)에게 제사(祭祀)지내다. 出宿(출
숙)은 가서 묵다. 于(우)는 ~에. 屠(도)는 지명(地名). 顯父(현보)는 인명(人名), 屠(도)
의 주인(主人). 餞(전)은 전송(餞送)하다. 之(지)는 그. 韓侯(한후)를 가리킨다. 淸酒(청
주)는 맑은술. 百壺(백호)는 백(百) 병(瓶). 其(기)와 維(유)는 어조(語調)를 고르는 어
조사(語助詞). 殽(효)는 안주(按酒). 何(하)는 무엇. 炰(포)는 굽다. 鼈(별)은 자라. 鮮
(선)은 생선회(生鮮膾). 魚(어)는 물고기. 蔌(속)은 나물. 筍(순)은 죽순(竹筍). 及(급)
은 및, ~와(과). 蒲(포)는 부들. 贈(증)은 선물(膳物). 乘馬(승마)는 네 필(四)의 말.
路車(노거)는 제후(諸侯)가 타는 수레. 籩(변)은 건과(乾果)를 담는 대그릇. 豆(두)는
나물을 담는 나무그릇. 有且(유저)는 且且(저저)와 같다. 많은 모습. 여기서는 '그득하
다'로 풀이하였다. 且(저)는 많다. 侯氏(후씨)는 韓侯(한후)를 가리킨다. 燕(연)은 편안
(便安)하다, 편(便)히 즐기다. 胥(서)는 어조(語調)를 고르는 어조사(語助詞).

한후(韓侯)가 아내를 맞으니
분왕(汾王)의 외생질녀(外甥姪女)이요
궤보(蹶父)의 따님이네.
한후(韓侯)가 맞이함은
궤(蹶)의 고을에서 [맞이했네.]
[수레] 백(百) 량(輛)이 덜거덩거리고
[수레 마다] 여덟 말방울은 딸랑거리니
[친영(親迎)의] 그 광채(光彩)가 크게 드러나네.
여러 여동생(女同生)들이 그녀를 따르니
많기가 구름과 같네.
한후(韓侯)가 [여가(女家)를] 돌아보니
[여러 여동생(女同生)들의] 빛남이 문(門)에 가득하네.5)

---

5) 取(취)는 취(取)하다. 여기서는 아내를 맞다. 娶(취)와 같다. 汾王(분왕)은 周(주)나라
厲王(여왕)을 말한다. 之(지)는 ~의. 甥(생)은 생질(甥姪). 여기서는 외생녀(外甥女)를
말한다. 蹶父(궤보)는 周(주)나라 宣王(선왕)의 경사(卿士)로 姓(성)은 姞(길)이다. 子
(자)는 딸. 迎(영)은 맞이하다. 친영(親迎)을 뜻한다. 止(지)는 문말(文末)에 놓는 뜻없
는 終結(어조)의 어조사(語助詞). 于(우)는 ~에서. 蹶(궤)는 지명(地名). 里(리)는 고
을. 邑(읍)과 같다. 百兩(백량)은 百輛(백량)과 같다. 수레가 백(百) 대(臺)임을 말한
다. 彭彭(방방)은 많은 수레의 소리. 여기서는 '덜거덩거리다'로 풀이하였다. 八鸞(팔
란)은 여덟 개의 말방울. 말 한 필(匹)에 두 개(個)의 방울을 단다. 네 마리가 짝이
되어 수레를 끌기 때문에 여덟 말방울이 된다. 鏘鏘(장장)은 방울 소리. 여기서는 '딸
랑거리다'로 풀이하였다. 不(부)는 크다. 顯(현)은 드러나다. 其光(기광)은 친영(親迎)
의 그 광채(光彩). 諸(제)는 여러. 娣(제)는 여동생(女同生). 여기서는 첩(妾)을 말한
다. 옛날 제후(諸侯)가 딸을 시(媤)집보낼 때 손아래 누이나 조카딸을 같이 딸려 보내
어 첩(妾)으로 삼게 했다. 從(종)은 따르다. 之(지)는 韓侯(한후)의 아내가 될 여인(女
人)을 가리킨다. 祁祁(기기)는 많은 모습. 如(여)는 같다. 雲(운)은 구름. 顧(고)는 돌
아보다. 之(지)는 그곳. 아내 될 여인(女人)의 집을 말한다. 爛其(난기)는 爛爛(난란)
과 같다. 빛나는 모습. 여기서는 여러 여동생(女同生)들을 형용(形容)한 것이다. 盈
(영)은 가득 차다. 門(문)은 여가(女家)의 문(門)을 말한다.

궤보(蹶父)는 매우 무용(武勇)이 있어
이르지 아니한 나라가 없었네.
한길(韓姞)을 위(爲)해 [시(媤)집가서] 살 곳을 보니
즐거운 한(韓)나라만 같은 곳이 없었네.
매우 즐거운 한(韓)나라의 영토(領土)는
내와 못이 널따랗고
방어(魴魚)와 연어(鱮魚)는 살찌고 큼직하며
암사슴과 사슴은 우글우글하며
곰도 있고 큰 곰도 있으며
살쾡이도 있고 호랑이도 있네.
이미 좋은 주거지(住居地)를 경하(慶賀)했으니
한길(韓姞)은 편안(便安)하게 즐기시겠네.6)

---

6) 孔(공)은 매우. 武(무)는 무용(武勇). 靡~不~(미~부~)는 ~아니한 ~가 없다. 國(국)
은 나라. 到(도)는 이르다. 爲(위)는 위(爲)하여. 韓姞(한길)은 蹶父(궤보)의 딸인 韓侯
(한후)의 아내를 말한다. 姓(성)이 姞(길)이어서 韓侯(한후)에게 시집 온 뒤로 韓姞(한
길)로 불렀다. 相(상)은 보다. 攸(유)는 바, 곳. 所(소)와 같다. 여기서는 [시집가서]
살 곳을 말한다. 莫如(막여)는 ~만 같음이 없다. 韓(한)은 국명(國名). 韓侯(한후)의
나라. 樂(락)은 즐거움. 土(토)는 땅, 영토(領土). 川澤(천택)은 내와 못. 訏訏(우우)는
광대(廣大)한 모양. 여기서는 '널따랗다'로 풀이하였다. 魴(방)은 방어(魴魚). 鱮(서)는
연어(鱮魚). 甫甫(보보)는 큰 모습, 비대(肥大)한 모습. 麀(우)는 암사슴. 鹿(록)은 사
슴. 噳噳(우우)는 무리를 이루는 모습. 여기서는 '우글우글하다'로 풀이하였다. 有(유)
는 있다. 熊(웅)은 곰. 羆(비)는 큰 곰. 貓(묘)는 고양이, 살쾡이. 虎(호)는 호랑이.
慶(경)은 경하(慶賀)하다. 旣(기)는 이미. 令(령)은 좋다. 居(거)는 주거지(住居地). 燕
(연)은 편안(便安)하다. 譽(예)는 즐기다. 豫(예)와 같다.

넓고 큰 한(韓)나라의 성(城)을
연(燕)나라의 사람들이 완성(完成)시키는 바이네.
[한(韓)의] 선조(先祖)가 왕명(王命)을 받음은
온갖 만족(蠻族)에서 기인(起因)했기 때문이네.
왕(王)께서 한후(韓侯)에게
추(追)와 맥(貊)을 주면서
북국(北國)을 함께 접수(接受)하도록 하여
인(因)하여 그 우두머리로 삼았네. [한후(韓侯)는 그 지역(地域)에]
이에 성(城)을 쌓게 하고 이에 해자(垓字)를 파게 하고
이에 밭이랑을 만들게 하고 이에 세금(稅金)을 거두었네.
[그곳 백성(百姓)들은 한후(韓侯)에게] 비휴(貔貅)의 가죽과
붉은 표범 가죽과 누런 큰 곰 가죽을 바쳤네.[7]

---

7) 溥彼(보피)는 溥溥(보보)와 같다. 광대(廣大)한 모습. 韓城(한성)은 韓(한)나라의 성
(城). 燕(연)은 국명(國名). 師(사)는 많은 사람. 所(소)는 바. 完(완)은 완성(完成)시키
다. 以(이)는 까닭. 先祖(선조)는 韓(한)나라의 선조(先祖). 受命(수명)은 천자(天子)인
周(주)나라 왕(王)으로부터 책명(册命)을 받아 제후(諸侯)가 된 것을 말한다. 因(인)은
기인(起因)하다. 時(시)는 이. 是(시)와 같다. 百蠻(백만)은 북방(北方)의 소수민족(少數
民族)으로 북적(北狄)이라고도 한다. 錫(석)은 주다. 其(기)는 어조(語調)를 고르는 어
조사(語助詞). 追(추)와 貊(맥)은 북적(北狄)의 국명(國名)이다. 奄(엄)은 함께. 受(수)
는 접수(接受)하다. 北國(북국)은 북방(北方)의 각(各) 제후국(諸侯國). 因(인)은 인(因)
하여. 以(이)는 되다, 삼다. 爲(위)와 같다. 其伯(기백)은 그 우두머리. 實(실)은 발어
사(發語詞). 이에. 墉(용)은 성(城). 여기서는 성(城)을 쌓다. 壑(학)은 해자(垓字). 여
기서는 해자(垓字)를 파다. 畝(묘)는 이랑. 여기서는 밭이랑을 만들다. 藉(자)는 빌리
다. 여기서는 세금(稅金)을 거두는 것을 말한다. 獻(헌)은 바치다. 貔(비)는 비휴(貔
貅). 범과 비슷하기도 하고 곰과 비슷하기도 하다는 맹수(猛獸). 皮(피)는 가죽. 赤豹
(적표)는 붉은 털의 표범. 黃羆(황비)는 누런 큰 곰. 여기서는 둘 다 가죽을 뜻한다.

(262) 江 漢
강 한

江漢浮浮　武夫滔滔　匪安匪遊　淮夷來求
강한부부　무부도도　비안비유　회이래구

既出我車　既設我旟　匪安匪舒　淮夷來鋪
기출아거　기설아여　비안비서　회이래포

江漢湯湯　武夫洸洸　經營四方　告成于王
강한상상　무부광광　경영사방　고성우왕

四方既平　王國庶定　時靡有爭　王心載寧
사방기평　왕국서정　시미유쟁　왕심재녕

江漢之滸　王命召虎　式辟四方　徹我疆土
강한지호　왕명소호　식벽사방　철아강토

匪疚匪棘　王國來極　于疆于理　至于南海
비구비극　왕국래극　우강우리　지우남해

王命召虎　來旬來宣　文武受命　召公維翰
왕명소호　내순래선　문무수명　소공유한

無曰予小子　召公是似　肇敏戎公　用錫爾祉
무왈여소자　소공시사　조민융공　용석이지

釐爾圭瓚　秬鬯一卣　告于文人　錫山土田
뢰이규찬　거창일유　고우문인　석산토전

于周受命　自召祖命　虎拜稽首　天子萬年
우주수명　자소조명　호배계수　천자만년

虎拜稽首　對揚王休　作召公考　天子萬壽
호배계수　대양왕휴　작소공고　천자만수

明明天子　令聞不已　矢其文德　洽此四國
명명천자　영문불이　시기문덕　흡차사국

장강(長江)과 한수(漢水)[1]

장강(長江)과 한수(漢水)는 넘실거리고
무부(武夫)는 늠름하네.
편안(便安)하고자함도 아니요 노니는 것도 아니며
회이(淮夷)를 토벌(討伐)함이네.
이미 내 병거(兵車)를 내었고
벌써 내 기(旗)를 세웠네.
편안(便安)하고자함도 아니요
느긋하고자함도 아니며
회이(淮夷) [경내(境內)에 들어가 군사(軍士)를] 펼침이라네.[2]

---

1) 〈江漢(강한)〉은 周(주)나라 宣王(선왕)의 명령(命令)을 받은 召虎(소호)가 병사(兵士)를 거느리고 淮夷(회이)를 토벌(討伐)한 것과 책명(册命) 받은 것을 노래한 내용(內容)이다.

2) 江(강)은 長江(장강). 漢(한)은 漢水(한수). 浮浮(부부)는 넘쳐흐르는 모습. 여기서는 '넘실거리다'로 풀이하였다. 武夫(무부)는 무사(武士). 여기서는 淮夷(회이)로 출정(出征)하는 장사(將士)를 말한다. 滔滔(도도)는 광대(廣大)한 모습. 여기서는 '늠름하다'로 풀이하였다. 匪(비)는 아니다. 安(안)은 편안(便安)하다, 즐기다. 遊(유)는 놀다. 淮夷(회이)는 淮水(회수) 남부연안(南部沿岸)과 근해지방(近海地方)에 살던 夷族(이족)을 말한다. 來(래)는 어세(語勢)를 강조(强調)하는 어조사(語助詞). 是(시)와 같다. 求(구)는 糾(규)와 통(通)한다. 바로잡다. 여기서는 토벌(討伐)을 뜻한다. 旣(기)는 이미, 벌써. 出(출)은 내다. 我(아)는 나. 車(거)는 병거(兵車). 設(설)은 세우다, 설치(設置)하다. 旗(여)는 붉은 비단에 송골매를 그려 넣은 기(旗). 행군(行軍)할 때 이 기(旗)를 올리면, 빨리 맡은 일에 나가도록 지시(指示)하는 신호(信號)가 된다. 舒(서)는 느긋하다. 鋪(포)는 펴다, 늘어놓다. 여기서는 군대(軍隊)를 주둔(駐屯)시킴을 뜻한다.

장강(長江)과 한수(漢水)는 출렁이고
무부(武夫)는 씩씩하네.
사방(四方)을 다스려
왕(王)에게 성공(成功)했음을 아뢰네.
사방(四方)이 이미 평정(平定)되니
왕국(王國)은 거의 안정(安定)되었네.
이에 싸움이 없자
왕(王)의 마음은 곧 평안(平安)해졌네.3)

---

3) 湯湯(상상)은 물이 세찬 모습. 여기서는 '출렁이다'로 풀이하였다. 洸洸(광광)은 굳센
모 습. 여기서는 '씩씩하다'로 풀이하였다. 經(경)과 營(영)은 다스리다. 여기서는 토
벌(討伐)함을 가리킨다. 四方(사방)은 각지(各地)의 반란(叛亂)한 제후(諸侯)를 가리킨
다. 여기서는 召公(소공)이 淮夷(회이)를 정벌(征伐)한 뒤, 다시 사방(四方)의 반국(叛
國)을 토벌(討伐)했음을 말한다. 告(고)는 아뢰다. 成(성)은 성공(成功). 平(평)은 평정
(平定)되다. 王國(왕국)은 왕(王)이 다스리는 나라. 庶(서)는 거의. 定(정)은 안정(安
定)되다. 時(시)는 이에. 是(시)와 같다. 靡(미)는 없다. 有爭(유쟁)은 싸움이 있음.
王心(왕심)은 왕(王)의 마음. 載(재)는 곧. 寧(녕)은 평안(平安)하다.

장강(長江)과 한수(漢水)의 물가에서
왕(王)께서 소호(召虎)에게 명령(命令)하시기를,
"아, 사방(四方)을 개척(開拓)하여
내 강토(疆土)를 다스려라. [백성(百姓)들을 전쟁(戰爭)으로]
병(病)이 나게 해서도 안 되며 긴장(緊張)시켜서도 아니 되며
왕국(王國)을 바로잡아라.
가서 경계(境界)를 짓고 가서 [땅을] 다스려
남해(南海)까지 이르러라."고 했네.4)

---

4) 之(지)는 ~의. 滸(호)는 물가. 命(명)은 명령(命令)하다. 召虎(소호)는 召伯(소백)으로
虎(호)는 이름이다. 시호(諡號)는 穆公(목공). 式(식)은 발어사(發語詞). 아! 辟(벽)은
闢(벽)의 가차자(假借字). 열다, 개척(開拓)하다. 徹(철)은 다스리다. 疆土(강토)는 국
경(國境) 안에 있는 한 나라의 땅. 영토(領土). 疚(구)는 오랜 병(病). 棘(극)은 빠르
다, 급박(急迫)하다. 여기서는 긴장(緊張)시킴을 뜻한다. 極(극)은 바로잡다. 于(우)는
가다. 往(왕)과 같다. 疆(강)은 경계(境界) 짓다. 理(리)는 [토지(土地)를] 다스리다.
至(지)는 이르다. 于(우)는 ~까지. 南海(남해)는 남방근해(南方近海)의 만족(蠻族)이
사는 곳을 가리킨다.

왕(王)께서 소호(召虎)에게 명령(命令)하여
[각지(各地)를] 돌아보고 [사람들에게] 알리게 했네.
[왕(王)께서] "문왕(文王)과 무왕(武王)께서 천명(天命)을 받으셨고
소공(召公)은 [나라의] 기둥이 되었다. [그대가 일하는 것이]
'왕(王)인 나 소자(小子) 때문이다.'라고 말하지 말고
[그대 선조(先祖)인] 소공(召公)을 이어가라.
큰일을 꾀하기 시작(始作)하면
그대에게 복록(福祿)을 주겠다."고 했네.5)

---

5) 來(래)는 어세(語勢)를 강조(强調)하는 어조사(語助詞). 是(시)와 같다. 旬(순)은 巡
(순)의 가차자(假借字). 순시(巡視)하다, 돌아다니며 살펴봄. 宣(선)은 널리 알리다.
文武(문무)는 文王(문왕)과 武王(무왕). 受命(수명)은 천명(天命)을 받다. 召公(소공)은
文王(문왕)의 아들인 召公奭(소공석)을 말한다. 召(소)에 봉(封)해졌고 武王(무왕)을 도
와 商(상)나라를 멸(滅)하는데 功(공)이 있었다. 시호(諡號)는 康公(강공)이며 召虎(소
호)의 선조(先祖)이다. 維(유)는 어조(語調)를 고르는 어조사(語助詞). 翰(한)은 줄기,
기둥. 幹(간)과 같다. 無(무)는 말라. 曰(왈)은 말하다. 予(여)는 나. 小子(소자)는 임
금이 백성(百姓)에 대(對)하여 자신(自身)을 낮추어 부르는 말. 여기서는 宣王(선왕)
을 가리킨다. 이 旬(구)는 召虎(소호)가 일하는 것이 宣王(선왕) 때문만이 아님을 말하
고 있다. 似(사)는 잇다. 嗣(사)와 같다. *予小子(여소자)를 召虎(소호)로 보아 "나 같
은 소자(小子)가 召公(소공)을 이을 수 있을까?'라고 말하지 말라."로 풀이하는 곳도
있다. 肇(조)는 시작(始作)하다. 敏(민)은 謀(모)의 가차자(假借字). 꾀하다. 戎(융)은
크다. 公(공)은 功(공)과 통(通)한다. 일. 用(용)은 접속(接續)의 뜻을 지닌 어조사(語
助詞). 以(이)와 같다. *用(용)을 '곧 則(즉)'으로 풀이하는 곳도 있다. 錫(석)은 주다.
爾(이)는 너, 그대. 召虎(소호)를 가리킨다. 祉(지)는 복(福), 복록(福祿).

[왕(王)께서] "그대에게 규찬(圭瓚)과 검은 기장으로 만든
울창주(鬱鬯酒) 한 통(桶)을 주노라. [그대 시조(始祖)인]
문덕(文德) 있는 사람인 [소공석(召公奭)에게] 아뢸 것이며
[그대에게는] 산(山)과 토지(土地)를 주노라.
[그대가] 주(周)나라에서 책명(册命)을 받음은
소호(召虎) 선조(先祖)의 책명(册命) 전례(典禮)를 썼노라."고 하시니
소호(召虎)가 절하고 머리를 조아리며
"천자(天子)께서는 만년(萬年)토록 장수(長壽)하소서."라 했네.6)

---

6) 釐(뢰)는 주다. 賚(뢰)와 같다. 圭瓚(규찬)은 자루를 옥(玉)으로 만든, 울창주(鬱鬯酒)
를 담는 구기 모양의 술그릇. 秬(거)는 검은 기장. 鬯(창)은 울창주(鬱鬯酒). 一(일)은
한. 卣(유)는 술통(桶). 告(고)는 아뢰다. 여기서는 고유제(告由祭)를 지내는 것을 뜻
한다. 于(우)는 ~에게. 文人(문인)은 문덕(文德)이 있는 사람. 여기서는 召虎(소호)의
시조(始祖)인 召公奭(소공석)을 가리킨다. 錫(석)은 주다. 山(산)은 산(山). 土田(토전)
은 토지(土地), 논밭. 于(우)는 ~에서 周(주)는 周(주)나라 왕조(王朝)의 발원지(發源
地)인 岐周(기주)를 말한다. 여기서는 周(주)나라로 풀이하였다. 受(수)는 받다. 命(명)
은 책명(册命)을 말한다. 自(자)는 쓰다. 用(용)과 같다. 召祖(소조)는 召虎(소호)의 선
조(先祖). 召公奭(소공석)을 말한다. 命(명)은 책명(册命)의 전례(典禮)를 말한다. 虎
(호)는 召虎(소호). 拜(배)는 절하다. 稽首(계수)는 머리를 조아리다. 天子(천자)는 周
(주)나라 宣王(선왕)을 가리킨다. 萬年(만년)은 만년(萬年)토록 장수(長壽)함을 뜻한다.
만수무강(萬壽無疆)과 같다.

소호(召虎)가 절하고 머리를 조아리며

"왕(王)의 좋은 [예물(禮物)에] 보답(報答)하고 선양(宣揚)하면서

소공(召公)의 제기(祭器)를 만들겠습니다.

천자(天子)께서는 만수무강(萬壽無疆)하소서.

부지런히 힘쓰시는 천자(天子)께서는

착한 명성(名聲)이 그치지 않습니다.

그 문덕(文德)을 베푸셔서

이 사방(四方)의 나라와 협력(協力)하여 화합(和合)하소서."라 했다.[7]

---

7) 對(대)는 보답(報答)하다. 揚(양)은 드날리다, 선양(宣揚)하다. 休(휴)는 좋다. 여기서
는 왕(王)이 준 좋은 예물(禮物)을 가리킨다. 作(작)은 만들다. 召公(소공)은 召公奭
(소공석)을 말한다. 考(고)는 簋(궤)의 가차자(假借字). 서직(黍稷)을 담는 청동(靑銅)
이나 진흙으로 만든 제기(祭器). 이 구(句)는 선조(先祖)의 공업(功業)을 이어가겠다는
뜻이다. 萬壽(만수)는 萬壽無疆(만수무강)과 같다. 明明(명명)은 근면(勤勉)과 같다.
슈(영)은 좋다, 아름답다. 聞(문)은 명성(名聲), 소문(所聞). 不已(불이)는 그치지 않
다. 矢(시)는 베풀다. 其(기)는 그. 文德(문덕)은 武功(무공)과 상대(相對)되는 말로 관
대(寬大)하고 부드러운 정책(政策)을 뜻한다. 洽(흡)은 화합(和合)하다, 협화(協和)하
다. 四國(사국)은 사방(四方)의 제후국(諸侯國).

(263) 常 武
상 무

赫赫明明　王命卿士　南仲大祖　大師皇父
혁혁명명　왕명경사　남중태조　태사황보

整我六師　以修我戎　旣敬旣戒　惠此南國
정아육사　이수아융　기경기계　혜차남국

王謂尹氏　命程伯休父　左右陳行　戒我師旅
왕위윤씨　명정백휴보　좌우진항　계아사려

率彼淮浦　省此徐土　不留不處　三事就緒
솔피회포　성차서토　불류불처　삼사취서

赫赫業業　有嚴天子　王舒保作　匪紹匪遊
혁혁업업　유엄천자　왕서보작　비초비유

徐方繹騷　震驚徐方　如雷如霆　徐方震驚
서방역소　진경서방　여뇌여정　서방진경

王奮厥武　如震如怒　進厥虎臣　闞如虓虎
왕분궐무　여진여노　진궐호신　합여효호

鋪敦淮濆　仍執醜虜　截彼淮浦　王師之所
포돈회분　잉집추노　절피회포　왕사지소

王旅嘽嘽　如飛如翰　如江如漢　如山之苞　如水之流
왕려탄탄　여비여한　여강여한　여산지포　여수지류

綿綿翼翼　不測不克　濯征徐國
면면익익　불측불극　탁정서국

王猶允塞　徐方旣來　徐方旣同　天子之功
왕유윤색　서방기래　서방기동　천자지공

四方旣平　徐方來庭　徐方不回　王曰還歸
사방기평　서방래정　서방불회　왕왈선귀

떳떳한 무공(武功)[1]

[위세(威勢)가] 대단하고 [지혜(智慧)가] 밝으신
왕(王)께서 태조묘(太祖廟)에서
경사(卿士)인 남중(南仲)과
태사(太師)인 황보(皇父)에게 명령(命令)하시기를,
"나의 육사(六師)를 정돈(整頓)하고
나의 병기(兵器)를 수리(修理)하라.
조심(操心)함을 다하고 경계(警戒)함을 다하여
이 남(南)쪽 [여러] 나라에 은혜(恩惠)를 베풀라."고 하셨네.[2]

---

1) 〈常武(상무)〉는 周(주)나라 宣王(선왕)이 徐國(서국)의 반란(叛亂)을 평정(平定)한 내용(內容)이다. 常(상)은 떳떳하다. 武(무)는 무공(武功)
2) 赫赫(혁혁)은 위세(威勢)가 대단한 모습. 明明(명명)은 지혜(智慧)가 밝은 모습. 王(왕)은 周(주)나라 宣王(선왕)을 말한다. 命(명)은 명령(命令)하다. 卿士(경사)는 중앙(中央)의 각(各) 관서(官署)와 지방(地方)을 관장(管掌)하는 고위(高位) 관원(官員). 南仲(남중)은 인명(人名), 周(주)나라 宣王(선왕)의 대신(大臣). 大祖(태조)는 태조묘(太祖廟)를 말한다. 周(주)나라에서는 后稷(후직)을 太祖(태조)로 삼았다. 大師(태사)는 太師(태사)를 말한다. 군사(軍事)를 맡은 집정대신(執政大臣). 皇父(황보)는 周(주)나라 宣王(선왕)의 대신(大臣). 整(정)은 정돈(整頓)하다. 我(아)는 나. 王(왕)을 말한다. 六師(육사)는 육군(六軍)을 가리킨다. 周代(주대)에 천자(天子)가 통솔(統率)하던 여섯 개(個)의 군(軍). 1군(軍)은 1만(萬) 2500명(名)이다. 以(이)는 접속(接續)의 뜻을 지닌 어조사(語助詞). 而(이)와 같다. 修(수)는 수리(修理)하다, 손보다. 戎(융)은 병기(兵器). 旣(기)는 다하다. 敬(경)은 삼가다. 戒(계)는 경계(警戒)하다. 惠(혜)는 은혜(恩惠)를 베풀다. 此(차)는 이. 南國(남국)는 남방(南方)의 여러 나라.

왕(王)께서 윤씨(尹氏)에게 일러

정백휴보(程伯休父)에게 명령(命令)하시기를,

"좌우(左右)로 대열(隊列)을 펼치고

나의 군대(軍隊)를 경계(警戒)시켜라.

저 회수(淮水)의 물가를 따라

이 서(徐)의 땅을 살펴라. [서국(徐國)을 정벌(征伐)한 뒤에는]

[그곳에 오래] 머물지 말고 거처(居處)하지도 말며

[그곳의] 삼경(三卿)이 나랏일에 나아가도록 하라."고 하셨네.3)

---

3) 謂(위)는 이르다. 尹(윤)은 장관(長官)인 벼슬아치. 氏(씨)는 작위(爵位)나 관직(官職)
에 붙이는 칭호(稱號). 여기서 尹氏(윤씨)는 앞 장(章)의 皇父(황보)를 말한다. 程伯休
父(정백휴보)에서 程(정)은 천자(天子)로부터 程(정)이란 곳에 봉(封)함을 받아 생긴 국
명(國名). 伯(백)은 작위(爵位). 休父(휴보)는 程伯(정백)의 이름. 左右(좌우)는 왼쪽
오른쪽으로. 陳(진)은 펴다, 늘어서다. 行(항)은 대열(隊列). 師旅(사려)는 군대(軍隊).
병사(兵士) 500명(名)을 旅(여), 5여(旅)를 사(師)라 함. 率(솔)은 따르다. 彼(피)는
저. 淮(회)는 회수(淮水). 浦(포)는 물가. 省(성)은 살피다. 此(차)는 이. 徐(서)는 국
명(國名). 土(토)는 땅. 淮夷(회이) 가운데 대국(大國)의 하나이다. 不留(불류)는 머물
지 말라. 不處(불처)는 거처(居處)하지 말라. 三事(삼사)는 三卿(삼경)을 말한다. 사도
(司徒), 사마(司馬), 사공(司空)의 세 집정대신(執政大臣)을 뜻한다. 就緒(취서)는 업
(業)에 나아감. 就(취)는 나아가다. 緒(서)는 사업(事業), 일. 여기서는 '나랏일'로 풀
이하였다.

[위세(威勢)가] 대단하고 [위의(威儀)]가 늠름한
위엄(威嚴) 있는 천자(天子)이시네.
왕(王)께서 느긋하고 편안(便安)하게 [군사(軍士)를] 일으키시나
느슨하지도 않았고 노닐지도 않으셨네.
[싸우기도 전에] 서방(徐方)의 군진(軍陣)이 떠들썩해지더니
서방(徐方)은 두려워하고 놀랐으며
[왕(王)의 군사(軍士)가] 우레 같고 벼락같아
서방(徐方)이 두려워하고 놀랐네.4)

---

4) 業業(업업)은 위의(威儀)가 성(盛)한 모습. 여기서는 '늠름하다'로 풀이하였다. 有嚴
(유엄)은 嚴嚴(엄엄)과 같다. 위엄(威嚴) 있는 모습. 天子(천자)는 周(주)나라 宣王(선
왕). 舒(서)는 느긋하다. 保(보)는 편안(便安)하다. 作(작)은 [군사(軍士)를] 일으키다.
匪(비)는 아니다. 紹(초)는 느슨하다. 弨(초)와 같다. 遊(유)는 노닐다. 徐方(서방)은
徐國(서국)을 말한다. 繹(역)은 늘어놓다. 여기서는 늘어놓은 군진(軍陣)을 뜻한다. 騷
(소)는 떠들썩하다. 震(진)은 두려워하다. 驚(경)은 놀라다. 如(여)는 같다. 雷(뇌)는
우레. 霆(정)은 번개, 벼락.

왕(王)께서 그 무용(武勇)을 떨치시니

천둥 같고 성낸 것 같네.

그 용맹(勇猛)한 전사(戰士)를 나아가게 하니

[그들의] 외침은 울부짖는 호랑이 같네.

회수(淮水) 물가에 [군사(軍士)를] 늘어놓고 진(陣)을 쳐서 [싸워]

거듭 추악(醜惡)한 포로(捕虜)를 잡아들였네.

저 회수(淮水) 물가 [출입로(出入路)를] 끊어

왕(王)의 군사(軍士)가 있는 곳으로 하였네.5)

---

5) 奮(분)은 떨치다. 厥(궐)은 그. 其(기)와 같다. 武(무)는 무용(武勇). 震(진)은 천둥.
怒(노)는 성내다. 進(진)은 나아가다. 虎(호)는 용맹(勇猛)스럽다. 臣(신)은 신하(臣
下). 여기서는 전사(戰士)를 가리킨다. 闞(함)은 큰 소리로 외치는 모습. 虓(효)는 범
이 울부짖다. 虎(호)는 호랑이. 鋪(포)는 펴다, 늘어놓다. 여기서는 포진(布陣)을 뜻한
다. 敦(돈)은 진(陣)을 치다. 屯(둔)과 같다. *敦(돈)을 정돈(整頓)으로 풀이하는 곳도
있다. 濆(분)은 물가. 仍(잉)은 거듭. 執(집)은 잡다. 醜(추)는 추악(醜惡)하다. 虜(로)
는 포로(捕虜). 截(절)은 끊다. 王師(왕사)는 왕(王)의 군사(軍士). 之(지)는 ~가. 所
(소)는 [있는] 곳.

왕(王)의 군사(軍士)가 많고 많은데

[행진(行進)은] 나는 것 같고 [다시] 빠르게 나는 것 같으며

[행렬(行列)은] 장강(長江)과 같고 한수(漢水)와 같으며

[집합(集合)은] 산(山)의 우거진 [나무와] 같고

[행군(行軍)은] 물이 흐르는 것 같네.

[군사(軍士)가] 이어지고 [포진(布陣)이] 가지런하니 [적(敵)들은]

[아군(我軍)을] 헤아리지 못하고 이기지 못하여

[아군(我軍)은] 크게 서국(徐國)을 정벌(征伐)했네.6)

---

6) 旅(려)는 군사(軍士). 師(사)와 같다. 嘽嘽(탄탄)은 많은 모습. 如(여)는 같다. 飛(비)
는 날다. 翰(한)은 빠르게 날다. 여기서는 행진(行進)의 빠름이 새가 나는 것 같음을
말한다. 如江如漢(여강여한)은 군사(軍士)의 행렬(行列)이 막힘이 없이 기운(氣運)찬
모습을 말한다. 苞(포)는 우거지다. 如山之苞(여산지포)는 집합(集合)한 많은 군사(軍
士)의 모습을 나타낸 것이다. 如水之流(여수지류)는 행군(行軍)의 모습을 나타낸 것이
다. 綿綿(면면)은 이어진 모습. 여기서는 군사(軍士)가 이어진 것을 말한다. 翼翼(익
익)은 잘 정돈(整頓)된 모습. 여기서는 포진(布陣)이 가지런함을 나타낸다. 不測(불측)
은 헤아리지 못하다. 여기서는 적(敵)이 아군(我軍)의 전략(戰略)을 헤아리지 못함을
뜻한다. 不克(불극)은 이기지 못하다. 濯(탁)은 크다. 征(정)은 정벌(征伐)하다.

왕(王)의 꾀가 참으로 충실(充實)하여
서방(徐方)이 이미 귀복(歸服)하였네.
서방(徐方)이 이미 함께 함은
천자(天子)의 공(功)이네.
사방(四方)이 이미 평정(平定)되고
서방(徐方)은 내조(來朝)하네.
서방(徐方)이 어기지 아니하니
왕(王)께서 "개선(凱旋)하라."고 말씀하시네.[7]

---

7) 猶(유)는 꾀. 允(윤)은 진실(眞實)로, 참으로. 塞(색)은 차다, 충만(充滿)하다. 來(래)
는 오다. 여기서는 귀복(歸服)함을 뜻한다. 同(동)은 함께 하다. 功(공)은 공(功), 공
로(功勞). 四方(사방)은 사방(四方)의 나라. 平(평)은 평정(平定)되다. 來庭(내정)은 來
朝(내조)와 같다. 제후(諸侯)가 조정(朝廷)에 와서 임금을 뵘. 回(회)는 어기다. 曰(왈)
은 말하다. 還(선)은 旋(선)과 같다. 돌아오다. 歸(귀)는 돌아오다. 還歸(선귀)는 개선
(凱旋)과 같다.

(264) 瞻卬
첨 앙

瞻卬昊天 則不我惠 孔塡不寧 降此大厲 邦靡有定 士民其瘵
첨앙호천 즉불아혜 공진불녕 강차대려 방미유정 사민기채
孟賊孟疾 靡有夷屆 罪罟不收 靡有夷瘳
모적모질 미유이계 죄고불수 미유이추

人有土田 女反有之 人有民人 女覆奪之
인유토전 여반유지 인유민인 여복탈지
此宜無罪 女反收之 彼宜有罪 女覆說之
차의무죄 여반수지 피의유죄 여복탈지

哲夫成城 哲婦傾城 懿厥哲婦 爲梟爲鴟 婦有長舌 維厲之階
철부성성 철부경성 의궐철부 위효위치 부유장설 유려지계
亂匪降自天 生自婦人 匪敎匪誨 時維婦寺
난비강자천 생자부인 비교비회 시유부시

鞫人忮忒 譖始竟背 豈曰不極 伊胡爲慝
국인기특 참시경배 기왈불극 이호위특
如賈三倍 君子是識 婦無公事 休其蠶織
여고삼배 군자시식 부무공사 휴기잠직

天何以刺 何神不富 舍爾介狄 維予胥忌 不弔不祥 威儀不類
천하이자 하신불부 사이개적 유여서기 부조불상 위의불류
人之云亡 邦國殄瘁
인지운망 방국진췌

天之降罔 維其優矣 人之云亡 心之憂矣
천지강망 유기우의 인지운망 심지우의
天之降罔 維其幾矣 人之云亡 心之悲矣
천지강망 유기기의 인지운망 심지비의

觱沸檻泉 維其深矣 心之憂矣 寧自今矣 不自我先 不自我後
필불함천 유기심의 심지우의 영자금의 부자아선 부자아후
藐藐昊天 無不克鞏 無忝皇朝 式救爾後
막막호천 무불극공 무첨황조 식구이후

우러러보다[1]

하늘을 우러러보니
곧 우리에게 은혜(恩惠)를 베풀지 않네.
매우 오래도록 불안(不安)하게 하더니
이 큰 재앙(災殃)을 내렸네.
나라는 안정(安定)됨이 없고
사족(士族)과 백성(百姓)은 앓고 있네.
뿌리 갉아 먹는 벌레가 [곡식(穀食)] 해(害)치고 병(病)들게 함은
그침이 없네.
죄(罪) [지은 사람을 잡는] 그물은 거두지 않으니
병(病) 나을 [때가] 없네.[2]

1) 〈瞻卬(첨앙)〉은 周(주)나라 幽王(유왕)이 褒姒(포사)를 총애(寵愛)하여 나라가 위태(危
殆)롭게 된 것을 풍자(諷刺)한 내용(內容)이다.
2) 瞻(첨)은 우러러보다. 卬(앙)은 우러르다. 仰(앙)과 같다. 昊(호)와 天(천)은 하늘. 여
기서 昊天(호천)은 周(주)나라 幽王(유왕)을 말한다. 則(즉)은 곧. 不(불)은 아니하다.
我(아)는 우리. 백성(百姓)을 말한다. 惠(혜)는 은혜(恩惠)를 베풀다. 孔(공)은 매우.
塦(진)은 塵(진)의 고체자(古體字). 오래다. 不寧(불녕)은 不安(불안)과 같다. 寧(녕)은
편안(便安)하다. 降(강)은 내리다. 此(차)는 이. 大(대)는 크다. 厲(려)는 재앙(災殃).
邦(방)은 나라. 靡(미)는 없다. 有定(유정)은 안정(安定). 有(유)는 어조사(語助詞). 士
(사)는 사족(士族). 民(민)는 백성(百姓), 평민(平民). 其(기)는 어조(語調)를 고르는 어
조사(語助詞). 瘵(채)는 앓다, 지치다. 蟊(모)는 곡식(穀食)의 뿌리를 잘라 먹는 해충
(害蟲). 여기서는 周(주)나라 幽王(유왕)을 가리킨다. 賊(적)은 해(害)치다. 疾(질)은
병(病)들다. 夷(이)는 어조(語調)를 고르는 어조사(語助詞). 屆(계)는 다하다, 그치다.
罪罟(죄고)는 죄(罪) 지은 이를 잡는 그물. 법망(法網)을 뜻하며 여기서는 가혹(苛酷)
한 형벌(刑罰)을 말한다. 收(수)는 거두다. 瘳(추)는 병(病)이 낫다.

사람들이 가진 논밭을
그대가 도리어 차지했네.
사람들이 가진 종을
그대가 도리어 빼앗았네.
이 [사람은] 마땅히 죄(罪)가 없어도
그대는 도리어 잡아가네.
저 [사람이] 마땅히 죄(罪)가 있어도
그대는 도리어 놓아주네.3)

---

3) 人(인)은 사람. 여기서는 귀족(貴族)을 가리킨다. 有(유)는 가지다, 소유(所有)하다.
土田(토전)은 논밭. 女(여)는 너, 그대. 汝(여)와 같다. 여기서는 周(주)나라 幽王(유
왕)을 가리킨다. 反(반)은 도리어. 有(유)는 차지하다. 之(지)는 그것. 土田(토전)을
가리킨다. 여기서는 풀이를 생략(省略)하였다. 民人(민인)은 人民(인민)과 같다. 사람.
여기서는 주인(主人)집에서 일하는 '종'으로 풀이하였다. 覆(복)은 도리어, 되레. 奪
(탈)은 빼앗다. 之(지)는 그것. 民人(민인)을 가리킨다. 여기서는 풀이를 생략(省略)하
였다. 此(차)는 이. 여기서는 '이 사람'을 말한다. 宜(의)는 마땅히. 無罪(무죄)는 죄
(罪)가 없음. 收(수)는 잡다. 捕(포)와 같다. 之(지)는 그. 此(차)를 가리킨다. 여기서
는 풀이를 생략(省略)하였다. 彼(피)는 저. 여기서는 '저 사람'을 말한다. 有罪(유죄)
는 죄(罪)가 있음. 說(탈)은 놓아주다. 脫(탈)과 같다. 之(지)는 그. 彼(피)를 가리킨
다. 여기서는 풀이를 생략(省略)하였다.

똑똑한 사내는 성(城)을 이루지만
똑똑한 여인(女人)은 성(城)을 기울이네.
아! 그 똑똑한 여인(女人)은
올빼미고 수리부엉이네.
여인(女人)이 말이 많음은
재앙(災殃)의 사닥다리라네.
난리(亂離)가 하늘로부터 내려오지 않았고
여인(女人)으로부터 생겨났네. [왕(王)에게 난리(亂離)를]
가르치지 않았고 익히게 하지 않았는데 [난리(亂離)가 생겨남]
이것은 오직 여인(女人)과 시인(侍人) [때문이네.]4)

---

4) 哲夫(철부)는 지덕(智德)이 뛰어난 남자(男子). 哲(철)은 밝다, 총명(聰明)하다. 여기
서는 '똑똑하다'로 풀이하였다. 成(성)은 이루다. 城(성)은 성(城). 여기서는 국가(國
家)를 가리킨다. 成城(성성)은 立國(입국)과 같다. 夫(부)는 사내. 哲婦(철부)는 지나
치게 영리(怜俐)한 여자(女子). 여기서는 幽王(유왕)의 총비(寵妃)인 褒姒(포사)를 말한
다. 婦(부)는 여자(女子). 傾(경)은 기울다. 傾城(경성)은 나라를 멸망(滅亡)시킴을 뜻
한다. 懿(의)는 감탄사(感歎詞). 아! 噫(희)와 같다. 厥(궐)은 그. 其(기)와 같다. 爲
(위)는 ~이다. 梟(효)는 올빼미. 이 새는 다 큰 뒤에 어미 새를 잡아먹는 악조(惡鳥)
로 알려져 있다. 鴟(치)는 수리부엉이, 묘두응(猫頭鷹). 상서(祥瑞)롭지 못한 새로 알
려져 있다. 長舌(장설)은 긴 혀. 말이 많음을 뜻한다. 維(유)는 어조(語調)를 고르는
어조사(語助詞). 厲(려)는 화(禍), 재앙(災殃). 之(지)는 ~의. 階(계)는 사닥다리, 계
단(階段). 여기서는 근원(根源)을 뜻한다. 亂(난)은 난리(亂離). 匪(비)는 아니다. 降
(강)은 내리다. 自(자)는 ~으로부터. 天(천)은 하늘. 生(생)은 나다. 婦人(부인)은 여
인(女人). 教(교)는 가르치다. 誨(회)는 가르치다, 익히게 하다. 時(시)는 이. 是(시)와
같다. 維(유)는 오직. 唯(유)와 같다. 婦(부)는 褒姒(포사)를 말한다. 寺(시)는 시인(寺
人), 내시(內侍).

[여인(女人)은] 남을 고자질하여 해(害)치고 어그러뜨리니
참언(讒言)으로 시작(始作)하여 마침내 등져버리네.
[그녀의 위해(危害)가] 어찌 지극(至極)하지 않다고 말하겠으며
[그대는] 어째서 [이런 여인(女人)을] 친압(親狎)하는가?
장사치 같이 세 곱절 [이익(利益) 보는 일을]
군자(君子)는 이를 알지만 [그런 짓은 하지 않네.]
여인(女人)은 공적(公的)인 일이 없어야 하지만
누에치고 베 짜는 일을 그만두고 [참정(參政)하였네.]5)

---

5) 鞠(국)은 告(고)하다. 鞠(국)과 같다. 여기서는 '고자질하다'로 풀이하였다. 人(인)은
남. 忮(기)는 해(害)치다. 忒(특)은 어긋나다. 여기서는 '어그러뜨리다'로 풀이하였다.
忮忒(기특)은 그 말이 남을 해(害)치고 변사(變詐)하여 떳떳함이 없음을 말한다. 譖
(참)은 讒言(참언). 始(시)는 시작(始作)하다. 竟(경)은 마침내. 背(배)는 등지다, 배반
(背叛)하다. 豈(기)는 어찌. 曰(왈)은 말하다. 不(불)은 아니다. 極(극)은 지극(至極)하
다. 伊(이)는 발어사(發語詞). 이. 여기서는 풀이를 생략(省略)하였다. 胡(호)는 어찌,
어째서. 慝(특)은 嬺(닉)을 뜻한다. 친압(親狎)하다. 如(여)는 같다. 賈(고)는 장사치.
三倍(삼배)는 세 곱절. 여기서는 세 곱절의 이익(利益) 보는 것을 뜻한다. 君子(군자)
는 여기서는 정치(政治)에 종사(從事)하는 사람을 뜻한다. 是(시)는 如賈三倍(여고삼
배)를 가리킨다. 識(식)은 알다. 公事(공사)는 공적(公的)인 일. 정사(政事)를 말한다.
休(휴)는 그만두다. 其(기)는 어조(語調)를 고르는 어조사(語助詞). 蠶(잠)은 누에치다.
織(직)은 베를 짜다.

하늘은 어찌하여 [우리를] 꾸짖고
어찌 신(神)은 [우리에게] 복(福)을 내리지 아니하는가?
[왕(王)은] 갑(甲)옷 입은 오랑캐를 버려두고
오직 우리만 서로 미워하네. [왕(王)은]
[우리를] 위로(慰勞)하지 않고 [우리에게] 상서(祥瑞)롭지 않으며
위엄(威嚴) 있는 몸가짐은 착하지 않네.
[어진] 사람들은 달아나고
나라 안 [사람들은] 모조리 고달프네.6)

---

6) 天(천)은 하늘. 周(주)나라 幽王(유왕)을 뜻한다. 何以(하이)는 어찌하여. 刺(자)는 꾸
짖다. 何(하)는 어찌. 神(신)은 신(神). 富(부)는 福(복)의 가차자(假借字). 복(福) 내리
다. 舍(사)는 버려두다. 捨(사)와 같다. 爾(이)는 어조(語調)를 고르는 어조사(語助詞).
介(개)는 갑(甲)옷. 狄(적)은 오랑캐. 여기서는 침입자(侵入者)를 가리킨다. 維(유)는
오직. 唯(유)와 같다. 予(여)는 나, 우리. 胥(서)는 서로. 忌(기)는 미워하다. 不(부)는
않다. 弔(조)는 위로(慰勞)하다. 祥(상)은 상서(祥瑞)롭다, 좋다. 不祥(불상)은 천재인
화(天災人禍)를 뜻한다. 威儀(위의)는 위엄(威嚴)있는 몸가짐. 類(류)는 착하다, 좋다.
善(선)과 같다. 人(인)은 현인(賢人)을 말한다. 之(지)는 ~은. 云(운)은 어조(語調)를
고르는 어조사(語助詞). 亡(망)은 달아나다. 邦(방)과 國(국)은 나라. 나라 안 사람을
뜻한다. 殄(진)은 모조리. 瘁(췌)는 고달프다, 병(病)들다.

하늘이 [법(法)의] 그물을 내리는데
아! 그렇게 [법(法)의 그물이] 넉넉하네.
[어진] 사람들이 달아나니
마음은 걱정되네.
하늘이 [법(法)의] 그물을 내리니
아! 그렇게 위태(危殆)하네.
[어진] 사람들이 달아나니
마음이 슬퍼지네.[7]

---

7) 天(천)은 하늘. 여기서는 周(주)나라 幽王(유왕)을 뜻한다. 之(지)는 ~이. 降(강)은 내
리다. 罔(망)은 그물. 網(망)과 같다. 여기서는 법망(法網)을 뜻한다. 降罔(강망)은 죄
명(罪名)을 사람에게 덮어씌우는 것을 뜻한다. 維(유)는 발어사(發語詞). 아! 其(기)는
그렇게. 優(우)는 넉넉하다. 矣(의)는 단정(斷定)이나 영탄(詠嘆) 및 반어(反語) 등(等)
을 나타내는 어조사(語助詞). 이 구(句)는 죄명(罪名)이 많음을 가리킨다. 心(심)은 마
음. 憂(우)는 걱정하다. 幾(기)는 위태(危殆)하다. 悲(비)는 슬프다.

용솟음치며 샘솟아 넘쳐흐르는 샘물은
아! 그렇게 깊네.
마음의 걱정이
어찌 지금(只今)부터였겠는가? [그러나 이런 난리(亂離)는]
내 앞 [시대(時代)]부터 [있지도] 않았고
내 뒷 [시대(時代)]부터 [있지도] 않을 것이네.
아득하고 아득한 하늘은
능(能)히 두려워하지 않을 수 없다네.
황조(皇祖)를 더럽히지 말고
반드시 그대 후손(後孫)을 구제(救濟)해야 하네.8)

---

8) 觱(필)은 용솟음치다. 沸(불)은 샘솟는 모습. 檻(함)은 濫(람)의 가차자(假借字). 넘치
다. 泉(천)은 샘물. 深(심)은 깊다. 이 두 구(句)는 작자(作者) 자신(自身)의 근심이 깊
고 오래되었음을 비유(比喩)하고 있다. 寧(녕)은 어찌. 自(자)는 ~으로부터. 今(금)은
지금(只今). 先(선)은 앞 시대(時代)를 뜻한다. 後(후)는 뒷시대(時代)를 뜻한다. 藐藐
(막막)은 아득한 모양. 無不(무불)은 ~아니함이 없다. 克(극)은 능(能)히. 鞏(공)은 두
려워하다. 無(무)는 말라. 忝(첨)은 더럽히다. 皇祖(황조)는 황제(皇帝)의 조상(祖上).
文王(문왕)과 武王(무왕)을 가리킨다. 式(식)은 접속(接續)의 어조사(語助詞). 以(이)와
같다. 救(구)는 구제(救濟)하다. 爾(이)는 너, 그대. 周(주)나라 幽王(유왕)을 말한다.
後(후)는 후손(後孫)을 뜻한다.

(265) 召旻
소 민

旻天疾威 天篤降喪 瘨我飢饉 民卒流亡 我居圉卒荒
민 천 질 위　천 독 강 상　전 아 기 근　민 졸 유 망　아 거 어 졸 황

天降罪罟 蟊賊內訌 昏椓靡共 潰潰回遹 實靖夷我邦
천 강 죄 고　모 적 내 홍　혼 탁 미 공　궤 궤 회 휼　실 정 이 아 방

皋皋訿訿 曾不知其玷 兢兢業業 孔填不寧 我位孔貶
고 고 자 자　증 부 지 기 점　긍 긍 업 업　공 전 불 녕　아 위 공 폄

如彼歲旱 草不潰茂 如彼棲苴 我相此邦 無不潰止
여 피 세 한　초 불 궤 무　여 피 서 저　아 상 차 방　무 불 궤 지

維昔之富不如時 維今之疚不如茲 彼疏斯粺 胡不自替 職兄斯引
유 석 지 부 불 여 시　유 금 지 구 불 여 자　피 소 사 패　호 불 자 체　직 황 사 인

池之竭矣 不云自頻 泉之竭矣 不云自中
지 지 갈 의　불 운 자 빈　천 지 갈 의　불 운 자 중

溥斯害矣 職兄斯弘 不災我躬
부 사 해 의　직 황 사 홍　부 재 아 궁

昔先王受命 有如召公 日辟國百里 今也日蹙國百里
석 선 왕 수 명　유 여 소 공　일 벽 국 백 리　금 야 일 축 국 백 리

於乎哀哉 維今之人 不尚有舊
오 호 애 재　유 금 지 인　불 상 유 구

소민(召旻)[1]

하늘이 [우리를] 미워하고 으르더니
하늘은 [우리에게] 두터이 죽음의 [재난(災難)을] 내리네.
흉년(凶年)으로 우리를 앓게 하며
백성(百姓)들은 죄다 떠돌아다니거나 달아나네.
우리 주거지(住居地)와 변경(邊境)은 죄다 황폐(荒廢)해졌네.[2]

하늘은 죄(罪)의 그물을 내리고
뿌리와 줄기 갉아 먹는 벌레들이 내부(內部)에서 집안싸움 하네.
[그들이 나라를] 어지럽히고 [남을] 헐뜯으며 [일을] 받들지 않고
뒤숭숭스레 간사(奸邪)하고 비뚤어져
실(實)로 우리나라를 멸망(滅亡)시킬 것을 꾀하네.[3]

---

1) 〈召旻(소민)〉은 周(주)나라 幽王(유왕)이 간사(奸邪)한 사람을 임용(任用)하고 국정(國政)을 혼란(昏亂)에 빠뜨려 장차(將次) 나라가 멸망(滅亡)할 것을 풍자(諷刺)한 내용(內容)이다. 편명(篇名)은 첫째 장(章)의 '민천(旻天)'과 마지막 장(章)의 '소공(召公)'에서 각각(各各) 한 자(字)씩 따서 조합(組合)했다.

2) 旻(민)과 天(천)은 하늘. 疾(질)은 미워하다. 威(위)는 으르다. 篤(독)은 도탑다. 降(강)은 내리다. 喪(상)은 죽다. 여기서는 죽음의 재난(災難)을 뜻한다. 瘨(전)은 앓다, 괴로워하다. 飢饉(기근)은 흉년(凶年)을 뜻한다. 飢(기)는 곡물(穀物)이 여물지 않는 것을 말하고 饉(근)은 채소가 열리지 않음을 말한다. 民(민)은 백성(百姓). 卒(졸)은 죄다, 모두. 流亡(유망)은 일정(一定)한 거처(居處) 없이 떠돌아다님. 流(류)는 떠돌아다니다. 亡(망)은 달아나다. 我(아)는 나, 우리. 居(거)는 거처(居處), 주거지(住居地). 圉(어)는 국경(國境), 변경(邊境). 荒(황)은 거칠어지다, 황폐(荒廢)하다.

3) 罪罟(죄고)는 죄(罪)의 그물. 법망(法網)을 뜻한다. 蟊賊(모적)은 곡식(穀食)의 뿌리를 갉아 먹는 벌레와 줄기를 갉아 먹는 벌레. 여기서는 백성(百姓)을 해(害)치는 나쁜 관료(官僚)를 비유(比喻)한다. 內訌(내홍)은 내분(內紛)과 같다. 內(내)는 [조정(朝廷)] 안, 내부(內部). 訌(홍)은 집안싸움. 昏(혼)은 어지럽히다. 椓(탁)은 諑(착)과 통(通)한다. 헐뜯다. 靡(미)는 않다. 不(불)과 같다. 共(공)은 供(공)과 통(通)한다. 바치다, 받들다. 여기서는 직무(職務)를 받듦을 뜻한다. 潰潰(궤궤)는 어지러운 모습. 여기서는 '뒤숭숭스레'로 풀이하였다. 憒憒(궤궤)와 같다. 回(회)는 간사(奸邪)하다 遹(휼)은 비뚤다, 편벽(偏僻)되다. 實(실)은 실(實)로. 靖(정)은 꾀하다. 夷(이)는 멸(滅)하다. 我邦(아방)은 우리나라.

[소인배(小人輩)들이 남을] 속이고 헐뜯어도
[왕(王)은] 일찍이 그 흠(欠)을 알지 못하네.
[나는] 두려워하고 조심(操心)하면서
매우 오래도록 편안(便安)하지 못해도
내 직위(職位)는 매우 낮아졌네.4)

[나라꼴이] 저 가문 해에
우거지지 못한 풀 같고
저 누워있는 마른 풀 같네.
내가 이 나라를 보니
무너지지 아니함이 없네.5)

---

4) 皐皐(고고)는 서로 속이는 모습. 皐(고)는 [噑(호) : 口┬言]의 가차자(假借字). 서로
   속이다. *皐(고)를 완고(頑固)한 모습으로 풀이하는 곳도 있다. 訿訿(자자)는 헐뜯는
   모습. 曾(증)은 일찍이, 곧. 不知(부지)는 알지 못하다. 其(기)는 그. 玷(점)은 흠(欠).
   兢兢(긍긍)은 두려워하여 삼가는 모습. 業業(업업)은 위태(危殆)로운 모습. 여기서는
   조심(操心)하는 모습으로 풀이하였다. 孔(공)은 매우. 塡(전)은 오래다. 久(구)와 같
   다. 不寧(불녕)은 편안(便安)하지 못하다. 我(아)는 나. 작자(作者)를 가리킨다. 位(위)
   는 자리, 직위(職位). 貶(폄)은 떨어지다, 지위(地位)가 낮아지다.
5) 如(여)는 같다. 彼(피)는 저. 歲旱(세한)은 旱歲(한세)와 같다. 가문 해. 草(초)는 풀.
   不(불)은 아니다. 潰(궤)는 어지럽다. 여기서는 풀이 우거진 것을 뜻한다. 茂(무)는 우
   거지다. 褄(서)는 쉬다. 여기서는 누워있음을 뜻한다. 苴(저)는 마른 풀. 相(상)은 보
   다. 此(차)는 이. 邦(방)은 나라. 無不(무불)은 ~아니함이 없다. 潰(궤)는 무너지다,
   붕궤(崩潰)되다. 止(지)는 문말(文末)에 높은 뜻 없는 어조사(語助詞).

아! 옛날의 부(富)는 이때와 같지는 않았고
아! 이제 [가난으로 생긴] 병(病)은 이곳만 같지 않았네.
저들은 거친 [것을] 먹어야 하나 이때에 정미(精米)를 먹으니
어찌 스스로 [벼슬을] 그만두지 않는가?
[저들은] 오로지 정황(情況)을 이렇게 늘여가네.6)

---

6) 維(유)는 발어사(發語詞). 아! 昔(석)은 옛날. 之(지)는 ~의. 富(부)는 부유(富裕)함. 不如(불여)는 ~같지 않다. 時(시)는 이. 是(시)와 같다. 여기서는 '이때'를 말한다. 이 구(句)는 옛날이 더 잘 살았음을 나타낸다. 今(금)은 지금(只今), 이제. 疚(구)는 [가난으로 생긴] 오랜 병(病). 茲(자)는 이. 是(시)와 같다. 여기서는 '이곳'을 말한다. 이 구(句)는 이곳에서의 병(病)이 더 심(甚)함을 나타낸다. 彼(피)는 저. 간사(奸邪)한 소인배(小人輩)를 가리킨다. 疏(소)는 거칠다. 여기서는 소인배(小人輩)들이 먹어야 할 거친 먹거리를 뜻한다. 斯(사)는 이. 此(차)와 같다. 여기서는 이때를 가리킨다. 粺(패)는 정미(精米). 胡不(호불)은 어찌 ~아니하는가? 自(자)는 스스로. 替(체)는 폐(廢)하다, 그만두다. 여기서는 사직(辭職)을 뜻한다. 職(직)은 오로지. 兄(황)은 況(황)과 같다. 정황(情況). 斯(사)는 강조(强調)의 뜻을 나타내는 어조사(語助詞). 여기서는 '이렇게'로 풀이하였다. 引(인)은 늘이다. 여기서는 연장(延長)을 뜻한다. 이 구(句)는 소인배(小人輩)들이 권력(權力)을 장악(掌握)하고 있는 정황(情況)을 연장(延長)하고 있음을 말하고 있다.

연못이 말라감은
물가로부터가 아니겠는가?
샘이 말라감은
[샘] 가운데로부터가 아니겠는가?
[소인배(小人輩)들이] 이런 해악(害惡)을 펴서
오로지 [권력(權力) 장악(掌握)의] 정황(情況)을 이렇게 넓히니
[어찌] 내 몸에 재앙(災殃)이 이르지 않겠는가?7)

---

7) 池(지)는 연못. 之(지)는 ~이. 竭(갈)은 마르다. 矣(의)는 구(句)의 끝에서 다음 말을
일으키는 어조사(語助詞). 不(불)은 아니다. 云(운)은 어조(語調)를 고르는 어조사(語
助詞). 自(자)는 ~으로부터. 頻(빈)은 물가. 瀕(빈)과 같다. 이 구(句)는 국정(國政)의
상란(喪亂)이 외부(外部)의 어질지 못한 신하(臣下)에서 비롯되었음을 말한다. 泉(천)
은 샘. 中(중)은 가운데. 이 구(句)는 국난(國亂)이 조정(朝廷) 안의 부패(腐敗)에서 비
롯되었음을 말한다. 溥(부)는 펴다. 斯(사)는 이것. 害(해)는 해악(害惡). 斯害(사해)는
소인배(小人輩)들의 임용(任用)과 내부(內部)의 부패(腐敗)를 말한다. 弘(홍)은 넓히다.
災(재)는 재앙(災殃). 원자(原字)는 [烖(재) : 木⇌火]이다. 여기서는 재앙(災殃)이 이
르다. 我躬(아궁)은 내 몸.

옛날 선왕(先王)께서 천명(天命)을 받으니
소공(召公) 같은 [인물(人物)들이] 있어
날마다 나라를 백리(百里)씩 개척(開拓)했네.
지금(只今)은 날마다 나라가 백리(百里)씩 오그라들고 있네.
아! 슬프구나.
지금(只今)의 사람들이
오히려 옛날 [덕(德)있는 사람만] 못한가?[8]

---

8) 昔(석)은 옛날. 先王(선왕)은 文王(문왕), 武王(무왕)을 가리킨다. 受(수)는 받다. 命
(명)은 천자(天子)가 되는 천명(天命)을 뜻한다. 有如(유여)는 ~같은 [사람이] 있다.
召公(소공)은 召康公(소강공)을 말한다. 文王(문왕), 武王(무왕), 成王(성왕) 때의 대신
(大臣). 여기서는 召公(소공)을 포함(包含)한 여러 현신(賢臣)이 있음을 말한다. 日(일)
은 날마다. 辟(벽)은 열다, 개척(開拓)하다. 闢(벽)과 같다. 國(국)은 나라. 百里(백리)
는 백리(百里). 여기서는 복종(服從)하는 나라들이 날로 많아짐을 뜻한다. 今(금)은 지
금(只今). 여기서는 幽王(유왕)의 시대(時代)를 뜻한다. 也(야)는 강조(强調)의 뜻을 나
타내는 어조사(語助詞). 蹙(축)은 오그라들다. 於乎(오호)는 감탄사(感歎詞). 아! 嗚呼
(오호)와 같다. 哀(애)는 슬프다. 哉(재)는 영탄(詠嘆)의 뜻을 나타내는 어조사(語助
詞). 維(유)는 어조(語調)를 고르는 어조사(語助詞). 今之人(금지인)은 당시(當時) 조정
(朝廷)에서 중용(重用)되지 못한 사람을 가리킨다. 尚(상)은 오히려. 有(유)는 있다.
構(구)는 옛날. 有舊(유구)는 召公(소공)과 같은 옛날에 덕(德)이 있는 사람을 가리킨
다. 이 구(句)는 현인(賢人)이 있지만 등용(登用)되지 못함을 나타내고 있다.

頌

송

周頌·魯頌·商頌

주송·노송·상송

(266) 淸 廟
청 묘

於穆淸廟 肅雝顯相 濟濟多士 秉文之德 對越在天 駿奔走在廟
오 목 청 묘 숙 옹 현 상 제 제 다 사 병 문 지 덕 대 월 재 천 준 분 주 재 묘
不顯不承 無射於人斯
비 현 비 승 무 역 어 인 사

깨끗한 종묘(宗廟)[1]

아! 아름답고 깨끗한 종묘(宗廟)에서 [제사(祭祀)를 돕는 이들은]
엄숙(嚴肅)·화락(和樂)하며 뚜렷한 [덕(德)으로 제사(祭祀)를] 돕네.
[제사(祭祀)에 참가(參加)한] 늠름(凜凜)한 많은 인사(人士)들은
문왕(文王)의 덕(德)을 지키네. 하늘에 있는
[문왕(文王)께] 보답(報答)하고 [문왕(文王)을] 선양(宣揚)하러
[그들은] 빠르게 종묘(宗廟)에서 분주(奔走)하네.
이에 [문왕(文王)의 덕(德)이 하늘에서] 나타나고
이에 [문왕(文王)의 덕(德)을 사람들이] 이어받으니
[문왕(文王)께서는] 사람들에게 싫증을 받음이 없네.[2]

---

1) 〈淸廟(청묘)〉는 周(주)나라 왕(王)이 종묘(宗廟)에서 文王(문왕)을 제사(祭祀)지내는 악
가(樂歌)이다.
2) 於(오)는 감탄사(感歎詞). 아! 穆(목)은 아름답다. 淸(청)은 깨끗하다. 廟(묘)는 사당
(祠堂), 종묘(宗廟). 肅(숙)은 엄숙(嚴肅)하다, 공경(恭敬)하다. 雝(옹)은 雍(옹)과 같
다. 화락(和樂)하다. 顯(현)은 뚜렷하다. 여기서는 명덕(明德)이 있음을 뜻한다. 相
(상)은 돕다. 濟濟(제제)는 위의(威儀)가 성(盛)한 모습. 여기서는 '늠름(凜凜)하다'로
풀이하였다. 多(다)는 많다. 士(사)는 인사(人士). 여기서는 제사(祭祀)에 참석(參席)한
관리(官吏)를 가리킨다. 秉(병)은 잡다, 지키다. 文(문)은 文王(문왕). 之(지)는 ~의.
德(덕)은 덕(德). 對(대)는 보답(報答)하다. 越(월)은 선양(宣揚)하다. 在天(재천)은 하
늘에 있음. 여기서는 하늘에 있는 文王(문왕)을 가리킨다. 駿(준)은 빠르다. 奔走(분
주)는 매우 바쁘게 뛰어다님. 不(비)는 발어사(發語詞). 이에, 곧. 丕(비)와 같다. *不
(비)를 '크다'로 풀이하는 곳도 있다. 顯(현)은 나타나다. 承(승)은 잇다. 無(무)는 없
다. 射(역)은 싫어하다. 斁(역)과 같다. 於(어)는 에게. 人(인)은 사람. 斯(사)는 어조
(語調)를 고르는 어조사(語助詞).

(267) 維天之命
<small>유 천 지 명</small>

維天之命 於穆不已 於乎不顯 文王之德之純
<small>유천지명 오목불이 오호비현 문왕지덕지순</small>

假以溢我 我其收之 駿惠我文王 曾孫篤之
<small>가 이 일 아 아 기 수 지 준 혜 아 문 왕 증 손 독 지</small>

하늘의 도(道)를 생각하다1)

하늘의 도(道)를 생각하니

아! 아름답기가 그지없네.

아! 이에 나타났네,

<u>문왕(文王)</u>의 덕행(德行)의 순수(純粹)함이여.

아름다운 [도리(道理)]로써 우리를 타이르시니

우리가 그것을 받아들이네.

우리는 <u>문왕(文王)</u>을 따르고

증손(曾孫)들은 그것을 두터이 하네.2)

---

1) 〈維天之命(유천지명)〉은 文王(문왕)을 제사(祭祀)지내는 내용(內容)이다.
2) 維(유)는 惟(유)와 같다. 생각하다. 天(천)은 하늘. 之(지)는 ~의. 命(명)은 도(道),
자연(自然)의 이법(理法). 於(오)는 감탄사(感歎詞). 아! 穆(목)은 아름답다. 不(불)은
아니다. 已(이)는 그치다. 不已(불이)는 그침이 없다, 그지없다. 於乎(오호)는 嗚呼(오
호)와 같다. 감탄사(感歎詞). 아! 不(비)는 발어사(發語詞). 이에, 곧. 丕(비)와 같다.
*不(비)를 '크다'로 풀이하는 곳도 있다. 顯(현)은 나타나다. 文王(문왕)은 周(주)나라
武王(무왕)의 아버지. 之(지)는 ~의. 德(덕)은 덕행(德行). 純(순)은 순수(純粹)함, 순
결(純潔)함. 假(가)는 嘉(가)의 가차자(假借字). 아름답다. 여기서는 아름다운 도리(道
理)를 뜻한다. 以(이)는 수단(手段)·방법(方法) 등(等)을 나타내는 어조사(語助詞). ~로
써. 溢(일)은 타이르다. 我(아)는 우리. 여기서는 제사(祭祀)에 참가(參加)한 사람들을
가리킨다. 其(기)는 어조(語調)를 고르는 어조사(語助詞). 收(수)는 거두다, 받아들이
다. 之(지)는 그것. 아름다운 도리(道理)를 가리킨다. 駿(준)은 馴(순)의 가차자(假借
字). 따르다. 惠(혜)는 순(順)하다, 따르다. 曾孫(증손)은 후세(後世)의 자손(子孫)을
말한다. 篤(독)은 두텁다, 충실(忠實)하다.

(268) 維 淸
유 청

維淸緝熙 文王之典 肇禋 迄用有成 維周之禎
유 청 즙 희 문 왕 지 전 조 인 흘 용 유 성 유 주 지 정

맑음을 생각함1)

[천하(天下)가] 맑고 밝게 빛남을 생각해 보니
문왕(文王)의 법도(法度) [때문입니다.] [문왕(文王)께서]
[출병(出兵)의] 제사(祭祀)를 시작(始作)하였고 [무왕(武王)께서]
[주왕(紂王)를 침에] 이르러 이로써 [공(功)을] 이룸이 있었습니다.
[이는] 주(周)나라의 상서(祥瑞)로움입니다.2)

---

1) 〈維淸(유청)〉은 文王(문왕)을 제사(祭祀)지내는 내용(內容)이다.
2) 維(유)는 생각하다. 惟(유)와 같다. 淸(청)은 맑다. 緝(즙)은 밝다. 熙(희)는 빛나다. 이 구(句)는 周(주)나라 왕조(王朝)가 다스리는 천하(天下)를 형용(形容)한 것이다. 文王(문왕)은 周(주)나라 武王(무왕)의 아버지. 之(지)는 ~의. 典(전)은 법도(法度). 肇(조)는 시작(始作)하다. 禋(인)은 적국(敵國)을 정벌(征伐)하기 위(爲)해 출병(出兵)할 때 지내는 제사(祭祀)를 뜻한다. 迄(흘)은 이르다. 여기서는 武王(무왕)이 殷(은)나라 紂王(주왕)을 치는데 이르렀음을 뜻한다. 用(용)은 ~로써. 以(이)와 같다. 여기서는 '이로써'를 뜻한다. 因此(인차)와 같다. 有(유)는 있다. 成(성)은 성공(成功)을 뜻한다. 維(유)는 어조(語調)를 고르는 어조사(語助詞). 周(주)는 나라이름. 之(지)는 ~의. 禎(정)은 상서(祥瑞), 복(福).

(269) 烈 文
열 문

烈文辟公 錫茲祉福 惠我無疆 子孫保之
열문벽공 석자지복 혜아무강 자손보지

無封靡于爾邦 維王其崇之 念茲戎功 繼序其皇之
무봉미우이방 유왕기숭지 염자융공 계서기황지

無競維人 四方其訓之 不顯維德 百辟其刑之
무경유인 사방기훈지 비현유덕 백벽기형지

於乎前王不忘
오호전왕불망

무공(武功)과 문덕(文德)[1]

무공(武功)과 문덕(文德)이 [있는] 제후(諸侯)들이여,
[제사(祭祀)를 도울 수 있는] 이 복(福)을 주니
끝없이 우리 [주(周)나라를] 따라야
[그대] 자손(子孫)들은 그것을 지켜갈 것이다.
그대 나라에 크게 폐(弊)를 끼치지 말아야
[주(周)나라] 왕(王)이 그대를 높이리라.
이런 큰 공(功)을 생각하고
차례(次例)를 이어가며 그것을 크게 하라.[2]

---

1) 〈烈文(열문)〉은 周(주)나라 成王(성왕)이 선조(先祖)를 제사(祭祀)지낼 때, 제사(祭祀)를 도운 제후(諸侯)들과 成王(성왕)을 권계(勸戒)하는 내용(內容)이다. 앞의 8구(句)는 제후(諸侯)를, 뒤의 5구(句)는 成王(성왕)을 권계(勸戒)하였다.

2) 烈(열)은 공(功). 무공(武功)을 말한다. 文(문)은 문덕(文德)을 말한다. 辟公(벽공)은 제후(諸侯). 辟(벽)과 公(공)은 임금. 錫(석)은 주다. 玆(자)는 이. 祉(지)와 福(복)은 뜻이 같다. 여기서는 제사(祭祀)를 도울 수 있음을 가리킨다. 惠(혜)는 따르다, 순종(順從)하다. 我(아)는 우리. 우리 周(주)나라를 뜻한다. 無疆(무강)은 끝이 없다. 子孫(자손)은 제후(諸侯)의 자손(子孫). 保(보)는 지키다. 之(지)는 그것. 복(福)을 말한다. 無(무)는 말라. 封(봉)은 크다. 靡(미)는 괴롭다. 封靡(봉미)는 크게 폐(弊)를 끼침을 말한다. 于(우)는 ~에. 爾(이)는 너, 그대. 邦(방)은 나라. 維(유)와 其(기)는 어조(語調)를 고르는 어조사(語助詞). 王(왕)은 천자(天子)인 周(주)나라 왕(王). 崇(숭)은 높이다. 여기서는 제후(諸侯)의 자리를 계속(繼續)해서 이어가도록 함을 뜻한다. 念(염)은 생각하다. 玆(자)는 이. 戎(융)은 크다. 功(공)은 공적(功績). 繼(계)는 잇다. 序(서)는 차례(次例). 皇(황)은 크다. 之(지)는 그것. 功(공)을 가리킨다.

[또한 성왕(成王)은] 막강(莫强)한 [어진] 사람을 [등용(登用)해야]
사방(四方)에서 장차(將次) 그대를 따르리라.
덕(德)을 크게 나타내어야
모든 제후(諸侯)들이 그대를 본보기로 삼을 것이다.
아! 전왕(前王)을 잊지 말라.3)

---

3) 無競(무경)은 이보다 더 강(强)함이 없음. 莫强(막강)과 같다. 無(무)는 없다. 競(경)
은 굳세다. 人(인)은 어진 사람을 말한다. 이 구(句)는 현인(賢人)을 등용(登用)해야
함을 나타낸다. 四方(사방)은 제후(諸侯)를 뜻한다. 其(기)는 어조(語調)를 고르되 '장
차(將次)'의 뜻을 지닌 어조사(語助詞). 訓(훈)은 따르다. 順(순)과 같다. 之(지)는 그
대. 成王(성왕)을 가리킨다. 不(비)는 크다. 顯(현)은 나타내다. 德(덕)은 덕행(德行).
百(백)은 모든. 百辟(백벽)은 모든 제후(諸侯). 刑(형)은 본보기. 於乎(오호)는 감탄사
(感歎詞). 아! 嗚呼(오호)와 같다. 前王(전왕)은 앞 왕(王). 武王(무왕)을 가리킨다. 不
忘(불망)은 잊지 말라.

(270) 天 作
천 작

天作高山 大王荒之 彼作矣 文王康之
천 작 고 산 태 왕 황 지 피 작 의 문 왕 강 지

彼徂矣 岐有夷之行 子孫保之
피 조 의 기 유 이 지 행 자 손 보 지

하늘이 만드심1)

하늘이 높은 산(山)을 만드셨고
태왕(大王)께서 그곳을 다스렸네.
저 [태왕(大王)께서] 다스렸고
문왕(文王)께서 그것을 이으셨네.
저들이 [귀순(歸順)하러 주(周)나라로] 감은
기산(岐山)에 평탄(平坦)한 길이 있었음이니
자손(子孫)들은 그것을 지켜 가야 하네.2)

---

1) 〈天作(천작)〉은 周(주)나라 왕(王)이 岐山(기산)을 제사(祭祀)지낼 때의 악가(樂歌)이다.
2) 天(천)은 하늘. 作(작)은 짓다, 만들다. 高山(고산)은 높은 산(山). 岐山(기산)을 말하
며 周(주)나라 건국(建國)의 터전이 된 곳이다. 大王(태왕)은 太王(태왕)와 같다. 古公
亶父(고공단보)를 말하며 武王(무왕) 때 추존(追尊)하여 太王(태왕)이라 하였다. 荒(황)
은 다스리다. 之(지)는 그곳. 高山(고산)을 가리킨다. 彼(피)는 저. 大王(태왕)을 말한
다. 作(작)은 다스리다. 矣(의)는 구(句)의 끝에서 다음 말을 일으키는 말. 文王(문왕)
은 古公亶父(고공단보)의 손자(孫子). 康(강)은 賡(갱)의 가차자(假借字). 잇다. 之(지)
는 作(작)을 가리킨다. 彼(피)는 저. 여기서는 周(주)나라로 귀순(歸順)하러 온 사람들
을 가리킨다. 岐(기)는 岐山(기산). 有(유)는 있다. 夷(이)는 평평(平平)하다, 평탄(平
坦)하다. 之(지)는 ~한. 行(행)은 길. 이 구(句)는 大王(태왕)부터 文王(문왕)에 이르
기까지 岐山(기산)을 잘 개발(開發)하여 평탄(平坦)한 길이 만들어졌기 때문에 귀순(歸
順)하러 온 사람들이 있었다는 것이다. 子孫(자손)은 周(주)나라 왕실(王室)의 후세(後
世) 자손(子孫)을 말한다. 保(보)는 지키다. 之(지)는 선인(先人)들이 岐山(기산)을 개
발(開發)한 창업(創業)의 공(功)을 가리킨다.

【頌-周頌-6】

(271) 昊天有成命
호 천 유 성 명

昊天有成命 二后受之 成王不敢康 夙夜基命宥密
호 천 유 성 명　이 후 수 지　성 왕 불 감 강　숙 야 기 명 유 밀

於緝熙 單厥心 肆其靖之
오 즙 희　단 궐 심　사 기 정 지

하늘은 명백(明白)한 명령(命令)이 있었음[1]

하늘은 명백(明白)한 명령(命令)이 있었고
[문왕(文王)·무왕(武王)] 두 임금은 그것을 받았네.
성왕(成王)께서 감(敢)히 편안(便安)히 지내지 않고
이른 아침부터 깊은 밤까지
정령(政令)을 꾀하되 너그럽고 조용하게 하였네.
아! 밝고 빛나게
그 마음을 다하여
드디어 천하(天下)를 평화(平和)롭게 하였네.[2]

---

1) 〈昊天有成命(호천유성명)〉은 周(주)나라 왕(王)이 成王(성왕)을 제사(祭祀)지내는 악가
   (樂歌)이다.
2) 昊(호)는 天(천)과 같다. 하늘, 上天(상천). 有(유)는 있다. 成命(성명)은 명백(明白)한
   명령(命令). 여기서는 周(주)나라가 천하(天下)를 다스리게 될 것을 뜻한다. 成(성)은
   정(定)하여지다. 命(명)은 명령(命令). 二后(이후)는 두 임금. 文王(문왕)과 武王(무왕)
   을 가리킨다. 受(수)는 받다. 之(지)는 그것. 成命(성명)을 가리킨다. 成王(성왕)은 武
   王(무왕)의 아들. 不敢(불감)은 감(敢)히 ~ 않다. 康(강)은 편안(便安)하다. 夙夜(숙야)
   는 이른 아침과 깊은 밤. 基(기)는 꾀하다. 命(명)은 정치상(政治上)의 명령(命令)인
   정령(政令)을 뜻한다. 宥(유)는 너그럽고 어질다. 密(밀)은 조용하다. 於(오)는 감탄사
   (感歎詞). 아! 緝(즙)은 밝다. 熙(희)는 빛나다. 單(단)은 殫(탄)과 통(通)한다. 다하
   다. 厥(궐)은 그. 其(기)와 같다. 여기서는 成王(성왕)을 가리킨다. 心(심)은 마음. 肆
   (사)는 드디어, 마침내. 其(기)는 어조(語調)를 고르는 어조사(語助詞). 靖(정)은 편안
   (便安)하다. 여기서는 '평화(平和)롭게 하다'로 풀이하였다. 之(지)는 그곳. 천하(天下)
   를 가리킨다.

(272) 我 將
아 장

我將我享 維羊維牛 維天其右之
아 장 아 향 유 양 유 우 유 천 기 우 지

儀式刑文王之典 日靖四方
의 식 형 문 왕 지 전 일 정 사 방

伊嘏文王 旣右饗之
이 하 문 왕 기 우 향 지

我其夙夜 畏天之威 于時保之
아 기 숙 야 외 천 지 위 우 시 보 지

제가 받듦[1]

제가 받들고 제가 드리니
[제물(祭物)은] 양(羊)과 소입니다.
아! 하늘은 주(周)나라를 도우소서.
문왕(文王)의 전장(典章)을
의표(儀表)와 법식(法式)과 모범(模範)으로 삼아
날마다 사방(四方)을 안정(安定)시키겠습니다.
아! 위대(偉大)한 문왕(文王)께서는
벌써 [저를] 도와주셨으니 제사(祭祀)를 흠향(歆饗)하소서.
저는 이른 아침부터 깊은 밤까지
하늘의 위엄(威嚴)을 두려워하며
이에 주(周)나라를 지키겠습니다.[2]

---

1) 〈我將(아장)〉은 '大武(대무)'라는 무곡(舞曲)의 첫째 장(章)으로 武王(무왕)이 殷(은)나라를 정벌(征伐)하러 갈 때, 하늘과 文王(문왕)에게 제사(祭祀)지내고 그들의 도움을 비는 내용(內容)이다.

2) 我(아)는 나. 武王(무왕) 자신(自身)을 말한다. 將(장)은 받들다. 奉(봉)과 같다. 享(향)은 드리다. 獻(헌)과 같다. 維(유)는 어조(語調)를 고르는 어조사(語助詞). 羊(양)은 제물(祭物)로 쓰인 양(羊)을 말한다. 牛(우)는 제물(祭物)로 쓰인 소를 말한다. 維(유)는 발어사(發語詞). 아! 天(천)은 하늘. 其(기)는 어조(語調)를 고르는 어조사(語助詞). 右(우)는 돕다. 祐(우)와 같다. 之(지)는 그것. 여기서는 周(주)나라를 가리킨다. 儀(의)는 의표(儀表), 몸가짐. 式(식)은 법식(法式). 刑(형)은 본(本)보기, 모범(模範). 세 자(字) 모두 동사(動詞)로 풀이된다. 文王(문왕)은 武王(무왕)의 아버지. 之(지)는 ~의. 典(전)은 전장(典章), 제도(制度). 日(일)은 날마다. 靖(정)은 편안(便安)하다, 안정(安定)시키다. 伊(이)는 발어사(發語詞). 아! 嘏(하)는 크다, 위대(偉大)하다. 旣(기)는 이미, 벌써. 饗(향)은 흠향(歆饗)하다. 之(지)는 그것. 제사(祭祀)를 가리킨다. 其(기)는 어조(語調)를 고르는 어조사(語助詞). 夙夜(숙야)는 이른 아침과 깊은 밤. 畏(외)는 두려워하다. 天之威 (천지위)는 하늘의 위엄(威嚴). 于時(우시)는 于是(우시)와 같다. 이에. 保(보)는 지키다. 之(지)는 그것. 周(주)나라를 가리킨다.

(273) 時 邁
시 매

時邁其邦 昊天其子之
시 매 기 방　호 천 기 자 지

實右序有周
실 우 서 유 주

薄言震之 莫不震疊
박 언 진 지　막 불 진 첩

懷柔百神 及河喬嶽
회 유 백 신　급 하 교 악

允王維后
윤 왕 유 후

明昭有周 式序在位
명 소 유 주　식 서 재 위

載戢干戈 載櫜弓矢
재 즙 간 과　재 고 궁 시

我求懿德 肆于時夏
아 구 의 덕　사 우 시 하

允王保之
윤 왕 보 지

때맞게 순행(巡幸)함1)

[제가] 때맞게 [제후(諸侯)의] 나라들을 순행(巡幸)하게 되었으니
하늘이 저를 천자(天子)로 삼았음이지요?
[하늘이] 참으로 <u>주(周)</u>나라를 돕고 거들고 있습니다.
얼른 [제가] 은(殷)나라와 그 속국(屬國)에 [위무(威武)를] 떨치니
떨며 두려워하지 않음이 없었습니다.
[제사(祭祀)는] 모든 신(神)을 이르게 하여 편안(便安)하게 했고
<u>황하(黃河)</u>와 높은 산(山)에까지도 미쳤습니다.
진실(眞實)로 왕(王)은 임금다웠습니다.

---

1) 〈時邁(시매)〉는 武王(무왕)이 商(상)나라를 멸(滅)한 뒤, 제후국(諸侯國)을 순행(巡幸)
   하고 산천(山川)과 백신(百神)에게 제사(祭祀)드리는 내용(內容)이다.

[지혜(智惠)가] 밝고 [통찰(洞察)이] 빛나는 주(周)나라는

아! [제후(諸侯)의] 자리에 있는 이들을 차례(次例) 매겼습니다.

이에 방패(防牌)와 창(槍)을 거두고

이에 활과 화살을 활집에 넣었습니다.

저는 아름다운 덕정(德政)을 추구(追求)하여

이 중국(中國)에 펴겠습니다.

진실(眞實)로 왕(王)은 그것을 지키겠습니다.2)

---

2) 時(시)는 때맞게. *時(시)를 발어사(發語詞)로 풀이하는 곳도 있다. 아! 邁(매)는 가다. 여기서는 순행(巡幸)을 뜻한다. 其(기)는 어조(語調)를 고르는 어조사(語助詞). 昊(호)와 天(천)은 하늘. 子(자)는 천자(天子). 여기서는 동사(動詞)로 풀이한다. 之(지)는 武王(무왕)을 가리키는 대명사(代名詞). 여기서는 '저'로 풀이하였다. 實(실)은 진실(眞實)로, 참으로. 右(우)는 돕다. 祐(우)와 같다. 序(서)는 잇다. 여기서는 이어가도록 거드는 것을 뜻한다. 有(유)는 어조(語調)를 고르는 어조사(語助詞). 周(주)는 나라 이름. 薄(박)은 짧은 시간(時間)을 나타내는 어조사(語助詞). 얼른, 잠깐. 言(언)은 어조(語調)를 고르는 어조사(語助詞). 震(진)은 [위무(威武)를] 떨치다. 之(지)는 그곳. 殷(은)나라와 그 속국(屬國)을 가리킨다. 莫不(막불)은 아니함이 없다. 震(진)은 떨다. 疊(첩)은 慴(섭)과 통(通)한다. 두려워하다. 懷(회)는 이르다. 柔(유)는 편안(便安)하게 하다. 及(급)은 미치다. 河(하)는 黃河(황하). 喬(교)는 높다. 嶽(악)은 큰 산(山). 允(윤)은 진실(眞實)로. 王(왕)은 武王(무왕)을 가리킨다. 維(유)는 어조(語調)를 고르는 어조사(語助詞). 后(후)는 임금답다. 明(명)은 [지혜(智惠)가] 밝음. 昭(소)는 [통찰(洞察)이] 빛남. 式(식)은 발어사(發語詞). 아! 序(서)는 차례(次例)를 매기다. 在位(재위)는 제후(諸侯)의 자리에 있는 사람을 가리킨다. 이 구(句)는 제후(諸侯)들에게 각각(各各) 알맞은 직무(職務)를 준 것을 뜻한다. 載(재)는 곧, 이에. 戢(즙)은 거두다. 干(간)은 방패(防牌). 戈(과)는 창(槍). 櫜(고)는 활집. 여기서는 동사(動詞)로 풀이한다. 弓矢(궁시)는 활과 화살. 我(아)는 나. 武王(무왕) 자신(自身)을 말한다. 求(구)는 구(求)하다, 추구(追求)하다. 懿(의)는 아름답다. 美(미)와 같다. 德(덕)은 덕정(德政)을 뜻한다. 肆(사)는 펴다, 시행(施行)하다. 于(우)는 ~에. 時(시)는 이. 是(시)와 같다. 夏(하)는 중국(中國)을 뜻한다. 保(보)는 지키다. 之(지)는 그것. 夏(하)에 아름다운 덕정(德政)을 펴는 것을 가리킨다.

(274) 執 競
_{집 경}

執競武王 無競維烈
_{집 경 무 왕} _{무 경 유 열}

不顯成康 上帝是皇
_{비 현 성 강} _{상 제 시 황}

自彼成康 奄有四方 斤斤其明
_{자 피 성 강} _{엄 유 사 방} _{근 근 기 명}

鍾鼓喤喤 磬筦將將
_{종 고 황 황} _{경 관 장 장}

降福穰穰 降福簡簡
_{강 복 양 양} _{강 복 간 간}

威儀反反 旣醉旣飽 福祿來反
_{위 의 반 반} _{기 취 기 포} _{복 록 래 반}

굳센 적(敵)을 잡다[1]

굳센 적(敵)을 잡은 무왕(武王)께서는
공업(功業)을 겨룰 데 없네.
[덕정(德政)이] 크게 드러난 성왕(成王)과 강왕(康王)을
상제(上帝)께서 아름답게 여기시네.
저 성왕(成王)과 강왕(康王)으로부터
모두 사방(四方)을 가지게 되었으니
그 현명(賢明)함은 찬찬했었네.

---

1) 〈執競(집경)〉은 武王(무왕)과 成王(성왕)과 康王(강왕)을 제사(祭祀)지내는 악가(樂歌)
이다.

[제사(祭祀)에서] 종(鍾)과 북은 소리가 어울리고
편경(編磬)과 피리도 소리가 어우러지네.
[무(武)·성(成)·강왕(康王)께서] 내리는 복(福)은 넉넉하고.
[무(武)·성(成)·강왕(康王)께서] 내리는 복(福)은 엄청나네.
위엄(威嚴)있는 몸가짐으로 삼가 [제사(祭祀)지내니]
[무(武)·성(成)·강왕(康王)께서] 이미 취(醉)하고 이미 배불러
[우리에게] 복록(福祿)으로 보답(報答)해주시네.2)

---

2) 執(집)은 잡다. 競(경)은 굳세다. 여기서는 굳센 적(敵)을 말한다. 武王(무왕)은 文王
(문왕)의 아들. 無競(무경)은 겨룰 게 없음, 막강(莫强)함. 競(경)은 겨루다. 維(유)는
어조(語調)를 고르는 어조사(語助詞). 烈(열)은 공업(功業), 공훈(功勳). 丕(비)는 크
다. 顯(현)은 [덕정(德政)이] 드러나다. 成(성)은 成王(성왕). 康(강)은 康王(강왕). 上
帝(상제)는 세상(世上)을 창조(創造)하고 이를 주재(主宰)한다고 믿어지는 초자연적(超
自然的)인 절대자(絶對者). 是(시)는 어세(語勢)를 강조(强調)하는 어조사(語助詞). 皇
(황)은 아름답다. 自(자)는 ~으로부터. 彼(피)는 저. 奄(엄)은 모두. 有(유)는 가지다,
소유(所有)하다. 四方(사방)은 천하(天下)를 뜻한다. 斤斤(근근)은 밝게 살피는 모습.
여기서는 '찬찬하다'로 풀이하였다. 其(기)는 그. 明(명)은 현명(賢明)함. 鍾鼓(종고)는
종(鍾)과 북. 喤喤(황황)은 종(鍾)과 북소리가가 어울리는 모습. 磬(경)은 편경(編磬).
筦(관)은 피리. 將將(장장)은 鏘鏘(장장)과 같다. 소리가 어울려서 조화(調和)를 이룬
모습. 降福(강복)은 내린 복(福). 穰穰(양양)은 많은 모습. 여기서는 '넉넉하다'로 풀
이하였다. 簡簡(간간)은 복(福)이 큰 모습. 여기서는 '엄청나다'로 풀이하였다. 威儀
(위의)는 위엄(威嚴)있는 몸가짐. 反反(반반)은 삼가는 모습. 反(반)은 삼가다. 旣(기)
는 이미. 醉(취)는 취(醉)하다. 飽(포)는 배부르다. 福祿(복록)은 행복(幸福)과 녹봉(祿
俸). 來(래)는 어조(語調)를 고르는 어조사(語助詞). 反(반)은 보답(報答)하다.

(275) 思 文
사　문

思文后稷 克配彼天 立我烝民 莫匪爾極
사 문 후 직　극 배 피 천　입 아 증 민　막 비 이 극

貽我來牟 帝命率育 無此疆爾界 陳常于時夏
이 아 래 모　제 명 솔 육　무 차 강 이 계　진 상 우 시 하

문덕(文德)을 생각함1)

문덕(文德)이 있는 <u>후직(后稷)</u>을 생각하니

[당신(當身)은] 능(能)히 하늘과 견줄 만합니다.

우리 여러 백성(百姓)을 쌀밥 먹게 하였으니

당신(當身)의 지극(至極)한 [덕(德)이] 아님이 없습니다.

우리에게 밀과 보리를 주었고

상제(上帝)의 명령(命令)으로 [우리를] 거느려 길렀습니다.

이 지경(地境) 너 경계(境界)할 것 없이

이 중국(中國)에 농정(農政)을 펼쳤습니다.2)

---

1) 〈思文(사문)〉은 周(주)나라 사람들이 시조(始祖)인 后稷(후직)을 교사(郊祀)지내며 배
천(配天)하는 악가(樂歌)이다. *교사(郊祀)는 천자(天子)가 동지(冬至)에 남(南)쪽 교외
(郊外)에 나가 하늘에, 하지(夏至)에 북(北)쪽 교외(郊外)에 나가 땅에 올린 제사(祭
祀). 배천(配天)은 왕자(王者)가 그 조상(祖上)을 하늘과 함께 제향(祭享)하는 일.
2) 思(사)는 생각하다. 文(문)은 문덕(文德). 무공(武功)과 상대(相對)되는 말로 여기서는
국내(國內)를 건설(建設)한 공업(功業)을 뜻한다. 后稷(후직)은 周(주)나라 사람들의 시
조(始祖). 克(극)은 능(能)히. 配(배)는 걸맞다, 견주다. 彼(피)는 저. 天(천)은 하늘.
立(입)은 粒(입)을 뜻한다. 쌀밥 먹다. 여기서는 양육(養育)함을 말한다. 我(아)는 나,
우리. 烝(증)은 뭇, 여러. 民(민)은 백성(百姓). 莫(막)은 없다. 匪(비)는 아니다. 爾
(이)는 너, 당신(當身). 貽(이)는 주다. 來(래)는 밀. 牟(모)는 보리. 帝(제)는 상제(上
帝). 命(명)은 명령(命令). 率(솔)은 거느리다. 育(육)은 기르다. 無(무)는 없다. 此
(차)는 이. 疆(강)은 지경(地境). 界(계)는 경계(境界). 陳(진)은 펴다, 시행(施行)하다.
常(상)은 법(法), 제도(制度). 여기서는 농정(農政)을 뜻한다. 于(우)는 ~에. 時(시)는
是(시)와 같다. 이. 夏(하)는 중국(中國). 華夏(화하)라고도 한다.

(276) 臣工
신 공

嗟嗟臣工 차차신공	敬爾在公 경이재공	王釐爾成 왕뢰이성	來咨來茹 내자래여
嗟嗟保介 차차보개	維莫之春 유모지춘	亦又何求 역우하구	如何新畬 여하신여
於皇來牟 오황래모	將受厥明 장수궐명	明昭上帝 명소상제	迄用康年 흘용강년
命我衆人 명아중인	庤乃錢鎛 치내전박	奄觀銍艾 엄관질예	

신하(臣下)[1]

아! 모든 신하(臣下)들이여,
그대들이 공직(公職)을 [수행(遂行)함에] 있어 조심(操心)하라.
왕(王)이 그대들에게 이루어야 할 일을 주면
[서로] 묻고 헤아려 보라.
아! 보개(保介)여,
이른 봄에 [농민(農民)들에게]
또한 무엇을 구(求)함이 있어야 하겠는가?
휴경(休耕)한 지 이태 된 밭과 세 해 지난 밭을 어떻게 할 것인가?[2]

---

1) 〈臣工(신공)〉은 周(주)나라 왕(王)이 적전(籍田)에서 농관(農官)과 농민(農民)을 권계(勸戒)하는 내용(內容)이다.

2) 嗟嗟(차차)는 발어사(發語詞). 아! 臣工(신공)은 군신백관(群臣百官). 여기서는 '모든 신하(臣下)'로 풀이하였다. 敬(경)은 삼가다, 조심(操心)하다. 爾(이)는 그대. 臣工(신공)을 가리킨다. 在(재)는 있다. 公(공)은 공무(公務), 공직(公職). 王(왕)은 周(주)나라 왕(王). 釐(뢰)는 주다. 賚(뢰)와 같다. 成(성)은 이루다. 功(공)과 같다. 여기서는 이루어야 할 일을 말한다. 來(래)는 어세(語勢)를 강(强)하게 하는 어조사(語助詞). 咨(자)는 묻다. 茹(여)는 헤아리다. 위의 네 구(句)는 왕(王)이 신공(臣工)을 타이르는 말이다. 保介(보개)는 전관(田官)을 말한다. 전준(田畯)이라고도 한다. 維(유)는 어조(語調)를 고르는 어조사(語助詞). 莫(모)는 저물다, 늦다. 暮(모)와 같다. 之(지)는 ~은(는). 春(춘)은 봄. 주력(周曆)의 모춘(暮春)은 하력(夏曆)으로 초춘(初春)이며 곧 음력(陰曆) 정월(正月)이다. 亦(역)은 또한. 又(우)는 있다. 有(유)와 같다. 何(하)는 무엇. 求(구)는 구(求)하다. 여기서는 농민(農民)에게 농사(農事)할 것을 촉구(促求)하라는 뜻이다. 如何(여하)는 어떻게 할 것인가? 新(신)은 새로 개간(開墾)한 땅, 또는 휴경(休耕)한 지 2년(年)된 밭. 畬(여)는 새밭, 휴경(休耕)한 지 3년(年)된 밭. 위의 네 구(句)는 왕(王)이 보개(保介)를 타이르는 말이다.

아! 아름다운 밀과 보리,

장차(將次) 그 [넉넉한] 수확(收穫)을 받으리라.

[지혜(智惠)가] 밝고 [통찰(洞察)이] 빛나는 상제(上帝)께서는

풍년(豐年)으로써 이르게 하소서.

나의 여러 농민(農民)에게 명령(命令)하니,

'[밭 갈고 김맬] 너희 가래와 호미를 갖추어라.

[수확(收穫)할 때는 낫으로] 베는 것을 모두 보겠다.'고 하네.3)

---

3) 於(오)는 감탄사(感歎詞). 아! 皇(황)은 아름답다. 來牟(래모)는 밀과 보리. 將(장)은 장차(將次). 受(수)는 받다. 厥(궐)은 그. 其(기)와 같다. 明(명)은 갖추어지다. 成(성) 과 같다. 여기서는 풍성(豐盛)한 수확(收穫)을 뜻한다. 明(명)은 지혜(智惠)가 밝다. 昭 (소)는 통찰(洞察)이 빛나다. 上帝(상제)는 세상(世上)을 창조(創造)하고 이를 주재(主宰)한다고 믿어지는 초자연적(超自然的)인 절대자(絶對者). 迄(흘)은 이르다. 用(용)은 ~로써. 以(이)와 같다. 康年(강년)은 풍년(豐年)과 같다. 康(강)은 풍년(豐年)이 들다. 위의 네 구(句)는 왕(王)이 상제(上帝)께 풍년(豐年)을 기구(祈求)하는 내용(內容)이다. 命(명)은 명령(命令)하다. 我(아)는 나. 여기서는 왕(王)을 가리킨다. 衆人(중인)은 여러 사람. 여기서는 여러 농민(農民)을 말한다. 庤(치)는 갖추다. 乃(내)는 너, 너희. 錢(전)은 가래. 鎛(박)은 호미. 奄(엄)은 모두, 함께. 觀(관)은 보다. 銍(질)은 낫, 베다. 艾(예)는 베다. 위의 세 구(句)는 왕(王)이 농민(農民)에게 곡물(穀物)을 베고 거두는 것을 명령(命令)하는 내용(內容)이다.

*적전(籍田)은 임금이 몸소 경작(耕作)하여 그 곡식(穀食)으로 제사(祭祀) 지내던 제전 (祭田).

【頌-周頌-12】

(277) 噫 嘻
<small>희 희</small>

噫嘻成王 旣昭假爾 率時農夫 播厥百穀
<small>희 희 성 왕　기 소 격 이　솔 시 농 부　파 궐 백 곡</small>

駿發爾私 終三十里 亦服爾耕 十千維耦
<small>준 발 이 사　종 삼 십 리　역 복 이 경　십 천 유 우</small>

아!1)

아! 성왕(成王)이여,

이미 [저의 정성(精誠)이 당신(當身)께] 밝게 이르렀습니다.

이 농부(農夫)들을 거느려 [개간(開墾)한 밭에]

그 온갖 곡식(穀食) [씨를] 뿌렸습니다. [씨 뿌리기에 앞서]

재빨리 그들의 사전(私田)을 개발(開發)하게 하여

삼십(三十) 리(里)를 마쳤습니다.

또한 그들이 밭가는 것에 종사(從事)토록 하여

만(萬) 사람이 [짝을 이루어] 나란히 갈게 하였습니다.2)

---

1) 〈噫嘻(희희)〉는 봄에 康王(강왕)이 成王(성왕)을 제사(祭祀) 지내며 개간(開墾)한 논밭
에 농사(農事)가 잘 되기를 비는 내용(內容)이다.

2) 噫(희)와 嘻(희)는 감탄사(感歎詞). 아! 成王(성왕)은 武王(무왕)의 아들. 여기서는 成
王(성왕)의 신령(神靈)을 가리킨다. 旣(기)는 이미. 昭(소)는 밝다. 假(격)은 이르다.
爾(이)는 단정(斷定)의 뜻을 지닌 어조사(語助詞). 率(솔)은 거느리다. 時(시)는 이. 是
(시)와 같다. 農夫(농부)는 농사(農事) 짓는 사람. 播(파)는 뿌리다. 厥(궐)은 그. 其
(기)와 같다. 百穀(백곡)은 온갖 곡식(穀食). 駿(준)은 빠르다. 發(발)은 개발(開發)하
다, 개간(開墾)하다. 爾(이)는 그들. 農夫(농부)를 가리킨다. 私(사)는 사전(私田)을 가
리킨다. 終(종)은 마치다. 三十里(삼십리)는 사방(四方) 삼십(三十) 리(里)나 되는 논
밭. 실제(實際)로는 넓은 논밭을 말한다. 亦(역)은 또한. 服(복)은 일하다, 종사(從事)
하다. 爾(이)는 農夫(농부)르 가리킨다. 耕(경)은 밭 갈다. 十千(십천)은 일만(一萬).
여기서는 일만(一萬) 사람을 말하며, 실제(實際)로는 많은 사람을 가리킨다. 維(유)는
어조(語調)를 고르는 어조사(語助詞). 耦(우)는 둘이 나란히 서서 갈다.

(278) 振 鷺
진 로

振鷺于飛 于彼西雝 我客戾止 亦有斯容
진 로 우 비　우 피 서 옹　아 객 려 지　역 유 사 용

在彼無惡 在此無斁 庶幾夙夜 以永終譽
재 피 무 오　재 차 무 역　서 기 숙 야　이 영 종 예

떼 지어 나는 백로(白鷺)[1]

떼 지은 백로(白鷺)가 날아서
저 서(西)쪽 늪에 있네.
나의 손님께서 이르시니
또한 [백로(白鷺) 같은] 이런 모습이 있네.
저쪽 [나라에] 있어서도 [사람들이] 싫어함이 없고
이쪽 [나라에] 있어서도 [사람들이] 싫어함이 없네.
바라건대 이른 아침부터 깊은 밤까지 [나랏일에 부지런하여]
길이 명예(名譽)를 끝까지 지니기를 [바라네.][2]

---

1) 〈振鷺(진로)〉는 周(주)나라에 조회(朝會)하러 온 빈객(賓客)으로서의 제후(諸侯)를 찬양(讚揚)하는 내용(內容)이다.

2) 振(진)은 振辰(진진)을 뜻하며 새들이 떼 지어 나는 모습. 鷺(로)는 백로(白鷺), 해오라기. 于(우)는 어조(語調)를 고르는 어조사(語助詞). 飛(비)는 날다. 于(우)는 ~에 [있다]. 彼(피)는 저. 西(서)는 서(西)쪽. 雝(옹)은 늪. 이 두 구(句)는 백로(白鷺)가 서(西)쪽 늪에 있는 것으로서 조회(朝會)하러 온 제후(諸侯)가 周(주)나라 조정(朝廷)에서 빈객(賓客)의 자리인 서(西)쪽에 있음을 비유(比喩)하였다. 我(아)는 나. 周(주)나라 왕(王)을 가리킨다. 客(객)은 손님. 조회(朝會)하러 온 제후(諸侯)를 가리킨다. 戾(려)는 이르다. 止(지)는 문말(文末)에 놓는 뜻 없는 어조사(語助詞). 亦(역)은 또한. 有(유)는 있다. 斯(사)는 이. 容(용)은 모습. 여기서는 백로(白鷺)의 깨끗한 모습을 가리킨다. 在(재)는 있다. 彼(피)는 저. 여기서는 객인(客人)의 봉국(封國)을 말한다. 無(무)는 없다. 惡(오)는 싫어하다. 此(차)는 이. 周(주)나라를 가리킨다. 斁(역)은 싫어하다. 庶(서)와 幾(기)는 바라건대. 夙夜(숙야)는 이른 아침과 깊은 밤. 여기서는 이른 아침부터 깊은 밤까지 국사(國事)에 부지런함을 뜻한다. 以(이)는 접속(接續)의 뜻을 지닌 어조사(語助詞). 而(이)와 같다. 永(영)은 길이, 오래도록. 終(종)은 끝까지. 여기서는 '끝까지 지니다'로 풀이하였다. 譽(예)는 명예(名譽), 영예(榮譽). *終(종)을 衆(중)의 가차자(假借字)로 풀이하는 곳도 있다. 衆(중)은 盛(성)과 같다. 성대(盛大)한 名譽(명예).

(279) 豐年
　　　풍 년

豐年多黍多稌 亦有高廩 萬億及秭
풍 년 다 서 다 도　역 유 고 름　만 억 급 자

爲酒爲醴 烝畀祖妣 以洽百禮 降福孔皆
위 주 위 례　증 비 조 비　이 흡 백 례　강 복 공 개

풍년(豐年)[1]

풍년(豐年)이라 기장도 많고 찰벼도 많으며
또 높은 곳집도 있고 [곳집에는 곡물(穀物)이]
만(萬) 단억(億) 단만억(萬億) 단에 미치네.
술을 빚고 단술을 만들어
남녀(男女) 선조(先祖)께 올리고 드리며
온갖 예물(禮物)을 합(合)쳤으니
내리는 복(福)은 아주 두루 미치네.[2]

---

1) 〈豐年(풍년)〉은 추수(秋收)를 마치고 선조(先祖)께 제사(祭祀) 드릴 때 부르던 악가(樂歌)이다.

2) 豐年(풍년)은 농사(農事)가 잘된 해. 多(다)는 많다. 黍(서)는 기장. 稌(도)는 찰벼. 亦(역)은 또. 有(유)는 있다. 高(고)는 높다. 廩(름)은 곳집. 萬億(만억)은 아주 많은 수(數)를 뜻한다. 여기서는 곡물(穀物)을 묶은 단을 더하여 만(萬) 단, 억(億) 단으로 풀이하였다. 及(급)은 미치다. 秭(자)는 만억(萬億). 爲(위)는 만들다. 여기서는 빚다. 酒(주)는 술. 醴(례)는 단술. 烝(증)은 올리다. 畀(비)는 주다, 드리다. 祖(조)는 선조(先祖). 妣(비)는 先妣(선비), 죽은 어미. 여기서 祖妣(조비)는 남녀(男女) 선조(先祖)를 말한다. 以(이)는 접속(接續)의 뜻을 지닌 어조사(語助詞). 而(이)와 같다. 洽(흡)은 합(合)치다. 百禮(백례)는 온갖 예물(禮物). 降(강)은 내리다. 福(복)은 복(福). 孔(공)은 매우, 아주. 皆(개)는 두루 미치다. *皆(개)를 아름다울 嘉(가)로 풀이하는 곳도 있다.

(280) 有瞽
유 고

有瞽有瞽　在周之庭
유고유고　재주지정

設業設虡　崇牙樹羽　應田縣鼓　鞉磬柷圉　旣備乃奏　簫管備擧
설업설거　숭아수우　응전현고　도경축어　기비내주　소관비거

喤喤厥聲　肅雝和鳴　先祖是聽
황황궐성　숙옹화명　선조시청

我客戾止　永觀厥成
아객려지　영관궐성

악공(樂工)¹⁾

악공(樂工)과 악공(樂工)이
<u>주(周)</u>나라 [종묘(宗廟)의] 뜰에 있네.
업(業)을 늘어놓고 거(虡)도 늘어놓았으며
숭아(崇牙)에 깃을 꽂았고
작은 북과 큰북과 매단 북과
땡땡이와 경(磬)쇠와 축(柷)과 어(圉)가
이미 갖추어져 이에 연주(演奏)되고
퉁소와 피리도 갖추어져 협주(協奏)하네.²⁾

---

1) 〈有瞽(유고)〉는 周(주)나라 묘당(廟堂)에서 제사(祭祀)지낼 때 주악(奏樂)의 성황(盛況)
을 나타낸 내용(內容)이다.
2) 有(유)는 어조(語調)를 고르는 어조사(語助詞). 瞽(고)는 맹인(盲人). 周代(주대)에는
맹인(盲人)을 악관(樂官)으로 썼다. 여기서는 악공(樂工)을 가리킨다. 在(재)는 있다.
周(주)는 나라 이름. 之(지)는 ~의. 庭(정)은 뜰. 여기서는 종묘(宗廟)의 뜰을 말한다.
設(설)은 늘어놓다, 설치(設置)하다. 業(업)은 종(鐘)다는 널. 虡(거)는 쇠북 거는 틀.
崇牙(숭아)는 종(鐘)이나 경(磬)쇠를 거는 곳. 樹(수)는 심다, 두다. 여기서는 꽂음을
뜻한다. 羽(우)는 [장식용(裝飾用)] 깃. 應(응)은 작은 북. 田(전)은 큰북. 縣(현)은 매
달다. 鼓(고)는 북. 鼗(도)는 땡땡이, 요고(搖鼓). 磬(경)은 경(磬)쇠. 柷(축)은 연주
(演奏)의 시작(始作)을 알리는 악기(樂器). 圉(어)는 연주(演奏)의 마침을 알리는 악기
(樂器). 旣(기)는 이미. 備(비)는 갖추다. 乃(내)는 이에, 곧. 奏(주)는 연주(演奏)하
다. 簫(소)는 퉁소(洞簫). 管(관)은 피리. 擧(거)는 행(行)하다. 여기서는 '협주(協奏)하
다.'로 풀이하였다.

[악기(樂器)의] 어우러진 그 소리가
고요하게 누그러지며 조화(調和)롭게 울리니
선조(先祖)께서 들으시네.
나의 손님께서 이르러
오래도록 [연주(演奏)가] 이루어짐을 보네.3)

---

3) 喤喤(황황)은 종(鐘)과 북소리가 어울리는 모습. 厥(궐)은 그. 聲(성)은 소리. 肅(숙)
은 고요하다. 雝(옹)은 누그러지다. 和(화)는 조화(調和)롭다. 鳴(명)은 울리다. 先祖
(선조)는 조상(祖上). 是(시)는 어조(語調)를 고르는 어조사(語助詞). 聽(청)은 듣다.
我(아)는 나. 周(주)나라 왕(王)을 말한다. 客(객)은 손님. 여기서는 군신(群臣)을 뜻한
다. 戾(려)는 이르다. 止(지)는 문말(文末)에 놓는 뜻 없는 어조사(語助詞). 永(영)은
오래도록. 觀(관)은 보다. 厥(궐)은 그. 其(기)와 같다. 여기서는 대합악(大合樂)을 가
리킨다. 成(성)은 이루다. 여기서는 한 곡(曲)이 마쳤음을 뜻한다.

(281) 潛
잠

猗與漆沮 潛有多魚 有鱣有鮪 鰷鱨鰋鯉 以享以祀 以介景福
의 여 칠 저 잠 유 다 어 유 전 유 유 조 상 언 리 이 향 이 사 이 개 경 복

섶1)

우와! 칠수(漆水)와 저수(沮水)의 섶에
많은 물고기가 있네.
철갑(鐵甲)상어도 있고 다랑어와
피라미와 자가사리와 메기와 잉어도 있네.
[선조(先祖)께 그것을] 드리고 제사(祭祀)지네
큰 복(福)을 비네.2)

---

1) 〈潛(잠)〉은 周(주)나라 왕(王)이 종묘(宗廟)에서 제사(祭祀)지낼 때, 물고기를 바치며
복(福)을 비는 내용(內容)이다.
2) 猗與(의여)는 '아아'하고 감탄(感歎)하는 소리. 여기서는 '우와'라고 풀이하였다. 漆
(칠)과 沮(저)는 周(주)나라의 물 이름. 潛(잠)은 물고기가 많이 모이도록 물속에 쌓
아놓은 나무나 대나무 또는 갈대인 '섶'을 말한다. 有(유)는 있다. 多魚(다어)는 많은
물고기. 鱣(전)은 철갑(鐵甲)상어. 鮪(유)는 다랑어. 鰷(조)는 피라미. 鱨(상)은 자가사
리. 鰋(언)은 메기. 鯉(리)는 잉어. 以(이)는 ~로써, ~을(를). 수단(手段)을 나타내는
어조사(語助詞). 여기서는 '그것을'로 풀이하였다. 享(향)은 드리다. 祀(사)는 제사(祭
祀)지내다. 以(이)는 접속(接續)을 나타내는 어조사(語助詞). 而(이)와 같다. 여기서는
풀이를 생략(省略)하였다. 介(개)는 돕다. 여기서는 '빌다'의 뜻이다. 景(경)은 크다.
大(대)와 같다. 福(복)은 복(福).

(282) 雝
　　　　옹

有來雝雝　至止肅肅　相維辟公　天子穆穆
유 래 옹 옹　지 지 숙 숙　상 유 벽 공　천 자 목 목

於薦廣牡　相予肆祀　假哉皇考　綏予孝子
오 천 광 모　상 여 사 사　가 재 황 고　수 여 효 자

宣哲維人　文武維后　燕及皇天　克昌厥後
선 철 유 인　문 무 유 후　연 급 황 천　극 창 궐 후

綏我眉壽　介以繁祉　既右烈考　亦右文母
수 아 미 수　개 이 번 지　기 우 열 고　역 우 문 모

화락(和樂)함[1]

[선고(先考) 제사(祭祀)에] 온 [제후(諸侯)들은] 화락(和樂)하고
[이곳에] 이르러 모인 [참석자(參席者)는] 점잖네.
[제사(祭祀)를] 돕는 이는 이들 제후(諸侯)요
[제주(祭主)인] 천자(天子)는 아름답고 훌륭하네.
아! [제후(諸侯)들은 희생(犧牲)으로 쓸] 큰 수소를 바치고
나를 도와 제수(祭需)를 진설(陳設)하네.
아름답구나! 황고(皇考)여,
효자(孝子)인 저를 편안(便安)하게 해 주셨네.[2]

---

1) 〈雝(옹)〉은 武王(무왕)이 아버지 文王(문왕)을 제사(祭祀)지내는 악가(樂歌)이다.
2) 有(유)는 어조(語調)를 고르는 어조사(語助詞). 來(래)는 오다. 여기서는 제후(諸侯)들이
  文王(문왕)을 제사(祭祀)지내러 온 것을 뜻한다. 雝雝(옹옹)은 화락(和樂)한 모습. 至(지)
  는 이르다. 止(지)는 이르다, 모이다. 文王(문왕) 제사(祭祀)에 참석(參席)하기 위(爲)해
  이른 사람을 뜻한다. 肅肅(숙숙)은 정중(鄭重)한 모습, 점잖은 모습. 相(상)은 돕다. 維
  (유)는 어조(語調)를 고르는 어조사(語助詞). 辟公(벽공)은 제후(諸侯). 天子(천자)는 武王
  (무왕)을 가리킨다. 穆穆(목목)은 아름답고 훌륭한 모습. 於(오)는 감탄사(感歎詞). 아! 薦
  (천)은 바치다. 廣(광)은 넓다. 여기서는 크다. 牡(모)는 희생(犧牲)으로 쓸 수소. 相(상)
  은 돕다. 予(여)는 나. 武王(무왕)을 가리킨다. 肆(사)는 펴다, 진설(陳設)하다. 祀(사)는
  제사(祭祀). 여기서는 제사(祭祀)에 쓰일 祭需(제수)를 가리킨다. 假(가)는 아름답다. 嘉
  (가)와 같다. 哉(재)는 감탄(感歎)을 나타내는 어조사(語助詞). 皇考(황고)는 先考(선고)의
  높임말. 文王(문왕)을 가리킨다. 綏(수)는 편안(便安)하다. 孝子(효자)는 부모(父母)의 제
  사(祭祀)에서 맏아들의 자칭(自稱). 여기서는 武王(무왕)을 말한다. 이 구(句)는 文王(문
  왕)이 천하(天下)를 안정(安定)시켜 주었음을 말한다.

[신하(臣下)였을 때는] 총명(聰明)하고 사리(事理)에 밝은 분이었고
[임금일 때는] 문무(文武)를 갖춘 임금이 되었네.
편안(便安)함이 넓은 하늘에 미쳤으며
능(能)히 그 후손(後孫)을 창성(昌盛)하게 하셨네.
저에게 오래 사는 것을 내려주시고
많은 복(福)으로 도와주시네.
이윽고 빛나는 선고(先考)께 [제수(祭需)를] 권(勸)하고
또 문덕(文德)있는 선비(先妣)께도 권(勸)하네.3)

___

3) 宣哲(선철)은 총명(聰明)하고 사리(事理)에 밝음. 여기서는 文王(문왕)이 신하(臣下)였
을 때를 가리킨다. 維(유)는 어조(語調)를 고르는 어조사(語助詞). 人(인)은 사람. 文
武(문무)는 문무(文武)를 갖추다. 后(후)는 임금. 燕(연)은 편안(便安)하다. 及(급)은
미치다. 皇天(황천)은 크고 넓은 하늘. 이 구(句)는 하늘에 이변(異變)이 없어 재앙(災
殃)을 내리지 않음을 뜻한다. 克(극)은 능(能)히. 昌(창)은 창성(昌盛)하다. 厥(궐)은
그. 後(후)는 후손(後孫). 綏(수)는 주다. 遺(유)와 같다. 眉壽(미수)는 장수(長壽)하는
사람. 장수(長壽)한 사람은 눈썹에 긴 털이 나는 데서 온 말. 여기서는 오래 사는 것
으로 풀이하였다. 介(개)는 돕다. 以(이)는 ~로써. 繁(번)은 많다. 祉(지)는 복(福).
旣(기)는 이미, 이윽고. 右(우)는 권(勸)하다. 侑(유)와 같다. 烈(열)은 빛나다. 考(고)
는 皇考(황고)를 말한다. 亦(역)은 또한. 文(문)은 문덕(文德)이 있다. 母(모)는 돌아가
신 어머니를 뜻한다. 선비(先妣). 文王(문왕)의 아내이자 武王(무왕)의 어머니인 太姒
(태사)를 가리킨다.

(283) 載　見
재　현

載見辟王 日求厥章
재 현 벽 왕　왈 구 궐 장

龍旂陽陽 和鈴央央 鞗革有鶬 休有烈光
용 기 양 양　화 령 앙 앙　조 혁 유 창　휴 유 열 광

率見昭考 以孝以享 以介眉壽
솔 현 소 고　이 효 이 향　이 개 미 수

永言保之 思皇多祜 烈文辟公 綏以多福
영 언 보 지　사 황 다 호　열 문 벽 공　수 이 다 복

俾緝熙于純嘏
비 집 희 우 순 하

처음 뵙다1)

[제후(諸侯)들이] 처음으로 군왕(君王)을 뵈니
[군왕(君王)께서] 이에 그 전장제도(典章制度)를 요구(要求)하시네.2)
[제후(諸侯)들의] 용기(龍旂)는 색채(色彩)가 선명(鮮明)하고
수레 방울과 말고삐 방울은 딸랑이며
말고삐의 구리 장식(裝飾)과 재갈은 반짝거려
[그 모두가] 아름답고 빛나네.3)
[군왕(君王)은 제후(諸侯)를] 거느려 소고(昭考)를 뵙고
제사(祭祀) 드리며
장수(長壽)를 비네.4)

---

1) 〈載見(재현)〉은 周(주)나라 成王(성왕)이 제후(諸侯)를 거느리고 武王(무왕)의 묘(廟)
   에서 제사(祭祀)드리고 복(福)을 비는 악가(樂歌)이다.
2) 載(재)는 처음으로. 見(현)은 뵙다. 辟王(벽왕)은 군왕(君王), 천자(天子). 여기서는
   成王(성왕)을 가리킨다. 曰(왈)은 발어사(發語詞). 이에. 求(구)는 구(求)하다. 厥(궐)
   은 그. 章(장)은 제후(諸侯)들이 갖추어야 할 거마(車馬)와 복식(服飾)의 전장제도(典
   章制度).
3) 龍旂(용기)는 날아오르는 용(龍)과 내려오는 용(龍)을 그린 붉은 기(旗)로 제후(諸侯)
   가 세운다. 陽陽(양양)은 색채(色彩)가 선명(鮮明)한 모습. 和鈴(화령)은 和鸞(화란)을
   말한다. 和(화)는 수레 앞턱 가로나무에 단 방울. 鸞(란)은 말고삐에 다는 방울. 鈴
   (령)은 방울. 央央(앙앙)은 방울 소리. 여기서는 '딸랑이다'로 풀이하였다. 鯈(조)는
   고삐. 여기서는 구리로 만든 고삐 장식(裝飾)을 뜻한다. 革(혁)은 勒(륵)을 뜻한다. 재
   갈. 有鶬(유창)은 鶬鶬(창창)과 같다. 금동(金銅)으로 장식(裝飾)한 것이 아름답고 성
   (盛)한 모습. 여기서는 '반짝이다'로 풀이하였다. 休(휴)는 아름답다. 有(유)는 어조(語
   調)를 고르는 어조사(語助詞). 烈(열)과 光(광)은 빛나다.
4) 率(솔)은 거느리다. 昭考(소고)는 武王(무왕)을 가리킨다. *昭穆(소목)은 종묘(宗廟)나
   사당(祠堂)에 신주(神主)를 모시는 차례(次例)로 시조(始祖)를 가운데 모시고 그 왼쪽
   줄을 소(昭), 오른쪽 줄을 목(穆)이라 하는데, 2·4·6세(世)를 소(昭)에, 3·5·7
   세(世)를 목(穆)에 모신다. 文王(문왕)이 목(穆)이 되었으니 武王(무왕)은 소(昭)이다.
   따라서 成王(성왕)이 武王(무왕)을 昭考(소고)라 하였다. 考(고)는 죽은 뒤에 부(父)를
   이르는 말. 以(이)는 접속(接續)을 나타내는 어조사(語助詞). 孝(효)와 享(향)은 제사
   (祭祀) 드리다. 介(개)는 빌다. 眉壽(미수)는 장수(長壽).

[소고(昭考)께서는] 참사(參祀)들을 오래도록 지켜 주시고
이에 복(福)을 크게 많이 주소서.
문무(文武)를 갖춘 제후(諸侯)들을
많은 복(福)으로 편안(便安)하게 하소서.5)
[이제 모두로] 하여금 밝고 빛나게 큰 복(福)에 이르게 되었네.6)

---

5) 永(영)은 오래도록. 言(언)은 어조(語調)를 고르는 어조사(語助詞). 保(보)는 지키다.
之(지)는 그들. 여기서는 제사(祭祀)에 참가(參加)한 사람을 가리킨다. 思(사)는 발어
사(發語詞). 이에. 皇(황)은 크다. 多(다)는 많다. 祜(호)는 복(福). 烈(열)은 무공(武
功). 文(문)은 문덕(文德). 烈文(열문)을 여기서는 '문무(文武)를 갖추다'로 풀이하였
다. 辟公(벽공)은 제후(諸侯). 綏(수)는 편안(便安)하다. 以(이)는 ～로써. 多福(다복)
은 많은 복(福).
6) 俾(비)는 하여금. 使(사)와 같다. 緝(집)은 밝다. 熙(희)는 빛나다. 于(우)는 가다, 이
르다. 純(순)은 크다. 嘏(하)는 복(福). 이 구(句)는 제사(祭祀)의 목적(目的)이 이루어
졌음을 서술(敍述)하였다.

(284) 有 客
유 객

有客有客	亦白其馬	有萋有且	敦琢其旅
유객유객	역백기마	유처유저	퇴탁기려
有客宿宿	有客信信	言授之縶	以縶其馬
유객숙숙	유객신신	언수지집	이집기마
薄言追之	左右綏之	既有淫威	降福孔夷
박언추지	좌우수지	기유음위	강복공이

손님1)

손님이여, 손님이여! [그대가 탄 말은]
역시(亦是) 흰말이네.
[그대를 따르는 무리는] 많고 [차림새는] 성대(盛大)한데
[그들은] 가려 뽑힌 무리들이네.2)

---

1) 〈有客(유객)〉은 宋(송)나라에 봉(封)해진 殷(은)나라 紂王(주왕)의 형(兄)인 微子(미자)
가 周(주)나라로 내조(來朝)한 뒤 돌아갈 때, 周(주)나라 왕(王)이 그를 전송(餞送)할
때 불렀던 악가(樂歌)이다.
2) 有(유)는 어조(語調)를 고르는 어조사(語助詞). 客(객)은 손님. 宋(송)나라 微子(미자)
를 가리킨다. 亦(역)은 또, 역시(亦是). 白(백)은 희다. 其(기)는 어조(語調)를 고르는
어조사(語助詞). 馬(마)는 말. 殷(은)나라 사람은 흰색(色)을 숭상(崇尙)하였기 때문에
微子(마자)는 고국(故國)을 잊지 않았음을 나타내려고 백마(白馬)를 탄 것이다. 有萋
(유처)은 萋萋(처처)와 같다. [따르는 사람이] 많은 모습. 有且(유저)는 且且(저저)와
같다. [차림새 따위가] 성대(盛大)한 모습. 敦(퇴)는 가리다. 琢(탁)은 선택(選擇)하다.
其(기)는 어조(語調)를 고르는 어조사(語助詞). 旅(려)는 무리.

손님께선 하룻밤을 묵고 [또] 하룻밤을 묵고
손님께선 이틀을 머물고 [또] 이틀을 머물렀네.
[그래도] 끈을 그에게 주어
그 말을 매어 두게 하리라.3)
이제 그를 전송(餞送)함에
좌우(左右)의 [신하(臣下)들이] 그를 편안(便安)하게 하네.
이미 [우대(優待) 받은] 큰 덕(德)이 있었고
[하늘에서] 내려 받을 복(福)은 매우 크겠네.4)

---

3) 宿(숙)은 하룻밤을 숙박(宿泊)하다. 信(신)은 이틀을 머물다. 言(언)은 어조(語調)를
고르는 어조사(語助詞). 授(수)는 주다. 之(지)는 그. 손님을 가리킨다. 縶(집)은 끈,
매다. 以(이)는 접속(接續)을 나타내는 어조사(語助詞). 而(이)와 같다. 이 구(句)는 손
님을 만류(挽留)하려는 것을 나타낸다.
4) 薄(박)과 言(언)은 어조(語調)를 고르는 어조사(語助詞). 여기서는 '이제'로 풀이하였
다. 追(추)는 보내다, 전송(餞送)하다. 之(지)는 그. 손님을 가리킨다. 左右(좌우)는
周(주)나라 왕(王)의 좌우(左右)에 있는 공경대부(公卿大夫)를 가리킨다. 여기서는 신
하(臣下)로 풀이하였다. 綏(수)는 편안(便安)하다. 旣(기)는 이미. 有(유)는 있다. 淫
(음)은 크다. 大(대)와 같다. 威(위)는 덕(德). 여기서는 微子(미자)가 宋(송)나라에 봉
(封)해진 사실(事實)을 가리킨다. 降(강)은 내리다. 孔(공)은 매우. 夷(이)는 크다, 성
대(盛大)하다.

(285) 武
_무

於皇武王 無競維烈 允文文王 克開厥後
_{오 황 무 왕　무 경 유 열　윤 문 문 왕　극 개 궐 후}
嗣武受之 勝殷遏劉 耆定爾功
_{사 무 수 지　승 은 알 류　지 정 이 공}

무왕(武王)[1]

아! 위대(偉大)한 무왕(武王)께서는
겨룰 수 없는 공적(功績)이 있네.
진실(眞實)로 문덕(文德)이 있는 문왕(文王)께서는
능(能)히 그 후대(後代)를 열었네.
무왕(武王)께서 [문왕(文王)의 공업(功業)] 그것을 이어받아
은(殷)나라를 이겨 [나쁜 무리를] 없애고 죽여
그 공업(功業)을 정(定)하는데 이르렀네.[2]

---

1) 〈武(무)〉는 周(주)나라 武王(무왕)의 공업(功業)을 칭송(稱頌)하는 악가(樂歌)이다.
2) 於(오)는 감탄사(感歎詞). 아! 皇(황)은 크다, 위대(偉大)하다. 武王(무왕)은 殷(은)나라를 멸(滅)하고 周(주)나라를 세운 인물(人物). 無(무)는 없다. 競(경)은 겨루다. 無競(무경)은 막강(莫强)과 같다. 維(유)는 어조(語調)를 고르는 어조사(語助詞). 烈(열)은 공적(功績). 여기서는 殷(은)나라를 멸(滅)한 것을 가리킨다. 允(윤)은 진실(眞實)로. 文(문)은 문덕(文德). 여기서는 文王(문왕)이 시행(施行)한 정교(政敎)를 가리킨다. 文王(문왕)은 武王(무왕)의 아버지. 克(극)은 능(能)히. 開(개)는 열다. 厥(궐)은 그. 其(기)와 같다. 後(후)는 뒤, 후대(後代). 여기서는 武王(무왕)의 창업(創業)을 가리킨다. 嗣(사)는 잇다. 武(무)는 武王(무왕)을 가리킨다. 受(수)는 받다. 之(지)는 그것. 文王(문왕)의 공업(功業)을 가리킨다. 勝(승)은 이기다. 殷(은)은 나라 이름. 遏(알)은 없애다. 멸(滅)과 같다. 劉(류)는 죽이다. 殺(살)과 같다. 耆(지)는 이르다. 定(정)은 정(定)하다. 爾(이)는 그. 其(기)와 같다. 功(공)은 功業(공업).

(286) 閔予小子
민 여 소 자

閔予小子 遭家不造 嬛嬛在疚
민 여 소 자 조 가 부 조 경 경 재 구

於乎皇考 永世克孝 念茲皇祖 陟降庭止 維予小子 夙夜敬止
오 호 황 고 영 세 극 효 염 자 황 조 척 강 정 지 유 여 소 자 숙 야 경 지

於乎皇王 繼序思不忘
오 호 황 왕 계 서 사 불 망

소자(小子)인 저를 불쌍히 여기소서[1]

소자(小子)인 저를 불쌍히 여기소서.
집안의 불행(不幸)함을 당(當)해
홀로 외로이 근심 [속에] 있습니다.[2]

---

1) 〈閔予小子(민여소자)〉는 周(주)나라 成王(성왕)이 아버지인 武王(무왕)의 상(喪)을 당(當)해 조묘(祖廟)에 고(告)하고 아버지와 할아버지를 그리워하며 자신(自身)을 경계(警戒)하는 내용(內容)이다.

2) 閔(민)은 불쌍히 여기다. 憫(민)과 같다. 予(여)는 나. 小子(소자)는 아들이 부모(父母)에 대(對)하여 자기(自己)를 낮추어 가리키는 말. 遭(조)는 만나다, 당(當)하다. 家(가)는 집안. 不造(부조)는 不幸(불행)과 같다. 여기서는 成王(성왕)의 아버지인 武王(무왕)의 상(喪)을 뜻한다. 造(조)는 되다. 嬛嬛(경경)은 외톨이가 되어 의지(依支)할 곳 없는 모습. 在(재)는 있다. 疚(구)는 오랜 병(病). 여기서는 근심을 뜻한다.

아! 위대(偉大)한 아버지여,

영세(永世)토록 능(能)히 효도(孝道)하겠습니다.

이 위대(偉大)한 할아버지를 생각하니

[신하(臣下)의 직위(職位)를] 올리고 내림을 올바르게 하셨습니다.

소자(小子)인 저도

이른 아침부터 깊은 밤까지 삼가 [일하겠습니다.]3)

아! 위대(偉大)한 선왕(先王)이여,

[선왕(先王)의] 사업(事業)을 이어 나가기를 잊지 않겠습니다.4)

---

3) 於乎(오호)는 嗚呼(오호)와 같다. 감탄사(感歎詞). 아! 皇考(황고)는 先考(선고)의 높임말. 皇(황)은 크다, 위대(偉大)하다. 考(고)는 돌아가신 아버지. 武王(무왕)을 가리킨다. 永世(영세)는 세월(歲月)이 오램. 克(극)은 능(能)히. 孝(효)는 효도(孝道)하다. 念(염)은 생각하다. 玆(자)는 이. 皇祖(황조)는 돌아가신 자기(自己) 할아버지의 높임말. 여기서는 文王(문왕)을 가리킨다. 陟(척)은 올리다. 여기서는 승진(昇進)시킴을 뜻한다. 降(강)은 내리다. 여기서는 좌천(左遷)시킴을 뜻한다. 庭(정)은 곧다, 공정(公正)하다. 止(지)는 문말(文末)에 놓는 뜻 없는 어조사(語助詞). 維(유)는 어조(語調)를 고르는 어조사(語助詞). 夙夜(숙야)는 이른 아침과 깊은 밤. 敬(경)은 삼가다. 여기서는 삼가 일함을 뜻한다.

4) 皇王(황왕)은 위대(偉大)한 선왕(先王). 여기서는 文王(문왕)과 武王(무왕)을 가리킨다. 繼(계)는 잇다, 이어 나가다. 序(서)는 緖(서)와 통(通)하다. 사업(事業)을 뜻한다. 思(사)는 어조(語調)를 고르는 어조사(語助詞). 不忘(불망)은 잊지 않다.

(287) 訪 落
방 락

訪予落止 率時昭考
방 여 락 지 솔 시 소 고

於乎悠哉 朕未有艾 將予就之 繼猶判渙 維予小子 未堪家多難
오 호 유 재 짐 미 유 애 장 여 취 지 계 유 판 환 유 여 소 자 미 감 가 다 난

紹庭上下 陟降厥家 休矣皇考 以保明其身
소 정 상 하 척 강 궐 가 휴 의 황 고 이 보 명 기 신

시작(始作)을 물어봄1)

[신하(臣下)들에게] 나의 [집정(執政)] 시작(始作)함을 묻노니
[나는] 여기 아버님을 따르겠다.2)

---

1) 〈訪落(방락)〉은 周(주)나라 成王(성왕)이 아버지인 武王(무왕)의 사당(祠堂)을 찾아뵙
   고 신하(臣下)들과 국정(國政)을 논의(論議)하는 내용(內容)이다.

2) 訪(방)은 묻다. 予(여)는 나. 成王(성왕)을 가리킨다. 落(락)은 처음, 시작(始作). 집
   정(執政)의 개시(開始)를 가리킨다. 止(지)는 문말(文末)에 놓는 뜻 없는 어조사(語助
   詞). 率(솔)은 따르다. 時(시)는 이, 여기. 是(시)와 같다. 昭考(소고)는 武王(무왕)을
   가리킨다. 여기서는 '아버님'으로 풀이하였다. *昭穆(소목)은 종묘(宗廟)나 사당(祠堂)
   에 신주(神主)를 모시는 차례(次例)로 시조(始祖)를 가운데 모시고 그 왼쪽 줄을 소
   (昭), 오른쪽 줄을 목(穆)이라 하는데, 2·4·6세(世)를 소(昭)에, 3·5·7세(世)를 목(穆)에
   모신다. 文王(문왕)이 목(穆)이니 武王(무왕)은 소(昭)이다. 考(고)는 죽은 뒤에 부(父)
   를 이르는 말.

아! [아버님의 도(道)는] 아득하고

나는 아직 [집정(執政)의] 경험(經驗)이 있지 않네.

[신하(臣下)들은] 나를 도와 그것을 이루게 하고

[나는 아버님의] 꾀를 이어 [건국(建國)의] 큰일을 [하리라.]

[하지만] 소자(小子)인 나는

아직 집안의 많은 어려움을 견디지 못하고 있네.3)

[저는 선왕(先王)의 도(道)를] 이어

[신하(臣下)들의] 위아래를 바르게 하고

그들의 집안을 [바르게] 높이고 떨어뜨리겠습니다.

훌륭하신 위대(偉大)한 아버님이여,

제 몸을 지키고 밝혀 주소서.4)

---

3) 於乎(오호)는 감탄사(感歎詞). 아! 嗚呼(오호)와 같다. 悠(유)는 멀다, 아득하다. 哉
(재)는 영탄(詠歎)의 뜻을 나타내는 어조사(語助詞). 朕(짐)은 나, 천자(天子)의 자칭
(自稱). 未有(미유)는 아직 ～가 있지 않다. 艾(애)는 지내다, 겪다. 歷(력)과 같다. 여
기서는 집정(執政)의 경험(經驗)을 뜻한다. 將(장)은 돕다. 就(취)는 이루다. 之(지)는
그것. 선왕(先王)의 전법(典法)을 가리킨다. 繼(계)는 잇다, 이어 나가다. 猶(유)는
꾀, 계획(計劃). 여기서는 武王(무왕)의 도(道)를 말한다. 判渙(판환)은 伴奐(반환)과
같다. 크다. 여기서는 건국(建國)의 큰일을 뜻한다. 維(유)는 어조(語調)를 고르는 어
조사(語助詞). 子(여)는 나. 小子(소자)는 아들이 부모(父母)에 대(對)하여 자기(自己)
를 낮추어 가리키는 말. 未(미)는 아직 ～ 못하다. 堪(감)은 견디다, 감당(堪當)하다.
家(가)는 집안. 多難(다난)은 많은 어려움. 여기서는 武王(무왕)의 상(喪)과 管叔(관숙)
・蔡叔(채숙)・武庚(무경)의 반란(叛亂)과 淮夷(회이)의 근심 따위를 말한다.

4) 紹(소)는 [선왕(先王)의 도(道)를] 잇다. 庭(정)은 곧다, 공정(公正)하다. 上下(상하)는
[신하(臣下)들의] 위아래. 陟(척)은 올리다. 여기서는 높이다. 降(강)은 내리다. 여기
서는 떨어뜨리다. 厥(궐)은 그. 其(기)와 같다. 여기서는 신하(臣下)들을 뜻한다. 家
(가)는 집안. 休(휴)는 아름답다, 훌륭하다. 矣(의)는 구(句)의 가운데서 영탄(詠歎)의
뜻을 나타내는 어조사(語助詞). 皇(황)은 크다, 위대(偉大)하다. 考(고)는 돌아가신 아
버지. 以(이)는 [당신(當身)의 능력(能力)]으로써. 여기서는 풀이를 생략(省略)하였다.
保(보)는 지키다. 明(명)은 밝히다. 其身(기신)은 그 몸. 여기서는 자신(自身)의 몸.

(288) 敬 之
경 지

敬之敬之
경지경지

天維顯思 命不易哉
천유현사 명불이재

無曰高高在上 陟降厥士 日監在茲
무왈고고재상 척강궐사 일감재자

維予小子 不聰敬之 日就月將 學有緝熙于光明
유여소자 불총경지 일취월장 학유집희우광명

佛時仔肩 示我顯德行
필시자견 시아현덕행

조심(操心)하자1)

조심(操心)하고 조심(操心)하자.

하늘이 살피고 계시니

[나라의] 운명(運命)은 쉽게 [보전(保全)하지] 못한다네.

[상제(上帝)께서] 높고 높은 [하늘] 위에만 있다고 말하지 말자.

그 나랏일에 [하늘과 땅을] 오르내리며

날마다 이 [세상(世上)을] 보고 계신다네.2)

---

1) 〈敬之(경지)〉는 成王(성왕)이 자신(自身)을 스스로 경계(警戒)하는 내용(內容)이다.

2) 敬(경)은 경계(警戒)하다, 조심(操心)하다. 之(지)는 어조(語調)를 고르는 어조사(語助詞). 天(천)은 하늘. 維(유)는 어조(語調)를 고르는 어조사(語助詞). 顯(현)은 보다, 살피다. 思(사)는 어세(語勢)를 고르는 어조사(語助詞). 命(명)은 천명(天命). 여기서는 [나라의] 운명(運命)을 뜻한다. 不(불)은 못하다. 易(이)는 쉽다. 여기서는 쉽게 보전(保全)함을 뜻한다. 無(무)는 말라. 曰(왈)은 말하다. 高高(고고)는 높고 높다. 在(재)는 있다. 여기서는 상제(上帝)가 있음을 뜻한다. 上(상)은 [하늘] 위. 陟(척)은 오르다. 降(강)은 내리다. 厥(궐)은 그. 其(기)와 같다. 士(사)는 일. 事(사)와 같다. 정사(政事)를 말한다. 여기서는 나랏일로 풀이하였다. 日(일)은 날마다. 監(감)은 보다. 茲(자)는 이. 이 세상(世上)을 말한다.

소자(小子)인 내가
[신하(臣下)들의 말을] 듣고 [나랏일에] 조심(操心)하지 않겠는가?
날마다 [덕치(德治)를] 이루고 달마다 [선정(善政)을] 행(行)하며
배움은 모으고 넓혀 광명(光明)에 이르리라.
[신하(臣下)들은 나의] 이 중임(重任)을 도와
나의 분명(分明)한 덕행(德行)을 보이게 하라.3)

---

3) 維(유)는 어조(語調)를 고르는 어조사(語助詞). 予(여)는 나. 成王(성왕)을 가리킨다.
小子(소자)는 아들이 부모(父母)에 대(對)하여 자기(自己)를 낮추어 가리키는 말. 不
(불)은 않겠는가? 聰(총)은 듣다. 聽(청)과 같다. 경청(傾聽)하다. 여기서는 여러 신하
(臣下)들의 좋은 의견(意見)을 듣고 따름을 뜻한다. 敬(경)은 조심(操心)하다. 止(지)는
문말(文末)에 놓는 뜻 없는 어조사(語助詞). 日(일)은 날마다. 就(취)는 [덕치(德治)를]
이루다. 月(월)은 달마다. 將(장)은 [선정(善政)을] 행(行)하다, 봉행(奉行)하다. 學(학)
은 배움. 有(유)는 어조(語調)를 고르는 어조사(語助詞). 緝(집)은 모으다. 熙(희)는 넓
히다. 于(우)는 가다, 이르다. 光明(광명)은 밝고 환함. 佛(필)은 돕다. 弼(필)과 같
다. 時(시)는 이. 是(시)와 같다. 仔(자)와 肩(견)은 견디다. 여기서는 견뎌야 할 중임
(重任)을 가리킨다. 示(시)는 보이다. 我(아)는 나. 顯(현)은 분명(分明)하다. 德行(덕
행)은 덕행(德行).

(289) 小 毖
소 비

予其懲而毖後患 莫予荓蜂 自求辛螫
여 기 징 이 비 후 환　막 여 병 봉　자 구 신 석

肇允彼桃蟲 拚飛維鳥 未堪家多難 予又集于蓼
조 윤 피 도 충　번 비 유 조　미 감 가 다 난　여 우 집 우 료

작은 것도 조심(操心)하자[1]

나는 경계(警戒)하며 후환(後患)을 조심(操心)하리라.
[신하(臣下)들은] 도움을 주지 않고
스스로 고(苦)된 일만 구(求)했었네.
처음에는 참으로 저것이 뱁새인 줄 [알았는데]
훨훨 날아오르니 수리였네.
집안의 많은 어려움을 견디지 못하고 있었는데
나는 또 곤경(困境)을 만났었네.[2]

---

1) 〈小毖(소비)〉는 周(주)나라 成王(성왕)이 管叔(관숙)과 蔡叔(채숙)을 죽이고 武庚(무경)을 없앤 뒤에 스스로 경계(警戒)하며 신하(臣下)에게 도움을 요청(要請)하는 내용(內容)이다.
2) 予(여)는 나. 成王(성왕)을 말한다. 其(기)는 어조(語調)를 고르는 어조사(語助詞). 懲(징)은 경계(警戒)하다. 而(이)는 접속(接續)을 나타내는 어조사(語助詞). 毖(비)는 삼가다, 조심(操心)하다. 후환(後患)은 뒷날의 근심. 莫(막)은 없다, 않다. 予(여)는 주다. 與(여)와 같다. 毖(병)은 부리다. 使(사)와 같다. 여기서는 '돕다'의 뜻이다. 蜂(봉)은 부리다. [蜂(봉): 虫ー亻]과 같다. 여기서는 '돕다'의 뜻이다. 自(자)는 스스로. 求(구)는 구(求)하다. 辛(신)은 고생(苦生)하다. 螫(석)은 事(사)의 가차자(假借字). * 螫(석)을 독(毒)으로 풀이하는 곳도 있다. 肇(조)는 시작(始作)하다. 여기서는 '처음'으로 풀이하였다. 允(윤)은 참으로. 彼(피)는 저, 저것. 桃蟲(도충)은 뱁새. 桃雀(도작)과 같다. 拚(번)과 飛(비)는 날다. 維(유)는 어조(語調)를 고르는 어조사(語助詞). 鳥(조)는 鵰(조)와 같다. 수리를 뜻한다. 이 두 구(句)는 작은 근심을 없애지 않으면 뒤에 큰 재앙(災殃)이 됨을 뜻하고 있다. 未堪(미감)은 견디지 못하다. 家(가)는 집안. 多難(다난)은 많은 어려움. 이 구(句)는 武庚(무경)과 결탁(結託)한 管叔(관숙)과 蔡叔(채숙)의 반란(叛亂)을 말한다. 又(우)는 또. 集(집)은 만나다. 于(우)는 ~을. 蓼(료)는 신고(辛苦). 여기서는 곤경(困境)을 뜻한다. 이 구(句)는 淮夷(회이)의 叛亂(반란)이 일어났음을 가리킨다.

(290) 載芟
재 삼

載芟載柞 재삼재책	其耕澤澤 기경석석	千耦其耘 천우기운	徂隰徂畛 조습조진
侯主侯伯 후주후백	侯亞侯旅 후아후려	侯彊侯以 후강후이	有嗿其饁 유탐기엽 思媚其婦 사미기부 有依其士 유의기사
有略其耜 유략기사	俶載南畝 숙재남묘	播厥百穀 파궐백곡	實函斯活 실함사활
驛驛其達 역역기달	有厭其傑 유염기걸	厭厭其苗 염염기묘	緜緜其麃 면면기표
載穫濟濟 재확제제	有實其積 유실기적	萬億及秭 만억급자	爲酒爲醴 위주위례 烝畀祖妣 증비조비 以洽百禮 이흡백례
有飶其香 유필기향	邦家之光 방가지광	有椒其馨 유초기형	胡考之寧 호고지녕
匪且有且 비차유차	匪今斯今 비금사금	振古如茲 진고여자	

[풀]베기 시작(始作)함1)

풀베기 시작(始作)하고 나무 베기 시작(始作)했으며
밭갈이한 [땅은] 보들보들하네.
김매러 많은 사람들이 짝지어
일군 땅으로 가고 두렁길로 가네.2)

---

1) 〈載芟(재삼)〉은 周(주)나라 왕(王)이 봄날 적전(藉田)에서 토신(土神)과 곡신(穀神)을
제사(祭祀)지내던 악가(樂歌)이다. *적전(藉田)은 임금이 제사(祭祀)에 쓸 곡식(穀食)
을 장만하기 위(爲)하여 손수 경작(耕作)하던 논밭.

2) 載(재)는 시작(始作)하다. 芟(삼)은 풀을 베다. 柞(책)은 나무 베다. 其(기)는 어조(語
調)를 고르는 어조사(語助詞). 耕(경)은 논밭을 갈다. 澤澤(석석)은 풀어져 흩어지는
모습. 釋釋(석석)과 같다. '보들보들하다'로 풀이하였다. 千(천)은 많은 사람을 뜻한
다. 耦(우)는 짝. 耘(운)은 김매다. 徂(조)는 가다. 隰(습)은 개간지(開墾地), 일군 땅.
畛(진)은 두렁길.

아! 주인도 [있고,] 아! 맏이도 [있고,]
아! 여러 아들도 [있고,] 아! 손아랫사람도 [있고,]
아! 일꾼도 [있고,] 아! 품꾼도 [있네.]3)
냠냠 쩝쩝거리며 들밥 먹는데
오! [들밥 가져온] 아낙네는 아름답고
[일하던] 사내들은 씩씩하네.4)
날카로운 보습으로
남(南)쪽 밭에서 [땅을] 갈고 [잡풀을] 뒤엎네.
온갖 곡식(穀食)의 씨를 뿌리니
씨앗은 생기(生氣)를 머금고 있네.5)

---

3) 侯(후)는 발어사(發語詞). 아! 主(주)는 주인(主人). 여기서는 주인(主人)이 있다는 뜻
이다. 伯(백)은 맏이. 亞(아)는 버금. 여기서는 맏이를 제외(除外)한 여러 아들을 말한
다. 旅(려)는 무리. 여기서는 손아랫사람을 말한다. 彊(강)은 굳세다. 여기서는 힘센
일꾼을 뜻한다. 以(이)는 쓰다. 여기서는 품꾼을 뜻한다.
4) 有饁(유탐)은 饁饁(탐탐)과 같다. 여러 사람이 먹는 소리. 여기서는 '냠냠 쩝쩝'으로
풀이하였다. 饁(엽)은 들밥. 思(사)는 발어사(發語詞). 오! 媚(미)는 아름답다. 婦(부)
는 [들밥 가져온] 아낙네를 말한다. 有依(유의)는 依依(의의)와 같다. 장성(壯盛)한 모
습. 여기서는 '씩씩하다'로 풀이하였다. 士(사)는 [일하던] 사내.
5) 有略(유략)은 略略(약략)과 같다. 보습의 날이 날카로운 모습. 耜(사)는 보습. 俶(숙)
은 비롯하다, 시작(始作)하다. 여기서는 '땅을 갈다'의 뜻이다. 載(재)는 싣다. 여기서
는 '잡초(雜草)를 뒤엎다'의 뜻이다. 南畝(남묘)는 남(南)쪽 밭. 播(파)는 씨를 뿌리다.
厥(궐)은 그. 其(기)와 같다. 百穀(백곡)은 온갖 곡식(穀食). 實(실)은 씨앗. 函(함)은
머금다. 含(함)과 같다. 斯活(사활)은 活活(활활)과 같다. 생기(生氣)가 있는 모습.

이어이어 [싹이] 텄고
아름답게 [이삭이] 팼네.
튼실한 모이고
잇고 이어진 이삭이네.
이에 거둔 것이 많고 많아
널따란 곳집에 [곡물(穀物)이]
만(萬) 단억(億) 단만억(萬億) 단에 미치네.6)

6) 驛驛(역역)은 이어져 끊이지 않는 모습. 繹繹(역역)과 같다. 達(달)은 나오다. 여기서
   는 싹이 트는 것을 말한다. 有厭(유염)은 厭厭(염염)과 같다. 아름다운 모습, 튼실한
   모습. 傑(걸)은 빼어나게 패다. 苗(묘)는 모, 싹. 緜緜(면면)은 연이은 모습. 麃(표)는
   [穮(표) : 麃←票]의 가차자(假借字). 이삭을 말한다. 載(재)는 발어사(發語詞). 이에.
   穫(확)은 거두다. 濟濟(제제)는 많은 모습. 有實(유실)은 實實(실실)과 같다. 광대(廣
   大)한 모습. 積(적)은 노적(露積). 노천(露天)의 창고(倉庫), 곳집을 말한다. 萬億(만
   억)은 아주 많은 수(數)를 뜻한다. 여기서는 곡물(穀物)을 묶은 단을 더하여 만(萬)
   단, 억(億) 단으로 풀이하였다. 及(급)은 미치다. 秭(자)는 만억(萬億).

술을 만들고 단술을 빚어
선조(先祖)와 선비(先妣)께 나아가 드리는데
온갖 예식(禮式)에 합(合)쳐졌네.
[제사(祭祀) 음식(飮食)의] 그 냄새가 향기(香氣)로우니
나라의 영광(榮光)이네.
[제사(祭祀) 술의] 그 향기(香氣)가 향긋하니
늙은이는 평안(平安)하네.
이때에만 이런 일이 있지 않았고
지금(只今)에만 지금(只今) 일이 있지 않았고
예로부터 이와 같았다네.7)

---

7) 爲(위)는 만들다, 빚다. 酒(주)는 술. 醴(례)는 단술. 烝(증)은 나아가다. 畀(비)는 드
리다. 祖(조)는 선조(先祖). 妣(비)는 선비(先妣). 以(이)는 접속(接續)을 나타내는 어
조사(語助詞). 洽(흡)은 합(合)치다. 百禮(백례)는 온갖 예식(禮式). 有飶(유필)은 飶飶
(필필)과 같다. 음식(飮食) 냄새가 향기(香氣)로운 것을 뜻한다. 其(기)는 그. 香(향)은
향기(香氣), 냄새. 邦家(방가)는 국가(國家). 之(지)는 ~의. 光(광)은 영광(榮光). 이
구(句)는 오곡(五穀)을 풍성(豊盛)하게 수확(收穫)하였음을 가리킨다. 有椒(유초)는 椒
椒(초초)와 같다. 향긋한 모습. 馨(형)은 향기(香氣). 여기서는 술의 향기(香氣)를 말
한다. 胡(호)와 考(고)는 장수(長壽)하다. 여기서 胡考(호고)는 노인(老人), 늙은이를
말한다. 之(지)는 ~는. 寧(녕)은 편안(便安)하다. 이 구(句)는 술과 음식(飮食)으로 제
사(祭祀)지내니 신(神)들이 복(福)을 주어 늙은이들이 편안(便安)해진다는 것이다. 匪
(비)는 아니다. 非(비)와 같다. 且(차)는 此(차)와 같다. 여기서는 '이때'를 말한다. 有
(유)는 있다. 且(차)는 '이런 일'을 말한다. 곧 경종(耕種)의 일을 가리킨다. 今(금)은
지금(只今). 斯(사)는 이. 是(시)와 같다. 여기서는 '있다'의 뜻을 나타낸다. 今(금)은
'지금(只今) 일'을 말한다. 곧 풍년(豊年)의 경사(慶事)를 가리킨다. 振(진)은 ~으로부
터. 自(자)와 같다. 古(고)는 옛날. 如(여)는 같다. 茲(자)는 이. 此(차)와 같다.

(291) 良 耜
양　사

畟畟良耜　俶載南畝　播厥百穀　實函斯活
측측양사　숙재남묘　파궐백곡　실함사활

或來瞻女　載筐及筥　其饟伊黍　其笠伊糾　其鎛斯趙　以薅荼蓼
혹래첨녀　재광급거　기양이서　기립이규　기박사조　이호도료

荼蓼朽止　黍稷茂止　穫之挃挃　積之栗栗
도료후지　서직무지　확지질질　적지율률

其崇如墉　其比如櫛　以開百室　百室盈止　婦子寧止
기숭여용　기비여즐　이개백실　백실영지　부자녕지

殺時犉牡　有捄其角　以似以續　續古之人
살시순모　유구기각　이사이속　속고지인

좋은 보습1)

쑥쑥 들어가는 좋은 보습으로
남(南)쪽 밭에서 [땅을] 갈고 [잡초(雜草)를] 뒤엎네.
온갖 곡식(穀食)의 씨를 뿌리니
씨앗은 생기(生氣)를 머금고 있네.2)

---

1) 〈良耜(양사)〉는 周(주)나라 왕(王)이 추수(秋收)를 마치고 토신(土神)과 곡신(穀神)에게 제사(祭祀)지내는 악가(樂歌)이다.
2) 畟畟(측측)은 밭가는 모습. 여기서는 '쑥쑥 들어가다'로 풀이하였다. 良(량)은 좋다. 耜(사)는 보습. 俶(숙)은 비롯하다, 시작(始作)하다. 여기서는 '땅을 갈다'의 뜻이다. 載(재)는 싣다. 여기서는 '잡초(雜草)를 뒤엎다'의 뜻이다. 南畝(남묘)는 남(南)쪽 밭. 播(파)는 씨를 뿌리다. 厥(궐)은 그. 其(기)와 같다. 百穀(백곡)은 온갖 곡식(穀食). 實(실)은 씨앗. 函(함)은 머금다. 含(함)과 같다. 斯活(사활)은 活活(활활)과 같다. 생기(生氣)가 있는 모습.

어떤 아낙이 와서 너를 보는데
[머리에] 네모 광주리와 둥근 광주리를 이었고
[광주리 속의] 들밥은 기장밥이네.3)
[농부(農夫)는] 삿갓을 [끈으로 얼굴에] 묶고
호미를 [땅에] 찔러
씀바귀와 여귀를 김매네.4)

---

3) 或(혹)은 어떤 이, 혹자(或者). 여기서는 농부(農夫)의 아내를 가리킨다. '아낙'으로 풀
이하였다. 來(래)는 오다. 瞻(첨)은 보다. 女(여)는 너. 汝(여)와 같다. 여기서는 아낙
의 남편(男便)을 말한다. 載(대)는 이다. 戴(대)와 같다. 筐(광)은 네모난 광주리. 及
(급)은 및, ~와. 筥(거)는 둥근 광주리. 其(기)는 어조(語調)를 고르는 어조사(語助詞).
饟(양)은 건량(乾糧). 餉(향)과 같다. 여기서는 들밥을 가리킨다. 伊(이)는 어조(語調)
를 고르는 어조사(語助詞). 黍(서)는 기장. 여기서는 기장으로 만든 밥을 뜻한다.
4) 笠(립)은 삿갓. 糾(규)는 꼬다. '꼰 끈으로 묶다'의 뜻이다. 鎛(박)은 호미. 斯(사)는
어조(語調)를 고르는 어조사(語助詞). 趙(조)는 찌르다. 以(이)는 접속(接續)의 뜻을 나
타내는 어조사(語助詞). 而(이)와 같다. 薅(호)는 김매다. 荼(도)는 씀바귀. 蓼(료)는
여귀.

씀바귀와 여뀌는 썩고

찰기장과 메기장은 우거졌네.

석석 베어 거두고

수북이 쌓네.

[쌓은] 높이가 성(城)과 같고

나란함이 빗과 같아

모든 집의 창고(倉庫)를 열었네.

모든 집의 창고(倉庫)가 가득 차니

부녀자(婦女子)들이 평안(平安)하네.

[제사(祭祀)지내러] 이 큰 검은 수소를 잡으니

뿔은 굽어 있네.

[해마다 제사(祭祀)를] 잇고 이어 가며

옛 사람[의 전통(傳統)을] 계승(繼承)하네.5)

---

5) 朽(후)는 썩다. 止(지)는 문말(文末)에 놓은 뜻 없는 어조사(語助詞). 黍(서)는 찰기
장. 稷(직)은 메기장. 茂(무)는 우거지다. 穫(확)은 거두다. 之(지)는 그것. 서직(黍稷)
을 가리킨다. 挃挃(질질)은 농작물(農作物)을 베는 소리. 여기서는 '석석'으로 풀이하
였다. 積(적)은 쌓다. 栗栗(율률)은 많은 모습. 여기서는 '수북이'로 풀이하였다. 崇
(숭)은 높다. 如(여)는 같다. 城(성)은 성(城). 比(비)는 나란하다. 櫛(즐)은 빗. 以(이)
는 접속(接續)의 뜻을 나타내는 어조사(語助詞). 開(개)는 열다. 百室(백실)은 모든 집
의 창고(倉庫). 盈(영)은 가득 차다. 婦子(부자)는 [들밥을 나르던] 부녀자(婦女子). 寧
(녕)은 편안(便安)하다. 殺(살)은 죽이다, 잡다. 時(시)는 이. 是(시)와 같다. 犉(순)은
누르고 입술 검은 소, 큰 소. 牡(모)는 수컷. 有捄(유구)는 捄捄(구구)와 같다. 뿔이
굽은 모습. 角(각)은 뿔. 以(이)는 접속(接續)의 뜻을 나타내는 어조사(語助詞). 而(이)
와 같다. 似(사)와 續(속)은 잇다. 여기서는 제사(祭祀)를 이어 감을 뜻한다. 古之人
(고지인)은 옛날의 사람. 선조(先祖)를 가리킨다. 여기서는 선조(先祖)의 전통(傳統)을
가리킨다.

(292) 絲衣
사 의

絲衣其紑 載弁俅俅 自堂徂基 自羊徂牛 鼐鼎及鼒
사 의 기 부　대 변 구 구　자 당 조 기　자 양 조 우　내 정 급 자

兕觥其觩 旨酒思柔 不吳不敖 胡考之休
시 굉 기 구　지 주 사 유　불 오 불 오　호 고 지 휴

명주 옷1)

[제복(祭服)인] 흰 명주(明紬)옷은 산뜻하고
[예모(禮帽)인] 작변(爵弁)은 아름답네. [주제자(主祭者)는]
묘당(廟堂)에서 [제당(祭堂)] 문지방(門地枋)으로 가서
[희생(犧牲)에 쓸] 양(羊)으로부터 소에 이르도록 [살펴보고]
가마솥과 옹달솥도 [상태(狀態)를 살펴보네.]
외뿔들소 뿔잔(盞)은 굽었고
맛있는 술은 부드럽네.
[참사자(參祀者)들은] 떠들썩하지도 않고 오만(傲慢)하지도 않아
오래 사는 행복(幸福)을 [누리겠네.]2)

---

1) 〈絲衣(사의)〉는 周(주)나라 왕(王)이 신(神)께 제사(祭祀)지내고 참석(參席)한 빈객(賓客)과 잔치하는 내용(內容)이다.

2) 絲衣(사의)는 제복(祭服) 이름으로 흰 명주(明紬)로 만들었다. 其紑(기부)는 紑紑(부부)와 같다. 산뜻한 모습. 載(대)는 쓰다. 戴(대)와 같다. 弁(변)은 고대(古代) 귀족(貴族)들이 쓴 예모(禮帽). 무관(武官)은 피변(皮弁)이고 문관(文官)은 작변(爵弁)이다. 여기서는 작변(爵弁)을 가리킨다. 俅俅(구구)는 모자(帽子)의 장식(裝飾)이 아름다운 모습. 自(자)는 ~으로부터, ~에서. 堂(당)은 묘당(廟堂), 조정(朝廷). 徂(조)는 가다, 이르다. 基(기)는 畿(기)의 가차자(假借字). 문지방(門地枋). 羊(양)과 牛(우)는 희생용(犧牲用) 양(羊)과 소. 鼐(내)는 가마솥. 鼎(정)은 솥. 及(급)은 및, ~와(과). 鼒(시)는 외뿔들소. 觥(굉)은 뿔잔(盞). 其觩(기구)는 觩觩(구구)와 같다. 뿔이 굽은 모습. 旨酒(지주)는 맛있는 술. 思柔(사유)는 柔柔(유유)와 같다. 맛이 부드러운 모습. 不(불)은 아니다. 吳(오)는 떠들썩하다. 敖(오)는 오만(傲慢)하다. 傲(오)와 같다. 胡(호)와 考(고)는 오래 살다. 壽考(수고)와 같다. 之(지)는 ~는. 休(휴)는 아름답다, 기쁨, 행복(幸福).

(293) 酌
작

於鑠王師 遵養時晦 時純熙矣 是用大介 我龍受之
오 삭 왕 사 준 양 시 회 시 순 희 의 시 용 대 개 아 롱 수 지

蹻蹻王之造 載用有嗣 實維爾公 允師
교 교 왕 지 조 재 용 유 사 실 유 이 공 윤 사

받아들임1)

[무왕(武王)께서는] 아! 멋있는 왕(王)의 군사(軍士)를

거느리고 이 어리석은 [주왕(紂王)을] 취(取)했네.

[무왕(武王)의 공업(功業)이] 이렇게 크게 빛났으며

[무왕(武王)의 형세(形勢)가] 이로써 크게 좋아졌네.

우리는 [하늘의] 은총(恩寵)을 입어 천하(天下)를 받았네.

굳건(健)하게 왕(王)은 [공업(功業)을] 이루셨고

[우리는] 곧 이어감이 있어야 하네.

진실(眞實)로 너희 선공(先公)께서는

참으로 법(法)이 되셨도다.2)

---

1) 〈酌(작)〉은 周(주)나라 武王(무왕)이 殷(은)나라 紂王(주왕)을 물리치고 큰 공업(功業)을
이룬 것을 칭송(稱頌)하는 내용(內容)이다. 酌(작)은 [선왕(先王)의] 도(道)를 받아들이다.

2) 於(오)는 감탄사(感歎詞). 아! 鑠(삭)은 아름답다, 좋다. 여기서는 '멋있다'로 풀이하였다. 王
(왕)은 武王(무왕)을 가리킨다. 師(사)는 군사(軍士). 遵(준)을 거느리다. 養(양)은 취(取)하다.
여기서는 천하(天下)를 평정(平定)했음을 말한다. 時(시)는 이. 是(시)와 같다. 晦(회)는 어리석
다. 여기서는 殷(은)나라 紂王(주왕)을 가리킨다. *이 구(句)를 도(道)를 좇아 역량(力量)을 기
르고, 때가 오지 않을 경우(境遇)에는 언행(言行)을 삼가 나타나지 아니함으로 풀이하는 곳도
있다. 時(시)는 이렇게. 純(순)은 크다. 熙(희)는 빛나다. 是用(시용)은 이로써. 因此(인차)와
같다. 大(대)는 크다. 介(개)는 좋다. 善(선)과 같다. 我(아)는 우리. 周(주)나라를 말한다. *我
(아)를 武王(무왕)의 아들인 成王(성왕)으로 풀이하는 곳도 있다. 龍(총)은 사랑, 은총(恩寵).
寵(총)과 같다. 受(수)는 받다. 之(지)는 그것. 천하(天下)를 가리킨다. 蹻蹻(교교)는 굳센 모
습. 之(지)는 ~은(는). 造(조)는 짓다, 이루다. 여기서는 성취(成就)를 뜻한다. 載(재)는 곧. 用
(용)은 ~로써, ~을 가지고. 以(이)와 같다. 여기서는 풀이를 생략(省略)하였다. 有嗣(유사)는
이어짐이 있다. 實(실)은 진실(眞實)로. 維(유)는 어조(語調)를 고르는 어조사(語助詞). 爾(이)는
너희. 말하는 입장에서 '너희'이니 실제(實際)로는 '우리'를 뜻한다. 公(공)은 선공(先公). 爾公
(이공)은 武王(무왕)을 가리킨다. 允(윤)은 참으로. 師(사)는 법(法), 모범(模範).

(294) 桓
환

綏萬邦 婁豐年 天命匪解
수 만 방 누 풍 년 천 명 비 해

桓桓武王 保有厥士 于以四方 克定厥家 於昭于天 皇以間之
환 환 무 왕 보 유 궐 사 우 이 사 방 극 정 궐 가 오 소 우 천 황 이 간 지

굳셈1)

[무왕(武王)께서] 만방(萬邦)을 안정(安定)시켰고
[그때부터] 자주 풍년(豐年)이 들었으며
천명(天命)은 [주(周)나라를 보살핌에] 게으르지 않았네.
굳센 무왕(武王)께서
그 인사(人士)들을 보유(保有)하여
이에 사방(四方)을 소유(所有)하시고
능(能)히 그 국가(國家)를 확정(確定)하셨네.
아! [무왕(武王)의 공덕(功德)이] 하늘에까지 밝아
하늘은 [무왕(武王)]으로써 [은(殷)나라] 주왕(紂王)과 바꾸었네.2)

---

1) 〈桓(환)〉은 周(주)나라 武王(무왕)의 공덕(功德)을 찬양(讚揚)하는 내용(內容)이다.

2) 綏(수)는 편안(便安)하다, 안정(安定)시키다. 萬邦(만방)은 모든 나라. 婁(루)는 자주. 屢(루)와 같다. 豐年(풍년)은 풍년(豐年)이 들다. 天命(천명)은 하늘의 명령(命令), 하늘의 뜻. 匪(비)는 아니다. 非(비)와 같다. 解(해)는 게으르다. 懈(해)와 같다. 여기서는 周(주)나라를 보살핌에 게으르지 않다는 뜻이다. 桓桓(환환)은 굳센 모습. 武王(무왕)은 殷(은)나라를 멸(滅)하고 周(주)나라를 세운 임금. 保(보)는 간직하다. 有(유)는 가지다. 厥(궐)은 그. 其(기)와 같다. 士(사)는 인사(人士). *士(사)를 土(토)의 오자(誤字)로 보는 곳이 있다. 따라서 厥土(궐토)는 '그 나라'를 뜻한다. 于(우)는 이에. 于是(우시)와 같다. 以(이)는 가지다. 有(유)와 통(通)한다. 克(극)은 능(能)히. 定(정)은 확정(確定)하다. 家(가)는 국가(國家). 於(오)는 감탄사(感歎詞). 아! 昭(소)는 밝다. 于(우)는 ~에(까지). 天(천)은 하늘. 皇(황)은 하늘. 以(이)는 ~으로써. 間(간)은 서로 갈마들다, 바꾸다, 대체(代替)하다. 之(지)는 그. 殷(은)나라 紂王(주왕)을 가리킨다.

(295) 賚
뢰

文王旣勤止 我應受之 敷時繹思 我徂維求定 時周之命 於繹思
문 왕 기 근 지　아 응 수 지　부 시 역 사　아 조 유 구 정　시 주 지 명　오 역 사

주다1)

문왕(文王)께서 이미 [창업(創業)에] 부지런하셨고
[무왕(武王)인] 저도 마땅히 그것을 받들었습니다.
이런 [문왕(文王)의 정사(政事)를] 펴고 이어가며
저도 [쭉] 나아가 [천하(天下)의] 안정(安定)을 구(求)하겠습니다.
[제후(諸侯)들도] 주(周)나라의 명령(命令)을 받들어
아! [정사(政事)에 부지런함을] 이어가도록 하겠습니다.2)

---

1) 〈賚(뢰)〉는 周(주)나라 武王(무왕)이 殷(은)나라를 멸(滅)하고 도성(都城)으로 돌아와
   서 文王(문왕)과 공신(功臣)을 제사(祭祀)지내는 내용(內容)이다. 賚(뢰)는 주다. 여기
   서는 공(功)과 덕(德)이 있는 신하(臣下)에게 하사(下賜)함을 뜻한다.
2) 文王(문왕)은 周(주)나라 武王(무왕)의 아버지. 旣(기)는 이미. 勤(근)은 부지런하다.
   여기서는 창업(創業)에 부지런함을 뜻한다. 止(지)는 문말(文末)에 놓는 뜻 없는 어조
   사(語助詞). 我(아)는 武王(무왕)의 자칭(自稱). 應(응)은 마땅히. 受(수)는 받다, 받들
   다. 之(지)는 그것. 정사(政事)에 부지런함을 가리킨다. 敷(부)는 펴다. 時(시)는 이.
   是(시)와 같다. 여기서는 '이런 정사(政事)'를 뜻한다. 繹(역)은 잇달다. 思(사)는 어세
   (語勢)를 고르는 어조사(語助詞). 徂(조)는 [쭉] 나아가다. 維(유)는 어조(語調)를 고르
   는 어조사(語助詞). 求(구)는 구(求)하다, 찾다. 定(정)은 [천하(天下)의] 안정(安定)을.
   時(시)는 承(승)과 통(通)한다. 받들다. 周(주)는 周(주)나라. 之(지)는 ~의. 命(명)은
   명령(命令). 於(오)는 감탄사(感歎詞). 아!

(296) 般
반

於皇時周 陟其高山 隋山喬嶽 允猶翕河
오 황 시 주 척 기 고 산 타 산 교 악 윤 유 흡 하

敷天之下 裒時之對 時周之命
부 천 지 하 부 시 지 대 시 주 지 명

즐거움1)

아! 아름다운 이 주(周)나라의

높은 산(山)에 오르니

좁고 길게 뻗은 산(山)과 높다란 큰 산(山)이 [있고]

참으로 [모든 지류(支流)는] 황하(黃河)를 따라 합(合)쳐지네.

넓은 하늘의 아래에

[온 산천(山川)의 신(神)들이] 모여 이 [제사(祭祀)]의 짝이 되니

이 주(周)나라의 운명(運命)이로다.2)

---

1) 〈般(반)〉은 周(주)나라 왕(王)이 천하(天下)를 순수(巡狩)하며 산천(山川)에 제사(祭祀)
지내는 내용(內容)이다. 般(반)은 즐겁다. 천하(天下)가 周(주)나라에 귀복(歸服)함을
즐거워함을 뜻한다.

2) 於(오)는 감탄사(感歎詞). 아! 皇(황)은 아름답다. 時(시)는 이. 是(시)와 같다. 周(주)
는 나라 이름. 陟(척)은 오르다. 其(기)는 어조(語調)를 고르는 어조사(語助詞). 高山
(고산)은 높은 산(山). 隋(타)는 좁고 길게 뻗은 산(山). 喬(교)는 높다. 嶽(악)은 큰
산(山). 允(윤)은 진실(眞實)로. 猶(유)는 같다. 翕(흡)은 합(合)하다. 河(하)는 黃河(황
하). 敷(부)는 널리. 普(보)와 같다. 天(천)은 하늘. 之(지)는 ~의. 下(하)는 아래. 裒
(부)는 모이다. 여기서는 모든 산천(山川)의 신(神)이 모인 것을 뜻한다. 時(시)는 이.
여기서는 제사(祭祀)를 가리킨다. 之(지)는 ~의. 對(대)는 짝. 命(명)은 운명(運命).
이 구(句)는 周(주)나라가 천명(天命)을 받아 천하(天下)를 가지게 되었음은 운명(運命)
이라는 것이다.

(297) 駉
경

駉駉牡馬 在坰之野 薄言駉者 有驈有皇 有驪有黃 以車彭彭
경경모마 재경지야 박언경자 유율유황 유려유황 이거방방

思無疆 思馬斯臧
사무강 사마사장

駉駉牡馬 在坰之野 薄言駉者 有騅有駓 有騂有騏 以車伾伾
경경모마 재경지야 박언경자 유추유비 유성유기 이거비비

思無期 思馬斯才
사무기 사마사재

駉駉牡馬 在坰之野 薄言駉者 有驒有駱 有駵有雒 以車繹繹
경경모마 재경지야 박언경자 유탄유락 유류유락 이거역역

思無斁 思馬斯作
사무역 사마사작

駉駉牡馬 在坰之野 薄言駉者 有駰有騢 有驔有魚 以車祛祛
경경모마 재경지야 박언경자 유인유하 유담유어 이거거거

思無邪 思馬斯徂
사무사 사마사조

살찐 말1)

살찌고 큰 수말이
먼 곳의 들판에 있는데
얼른 [보아도] 살찌고 크네.
살이 흰 검은 말이 있고 황백색(黃白色) 말이 있으며
가라말이 있고 황적색(黃赤色) 말이 있어
수레에 매니 [말들이] 튼튼하고 힘차네.
[희공(僖公)께서 목마(牧馬)를] 생각하심이 끝이 없어
말이 이렇게 좋네.2)

---

1) 〈駉(경)〉은 魯(노)나라 僖公(희공)의 양마(養馬) 정책(政策)을 중시(重視)한 것을 칭송(稱頌)한 내용(內容)이다.

2) 駉駉(경경)은 말이 살찌고 큰 모습. 牡(모)는 수컷. 馬(마)는 말. 在(재)는 있다. 坰(경)은 들. 서울에서 멀리 떨어진 곳. 여기서는 僖公(희공)의 목마지(牧馬地)를 말한다. 之(지)는 ~의. 野(야)는 들판. 薄(박)은 어조사(語助詞). 여기서는 '얼른 [보아도]'로 풀이하였다. 言(언)은 어조사(語助詞). 뜻이 없다. *駉(경)을 詗(형)으로 풀이하는 곳도 있다. 詗(형)은 염탐(廉探)하다, 살펴보다. 따라서 薄言詗者(박언형자)는 '얼른 살펴보니'로 풀이된다. 者(자)는 것. 牡馬(모마)를 가리킨다. 여기서는 풀이를 생략(省略)하였다. 有(유)는 있다. 驈(율)은 살이 흰 검은 말. 皇(황)은 황(黃)부루, 황백색(黃白色)의 말. 騜(황)과 같다. 驪(려)는 가라말, 순흑색(純黑色)의 말. 黃(황)은 황적색(黃赤色)의 말. 以車(이거)는 以之駕車(이지가거)의 준말이다. '그것으로써 수레에 매니'로 풀이된다. 여기서는 줄여서 '수레에 매니'로 풀이하였다. 彭彭(방방)은 말이 튼튼하고 힘센 모습. 騯(팽)과 같다. 思(사)는 생각하다. 여기서는 僖公(희공)의 목마(牧馬)에 대(對)한 생각을 뜻한다. 無(무)는 없다. 疆(강)은 끝. 思(사)는 어조(語調)를 고르는 어조사(語助詞). 斯(사)는 이. 其(기)와 같다. 여기서는 '이렇게'라는 뜻이다. 臧(장)은 좋다. 善(선)과 같다.

살찌고 큰 수말이
먼 곳의 들판에 있는데
얼른 [보아도] 살찌고 크네.
오추마(烏騅馬)도 있고 토황마(土黃馬)도 있으며
절따말이 있고 검푸른 무늬 말이 있어
수레에 매니 [말들이] 굳세고 힘세네.
[희공(僖公)께서 목마(牧馬)를] 생각하심이 기약(期約) 없어
말이 이렇게 재목(材木) 감이네.3)

살찌고 큰 수말이
먼 곳의 들판에 있는데
얼른 [보아도] 살찌고 크네.
연전총(連錢驄)이 있고 해류마(海騮馬)가 있으며
월따말이 있고 가리온도 있어
수레에 매니 [말들이] 잘 달려가네.
[희공(僖公)께서 목마(牧馬)를] 생각하심이 싫어함이 없어
말이 이렇게 힘이 넘치네.4)

---

3) 騅(추)는 오추마(烏騅馬), 검푸른 털에 흰 털이 섞인 말. 駓(비)는 토황마(土黃馬), 누런 털과 흰 털이 섞인 말. 騂(성)은 털빛이 붉은 말, 절따말, 적다마(赤多馬). 騏(기)는 털총이, 몸에 검푸른 무늬가 박힌 말, 철총마(鐵驄馬). 伾伾(비비)는 힘센 모습. 期(기)는 기약(期約). 才(재)는 재목(材木) 감. 材(재)와 같다.

4) 驒(탄)은 연전총(連錢驄), 돈닢을 늘어놓은 듯한 흰 무늬가 박힌 검푸른 말. 駱(락)는 가리온, 몸은 희고 갈기는 검은 말, 해류마(海騮馬). 騮(류)는 월따말, 털빛이 붉고 갈기가 검은 말. 雒(락)은 가리온, 털빛이 희고 갈기가 검은 말. 繹繹(역역)은 잘 달리는 모습. 斁(역)은 싫어하다. 作(작)은 떨쳐 일어나다. 여기서는 '힘이 넘치다'로 풀이하였다.

살찌고 큰 수말이
먼 곳의 들판에 있는데
얼른 [보아도] 살찌고 크네.
오총마(烏驄馬)가 있고 홍사마(紅紗馬)도 있으며
정강이 흰 말이 있고 양쪽 눈 둘레 털빛 흰 말이 있어
수레에 매니 [말들이] 튼실하네.
[희공(僖公)께서 목마(牧馬)를] 생각하심이 비뚤어짐이 없어
말이 이렇게 잘 가네.5)

---

5) 駰(인)은 오총마(烏驄馬), 흰털이 섞인 검은 말. 騢(하)는 홍사마(紅紗馬), 붉은빛과
흰빛의 털이 섞여 있는 말. 驔(담)은 정강이가 털이 길고 흰 말. 魚(어)는 양쪽 눈 둘
레의 털빛이 흰 말. 祛祛(거거)는 튼튼하고 강(强)한 모습. 여기서는 '튼실하다'로 풀
이하였다. 邪(사)는 비뚤어지다. 사곡(邪曲). 徂(조)는 [잘] 가다.

(298) 有 駜
_{유 필}

有駜有駜 駜彼乘黃 夙夜在公 在公明明
_{유필유필 필피승황 숙야재공 재공명명}

振振鷺 鷺于下 鼓咽咽 醉言舞 于胥樂兮
_{진진로 노우하 고인인 취언무 우서락혜}

有駜有駜 駜彼乘牡 夙夜在公 在公飮酒
_{유필유필 필피승모 숙야재공 재공음주}

振振鷺 鷺于飛 鼓咽咽 醉言歸 于胥樂兮
_{진진로 노우비 고인인 취언귀 우서락혜}

有駜有駜 駜彼乘駽 夙夜在公 在公載燕
_{유필유필 필피승현 숙야재공 재공재연}

自今以始 歲其有 君子有穀 詒孫子 于胥樂兮
_{자금이시 세기유 군자유곡 이손자 우서락혜}

[말이] 살찌고 굳셈[1]

살찌고 힘세구나,
살찌고 힘센 네 마리 황마(黃馬)로다.
[군신(君臣)은] 이른 아침부터 늦은 밤까지 공관(公館)에 있었고
공관(公館)에서 [나랏일에] 힘썼네. [풍년(豊年)들어 잔치하니]
[잔치의 춤꾼은] 훨훨 나는 백로(白鷺)이고
[춤사위는] 백로(白鷺)가 내려앉은 듯하네.
북은 둥둥 울리고
[군신(君臣)은] 취(醉)하여 춤추네.
아! 서로 즐겁네.[2]

---

1) 〈有駜(유필)〉은 魯(노)나라 임금과 군신(群臣)이 자연재해(自然災害)를 극복(克服)하고 풍성(豊盛)한 수확(收穫)을 거둔 뒤 공관(公館)에서 잔치하는 내용(內容)이다.
2) 有駜(유필)과 駜彼(필피)는 駜駜(필필)과 같다. 말이 살찌고 힘센 모습. 여기서는 살찌고 힘센 말로 강력(强力)한 신하(臣下)를 비유(比喻)하고 있다. 乘(승)은 네 필(匹)의 말. 사마(駟馬). 黃(황)은 황마(黃馬). 夙夜(숙야)는 이른 아침부터 늦은 밤까지. 在(재)는 [~에] 있다. ~에서. 公(공)은 공관(公館)을 뜻한다. 明明(명명)은 면면(勉勉)의 가차자(假借字). 힘쓰는 모습. 여기서는 재해(災害)를 극복(克服)하기 위(爲)해 애쓴 것을 말한다. 振振(진진)은 여러 마리 새가 나는 모습. 鷺(로)는 백로(白鷺). 于(우)는 어조(語調)를 고르는 어조사(語助詞). 下(하)는 내려앉다. 鼓(고)는 북. 咽咽(인인)은 북이 울리는 소리. 醉(취)는 취(醉)하다. 言(언)은 어조(語調)를 고르는 어조사(語助詞). 舞(무)는 춤추다. 于(우)는 감탄사(感歎詞). 아! 胥(서)는 서로, 모두. 樂(락)은 즐겁다. 兮(혜)는 어세(語勢)를 멈추었다가 다시 높이는 데 쓰이는 어조사(語助詞).

살찌고 힘세구나,
살찌고 힘센 네 마리 수말이로다.
[군신(君臣)은] 이른 아침부터 늦은 밤까지 공관(公館)에 있었고
[풍년(豐年)이 들자] 공관(公館)에서 [잔치가 열려] 술을 마시네.
[잔치의 춤꾼은] 훨훨 나는 백로(白鷺)이고
[춤사위는] 백로(白鷺)가 나는 듯하네.
북은 둥둥 울리고
[군신(君臣)은] 취(醉)하여 돌아가네.
아! 서로 즐겁네.3)

살찌고 힘세구나,
살찌고 힘센 네 마리 철총마(鐵驄馬)로다.
[군신(君臣)은] 이른 아침부터 늦은 밤까지 공관(公館)에 있었고
[풍년(豐年)이 들자] 공관(公館)에서 곧 잔치하네.
지금(只今)부터 시작(始作)하여
해마다 풍년(豐年)이 있기를 [바라네.]
군자(君子)는 복록(福祿)이 있고
자손(子孫)에까지 주기를 [바라네.]
아! 서로 즐겁네.4)

---

3) 牡(모)는 수컷. 여기서는 수말을 뜻한다. 飮酒(음주)는 술을 마시다. 飛(비)는 날다.
   歸(귀)는 돌아가다.
4) 駽(현)은 철총마(鐵驄馬). 털빛이 검푸른 말. 載(재)는 곧. 則(즉)과 같다. 燕(연)은
   잔치. 自(자)는 ~부터. 今(금)은 지금(只今). 以(이)는 접속(接續)을 나타내는 어조사
   (語助詞). 而(이)와 같다. 始(시)는 시작(始作)하다. 歲(세)는 해마다. 其(기)는 어조
   (語調)를 고르는 어조사(語助詞). 有(유)는 有年(유년)을 뜻한다. 곧 풍년(豐年)을 말한
   다. 君子(군자)는 魯(노)나라 임금을 말한다. 有(유)는 있다. 여기서는 '있기를 바라다'
   는 뜻이다. 穀(곡)은 복록(福祿). 詒(이)는 주다, 전(傳)하다. 孫子(손자)는 자손(子孫)
   을 뜻한다.

(299) 泮水 (반수)

思樂泮水　薄采其芹　魯侯戾止　言觀其旂
사락반수　박채기근　노후려지　언관기기

其旂茷茷　鸞聲噦噦　無小無大　從公于邁
기기패패　난성홰홰　무소무대　종공우매

思樂泮水　薄采其藻　魯侯戾止　其馬蹻蹻
사락반수　박채기조　노후려지　기마교교

其馬蹻蹻　其音昭昭　載色載笑　匪怒伊教
기마교교　기음소소　재색재소　비노이교

思樂泮水　薄采其茆　魯侯戾止　在泮飲酒
사락반수　박채기묘　노후려지　재반음주

既飲旨酒　永錫難老　順彼長道　屈此羣醜
기음지주　영석난로　순피장도　굴차군추

穆穆魯侯　敬明其德　敬慎威儀　維民之則
목목노후　경명기덕　경신위의　유민지칙

允文允武　昭假烈祖　靡有不孝　自求伊祜
윤문윤무　소격열조　미유불효　자구이호

明明魯侯　克明其德　既作泮宮　淮夷攸服
명명노후　극명기덕　기작반궁　회이유복

矯矯虎臣　在泮獻馘　淑問如皋陶　在泮獻囚
교교호신　재반헌괵　숙문여고요　재반헌수

濟濟多士　克廣德心　桓桓于征　狄彼東南
제제다사　극광덕심　환환우정　적피동남

烝烝皇皇　不吳不揚　不告于訩　在泮獻功
증증황황　불오불양　불고우흉　재반헌공

角弓其觩　束矢其搜　戎車孔博　徒御無斁
각궁기구　속시기수　융거공박　도어무역

既克淮夷　孔淑不逆　式固爾猶　淮夷卒獲
기극회이　공숙불역　식고이유　회이졸획

翩彼飛鴞　集于泮林　食我桑黮　懷我好音
편피비효　집우반림　식아상심　회아호음

憬彼淮夷　來獻其琛　元龜象齒　大賂南金
경피회이　내헌기침　원귀상치　대뢰남금

반수(泮水)1)

아! 즐거운 <u>반수(泮水)</u>에서
얼른 미나리를 캐네.
<u>노후(魯侯)</u>께서 [반궁(泮宮)에] 이르시니
그 기(旂)가 보이네.
그 기(旂)는 나부끼고
말방울 소리는 딸랑거리네.
[신하(臣下)들은 지위(地位)의] 작고 큼이 없이
공(公)을 따라가네.2)

---

1) 〈泮水(반수)〉는 노공(魯公)이 회이(淮夷)를 물리치고 빈객(賓客)을 초청(招請)하여 반
   궁(泮宮)에서 축하연(祝賀宴) 베푼 것을 찬미(讚美)하는 내용(內容)이다.
2) 思(사)는 발어사(發語詞). 아! 樂(락)은 즐겁다. 泮水(반수)는 물 이름. 魯(노)나라 사
   람들이 좋아하는 곳이라고 한다. *泮水(반수)를 泮宮(반궁)의 물로 풀이하는 곳도 있
   다. 薄(박)은 잠깐, 얼른. 采(채)는 캐다. 其(기)는 어조(語調)를 고르는 어조사(語助
   詞). 芹(근)은 미나리. 이 두 구(句)는 泮水(반수)가 백성(百姓)에게 즐거움을 주듯이
   魯侯(노후)도 그러하다는 것을 비유(比喩)하고 있다. 魯侯(노후)는 魯(노)나라 임금.
   僖公(희공)을 가리킨다고 한다. 戾(려)는 [반궁(泮宮)에] 이르다. *반궁(泮宮)은 제후
   (諸侯)의 학궁(學宮)으로 각종(各種) 예식(禮式)을 행(行)하는 곳으로도 사용(使用)되었
   다. 止(지)는 문말(文末)에 놓는 뜻 없는 종결사(終結詞). 言(언)은 어세(語勢)를 고르
   는 어조사(語助詞). 觀(관)은 보다. 其(기)는 그. 旂(기)는 날아오르는 용(龍)과 내려오
   는 용(龍)을 그린 붉은 기(旗)로 제후(諸侯)가 세우는 기(旗)이다. 茷茷(패패)는 기치
   (旗幟)가 나부끼는 모습. 鸞(란)은 말방울. 聲(성)은 소리. 噦噦(홰홰)는 말방울 소리.
   여기서는 '딸랑거리다'로 풀이하였다. 無(무)는 없다. 小(소)와 大(대)는 신하(臣下)들
   의 직위(職位)의 작고 큼을 말한다. 從(종)은 따르다. 公(공)은 魯侯(노후)를 가리킨
   다. 于(우)와 邁(매)는 가다.

아! 즐거운 반수(泮水)에서
얼른 마름풀을 캐네.
노후(魯侯)께서 [반궁(泮宮)에] 이르시니
그 말은 튼실하네.
그 말은 튼실하고
그분 목소리는 또렷하네.
이에 [부드러운] 얼굴빛이요 이에 웃으시며
성내지 않고 이렇게 [부드럽게 신하(臣下)를] 가르치네.3)

아! 즐거운 반수(泮水)에서
얼른 순채(蓴菜)를 캐네.
노후(魯侯)께서 이르러
반궁(泮宮)에서 술을 마시네.
이미 맛있는 술을 마셨으니
[하늘이] 오래도록 늙지 않음을 주시겠네.
[노후(魯侯)께선 회이(淮夷)를 정벌(征伐)하리] 저 먼 길을 따라
이 추악(醜惡)한 무리를 굴복(屈服)시켰네.4)

---

3) 藻(조)는 마름풀. 馬(마)는 말. 蹻蹻(교교)는 말이 강성(强盛)한 모습. 여기서는 '튼실하
다'로 풀이하였다. 音(음)은 魯侯(노후)가 말하는 소리. 昭昭(소소)는 목소리가 밝은 모
습. 여기서는 '또렷하다'로 풀이하였다. 載(재)는 이에, 곧. 色(색)은 [부드러운] 얼굴
빛. 笑(소)는 웃다. 匪(비)는 아니다. 不(불)과 같다. 怒(노)는 성내다. 伊(이)는 발어사
(發語詞). 이. 是(시)와 같다. 여기서는 '이렇게'로 풀이하였다. 敎(교)는 가르치다.

4) 茆(묘)는 순채(蓴菜). 在(재)는 있다, 여기서는 '~에서'로 풀이하였다. 泮(반)은 泮宮
(반궁)을 말한다. 飮酒(음주)는 술을 마시다. 旣(기)는 이미. 旨酒(지주)는 맛있는 술.
永(영)은 길다, 오래다. 錫(석)은 주다, 하사(下賜)하다. 難老(난로)는 不老(불로)와 같
다. 장수(長壽)를 뜻한다. 順(순)은 따르다. 彼(피)는 저. 長道(장도)는 긴 길, 먼 길.
屈(굴)은 굴복(屈服)시키다. 此(차)는 이. 羣(군)은 무리. 醜(추)는 추악(醜惡)하다. 羣
醜(군추)는 淮夷(회이)를 가리킨다.

의젓한 노후(魯侯)께서는

그 덕(德)을 조심(操心)스럽게 나타내시네.

위엄(威嚴)있는 몸가짐을 정중(鄭重)히 하고 삼가니

백성(百姓)의 모범(模範)이시네.

진실(眞實)로 문덕(文德)이 있고 진실(眞實)로 무공(武功)이 있어

공적(功績)이 있는 선조(先祖)께 밝게 이르렀네.

[열조(烈祖)를] 본받지 아니함이 있지 아니하여

스스로 이 복(福)을 찾았네.5)

---

5) 穆穆(목목)은 위의(威儀)가 바르고 성대(盛大)한 모습. 여기서는 '의젓하다'로 풀이하
였다. 敬(경)은 삼가다, 조심(操心)하다. 明(명)은 밝히다, 나타내다. 其德(기덕)은 그
덕(德). 여기서는 내심(內心)의 미덕(美德)을 말한다. 敬(경)은 정중(鄭重)하다. 愼(신)
은 삼가다. 威儀(위의)는 위엄(威嚴)있는 몸가짐. 維(유)는 어조(語調)를 고르는 어조
사(語助詞). 民(민)은 백성(百姓). 之(지)는 ~의. 則(칙)은 법(法), 모범(模範). 允(윤)
은 진실(眞實)로. 文(문)은 문덕(文德). 여기서는 반궁(泮宮)을 중수(重修)한 것을 뜻한
다. 武(무)는 무공(武功). 여기서는 회이(淮夷)를 정벌(征伐)한 것을 뜻한다. 昭(소)는
밝다. 假(격)은 이르다. 烈祖(열조)는 큰 공로(功勞)와 업적(業績)이 있는 조상(祖上).
烈(열)은 공적(功績). 이 구(句)는 魯侯(노후)의 공적(功績)이 열조(烈祖)와 같게 되었
음을 말한다. 靡有(미유)는 있지 않다. 不(불)은 않다. 孝(효)는 效(효)와 통(通)한다.
본받다. 여기서는 烈祖(열조)를 본받음을 뜻한다. 自(자)는 스스로. 求(구)는 구(求)하
다, 찾다. 伊(이)는 이. 此(차)와 같다. 祜(호)는 복(福).

힘쓰시는 노후(魯侯)께서는
능(能)히 그 덕(德)을 밝힐 수 있었네.
이미 반궁(泮宮)을 지으셨고
회이(淮夷)를 굴복(屈服)시킨 바이네.
용맹(勇猛)한 호랑이 같은 신하(臣下)가
반궁(泮宮)에서 [죽인 적(敵)의] 벤 귀를 바치네.
심문(審問)을 잘하는 고요(皐陶) 같은 [신하(臣下)가]
반궁(泮宮)에서 포로(捕虜)를 바치네.6)

---

6) 明明(명명)은 勉勉(면면)과 통(通)한다. 힘쓰는 모습. 克(극)은 능(能)히 ~할 수 있다.
能(능)과 같다. 明(명)은 밝히다. 旣(기)는 이미. 作(작)은 짓다. 여기서는 중수(重修)
를 뜻한다. 泮宮(반궁)은 제후(諸侯)의 학궁(學宮)으로 각종(各種) 예식(禮式)을 행(行)
하는 곳으로도 사용(使用)되었다. 淮夷(회이)는 고대(古代) 종족명(種族名). 攸(유)는
바. 服(복)은 굴복(屈服)시키다. 矯矯(교교)는 무용(武勇)의 모습. 虎臣(호신)은 호랑이
같은 신하(臣下). 여기서 臣(신)은 장수(將帥)를 뜻한다. 獻(헌)은 바치다. 馘(괵)은 聝
(괵)과 같다. 귀를 베다. 淑(숙)은 잘, 잘하다. 問(문)은 심문(審問). 如(여)는 같다.
皐陶(고요)는 舜(순)임금 시대(時代)에 형옥(刑獄)을 관장(管掌)한 유명(有名)한 관리
(官吏). 囚(수)는 포로(捕虜).

북적북적 많은 인재(人材)는
능(能)히 덕(德)의 마음을 넓힐 수 있었네.
위엄(威嚴) 있게 출정(出征)하여
저 동남(東南)쪽 [회이(淮夷)를] 다스렸네.
[많은 인재(人材)는] 당차고 늠름하지만
떠들썩하지도 않고 [목소리가] 높지도 않았네.
[그들은] 흉악(凶惡)한 적(敵)을 엄(嚴)하게만 다스리지 않았고
반궁(泮宮)에서 공(功)을 바치네.[7]

---

7) 濟濟(제제)는 많고 성(盛)한 모습. '북적북적'으로 풀이하였다. 多士(다사)는 많은 인
재(人材). 虎臣(호신)과 皐陶(고요) 같은 신하(臣下)를 말한다. 廣(광)은 넓히다. 桓桓
(환환)은 위엄(威嚴)이 있는 모습. 于(우)는 가다. 征(정)은 정벌(征伐). 狄(적)은 다스
리다. 彼(피)는 저. 東南(동남)은 동남(東南)쪽. 淮夷(회이)를 가리킨다. 烝烝(증증)은
사물(事物)이 성(盛)하게 일어나는 모습. '당차다'로 풀이하였다. 皇皇(황황)은 눈부시
게 아름다운 모습. 여기서는 '늠름하다'로 풀이하였다. 吳(오)는 떠들썩하다. 揚(양)은
높은 소리. 告(고)는 국문(鞫問)하다. 여기서는 엄격(嚴格)하게 죄(罪)를 다스림을 뜻
한다. 于(우)는 ~을. 訩(흉)은 다투다. 여기서는 흉악(凶惡)한 적인(敵人)을 말한다.
功(공)은 공(功).

뿔활은 굽었고
한 다발 화살이 쉭쉭 날아가네.
병거(兵車)는 매우 많고
보병(步兵)과 어거병(馭車兵)은 싫증내지 않네.
이미 회이(淮夷)를 이기니
[회이(淮夷)는] 매우 착해져 거스르지 않네.
당신(當身)의 꾀를 단단히 함으로써
회이(淮夷)를 마침내 얻었네.8)

8) 角弓(각궁)은 뿔활. 쇠뿔이나 양뿔 따위로 꾸민 활. 其觩(기구)는 觩觩(구구)와 같다. 뿔이 굽은 모습. 束矢(속시)는 한 다발 화살. 50矢(시)가 1束(속)이다. 其搜(기수)는 搜搜(수수)와 같다. 화살이 날아갈 때 나는 소리. '쉭쉭'으로 풀이하였다. 戎車(융거)는 병거(兵車). 孔(공)은 매우. 博(박)은 많다. 徒(도)는 걷다. 보병(步兵). 御(어)는 어거(馭車)하다. 여기서는 수레에 메운 말을 모는 병사(兵士)인 어거병(馭車兵)을 뜻한다. 無(무)는 없다. 斁(역)은 싫증나다. 克(극)은 이기다. 淑(숙)은 착하다. 逆(역)은 거스르다. 式(식)은 ~로써. 以(이)와 같다. 固(고)는 굳다, 확고(確固)하게 하다. 爾(이)는 그대, 당신(當身). 猶(유)는 꾀. 猷(유)와 같다. 卒(졸)은 마침내. 獲(획)은 얻다.

퍼덕이며 나는 부엉이가
반수(泮水)의 숲에 모였네.
나의 뽕나무 오디를 먹고
나의 좋은 소리를 품었네.
깨달은 회이(淮夷)가
와서 그 보배(寶貝)를 바치네.
큰 거북과 상아(象牙)와
큰 옥(玉)과 남방(南方)의 금(金)이네.9)

---

9) 翩彼(편피)는 翩翩(편편)과 같다. 퍼덕이는 모습. 飛(비)는 날다. 鴞(효)는 부엉이. 여
기서는 淮夷(회이)를 비유(比喩)한다. 集(집)은 모이다. 于(우)는 ~에. 泮林(반림)은 泮
水(반수)의 숲. 이 구(句)는 淮夷(회이)가 魯(노)나라에 조회(朝會)하러 온 것을 뜻한다.
食(식)은 먹다. 我(아)는 나. 魯侯(노후)를 말한다. 桑黮(상심)은 뽕나무 오디. 이 구(句)
는 淮夷(회이)의 사자(使者)가 魯(노)나라의 초대(招待)를 받았음을 뜻한다. 懷(회)는 품
다. 好音(호음)은 좋은 소리. 실제(實際)로는 호의(好意)를 뜻한다. 憬彼(경피)는 憬憬
(경경)과 같다. 깨달은 모습. 來(래)는 오다. 獻(헌)은 바치다. 其(기)는 어조(語調)를
고르는 어조사(語助詞). 琛(침)은 보배(寶貝). 元龜(원귀)는 큰 거북. 象齒(상치)는 상아
(象牙). 賂(뢰)는 璐(로)의 가차자(假借字). 옥(玉). 南金(남금)은 남방(南方)에서 나는
좋은 황금(黃金).

(300) 閟宮
비궁

閟宮有侐　實實枚枚　赫赫姜嫄　其德不回　上帝是依　無災無害
비궁유혁　실실매매　혁혁강원　기덕불회　상제시의　무재무해

彌月不遲　是生后稷　降之百福　黍稷重穋　稙穉菽麥　奄有下國
미월부지　시생후직　강지백복　서직중륙　직치숙맥　엄유하국

俾民稼穡　有稷有黍　有稻有秬　奄有下土　纘禹之緒
비민가색　유직유서　유도유거　엄유하토　찬우지서

后稷之孫　實維大王　居岐之陽　實始翦商　至于文武　纘大王之緒
후직지손　실유태왕　거기지양　실시전상　지우문무　찬태왕지서

致天之屆　于牧之野　無貳無虞　上帝臨女　敦商之旅　克咸厥功
치천지계　우목지야　무이무우　상제림녀　단상지려　극함궐공

王曰叔父　建爾元子　俾侯于魯　大啓爾宇　爲周室輔
왕왈숙부　건이원자　비후우노　대계이우　위주실보

乃命魯公　俾侯于東　錫之山川　土田附庸　周公之孫　莊公之子
내명노공　비후우동　석지산천　토전부용　주공지손　장공지자

龍旂承祀　六轡耳耳　春秋匪解　享祀不忒　皇皇后帝　皇祖后稷
용기승사　육비이이　춘추비해　향사불특　황황후제　황조후직

享以騂犧　是饗是宜　降福孔多　周公皇祖　亦其福女
향이성희　시향시의　강복공다　주공황조　역기복녀

秋而載嘗　夏而楅衡　白牡騂剛　犧尊將將　毛炰胾羹　籩豆大房
추이재상　하이복형　백모성강　희준장장　모포자갱　변두대방

萬舞洋洋　孝孫有慶　俾爾熾而昌　俾爾壽而臧　保彼東方　魯邦是常
만무양양　효손유경　비이치이창　비이수이장　보피동방　노방시상

不虧不崩　不震不騰　三壽作朋　如岡如陵
불휴불붕　부진부등　삼수작붕　여강여릉

公車千乘　朱英綠縢　二矛重弓　公徒三萬　貝冑朱綅　烝徒增增
공거천승　주영록등　이모중궁　공도삼만　패주주침　증도증증

戎狄是膺　荊舒是懲　則莫我敢承　俾爾昌而熾　俾爾壽而富
융적시응　형서시징　즉막아감승　비이창이치　비이수이부

黃髮台背　壽胥與試　俾爾昌而大　俾爾耆而艾
황발태배　수서여시　비이창이대　비이기이애

萬有千歲　眉壽無有害
만유천세　미수무유해

泰山巖巖　魯邦所詹　奄有龜蒙　遂荒大東　至于海邦
태산암암　노방소첨　엄유구몽　수황대동　지우해방

淮夷來同　莫不率從　魯侯之功
회이래동　막불솔종　노후지공

保有鳧繹 遂荒徐宅 至于海邦 淮夷蠻貊 及彼南夷 莫不率從
보 유 부 역　수 황 서 택　지 우 해 방　회 이 만 맥　급 피 남 이　막 불 솔 종

莫敢不諾 魯侯是若
막 감 불 낙　노 후 시 약

天錫公純嘏 眉壽保魯 居常與許 復周公之宇 魯侯燕喜 令妻壽母
천 석 공 순 하　미 수 보 노　거 상 여 허　복 주 공 지 우　노 후 연 희　영 처 수 모

宜大夫庶士 邦國是有 旣多受祉 黃髮兒齒
의 대 부 서 사　방 국 시 유　기 다 수 지　황 발 아 치

徂來之松 新甫之柏 是斷是度 是尋是尺
조 래 지 송　신 보 지 백　시 단 시 탁　시 심 시 척

松桷有舄 路寢孔碩 新廟奕奕 奚斯所作 孔曼且碩 萬民是若
송 각 유 석　노 침 공 석　신 묘 혁 혁　해 사 소 작　공 만 차 석　만 민 시 약

신성(神聖)한 사당(祠堂)¹⁾

신성(神聖)한 사당(祠堂)은 고요하며 널따랗고 그윽하네.
빛나는 강원(姜嫄)은 그 덕(德)이 간사(奸邪)하지 않았네.
상제(上帝)께 의지(依支)하여
재앙(災殃)도 없고 피해(被害)도 없었네.
달을 채워 늦지 않게 이 후직(后稷)을 낳았네.
[하늘이] 온갖 복(福)을 그에게 내리니
찰기장·메기장·늦작물(作物)·올벼와
일찍 심은 벼·나중 심은 벼·콩·보리였네.
[후직(后稷)이] 모두 온누리를 가져
백성(百姓)들로 하여금 [곡식(穀食)을] 심고 거두게 하였네.
[그리하여] 메기장과 찰기장이 있고 벼와 검은 기장이 있게 되었네.
[드디어] 모두 천하(天下)의 땅을 가져 우(禹)임금의 일을 이었네.²⁾

---

1) 〈閟宮(비궁)〉은 魯(노)나라 僖公(희공)이 조업(祖業)을 일으켜 강토(疆土)를 회복(回復)
하고 새로운 사당(祠堂)을 세운 것을 칭송(稱頌)하는 내용(內容)이다. 閟宮(비궁)은 后
稷(후직)의 모친(母親)인 姜嫄(강원)의 廟(묘)를 말한다.
2) 閟(비)는 신(神). 여기서는 신성(神聖)함을 뜻한다. 宮(궁)은 廟(묘), 사당(祠堂). 有侐(유
혁)은 侐侐(혁혁)과 같다. 고요한 모습. 侐(혁)은 고요하다. 實實(실실)은 널따란 모습. 枚
枚(매매)는 한가(閑暇)하고 사람이 없는 모습. 여기서는 '그윽하다'로 풀이하였다. 赫赫(혁
혁)은 빛나는 모습. 姜嫄(강원)은 后稷(후직)의 어머니. 其(기)는 그. 德(덕)은 덕(德). 不
(불)은 않다. 回(회)는 간사(奸邪)하다. 上帝(상제)는 세상(世上)을 창조(創造)하고 이를 주
재(主宰)한다고 믿어지는 초자연적(超自然的)인 절대자(絶對者). 是(시)는 어세(語勢)를 강
조(强調)하는 어조사(語助詞). 依(의)는 의지(依支)하다. 無(무)는 없다. 災(재)는 재앙(災
殃). 害(해)는 피해(被害). 彌(미)는 차다. 月(월)은 달. 不(부)는 않다. 遲(지)는 늦다. 生
(생)은 낳다. 后稷(후직)은 周(주)나라의 선조(先祖). 降(강)은 내리다. 之(지)는 그. 后稷
(후직)을 가리킨다. 百福(백복)은 온갖 복(福). 黍(서)는 찰기장. 稷(직)은 메기장. 重(중)은
늦작물(作物). 穋(륙)은 올벼. 稙(직)은 일찍 심은 벼. 稺(치)는 나중 심은 벼. 菽(숙)은
콩. 麥(맥)은 보리. 奄(엄)은 모두. 有(유)는 가지다. 下(하)는 천하(天下). 國(국)은 세상
(世上). 여기서는 下國(하국)을 '온누리, 온 세상(世上)'으로 풀이하였다. 俾(비)는 하여금.
民(민)은 백성(百姓). 稼(가)는 심다. 穡(색)은 거두다. 有(유)는 있다. 稻(도)는 벼. 秬(거)
는 검은 기장. 土下(하토)는 천하(天下)의 땅. 纘(찬)은 잇다. 禹(우)는 夏(하)나라의 시조
(始祖). 치수(治水)의 공(功)이 있다. 之(지)는 ~의. 緒(서)는 사업(事業), 일.

후직(后稷)의 자손(子孫)이 실(實)로 태왕(大王)이네.

기산(岐山)의 남(南)쪽에 살면서

실(實)로 상(商)나라을 멸(滅)하기 시작(始作)했네.

문왕(文王)·무왕(武王)에 이르러서도 태왕(大王)의 일을 이었네.

하늘이 [상(商)나라] 없앰을 이루려고

[무왕(武王)이] 목야(牧野)에 갔네. [싸움에 임(臨)해 무왕(武王)께서]

"두 마음 품지 말며 속이려 하지 말라.

상제(上帝)께서 너희를 내려다보고 있다네." [라고 말씀하셨네.]

[싸움에 이겨] 상(商)나라의 패잔병(敗殘兵)을 모았으니

능(能)히 그 공(功)을 완성(完成)했네.

성왕(成王)께서 말씀하시기를, "숙부(叔父)여,

그대 장자(長子)를 세워 노(魯)나라에 임금이 되게 하라.

크게 그대 국토(國土)를 열어

주(周)나라 왕실(王室)의 보필(輔弼)이 되라."고 했네.3)

---

3) 后稷之孫(후직지손)은 후직(后稷)의 자손(子孫). 實(실)은 실(實)로. 維(유)는 어조(語調)를 고르는 어조사(語助詞). 大王(태왕)은 文王(문왕)의 조부(祖父)인 古公亶父(고공단보). 居(거)는 살다. 岐(기)는 岐山(기산). 陽(양)은 산(山)의 남(南)쪽. 始(시)는 시작(始作)하다. 翦(전)은 자르다, 멸망(滅亡)시키다. 商(상)은 폭군(暴君)인 紂王(주왕)이 다스리는 商(상)나라. 至(지)는 이르다. 于(우)는 ~에. 文武(문무)는 文王(문왕)과 武王(무왕). 致(치)는 이루다. 天(천)은 하늘. 之(지)는 ~이. 屆(계)는 다하다. 여기서는 殛(극)과 통(通)한다. 죽이다, 없애다. 于(우)는 가다. 牧之野(목지야)는 牧野(목야)를 말한다. 商(상)나라 도읍(都邑)인 朝歌(조가) 부근(附近)의 교외(郊外). 之(지)는 어조(語調)를 고르는 어조사(語助詞). 無(무)는 말라. 貳(이)는 두 가지 마음을 품다. 虞(우)는 속이다. 臨(임)은 임(臨)하다, 내려다보다. 女(여)는 汝(여)와 같다. 너희. 武王(무왕)의 병사(兵士)를 말한다. 敦(단)은 모으다. 旅(려)는 무리. 여기서는 패잔병(敗殘兵)을 말한다. 克(극)은 능(能)히. 咸(함)은 차다, 이루다. 王(왕)은 武王(무왕)의 아들인 成王(성왕)을 말한다. 曰(왈)은 말하다. 叔父(숙부)는 아버지의 남동생(男同生). 周公(주공)을 말한다. 建(건)은 세우다. 爾(이)는 너, 그대. 元子(원자)는 장자(長子). 周公(주공)의 맏아들인 伯禽(백금)을 말한다. 俾(비)는 하여금. 使(사)와 같다. 侯(후)는 임금. 魯(노)는 魯(노)나라. 大(대)는 크다. 啓(계)는 열다, 개척(開拓)하다. 宇(우)는 경계(境界), 국토(國土). 爲(위)는 되다. 周室(주실)은 周(주)나라 왕실(王室). 輔(보)는 돕다, 보필(輔弼).

[성왕(成王)께서] 이에 노공(魯公)에게 명(命)하여
동(東)쪽에서 임금이 되게 하였네. [그리고]
산천(山川)·논밭·부용(附庸)을 주었네.
[노(魯)나라 희공(僖公)은] 주공(周公)의 자손(子孫)이며
장공(莊公)의 아들이네.
용(龍) 깃발 [세우고, 하늘과 선조(先祖)께] 제사(祭祀)를 받드니
[타고 온 수레의 네 마리 말의] 여섯 고삐는 화려(華麗)하네.
[희공(僖公)은] 봄가을로 [제사(祭祀)에] 게으르지 않았고
제사(祭祀) 지냄은 어긋나지 않았네.
빛나는 상제(上帝)와 황조(皇祖)인 후직(后稷)께
붉은 소를 희생(犧牲)으로 제사(祭祀) 지내니
이에 흠향(歆饗)하시고 이에 마땅해 하셔
강복(降福)이 매우 많네.
황조(皇祖)인 주공(周公)도
또한 그대에게 복(福)주시네.4)

---

4) 乃(내)는 이에, 곧. 命(명)은 명령(命令)하다. 魯公(노공)은 伯禽(백금)을 가리킨다.
俾(비)는 하여금. 侯(후)는 임금. 여기서는 동사(動詞)로 풀이한다. 于(우)는 ~에서.
東(동)은 周(주)나라의 동(東)쪽. 錫(석)은 주다. 之(지)는 어조(語調)를 고르는 어조사
(語助詞). 山川(산천)은 산(山)과 내. 土田(토전)은 논밭. 附庸(부용)은 제후(諸侯)에
딸려서 지내는 작은 나라. 周公之孫(주공지손)과 莊公之子(장공지자)는 魯(노)나라 僖
公(희공)을 가리킨다. 龍旂(용기)는 날아오르는 용(龍)과 내려오는 용(龍)을 그린 붉은
기(旗)로 제후(諸侯)가 사용(使用)하였다. 承(승)은 받들다. 祀(사)는 [하늘과 선조(先
祖)께 지내는] 제사(祭祀). 六轡(육비)는 수레 하나를 모는 네 마리 말에 달린 여섯 고
삐. 耳耳(이이)는 爾爾(이이)의 가차자(假借字). 화려(華麗)한 모습. 春秋(춘추)는 봄가
을. 실제(實際)로는 사시(四時)를 뜻한다. 匪(비)는 않다. 解(해)는 게으르다. 懈(해)와
같다. 享(향)은 제사(祭祀) 지내다. 祀(사)는 제사(祭祀). 不(불)은 않다. 忒(특)은 어
긋나다. 皇皇(황황)은 빛나는 모습. 后帝(후제)는 上帝(상제)를 가리킨다. 皇祖(황조)
는 제왕(帝王)의 선조(先祖). 以(이)는 ~로써. 騂(성)은 붉다. 犧(희)는 희생(犧牲).
붉은 소를 희생(犧牲)으로 썼다. 是(시)는 이, 이에. 饗(향)은 흠향(歆饗)하다. 宜(의)
는 마땅해 하다. 降福(강복)은 복(福)을 내리다. 孔(공)은 매우. 多(다)는 많다. 亦(역)
은 또한. 其(기)는 어조(語調)를 고르는 어조사(語助詞). 福(복)은 복(福)을 주다. 女
(여)는 너. 汝(여)와 같다. 僖公(희공)을 가리킨다.

가을이면 상제(嘗祭)가 시작(始作)되니

여름에 [희생(犧牲)으로 쓸 소의] 우리를 [만들었네.]

[희생(犧牲)은] 흰 돼지·붉은 수소가 [있고]

소의 형상(形狀)을 한 술통(桶)은 매우 아름답네.

[제수(祭需)는] 털 없앤 구운 돼지·고깃국이 [있고]

[제기(祭器)는] 대그릇·나무 그릇·큰 도마가 [있네.]

<u>만무(萬舞)</u> [춤은] 성대(盛大)하고

제사(祭祀) 지내는 자손(子孫)은 경사(慶事)가 있네.

[상제(上帝)께서] 그대로 하여금 성(盛)하고 흥(興)하게 하며

그대로 하여금 오래 살고 좋아지게 하였네.

[희공(僖公)은] 저 동방(東方)을 지켜

<u>노(魯)</u>나라를 항상(恒常) 있게 하였네.

[희공(僖公)은 산(山)이] 이지러지지도 않고 무너지지도 않게 하며

[큰 내가] 흔들리지도 않고 끓어오르지도 않게 하였네.

세 가지 장수(長壽)하는 이들이 무리를 짓고

[희공(僖公)의 장수(長壽) 또한] 산(山)등성이 같고 언덕 같네.5)

---

5) 秋(추)는 가을. 而(이)는 접속(接續)의 어조사(語助詞). 載(재)는 시작(始作)하다. 嘗(상)은 가을
제사(祭祀). 햇곡식(穀食)을 신(神)에게 올리는 제사(祭祀). 夏(하)는 여름. 楅(복)과 衡(형)은 쇠
뿔의 가름대. 여기서 楅衡(복형)은 소 우리를 말한다. 白牡(백모)는 흰 색(色)의 돼지. 騂(강)은
牼(강)의 가차자(假借字). 수소. 犧(희)는 소의 형상(形狀)을 한 술통(桶). 尊(준)은 술통(桶). 將
將(장장)은 매우 아름다운 모습. 毛炰(모포)는 털 없앤 구운 돼지. 炰(포)는 고기를 통째로 굽다.
胾(자)는 고깃점(點). 羹(갱)은 국. 籩(변)은 과일 담는 대그릇. 豆(두)는 나물 담는 나무 그릇.
大房(대방)은 큰 고기덩이를 담는 그릇, 도마. 萬舞(만무)는 무도(舞蹈) 이름. 洋洋(양양)은 성대
(盛大)한 모습. 孝(효)는 享(향)과 같다. 제사(祭祀) 지내다. 孫(손)은 자손(子孫). 여기서 孝孫
(효손)은 僖公(희공)을 말한다. 有慶(유경)은 경사(慶事)가 있다. 俾(비)는 하여금. 爾(이)는 너,
그대. 僖公(희공)을 말한다. 熾(치)는 성(盛)하다. 而(이)는 접속(接續)의 어조사(語助詞). 昌(창)
은 흥(興)하다. 壽(수)는 오래 살다. 臧(장)은 착하다, 좋다. 保(보)는 지키다. 彼(피)는 저. 東
方(동방)은 동(東)쪽. 魯(노)나라를 가리킨다. 邦(방)은 나라. 是(시)는 어조(語調)를 고르는 어조
사(語助詞). 常(상)은 항상(恒常) 있음을 뜻한다. 虧(휴)는 이지러지다. 崩(붕)은 무너지다. 震
(진)은 움직이다, 진동(震動)하다. 騰(등)은 오르다. 여기서는 沸騰(비등)을 뜻한다. 三壽(삼수)
는 세 가지 장수(長壽). 상수(上壽)는 120세(歲), 중수(中壽)는 100세(歲), 하수(下壽)는 80세
(歲)까지 사는 것을 말한다. 作朋(작붕)은 무리를 짓다. 如(여)는 같다. 岡(강)은 산등성이. 陵
(릉)은 언덕. 이 구(句)는 僖公(희공)의 장수(長壽)를 비유(比喩)하였다.

[노(魯)나라] 임금의 병거(兵車)는 천승(千乘)이며

창(槍) 장식(裝飾) 붉은 깃털과 [활집 장식(裝飾)] 녹색(綠色) 끈이

[병거(兵車)에 있는] 두 창(槍)과 [병사(兵士)의] 두 활집에 있네.

[노(魯)나라] 임금의 보병(步兵)은 삼만(三萬)이며

붉은 실로 조가비를 꿰맨 투구를 썼고

많은 보병(步兵)이 줄지어 나아갔네.

<u>융(戎)·적(狄)을 치고 형(荊)·서(舒)를 혼내니</u>

[그들은] 곧 우리를 감(敢)히 막지 못했네.

[상제(上帝)께서] 그대로 하여금 흥(興)하고 성(盛)하게 하며

그대로 하여금 장수(長壽)하고 부유(富裕)하게 했네.

누런 머리카락과 복어(鰒魚) 등의 [노인(老人)과]

장수(長壽)함이 서로 더불어 나란했네.

[상제(上帝)께서] 그대로 하여금 흥(興)하고 강대(强大)하게 하고

그대로 하여금 칠십(七十)·오십(五十) 이상(以上) 살게 했네.

만년(萬年)에 또 천년(千年)이 [더하도록]

미수(眉壽)를 누리며 해(害)로움이 없네.6)

---

6) 公(공)은 임금. 僖公(희공)을 가리킨다. 車(거)는 병거(兵車). 千乘(천승)은 천(千) 대(臺)의
병거(兵車). 朱英(주영)은 창(槍) 장식(裝飾)의 붉은 깃털. 綠(록)은 초록(草綠)빛. 縢(등)은
끈. 綠縢(녹등)은 활집을 꾸미는 녹색(綠色) 끈. 二矛(이모)는 병거(兵車)에 장착(裝着)된
두 창(槍). 夷矛(이모)와 자루 길이가 스무 자 되는 酋矛(추모). 重(중)은 둘. 弓(궁)은 활.
여기서는 활집을 말한다. 徒(도)는 무리, 보병(步兵). 三萬(삼만)은 삼만(三萬). 貝(패)는
조가비, 패각(貝殼). 胄(주)는 투구. 朱綅(주침)은 붉은 실. 烝(증)은 많다. 增增(증증)은
병사(兵士)들이 줄지어 나아가는 모습. 戎(융)은 西戎(서융). 狄(적)은 北狄(북적). 是(시)는
어세(語勢)를 강조(强調)하는 어조사(語助詞). 膺(응)은 치다. 荊(형)은 楚(초)나라의 별명
(別名). 舒(서)는 楚(초)나라의 속국(屬國). 懲(징)은 혼내다, 벌(罰)주다. 則(즉)은 곧. 莫
(막)은 없다, 못하다. 我(아)는 우리. 魯(노)나라를 가리킨다. 敢(감)은 감(敢)히. 承(승)은
막다. 禦(어)와 같다. 富(부)는 부유(富裕)하다. 黃髮(황발)은 누런 머리카락. 노인(老人)의
흰 머리가 누렇게 되는 것은 장수(長壽)를 뜻한다. 台(태)는 鮐(태)와 같다. 복어(鰒魚). 背
(배)는 등. 장수(長壽)한 노인(老人)의 등이 복어(鰒魚)의 등과 같아서 만들어진 말이다. 壽
(수)는 장수(長壽). 胥(서)는 서로. 與(여)는 더불어. 試(시)는 견주다, 나란하다. 比(비)와
같다. 大(대)는 강대(强大)하다. 耆(기)는 70세(歲) 이상(以上). 艾(애)는 50세(歲) 이상(以
上). 耆艾(기애)에는 장수(長壽)를 뜻한다. 萬(만)은 만년(萬年). 有(유)는 又(우)와 같다. 또.
眉壽(미수)는 長壽(장수)와 같다. 無有(무유)는 無(무)와 같다. 없다. 害(해)는 해(害)로움.

태산(泰山)은 높고 가팔라

노(魯)나라가 바라보는 바이네.

귀산(龜山)·몽산(蒙山)을 함께 가졌고

마침내 [영토(領土)가] 극동(極東)에 이르렀으며

[노(魯)나라 동(東)쪽] 바다 [근처(近處)] 나라까지 미쳤네.

회이(淮夷)가 조회(朝會)하러 와서

따르고 복종(服從)하지 않음이 없음은

노(魯)나라 임금의 공(功)이네.7)

<hr>

7) 泰山(태산)은 산명(山名). 巖巖(암암)은 산(山)이 높고 험(險)한 모습. 邦(방)은 나라.
所(소)는 바. 詹(첨)은 바라보다. 瞻(첨)과 같다. 奄(엄)은 모두, 함께. 有 (유)는 있
다. 龜(구)는 龜山(구산). 蒙(몽)은 蒙山(몽산). 遂(수)는 마침내. 荒(황)은 이르다, 차
지하다. 大東(대동)은 極東(극동)과 같다. 魯(노)나라 극동(極東)의 변경(邊境)을 말한
다. 至(지)는 이르다. 于(우)는 ~에. 海邦(해방)은 노(魯)나라 동(東)쪽 근해(近海)의
작은 나라. 淮夷(회이)는 이민족(異民族) 이름. 來(래)는 어조(語調)를 고르는 어조사
(語助詞). 同(동)은 조회(朝會)하다. 莫不(막불)은 아니함이 없다. 率(솔)은 따르다. 從
(종)은 복종(服從)하다. 功(공)은 공로(功勞).

부산(鳧山)·역산(繹山)을 보유(保有)했고
마침내 서(徐)나라까지 차지했으며
[노(魯)나라 동(東)쪽] 바다 [근처(近處)] 나라에 이르렀네.
회이(淮夷)인 만맥(蠻貊)과
저 남이(南夷)에 미쳐서도
따르고 복종(服從)하지 않음이 없네.
감(敢)히 순종(順從)하지 아니함이 없음은
노(魯)나라 임금께서
이 [남이(南夷)와의 싸움에] 마음을 느긋하게 품었기 때문이네.8)

---

8) 保有(보유)는 가지고 있다. 鳧(부)는 鳧山(부산). 繹(역)은 繹山(역산). 徐(서)는 徐戎
(서융). 나라 이름. 宅(택)은 집. 여기서는 나라를 뜻한다. 蠻貊(만맥)은 중국(中國)
동남방(東南方)의 이민족(異民族). 여기서는 淮夷(회이)를 말한다. 及(급)은 미치다.
彼(피)는 저. 南夷(남이)는 荊楚(형초)를 말한다. 諾(낙)은 순종(順從)하다. 魯侯(노후)
는 僖公(희공)을 가리킨다. 是(시)는 楚(초)나라를 정벌(征伐)한 일을 가리킨다. 若(약)
은 [마음을] 따르다, 순심(順心). 마음을 느긋하게 하다.

하늘이 큰 복(福)을 희공(姬公)에게 내려
장수(長壽)하면서 노(魯)나라를 지켰네.
상(常)과 허(許)를 차지하여
주공(周公)의 강역(疆域)을 회복(回復)했네.
노후(魯侯)께서 즐거운 잔치를 베풀어
아내에게 잘해주고 모친(母親)께는 장수(長壽)를 빌었네.
대부(大夫)·여러 벼슬아치와 화목(和睦)하여
나라를 이렇게 보유(保有)했네.
[하늘로부터] 이미 복(福)을 많이 받았고
누런 머리카락과 아이의 치아(齒牙)가 [나도록 장수(長壽)를 비네.]9)

---

9) 天(천)은 하늘. 錫(석)은 주다. 公(공)은 僖公(희공)을 말한다. 純(순)은 크다. 嘏(하)
는 복(福). 眉壽(미수)는 長壽(장수)와 같다. 保(보)는 지키다. 居(거)는 차지하다. 常
(상)은 지명(地名). 일찍이 齊(제)나라에 빼앗겼다가 魯(노)나라 莊公(장공) 때 되찾았
다. 與(여)는 ~와(과). 許(허)는 지명(地名). 일찍이 鄭(정)나라에 빼앗겼다가 魯(노)
나라 僖公(희공) 때 되찾았다. 復(복)은 회복(回復)하다. 周公(주공)은 周(주)나라 武王
(무왕)의 아우이며 伯禽(백금)의 아버지. 之(지)는 ~의. 宇(우)는 국토(國土), 강역(疆
域)을 뜻한다. 魯侯(노후)는 僖公(희공)을 말한다. 燕喜(연희)는 喜宴(희연)과 같다.
즐거운 잔치를 베풀다. 令(령)은 善(선)과 같다. 잘해주다. 妻(처)는 아내. 여기서는
僖公(희공)의 아내인 聲姜(성강)을 말한다. 壽(수)는 장수(長壽)를 빌다. 母(모)는 어머
니. 여기서는 僖公(희공)의 어머니인 成風(성풍)을 말한다. 宜(의)는 화목(和睦)하다.
大夫(대부)는 周(주)나라 시대(時代)의 벼슬 이름. 士(사)의 위, 卿(경)의 아래. 庶(서)
는 여러. 士(사)는 벼슬아치. 邦(방)과 國(국)은 나라. 是(시)는 이, 이렇게. 有(유)는
보유(保有)하다. 旣(기)는 이미. 多受(다수)는 많이 받다. 祉(지)는 복(福). 黃髮(황발)
은 누런 머리카락. 장수(長壽)의 상징(象徵)이다. 兒齒(아치)는 늙은이의 이가 빠지고
다시 난 이. 장수(長壽)의 상징(象徵)이다.

조래산(徂來山)의 소나무와
신보산(新甫山)의 잣나무를
끊고 베어
심(尋) 길이의 목재(木材)로 만들고
척(尺) 길이의 목재(木材)로 만들었네.
소나무 서까래는 굵다랗고
정실(正室)은 아주 큼직하며
새로운 사당(祠堂)은 아름답네.
해사(奚斯)가 [이 시(詩)를] 지은 바인데
[시(詩)가] 매우 길고 또 [뜻이] 크니
만민(萬民)들은 동의(同意)하네.10)

---

10) 徂來(조래)와 新甫(신보)는 산명(山名). 송백(松柏)이 많다. 之(지)는 ~의. 松(송)은
소나무. 柏(백)은 잣나무. 是(시)는 어조(語調)를 고르는 어조사(語助詞). 斷(단)은 끊
다. 度(탁)은 베다. 尋(심)은 8척(尺). 여기서는 동사(動詞)로 쓰였다. 尺(척)은 한
자. 桷(각)은 서까래. 有鳥(유석)은 鳥鳥(석석)과 같다. 큰 모습. 여기서는 '굵다랗다'
로 풀이하였다. 路寢(노침)은 군주(君主)가 정사(政事)를 처리(處理)하는 궁실(宮室)을
말한다. 正室(정실)이라고도 한다. 孔(공)은 매우. 碩(석)은 크다. 新廟(신묘)는 [중수
(重修)한] 새로운 사당(祠堂). 여기서는 閟宮(비궁)을 가리킨다. 奕奕(혁혁)은 아름다
운 모습. 奚斯(해사)는 이 시(詩)를 지은 사람. 所(소)는 바. 作(작)은 짓다. 曼(만)은
길다. 且(차)는 또. 碩(석)은 [시(詩)의 뜻이] 크다. 萬民(만민)은 모든 사람. 若(약)은
따르다. 여기서는 동의(同意)함을 뜻한다.

(301) 那(나)

猗(의)與(여)那(나)與(여) 置(치)我(아)鞉(도)鼓(고)
奏(주)鼓(고)簡(간)簡(간) 衎(간)我(아)烈(열)祖(조)
湯(탕)孫(손)奏(주)假(격) 綏(수)我(아)思(사)成(성)
鞉(도)鼓(고)淵(연)淵(연) 嘒(혜)嘒(혜)管(관)聲(성)
既(기)和(화)且(차)平(평) 依(의)我(아)磬(경)聲(성)
於(오)赫(혁)湯(탕)孫(손) 穆(목)穆(목)厥(궐)聲(성)
庸(용)鼓(고)有(유)斁(역) 萬(만)舞(무)有(유)奕(혁)
我(아)有(유)嘉(가)客(객) 亦(역)不(불)夷(이)懌(역)
自(자)古(고)在(재)昔(석) 先(선)民(민)有(유)作(작)
溫(온)恭(공)朝(조)夕(석) 執(집)事(사)有(유)恪(각)
顧(고)予(여)烝(증)嘗(상) 湯(탕)孫(손)之(지)將(장)

멋짐1)

아름답구나! 멋지구나!
내 작은북이 [잘] 갖추어졌네.
두둥둥 북을 치며
공적(功績)이 있는 내 선조(先祖)를 즐겁게 하네.
탕왕(湯王)의 자손(子孫)이 기도(祈禱)하니
나를 복(福)으로 편안(便安)하게 해 주시네.2)
작은북이 둥둥 울리고
닐리리 피리 소리도 있네.
[북과 피리소리가] 이미 어울리고 또 바르며
나의 경(磬)쇠 소리에 따르네.3)

---

1) 〈那(나)〉는 宋(송)나라 임금이 봄가을로 선조(先祖)께 제사(祭祀)지내는 악가(樂歌)이다.
2) 猗(의)는 아름답다. 與(여)는 감탄(感歎)을 나타내는 어조사(語助詞). 那(나)는 아름답
   다, 멋지다. 置(치)는 세우다, 갖추다. 我(아)는 宋(송)나라 임금 자신(自身). 鞉(도)는
   손잡이가 달린 작은북. 鼓(고)는 북. 奏(주)는 연주(演奏)하다, 북 치다. 簡簡(간간)은
   소리가 부드럽고 큰 모습. '두둥둥'으로 풀이하였다. 衎(간)은 즐기다. 烈祖(열조)는
   큰 공적(功績)이 있는 선조(先祖). 湯(탕)은 商(상)나라의 시조(始祖). 孫(손)은 자손
   (子孫). 湯孫(탕손)은 주제자(主祭者)인 宋(송)나라 임금. 奏(주)는 나아가다. 假(격)은
   이르다. 奏假(주격)은 祈禱(기도)의 뜻이다. 綏(수)는 편안(便安)하다. *綏(수)를 '주
   다'로 풀이하는 곳도 있다. 思(사)는 어조(語調)를 고르는 어조사(語助詞). 成(성)은 성
   공(成功), 복(福)을 뜻한다.
3) 淵淵(연연)은 북을 치는 소리. 여기서는 '둥둥'으로 풀이하였다. 嘒嘒(혜혜)는 소리가
   부드럽고 가락에 맞는 모습. 여기서는 '닐리리'로 풀이하였다. 管(관)은 피리. 聲(성)
   은 소리. 旣(기)는 이미. 和(화)는 조화(調和)롭다, 어울리다. 且(차)는 또. 平(평)은
   고르다, 바르다. 依(의)는 기대다, 따르다. 磬(경)은 경(磬)쇠. 뿔 망치로 쳐 소리를
   내는 옥(玉)이나 돌로 만든 아악기(雅樂器). 奏樂(주악)의 시작(始作)과 마침을 磬(경)
   을 쳐서 알린다.

아! [덕(德)이] 빛나는 탕왕(湯王)의 자손(子孫)은

그의 음악(音樂) 소리가 온화(溫和)하네.

큰 종(鐘)과 북은 소리가 성대(盛大)하며

만무(萬舞)는 [규모(規模)가] 크네.4)

내게 훌륭한 손님 있으니

또한 기쁘고 즐겁지 않겠는가?

옛날 옛적부터

앞 시대(時代)의 사람들이 [도리(道理)를] 만듦이 있었네.

아침저녁으로 온화(溫和)하고 공손(恭遜)하며

일을 집행(執行)함은 조심(操心)함이었네. [열조(烈祖)께서는]

저의 겨울제사(祭祀)와 가을제사(祭祀)를 돌아보소서.

탕왕(湯王)의 자손(子孫)이 받듭니다.5)

---

4) 於(오)는 감탄사(感歎詞). 아! 赫(혁)은 빛나다. 穆穆(목목)은 온화(溫和)한 모양. 厥
(궐)은 그. 其(기)와 같다. 聲(성)은 음악(音樂) 소리. 庸(용)은 鏞(용)과 같다. 큰 종
(鐘). 有斁(유역)은 斁斁(역역)과 같다. 소리가 성대(盛大)한 모습. 萬舞(만무)는 춤 이
름. 有奕(유혁)은 奕奕(혁혁)과 같다. [규모(規模)가] 큰 모습.

5) 有(유)는 있다. 嘉客(가객)은 훌륭한 손님. 여기서는 제사(祭祀)를 도우러 온 사람을
가리킨다. 亦(역)은 또한. 不(불)은 않다. 夷(이)는 기뻐하다. 悅(열)과 같다. 懌(역)은
즐거워하다. 自(자)는 ~로부터. 古(고)는 옛날. 在昔(재석)은 옛적. 先民(선민)은 앞
시대(時代)의 사람. 前人(전인)과 같다. 作(작)은 만듦. 공경(恭敬)의 도리(道理)를 만
든 것을 말한다. 溫(온)은 온화(溫和). 恭(공)은 공손(恭遜). 朝夕(조석)은 아침저녁.
執(집)은 집행(執行)하다. 事(사)는 일, 사무(事務). 有恪(유각)은 恪恪(각각)과 같다.
삼가는 모습. 顧(고)는 돌아보다. 흠향(歆饗)함을 뜻한다. 予(여)는 나. 我(아)와 같
다. 烝(증)은 겨울제사(祭祀). 嘗(상)은 가을제사(祭祀). 烝嘗(증상)은 실제(實際)로는
사시(四時)의 제사(祭祀)를 가리킨다. 之(지)는 ~이. 將(장)은 받들다.

(302) 烈 祖
열 조

嗟嗟烈祖 有秩斯祜
차차열조 유질사호

申錫無疆 及爾斯所
신석무강 급이사소

既載清酤 賚我思成
기재청고 뇌아사성

亦有和羹 既戒既平
역유화갱 기계기평

鬷假無言 時靡有爭
종격무언 시미유쟁

綏我眉壽 黃考無疆
수아미수 황구무강

約軧錯衡 八鸞鶬鶬
약기착형 팔난창창

以假以享 我受命溥將
이격이향 아수명보장

自天降康 豐年穰穰
자천강강 풍년양양

來假來饗 降福無疆
내격래향 강복무강

顧予烝嘗 湯孫之將
고여증상 탕손지장

공적(功績)이 있으신 선조(先祖)[1]

아! 공적(功績)이 있으신 선조(先祖)께서는
크나큰 복(福)을
거듭 주시고 끝이 없으며
[제사(祭祀)지내는] 이곳에 미쳤네.[2]
이미 맑은 술을 차렸고
[열조(烈祖)께선] 복(福)을 저에게 주시네.
또한 맛깔스러운 국이 있어
[열조(烈祖)께선] 이미 이르셨고 이미 화평(和平)해지셨네.[3]

---

1) 〈烈祖(열조)〉는 송(宋)나라 임금이 선조(先祖)를 제사(祭祀)하고 기리는 악가(樂歌)이다.
2) 嗟嗟(차차)는 감탄사(感歎詞). 아! 烈祖(열조)는 큰 공로(功勞)와 업적(業績)이 있는
   조상(祖上). 烈(열)은 공적(功績). 祖(조)는 조상(祖上). 有秩(유질)은 秩秩(질질)과 같
   다. 크나큰 모습. 斯(사)는 어조(語調)를 고르는 어조사(語助詞). 祜(호)는 복(福). 申
   (신)은 거듭. 錫(석)은 주다. 無疆(무강)은 끝이 없다. 及(급)은 미치다. 爾(이)는 어조
   (語調)를 고르는 어조사(語助詞). 斯(사)는 이. 此(차)와 같다. 所(소)는 곳. 斯所(사
   소)는 제사(祭祀)지내는 곳을 가리킨다.
3) 旣(기)는 이미. 載(재)는 베풀다, 차리다. 淸(청)은 맑다. 酤(고)는 술. 賚(뢰)는 주
   다. 我(아)는 나. 주제자(主祭者)인 탕왕(湯王)의 자손(子孫)을 말한다. 思(사)는 어조
   (語調)를 고르는 어조사(語助詞). 成(성)은 성공(成功), 복(福). 亦(역)은 또한. 有(유)
   는 있다. 和(화)는 조화(調和). 여기서는 '감칠맛 나다'로 풀이하였다. 羹(갱)은 국.
   戒(계)는 이르다. 屆(계)와 같다. 平(평)은 화평(和平)하다.

[참사자(參祀者)가] 모여 [제장(祭場)에] 이르되 군말이 없고
이때 다투는 일도 있지 않네.
[열조(烈祖)께선] 저에게 장수(長壽)함을 주어
누런 머리카락 되고 얼굴에 검버섯 피도록 [오래 삶이] 끝이 없네.4)
[내가 타고 온 수레는 붉게 옻칠한 가죽으로]
묶은 바퀴통 머리와 아로새겨 장식(裝飾)한 멍에가 있고
여덟 말방울은 딸랑딸랑하네.
[수레 타고 제장(祭場)에] 이르러 제사(祭祀) 지내니
내가 천명(天命)을 받음이 넓고 오래가네.5)

---

4) 鬷(종)은 모이다. 假(격)은 이르다. 無言(무언)은 말이 없다. 言(언)을 '군말'로 풀이하
   였다. 時(시)는 이때. 靡(미)는 없다. 爭(쟁)은 다툼. 綏(수)는 주다. 賜(사)와 같다.
   眉壽(미수)는 장수(長壽)와 같다. 黃耈(황구)는 장수(長壽)의 노인(老人)을 말한다. 黃
   (황)은 황발(黃髮). 耈(구)는 얼굴의 검버섯.
5) 約(약)은 묶다. 軧(기)는 바퀴통 머리. 錯(착)은 무늬를 놓다, 아로새기다. 衡(형)은
   멍에. 八鸞(팔란)은 여덟 말방울. 한 마리 말에 두 개(個)의 말방울이 있고, 수레를
   네 마리 말이 끌기 때문에 여덟 말방울이다. 鶬鶬 (창창)은 말방울 소리. 여기서는
   '딸랑딸랑'으로 풀이하였다. 以(이)는 어조(語調)를 고르는 어조사(語助詞). 假(격)은
   [제장(祭場)에] 이르다. 享(향)은 제사(祭祀) 지내다. 受(수)는 받다. 命(명)은 천명(天
   命). 溥(보)는 넓다. 將(장)은 길다, 오래가다.

하늘로부터 편안(便安)함이 내리고
풍년(豐年)들어 넉넉하네.
[열조(烈祖)께서 이곳에] 이르러 흠향(歆饗)하시고
복(福)을 내려 주심이 끝이 없네. [열조(烈祖)께선]
저의 겨울제사(祭祀)와 가을제사(祭祀)를 돌아보소서.
<u>탕왕(湯王)</u>의 자손(子孫)이 받듭니다.6)

---

6) 自(자)는 ~으로부터. 降(강)은 내리다. 康(강)은 편안(便安)함. 豐年(풍년)은 풍년(豐
年)들다. 穰穰(양양)은 식량(食糧)이 넉넉한 모습. 穰(양)은 풍족(豐足)하다. 來(래)는
어조(語調)를 고르는 어조사(語助詞). 假(격)은 [열조(烈祖)께서] 이르다. 饗(향)은 흠
향(歆饗)하다. 降福(강복)은 복(福)을 내리다. 無疆(무강)은 끝이 없다. 顧(고)는 돌아
보다. 흠향(歆饗)함을 뜻한다. 予(여)는 나. 我(아)와 같다. 烝(증)은 겨울제사(祭祀).
嘗(상)은 가을제사(祭祀). 烝嘗(증상)은 실제(實際)로는 사시(四時)의 제사(祭祀)를 가
리킨다. 之(지)는 ~이. 將(장)은 받들다.

(303) 玄 鳥
현 조

天命玄鳥 降而生商 宅殷土芒芒
천 명 현 조　강 이 생 상　택 은 토 망 망

古帝命武湯 正域彼四方
고 제 명 무 탕　정 역 피 사 방

方命厥后 奄有九有
방 명 궐 후　엄 유 구 유

商之先后 受命不殆 在武丁孫子
상 지 선 후　수 명 불 태　재 무 정 손 자

武丁孫子 武王靡不勝
무 정 손 자　무 왕 미 불 승

龍旂十乘 大糦是承
용 기 십 승　대 치 시 승

邦畿千里 維民所止 肇域彼四海
방 기 천 리　유 민 소 지　조 역 피 사 해

四海來假 來假祁祁 景員維河
사 해 래 격　래 격 기 기　경 원 유 하

殷受命咸宜 百祿是何
은 수 명 합 의　백 록 시 하

제비¹⁾

하늘이 제비에게 명령(命令)하여
[제비가] 내려와 <u>상(商)</u>나라 [시조(始祖)인 설(契)을] 낳게 했고
[그 뒤 설(契)의 자손(子孫)은] 널따란 은(殷)의 땅에 살았네.²⁾
천제(天帝)께서 무공(武功)이 있는 <u>탕(湯)</u>에게 명령(命令)하니
[여러 나라를] 정복(征服)하여 저 사방(四方)을 차지했네.
[탕(湯)의 사왕(嗣王)은] 나란히 그 제후(諸侯)들을 명령(命令)하고
모두 구주(九州)를 소유(所有)했네.³⁾

---

1) 〈玄鳥(현조)〉는 宋(송)나라 임금이 선조(先祖)를 제사(祭祀) 지내는 악가(樂歌)이다.
2) 天(천)은 하늘. 命(명)은 명령(命令)하다. 玄鳥(현조)는 제비. 降(강)은 내려오다. 而(이)는 접속(接續)을 나타내는 어조사(語助詞). 生(생)은 낳다. 商(상)은 지명(地名)이자 국명(國名). 여기서는 商(상)나라의 시조(始祖)인 契(설)을 말한다. 宅(택)은 살다. 殷(은)은 지명(地名)이자 국명(國名). 盤庚(반경)이 이곳으로 옮겨온 뒤로 국호(國號)를 商(상)에서 殷(은)으로 바뀌었다. 土(토)는 땅. 芒芒(망망)은 광대(廣大)한 모습. 여기서는 '널따랗다'로 풀이하였다. *劉向(유향)의 〈列女傳(열녀전)〉에 따르면, 堯(요)임금 시대(時代)에 有娀氏(유융씨)의 장녀(長女)인 簡狄(간적)이 자매(姉妹)들과 玄邱(현구)라는 곳에서 목욕(沐浴)할 때 제비가 알을 물고 지나다가 떨어뜨리자 簡狄(간적)이 주워 입안에 넣었는데 잘못하여 삼켰고 마침내 契(설)을 낳았다고 한다.
3) 古帝(고제)는 天帝(천제)와 같다. 武(무)는 무공(武功)을 뜻한다. 湯(탕)은 湯(탕)임금을 말한다. 成湯(성탕)이라고도 한다. 夏(하)나라의 桀(걸)임금이 무도(無道)하므로 쳐내쫓고 商(상)나라를 세운 임금. 正(정)은 征(정)과 통(通)한다. 정복(征服)하다. 域(역)은 차지하다. 彼(피)는 저. 四方(사방)은 천하(天下)를 뜻한다. 方(방)은 나란히 하다. 并(병)과 같다. 여기서는 湯(탕)임금을 이어 나란히 대(代)를 이어감을 뜻한다. 厥(궐)은 그. 其(기)와 같다. 后(후)는 임금, 제후(諸侯). 奄(엄)은 모두. 有(유)는 소유(所有)하다. 九有(구유)는 禹(우)임금이 전국(全國)을 아홉 개(個)의 주(州)로 나누었다는 행정(行政) 구획(區劃)을 말한다. 九州(구주), 九域(구역)이라고도 한다.

상(商)나라의 선왕(先王)들께서는
천명(天命)을 받고 게으르지 않아
무왕(武王)인 [탕(湯)의] 자손(子孫)이 있게 되었네.4)
무왕(武王)인 [탕(湯)의] 자손(子孫)인 무정(武丁)은
[나랏일의 소임(所任)을] 이기지 아니함이 없었네.5)
[무정(武丁)은] 용(龍) 깃발이 [꽂힌] 수레 열 대(臺)를 [거느리고]
[제장(祭場)으로] 와서 성대(盛大)한 술과 밥을 받들었네.
[나라의] 강계(疆界)는 [사방(四方)] 천리(千里)이며
백성(百姓)들이 사는 곳이고
강역(疆域)을 저 사해(四海)까지 열었네.6)

---

4) 先后(선후)는 선왕(先王)을 말한다. 受命(수명)은 천명(天命)을 받다. 不(불)은 않다. 殆(태)는 怠(태)의 가차자(假借字). 게으르다. 在(재)는 있다. 武丁(무정)은 武王(무왕)으로 일컬어진 湯(탕)임금을 뜻한다. 孫子(손자)는 자손(子孫)을 뜻한다.

5) 이 두 구(句)는 '武王孫子 武丁靡不勝'으로 보아야 한다. 武丁(무정)은 湯(탕)의 9대손(代孫) 盤庚(반경)의 아우인 小乙(소을)의 아들로 59년(年) 동안 재위(在位)했다. 靡不(미불)은 아니함이 없다. 勝(승)은 이기다. 여기서는 국사(國事)에 있어 소임(所任)을 감당(堪當)함을 뜻한다.

6) 龍旂(용기)는 날아오르는 용(龍)과 내려오는 용(龍)을 그린 붉은 기(旂). 十乘(십승)은 수레 열 대(臺). 大(대)는 성대(盛大)함. 饎(치)는 제사용(祭祀用)의 술과 음식(飮食). *원문(原文)에는 饎(치)가 [饎(치) : 食⇌米]로 되어있다. 是(시)는 어세(語勢)를 강조(強調)하는 어조사(語助詞). 承(승)은 [제사(祭祀)를] 받들다. 邦(방)은 封(봉)과 통(通)하며 경계(境界)를 뜻한다. 畿(기)는 邦(방)과 같다. 邦畿(방기)는 疆界(강계)를 뜻한다. 千里(천리)는 사방(四方) 천리(千里)를 뜻한다. 維(유)는 어조(語調)를 고르는 어조사(語助詞). 民(민)은 백성(百姓). 所(소)는 바, 곳. 止(지)는 살다. 肇(조)는 열다, 비롯하다. *肇(조)를 兆(조)로 풀이하는 곳도 있다. 兆(조)는 구역(區域). 域(역)은 강역(疆域). 彼(피)는 저. 四海(사해)는 사해(四海)의 가를 뜻한다.

사해(四海)의 [제후(諸侯)들이 조정(朝廷)으로] 와서 이르고
와서 이르는 [제후(諸侯)들은] 수두룩하며
[상(商)나라가 도읍(都邑)한] 경산(景山)의 둘레는 황하(黃河)이네.
은(殷)나라가 천명(天命)을 받음이 모두 마땅하여
온갖 복(福)을 이어받았네.7)

---

7) 四海(사해)는 사해(四海) 안에 있는 제후(諸侯)를 가리킨다. 來(래)는 오다. 假(격)은
   이르다. 祁祁(기기)는 많은 모습. 여기서는 '수두룩하다'로 풀이하였다. 景(경)은 商
   (상)나라가 도읍(都邑)한 곳의 산명(山名). 員(원)은 둘레. 河(하)는 황하(黃河)를 가
   리킨다. 殷(은)은 商(상)나라 盤庚(반경) 이후(以後)의 나라 이름. 咸(함)은 모두. 宜
   (의)는 마땅하다. 百祿(백록)은 온갖 복(福). 是(시)는 어세(語勢)를 강조(强調)하는 어
   조사(語助詞). 何(하)는 지다. 荷(하)와 같다. 여기서는 이어받음을 뜻한다.

(304) 長 發
_{장 발}

濬哲維商 長發其祥 洪水芒芒 禹敷下土方 外大國是疆
_{준 철 유 상　장 발 기 상　홍 수 망 망　우 부 하 토 방　외 대 국 시 강}
幅隕旣長 有娀方將 帝立子生商
_{폭 원 기 장　유 융 방 장　제 립 자 생 상}

玄王桓撥 受小國是達 受大國是達 率履不越 遂視旣發
_{현 왕 환 발　수 소 국 시 달　수 대 국 시 달　솔 리 불 월　수 시 기 발}
相土烈烈 海外有截
_{상 토 열 렬　해 외 유 절}

帝命不違 至於湯齊 湯降不遲 聖敬日躋 昭假遲遲 上帝是祗
_{제 명 불 위　지 어 탕 제　탕 강 부 지　성 경 일 제　소 격 지 지　상 제 시 지}
帝命式於九圍
_{제 명 식 어 구 위}

受小球大球 爲下國綴旒 何天之休
_{수 소 구 대 구　위 하 국 철 류　하 천 지 휴}
不競不絿 不剛不柔 敷政優優 百祿是遒
_{불 경 불 구　불 강 불 유　부 정 우 우　백 록 시 주}

受小共大共 爲下國駿厖 何天之龍
_{수 소 공 대 공　위 하 국 준 방　하 천 지 총}
敷奏其勇 不震不動 不戁不竦 百祿是總
_{부 주 기 용　부 진 부 동　불 난 불 송　백 록 시 총}

武王載斾 有虔秉鉞 如火烈烈 則莫我敢曷
_{무 왕 재 패　유 건 병 월　여 화 열 렬　즉 막 아 감 갈}
苞有三蘖 莫遂莫達 九有有截 韋顧旣伐 昆吾夏桀
_{포 유 삼 얼　막 수 막 달　구 유 유 절　위 고 기 벌　곤 오 하 걸}

昔在中葉 有震且業 允也天子 降予卿士
_{석 재 중 엽　유 진 차 업　윤 야 천 자　강 여 경 사}
實維阿衡 實左右商王
_{실 유 아 형　실 좌 우 상 왕}

오래도록 나타남¹⁾

[속이] 깊고 지혜(智慧)로운 <u>상(商)</u>나라의 [시조(始祖) 설(契)이]
[태어나기에 앞서] 오래도록 그 상서(祥瑞)로움이 나타났었네.
큰물이 [사방(四方)에] 넘실거렸지만 [하(夏)나라의]
<u>우(禹)</u>임금이 천하(天下) 사방(四方)의 [큰물을] 다스렸고
바깥 큰 나라와 경계(境界)를 지었네.
[하(夏)나라의] 너비와 둘레는 이미 확장(擴張)되었고
<u>유융씨(有娀氏)</u>의 [딸이] 바야흐로 장년(壯年)이 되었으니
상제(上帝)께서 [상(商)나라에] 자손(子孫)을 세우려
[그녀로 하여금] <u>상(商)</u>나라 [시조(始祖)인 설(契)을] 낳게 했네.²⁾

---

1) 〈長發(장발)〉은 宋(송)나라 임금이 商湯(상탕)을 제사(祭祀)지내고 伊尹(이윤)을 배사
(配祀)한 악가(樂歌)이다.
2) 濬(준)은 [속이] 깊다. 哲(철)은 밝다, 지혜(智慧)롭다. 維(유)는 어조(語調)를 고르는
어조사(語助詞). 商(상)은 帝嚳(제곡)의 아들 契(설)을 봉(封)한 나라 이름. 여기서는
契(설)을 가리킨다. 長(장)은 오래도록. 久(구)와 같다. 發(발)은 나타내다. 其(기)는
그. 祥(상)은 상서(祥瑞). 洪水(홍수)는 큰물. 芒芒(망망)은 넓고 먼 모습. 茫茫(망망)
과 같다. 여기서는 '넘실거리다'로 풀이하였다. 禹(우)는 夏(하)나라의 시조(始祖). 敷
(부)는 다스리다. 여기서는 洪水(홍수)를 다스림을 뜻한다. 下土(하토)는 천하(天下)의
땅. 方(방)은 사방(四方). 外大國(외대국)은 국경(國境) 밖의 큰 나라. 諸夏(제하)라고
도 하였다. 是(시)는 어세(語勢)를 강조(强調)하는 어조사(語助詞). 疆(강)은 지경(地
境), 경계(境界). 여기서는 동사(動詞)로 풀이한다. 幅(폭)은 너비. 隕(원)은 둘레. 圓
(원)과 같다. 旣(기)는 이미. 長(장)은 크다, 확장(擴張)되다. 有娀(유융)은 나라 이름.
여기서는 有娀氏(유융씨)의 딸인 契(설)의 어머니를 가리킨다. 方(방)은 바야흐로. 將
(장)은 크다, 壯大(장대)하다. 여기서는 장년(壯年)을 뜻한다. 帝(제)는 상제(上帝). 立
(입)은 세우다. 子(자)는 [商(상)나라의] 자손(子孫). 生(생)은 낳다. 商(상)은 契(설)을
가리킨다. *有娀氏(유융씨)의 딸이 契(설)을 낳고, 堯(요)임금이 商(상)에 그를 봉(封)
했다. 뒤에 湯王(탕왕)이 商(상)을 국호(國號)로 삼았다.

현왕(玄王)께서는 굳세게 분발(奮發)하여
[요(堯)임금에게] 작은 나라를 받아도 [나랏일을] 통(通)하게 했고
[순(舜)임금에게] 큰 나라를 받아도 [나랏일을] 통(通)하게 했네.
예교(禮敎)를 따라 [법도(法度)를] 넘지 않았으며
마침내 [백성(百姓)을] 살펴서 이윽고 [법(法)을] 집행(執行)했네.
[설(契)의 손자(孫子)인] 상토(相土)는 [위무(威武)가] 세차져
해외(海外)의 [나라도] 다스려졌네.3)

상제(上帝)의 명령(命令)을 어기지 않음은
탕(湯)에 이르도록 [한결] 같았네.
탕(湯)의 태어남은 늦지 않았고
[그의] 슬기로움과 공경(恭敬)함은 날로 올라갔네.
누긋하게 밝게 아뢰며
상제(上帝)를 공경(恭敬)하네.
상제(上帝)께서 구주(九州)에 모범(模範)이 되라고 명(命)하셨네.4)

---

3) 玄王(현왕)은 契(설)에 대(對)한 존칭(尊稱). 桓(환)은 굳세다, 크다. 撥(발)은 다스리
다, 분발(奮發)하다. 受(수)는 받다. 여기서는 封(봉)함을 뜻한다. 小國(소국)은 작은
나라. 堯(요)임금으로부터 봉(封)함을 받은 商(상)을 가리킨다. 是(시)는 어세(語勢)를
강조(强調)하는 어조사(語助詞). 達(달)은 통(通)하다. 大國(대국)은 큰 나라. 여기서는
舜(순)임금의 말년(末年)에 契(설)의 토지(土地)가 늘어나 대국(大國)이 되었음을 말한
다. 率(솔)은 따르다. 履(리)는 예(禮). 不(불)은 않다. 越(월)은 넘다. 遂(수)는 마침
내. 視(시)는 살피다. 旣(기)는 이윽고. 發(발)은 집행(執行)하다. 相土(상토)는 契(설)
의 손자(孫子). 烈烈(열렬)은 세력(勢力)이 강(强)한 모습. 烈(열)은 세차다. 海外(해
외)는 외국(外國). 有截(유절)은 截截(절절)과 같다. 정제(整齊)된 모양, 다스려진 모
양. 截(절)은 다스리다.
4) 帝(제)는 상제(上帝). 命(명)은 명령(命令). 不違(불위)는 어기지 않다. 至(지)는 이르
다. 於(어)는 ~에. 湯(탕)은 湯(탕)임금. 齊(제)는 같다. 降(강)은 내리다. 여기서는
태어나다. 遲(지)는 늦다. 聖(성)은 슬기롭다, 밝다. 敬(경)은 공경(恭敬)하다. 日(일)은 날
마다. 躋(제)는 오르다. 昭(소)는 밝다. 假(격)은 이르다. 昭假(소격)은 明告(명고)와
같다. [상제(上帝)께] 밝게 아뢰다. 遲遲(지지)는 누긋한 모습. 祗(지)는 공경(恭敬)하
다. 式(식)은 법(法), 본보기. 於(어)는 ~에. 九圍(구위)는 九州(구주)와 같다.

[탕(湯)은 제후(諸侯)에게] 작은 옥(玉)·큰 옥(玉)을 주어
제후(諸侯)의 면류관(冕旒冠) 술에 꿰어 [달게 하고]
하늘의 복(福)을 짊어지게 하였네.
다투지도 않고 다그치지도 않으며
억세지도 않고 무르지도 않게
정사(政事)를 펴심이 너그러우니
온갖 복(福)이 모였네.5)

[탕(湯)은 제후(諸侯)에게] 작은 법(法)·큰 법(法)을 주어
제후(諸侯)의 보호막(保護膜)으로 삼게 하고
하늘의 은총(恩寵)을 짊어지게 하였네.
그 용맹(勇猛)함을 펴서 시행(施行)하되
놀라게도 않고 어수선하게도 않으며
두렵게도 않고 무섭게도 않게 하니
온갖 복(福)이 모였네.6)

---

5) 受(수)는 授(수)와 통(通)한다. 주다. 球(구)는 둥근 옥(玉). 爲(위)는 삼다. 下國(하
국)은 천하(天下)의 제후국(諸侯國). 여기서는 제후(諸侯)를 가리킨다. 綴(철)은 꿰매
다. 旒(류)는 면류관(冕旒冠)의 앞뒤에 드리운 주옥(珠玉)을 꿴 술. 천자(天子)는 12
줄, 제후(諸侯)는 9줄. *綴旒(철류)를 표장(表章)으로 풀이하는 곳도 있다. 何(하)는
荷(하)와 같다. 짊어지다, 떠맡다. 天(천)은 하늘. 之(지)는 ~의. 休(휴)는 복(福). 競
(경)은 다투다, 경쟁(競爭)하다. 絿(구)는 급박(急迫)하다, 다그치다. 剛(강)은 굳세다,
억세다. 柔(유)는 부드럽다, 무르다. 敷(부)는 펴다. 政(정)은 정사(政事). 優優(우우)
는 너그러운 모습. 百祿(백록)은 온갖 복(福). 是(시)는 어세(語勢)를 강조(强調)하는
어조사(語助詞). 遒(주)는 모이다.
6) 共(공)은 법(法)을 뜻한다. 駿厖(준방)은 恂蒙(순몽)의 가차자(假借字). 두둔해서 보살펴
줌을 뜻하는 비음(庇蔭)의 뜻이다. 여기서는 '보호막(保護膜)'으로 풀이하였다. 龍(총)은
寵(총)과 같다. 은총(恩寵). 敷(부)는 펴다. 奏(주)는 하다, 시행(施行)하다. 其勇(기용)
은 그 용맹(勇猛)함. 震(진)은 놀라다. 動(동)은 움직이다. 여기서는 '어수선하다'로 풀
이하였다. 戁(난)은 두려워하다. 竦(송)은 두려워하다, 무섭다. 總(총)은 모이다.

무왕(武王)인 [탕(湯)이] 출병(出兵)을 시작(始作)하니

[군사(軍士)들은] 씩씩하게 도끼를 잡았네.

[위세(威勢)가] 불 같이 세차니

[적(敵)은] 곧 우리를 감(敢)히 막지 못했네.

밑동에 세 [개(個)] 움이 있지만

자라지 못하고 커지지도 못했네.

구주(九州)가 다스려져 위(韋)·고(顧)가 이미 정벌(征伐)되고

곤오(昆吾)·하걸(夏桀)도 [정벌(征伐)되었네.]7)

옛날 [탕(湯)이 있던] 중엽(中葉)에는

[형세(形勢)는] 위무(威武)가 있고 또 강대(强大)했네.

진실(眞實)로 [탕(湯)은] 천자(天子)였고

[하늘은] 경사(卿士)를 내려 주었네.

이가 아형(阿衡)인 [이윤(伊尹)이며]

이가 상왕(商王)인 [탕(湯)을] 보좌(保佐)했네.8)

---

7) 武王(무왕)은 湯(탕)을 가리킨다. 載(재)는 시작(始作)하다. 旆(패)는 앞장서다. 여기
서는 출병(出兵)함을 뜻한다. 有虔(유건)은 虔虔(건건)과 같다. 용맹(勇猛)스러운 모
습. 秉(병)은 잡다. 鉞(월)은 도끼. 如火(여화)는 불 같다. 烈烈(열렬)은 세차다. 則
(즉)은 곧. 莫(막)은 못하다. 我(아)는 우리. 敢(감)은 감(敢)히. 曷(갈)은 遏(알)의 가
차자(假借字). 막다. 苞(포)는 밑동. 여기서는 夏桀(하걸)을 비유(比喩)한다. 有(유)는
있다. 三(삼)은 세. 蘖(얼)은 움. 三蘖(삼얼)은 韋(위)·顧(고)·昆吾(곤오)를 비유(比
喩)한다. 遂(수)는 자라다. 達(달)은 커지다. 九有(구유)는 九州(구주)와 같다. 有截(유
절)은 截截(절절)과 같다. 다스려진 모습. 韋(위)와 顧(고)와 昆吾(곤오)는 夏(하)나라
桀(걸)에 붙었던 나라 이름. 旣(기)는 이미. 伐(벌)은 정벌(征伐)되다. 夏桀(하걸)은 夏
(하)나라의 마지막 임금 桀(걸)을 말한다.

8) 昔(석)은 옛날. 在(재)는 ~에 있다. 여기서는 '~에는'으로 풀이하였다. 中葉(중엽)은 중
세(中世)와 같다. 여기서는 湯(탕)임금의 시대(時代)를 말한다. 有震(유진)은 震震(진진)
과 같다. 위무(威武)가 있는 모습. 且(차)는 또. 業(업)은 크다, 강대(强大)하다. 允(윤)
은 진실(眞實)로, 참으로. 也(야)는 어세(語勢)를 고르는 어조사(語助詞). 天子(천자)는
하늘을 대신(代身)하여 천하(天下)를 다스리는 사람. 여기서는 湯(탕)을 가리킨다. 降
(강)은 내리다. 子(여)는 주다. 與(여)와 같다. 卿士(경사)는 집정(執政)의 대신(大臣).
여기서는 伊尹(이윤)을 가리킨다. 實(실)은 이. 此(차)와 같다. 維(유)는 ~이다. 爲(위)
와 같다. 阿衡(아형)은 관명(官名). 殷代(은대)의 재상(宰相) 벼슬. 여기서는 伊尹(이윤)
을 가리킨다. 左右(좌우)는 돕다, 보좌(保佐)하다. 商王(상왕)은 湯(탕)을 가리킨다.

(305) 殷 武
은 무

撻彼殷武 奮伐荊楚 深入其阻 裒荊之旅 有截其所 湯孫之緒
달피은무 분벌형초 심입기조 부형지려 유절기소 탕손지서

維女荊楚 居國南鄉
유여형초 거국남향

昔有成湯 自彼氐羌 莫敢不來享 莫敢不來王 曰商是常
석유성탕 자피저강 막감불래향 막감불래왕 왈상시상

天命多辟 設都于禹之績 歲事來辟 勿予禍適 稼穡匪解
천명다벽 설도우우지적 세사래벽 물여화적 가색비해

天命降監 下民有嚴 不僭不濫 不敢怠遑 命于下國 封建厥福
천명강감 하민유엄 불참불람 불감태황 명우하국 봉건궐복

商邑翼翼 四方之極 赫赫厥聲 濯濯厥靈 壽考且寧 以保我後生
상읍익익 사방지극 혁혁궐성 탁탁궐령 수고차녕 이보아후생

陟彼景山 松柏丸丸 是斷是遷 方斲是虔 松桷有梴 旅楹有閑
척피경산 송백환환 시단시천 방착시건 송각유천 여영유한

寢成孔安
침성공안

은(殷)나라 [임금] 무정(武丁)[1]

재빠른 저 은(殷)나라 [임금] 무정(武丁)이
[힘을] 떨쳐 형초(荊楚)를 정벌(征伐)했네.
깊이 그 험(險)한 곳으로 들어가
형(荊)의 무리를 취(取)하였네.
그곳을 가지런히 하니
탕(湯)임금 자손(子孫) [무정(武丁)의] 공업(功業)이었네.[2]

---

1) 〈殷武(은무)〉는 宋(송)나라 임금이 高宗(고종인) 武丁(무정)의 사당(祠堂)을 세우고 제사(祭祀)지내는 악가(樂歌)이다. 주제자(主祭者)는 宋(송)나라 襄公(양공)으로 본다.

2) 撻(달)은 빠르다. 彼(피)는 저. 殷武(은무)는 殷(은)나라 임금 高宗(고종)의 이름인 武丁(무정)을 말한다. 奮(분)은 떨치다. 伐(벌)은 정벌(征伐)하다. 荊楚(형초)는 楚(초)나라를 말한다. 荊(형)이라고도 한다. 深(심)은 깊다. *原文(원문)에는 '氵'가 없다. 入(입)은 들어가다. 其(기)는 그. 阻(조)는 험(險)하다. 裒(부)는 모으다, 취(取)하다. 荊(형)은 위의 荊楚(형초)를 말한다. 之(지)는 ～의. 旅(려)는 무리. 有截(유절)은 截截(절절)과 같다. 다스려진 모습, 가지런한 모습. 其所(기소)는 그곳. 湯孫(탕손)은 湯(탕)임금의 자손(子孫). 高宗(고종)인 武丁(무정)을 가리킨다. 緒(서)는 공업(功業).

아! 너 형초(荊楚),
우리나라 남(南)쪽에서 살았었네.
옛날 성탕(成湯)이 계실 [때]
저 저족(氐族)·강족(羌族)으로부터
감(敢)히 와서 [공물(貢物)을] 바치지 아니함이 없었고
감(敢)히 와서 조회(朝會)하지 아니함이 없었으니
이에 상(商)나라 [국운(國運)은] 일정(一定)했었네.3)

---

3) 維(유)는 발어사(發語詞). 아! 女(여)는 너. 汝(여)와 같다. 居(거)는 살다. 國(국)은
我國(아국), 우리나라. 南鄉(남향)은 남(南)쪽. 鄉(향)은 곳. 昔(석)은 옛날. 有(유)는
있다, 계시다. 成湯(성탕)은 湯(탕)의 호칭(號稱). 무공(武功)이 이미 이루어졌기 때문
에 '成(성)'을 사용(使用)하였다. 自(자)는 ~으로부터. 彼(피)는 저. 氐(저)와 羌(강)은
당시(當時) 서방(西方)의 부족명(部族名). 莫敢不(막감불)은 감(敢)히 ~하지 아니함이
없다. 來(래)는 오다. 享(향)은 바치다. 진공(進貢)을 뜻한다. 王(왕)은 왕(王)으로 섬
기다. 여기서는 조회(朝會)하러 오는 것을 말한다. 曰(왈)은 발어사(發語詞). 이에. 聿
(율)과 같다. 商(상)은 商(상)나라 국운(國運)을 가리킨다. 是(시)는 어세(語勢)를 고르
는 어조사(語助詞). 常(상)은 일정(一定)하다, 오래도록 변(變)하지 않다.

천자(天子)께서 제후(諸侯)에게 명령(命令)하여
우왕(禹王)이 [다스렸던] 땅에 [제각기] 도읍(都邑)을 세우게 하였네.
[그들은] 해마다 하는 일인 [천자(天子)께] 와서 조회(朝會)했고
[백성(百姓)에게] 허물과 나무람을 베풀지 않았고 [백성(百姓)이]
곡식(穀食) 심고 거두는 일에 게으르지 않도록 했네.4)

천자(天子)께서 [제후(諸侯)에게 자리에서] 내려와
[백성(百姓)을 직접(直接)] 살피라고 명령(命令)하니
천하(天下)의 백성(百姓)이 의젓해졌네. [그들은]
[도(道)에] 어긋나지 않았고 [언행(言行)을] 함부로 하지 않았으며
감(敢)히 게으르거나 한가(閑暇)하지 않았네.
[천자(天子)께서] 천하(天下) 제후국(諸侯國)에 명령(命令)하여
그 복(福)을 크게 세우게 하였네.5)

---

4) 天(천)은 天子(천자)인 商王(상왕)을 가리킨다. 여기서는 武丁(무정)을 말한다. 命(명)
은 명령(命令)하다. 多辟(다벽)은 諸侯(제후)를 뜻한다. 多(다)는 많다. 辟(벽)은 임금.
設(설)은 세우다. 都(도)는 도읍(都邑). 于(우)는 ~에. 禹(우)는 夏(하)나라의 시조(始
祖). 之(지)는 ~이. 績(적)은 迹(적)과 통(通)한다. 땅을 뜻한다. 歲事(세사)는 매년
(每年) 제후(諸侯)들이 천자(天子)를 뵙는 일을 뜻한다. 來辟(내벽)은 來朝(내조)와 같
다. 勿(물)은 아니다. 予(여)는 주다, 베풀다. 禍(화)는 허물, 잘못. 過(과)와 통(通)한
다. 適(적)은 나무라다. 謫(적)과 같다. 稼(가)는 곡식(穀食) 심다. 穡(색)은 곡식(穀
食) 거두다. 匪(비)는 아니다. 解(해)는 게으르다. 懈(해)와 같다.
5) 降(강)은 내리다. 監(감)은 살피다. 下民(하민)은 천하(天下)의 백성(百姓). 有嚴(유엄)
은 嚴嚴(엄엄)과 같다. 엄숙(嚴肅)한 모습. 여기서는 '의젓하다'로 풀이하였다. 不(불)
은 않다. 僭(참)은 참람(僭濫)하다, 어긋나다. 濫(람)은 넘치다, 함부로 하다. 敢(감)
은 감(敢)히. 怠(태)는 게으르다. 遑(황)은 한가(閑暇)하다. 于(우)는 ~에. 下國(하국)
은 천하(天下) 제후국(諸侯國). 封(봉)은 크다. 建(건)은 세우다. 厥(궐)은 그. 其(기)
와 같다.

상(商)나라의 도읍(都邑)이 번성(繁盛)하여
사방(四方)의 본(本)보기가 되었네.
혁혁(赫赫)한 [무정(武丁)] 그의 명성(名聲)이며
빛나는 [무정(武丁)] 그의 신령(神靈)이네. [무정(武丁)께서]
[자손(子孫)을] 장수(長壽)하게 하고 또 평안(平安)하게 하여
우리 후생(後生)을 지켜 주시네.6)

저 경산(景山)에 오르니
소나무잣나무가 쭉 곧네.
이에 자르고 이에 옮기고
바야흐로 베고 이에 깎았네.
소나무 서까래는 길고
늘어선 기둥은 큼직하네.
[무정(武丁)의] 침묘(寢廟)가 이루어지니 매우 아늑하네.7)

---

6) 商邑(상읍)은 商(상)나라의 도읍(都邑). 여기서는 都邑(도읍)의 예의제도(禮儀制度)를
말한다. 翼翼(익익)은 번성(繁盛)한 모습. 四方(사방)은 사방(四方)의 제후국(諸侯國)을
뜻한다. 之(지)는 ~의. 極(극)은 근본(根本), 본(本)보기. 赫赫(혁혁)은 위명(威名)을
떨치는 모습. 濯濯(탁탁)은 빛나는 모습. 靈(령)은 신령(神靈). 壽考(수고)는 長壽(장
수)와 같다. 且(차)는 또. 寧(녕)은 평안(平安)하다. 以(이)는 접속(接續)의 뜻을 지닌
어조사(語助詞). 而(이)와 같다. 保(보)는 지키다. 我(아)는 우리. 後生(후생)은 후손
(後孫).
7) 陟(척)은 오르다. 景山(경산)은 商(상)나라가 도읍(都邑)한 곳의 산명(山名). 松柏(송
백)은 소나무와 잣나무. 丸丸(환환)은 곧은 모양. 是(시)는 이에. 於是(어시)와 같다.
斷(단)은 자르다. 遷(천)은 옮기다. 方(방)은 바야흐로, 이제 막. 위의 是(시)와 같다.
斲(착)은 베다. 虔(건)은 상(傷)하다. 여기서는 '깎음'을 뜻한다. 桷(각)은 서까래. 有
梴(유천)은 梴梴(천천)과 같다. 긴 모습. 旅(려)는 늘어서다. *旅(려)를 櫨(려)의 가차
자(假借字)로 풀이하는 곳도 있다. 가다듬다. 楹(영)은 기둥. 有閑(유한)은 閑閑(한한)
과 같다. 큰 모습. 寢(침)은 [무정(武丁)의] 寢廟(침묘). 成(성)은 이루다, 완성(完成)
되다. 孔(공)은 매우. 安(안)은 편안(便安)하다, 아늑하다.